Reines de cœur

Déjà paru
Aux Éditions Albin Michel

LE CRÉPUSCULE DES ROIS :

La Rose d'Anjou, t. 1

Catherine Hermary-Vieille

LE CRÉPUSCULE DES ROIS

* *

Reines de cœur

ROMAN

Albin Michel

© Éditions Albin Michel S.A., 2003
22, rue Huyghens, 75014 Paris
www.albin-michel.fr
ISBN 2-226-14957-0

À Sylvie Genevoix,
mon éditrice et amie,
toujours prête à m'écouter et à m'encourager.
Avec toute ma tendresse.

« Adieu le temps qui si bon a été
Par seul amour. »

CLÉMENT MAROT, *Rondeaux*

Introduction

Entre 1455 et 1485, l'Angleterre fut déchirée par une guerre civile qui opposa la maison d'York (la rose blanche) et celle de Lancastre (la rose rouge).

Le monarque régnant, le faible, dévot et mentalement fragile lancastrien Henry VI, laissa l'anarchie se développer et la violence se déchaîner dans son pays. Après avoir perdu plusieurs batailles, Henry VI fut déposé et son opposant yorkiste Edward IV couronné roi.

Les combats, cependant, se poursuivirent, menés par l'obstinée, l'impétueuse épouse d'Henry VI, la Française Marguerite d'Anjou. En 1470, Henry VI remonta sur le trône. Mais Edward IV rassembla une puissante armée et, au terme de la bataille de Tewkesbury, captura la reine Marguerite et fit exécuter son fils unique Edouard, le prince de Galles.

Henry VI fut assassiné à la Tour de Londres où la reine Marguerite fut elle-même emprisonnée. Elle restera captive en Angleterre de nombreuses années avant de pouvoir regagner la France.

Marié à la belle et ambitieuse Elizabeth Woodville qui distribua terres, honneurs et titres à sa propre famille, Edward IV garda sept enfants vivants, cinq filles et deux fils. À sa mort, son aîné, Edward, âgé de treize ans, prit le titre d'Edward V, la régence étant assurée par son oncle paternel Richard de Gloucester. Rapidement celui-ci fit enfermer Edward et son frère Richard, puis éliminer ses deux neveux

11

à la Tour de Londres avant de prendre la couronne sous le nom de Richard III.

La dernière bataille de la guerre des Deux-Roses eut lieu à Bosworth, en août 1485. Richard III y fut tué par le dernier héritier des Lancastre, Henry Tudor, longtemps exilé dans le duché de Bretagne puis en France.

À Rennes, il s'était solennellement engagé à épouser, en cas de victoire, Elizabeth, dite Bessie, la fille aînée d'Edward IV et d'Elizabeth Woodville afin d'unir à jamais les maisons d'York et de Lancastre.

La dynastie des Tudor gouverna l'Angleterre pendant plus de cent ans.

1

Septembre 1485

La route longeait des pâturages, traversait des forêts, franchissait ruisseaux et rivières sur des ponts de bois ou de pierre sur lesquels des lézards se chauffaient au soleil.

— Nottingham n'est plus loin, Milady, annonça Robert Willoughby. Nous y prendrons deux jours de repos.

En signe de courtoisie, Bessie inclina la tête mais il lui était encore impossible d'entretenir des relations avec quiconque, fût-il l'homme dépêché par Henry Tudor pour l'escorter de Sheriff Hutton à Londres, en compagnie du petit Edward Warwick, le fils de son défunt oncle Clarence. En dépit des jours heureux qui attendaient la jeune fille, émoi et appréhension s'emparaient d'elle lorsqu'elle pensait à ce fiancé inconnu. Son esprit restait hanté par des images de violence : Richard III luttant, tombant de son cheval, son corps entièrement nu exposé à la vue de tous. Elle revoyait l'éclat de son regard, ses traits émaciés, la bouche sur laquelle elle avait posé ses lèvres pour de furtifs baisers, le corps fragile et cependant indomptable, les mains fines aux doigts ornés de bagues. Elle avait pourtant œuvré pour cet anéantissement mais l'avait-elle souhaité ? « Richard mordra la poussière, sa mémoire sera souillée à jamais », sifflait sa mère, Elizabeth. Son beau-frère avait supprimé trois de ses fils et son frère préféré.

D'un doigt, sir Willoughby indiqua à la jeune princesse le

13

vol d'un gerfaut. Un instant celle-ci contempla la ronde élégante de l'oiseau de proie. Elle allait vers Londres pour se marier, devenir reine, mettre au monde des fils. Son destin semblait tracé : splendeur et confinement, multitude et isolement.

À travers les branches des chênes et des ormes à l'ombre desquels se pressaient des vaches rousses, le soleil se couchait. La poussière levée par les cavaliers voltigeait dans les rais de lumière. Au loin, d'innombrables moutons paissaient dans les chaumes. Un clocher d'église pointait.

— Vous ne m'abandonnerez pas, ma cousine ?

La voix d'Edward à son côté fit sursauter Bessie. La pâleur du garçonnet de dix ans, l'anxiété peinte dans son regard d'innocent tourmentaient la jeune fille. Pourquoi Henry le voulait-il à Londres ? Prétendant mâle yorkiste le plus direct au trône d'Angleterre, Tudor ne pouvait le garder à la Cour, mais elle veillerait à sa sauvegarde. Trop d'enfants avaient été sacrifiés aux ambitions des uns et des autres.

— Personne ne te veux du mal, le rassura-t-elle d'une voix qu'elle voulait ferme.

À Nottingham, une lettre attendait Bessie, la première écrite par Henry Tudor à celle qui bientôt serait son épouse et sa reine. La jeune fille attendit que demoiselles de compagnie et servantes se fussent retirées pour la lire. Mise à sa disposition par l'archevêque de la ville, la chambre donnait sur la Trent dont les eaux miroitaient sous la lune montante. Sur une rive, un échassier guettait sa proie. En dépit des multiples torches, des parts d'ombre demeuraient dans la vaste pièce meublée d'un lit à courtines, de fauteuil à hauts dossiers et d'un meuble de noyer à battants, sculpté de têtes d'anges auréolées de plumes.

Bessie s'avança près des chandeliers dont la cire en fondant répandait une odeur de miel et d'encens.

« À lady Elizabeth d'York. »

La jeune fille brisa le cachet où étaient gravées les lettres

14

H.R., *Henricus Rex,* et déplia la feuille. Henry avait-il écrit sous les directives de Margaret Beaufort ? À Londres, on disait que sa future belle-mère avait déjà pris en main l'administration des différents palais, réuni des serviteurs, veillant avec diligence au bien-être de ce fils unique auquel elle avait dévoué ses forces vives depuis vingt-huit années. Comment s'entendraient-elles toutes deux et comment l'impérieuse, la coquette, la jalouse, la primesautière Elizabeth, sa mère qui avait régné sur l'Angleterre aux côtés de son époux Edward IV, supporterait-elle cette femme austère, sobre, vêtue en nonne mais qui se croyait seule autorisée à donner des ordres dans des palais que la reine considérait comme siens ?

L'écriture était régulière, élégante. Du bout du doigt, Bessie caressa les lettres tracées par cet inconnu auquel elle serait bientôt liée jusqu'à la mort. On le disait de taille moyenne, mince, avec un visage aux traits fermes, aux pommettes hautes, aux yeux noirs un peu obliques, sobre, économe, grand amateur de musique. « A-t-il du charme ? s'interrogeait Bessie. Sait-il parler aux femmes comme mon père le roi Edward, mes oncles Clarence et Antony Rivers ? »

La lumière douce des bougies effleurait la feuille. Bessie eut l'impression fugitive de sentir le souffle de cet étranger sur sa peau.

Lady Elizabeth,

Nul à Londres, pas même ma vénérée mère, ni lady Elizabeth la vôtre, ou les princesses vos sœurs, ne vous attend avec plus d'impatience que moi. Tout est prêt pour vous accueillir au palais de Westminster et lady Margaret s'affaire à réunir des dames pour votre suite, des serviteurs et servantes susceptibles de vous contenter. Je me réjouirai des honneurs qui vous seront rendus comme vous donneront satisfaction, je l'espère, les marques de fidélité et d'allégeance qui m'ont à maintes reprises été déjà données tout au long de la route menant de Bosworth à Londres. La foule m'a acclamé comme son juste et légitime souverain, des femmes me tendaient leur nourrisson à bénir, des vieillards s'agenouillaient.

15

Le 3 septembre, je fis mon entrée solennelle dans la ville où m'attendaient tout habillés de violet les maires et leurs conseillers, les shérifs. En procession, nous nous rendîmes à la cathédrale Saint-Paul où nous offrîmes nos étendards, celui de saint George, ceux à l'effigie du dragon rouge de mon ancêtre gallois Caldawalder, ceux d'Oxford, des Stanley, des Courtenay et de tous mes amis dont l'aide décida de ma victoire sur Richard d'York qui fut la cause de tant de larmes au sein de votre famille.

La jeune fille releva la tête. Des larmes pour les morts et les survivants, elle n'avait cessé d'en verser depuis la bataille de Bosworth. À l'exception de Francis Lowell, les compagnons les plus proches de son oncle avaient tous été massacrés par les cavaliers de William Stanley ou pendus les jours suivants sur l'ordre de Henry Tudor. Elle revoyait un par un leurs visages, Catesby, Brakenbury, Ratcliff, Norfolk, réentendait leurs voix, leurs grands éclats de rire. Quoiqu'ils eussent été ses ennemis, une partie d'elle-même était morte avec eux. La Bessie combative, entêtée, celle qui aimait séduire, et qui savait si bien mentir n'était plus. Elle poursuivit sa lecture :

On prépare à Londres les fêtes de mon couronnement. Quoique réticent aux déploiements de faste, j'accepte de faire une exception pour ce symbole du bonheur futur de mon pays. Ce sera jour de liesse pour l'Angleterre tout entière.
Lord Willoughby a ordre de rendre votre voyage aussi plaisant que possible et j'espère que vous n'aurez pas à vous en plaindre. Aussitôt à Londres, je viendrai vous rendre hommage et espère gracieux accueil. Je vous attends.

La lettre était signée sans fioritures : « Henry Tudor ».
À nul moment, Henry n'évoquait leur prochain mariage. De surcroît, seul il envisageait se faire couronner roi d'Angleterre. Où étaient les belles promesses, l'engagement solennel pris à Rennes face aux siens ? Se pouvait-il que les Tudor aient abusé les York pour s'emparer du pouvoir ? Et, cependant, cet homme réputé froid et timide avait tenté de rendre

attrayante sa missive et elle n'y décelait pas de fausseté. À Londres, sa situation serait plus claire et elle jouirait des précieux conseils de sa mère.

Avec fougue, Elizabeth serra son aînée entre ses bras. La reine douairière avait maigri. Ses cheveux étaient parsemés de fils blancs. Rien ne demeurait de l'éclat joyeux qui avait animé l'expression de l'ex-souveraine. À quelques pas devant les dames d'honneur qui tendaient le cou afin de ne rien perdre de la scène, les quatre sœurs de Bessie lui souriaient. À peine la jeune fille reconnut-elle Bridget qui allait fêter ses six ans et qu'elle n'avait pas vue depuis deux années. Cecily essuyait une larme. Des cinq filles d'Edward IV et d'Elizabeth Woodville, seules Bessie et elle avaient vécu les évènements survenus à la cour de leur oncle Richard durant les derniers mois. Longtemps les deux sœurs restèrent enlacées.

Au palais de Westminster, la chambre de la reine douairière arborait le luxe qu'elle avait toujours prisé. Arrivée de sa retraite campagnarde deux semaines plus tôt, elle avait déjà fait suspendre des tapisseries, disposer des meubles de prix dont un vaste lit à courtines de velours violet frappé de lions d'or, accrocher des tentures aux portes, des rideaux aux fenêtres, jeter sur le sol des tapis d'Orient. Un autel de bois peint de bleu et de vermillon exhibait un retable flamand déplié derrière une croix d'ébène, d'or et d'ivoire.

Autant que l'émotion, le parfum des fleurs, celui des copeaux de bois exotiques brûlant dans des cassolettes étourdissait Bessie. Les austères salles de Sheriff Hutton lui semblaient faire partie d'un autre monde.

Un moment d'intimité familiale était nécessaire. Elizabeth renvoya dames d'honneurs et servantes, les gouvernantes entraînèrent Bridget, Katherine qui allait avoir huit ans et Anne âgée de dix ans.

— Il va nous falloir agir avec fermeté, annonça aussitôt Elizabeth.

Bessie avait pris place à son côté, sa main dans celle de Cecily.

— Dans quel but, mère ?

— Pour te marier au plus tôt au roi. Il sera couronné dans un mois et ne prépare aucune cérémonie nuptiale. J'ai jusqu'alors joué avec loyauté le jeu de lady Margaret mais le temps des promesses est passé.

— Le roi m'a envoyé une lettre à Nottingham.

— Dans laquelle il te nommait sa fiancée ?

— Non, mère.

Avec nervosité, la reine douairière croisa les mains sur sa jupe de soie vert émeraude qu'effleurait le voile attaché à la coiffe en forme de demi-lune, constellée de brillants et de perles.

Bessie lâcha la main de sa sœur. Sa joie de revoir les siens était déjà ternie. Encore une fois, sa mère allait intriguer, tenter d'exercer sa domination sur les uns et les autres.

— Lady Margaret est redoutable, ma fille. Garde-t'en comme de la peste.

— Elle sera ma belle-mère.

— Je l'espère, en effet, car si elle tergiverse, le peuple la remettra au pas. Son fils n'est roi que par toi, mon enfant.

— Il a conquis sa couronne, mère.

Les cloches des églises de Londres sonnaient l'angélus du soir. Un brouillard léger montait de la Tamise et le vent d'automne soulevait des feuilles dorées dans un bosquet de charmes planté dans le parc.

— Je ne connais pas même Henry Tudor, murmura Bessie, Laissez-nous nous découvrir et nous apprécier.

— Grands dieux ! s'exclama la reine douairière, raisonnerais-tu en femme du peuple désormais ? Quand donc l'estime de son époux a-t-elle été nécessaire à une reine ? Qu'il soit borgne, stupide ou débauché, Tudor va être couronné et c'est le roi d'Angleterre que tu vas épouser, le prince de Galles que tu mettras au monde. Ton mariage décidera de la grandeur de celui de tes sœurs, de mes propres revenus. Ignores-tu que Richard d'York m'a dépossédée de tout ?

18

Au fond de la chambre, un bruit discret leur fit tourner la tête. Vêtu des couleurs verte et blanche des Tudor, un page se tenait sur le seuil de la porte.

— Lady Margaret attendra demain lady Bessie après la messe.

La jeune fille sentit l'émotion lui nouer la gorge. Serait-ce son mariage que lady Margaret évoquerait ou sa répudiation ?

— Tout ira bien, murmura Cecily. Ne tiens aucun compte des soupçons de notre mère et va de l'avant. Comment le roi pourrait-il ne pas t'aimer ? Tu es belle, tu as du cœur, tu es courageuse. Ces qualités font les grandes reines.

Bessie venait de se coucher lorsqu'elle entendit le bruit léger de petits pas foulant les dalles. Entrouvrant la porte, Cecily se faufila dans la chambre et vint se glisser dans la lit de sa sœur.

— Je ne voulais pas te laisser seule cette nuit.

La lune déclinait. Une clarté grise s'infiltrait entre les lourds rideaux brochés de fils de soie et d'argent. Au-dessus de la Tamise, les mouettes poussaient leurs appels tristes. Brièvement, Cecily évoqua leurs derniers mois, son amour pour lord Welles, leur mariage remis. Son fiancé avait fait partie de la cour de Richard III et traversait une période de purgatoire. Et puis l'union de Bessie et de Henry suspendait la sienne. Fille aînée promise au roi d'Angleterre, elle devait se marier la première.

— Henry Tudor est très plaisant, chuchota Cecily, tu n'auras aucune peine à l'aimer.

— Je veux qu'il m'aime aussi.

— Il possède un portrait de toi que mère lui a fait parvenir. On dit qu'il le garde dans sa chambre.

— J'ai peur, murmura Bessie.

— Le passé ne peut s'oublier qu'en pensant très fort à l'avenir. Nous n'avons pas vingt ans, pouvons-nous gâcher notre vie en ressassant les drames que nous avons vécus ?

— J'ai fait croire à notre oncle Richard que je l'aimais, je l'ai poussé à écrire cette promesse le liant à moi et puis je l'ai trahi et abandonné[1].

— Notre oncle était cruel.

— Il était seul et si avide d'être aimé.

— Oublie, Bessie. Dieu punit les pécheurs et récompense les justes. Notre oncle est désormais devant Sa justice et Lui seul peut juger le fond de son cœur.

Cecily se redressa. Le jour déjà pointait, se coulant dans la vaste chambre. À peine les deux sœurs avaient-elles dormi quelques heures.

— Lève-toi, chuchota-elle à son aînée. On va te préparer un bain. Fais-toi belle et présente-toi hardiment devant lady Margaret. C'est une femme austère mais bonne et si tu peux rendre son fils heureux, elle t'aimera sans restriction. Notre mère est injuste envers elle.

— Henry sera-t-il présent ?

La voix tremblait et Cecily s'empara de la main de sa sœur.

— Mon intuition me fait te répondre oui. À cet instant, notre futur roi doit songer à toi comme tu penses à lui, avec émotion et crainte de déplaire, il doit se faire parer et choisir des vêtements flatteurs. Son pouvoir, il te le doit autant qu'à sa victoire contre notre oncle Richard, et il le sait. Voilà sans doute pourquoi il veut se faire couronner avant de se marier. Tu épouseras le roi d'Angleterre, il ne s'unira pas à sa reine. Cette décision me semble être celle d'un homme fier et d'un habile politicien. Henry Tudor doit s'imposer, Bessie, et tu ne peux être heureuse qu'auprès d'un époux que l'on respectera.

Longuement Bessie s'étira. Un sourire heureux éclairait son visage un peu rond aux grands yeux noisette, à peine quelques cernes jetaient une ombre sur le teint lumineux.

---

1. Voir *La Rose d'Anjou*, Albin Michel, 2002.

— Quelle couleur de robe choisirais-tu ? demanda-t-elle d'une voix rieuse à sa sœur.

— Le vert, celle des Tudor et celle de l'espérance. De plus, elle te va à merveille.

2

Devant Bessie se tenait une femme vêtue comme une religieuse. Un sourire indulgent illuminait l'austère visage à la bouche mince, aux traits émaciés. Elle était encadrée d'une dame d'honneur aussi sévère que sa maîtresse et de deux prêtres.

— Approchez, lady Elizabeth, que je vous donne un baiser.

La chaleur du ton si différent de l'expression hautaine fit tomber aussitôt la réserve de la jeune fille. Margaret Beaufort, dont on devinait la rigueur mais aussi la bienveillance, n'avait rien de la fée Carobasse qu'on lui avait dépeinte.

— Le roi et moi-même étions impatients de vous connaître, mon enfant. Nous voici approchant des fêtes du couronnement auxquelles il souhaite que vous assistiez en hôte privilégiée.

Bessie avait laissé sa main dans celle de Margaret Beaufort, une main fine à la peau translucide. Quoique la question de son mariage lui brûlât les lèvres, la jeune fille n'osait la poser.

— Et mon fils désire vous rencontrer aussitôt que possible, ajouta la mère d'Henry Tudor d'un ton malicieux. Il m'a priée de faire en sorte que vous puissiez tous les deux vous parler loin des oreilles de la Cour.

Les vêtements de la mère du roi, toute sa personne exhalaient une fine fragrance de santal et de citronnelle. À l'excep-

22

tion d'une croix en or attachée à une longue chaîne, elle ne portait aucun bijou.

— Quand Sa Grâce souhaite-t-elle cette entrevue, lady Margaret ?

— À l'instant même, mon enfant. Henry vous attend dans ses appartements. Je fais suffisamment confiance à mon fils pour vous offrir à tous deux le bonheur d'un tête-à-tête. Nous donnerons ensuite avec lady Elizabeth, votre mère, ses sœurs, Cecily et mon beau-frère, Jasper Tudor, un repas auquel se joindront mes chapelains, mon confesseur et John Morton, l'évêque d'Ely, qui revient tout juste de Flandres.

Bessie esquissa une révérence. Son cœur battait à se rompre.

— Un page va venir pour vous accompagner.

Du pouce droit, Margaret Beaufort, comtesse Stanley, traça une croix sur le front de la jeune fille.

— Que Dieu vous garde.

Sur le pas de la porte de la salle de travail du roi que le page venait de fermer, Bessie resta pétrifiée. Au loin, elle aperçut la silhouette d'un homme qui, après avoir posé des documents sur une table, restait lui-même immobile.

— Lady Elizabeth ? interrogea Henry.

Aussitôt la jeune fille plongea dans une profonde révérence.

Le silence s'installait. Enfin, le roi avança de quelques pas et Bessie découvrit un visage énergique qui lui plut aussitôt. Au prix d'un violent effort, elle marcha vers ce fiancé qu'elle voyait pour la première fois.

— Lady Margaret m'a dit que vous désiriez me parler.

— N'était-ce pas votre souhait aussi ?

En dépit de la volonté évidente d'affirmer une préséance, le ton était chaleureux.

— En effet, Monseigneur.

— Pourquoi ne me nommez-vous pas Henry ? Ne nous

sommes-nous pas promis l'un à l'autre ? J'aimerais entendre mon nom sur vos lèvres.

Bessie avança encore. Elle distinguait maintenant les paupières un peu lourdes, les yeux fendus en amande, la bouche large aux lèvres bien dessinées.

— Allons au coin du feu, lady Elizabeth, et causons.

Le roi portait un pourpoint rouge foncé brodé de fils d'or. Le chapeau noir décoré d'un rubis rappelait le col lui-même rehaussé d'une passementerie pourpre. Taillés en carré à hauteur des mâchoires, les cheveux châtains avaient des reflets roux. Maintenant il était devant Bessie, un peu plus grand qu'elle, plus mince, et souriait.

— Ne soyons pas embarrassés, voulez-vous ? Avant cet entretien, j'ai ressenti moi-même beaucoup d'appréhension, mais maintenant que vous êtes là, il me semble déjà vous connaître. Je possède une miniature de vous, elle est fort ressemblante, même si votre charme n'a pu être complètement capté par l'artiste.

Bessie parvint à sourire et prit la main qu'Henry lui tendait. En s'attardant, il baisa le bout des doigts de sa fiancée.

Longtemps les deux jeunes gens parlèrent au coin du feu. Tout les unissait : leur jeunesse malheureuse, la solitude dans laquelle ils s'étaient réfugiés, leur espoir d'aller non vers le bonheur, mais vers une existence qui aurait un but et un sens. Henry mentionna son désir de pacifier l'Angleterre après tant d'années de violences et de guerres, d'établir des lois justes, d'amoindrir le pouvoir qu'avaient les nobles de lever des armées, de vivre en paix avec ses voisins. Bessie ne cacha pas son souhait d'une grande famille, son espoir de vivre aux côtés d'un époux protecteur. Puis, avec la confiance qui s'établissait peu à peu entre eux, elle évoqua son propre rôle d'héritière d'Edward IV. Non, elle ne désirait pas régner mais, en mémoire de ce roi tant aimé par les Anglais, elle tenait à assumer une position privilégiée, à participer à la vie publique dans les grands moments de leur règne.

À dix-neuf ans, elle avait fait le tour des mensonges et des trahisons. À son mari, elle demanderait loyauté et respect de son honneur, la promesse de donner à leurs enfants la meilleure éducation possible dans le savoir profane comme religieux, de ne pas les marier à des partenaires qui leur répugneraient, même pour conclure d'avantageuses alliances.

Henry avait écouté avec attention. À cette jeune fille sensible et volontaire, il ne pouvait dissimuler davantage la vérité. Longtemps sa mère et lui avaient débattu de ce point très particulier et il avait fini par admettre qu'elle avait raison dans ses argumentations. Lady Margaret s'était proposé de parler à Bessie mais, à cet instant, il avait la conviction que c'était à lui de le faire.

À travers les fenêtres entrouvertes, le soleil de septembre pénétrait à profusion, faisant flamboyer les vitres, les rideaux en lamé aux couleurs de laque brûlée, se posait sur la statue au bois polychrome d'une Vierge à l'Enfant qui tendrement souriait.

— Je suis fils unique, prononça Henry d'une voix maîtrisée, et le fondateur d'une nouvelle dynastie.

Un instant, il se tut. Son désarroi l'empêchait de retrouver des mots pourtant choisis avec soin.

— Après les sacrifices comme les périls acceptés par les Tudor, je ne peux mourir sans descendance.

Il avait parlé d'un trait et maintenant, n'osant regarder Bessie, il fixait les bûches qui se consumaient.

La jeune fille inspira profondément. Ainsi elle n'était pas arrivée au bout de ses épreuves !

— Je comprends, balbutia-t-elle. Vous ne pourriez accepter que je sois stérile.

Le regard d'Henry croisa le sien.

— Cette condition n'est pas un choix personnel, lady Elizabeth, soyez-en sûre. C'est en roi que je parle car l'homme est déjà à vous.

Bessie s'était reprise. On attendait d'elle une réponse de princesse, pas de jeune fille dont le désarroi serrait la gorge.

25

— Devant Dieu qui m'écoute, j'entends vos raisons, monseigneur, mais avoue mon incapacité à vous répondre.

Afin de maîtriser le tremblement de ses mains, Elizabeth les croisa sur sa robe. « Vert, avait suggéré Cecily, la couleur des Tudor, celle de l'espérance. » À cet instant, elle n'y voyait que les nuances d'une eau stagnante et maléfique prête à l'engloutir.

— Jamais je ne consentirai...

— Je ne vous demanderai pas de pécher, Milady, car la faute retomberait sur moi. Des religieux m'ont conseillé un mariage intime et caché dont la clause de validation définitive serait une grossesse. Alors nous pourrons rendre public ce mariage *urbi et orbi* et dans le plus grand faste.

Bessie ne pouvait détourner les yeux de la Vierge qui souriait à son Enfant. Quelle mission avait-elle eue, sinon d'être la mère de Dieu ? Elle s'était soumise, avait accepté humblement ce que l'ange Gabriel exigeait d'elle. Avait-elle le droit de montrer plus d'orgueil que Marie ?

— L'Angleterre doit avoir un héritier, monseigneur, et, si Dieu le veut, je serai sa mère.

Résolument, elle tendit une main qu'Henry prit entre les siennes. Elles tremblaient et ce trouble causa à Bessie une grande émotion.

— Je me donne à vous tout entière, Monseigneur, corps et esprit.

Une larme coula sur sa joue. Henry se leva, se pencha sur la jeune fille et posa un baiser léger sur ses lèvres.

— Nous nous unirons la semaine prochaine, mais au grand jour devrons vivre séparément. Une maison sera louée par mes soins à Londres où nous nous retrouverons. Peut-être y vivrons-nous le meilleur de notre vie de couple, un homme et une femme loin des regards du monde.

Entre une cour plantée de rosiers et un verger, la demeure était délicieuse. Margaret Beaufort y avait installé un couple de domestiques à son service depuis vingt années et un jardinier qui, dès la nuit tombée, s'esquivait.

Le mariage *per verba de futuro* eut lieu sans la présence de prêtres avec pour seuls témoins Margaret, Cecily et Jasper Tudor. Bessie avait signé la clause stipulant une annulation *de facto* de leur projet d'union bénie à l'église en cas de stérilité.

— Vous avez du courage et du cœur, déclara Margaret Beaufort alors que Bessie posait la plume, et êtes digne d'être reine d'Angleterre à côté de mon fils.

— Pour l'Église, le mariage est scellé dans l'union des corps, je ne l'ignore pas, murmura Henry. Quant à moi, je me donne à vous et si Dieu ne nous bénit pas en nous accordant une descendance, l'épouse que je prendrai jamais ne vous remplacera dans mon cœur.

Les fêtes du couronnement étant proches, le roi avait eu grand peine à s'éclipser du palais de Greenwich. Escortée par Margery, la fidèle servante de sa mère, et par Cecily, Bessie s'était rendue le cœur battant dans cette rue tranquille proche du bruyant West End. Elle n'avait aucun état d'âme. Les rêveries des jeunes filles n'étaient point son lot et elle l'acceptait.

Drapé dans une robe de chambre de velours ornée d'un col de fourrure, le roi l'attendait.

— Laissez-nous seuls, voulez-vous, demanda Henry à Margery et Cecily.

Le bruit de la porte qui se referma accentua le trouble de la jeune fille. Elle qui avait su si bien jouer la coquette en face de son oncle se trouvait à cet instant désarmée.

— Venez près de moi, Bessie.

La voix était douce, presque suppliante. La princesse esquissa un sourire.

Les lèvres d'Henry effleurèrent ses cheveux, elle sentait son souffle sur son front, dans son cou.

— Je vous désire, chuchota-t-il, me désirez-vous ?

27

Bessie ne put répondre. Elle avait si bien simulé l'amour autrefois qu'elle ne se sentait plus capable de l'exprimer sans peur de mentir.

— Je vous respecte également, poursuivit Henry, comme on vénère une épouse et la future mère de ses enfants. Donnons-nous l'un à l'autre et laissons Dieu bénir notre union.

Les mains d'Henry délaçaient la robe de satin bleu pervenche, faisaient glisser le corsage.

— Aimons-nous en mari et femme, en amants et non en roi et reine.

Henry prit Bessie dans ses bras, ses seins épanouis s'appuyaient contre le velours soyeux de la robe de chambre.

Les premiers baisers furent sages puis fermement Henry écarta les lèvres de sa femme, chercha la douceur de la langue. Bessie ferma les yeux.

— Allons sur le lit, chuchota Henry, et dites-moi que vous êtes heureuse.

L'émotion dans sa voix toucha Bessie. Elle voulait être la femme d'Henry Tudor, lui donner des fils, avoir enfin son propre rôle à jouer sur la terre.

— Je le suis, murmura-t-elle.

En compagnie de Margery et Cecily, Jasper Tudor, l'oncle du roi, attendait la princesse dans l'antichambre.

— Je désire veiller en personne à la sécurité de ma future reine, déclara-t-il en faisant à Bessie un profond salut.

La jeune femme fut émue. Ce vieux soldat était le plus protecteur, mais aussi le plus joyeux des hommes.

— Les chevaux sont sellés et attendent notre départ. Je vous veux en sécurité à Westminster avant la tombée de la nuit.

— Et Sa Majesté ? interrogea Bessie.

Jasper retint un sourire. L'inquiétude spontanée témoignée par la jeune femme signalait clairement que son nouvel époux ne lui était pas indifférent.

— Ses gardes du corps l'attendent.

L'unité des *yeomen* au nombre de vingt-quatre venait d'être créée. Vêtus de chausses vert et blanc, de vestes de damas pourpre brodées de rameaux et décorées de médailles d'or et d'argent, ils étaient attachés à la sécurité du roi sur lequel ils veillaient de jour comme de nuit.

Les rues étaient encore fort animées et les laquais devaient écarter la foule par des ordres impériaux. Avec curiosité, les passants dévisageaient les quatre cavaliers et applaudissaient leur princesse quand ils la reconnaissaient.

— Les Londoniens vous aiment, nota Jasper.

— Ils rendent hommage à mon père.

— Douteriez-vous de vos charmes ? Je sais mon neveu conquis. Et puisque le temps semble être à l'amour, laissez-moi vous annoncer que par deux fois je serai votre oncle. Dans quelques semaines, ma belle princesse, j'épouserai votre tante Katherine Woodville, duchesse douairière de Buckingham.

— Vraiment ? s'exclama Bessie. Je vous croyais célibataire pour la vie !

— J'avais trop à faire pour conter fleurette aux dames mais me voici aujourd'hui au repos, bientôt promu duc de Bedford par la grâce de mon neveu le roi et donc assez nanti pour prendre épouse. Votre tante est belle et son fils Edward va être rétabli dans ses titres et prérogatives que Richard l'usurpateur avait confisqués après l'exécution de son père.

— Et mon cousin Edward, le fils de Clarence ? s'inquiéta Bessie.

Depuis son arrivée à Londres, elle n'en avait plus de nouvelles.

— Je crains qu'il ne doive pour un temps rester sous surveillance à la Tour de Londres. Certes, l'enfant est inoffensif mais il se pourrait que des têtes brûlées s'arment en son nom et Sa Majesté, plus que tout, désire la paix dans son royaume.

En approchant de Westminster, la foule se faisait plus dense. Curieusement, comme s'ils craignaient un danger proche, les passants hâtaient l'allure. Soudain, le tocsin se mit à sonner au clocher de l'abbaye, bientôt suivi par toutes ceux de Londres.

— Mettons les chevaux au grand trot, ordonna Jasper Tudor.

À bride abattue, le petit groupe s'engouffra sous le haut porche du palais de Westminster.

— Escortez les princesses d'York jusqu'aux appartements de leur mère, commanda Tudor à deux de ses officiers. Je me rends, quant à moi, au plus vite à Greenwich. Sa Majesté est peut-être en danger.

— Une terrible épidémie ravage Londres, et pendant ce temps vous courez les rues avec Dieu sait qui, reprocha Elizabeth d'York.

— Avec Jasper Tudor, mère.

Bessie était décidée à ne plus se laisser intimider par sa mère. À cet instant, elle se considérait comme l'épouse du roi. Son secret, elle ne pouvait davantage le garder. Qui donc mieux qu'Elizabeth Woodville pouvait la comprendre ? Sa mère n'avait-elle pas su ensorceler le roi Edward IV et garder ses noces secrètes jusqu'au moment opportun ?

— J'étais allée retrouver le roi, mère.

Une partie de la nuit, la reine douairière affronta sa fille aînée, mariée clandestinement en dehors de l'Église et, pire encore *ad futuro,* ce qui laissait à Tudor toute liberté de rompre ses liens !

— J'ai pris seule ma décision, mère, s'entêta Bessie, et en supporterai seule les conséquences. Vous n'avez pas eu à vous plaindre dans le passé de mon caractère, n'est-ce pas ? Ne me mésestimez pas. Si je reste pour la vie votre fille obéissante, je ne suis plus une enfant.

— Lady Margaret vous manipule, ma fille et, comme une oie, vous la laissez faire. Dès demain, je serai à Greenwich

30

pour lui parler sans détour. En profitant de la naïveté d'une jeune fille, elle sacrifie les York au profit des Tudor.

Restée auprès de sa sœur, Cecily réprima un sourire. Les filles d'Edward IV avaient vu trop tôt les noirceurs de la vie pour garder la moindre candeur. Cecily elle-même avait avec son fiancé des rapports poussés à l'extrême limite de la consommation charnelle et ne gardait sa virginité que pour ne pas devenir grosse.

— La vie m'a trop durement frappée !

Elizabeth se laissa tomber dans un fauteuil au haut dossier de noyer sculpté de feuilles d'acanthe.

— Trois de mes fils assassinés puis mon aînée qui agit en folle et compromet l'honneur de sa famille [1] !

— Une famille fort honorée, mère. Le roi vous a restitué des terres et vous jouissez à nouveau d'une fortune considérable, de châteaux et de serviteurs. Dieu seul juge nos consciences et nos cœurs, ne me condamnez donc pas. Vous avez chéri mon père et osé beaucoup pour devenir sa reine. Je vous aime et vous admire. Laissez-moi prendre le risque d'être sacrifiée si j'avais le malheur d'être stérile. Quant à lady Margaret, ne cherchez point de conflit avec elle.

— Et pourquoi donc ? siffla la reine douairière. Parce qu'elle assiste trois fois par jour à la messe, qu'elle se vêt en nonne et porte un cilice ?

— Parce qu'elle est ma belle-mère, Milady, et que je la soutiendrai désormais sans faillir.

---

1. Voir *La Rose d'Anjou, op. cit.*

3

En quelques heures la maladie menait un bien portant au tombeau. Différents des symptômes de la peste, ceux de la suette n'en étaient pas moins terribles. Une chaleur infernale brûlait le corps qui se couvrait de plaques rougeâtres. À moitié fous, des malades s'immergeaient dans la Tamise, d'autres arrachaient leurs vêtements et, hagards, nus, erraient dans les rues. Fût-elle palais ou masure, chacun se claquemurait dans sa demeure protégée par des guirlandes d'ail et ne laissait entrer âme qui vive. Chaque matin, à l'aube, des tombereaux venaient collecter les cadavres qu'ils déversaient dans les charniers des faubourgs.

Ce début d'octobre offrait à nouveau les anciennes douceurs de l'été, mais nul n'avait le cœur à en jouir. Sans cesse sollicitée pour soulager la misère des Londoniens, lady Margaret faisait distribuer du pain et de la viande, des poissons séchés. Payés par elle, des médecins visitaient les plus démunis et des prêtres étaient envoyés pour les assister dans leur trépas. Après la messe de l'aube, la première à laquelle elle assistait, elle écoutait les rapports de ceux-ci, ouvrait sa bourse, mettait des couvents entiers en prière. Le peuple commençait à murmurer que le règne de Henry Tudor débutait sous de bien mauvais augures.

— Si l'épidémie ne cesse pas, il faudra retarder les fêtes du couronnement, mon enfant.

Près d'Henry, Margaret Beaufort, comtesse Stanley,

32

montrait un visage ferme. Bien qu'ayant attendu plus de vingt-huit années l'apothéose de son unique enfant, elle refusait de se réjouir au milieu des souffrances. Deux lords-maires de Londres et cinq conseillers étaient morts, on disait le Gouverneur de la Tour luttant pour survivre. Les prisonniers les plus importants, tels Thomas, le fils du duc de Norfolk, et Edward, celui de Clarence, n'avaient plus que de brefs contacts avec les domestiques chargés de les servir, eux-mêmes ayant reçu l'ordre de ne point quitter la Tour, fût-ce pour enterrer un des leurs.

— Nous les remettrons.

Henry jeta un coup d'œil sur le ciel sans nuages. Si le froid revenait, l'épidémie céderait.

— Mais, ajouta-t-il en se retournant vers sa mère et son oncle Jasper, je désire que mes plus fidèles amis reçoivent leur récompense sans retard. Comme nous l'avons prévu, nous armerons des chevaliers, donnerons titres et terres. Et j'accorderai un pardon solennel à ceux qui se sont battus aux côtés de Richard d'York.

Peu de bateaux manœuvraient sur la Tamise et, inactifs, maints débardeurs assis en rond jouaient aux dés. Sur la berge devant la fenêtre du roi, une vieille proposait les fruits de son verger que nul n'achetait par peur de la contagion.

— Nous allons partir à la campagne, mon neveu, dit Jasper. Le manoir des Guildford t'attend. Il serait insensé de prendre des risques.

— Et lady Bessie ? s'inquiéta Henry.

— Elle est en sécurité à Westminster. Quoi qu'il en soit, vous ne pouvez vous retrouver en ce moment.

Henry prolongea sa contemplation du fleuve. Il s'attachait à Bessie. Franche, spontanée, elle montrait de plus en plus souvent ses sentiments, lui rendait ses baisers. Il ne l'avait revue depuis une semaine, elle lui manquait.

L'épidémie décrût à la mi-octobre s'éteignit tout à fait quelques jours avant la fin du mois. Trente mille personnes à Londres avaient péri. Le roi fit célébrer dans toutes les églises des messes de requiem, distribuer des aumônes. Les fêtes du couronnement furent maintenues. Musiciens, jongleurs, mimes, bonimenteurs accouraient de toutes parts. Londres reprenait goût à la vie. On commençait à dresser des tréteaux pour les libations publiques, balayer les rues, nettoyer les berges du fleuve. Après l'excessive chaleur, un froid sec s'était établi et les arbres perdaient leurs feuilles. Dès l'aube, les marchés proposaient volailles, fromages, fruits et légumes, quartiers de mouton. Tavernes et rôtisseries étaient combles tant les fêtes du couronnement avaient attiré de gens venus des plus lointains comtés. L'anglais se parlait avec tous les accents qui se mêlaient au français, à l'espagnol et l'italien. La venue des étrangers, toujours acceptés avec réticence, profitait cependant au commerce. On taillait des aunes de soie et de velours, ciselait des chaînes en or, vendait une maigre poule le prix d'un agneau, louait un lit d'auberge au tarif d'un appartement dans le Cheapside. Dans les maisons des corporations, tailleurs, épiciers, orfèvres, pelletiers, merciers, négociants en vins, on sortait la vaisselle d'or et d'argent en vue des banquets qui allaient s'y tenir.

Une pluie d'honneurs tombait sur les fidèles d'Henry Tudor, ceux qui avaient partagé ses longues années d'exil et ceux qui lui avaient offert aussitôt leurs services lorsqu'il avait pris pied en Angleterre pour conquérir le pouvoir. Outre l'élévation de Jasper Tudor au titre de duc de Bedford, Thomas lord Stanley, époux de Margaret Beaufort et beau-père du roi, était fait comte de Derby et constable d'Angleterre, William Stanley nommé grand chambellan, chancelier de l'Échiquier et chargé de la justice dans le nord du pays de Galles. Le comte d'Oxford, qui avait largement contribué à la victoire de Bosworth était promu amiral d'Angleterre, d'Irlande et d'Aquitaine, constable de la Tour de Londres et gardien des lions et léopards de la ménagerie royale. Henry n'avait pas oublié Charles, le fils de son porte-étendard, William Brandon, tué par Richard d'York. L'enfant serait élevé par la Couronne et bénéficierait de la meilleure éducation avant d'être armé chevalier.

La veille du sacre, retiré selon la coutume dans les appartements royaux de la Tour de Londres, Henry passa la nuit en prière. Quelques mois plus tôt, après avoir fui sa première terre d'asile, la Bretagne, il n'était qu'un réfugié sans le sou à la cour de France. Les espions de Richard III le traquaient et, à tout moment, il savait qu'on pouvait le livrer au roi d'Angleterre contre une forte somme d'argent, des soldats ou d'alléchantes promesses.

Devant les bougies qui se consumaient, Henry, à genoux sur un prie-Dieu, songea à Bessie, revit son regard franc et résolu, la joliesse de son corps. Elle aimait chanter, jouer du luth et du clavicorde. Son visage alors prenait une expression joyeuse, presque enfantine. Leurs rapports étaient devenus passionnés, se pourrait-il qu'elle fût enceinte ?

Dehors, par les étroites fenêtres qui lui faisaient face, Henry voyait le ciel moucheté d'étoiles. Des archers passaient sur le chemin de ronde, une effraie lança dans l'obscurité son cri lugubre. La lumière allait bientôt venir et on ne tarderait plus à le vêtir de sa robe de velours pourpre fourrée d'hermine lacée par des cordonnets de fils d'or. Sur la robe, il passerait un surcot de drap d'or doublé de satin vert et blanc. Le cheval qui l'amènerait à la cathédrale, un puissant hongre blanc, serait caparaçonné de draps d'or brodés aux armes d'Angleterre.

« Que celui qui veut contester le pouvoir de notre roi m'affronte en combat singulier. » Recouvert de drap d'or et d'argent, le cheval de Jasper Tudor caracolait dans la salle du banquet. À plusieurs reprises, l'oncle du roi avait monté et descendu le grand escalier de Westminster dans le but de poser cette même question à laquelle, selon la tradition, le silence seul faisait réponse.

Les convives étaient assis autour des tables depuis plus de deux heures et le cérémonial se déroulait point par point selon les ordres donnés par lady Margaret, trente plats dont le service était entrecoupé par le chant de ménestrels, la virtuosité de jongleurs et d'acrobates, le talent de mimes et le charme de jeunes filles composant des tableaux vivants. Les nains et naines des grands seigneurs se querellaient, riaient aux éclats, faisaient des galipettes, les chiens aboyaient, les singes de compagnie picoraient les fruits disposés dans des coupes d'albâtre et se chamaillaient avec des cris perçants. Les plats épicés, la musique, le bruit étourdissaient. Des valets allumèrent des torchères dont la clarté fauve incendiait l'ocre, le pourpre des tapisseries, des tapis d'Orient, caressait les peaux de bêtes. Dans le froissement de leurs robes de brocart, les femmes se levaient pour se diriger vers les lieux d'aisances aménagés dans les tourelles. Au milieu de ses filles, la reine douairière prenait des airs hautains. Comme son propre temps de gloire avait passé vite !

À plusieurs reprises, Bessie avait cherché à croiser le regard d'Henry. Mais, habité par ses souvenirs ou par ses rêves, indifférent au tumulte qui l'entourait, aux facéties de son nain, aux grimaces de son ouistiti, aux compliments de ses courtisans, le roi restait distant. « Il est épuisé », pensa la jeune femme. Elle revit l'interminable cérémonie du couronnement, la longue procession, réentendit les cris de joie de la foule. Les étendards noirs, rouges, jaunes, verts, roses, argentés claquaient au vent, une forêt d'étendards qui avançaient vers Westminster comme autant de signes de victoire. Digne, superbe sur son chargeur, Henry allait vers la cathédrale sous le dais de drap d'or porté par quatre écuyers, ne regardant ni à droite ni à gauche, impassible comme il le demeurait ce soir, lointain, inatteignable. L'aimait-il comme il le lui affirmait ? Ils étaient destinés l'un à l'autre, rose rouge et rose blanche. Qu'ils aient de l'attirance l'un pour l'autre n'avait pas de réelle importance. Il devait régner, donner paix et aisance à ses sujets, elle devait produire des fils pour continuer la lignée des Tudor, des filles qui par leurs mariages procureraient à l'Angleterre des alliés de poids. Et, cependant, Henry

36

l'émouvait, elle aimait faire l'amour avec lui. Le secret qui avait entouré leurs épousailles lui avait octroyé une vraie liberté. Elle avait accepté d'être une mère ou de n'être pas. Si elle était stérile, un couvent l'engloutirait et Henry épouserait Cecily. Si Cecily ne pouvait avoir d'enfants resteraient Anne, Katherine et Bridget.

Couché sur le vaste lit, Henry attira Bessie contre lui. Il n'en pouvait plus et ne voulait que serrer entre ses bras ce corps de femme, dormir la tête sur son épaule, sentir son souffle dans ses cheveux.

Lorsqu'il l'avait fait chercher, Bessie allait s'endormir. Elle s'était vêtue en hâte, avait suivi Christopher Urswick, premier chapelain du roi qui l'avait mis dans son secret.

En chemise, la jeune femme se blottit contre son mari.

— Vous êtes roi couronné, murmura-t-elle, je ne suis qu'une princesse parmi d'autres.

— Tu es ma reine.

— Si Dieu le veut.

L'odeur du feu de bois venait de la cheminée. Longtemps elle resta contre Henry, qui s'était endormi, avant de regagner à l'aube sa chambre. Jamais Bessie ne l'avait autant désiré que cette nuit où il ne l'avait pas touchée.

— Je t'attendais, chuchota Cecily. Mère a su que tu avais rejoint le roi, elle est fort en colère. Elle proclame que les York valent cent fois les Tudor et que c'est Henry qui devrait ramper à tes pieds.

— Les York valaient mille fois les Woodville et père ne la contrariait jamais.

— N'est-ce pas contrarier une épouse que de la tromper sans cesse ?

Les deux sœurs éclatèrent de rire. Depuis leur petite enfance, elles avaient vu les hommes disposer de leur liberté et leurs femmes se résigner. Là était l'ordre des choses dans les lois du mariage.

La première messe s'achevait. Il faisait encore nuit. Ce matin-là, Margaret Beaufort n'avait pas offert toute son attention à la prière. Sa conscience la tourmentait. À maintes reprises, cependant, elle avait évoqué devant son chapelain et son confesseur la décision prise en accord avec Henry : Bessie devait donner la preuve de sa fertilité avant de devenir reine d'Angleterre. Mais n'avait-elle pas outrepassé ses droits ? Elle sentait son fils préoccupé. La charge du pouvoir, l'énorme responsabilité de rendre la paix et la prospérité à un royaume déchiré par tant d'années de guerre civile étaient-elles seules responsables de son air soucieux ? Dès les fêtes du couronnement achevées, il s'était mis au travail avec ses conseillers et le Parlement, les amnisties accordées verbalement avaient été confirmées par décret. Bientôt Thomas, comte de Surrey, le fils de Norfolk, prisonnier à la Tour de Londres, serait libéré et remis à sa famille. Henry avait perçu les qualités de cet homme et souhaitait se l'attacher. « À moins que l'heureux mariage de Jasper ne lui fasse davantage encore sentir la dureté de sa condition de roi », pensa Margaret en s'inclinant devant l'autel en une profonde génuflexion.

Ses dames d'honneur l'attendaient et Margaret dut quitter la chapelle. Un froid humide s'infiltrait dans les couloirs, les vastes salles où pétillaient des feux de bois. Sans un mot échangé avec ses dames, la silhouette noire se dirigea vers la chambre du roi. À cette heure matinale, il devait se faire raser puis endosserait pourpoint, chausses et un long manteau doublé de renard qui le gardait du froid. Avec le barbier, seuls deux valets officiaient. Chats, chiens et singes étaient bannis jusqu'à l'heure du premier repas pris vers onze heures du matin.

Un des *yeomen* de garde à la porte l'ouvrit pour laisser le passage à la mère du roi. Quelles que soient les occupations de celui-ci, Margaret avait le privilège de pouvoir retrouver son fils quand bon lui semblait.

La comtesse Stanley fit tout d'abord une révérence puis elle s'approcha de Henry et le baisa au front.

— J'ai à te parler, mon enfant.

Deux torches et des chandelles perçaient les ténèbres de la chambre. Sous leur lueur vacillante, la reine mère ressemblait à un revenant.

— Apportez du vin chaud et retirez-vous, demanda Henry à ses serviteurs.

Un moment la mère et le fils restèrent côte à côte devant l'âtre, une coupe remplie de vin aux épices entre les mains. Ce fut Margaret qui rompit le silence :

— Je me soucie pour toi et pour Bessie et regrette de t'avoir suggéré ce mariage *ad futuro*. Dieu me fait comprendre que j'ai eu tort. On ne joue pas avec Ses lois.

— J'ai besoin de fils plus que d'amour, mère.

Le ton triste de la voix désola Margaret.

— Qui sait ? Tu as vécu ton enfance, la première partie de ta vie d'homme loin de moi. Dieu, qui est équitable, veut te voir aux côtés d'une épouse qui t'aime. Lui seul décidera de l'avenir de notre lignée.

— Lady Bessie n'a jamais proféré un mot contre vous, mère. Elle a accepté notre décision comme juste et sage.

— Parce qu'elle veut ton bonheur plus que le sien. Et de cette grandeur d'âme, nous la punissons.

Le château s'éveillait et, derrière la porte, on entendait des bruits de pas, des bribes de conversations, le tintement d'ustensiles ménagers. Dans l'antichambre, des servantes plaisantaient avec les gardes. L'aube était brumeuse.

— Le Parlement va exiger mon mariage avec une princesse d'York, dit enfin Henry, et puisque je dois épouser l'une d'entre elles, je souhaiterais que ce fût lady Bessie.

— Alors mariez-vous, murmura Margaret. Les fêtes de Noël achevées, nous préparerons tes noces. Désormais, tu ne dois ta couronne qu'à toi-même et nul York, pas même lady Elizabeth, ne pourra clamer que Bessie te l'a donnée.

4

Exténué, Francis Lowell se laissa tomber sur une botte de paille. Depuis la mort de son ami d'enfance, le roi Richard III, à Bosworth, sa fuite en Flandres où Margaret d'York l'avait accueilli, chaque jour il s'entraînait aux armes jusqu'à la limite de ses forces. Lorsque le moment viendrait de chasser Tudor du trône d'Angleterre, il serait prêt. Déjà une poignée de bannis l'avaient rejoint et, appuyés par la duchesse, les plans de reconquête se précisaient. Encore réfugiés à l'abbaye de Colchester dans l'Essex, Humphrey et Thomas Stafford lui avaient fait savoir qu'ils quitteraient bientôt leur sanctuaire pour préparer une rébellion. Ils avaient le projet de s'emparer de Worcester avec leurs partisans et comptaient sur lui pour prendre le contrôle de la ville de York dont la plupart des habitants étaient restés fidèles à la mémoire du défunt roi. À Londres où, bien menés, largement rétribués, les rebelles pouvaient s'emparer de points stratégiques et rallier d'autres mécontents, il serait possible de provoquer des émeutes.

La nuit, dans le secret de sa chambre, il arrivait au jeune homme de pleurer. Pourquoi les Stanley et Northumberland avaient-ils trahi, pourquoi cette bassesse envers un homme qui les avait comblés ? Le fils de Norfolk, lui aussi, s'apprêtait à faire sa soumission en échange d'honneurs, de rétributions. Comment pouvait-il songer sans honte à son père mort héroïquement à Bosworth ?

Les Flandres avaient accueilli Lowell avec générosité et Margaret d'York l'avait pris à son service. La haine de la duchesse douairière envers les Tudor valait la sienne. Souvent ils rêvaient ensemble d'une Angleterre dont John de la Pole, duc de Lincoln, ou bien Edward, le jeune fils de Clarence, deviendrait roi. La duchesse douairière interrogeait Francis sur le sort des enfants d'Edward IV. D'eux, Lowell ne savait que peu de chose. On disait l'aîné mort de maladie, mais Richard, le plus jeune, était peut-être encore en vie, toujours emprisonné à la Tour.

À Malines, la vie de cour était luxueuse mais sans fantaisie. Veuve de Charles le Téméraire, la duchesse avait enterré trois années plus tôt Marie, la fille unique de celui-ci et de la défunte Isabelle de Bourbon mariée à l'empereur Maximilien d'Autriche et élevait avec amour leurs deux jeunes enfants, Philippe et Marguerite. Avec Lowell, elle se plaisait à évoquer son jeune frère, Richard III, mais Francis déplorait en son for intérieur qu'elle le connût si mal et l'aimât plutôt par devoir familial. Sans doute était-il le dernier survivant à avoir pu pénétrer au plus profond du cœur de l'ancien roi. Vaillant, intrépide au combat, il était aussi sensible, juste, d'une piété austère et peu démonstrative. Lowell se souvenait de longues conversations où Richard s'exprimait avec franchise. Avide d'être aimé, il savait mal exprimer ses sentiments. La froideur des liens qui l'unissaient à sa femme l'avait meurtri et seul son fils Edward avait accaparé durablement son cœur. Pour cet enfant mort trop tôt, il avait rêvé d'un avenir glorieux, d'une longue descendance. Du jour où la dalle du tombeau avait été posée sur son cercueil, tout s'était désintégré.

Au milieu de ses dames Margaret d'York brodait. Un fin grésil frappait les carreaux. On avait allumé flambeaux et candélabres. Dans un coin de la vaste salle, des musiciens jouaient des airs sentimentaux qu'appréciait la duchesse douairière.

— Approchez, lord Lowell, demanda Margaret. Je viens

de recevoir des nouvelles de Londres et aimerais m'en entretenir avec vous.

— Tudor aurait-il attrapé la peste ?

— Hélas non ! s'esclaffa la duchesse. Il se porte même si bien qu'il vient de fixer la date de son mariage avec Bessie au 18 janvier.

— Ainsi votre nièce obtient ce qu'elle a toujours ambitionné, une couronne de reine, remarqua Francis d'un ton amer. L'oie blanche montre la solidité de son bec.

— Puisque cette enfant va épouser un homme que j'exècre, je ne la considère plus comme faisant partie de ma famille. Si Tudor tombe comme je le souhaite, elle tombera avec lui et je ne la pleurerai pas.

Mince, la taille élancée, l'œil d'un bleu clair, le ménestrel chantait l'amour éternel et l'unisson des cœurs. Margaret se tut pour l'écouter.

— Dieu merci, la beauté de la musique fait oublier pour un instant la laideur du cœur des hommes, prononça-t-elle enfin.

Après la ballade, le ménestrel entama un rondeau qu'accompagnaient flûtes, harpes et clavicordes. À nouveau, la duchesse tendit l'oreille. Toute évocation de l'amour pur lui faisait monter les larmes aux yeux.

— Sans musique, je ne pourrais vivre, soupira-t-elle.

Francis Lowell n'écoutait pas. Une fois encore le souvenir des ultimes moments de la bataille de Bosworth lui causait une douleur aiguë. La poussière, le sang, les cris des cavaliers qui les chargeaient en hurlant : « À Stanley, à Stanley ! » Il avait pris Richard par le bras. « Par Dieu, milord, fuyez ! » Mais Richard s'était dégagé. Lui-même avait pu s'échapper. Son cheval avait couru ventre à terre, droit devant lui, et il s'était retrouvé seul devant un ruisseau, son armure couverte de sang, celui du roi ou celui de Brackenbury, de Catesby, de Percy, de Ratcliff, de Percival, de Tyhriball qu'il avait vu tomber à terre les deux jambes sectionnées. La victoire, cependant, était à portée de main, Richard avait exterminé sir John Cheney, William Brandon, le porte-étendard de

Tudor et le dragon rouge mordait la poussière foulé par les sabots de leurs chevaux. Tremblant de tout son corps, il avait arraché son heaume, ôté son armure puis, accroupi, avait bu l'eau du ruisseau, s'était nettoyé le visage, les mains. En échange d'une vieille jument, il s'était débarrassé de son chargeur et était parti vers la mer. Contre sa chaîne en or, le capitaine d'un petit navire avait accepté de le mener en Flandres où Margaret d'York l'avait accueilli.

Le chanteur s'était tu.

— Allons nous apprêter pour le souper, invita la duchesse en se levant.

Elle allait visiter auparavant ses petits-enfants, les écouter raconter leur journée, les interroger sur leurs études et leurs prières. Auprès d'eux, elle oubliait les terribles épreuves de sa vie, son père vénéré et son frère Edmond tués par Marguerite d'Anjou, la fin horrible de son époux dévoré par des loups durant le siège de Nancy, la lente agonie de sa belle-fille, Marie, après une chute de cheval. Blessée dans ses parties génitales, elle avait refusé par pudeur que son médecin pansât la plaie. L'infection avait alors gagné le bas-ventre et elle s'était éteinte entre ses bras dans d'atroces souffrances. Puis le dernier de ses frères, Richard, avait été taillé en pièces à Bosworth et Tudor l'avait fait ensevelir comme un chien, une corde autour du cou en signe de félonie. Mais elle le vengerait.

Durant la célébration de la douzième nuit de Noël, Bessie apparut devant la Cour en reine des neiges dans un féerique tableau vivant composé en secret pour le roi. Nul ne l'avait jamais vue aussi belle et rayonnante. Depuis quelques jours, la jeune femme pensait être enceinte et, trois semaines plus tard, elle allait épouser Henry Tudor.

Margaret Beaufort commençait à aménager les appartements royaux que sa future belle-fille occuperait, réunissant dames et demoiselles d'honneur jeunes, gaies et de bonne réputation, des servantes, des pages, des ménestrels. Pour oublier tout à fait les tristes murs qui l'avaient emprisonnée à Westminster et à Sheriff Hutton, Bessie avait émis le souhait d'avoir une chambre en plein soleil donnant sur les jardins. Ses châteaux préférés étaient Greenwich et Sheen, tous deux au bord de la Tamise et qui jouissaient de perspectives riantes sur la campagne. Jamais la jeune femme ne contredisait sa future belle-mère. Henry ne voulant en rien déplaire à sa mère, de sa bonne entente avec Margaret dépendait son bonheur futur. Cette soumission irritait fort la reine douairière. « Après trois mois de règne, prédisait-elle à sa fille, tu seras réduite à l'état de servante. Te crois-tu à la cour des Turcs pour te laisser ainsi humilier ? » Bessie, que les premiers symptômes de sa grossesse fatiguaient, fuyait les remarques acerbes de sa mère. Elizabeth sortait de cruelles épreuves et de ne point retrouver le pouvoir et l'influence qui avaient été siens l'anéantissait. Mère de la reine, elle aurait dû cependant jouir d'un immense prestige mais Margaret Beaufort lui volait ce rôle. À plusieurs reprises, les deux femmes s'étaient opposées. Jamais la comtesse Stanley n'élevait la voix. Son air doux et résolu, son entêtement exaspéraient la reine douairière qui, à plusieurs reprises, avait failli perdre le contrôle d'elle-même.

Évitant les sujets personnels, Bessie entretenait sa mère des projets politiques de son futur époux, maintenir la paix avec la France, obtenir au plus tôt un traité mettant fin aux incessantes escarmouches avec l'Ecosse dont James III[1], son souverain, revendiquait les citadelles de Dunborough et Berwick perdues sous le précédent règne. En échange de l'une d'elles, Henry exigeait la remise des derniers rebelles yorkistes réfugiés en Ecosse. Il était question aussi, et Bessie savait combien ce projet captivait sa mère, du mariage de sa jeune sœur Katherine avec le second fils du roi d'Ecosse, James, marquis d'Ormonde, signe que l'aîné était bel et bien en disgrâce. « Occupons-nous aussi de ton propre mariage, grommelait la

---

1. Jacques III d'Ecosse en français.

44

reine douairière. À moins que lady Margaret ne permette pas que je m'y intéresse. »

Les Londoniens préparaient avec fièvre le grand jour, les commerçants surtout, qui allaient profiter de l'affluence et d'une bonne humeur générale prêtant à la dépense. Des charrettes déchargeaient abondance de denrées dans les cuisines royales, chanteurs, musiciens, camelots, nains et gitans affluaient vers le centre de la ville tandis que couturiers, tailleurs, fourreurs œuvraient sans relâche. Soies brodées, dentelles, velours, damas, fourrures, draps d'or et d'argent étaient coupés, cousus, façonnés en robes somptueuses, en pourpoints, doublures et fastueux manteaux. Dans les rues, on se pressait, se bousculait. On traînait bœufs et moutons à l'abattoir tandis que gloussaient les poulets, caquetaient les canards et cacardaient les oies. Des bourriches remplies à ras bord des poissons de mer les plus délicats, d'œufs, des jarres de crème fraîche du Devonshire, des caisses de vin de Bordeaux, de Loire, de Grèce, d'Espagne s'entassaient dans les arrière-cuisines sous un froid piquant. Chanteurs et musiciens répétaient inlassablement, les prêtres houspillaient les enfants de chœur qui eux-mêmes reluquaient en ricanant les fillettes vêtues en anges chargées d'offrir la brioche bénite au roi Henry et à la reine Elizabeth.

À la tombée de la nuit, des brasiers étaient allumés dans les rues pour que pauvres et sans-logis puissent venir s'y réchauffer. Des soldats distribuaient de la soupe aux pois que contenaient d'énormes chaudrons placés sur des carrioles attelées à de forts chevaux de trait. Dès que les cloches des églises sonnaient la première messe du matin, les marchands ambulants montaient leurs baraques pour offrir aux hommes et damoiselles colifichets, pâtisseries, onguents aux propriétés magiques, talismans, parfums, bijoux de bois peint, de verre coloré, des fausses dagues de Tolède, des chaînes de métal doré, des bourses en peau d'animaux exotiques. Les gitanes saisissaient au hasard une main, insistaient, invectivaient les récalcitrants. Les flâneurs s'attardaient, faisaient conversation avec des inconnus. On disait la princesse Bessie jolie, bonne et pieuse. Fille d'Edward IV, comment ne pourrait-elle pas être aimable ? « Elle est par moitié Woodville, rétorquaient quelques moqueurs. Les prédateurs engendraient-ils des agnelles ? » Devant une pinte de bière, les discussions se poursuivaient à la taverne la plus proche. Dans l'âtre, quartiers de mouton et volailles rôtissaient sur de longues broches. L'air empestait la fumée, la graisse brûlée, l'alcool bon marché. Le froid sec ouvrait les appétits. L'aubergiste sortait du four des tourtes à la viande, des dés de foie de porc rissolés avec des oignons, des tartes aux fruits confits. On trinquait à la santé des futurs époux, à la fertilité de la reine qui, si elle ressemblait à sa mère, mettrait sans doute au monde des ribambelles de petits Tudor. Des nains passaient entre les tables, glapissant, chapardant au passage un morceau de pain, une saucisse, un beignet ruisselant de miel. Chacun se plaignait des drôles et drôlesses qui envahissaient Londres. Il fallait garder un œil sur son gousset et de l'autre surveiller épouses et filles. Les gitans n'avaient-ils pas le pouvoir de les ensorceler ?

Les cloches de Westminster sonnaient à toute volée. Henry chevauchait un pur-sang et Bessie une haquenée, les deux bêtes caparaçonnées de draps d'or surbrodés de fleurs de lys, de lions, de licornes, de léopards et de roses rouges et blanches, roses symbolisant l'union sacrée des York et des Lancastre, que des pages vêtus de vert et de blanc jetaient par poignées sur la foule massée de chaque côté des rues qu'empruntait le cortège.

Vêtue d'une robe blanche brodée d'or et d'un manteau doublé d'hermine dont les plis recouvraient la croupe de la jument, les cheveux contenus par une résille d'or semée de perles, Bessie était follement acclamée. Pour la première fois, la princesse se montrait au grand jour, saluait son peuple et, à travers elle, les Anglais rendaient honneur à son père, ses deux frères dont la disparition les avait scandalisés. Elle était la reine des humbles comme des seigneurs, des pauvres comme des riches.

À pied maintenant, le futur couple royal remontait le long tapis menant à la cathédrale et les badauds guettaient l'instant précis où il passerait le porche pour en couper ou en arracher un morceau. La ruée fut soudaine, incontrôlée, chacun cherchant à s'approprier les fragments précis sur lesquels le roi ou la reine avaient posé leurs pieds. Des enfants puis des femmes furent renversés, piétinés. Aux cris de joie succédaient hurlements et gémissements. Bessie se retourna. À coups de pique, les gardes tentaient de disperser la foule. Elle eut peur, soudain.

— Des gens sont en train de mourir.

— Marchez, commanda Henry d'un ton doux. Ne savez-vous pas que les rois sont toujours seuls ?

L'interminable festin s'achevait. À l'exception de lady Margaret dont les austères privations étaient connues de tous et de la jeune mariée sur laquelle les récents et dramatiques évènements laissaient une profonde impression, chacun avait fait bombance. Le premier service avait proposé chevreuils, faisans, cygnes, chapons, lamproies, grues, brochets, hérons, carpes, chevreaux, perches, moutons, crèmes anglaises, tartes et fruits. Après un intermède durant lequel les musiciens avaient accompagné les ménestrels chantant en polyphonie, le deuxième service était arrivé composé de paons, coqs, perdrix, esturgeons, lapins, aigrettes, cailles, alouettes, de venaison, de coings confits et de viandes froides auxquels avaient succédé de nouveaux chœurs et autres sérénades. Le fumet des viandes, l'odeur forte des épices, cannelle, clous de girofle, gingembre et safran qui imprégnaient les sauces, celle du vin chaud et des pâtisseries à l'anis et à la muscade grisaient les convives repus et faisaient monter les voix d'un ton. Des chats dévoraient les restes d'un plat de poisson tandis que les épagneuls du roi grondaient pour écarter les levrettes de la reine douairière qui jappaient furieusement.

Derrière le couple royal, un jeune musicien pinçait les cordes de son luth. N'attendant qu'un signe du roi pour se lever, à peine Bessie entendit-elle l'élégie qui lui était destinée. Une brume émanant de la Tamise brouillait maintenant les perspectives. Les valets allumaient des flambeaux tandis que sortaient les musiciens pour laisser la place aux acrobates, jongleurs et nains. Le feu aux joues, des femmes délaçaient un peu leurs corsages et, dans le scintillement des bijoux qui les couvraient, on voyait leurs peaux luisantes, leurs cheveux lustrés d'huiles parfumées qu'allumait par intermittence l'éclat des chandelles.

— Je vais vous laisser, mes amis, déclara enfin Henry en se levant. Dieu soit avec vous.

Résolument, il prit la main de Bessie, s'inclina devant sa mère, fit un bref salut à Elizabeth d'York. Dans la pénombre, le regard de la reine douairière avait une expression mauvaise.

— Je suis lasse, murmura Bessie à son mari, prenez-moi vite dans vos bras.

Les hommes s'inclinaient, les femmes plongeaient en de profondes révérences.

— Vos souhaits sont les miens, chuchota Henry.

— Alors, faites porter des secours aux familles de ceux qui sont morts ce matin.

Derrière elle retentissaient les rires, les appels de convives qui se pressaient dans le grand escalier pour regagner leurs appartements ou leurs demeures. Un nain glapit des injures et un concert d'aboiements lui répondit.

5

Bien que les habitants de la ville d'York l'aient accueilli avec faste, Henry Tudor devinait de la réserve derrières leurs faces souriantes. Où Francis Lowell se tenait-il embusqué ? Certains autour de lui prétendaient que l'ancien compagnon de Richard III n'avait pas d'intentions belliqueuses. Le prenait-on pour un naïf ?

Au-delà des remparts cernant la ville, la campagne était calme. Les bergers venaient de sortir leurs moutons après l'hiver et, surveillés par des mâtins, les troupeaux s'égaillaient dans les pâturages encore jaunis par les froids. Non sans mal, Henry avait quitté sa mère et sa femme en résidence à Greenwich. Enceinte de quatre mois, Bessie s'arrondissait. Encore fragile, elle retrouvait peu à peu sa sérénité. Son caractère naturellement résolu et réaliste reprenait le dessus.

Dans l'appartement mis à sa disposition, Henry se sentit las soudain. Alors que de tout son être il aspirait à la paix, il devait à nouveau songer à se battre.

Avec insistance, on frappait à sa porte. Les deux *yeomen* de faction laissèrent avancer de quelques pas un messager.

— Humphrey et Thomas Stafford se sont échappés de l'abbaye de Colchester, Votre Grâce. Ils se préparent à attaquer Worcester, annonça-t-il.

« Lowell est donc prêt à agir, lui aussi », pensa Henry. Il

allait passer le reste de la nuit en compagnie d'Oxford et de son oncle Jasper, de Thomas et de William Stanley à élaborer une stratégie de combat.

— Il faut oser ou renoncer, tonna Francis Lowell.

Grande avait été sa déception de ne pas voir le Yorkshire se lever en masse contre Tudor. Avec ses mille soldats et les quinze cents rassemblés par les frères Stafford, leur armée ne comptait que la moitié des combattants réunis par le roi. Et les armes leur faisaient défaut. Le nombre de flèches était insuffisant ainsi que celui des arbalètes et des carreaux. Mais ils avaient pour eux la foi et une rage invincible de se débarrasser de Tudor.

Lowell but d'un trait un verre de vin et s'essuya la bouche d'un revers de main.

— Puisque nous n'avons pas les moyens d'affronter leur armée, je vous propose une autre stratégie.

Les quelques nobles qui formaient son conseil de guerre ne disaient mot. Par l'aura que lui donnait sa longue amitié avec le défunt roi, le vicomte Lowell les impressionnait. Ils n'avaient en outre aucune alternative à lui proposer.

L'un après l'autre, Lowell les observa.

— Tudor est dans York où la mémoire du roi Richard est restée vive. Ses amis n'ont pas pu tous nous rejoindre mais beaucoup sont prêts à nous protéger.

Dans les rues du village où Lowell avait établi ses quartiers généraux, on entendait le meuglement des vaches allant au pâturage. Quelques coqs se répondaient d'une métairie à l'autre. Il bruinait.

— Le commandement de la ville et de sa garnison pourrait être saisi par surprise par une poignée d'hommes résolus, poursuivit-il. Il nous sera possible alors de nous emparer du roi.

— Prévoyons ce coup de main lors de la Saint-George, Milord, suggéra soudain un jeune homme. La population sera dans les rues et la surveillance armée moins attentive. La mairie et son conseil municipal défileront et les processions couvriront notre retraite.

À l'intérieur de la petite auberge, la lumière était si ténue que l'on ne discernait qu'à peine les murs de torchis et de bois.

— Et si ce plan échouait, prononça Lowell, alors nous livrerions bataille.

Henry Tudor laissa son domestique lacer son pourpoint, poser sur ses épaules le manteau doublé de castor. Depuis deux jours, une pluie fine tombait sur York et l'humidité le glaçait jusqu'aux os. En dépit des festivités organisées pour les fêtes de la Saint-George, le roi se sentait d'humeur morose. Le domestique lui tendit un chapeau rond de velours noir aux bords relevés, puis ouvrit un écrin où étaient alignées des broches en pierres précieuses.

— Celle de saint George, demanda Henry d'un ton sec.

Le valet détacha de l'écrin un bijou d'or représentant le saint terrassant la bête mythique dont les yeux de rubis étincelaient.

Le roi coiffa son chapeau, serra les pans de son manteau contre sa poitrine. Morton se tenait derrière lui.

— Sont prévus de longs cortèges, Milord, puis une messe solennelle suivie d'une procession. Le maire attend de vous quelques mots adressés aux habitants de la ville.

— Ils les auront. Avez-vous reçu du courrier de Londres ?

— Pas encore, Milord.

— Et l'armée des insurgés ?

— Ils campent à cinquante miles d'ici, au nord, dans les landes. Lowell et ses amis gîtent dans un village près de Pickering, mais je le crois incapable de pouvoir nous livrer bataille.

— Sait-on jamais, murmura le roi. Lowell est décidé à tout.

51

En dépit du crachin, une foule nombreuse s'était massée le long des rues pour voir la suite du roi se diriger vers la cathédrale. D'abord marchaient les joueurs de trompette et de tambour suivis des porte-bannières. Puis avançait avec cérémonie le conseil municipal précédant le maire et l'évêque montés sur des chevaux dont la robe pie était couverte de velours mauve rebrodé d'argent. Enfin, venaient les proches du roi, John Morton, évêque d'Ely, Thomas et William Stanley, le comte d'Oxford, chacun escorté de porte-bannières portant ses couleurs et son blason. Impassibles, à peine ceux-ci remarquaient-ils les tapisseries suspendues aux fenêtres, les étoffes aux riches broderies, la pluie de roses rouges et blanches en papier que des enfants jetaient sur leur passage. Précédant le roi, quatre *yeomen* en grande tenue observaient la foule à droite et à gauche. Solennelle au milieu de maisons basses en pierre ou en torchis à pans de bois se dressait, au loin, la cathédrale. Un vague parfum d'encens en émanait poussé par une brise qui ne parvenait pas à ouvrir les nuages. Plus le cortège approchait de la cathédrale, plus grande était la bousculade. Soudain, le bourdon se mit à résonner, haut et grave, dans le ciel bas, on allait ouvrir les hauts battants de chêne sculpté. De chaque côté du parvis, derrière une forêt de bannières de soie, de draps d'or, de velours, de satin et dans le tonnerre des grandes orgues, les représentants des confréries attendaient le roi pour le saluer.

— Tout est prêt, Milord.

Les chevaux avaient été rassemblés dans la cour d'une auberge, à deux pas de la cathédrale. Le faux mendiant n'attendait qu'un ordre pour remplir sa mission : provoquer un esclandre justifiant l'intervention d'archers restés fidèles à la cause des York qui neutraliseraient les *yeomen* de Tudor pendant que Lowell assisté de quelques cavaliers s'emparerait du roi pour le conduire dans leur camp retranché.

Le ciel se chargeait davantage, des nuages d'un gris sombre parsemaient un ciel déjà bas. Droit sur son hongre à la robe fauve, Henry Tudor songeait à ces rebelles qu'il lui fallait mater au plus vite afin d'assurer la paix en Angleterre avant la naissance de son premier enfant, un fils, il l'espérait de toute son âme. Depuis l'annonce de la grossesse de Bessie, un mois avant leur mariage, Margaret Beaufort s'abîmait en prières et neuvaines afin que Dieu leur accorde un héritier. D'un commun accord avec la reine, il se nommerait Arthur car, avec lui, le rêve d'un nouveau Camelot se ferait réalité, une renaissance anglaise verrait le jour.

Durant son long exil, Henry avait pu méditer les bases d'un gouvernement fort, stable mais juste : des rentrées d'argent régulières fournies par des taxes équitables, une cour peu dispendieuse. Les caisses vides qu'il avait trouvées après Bosworth, il voulait les laisser pleines à son fils aîné. Et, pour affirmer sa puissance, l'Angleterre devrait nouer des alliances avantageuses et durables, par des mariages principalement. Dès leur naissance, ses enfants en seraient la garantie.

Soudain, un homme fendit la foule, un vieillard loqueteux appuyé sur un bâton qui marchait droit vers le cheval du roi. Avant que les gardes puissent intervenir, la main du mendiant s'empara des rênes, fit se cabrer le hongre. Un court instant, nul ne réagit, puis de leurs piques, les gardes se précipitèrent sur l'intrus qui, terrassé par une crise nerveuse, hurlait et se roulait sur le sol.

— Que Votre Grâce n'éprouve aucune crainte, affirma la voix de Morton à côté du roi, dans un instant ce dément sera jeté hors de votre chemin.

Tiré de ses méditations, Henry observait la foule. La curiosité plus que la colère se lisait dans les regards. Si l'homme avait voulu l'assassiner qui, parmi eux, serait venu à son secours ? À peine se rendit-il compte qu'un autre individu s'emparait des rênes de sa monture, que la pointe d'une alêne s'appuyait sur son flanc.

— Poussez votre cheval, Milord, chuchota une voix, et ne résistez point si vous tenez à la vie.

53

Comme par magie, un rang d'archers avait pris place entre le roi et le cortège. Avec détermination, ils pointaient leurs flèches sur les gardes du souverain.

Soudain monta de la foule une rumeur qui grossit, s'enfla. Une voix hurla : « Vive le roi Henry ! », et une masse d'hommes de toutes conditions s'élança sur les archers félons, les terrassa, les acheva à coups de pied et de pierres.

— Au galop vers la cathédrale, Milord ! l'implora un *yeoman,* vous y serez en sécurité.

— Je ne montrerai aucune clémence, prononça Henry d'une voix forte. Nous allons affronter les rebelles et les écraser.

Il était tard dans la nuit. Un vent aigre qui se heurtait aux vitres scellées de plomb avait chassé la pluie.

— Vous êtes sauf, Milord, et le peuple vous a témoigné son attachement. Laissez croupir ces soi-disant rebelles. Le vicomte Lowell appartient au passé.

Jasper Tudor se tenait en face du roi. Son visage buriné montrait plus de mépris que de colère.

— En politique, rien n'est jamais enterré, Jasper. Lowell est né dans le Yorkshire et y compte autant d'amis que nous. Il a survécu à Bosworth, c'est un ami d'enfance de Richard, il doit être éliminé.

Le nouveau duc de Bedford examina longuement son neveu. Le roi avait eu peur. Peur qu'en un instant les Tudor soient balayés avant même d'avoir pu gouverner.

— La reine va vous donner un fils, ajouta-t-il, et contre cet héritier légitime, Lowell et ses amis seront impuissants.

— Lowell peut-être, murmura le roi, mais tant qu'un seul prétendant au trône restera en vie, moi-même et les miens ne serons pas en sécurité.

À la tête d'une armée forte de cinq mille hommes, Jasper Tudor découvrit à moins d'un mile le camp des insurgés. À perte de vue, les landes étendaient leurs terres arides parsemées de bouquets de plantes desséchées par le froid et le vent. Des foulques et des courlis dérangés par ses hommes tournoyaient en poussant des cris perçants.

« Si je livre bataille, pensa Jasper Tudor, nous aurons dès demain anéanti mille Anglais. »

— Amenez-moi deux bons cavaliers, ordonna-t-il, et deux porte-étendards.

Il allait tenter de parlementer. Les rebelles savaient leur cause perdue et il devait leur laisser une chance de vivre, d'échapper à l'entêtement et à l'orgueil de Lowell et des frères Stafford. La cause qu'ils croyaient défendre n'était pas celle des York, mais de vaincus qui jamais n'avaient accepté leur défaite.

— J'aurais abattu de mes mains les émissaires de Tudor !

Humphrey Stafford donna sur la planche à tréteaux qui servait de table un formidable coup de poing.

— Comment avez-vous pu, Lowell, laisser démoraliser nos soldats sans réagir ?

Francis sentait la brise de la lande sur son visage. Dès l'âge de huit ans, Richard, Robert Percy et lui-même aimaient pousser leurs chevaux au grand galop, humer ce vent chargé d'odeurs. Une cabane de berger, un feu de tourbe, d'interminables conversations les attendaient.

Aujourd'hui, il restait le seul et ne savait pas s'il se réjouissait que Dieu l'ait gardé en vie. En dépit de la mauvaise tournure prise par sa rébellion, il se sentait paisible. La lande était sienne, là il aurait voulu mourir.

— Ces hommes ont lancé des flèches où étaient accrochées des notes offrant le pardon aux soldats qui abandonneraient notre cause. Puis ils sont repartis au galop. Ceux qui savent lire les ont expliquées à leurs compagnons. Les aurions-nous poursuivis et tués, le mal était fait.

Avec surprise, les frères Stafford observaient Lowell.

— Hier vous vouliez capturer le roi et aujourd'hui vous acceptez la défaite.

— Nos soldats se débandent. Entre se battre à un homme contre deux ou rentrer sains et saufs chez eux, ils ont choisi. Ce serait folie que de nous entêter. Si nous mourons tous, jamais le roi Richard ne sera vengé.

— Je me battrai, s'entêta Humphrey.

— Grand bien vous fasse, Stafford ! Je regagne, quant à moi, les Flandres pour mieux me préparer à revenir en Angleterre.

Stafford haussa les épaules. Même s'il ne lui restait que cinq cents soldats fidèles, il se replierait derrière les marécages et tiendrait les hommes de Tudor en haleine. Qu'il le veuille ou non, son frère Thomas le suivrait. Il s'agissait de l'honneur des Stafford.

— Nous n'aurons pas à nous battre, Milord, annonça Jasper Tudor au roi. Nos ennemis n'auront bientôt plus de combattants. J'ai promis la vie sauve à qui déserterait leur armée.

— C'est bien, mais capturez les chefs et qu'on les pende tous.

— Thomas Stafford n'est qu'un pauvre diable subjugué par son frère. Laissez ce fils à ses vieux parents. Ils vous en seront reconnaissants jusqu'à leur mort.

Henry hocha la tête. Son oncle avait raison. La violence entraînait la violence et il voulait la paix.

6

En entendant les gémissements de sa belle-fille, Margaret Beaufort ne pouvait s'empêcher de revivre son propre accouchement vingt-huit années auparavant. Comme jaillie d'un ancien cauchemar, elle revoyait la sage-femme galloise à la robe de bure portant autour du cou d'étranges amulettes auxquelles la lueur des flammes donnait de terrifiants reflets : dents de loup, pattes de lapin, cœur d'agneau mort-né séché, mèches de crin tressées. Au fond de la vaste pièce aux rideaux soigneusement tirés, des servantes psalmodiaient neuvaines et incantations. C'était la nuit, il faisait froid. Dans l'oppressante forteresse de Pennbroke dressée derrière ses remparts crénelés protégeant la haute tour centrale, les donjons, le pont-levis que des rafales venues de la mer faisaient grincer, la souffrance déchirait son corps d'adolescente déjà veuve[1]. La sage-femme s'enduisait les mains de beurre : au cas où l'enfant se présenterait mal, elle aurait à le retourner. Le feu crépitait, mais elle se sentait ailleurs, dans un espace irréel où d'épouvantables démons la torturaient. Enfin, douze heures plus tard, son fils voyait le jour. Contre l'avis de sa famille, elle avait choisi son prénom : Henry, celui du roi, le demi-frère de son beau-père Owen Tudor.

Bessie se cramponnait au bras de sa sœur Cecily tandis

---

1. Edmond Tudor mourut alors que Margaret, âgée de quatorze ans, était enceinte de trois mois.

que la reine douairière Elizabeth d'York égrenait son chapelet d'ivoire. Margaret Beaufort n'éprouvait guère d'affection pour cette femme. Un instant unies par le dessein commun d'anéantir Richard d'York, elles n'avaient aujourd'hui plus rien à partager. Intéressée, frivole, hautaine, coupante, Elizabeth réunissait tous les défauts, qui lui inspiraient de l'aversion. Sa religion était superficielle, sans réflexion personnelle, sans l'appui de la méditation ou de lectures spirituelles. Aussitôt sa fille devenue reine, elle avait cherché à imposer les règles de vie futiles qui avaient été les siennes autrefois, à reprendre son influence. À mots polis mais fermes, Margaret l'avait remise à sa place. Bessie était sa bru, l'épouse du roi, elle avait une nouvelle famille qui l'aimait et la protégeait. Le temps des favoris, des intrigues et des prodigalités était achevé. Les York avaient payé cher un manque de rigueur que les Tudor proscrivaient à présent.

Efficaces, propres, les sages-femmes entouraient la parturiente. Henry et Bessie avaient choisi le château de Winchester pour cette première naissance. Le légendaire roi Arthur y avait vécu et ils souhaitaient que l'Angleterre accueille leur prince comme le symbole d'un âge d'or revenu.

Sans bruit, Margaret approcha du lit de sa belle-fille et posa une main diaphane sur le front brûlant.

— Dieu vous aide, mon enfant !

Bessie tenta de sourire, mais la violence d'une nouvelle contraction la tordit sur le lit.

— La nourrice est-elle arrivée ? s'inquiéta la reine mère.

— Elle attend dans l'antichambre, milady.

Avec soin, Margaret Beaufort avait sélectionné une femme honnête, pieuse, en excellente santé, une Galloise ayant déjà allaité deux vigoureux enfants. Tout était prêt, le berceau commandé au meilleur ébéniste de Londres, les draps brodés, les langes, les bonnets, jusqu'à la robe et au manteau de baptême en velours cramoisi doublé de drap d'or. Aucun détail n'avait échappé à sa vigilante attention.

Au fond de la chambre, la reine douairière marmonnait de monotones prières. Son incantation l'empêchait de céder à un emportement qui l'aurait fait chasser Margaret Beaufort de la chambre où sa fille aînée accouchait. La reine mère l'insupportait : là où chacun apercevait de la sainteté, elle voyait de la mortification orgueilleuse, du despotisme, de la sécheresse de cœur. Lui avait-elle jamais témoigné la moindre compassion pour les terribles épreuves qu'elle avait endurées ? Elle la traitait en personnage de deuxième plan, à peine mieux que les autres dames de la cour. Et, peu à peu, elle avait réussi à dominer sa Bessie, à la tenir sous la même dépendance que son fils. Un jour ou l'autre, une rude explication serait inévitable.

Bessie geignait doucement et la sage-femme passait sur le visage ruisselant de sueur un linge imbibé d'eau de rose.

— Courage, milady, chuchota-t-elle, la tête se voit déjà.

Tremblante d'émotion, Margaret Beaufort apercevait le galbe d'un petit crâne recouvert d'un duvet poisseux.

— Votre Grâce a un fils ! annonça la sage-femme d'un ton joyeux.

Elizabeth accourut. Tenu par un pied, un enfant chétif vagissait plaintivement.

Margaret Beaufort cacha son visage entre ses mains et se mit à pleurer.

Nettoyé à l'huile d'amande douce, emmailloté dans des bandelettes de toile blanche, le nourrisson fut présenté au roi que l'émotion rendait muet. Ainsi il avait un fils, les Tudor étaient désormais une dynastie qui régnerait longtemps sur l'Angleterre. Son aventure solitaire venait de prendre fin. En voyant réunis autour du berceau de son enfant les plus grands seigneurs du royaume, Henry fut étonné de la route parcourue. Un an plus tôt, il était en France, un proscrit sans sou ni maille.

Déjà on venait chercher le nourrisson pour l'amener en grande pompe à la cathédrale de Winchester où il allait être baptisé. Suivie d'un immense et prestigieux cortège, Cecily tiendrait Arthur dans ses bras. Dans la cathédrale, les torches

avaient été allumées, les chœurs n'attendaient que les premières notes de l'orgue pour entamer le *Veni Creator,* les trompettes pour célébrer l'entrée dans la famille chrétienne de
l'enfançon, l'évêque d'Exeter pour verser sur le petit front
l'eau baptismale et consacrer l'héritier du trône d'Angleterre
à Dieu. Bannières, tapisseries et oriflammes aux couleurs du
royaume tachaient les sévères murs de pierre de leurs éclatantes couleurs. L'encens et le cinnamome brûlaient dans des
cassolettes de vermeil et des cavaliers partaient au grand galop
aux quatre coins de l'Angleterre proclamer la bonne nouvelle
aux sujets du roi Henry qui offrait en ce jour bière, lard et
pain à tous.

Seule dans sa chambre avec deux de ses servantes, Bessie
laissa retomber sa tête sur les oreillers. À la fatigue succédait
une paix engourdissante, l'impression d'avoir fait son devoir.
Le passé avait un sens aujourd'hui puisqu'il aboutissait à cet
enfant qu'elle n'avait pu serrer dans ses bras qu'un instant.
Tout s'entremêlait, tout s'expliquait, le courant du fleuve
passait, déracinait, ployait, brisait mais allait inexorablement
vers son embouchure. Le regard des morts ne la bouleversait
plus. Son père le roi Edward, George Clarence exécuté par
noyale dans une barrique de vin, Richard III massacré à Bosworth, son demi-frère décapité, ses deux petits frères étouffés,
tous reposaient en paix. Une naissance symbolisait un entrelacs de vies précédentes, un symbole sans limites de renou-
veau. Elle était mère, une terre fertile comme l'Angleterre.
L'amour suggéré par son oncle Richard était illusion. Désormais, son énergie, sa combativité ne seraient consacrées qu'à
son pays et à sa famille.

Avril 1487

Dans le parc du château de Greenwich où résidaient
Henry VII et les siens, avril parsemait les pelouses de coucous
appelés par les servantes clefs du ciel, de pâquerettes et de
primevères. Les feuilles des bouleaux et des saules avaient la

couleur du blé en herbe et les reflets pâles de la lune se glissaient entre les feuilles de nénuphars s'arrondissant à la surface des étangs. En rentrant de la chasse, souvent Henry et Bessie s'attardaient dans le parc. Son harmonie était à leur image, paisible, sans impétuosité ni force brutale. Ils avaient devant eux leurs tâches à accomplir dans une confiance et un respect mutuels, des épreuves à traverser, un enfant qui serait suivi, ils n'en doutaient pas, de frères et de sœurs.

Henry avait initié sa femme aux plaisirs du tir à l'arc, à ceux de la chasse au vol. L'un comme l'autre aimaient la musique avec passion. Rien n'avait plus de charme pour eux que d'écouter chanter des ménestrels accompagnés de flûtes, de violes, de clavicordes et de luths. Arthur se portait bien. À sept mois, il se tenait assis et avait trois dents. Blond, les traits fins, l'enfant ressemblait à son grand-père Edward IV dont il avait le charme et la prestance. Déjà un précepteur avait été pressenti, un éminent professeur du collège Magdalena à Oxford. Celui-ci aurait toute liberté pour s'entourer d'hommes instruits sachant les contraintes du métier de roi afin d'y préparer au mieux leur élève. Bessie savait que son aîné ne lui appartiendrait guère. Dès l'âge de sept ans, il partirait pour le château de Ludlow, à la frontière du pays de Galles, et elle ne le verrait plus qu'épisodement.

— Les négociations avancent d'une façon satisfaisante, annonça Henry alors qu'ils laissaient leurs chevaux aux palefreniers. J'ai reçu ce matin en audience l'ambassadeur d'Espagne.

Autour du roi et de la reine, dans les hautes branches d'un bouquet de hêtres qu'une brise légère balayait, les oiseaux pépiaient bruyamment avant la tombée du soleil.

— Les enfants sont si jeunes, remarqua Bessie. Ne hâtons rien.

— Cette alliance nous est nécessaire, ma mie. Notre fils Arthur uni à l'infante Catherine, nul n'osera plus mettre en doute la légitimité des Tudor. L'Espagne et l'Angleterre représenteront ensemble une force considérable que viendra renforcer l'empereur Maximilien en mariant l'archiduc Philippe à Juana[1].

Le ton sec, presque froid de Henry indiquait sa détermination. Le petit être que Bessie adulait était un pion sur l'échiquier politique de l'Europe. Après lui, le destin de ses frères et sœurs obéirait au même dessein : faire de l'Angleterre une grande puissance, asseoir le pouvoir des Tudor, être un gage de la longévité de la dynastie.

— Mais avant les fiançailles de notre fils, vous serez couronnée solennellement, mon cœur.

Bessie appuya sa main sur le bras du roi. Il n'y avait point de jour où sa mère ne la harcelât pour qu'elle exige d'être promptement couronnée. Cecily allait enfin épouser lord Welles, l'homme qu'elle aimait depuis deux années. C'était à cette fête qu'elle pensait plus qu'à son propre sacre qui viendrait en son temps. Rallié à Warwick au temps de sa rébellion, le père de sir Robert Welles avait été décapité sur les ordres d'Edward IV, mais la famille avait fait sa soumission et les Tudor considéraient cette alliance d'un œil favorable.

Dans le grand hall du palais de Greenwich, chacun était à son poste. Margaret Beaufort surveillait, corrigeait, réprimandait avec une telle vigilance que nul, contrairement au temps des rois précédents, n'osait en prendre à son aise. Pour la reine mère, l'oisiveté était égale à la paresse, elle était un péché, une langueur du corps et de l'esprit menant aux pires débauches, aux plus détestables corruptions. « Les oisifs sont des parasites vivant du labeur des autres, répétait la reine mère. Qui ne travaille pas ne mangera pas. » Choisies par elle, les dames d'honneur de Bessie étaient sérieuses et actives. Chacune avait un ouvrage, une tapisserie ou broderie à

---

1. Deuxième fille du roi Ferdinand d'Aragon et d'Isabelle la Catholique, connue en français sous le nom de Jeanne la Folle.

laquelle elle travaillait sans relâche auprès de la reine. Parfois, penchée sur la nappe d'autel qu'elle brodait en fils d'or, Bessie pensait aux moments de liberté qu'elle avait connus après que Richard l'eut bannie à Sheriff Hutton, à ses promenades avec les enfants du château, aux jeux de balles, aux charades, aux simples fêtes villageoises. Durant ces quelques semaines, elle avait été, pour la première et dernière fois de sa vie, une jeune fille ordinaire.

Henry surgit dans les appartements de sa femme. Les derniers rayons du soleil éclairaient encore la chambre au vaste lit dont les courtines brodées d'or étaient fermées. L'une après l'autre, les dames d'honneur firent la révérence et se retirèrent. Bessie vit que son mari était préoccupé. Des mauvaises nouvelles étaient-elles arrivées d'Espagne par l'intermédiaire de l'ambassadeur ? Aidés par le pape Innocent VIII, Ferdinand et Isabelle entreprenaient la reconquête de Grenade et déjà s'étaient emparés d'Almeria et de Malaga. À moins qu'Anne et Pierre de Beaujeu, les régents de France n'aient eu en tête un renversement d'alliance. Bessie connaissait assez bien Henry pour ne point montrer de curiosité ni d'impatience. Un moment, le roi resta devant la fenêtre, comme pour contempler la douceur du coucher de soleil sur la Tamise. Puis il se retourna.

— Une nouvelle révolte se prépare contre nous. Un prêtre d'Oxford manipule un pauvre garçon de dix ans et le fait passer pour votre cousin Edward Warwick ! Il espère rallier les yorkistes à sa cause.

— Mais Edward est vivant, n'est-ce pas ? interrogea Bessie. Vous m'avez donné votre parole qu'il était en sécurité.

— Il l'est et je peux le montrer aux Londoniens à tout moment. Mais ce prêtre, Richard Simon, persuade les campagnards qu'il s'est échappé de la Tour de Londres pour reconquérir son trône. Derrière ce complot, je vois, quant à moi, la figure de Francis Lowell qui s'acharnera contre moi jusqu'à son dernier souffle.

— Il était le meilleur ami de mon oncle.

Le visage d'Henry se ferma brusquement. Bessie baissa les yeux. Comment expliquer la fraternité qui liait entre eux Percy, Lowell, Brackenbury, Norfolk et Richard ? Ils étaient unis comme par un pacte de sang à la vie et à la mort. Francis Lowell était marié, il avait deux fillettes en Angleterre et, pour venger son roi, il avait fait le sacrifice de sa famille comme de sa propre vie. Autrefois, elle s'était souvent entretenue avec lui. Impétueux, joyeux, amateur de bons vins et grand chasseur, il était aussi un excellent joueur de flûte, un collectionneur passionné de manuscrits anciens. Lorsqu'elle avait rejoint la cour de son oncle, il s'amusait à la contrarier ou faisait semblant de vouloir la séduire. À trente ans passés, Francis avait gardé l'insouciance de l'enfance. Aujourd'hui il avait tout perdu.

— Le défendriez-vous, ma mie ?

— Qu'on l'élimine ou point est même chose, Milord. Lowell est déjà un homme mort.

7

Le grondement des vagues s'intensifiait et dans l'épais brouillard, leur fracas paraissait plus terrifiant encore. L'étrave du vaisseau plongeait dans la masse verte, mousseuse puis en jaillissait, luisante d'eau. Parfois une crête plus haute que les autres ressemblait à un mur liquide qui s'écroulait en cascade.

Les navires n'atteindraient pas l'Irlande avant une dizaine de jours. Nauséeux, Francis Lowell était affalé sur sa couchette suintante d'humidité. Les yeux clos, le jeune homme écoutait le fracas de l'eau. Au combat, lorsque donnaient les serpentines et les canons, régnait cette même violence, ce tumulte qui, tout autant que les boulets, terrorisait. Pour lui c'était son ultime voyage, il mourrait au combat ou redonnerait l'Angleterre aux York. Pas un instant il n'avait cru que le petit Lambert Simnel était Edward, le fils du duc de Clarence, mais il voyait en lui un instrument capable d'ouvrir une brèche dans la forteresse du pouvoir Tudor.

À Margaret de Bourgogne, il avait fait ses adieux. De tout son cœur, elle soutenait son entreprise et avait payé de sa bourse l'armement des vaisseaux, la solde des mercenaires suisses et allemands réputés pour leurs qualités de soldats. Elle avait aussi engagé pour les commander Martin Swart, un redoutable capitaine. Tout comme son jeune frère Richard le défunt roi d'Angleterre, la veuve de Charles le Téméraire avait hérité d'un caractère entier, intraitable.

Le vent semblait diminuer de force, le bruit de l'eau qui martelait la coque était moins sourd. Lowell ouvrit les yeux. Par l'étroite ouverture, il vit la brume se dissiper, un mince rayon de soleil transpercer l'eau verdâtre. Une armée, lui avait-on dit, les attendrait en Irlande, commandée par sir Thomas Broughton et John de la Pole, le neveu et héritier de Richard. En cas de victoire, Lambert Simnel serait éliminé et de la Pole prendrait la couronne qui lui appartenait de droit.

Le voyage semblait interminable. Embarqués à bord de *L'Hirondelle* et de *La Marguerite,* les Allemands jouaient aux dés ou se saoulaient. Par la grâce de Dieu, aucun des quatre navires n'avait dérivé et, de concert, ils voguaient vers l'Irlande.

— Une famille.

Du doigt le capitaine, un rude Flamand qui avait écumé la mer du Nord et l'Océan, montrait trois dauphins qui jouaient dans leur sillage.

Francis songea à sa femme et à ses deux petites filles. Les reverrait-il jamais ?

— Mon épouse est morte, bougonna le capitaine en français, et mon fils a décampé Dieu sait où. La mer défait les liens, voyez-vous. Chez nous on dit : « Femmes de marins, femmes de chagrin, et pour espoir le voile noir. »

Dans le gréement, la harpe éolienne commençait à chanter tandis que la mâture s'inclinait sous la pression de la brise. De chaque côté de l'étrave, un bouillonnement crémeux noyait le pont d'embruns.

— Ne parlons pas de femmes, pria Lowell. Elles sont la tristesse des soldats.

La ligne grise, à l'horizon, se rapprochait. On distinguait la découpe du rivage, falaises et criques, des amas rocheux.

— Lancez la sonde, ordonna le capitaine.

66

Peu à peu, l'eau changeait de couleur. De verte, elle devenait grise avec des reflets argentés.

— Le vent est portant, se réjouit le capitaine. Nous mouillerons dès ce soir près des côtes irlandaises.

Après la longue traversée, la marche sur Dublin fut rapide et plaisante. Acclamés par la population, les soldats allemands s'émerveillaient de la verdeur des pâturages, de la grosseur des moutons, du charme des filles rousses qui ne semblaient point trop farouches. Bordée de haies ou de murs de pierre, la route serpentait entre des herbages et de hautes collines où poussaient à foison des fleurs sauvages. Déjà à Dublin, John de la Pole avait fait savoir par courrier à Lowell qu'il viendrait à sa rencontre afin qu'ensemble ils fissent leur entrée solennelle dans la ville où le jeune Lambert Simnel avait été accueilli avec enthousiasme. Membre d'une des plus nobles familles d'Irlande, le comte de Kildare s'était reconnu son vassal.

— Je pars devant avec une petite escorte, annonça soudain Lowell à Martin Swart.

Il n'en pouvait plus d'impatience. Les Irlandais qu'ils apercevaient sur son chemin semblaient joyeux mais pauvres. Leurs outils agraires, leurs carrioles, jusqu'à leurs vêtements indiquaient une société ne progressant guère. En était-il de même pour leur armement ? Les Allemands qu'il amenait étaient en nombre insuffisant pour décider de la victoire. Kildare avait promis trois mille hommes. Mais de quelle valeur ?

Les vastes arpents de pâturage et de bois faisaient place à une lande où poussaient des bouquets d'épineux, des arbrisseaux courbés par les vents d'ouest. Çà et là, des paysans brûlaient des broussailles, des herbes sèches, du varech dont la fragrance forte se répandait alentour. Des chiens maigres suivirent un moment le petit groupe de cavaliers avant de faire demi-tour. Le long du chemin, des enfants les observaient, mi-apeurés, mi-joyeux. L'obscurité tombait.

— Nous approchons de Dublin, annonça l'Irlandais qui les guidait.

— Campons ici, ordonna Lowell. Dans un moment j'enverrai un messager auprès de John de la Pole.

John de la Pole comte de Lincoln et Francis Lowell se donnèrent l'accolade. Au loin se dressaient les remparts de Dublin, tache grise devant la mer dans les premières lueurs du matin.

— Nous vous attendions avec impatience, prononça le neveu de Richard III. Si Dieu le veut, dans quelques semaines nous débarquerons en Angleterre et reprendrons possession du trône que Tudor m'a volé.

Lowell se signa à trois reprises.

— Dès que vos troupes nous auront rejoints, poursuivit Lincoln, nous entrerons dans Dublin et couronnerons symboliquement le petit Lambert Simnel.

— J'ai deux mille soldats aguerris sous les ordres d'un excellent capitaine allemand.

— De notre côté, nous disposons de trois mille Irlandais. Il faut les entraîner. Ce sont des hommes courageux, mais peu disciplinés, et leurs armes sont rudimentaires.

À la fin de mai, les plans de John de la Pole, de Lowell et des seigneurs irlandais étaient établis. Lors d'une cérémonie solennelle à Christ Church, Lambert Simnel, escorté de son mentor, avait été couronné roi d'Angleterre sous le nom d'Edward VI. On battait désormais monnaie à son effigie et l'enfant avait choisi devise et étendard où les mots EDWARD ROI GRÂCE de DIEU étaient accolés aux armes des York.

L'adolescent passerait la mer d'Irlande avec l'armée. Aussitôt en Angleterre, il serait exhibé, sa couronne sur la tête, pour rallier la population en faveur des York. Soigneusement les côtes du pays de Galles avaient été écartées des points possibles de débarquement et les capitaines avaient choisi le nord du Lancashire qui, bien que sous le pouvoir de Thomas Stanley, beau-père d'Henry Tudor, permettait, en dépit d'un terrain accidenté, une avance rapide sur le Yorkshire, comté ami. De là, ils fonceraient vers le sud pour éviter tout contact avec Northumberland, seigneur incontesté du Nord.

D'après leurs espions, Tudor ignorait encore si l'attaque viendrait des Flandres ou d'Irlande et n'avait point encore arrêté ses plans.

Début juin, Lincoln donna l'ordre de charger armes, armures et vivres à bord des bateaux, de rassembler les chevaux. Un éventuel gros temps pouvant toujours augmenter la longueur de la traversée, moutons et volailles destinés au ravitaillement furent réquisitionnés.

Le 24 juin, deuxième dimanche après la Pentecôte, sous des vents favorables, la flotte leva les voiles en fin d'après-midi.

— Votre mère, ma mie, a dépassé les règles de la simple bienséance. Devant ses propos outranciers, je ne peux ni ne dois rester inactif.

Bessie inspira profondément. L'Angleterre faisait face à une situation difficile et sa propre mère Elizabeth, encouragée par Dorset, le seul fils qui lui restait de son premier mariage, critiquait ouvertement les Tudor, hasardait mille sous-entendus venimeux laissant à entendre que les York avaient, certes, des droits et que son gendre payerait cher son aveuglement à retarder le couronnement de la reine. Margaret Beaufort avait aussitôt réagi à ses propos et les dénonçait comme outrés et maladroits. Face à l'invasion de Lincoln et de Lowell, la famille royale devait former un formidable mur que cette femme écervelée et médisante se permettait de lézarder. Sans protester, Bessie avait écouté les arguments de sa belle-mère et ne pouvait rien leur objecter. Aussi longtemps qu'Elizabeth d'York serait à la Cour, la paix ne pourrait y régner. Jalouse à l'extrême de Margaret Beaufort, profondément déçue de ne pas voir sa fille reine ointe et bénie par Dieu, amère de ne plus régner sur une cour autrefois à sa dévotion, elle perdait la tête. Henry ne pouvait l'accepter.

— Vous déciderez de son avenir, Henry, mais, je vous en supplie, ne la maltraitez pas. Ma mère a beaucoup souffert. Ses peines lui donnent les seules excuses que je lui peux trouver.

La jeune femme repensait à l'affreux moment où le docteur Lewis avait révélé à la reine réfugiée à l'abbaye de Westminster la mort des petits Edward et Richard étouffés à la Tour de Londres. Elle revoyait le visage de sa mère labouré par ses propres ongles, sa belle chevelure tailladée à coups de ciseaux, la crise nerveuse qui avait fait craindre pour sa vie. Certes, elle était égoïste, vaniteuse, légère, mais Dieu ne l'avait-Il pas déjà punie ?

— Je la traiterai avec bienveillance, mais elle doit quitter notre cour et Londres pour se retirer à la campagne où elle jouira d'un revenu suffisant pour avoir un train de vie digne de son rang.

— Elle sera bien seule, soupira Bessie, car mes quatre sœurs doivent rester auprès de nous.

— Nos rapports avec l'Écosse me causent de l'inquiétude, nous pourrions marier lady Elizabeth au roi James pour créer entre nos deux peuples un lien durable.

Bessie dut maîtriser un fou rire.

— Marier mère au roi d'Écosse ! Mais, Milord, après avoir régné sur l'Angleterre et été l'épouse du plus bel homme de ce pays, jamais elle n'acceptera de s'établir dans les brumes septentrionales auprès d'un roi qui a la réputation d'être fort laid et atrabilaire.

Henry soupira. La tension de la situation présente leur interdisait d'argumenter, mais il s'irritait de constater que les femmes n'avaient que leur bon plaisir en tête.

— Nous verrons, concéda-t-il, mais avant mon départ pour le Nord avec Oxford et mon oncle Jasper, je veux votre promesse que lady Elizabeth quittera mes châteaux. Je me méfie aussi de votre frère utérin, ma mie, et vais assigner le marquis de Dorset à résidence surveillée. Cette campagne peut être dure et il n'y a pas de place pour les tièdes à mon côté.

« Ce qui reste des Grey et des Woodville est banni, pensa Bessie. La haine que mon oncle leur vouait est demeurée vivante après sa mort. »

— Vous avez ma parole d'honneur, promit-elle.

Henry prit la main de sa femme et l'attira à lui. Ennemi de la violence, il était forcé de se battre. Père, mari, fils attentif, il devait quitter son épouse, leur premier-né, sa mère, pour guerroyer contre des fanatiques regroupés autour d'un jeune imposteur. Sa colère n'allait pas vers Lambert Simnel, mais vers le vicomte Lowell et le comte de Kildare. Ceux-là devraient payer.

— À mon retour seront organisées les fêtes de votre couronnement. L'Angleterre ne peut souhaiter meilleure et plus belle reine que vous.

Il baisa la petite main aux doigts bagués de tourmalines, de turquoises et d'ambre.

— Restez avec ma mère, vos sœurs et notre fils à Greenwich, ma mie. Vous y serez tous en sécurité. Je vais, quant à moi, prendre quartier au château de Kenilworth dans les Midlands et laisserai les troupes se rassembler à Coventry. Mon beau-père Thomas Stanley doit m'envoyer une armée de cinq mille hommes et je sais qu'il tiendra parole.

À son tour, Bessie baisa la main de son mari et garda ses lèvres longuement appuyées sur la paume. S'il était tué au combat, Arthur, son fils, n'aurait que peu de chances d'être reconnu comme son successeur.

Au château de Kenilworth, les rapports se succédaient. Les troupes rebelles étaient passées par Dorcaster et bifurquaient vers l'est, prévoyant sans doute de franchir la Trent à Fiskeston Ford au sud de Newark dans le Nottinghamshire où était mort Jean sans Terre, roi d'Angleterre. Là probablement, ou dans les environs, aurait lieu la bataille. Il fallait aussitôt que possible s'installer autour du gué, seul passage possible de la rivière dans les cent miles alentour.

Autour de la table de travail du roi étaient assis lord Strange, Oxford, Jasper Tudor. Bien que juin fût doux, l'épaisseur des murs de la forteresse enfermait un air humide et froid. Le crépuscule glissait sur les tours crénelées, le chemin de ronde, le formidable donjon. D'un geste nerveux, le roi passa à ses amis les dépêches qu'il venait de parcourir. Le premier veilleur de nuit cria la demie de neuf heures.

— Les troupes rassemblées à Coventry marchent vers le nord, sire, et feront leur jonction avec nous demain, précisa Oxford. Nous nous porterons aussitôt vers l'ouest, en direction de Derby.

Le roi approuva d'un hochement de tête. Il avait hâte de revêtir son armure et de se battre, d'en finir une fois pour toutes avec l'angoisse qui le tenaillait.

Les troupes royales se rangèrent en ordre de bataille. Une fois encore, Oxford en prit la tête pour la première attaque qui tenterait d'ouvrir l'armée ennemie, de la séparer en deux unités sur lesquelles fondraient Jasper Tudor et lord Strange, puis de tomber sur les Irlandais de lord Kildare et de les tailler en pièces avec l'aide de la cavalerie.

En cette aube du samedi 16 juillet, le roi avait assisté à la messe, entouré d'Oxford, de son oncle Tudor et de lord Strange. Il partirait au combat derrière Oxford et lui apporterait le secours de troupes fraîches. Tout autour de l'autel dressé dans le pré où ils avaient campé, le soleil traversait le vert très doux des jeunes feuilles. Un ruisseau se faufilait en ondulant dans l'herbe. Au loin la Trent scintillait dans la lumière du matin. Quelques meules de paille, lavées et noircies par l'hiver, se dressaient encore derrière les haies de branches entrelacées qui cernaient le pâturage.

Des valets aidèrent le roi et ses amis à endosser leur armures, bouclèrent les lanières de cuir qui attachaient ensemble les différentes pièces, accrochèrent les éperons aux talons des pieds d'armure et tendirent les boucliers. Déjà les porte-étendards étaient en selle, les fantassins en ordre de marche.

Protégés par leurs armures, muserolle, barde de crinière, barde de poitrail, tonnelle, chanfrein défendu par une redoutable pique d'acier et garde-queue, les chargeurs furent amenés par des palefreniers. Sur les armures étaient attachées des pièces de tissu brodées aux armes de leurs cavaliers. Comme s'ils devinaient la bataille proche, les puissants chevaux montraient de la nervosité et il fallait deux valets pour maintenir chaque bête.

Le roi fut hissé en selle. Un court instant, il songea à Richard d'York qui avait connu des moments semblables si peu de temps auparavant face à sa propre invasion.

Encadré de ses porte-étendards et de ses écuyers, le comte d'Oxford poussa sa monture et, une fois encore, Henry vit flotter dans le vent léger du matin les bannières étoilées qui avaient accompagné la victoire de Bosworth. Soudain, les trompettes retentirent et Oxford partit au galop vers son armée pour en prendre le commandement et lancer ses troupes à l'assaut de l'ennemi qui l'attendait à un mile de la bourgade de Stoke, près de la Trent. Derrière lui, dans le roulement des tambours et la sonnerie claire des trompettes, Jasper Tudor duc de Bedford et lord Strange poussèrent leurs coursiers pour se mettre à la tête de leurs propres soldats. Un instant, le roi resta seul puis il leva une main gantée de fer pour signaler son départ. D'une seule voix, les soldats jetèrent leur cri de ralliement : « Au roi, au roi, à Tudor ! » Une sorte de vertige s'empara d'Henry. Aujourd'hui, c'était lui le roi d'Angleterre.

Depuis plus d'une heure, Oxford et son armée se battaient contre celle de John de la Pole et de Lowell. Aguerris, braves, les Allemands se défendaient avec rage et, dans la mêlée, on ne voyait que les bannières, l'éclat fugitif des épées, des haches et des lances.

Lentement sous la poussée d'Oxford, l'armée du dernier des York perdait du terrain et prenait peu à peu la forme de croissant que guettaient Tudor et Strange pour se lancer dans la mêlée.

— Envoyez un détachement ! hurla Francis Lowell.

Derrière Lincoln, il voyait se reproduire le désastre de Bosworth, l'armée scindée en deux ailes vulnérables, prêtes à être massacrées par les renforts ennemis.

— Et donnez les Irlandais, ajouta-t-il.

Quatre de ses écuyers partirent au galop. Il fallait sonner une retraite momentanée pour regrouper les hommes.

En allemand, en anglais, en français, des voix lancèrent l'ordre aux combattants de se rassembler autour des étendards des lords Lincoln et Lowell. Un flottement se produisit dans les troupes. Reculer jusqu'où et pourquoi ? Les Allemands, qui venaient de réussir une percée dans les rangs royaux, refusèrent de battre en retraite. Avec une joie sauvage, Martin Swart vit l'avant-garde d'Oxford ébranlée. Ses hommes avaient subi des pertes, mais aussi lourdes étaient celles de l'ennemi. Et on lui demandait de se replier ?

« En avant ! » décida Henry Tudor.

Il voyait faiblir la défense d'Oxford qui avait besoin du renfort de l'ost royal.

Les minutes qui suivirent ne furent que confusion et massacre. Du côté York, les trompettes sonnaient la retraite afin de regrouper les forces, de l'autre, celles du roi lançaient deux mille hommes à l'assaut.

— Les Irlandais, donnez les Irlandais ! hurla Lowell.

Enfin lord Kildare lança l'ordre du combat et ses hommes, vêtus de loques, et mal chaussés, dévalèrent en hurlant la colline où ils s'étaient rassemblés avant de se heurter de plein front aux troupes de Jasper Tudor. Le massacre fut abominable. En dépit de leur bravoure, armés seulement de faux et de bâtons, les Irlandais face aux cuirasses et à l'arsenal de guerre de l'ennemi tombaient par centaines tandis que s'enfuyait une poignée de survivants.

« Nous tenons la victoire », pensa Oxford. Sous l'armure, son corps ruisselait de sueur, une soif intense le tenaillait, mais l'ivresse du combat et la jubilation de vaincre décuplaient ses forces. Si Jasper Tudor et Strange prenaient, selon leurs plans, l'ennemi en tenaille, la victoire était proche.

L'appel clair des trompettes le fit se dresser sur ses étriers. L'arrière-garde de l'armée le rejoignait tandis que, débarrassé des Irlandais, Jasper Tudor se rabattait sur le centre-gauche et Strange sur le centre-droit.

Avec rage, Lincoln et Lowell se battaient. Rien n'était perdu. Ce qui restait des Irlandais, menés par Kildare, allait voler à leurs secours.

Une boue sanglante recouvrait le champ de bataille. Çà et là, des corps entiers mais aussi des bras, des jambes, des têtes, des cadavres de chevaux jonchaient le sol. L'odeur âcre du sang, des excréments, de la poussière suffoquait.

Peu à peu, la poche d'acier des York cédait devant les troupes royales. Comme un bélier, Oxford enfonçait le centre tandis que Jasper Tudor et Strange massacraient les deux ailes. Dans un dernier cri, John de la Pole, prince d'York, duc de Lincoln, neveu des rois Edward IV et Richard III, tomba de son cheval, frappé à mort.

Profitant d'une brèche dans l'armée de Strange, Lowell mit son cheval au galop et parvint à quitter le champ de bataille. Tout était perdu et, dans quelques instants, les survivants se débanderaient. Il ne savait pas ce qu'il devait faire ni où il devait aller. Chez lui, à Minster Lowell dans l'Oxfordshire ? Mais on l'y débusquerait en quelques jours. En Flandres ? L'idée même de fuir encore son pays lui était intolérable.

Devant la Trent, son cheval arrêta sa course. Lowell mit

pied à terre. On le poursuivait certainement et il n'avait d'autre choix que de traverser la rivière à la nage.

Tout proches des rives, des canards barbotaient, majestueux, un couple de cygnes se laissait porter par le courant.

« La paix, pensa Francis Lowell. Enfin. »

8

La nouvelle de la victoire atteignit le château de Green-wich dès le lendemain de la bataille. John de la Pole, duc de Lincoln, ainsi que le capitaine allemand dépêché par Marga-ret d'York, étaient morts, Lambert Simnel, son mentor, le prêtre Richard Simond, et lord Kildare se trouvaient entre les mains des Tudor. Lowell avait disparu. Son cheval ayant été retrouvé tout harnaché sur les rives de la Trent, beaucoup pensaient qu'il s'y était noyé.

À la messe suivie d'un *Te Deum*, Bessie, agenouillée à côté de sa belle-mère, laissait vagabonder ses pensées. De tout son cœur, elle remerciait Dieu, mais priait aussi pour son cousin John de la Pole, fils d'une des sœurs de son père, et pour Francis Lowell. Avec leur disparition et le départ de sa mère vers l'abbaye de Bermondsey, une page de sa vie se tournait. Elizabeth d'York avait quitté Greenwich pleine de rancœur envers le roi son gendre et nul n'était parvenu à la mettre dans de meilleures dispositions. « Tu n'as ni consistance, ni volonté, ma fille, lui avait-elle reproché d'un ton méprisant en montant dans sa litière. Mille fois je préfère te quitter que de rougir sans cesse des humiliations que les Tudor t'infli-gent. Inutile désormais de me demander de revenir à ta cour, je n'y mettrai plus les pieds. Quant à ce grotesque projet de me marier au roi d'Ecosse, ton époux peut l'oublier. Je ne suis pas, quant à moi, quelqu'un de facile à manœuvrer. » Sans lui prêter davantage attention, la reine douairière avait demandé au cocher de fouetter les chevaux et, les larmes aux yeux, Bessie avait vu s'éloigner la lourde voiture.

Le prêtre psalmodiait l'*Agnus Dei* et, dans la tribune, les chantres reprenaient les paroles en grégorien. Fixant le tabernacle, Margaret Beaufort priait avec ferveur. Après les innombrables épreuves que Dieu lui avait fait subir afin d'éprouver sa foi, elle était désormais sous Sa protection. Son enfant vaincrait un par un les obstacles que les puissances du Mal jetaient sur sa route. Henry aurait un long règne et elle suppliait Son Créateur de lui offrir assez de jours pour voir grandir ses petits-enfants.

Bien qu'entourée de nombreuses dames d'honneur, Bessie se sentait seule. En pleine lune de miel, Cecily s'était retirée sur les terres de son mari où elle comptait passer l'été. Anne, Katherine et Bridget étaient bien jeunes encore et occupées aux plaisirs de leur âge. Les quatre sœurs se retrouvaient surtout autour d'Arthur qui allait avoir un an et dont la grâce charmait tout le monde.

D'un geste ample, l'archevêque bénit l'assemblée et, après un dernier cantique, chacun se leva. Une douce pluie d'été mouillait le parvis, l'herbe des jardins, les premières roses qui embaumaient. Princesse d'York, Bessie avait aimé faire des bouquets de fleurs des champs, marcher dans les bois en retroussant ses jupes pour passer les ruisseaux. Mais aujourd'hui, chacun de ses gestes était observé, loué ou critiqué. La liberté dont jouissait le plus humble de ses sujets lui était refusée.

De retour dans ses appartements, une lettre du roi l'attendait qui narrait la bataille et se réjouissait de la victoire. Il allait marcher vers le nord pour achever la pacification de régions encore instables, punir les coupables, pardonner à ceux qui pourraient le servir. Lambert Simnel l'avait touché par son innocence et il s'était engagé à le prendre comme marmiton à leur service tandis que son mauvais génie, Richard Simond, serait condamné à la prison à perpétuité. Après la bataille, lord Kildare était venu implorer le pardon de son roi. Son frère, Fitzgerald, avait été tué. « J'y consentis, écrivait Henry, tout en lui suggérant que si le désir le prenait à nouveau de couronner un roi, il pourrait tout aussi bien choisir un singe. » Lincoln serait enterré avec les honneurs dus à sa famille, à son rang et à ses titres. Lowell restait introuvable.

Sans bruit, Margaret Beaufort s'approcha de Bessie. Le bas de la robe de simple lainage tissée par des femmes nécessiteuses glissait sur le pavé.

— J'ai reçu, moi aussi des nouvelles d'Henry, annonça-t-elle de sa voix douce. Il me confie une tâche qui déjà me tient à cœur, votre couronnement, ma chère fille.

— Le roi ne sera pas de retour avant la fin de l'été ou le début de l'automne, Milady.

— Je sais, mais Henry désire les fêtes aient lieu dès le mois de novembre et tous deux souhaitons qu'elles soient mémorables. Il faut commencer à les préparer. Le roi veut, en outre, faire Arthur duc d'York et chevalier de l'ordre du Bain.

Margaret observait sa bru. Avec le mariage, Bessie s'était épanouie et la maternité lui avait donné des rondeurs. Sa propre réserve concernant le monde de la chair, la discrétion d'Henry sur ce sujet éloignaient de ses pensées la question de leur entente physique. Depuis plusieurs années, elle-même s'était vouée à la plus stricte abstinence et Thomas, son époux, respectait cet engagement.

Bessie tendit la lettre à sa belle-mère. Il lui fallait attendre trois mois encore avant qu'elle ne revoie son époux et cette absence lui pesait. De ses parents, elle avait hérité d'une sensualité exigeante à laquelle Henry ne se dérobait pas. Elle aimait les jeux de l'amour, les mots qu'ils se chuchotaient à l'oreille. Plus sentimentale que son époux, elle aurait voulu des déclarations tendres dont il était avare. Mais sa fidélité, sa constance à rejoindre son lit prouvaient suffisamment son attachement. À plusieurs reprises, elle s'était crue enceinte à nouveau, mais avait été vite déçue dans ses espoirs.

— Nous passerons l'été à Sheen, se réjouit Margaret. C'est une demeure que vous aimez et dont l'air sera profitable à la santé d'Arthur. J'ai déjà donné mes ordres, tout sera prêt pour nous y recevoir.

Bessie esquissa un sourire. Par souci de perfection, sa belle-mère lui ôtait toute autorité. Constatant l'absence de certaines de ses servantes, la jeune femme, de nombreuses fois, avait été surprise de les savoir renvoyées pour des broutilles, draps de lit mal tendus, fleurs fanées dans un vase, mots galants échangés avec les pages. Dès sa naissance, Margaret s'était emparée d'Arthur, choisissant elle-même les nourrices, les berceuses, ses domestiques, ses médecins. Tous lui avaient prêté serment d'obéissance. Deux fois par jour, en hiver comme en été, il fallait aérer la nursery, changer les garnitures de son berceau. La nourriture destinée aux nourrices était contrôlée par elle avant d'être cuisinée. Les effusions trop sentimentales, les chansons en patois, les tétines en ivoire destinées à apaiser les bébés étaient bannies. Aux timides objections de sa belle-fille, Margaret répondait qu'elle avait beaucoup étudié, réfléchi et que ces règles de conduite étaient les seules appropriées. Né menu et fragile, Arthur lui devait peut-être sa survie.

À Sheen, Bessie reçut des nouvelles régulières du roi qui poursuivait son voyage itinérant le long de la frontière écossaise. James III Stuart cherchait à se rapprocher de l'Angleterre, tout en suivant une politique intérieure qui favorisait son deuxième fils, Alexander, au détriment de son aîné, James, duc de Rothesay, trop proche de son ambitieux cousin Albany. Le duc de Rothesay avait rejoint un camp fortement opposé à son père et ce choix avait accru l'hostilité qui les séparait. L'intérêt de l'Angleterre était de louvoyer entre le roi et son héritier. Les chances d'une rébellion étaient grandes et toute agitation écossaise se répercuterait sur les instables zones frontalières. « Une crise grave semble proche à Edimbourg, écrivait Henry, mais nous ne pouvons qu'attendre et constater. Les Tudor n'interviendront ni pour ni contre le roi James. »

Bessie, de son côté, relatait à son époux les progrès d'Arthur, le rassurait sur la bonne santé de la reine douairière et la sienne. Elle lisait, faisait de la musique, se tenait au courant des affaires du royaume. Peu à peu, ses élans irraisonnés vers une vie plus libre s'estompaient. Enfin dompté, ce trait de caractère lui apparaissait désormais accessoire. Il fallait se méfier des cloaques du cœur, de l'orgueil, de l'égoïsme qui rendaient les hommes passionnés d'eux-mêmes et intéressés à leur seul bonheur. De ses longues conversations avec sa belle-mère, Bessie tirait une profonde sérénité, celle des marins atteignant le port après la tempête.

— Je me suis langui de vous, ma mie.

Londres en octobre avait la douceur d'un dernier baiser. Dans les jardins, les treilles portaient de lourdes grappes de raisin noir ou mordoré et le soleil se teintait de rose quand il disparaissait à l'horizon derrière la ligne des collines et des bois, au-delà des cottages, des fermes, des églises. Devant les portes, les lanternes s'allumaient signalant une taverne, une maison où se regroupait la famille devant l'âtre.

Depuis le matin, Henry Tudor était de retour. Il avait passé l'après-midi avec ses conseillers puis consacré un long moment à sa mère. Maintenant il pouvait n'être qu'à Bessie.

— La chasteté n'est-elle pas un espace de paix dans l'amour ?

Henry se mit à rire.

— C'est vous qui me dites cela, mon cœur ? Vous, qui aimez tant le plaisir des corps ?

La main du roi caressait la nuque de Bessie, la naissance de son dos, l'arrondi des épaules. La lueur des flammes jouait sur la peau laiteuse, la blondeur des cheveux dénoués. La jeune femme se savait sans forces, tout entière dans l'attente du moment où Henry se coucherait près d'elle.

— Les dédaigneriez-vous ?

Bessie leva la tête et vit le regard intense, brillant de son mari.

81

La robe en drap d'or et le manteau de velours mettaient en valeur la noblesse de la reine. À pas majestueux, sa traîne soutenue par sa sœur Cecily, Bessie avançait vers le trône préparé pour elle devant l'autel. Tout autour de la nef, des hérauts d'armes portaient ses couleurs avec la rose blanche des York et, devant le haut fauteuil paré de pourpre et d'or, attendait pour la couronner John Morton nouvellement promu archevêque de Canterbury.

Agenouillée, prosternée, la reine reçut une première bénédiction et, tandis qu'éclataient les chœurs, Morton passa le saint chrême sur le front, la nuque, l'épaule droite, le haut de la poitrine de Bessie. « *In nomine Patris et Filii et Spiritus prosit tibi bec unctio.* »

Oppressée par l'émotion, Bessie gagna son trône. Elle pensait à son père, ce roi tant aimé qui, du haut du ciel, devait être fier de sa fille aînée. Elle était un rameau des York qui avait fait souche, grandissait et se fortifiait, sa descendance était la leur.

Dans la sonnerie tonitruante des trompettes, Morton passa à son annulaire droit l'anneau qui la liait à l'Angleterre puis Jasper Tudor, duc de Bedford, tendit la couronne que l'archevêque posa solennellement sur la tête de la reine. Enfin, le duc de Suffolk remit le sceptre que Bessie prit dans la main droite et le globe surmonté d'une croix qu'il plaça au creux de la paume gauche. »

En contrepoint à huit parties, les chantres entamèrent l'*Agnus Dei,* puis ce fut la communion dans l'allégresse des orgues. Parée de fleurs, la vieille abbaye étincelait de cierges qui allongeaient leurs flammes dans l'air déjà froid de novembre. À nouveau, la jeune femme se prosterna à genoux sur les dalles. Dans un dernier *Hosanna,* Morton la bénit encore.

Dans une chapelle latérale, dissimulés derrière un treillis, Henry et sa mère participaient au triomphe de Bessie. Ce jour appartenait à la reine. Ni la présence du roi, ni celle de Margaret Beaufort ne devaient détourner d'elle l'attention de son peuple. Henry ne se montrerait pas au banquet. Bessie était sous la protection de Jasper Tudor et de Thomas Stanley qui l'escorteraient jusqu'au palais de Westminster, l'un monté sur un cheval noir paré de drap d'or et brodé de dragons rouges, l'autre sur un cheval blanc habillé de brocart où figuraient ses armes : des lions sable dressés sur leurs pattes arrière. La brume persistante n'avait pas arrêté les Londoniens qui s'étaient massés à l'extérieur pour acclamer leur souveraine. Ceux qui restaient yorkistes au fond de leur cœur comme les fidèles de Lancastre se côtoyaient joyeusement. Avec le couronnement d'Elizabeth d'York, épouse d'Henry Tudor, s'achevait, pensait-on, la guerre des Deux-Roses.

Dans sa retraite champêtre, tout au long de la journée de 25 novembre, jour du couronnement de sa fille, la reine douairière Elizabeth ne cessa de ruminer son chagrin et ses rancœurs. Dans les luxueux appartements aménagés pour elle à l'abbaye de Bermondsey au milieu d'un parc enchanteur, elle avait tenté de rassembler non pas une cour mais une société digne d'elle : artistes, peintres, musiciens, clercs formés à Oxford, université pour laquelle elle avait montré beaucoup de générosité durant le règne de son défunt époux le roi Edward IV. De nobles dames, pages et serviteurs, sachant les convenances et la manière de servir une reine, l'entouraient.

À travers les fenêtres à ogives, la reine douairière apercevait les pelouses que traversaient des daims, la lisière des bois déjà dépouillés par l'hiver, un étang dont les eaux reflétaient le gris du ciel. En dépit de sa vie campagnarde, Elizabeth restait vêtue avec luxe et portait les somptueux bijoux offerts par le défunt roi. L'apparence de la gloire, du pouvoir lui était nécessaire pour garder la tête haute, défier la série de malheurs qui avaient ruiné sa vie jusqu'à son départ précipité et définitif des palais qui lui avaient appartenu. Son propre couronnement vingt-deux années plus tôt ne cessait de hanter sa mémoire. Toute la haute noblesse anglaise y avait assisté, à l'exception du comte Warwick et de lord Hastings partis soudainement deux jours auparavant pour un voyage en Bourgogne. Thomas Stanley avait présidé le tournoi donné en son honneur. Qui aurait pu prédire alors qu'il serait le beau-père du dernier prétendant des Lancastre devenu roi d'Angleterre ? Elizabeth revoyait les fastes de la cour, les fêtes, les danses, les tableaux vivants. Elle avait été adulée, ses frères comme les fils de son premier mariage comblés d'honneur. Qu'en restait-il ? Un fils, le marquis de Dorset qui vivait peu en faveur à la Cour et des filles qui, si elles tenaient leurs promesses, viendraient deux ou trois fois l'an la visiter en hâte afin de ne pas manquer une parade, un concert, une fête nautique sur la Tamise.

L'épaisseur des nuages avançait le crépuscule. Le clocher de la chapelle sonna cinq heures. Dans un instant, elle irait prier avec ses dames d'honneur pour le bonheur de sa fille mais omettrait Henry et lady Margaret de ses oraisons. Leur insolence à son égard l'exaspérait. Les Tudor qui descendaient d'une branche bâtarde de Jean de Gand, le fils d'Edward III, pouvaient-ils se permettre de mépriser les Woodville alliés aux plus grandes familles d'Europe par Jacquetta de Luxembourg, sœur du comte de Saint-Pol ? Elle valait beaucoup de princesses qui se pavanaient la tête haute sans trop d'attarder sur les adultères de leurs mères. Ne chuchotait-on pas que Louis d'Orléans n'était pas le fils du duc Charles, un vieillard cacochyme, mais d'un beau palefrenier qui ne quittait pas la duchesse Marie de Clèves d'une semelle ? Révolté contre son cousin Charles VIII, roi de France, Louis avait rejoint la Bretagne pour y soutenir une guerre aux côtés du duc Francis, irritant par ses actions trop bouillonnantes jusqu'à ses amis bretons pour lesquels, cependant, il se dépensait sans compter.

Elizabeth d'York aimait se tenir informée de la politique européenne et, tout en cheminant vers la chapelle, enveloppée d'un long manteau de soie surpiqué de fils d'or et doublé de petit gris, la reine douairière pensa à l'amour que Louis d'Orléans, époux de la difforme Juana, fille de Louis XI por-

84

tait, disait-on, à la petite Anne de Bretagne, une boiteuse sans grâce. Ce pauvre prince était-il donc voué aux laideronnes ? Faute de sang frais, la lignée des Valois était malingre, disgracieuse alors qu'elle avait donné à son époux dix enfants dont sept avaient survécu, tous beaux et pleins de vie. Le fils de Bessie, son petit-fils Arthur, avait hérité de leur joliesse blonde, de cette finesse des traits qui l'avaient rendue elle-même irrésistible dans sa prime jeunesse. Sans doute ne le reverrait-elle plus et elle en était meurtrie. À sept ans, Arthur serait éloigné de sa mère comme on avait arraché d'elle son petit Edward pour le mener à Ludlow à la frontière galloise.

Alors que deux pages ouvraient pour elle les portes de la chapelle à double battant, la reine douairière parvint à refouler ses larmes. Ses deux enfants assassinés hantaient toujours ses rêves. Elle les revoyait réunis vêtus de velours, coiffés de bérets où étaient piquées des plumes légères. Ils lui tendaient les bras et, bien qu'elle le voulût de toutes ses forces, elle ne parvenait pas à les rejoindre.

9

Janvier 1492

Ses trois enfants, Arthur, Margaret et Henry près d'elle, Bessie attendait le roi pour la célébration de la dernière nuit de Noël[1]. Les moments passés en famille étaient rares et précieux. Après deux accouchements difficiles et rapprochés, la jeune femme avait renoncé au plaisir de la chasse et occupait son temps à assumer ses devoirs de reine. Pour se délasser, elle jouait de la musique. Les deux dernières années avaient été riches en tristes événements : en Ecosse la rébellion de James, duc de Rothesay contre son père le roi James III, mort lors de la bataille de Sanchieburn et le couronnement de celui qui, déjà, se reprochait d'être l'assassin de son père, la disparition d'Edward Woodville, dernier frère de la reine douairière Elizabeth embarqué pour la Bretagne contre la volonté d'Henry afin de se battre contre les Français avec une centaine de volontaires anglais qui tous avaient été massacrés, le lynchage quelques mois plus tard du comte de Northumberland alors que, suivant le vote du Parlement, il tentait de lever des impôts dans le Yorkshire pour aider les Bretons.

Des épisodes amusants ou heureux étaient aussi survenus

---

1. En Angleterre, on célébrait douze nuits de fêtes qui se terminaient par l'Épiphanie.

comme le mariage raté d'Anne de Bretagne âgée de quatorze ans avec l'ennemi acharné des Tudor, Maximilien de Habsbourg, mariage qui avait été annulé au profit d'une union avec le roi de France, Charles VIII, celui-ci rompant allègrement ses fiançailles avec la petite duchesse Marguerite, fille de Maximilien et de Marie de Bourgogne. La fillette avait regagné la cour de sa grand-mère Margaret d'York toujours enragée contre les Tudor. À l'aube de ses vingt-six ans, tout autant que son mari, Bessie aspirait à la paix.

Avec tendresse, la reine observa ses enfants, le délicat, charmant Arthur dont le sérieux, la douceur la touchaient profondément, Margaret, une fillette joufflue de vingt-cinq mois, bouillonnante de vie, et Henry, son gros poupon si vigoureux qu'il avait épuisé deux nourrices, un enfant blond et rose qui ressemblait à son grand-père le roi Edward IV.

Le martèlement des pas des *yeomen* qui escortaient le roi l'inquiéta. Il était rare qu'Henry se fasse précéder d'une escorte lorsqu'il venait la rejoindre.

Déjà les deux aînés couraient vers leur père mais à sa mine sombre, Bessie devina des soucis et, sans tarder, fit sortir les enfants.

— J'ai de mauvaises nouvelles, annonça Henry Tudor.

Avant de se retirer, une servante avança près de l'âtre un fauteuil à dos courbé recouvert d'un coussin de velours pourpre brodé d'un lion d'or.

— Figure-toi que mon bon cousin, le roi de France, a donné l'hospitalité à Perkin Warbeck ! J'y vois une grave provocation.

Le cœur de Bessie se mit à battre plus vite. Quelques mois plus tôt, un jeune étranger qui montrait une certaine ressemblance avec les York avait affirmé être le prince Richard et qu'il s'était échappé de la Tour de Londres à l'âge de dix ans. Cette nouvelle l'avait bouleversée. Se pouvait-il que, contrairement à ce qu'on lui avait affirmé, son plus jeune frère soit sain et sauf ? Et s'il l'était, avait-il l'intention de revendiquer le trône d'Angleterre ? Durant plusieurs jours, son esprit n'avait pu trouver de repos. Les nouvelles se succédaient. Ce qui restait des yorkistes se serait rallié inconditionnellement à Warbeck, Margaret de Bourgogne, qui n'avait que peu connu le petit Richard, l'identifiait formellement, tout comme sir Edward Brampton, un juif converti dont Edward IV avait été le parrain et sir George Neville. Puis les citoyens de Cork lui avaient fait allégeance. L'apparition de ce nouveau prétendant faisait enrager Henry Tudor. Point ne lui avait fallu user d'arguments pour convaincre sa femme que, tout comme Lambert Simnel, qui désormais épluchait des légumes dans ses cuisines, Perkin Warbeck était un imposteur et son rôle écrit par des yorkistes à la solde de Margaret de Bourgogne. Richard et son frère Edward étaient morts.

— Le roi de France comprendra bientôt son erreur, répondit-elle sans élever la voix. Souvenez-vous du ridicule qui est retombé sur les partisans de ce malheureux enfant, Lambert Simnel.

— Perkin Walbeck est mille fois plus dangereux car dans l'ombre œuvrent en sa faveur des puissances étrangères qui veulent notre perte.

— Ma tante Margaret, l'empereur Maximilien, l'archiduc Philippe, notre cousin James IV, n'est-ce pas ?

— En effet, ma mie. J'ai reçu ce matin une lettre de la reine de Castille, occupée au siège de la ville de Grenade. Elle m'y met en garde contre Warbeck. « Si le désordre qu'il provoque se poursuit, les fiançailles de l'infante Catherine avec Arthur pourraient être remises en question », écrit-elle. Or, cette alliance me tient fort à cœur.

Henry se leva. Avec nervosité il fit quelques pas vers la fenêtre et revint vers la cheminée.

— Par la guerre s'il le faut, je forcerai le roi de France à signer la paix avec l'Angleterre et à expulser Warbeck. Imaginez que Louis a osé donner comme écuyer à cet imposteur Frion, le secrétaire si fidèle qui m'avait suivi de Bretagne en France !

Henry tendit ses mains aux flammes. Une nouvelle guerre

était inévitable. Passerait-il son règne à se battre pour qu'on le laisse en paix ?

— Faites conduire une enquête sur ce jeune homme, Milord, et démasquez-le. Lorsque sa véritable identité sera connue, ses amis l'abandonneront.

— Croyez-vous, ma mie ? Nul ne lâchera aisément une aussi belle proie.

Dehors la nuit était claire, le ciel transparent d'étoiles.

— Ne pensons pas à la guerre ce soir, voulez-vous ? pria Bessie d'une voix douce. Arthur et lady Margaret nous attendent pour partager les gâteaux et confiseries de la douzième nuit de Noël.

La surface déjà sombre de la Tamise semblait encercler une des tours du château de Greenwich. Des maisons qui se serraient sur l'autre rive, on ne voyait que des points de lumière. À cause du froid, chacun était rentré tôt chez soi et on n'entendait plus que le grincement d'un charroi attardé, le hennissement d'un cheval qu'on ramenait à l'écurie, des aboiements de chiens qui se répondaient d'une cour à l'autre.

Henry resta plongé dans ses pensées. Avec les Français, il s'efforcerait de faire la paix. Quant au jeune roi d'Ecosse, il pouvait être acquis par un mariage diplomatique et – pourquoi pas ? – avec sa propre fille Margaret. Restaient les irréductibles Maximilien d'Autriche et Marguerite de Bourgogne. Mais, auparavant, il devait savoir qui était Warbeck. Le bâtard d'un grand seigneur ? Un fidèle de Richard III ? Un aventurier, un simple opportuniste ? Était-il brillant ou manipulé par plus intelligent que lui ? Il devait l'apprendre avant de frapper fort et juste. Et tôt ou tard, il le saurait.

Paris, mai 1492

Après que la dernière procession des corporations venant de la rue du Marché-Palud se fut engouffrée dans Notre-Dame, les badauds se dispersèrent. Des groupes s'attardaient près des rives de la Seine où broutaient des chèvres. Des valets dont les maîtres assistaient à l'office s'étaient assis sur le mur d'enceinte d'une des maisons du cloître Notre-Dame et reluquaient les filles. Le vent léger faisait frissonner les plumes plantées sur leurs bérets, soulevait les courtes capes de couleurs vives. Des enfants jouaient à la balle, aux osselets ou se faufilaient entre les grappes de bourgeois en lorgnant les bourses attachées aux ceintures ornées de pierres précieuses ou de glands d'or. Des gitanes arrêtaient les femmes seules pour leur dire la bonne aventure tandis que jacassaient des perruches tenues en cage par un homme au teint basané. « Place, place ! » cria un écuyer. La foule s'entrouvrit pour laisser passage à un groupe de cavaliers. En tête cheminait un jeune homme blond au visage sensuel dont les cheveux coupés aux épaules dépassaient les contours d'un chapeau de soie violine soutachée d'argent. Suivaient un écuyer portant les armes de son maître et deux gentilshommes.

— N'est-ce pas là le prétendant au trône d'Angleterre ? demanda un homme à son compagnon.

L'autre haussa les épaules. Depuis que le roi de France et sa nouvelle épouse Anne de Bretagne séjournaient à Paris, une foule d'étrangers avait envahi la ville, Vénitiens, Florentins, Napolitains, Milanais, faisant miroiter les charmes de leurs pays devant le regard plein de convoitise du jeune Charles VIII, Anglais rassemblés autour de Perkin Warbeck qui prétendait être Richard d'York, le survivant de la Tour de Londres, Espagnols arrivés dans la suite d'Anne de Bretagne petite-fille et arrière-petite-fille d'Espagnols du côté paternel comme maternel, Flamands, Allemands et Ecossais accourus pour les tournois offerts en l'honneur d'une reine de quinze ans déjà enceinte de quatre mois.

Autour de Notre-Dame, dans les rues du Marché-Palud, Neuve-Notre-Dame, des Marmousets, la foule se pressait, avide de se détendre et de profiter d'un temps printanier. Vendeurs d'eau à la réglisse, de confiseries, de petits moulins à vent en papier, d'oiseaux, de fruits, de dentelles et rubans, de lacets et boutons, de chandelles, marchands de paniers se bousculaient pour attirer une clientèle qui déambulait sans hâte.

Bien qu'il fût à Paris depuis quelques mois, Perkin Warbeck en découvrait chaque jour quelque nouveau côté. Regroupée autour de la Seine, la ville sale et bruyante, assombrie par les façades obliques des maisons à colombages et torchis ou de bonne pierre taillée, offrait d'innombrables surprises. Barques et barges sillonnaient le fleuve qui serpentait et offrait de belles îles pour la promenade, des berges herbeuses et ombragées. Chaque paroisse regroupait marchands, étuves, tavernes, rôtisseries et lieux de débauche. Autour du Louvre et de Notre-Dame tenaient pignon sur rue les négociants les plus en vue : maîtres orfèvres, ciseleurs ou joailliers proposant coupes d'or et d'argent, ceintures de prix, parures, bagues et bracelets, marchands de tissus teints et brodés aux couleurs douces ou vives, de dentelles aériennes, artisans fourreurs présentant chapeaux, pelisses, jaquettes avec ou sans manches, capes garnies de queues de zibeline, d'hermine ou fourrées de simples peaux d'écureuil, chasubliers exposant dans leurs étroites vitrines mitres, nappes d'autel, chapes dalmatiques, bannières, voiles de calice et de ciboire sous l'enseigne de saint Clair, patron des brodeurs. Les parfumeurs alignaient des flacons aux couleurs de pierres précieuses, des onguents, des poudres, des graines onctueuses, des eaux de fleurs ou de fruits, les épiciers exposaient les sacs d'aromates venus d'Orient que l'on mesurait à la pincée, cardamome, anis, bétel, cannelle, cumin, gingembre, girofle, muscade, poivre, safran et vanille qui embaumaient la ruelle.

— Nous prenons du retard, s'inquiéta Warbeck.

— N'ayez nulle inquiétude, Milord, répondit un des jeunes seigneurs, la reine est fort insoucieuse de l'heure.

Au-delà de l'hôtel Saint-Paul, la foule s'éclaircit et les cavaliers purent mettre leur monture au trot jusqu'à Saint-Gervais où se déroulaient les joutes.

Une grande animation régnait autour du pré entouré de lices. Déjà assis sur les palissades, des garçons d'écurie bavardaient à côté de nains vêtus de velours et coiffés de bonnets à grelots qui attendaient les intermèdes pour distraire les spectateurs. Sur le pré, des cracheurs de feu, des jongleurs, des acrobates s'efforçaient d'attirer l'attention d'un public distrait, occupé à grignoter des noix ou à observer les joueurs de trompette, les archers vêtus de leur costume d'apparat, les écuyers affairés à harnacher les chevaux, les hérauts qui annonceraient les combattants et clameraient leurs titres, qualités, blason et cotte d'armes. Drapeaux d'azur semés de fleurs de lys et drapeaux aux hermines de Bretagne ondulaient au vent.

La tribune d'honneur était presque remplie et Warbeck gagna une rangée élevée, fort loin du fauteuil royal recouvert de soie mauve et pourpre où étaient brodés en fils d'or les couronnes royales et ducales de France et de Bretagne. Assis à côté du comte de Neville, Perkin Warbeck cherchait du regard un grand seigneur français qui le connût. Être l'hôte du roi de France ne lui suffisait pas, il devait s'imposer, se rendre si important qu'il n'y ait point de souverains en Europe qui ne le considérât et ne le respectât. Alors il pourrait débarquer en Angleterre, livrer bataille à Henry Tudor et s'asseoir sur son trône. Chaque jour fortifiait sa certitude de pouvoir mener à bien les espoirs placés en lui. Margaret de Bourgogne, sa tante, l'invitait en Flandres, le roi d'Ecosse le saluait dans une lettre comme le dernier rameau des York, le seul héritier légitime d'Edward IV. À son passé, le jeune homme ne voulait point songer. Il était sorti de l'ombre et n'y voulait plus rentrer.

Quelques seigneurs inclinèrent la tête et Warbeck leur rendit leur salut. De chaque côté du fauteuil royal étaient assis le connétable de Bourbon, Anne de Beaujeu, belle-sœur de la reine et ancienne régente de France, François de Dunois, le maréchal de Baudricourt. Soudain des cavaliers surgirent au grand galop faisant flotter l'étendard de la reine puis ce furent les joueurs de trompette vêtus de jaune et de rouge, les rangs des pages en habits de soie blanche et noire, portant plume rouge à leur chapeau, enfin les dames d'honneur montées sur des palefrois précédant les écuyers. Petite, menue, la reine, vêtue d'une robe de soie cramoisie à manches de satin blanc, ceinturée d'une lourde chaîne d'or incrustée de rubis, coiffée d'un chaperon de soie blanche, l'air altier, chevauchait au pas majestueux de sa haquenée. Lorsqu'elle mit pied à terre, le duc d'Orléans, qui l'escortait, arrondit le bras et elle y posa sa petite main baguée de rubis. La jeune femme prit place sans se retourner ni regarder de droite ou de gauche. Aussitôt les trompettes sonnèrent, la lice se vida et, dans un nuage de poussière, les combattants firent tous ensemble leur entrée au grand galop pour immobiliser leur destrier au pied de la tribune royale. Dans le plein soleil de l'après-midi, les heaumes et armures rutilaient. Sur chaque surcot de soie ou de satin porté sur la cotte d'acier étaient brodées les armes du chevalier afin que chacun dans l'assistance puisse l'identifier.

Un long moment la reine les observa puis, sans avoir l'air d'y attacher d'importance, tendit son mouchoir au sire de Coëtquen, grand maître de son duché de Bretagne.

— Ce sera bientôt votre tour de jouter, Milord.

La voix assurée de Neville fit tressaillir Warbeck. Il haïssait la violence et l'odeur du sang lui levait le cœur.

— Nul chevalier ne s'impose sans gagner quelques tournois, poursuivit le comte d'un ton où le jeune homme crut déceler de l'ironie et, si vous voulez conquérir le cœur des Anglais, il vous faudra tôt ou tard faire preuve de votre courage.

Sous leurs yeux, le prince d'Orange venait de mordre la poussière, poussé à bas de son cheval par Pierre de Rohan Guéméné.

— Une belle passe ! s'exclama Neville, mais Sa Majesté Edward, votre père, en avait de meilleures encore. Votre Grâce s'en souvient-elle ?

Warbeck eut un petit sourire et ne répondit pas. À la sonnerie des trompettes, deux autres jouteurs pénétrèrent dans la lice. On entendit claquer les visières des heaumes qui se fermaient puis un des combattants alla prendre place à l'autre extrémité du pré.

Maintenant la reine observait avec beaucoup d'attention

le chevalier qui portait les armes de Louis d'Orléans. On murmurait qu'une amitié profonde liait les deux jeunes gens et que s'il n'avait été marié de force à Juana de France, fille difforme de Louis XI, Louis aurait fait sa cour à la jeune duchesse lorsqu'il combattait en Bretagne aux côtés de son père, le duc Francis. Déjà les adversaires fonçaient l'un vers l'autre, la lance se dirigeant à l'horizontale vers la cible, et de grosses mottes de terre volaient sous les sabots de leurs lourds chevaux. Il y eut un choc brutal. Louis avait pu glisser la pointe de sa lance sous le bouclier de son adversaire qu'il avait atteint en pleine poitrine. Comme ivre, le vaincu oscilla sur sa monture, perdit soudain l'équilibre et tomba comme une masse sur le sol. La reine eut un sourire heureux.

La nuit tombait. Des lumières apparaissaient aux fenêtres des maisons. Le jour de fête achevé, chacun voulait gagner de bonne heure son lit pour pouvoir dès l'aube vaquer à ses occupations. Quelques chiens et cochons erraient encore dans les rues à la recherche de reliefs abandonnés. Dans le gris profond du ciel, les premières constellations s'allumaient.

— Demain nous rencontrerons des amis, annonça Neville alors qu'ils longeaient les murs de l'enclos du Temple. Trois des nôtres viennent de traverser la Manche pour vous rejoindre. Mais je me méfie du roi de France. Si Tudor parvenait à obtenir une paix, il pourrait bien vouloir se débarrasser de nous.

Perkin Warbeck se redressa sur son cheval. Il n'aimait point trop la France où il n'avait pas été fêté selon ses espérances.

— Alors, nous nous rendrons en Flandres, répondit-il d'un ton détaché. Ma tante York m'offre un appartement dans son palais de Malines, des pages, un secrétaire, vingt serviteurs et une garde armée. Un York ne quête pas l'hospitalité d'un Valois et, une fois roi d'Angleterre, je saurai me souvenir de la façon dont je fus traité durant mon exil.

Neville ne répondit rien. Bien qu'attaché à la personne

de Perkin Warbeck, celui-ci l'irritait souvent par sa fatuité. Comment ce jeune homme qui, par les traits de son visage ressemblait tant à son père supposé, pouvait-il avoir un comportement aussi éloigné de celui d'Edward ? En lui, il ne décelait ni réelle générosité ni vrai courage. Restaient l'amour du luxe et l'ambition. Warbeck était-il le miroir tragique d'une comédie qui les dupait tous ou le miroir comique d'une authentique tragédie ?

10

Dans le cabinet de travail de sa résidence londonienne, John Morton, archevêque de Canterbury, et désormais chancelier du royaume d'Angleterre, avait fait allumer des braseros.

L'année s'achevait, riche en événements de toutes sortes. Les Rois Catholiques s'étaient emparés de Grenade et s'imposaient comme une puissance avec laquelle les souverains du monde chrétien devaient compter. Des projets de mariage allaient, en outre, allier la Couronne d'Espagne à celle des Tudor et à celle des ducs de Bourgogne. Après leur expulsion d'Espagne, l'Angleterre avait vu arriver quelques familles juives dépouillées de tout, désespérées. Accueillis par des coreligionnaires, certains d'entre eux avaient trouvé du travail dans la banque ou le négoce au bénéfice de toute la communauté. Henry avait ordonné qu'on ne leur nuise en rien. En France, Charles VIII, père d'un fils depuis le 10 octobre, se préparait à guerroyer en Italie avec la bénédiction du nouveau pape, Alexandre Borgia, un débauché, un intrigant que méprisait Morton dans le secret de son cœur. D'Espagne venaient toutes sortes de nouvelles stupéfiantes dont l'embarquement d'un certain Christophe Colomb pour les Indes en mettant le cap à l'ouest ! Sur trois caravelles fournies par les Rois Catholiques, la *Niña,* la *Pinta* et la *Santa María,* l'amiral

Colomb et une poignée de marins se jetaient dans une aventure qui préoccupait Morton. Si cet illuminé voyait juste, l'Espagne serait la première à puiser dans les richesses de l'Orient par la voie maritime. L'Angleterre ne devrait-elle pas aussi s'élancer vers l'ouest, ouvrir une nouvelle route vers les Indes pour le plus grand bien de son commerce ?

Posant sa plume, Morton jeta un coup d'œil par la fenêtre. Il aperçut la Tamise sillonnée de barques légères, de vaisseaux ventrus amarrés dont les dockers extirpaient les marchandises, des passants bien vêtus arpentant les quais, quelques riches maisons de brique donnant sur des jardins. Londres prospérait. Mais pour combien de temps ? Il avait utilisé ses forces, les ressources de son intelligence au profit de Margaret Beaufort et de son fils et à aucun moment ne l'avait regretté. Henry VII était un souverain attentif, juste, raisonnable, économe, Margaret une sainte femme, une mère admirable. Mais la Providence n'épargnait au roi aucune épreuve. Après Francis Lowell, Lambert Simnel, un autre ambitieux, Perkin Warbeck, menaçait sa couronne. En Irlande, ses partisans étaient, une fois de plus, les grands seigneurs, lord Kildare probablement et aussi les lords Ormonde et Desmond, quasiment rois du Munster et du Leinster. Et les Anglais installés dans l'île n'étaient pas moins yorkistes. En Ecosse, le jeune roi James le déconcertait. Après avoir eu l'audace de s'opposer à son père et de contribuer à son élimination physique, il passait de l'agressivité à la passivité, tout occupé qu'il était à ses maîtresses, Marion Boyd en particulier, qui attendait de lui un deuxième enfant. Tôt ou tard, il s'affirmerait, prendrait seul les rênes du gouvernement et serait alors capable de nuire à la couronne anglaise avec Perkin Warbeck comme alibi et l'aide de ses vieux alliés français qui attendaient leur revanche après le traité d'Étaples.

— Un message, monseigneur.

Le secrétaire de Morton tendit un pli dont le cachet était déjà brisé. Le roi en avait pris connaissance. Morton se cala dans son fauteuil plus confortablement encore. L'humidité automnale rendait douloureuses ses articulations jusqu'à lui rendre la marche difficile. Désormais, il ne voyageait plus, sa vie se passait entre son évêché de Canterbury et Londres, le cœur caparaçonné de patience, l'esprit en mouvement et, cependant, sans illusions.

Ce 3 novembre de l'année de grâce 1492 ont été signés à Paris deux traités. Le premier stipulant que Sa Majesté très chrétienne le roi de France Charles le Huitième payerait à Sa Majesté Henry le Septième roi d'Angleterre la somme de sept cent quarante-cinq écus d'or afin de régler les dettes de la reine Anne envers Elle. En même temps qu'il acceptera ce règlement, le roi d'Angleterre reconnaîtra la Bretagne comme étant française.
A été signé le lendemain un nouvel acte restituant le Roussillon à Sa Majesté le roi Ferdinand d'Aragon. Un message a été envoyé ce même jour aux habitant de Perpignan pour les en aviser.

« La France vit d'expédients, pensa Morton. Le roi Charles VIII se prépare pour une guerre en Italie sans posséder écu vaillant. Le Roussillon vendu pour nous payer sept cent quarante-cinq écus d'or, voilà qui n'est point cher ! Ferdinand a fait une bonne affaire. » Mais l'archevêque de Canterbury restait soucieux. L'Espagne prenait une importance que nul, dix années auparavant, n'aurait pu soupçonner. Le mariage du prince Arthur avec l'infante Catherine rééquilibrerait-il la répartition des influences ? La reine Isabelle et le roi Ferdinand étaient de brillants opportunistes. N'installaient-ils pas en masse des chrétiens à Grenade après avoir promis à Boabdil de respecter le caractère musulman de la ville et de laisser aux Maures la possession de leurs biens ? « Les reconquêtes, affirmait Lopez de Mendoza, vice-roi de Grenade, s'accompagnent de repeuplement, celle du royaume de Grenade ne fait pas exception. Les villes et places fortifiées doivent être habitées par des chrétiens et les Maures s'établiront à la campagne en tant que musulmans vivant en territoire chrétien. La Couronne rachètera maisons et biens à ceux qui les abandonneront volontairement. »

— Je vais répondre à Sa Majesté, dit-il à son secrétaire et viendrai la voir dans son palais de Westminster demain après tierce.

Il était le plus proche conseiller du roi. Lorsqu'il traversait Londres en voiture ou à cheval, les humbles se découvraient, les grands le saluaient. On le respectait.

Janvier 1495

Chargés par le roi Henry VII de démasquer Perkin Warbeck, Robert Clifford et William Barley étaient arrivés au terme de leur mission. Du prétendant à la couronne anglaise, ils n'ignoraient plus rien et allaient remettre au roi un rapport retraçant l'étrange odyssée du jeune homme. Né à Tournai en Flandres en 1474, Perkin avait pour père un commerçant du nom de John Warbeck et pour mère Katherine de Faro, une femme de souche portugaise. À treize ans, il avait trouvé du travail comme commis chez un associé de son père nommé Berlo qui, impressionné par la vivacité d'esprit du jeune garçon, la façon instinctive avec laquelle il s'intégrait dans son nouvel emploi, s'était mis en tête de lui apprendre l'anglais en l'expédiant chez un de ses oncles dans la ville anglaise de Middleborough. L'adolescent y avait fait la connaissance de sir Edward Brampton, juif converti et filleul du défunt Edward IV. Riche armateur, Brampton possédait de nombreux navires de commerce et, par un beau jour d'été en 1490, Perkin Warbeck avait accompagné son nouveau protecteur au Portugal afin d'y faire la connaissance de sa famille maternelle. À Lisbonne, il avait trouvé un nouvel employeur, un négociant borgne que sa fortune avait fait anoblir. Une année plus tard, il avait repris ses voyages, cette fois-ci accompagné d'un marchand breton, Pregent Mano, qui devait faire escale en Irlande. Alors que le jeune homme déambulait dans les rues de Cork, un passant l'avait arrêté. De qui tenait-il sa stupéfiante ressemblance avec le défunt roi d'Angleterre Edward IV ? Était-il de sa famille ? Lorsque

Perkin avait parlé de cette rencontre à Mano, l'attention de celui-ci avait tout de suite été retenue. Pourquoi ne pas profiter de la chance inouïe que la Providence lui offrait ? Pourquoi ne pas prétendre qu'il était un neveu, un cousin ou, pourquoi pas, un bâtard du roi Edward IV ? Ensemble ils avaient tenu de longs conciliabules. Usurper l'identité du jeune Edward Warwick, fils de Clarence, ne le mènerait à rien. Après l'aventure désastreuse de Lambert Simnel, il fallait trouver un personnage incontestable, touchant, qui forcerait les Anglais à s'attendrir avant de l'accueillir à bras ouverts. Et la fortune à nouveau avait souri au jeune homme. Un dimanche, à la sortie de la messe, une noble dame avait marché vers lui tout émue. « Ne seriez-vous pas, milord, le duc d'York ? On m'a affirmé qu'il avait pu s'échapper de la Tour de Londres. » Il s'était incliné sur la main que cette femme lui tendait et avait versé d'abondantes larmes. Oui, il était Richard d'York, le plus jeune fils d'Edward IV, mais il voulait rester dans l'ombre de peur d'être assassiné.

On l'avait aussitôt présenté aux comtes de Desmond et de Kildare qui étaient tombés à ses pieds. Devant Perkin, lord Desmond avait écrit au roi d'Ecosse pour lui recommander l'orphelin.

Fêté, adulé en Irlande, il avait reçu une invitation du roi de France et s'était embarqué pour Brest avec son ami breton.

Le rapport concluait :

> La suite est connue de Votre Majesté. Ce fripon a embobiné l'Europe et s'apprête à conquérir l'Angleterre. Il a, hélas, des complices parmi notre aristocratie la plus respectée et, si Votre Grâce veut bien nous convoquer, nous sommes prêts à lui livrer un nom de la première importance.

Henry faisait les cent pas dans la chambre du Conseil lambrissée de panneaux de chêne à petits carreaux et dont les poutres soutenant le plafond rouge étaient sculptées des blasons et des armoiries rehaussés d'or des familles Tudor, Beaufort et York. La cheminée de pierre occupait tout un mur. Au milieu de la pièce était dressée une table de noyer chantournée entourée de douze sièges au dossier arrondi garnis de coussins de velours vert à galons d'or. Un vaste tapis d'Orient au rouge profond donnait une note fastueuse au cabinet de travail du roi dont les fenêtres étroites filtraient la lumière triste de l'hiver. Dans le parc, agitées par la brise, les branches nues des platanes grinçaient en se balançant. Le roi s'arrêta devant une tapisserie représentant Goliath terrassé par David. La foule qui acclamait aujourd'hui son roi légitime pouvait fort bien accueillir demain à grands cris de joie un imposteur. Les rois étaient si vite oubliés. Il se souvenait de sa propre entrée triomphale à Londres après Bosworth. Un mois auparavant, Richard III semblait jouir dans la ville d'une réelle affection populaire.

Depuis le début de son règne, il s'était employé avec Morton à modérer le pouvoir des grands seigneurs, à établir une vraie justice. Aussi longtemps qu'ils le craindraient, ceux-ci courberaient l'échine. Mais qu'arrive un pantin sur un palefroi harnaché d'or, et ils saisiraient au vol l'opportunité de retrouver leurs droits et prérogatives.

Dans le couloir, il entendit des bruits de pas, un cliquetis de hallebardes. Puis la porte s'ouvrit et Morton apparut suivi des hommes qu'il avait chargés de recueillir des informations sur Perkin Warbeck. Se détournant de la tapisserie, Henry fit face aux visiteurs.

Les mots de simple politesse ne lui venaient pas à la bouche et il ne put que prononcer :

— Je vous écoute, Morton.

L'archevêque savait le roi assez exigeant pour pouvoir s'exprimer sans précautions.

— Sir Robert Clifford et sir William Barley m'ont remis leur rapport, Milord : Lord William Stanley vous trahit.

Heny blêmit. Pendant un long moment il ne put prononcer un mot.

— Il sera arrêté, jugé et, s'il est coupable, exécuté.

— Il l'est, Milord, intervint Clifford d'un ton assuré. Le

101

comte Stanley me considère comme un ami et ne me cache rien.

« Plus les hommes ont bonne figure et mieux ils trahissent », pensa Tudor. Stanley, qui était passé à l'ennemi, était lui-même dénoncé par ce séduisant gentilhomme qui, la veille sans doute, l'assurait encore de son dévouement.

Morton observa le roi. Étant son ami depuis de nombreuses années, il devinait sa souffrance. William Stanley ! Celui qui avait chargé Richard III à Bosworth et arraché la victoire, le frère de son beau-père Thomas, comte de Derby ! Faire trancher la tête de cet homme qu'il avait couvert d'honneurs était tragique. Et, cependant, le roi le ferait sans hésiter.

— Réunissez les membres de mon tribunal, Morton, prononça Henry d'une voix assurée, et faites conduire sans délai lord William Stanley à la Tour.

11

Décembre 1495

Depuis que ses yeux s'étaient posés sur lady Katherine Gordon, cousine du roi d'Ecosse James Stuart, Perkin Warbeck en était tombé éperdument amoureux. Ce bonheur inespéré venait à point pour atténuer déception et rancune soulevées par ce qu'il considérait comme autant de trahisons, le rejet du roi de France, la froideur soudaine à son égard de l'archiduc Philippe, l'indifférence que les souverains espagnols lui témoignaient. Après avoir été durant quatre années fêté par tant de souverains, reçu à leur Cour, honoré de coûteux présents, il ne pouvait imaginer qu'on puisse lui tourner le dos. Sans cesse, il se plaignait au souverain d'Ecosse, son ultime protecteur, de l'ingratitude de sa famille. Les rois n'étaient-ils pas tous cousins ? Peu à peu, il oubliait son enfance, son adolescence de fils de commerçants pour tenter de se souvenir de la cour d'Edward IV, de la Tour de Londres. Se pourrait-il qu'il fût vraiment le petit duc d'York mis en sécurité puis oublié chez les Warbeck ? Ce matin, après s'être fait raser, il s'était contemplé dans le miroir. Qui était-il ? « Je suis le fils d'Edward IV », se répéta-t-il. Ceux qui l'abandonnaient étaient des lâches. Une fois roi d'Angleterre, il saurait s'en souvenir.

Katherine Gordon, quant à elle, ne semblait pas douter un instant de l'identité de ce bel homme et, la veille, avait accepté qu'il la courtise au grand jour. Encore quelques semaines et il pourrait la prendre pour épouse. James Stuart s'était engagé à lui verser une rente annuelle de mille quatre cent quarante livres, de quoi vivre à l'aise avec sa jeune femme par ailleurs bien dotée par son père. Avec Katherine, il aurait une confidente, une amie, une épouse digne d'être reine d'Angleterre.

Le vent d'ouest soufflait en rafales, poussant de gros nuages, certains porteurs de pluie, d'autres de neige. Routes, chemins, sentiers étaient transformés en fondrières et chacun restait chez soi au coin de l'âtre. Afin de distraire sa cour, le roi avait décidé de donner à Linlithgrow, sa résidence favorite, un bal masqué. On le savait amoureux et chacun pour lui plaire avait choisi un visage susceptible de valoriser le sien. En ce soir gris d'hiver, le château se transformerait en jardin d'amour. Afin d'achever l'année en triomphateur après sa désastreuse et humiliante tentative de débarquement sur les côtes du Kent en juillet, Perkin Warbeck était décidé à être le point de mire du bal. Depuis plusieurs semaines, il mettait au point son masque, son costume, les bijoux et parures qui les parferaient. Katherine ayant choisi d'être Iseult la Blonde, il serait un Tristan envoûté par l'amour.

Avec respect, le tailleur attendait le jugement de son souverain mais James IV restait perdu dans ses pensées. Cependant tout était extrêmement seyant, les chausses en cuir souple, le pourpoint de velours vert, les hautes bottes de daim fauve, le chapeau de feutre décoré d'une longue plume de faisan, jusqu'à la dague au manche de corne dans son étui de maroquin.

— C'est bien, prononça enfin le roi. Vous pouvez vous retirer.

— Votre Grâce sera un inoubliable Robin des Bois, osa complimenter le tailleur.

En dépit de sa volonté de célébrer avec insouciance les fêtes de Noël, James était préoccupé. Si la présence de Warbeck à sa cour était un atout d'importance, elle présentait également des dangers. Approché par son ambassadeur, lord Blacader, la reine de Castille avait accepté l'idée d'une alliance hispano-écossaise à la condition que Stuart rompît avec la France. Celle-ci ayant été la plus ancienne et fidèle alliée des Stuart, cette décision laisserait des séquelles et James ne pouvait la prendre à la légère. Et cette brouille impliquait un rapprochement avec Tudor afin de former contre Charles VIII et ses ambitions italiennes une Sainte Alliance. « Votre Grâce n'ignore pas, lui avait écrit son ambassadeur, que les souverains espagnols sont engagés aux côtés de l'Angleterre par le futur mariage du prince de Galles et de l'infante doña Catalina. Une entente avec l'Espagne engagera *ipso facto* un traité de paix avec l'Angleterre. »

James restait méfiant. L'affabilité à son égard de Ferdinand et d'Isabelle n'était-elle pas due à leur désir de le neutraliser ? Ses frontières nord assurées, Henry Tudor pourrait alors envahir la France. En hâte, il avait réuni son Grand Conseil et tenu à débattre du bien-fondé de la présence de Perkin Warbeck en Ecosse. Ledit « duc d'York » devait-il ou non être soutenu et armé par la Couronne écossaise ? Après un interminable débat, la réponse avait été positive. Perkin Warbeck représentait un moyen de pression inestimable contre les Anglais.

Le tailleur et ses commis sortis, James pensa aux deux ambassadeurs espagnols qui assisteraient le lendemain à son bal. Avec panache, il allait leur montrer qu'il se considérait comme un ami fidèle du duc d'York auquel il donnait sa propre cousine en mariage. Afin de rendre son engagement plus clair et définitif encore, le mariage aurait lieu dès janvier. Puisque Warbeck lui coûtait une fortune, au moins devait-il profiter de l'intérêt qu'il représentait sur le plan politique. Qu'il soit ou non le fils d'Edward IV lui importait peu. Il n'y avait plus un souverain en Europe qui n'ait lu le rapport remis au roi d'Angleterre mais même l'illusion qu'il fût Richard d'York gardait un incontournable pouvoir de nuisance. S'il manœuvrait cet atout avec habileté, peut-être lui permettrait-il de prétendre à la main d'une princesse espagnole. Ce projet grandiose prenant forme, il serait temps alors d'envoyer Warbeck à tous les diables. « L'avenir est entre les mains de Dieu », soupira James. Il allait partir chasser sous la neige avant de retrouver la délicieuse Margaret Drummond qui venait de remplacer Marion Boyd dans son cœur comme dans son lit.

Une odeur de sapin et de girofle flottait dans la salle d'apparat où se déroulait le bal masqué. Outre la cheminée où se consumaient des troncs entiers, la chaleur était diffusée par des braseros disposés le long des murs entre les flambeaux. Dehors une neige dure collait à la terre, aux toits, aux branches, couvrait le paysage, feutrait les bruits.

Lorsqu'il fit son entrée, Perkin eut conscience des regards posés sur lui. Il savait la méfiance à son égard de certains seigneurs mais, un jour prochain, personne n'oserait plus sourire en sa présence, le saluer d'une voix où se dissimulait mal l'ironie. Certes, il avait battu en retraite lors de sa première tentative de débarquement en Angleterre, mais il ne se laisserait plus surprendre. Son seul nom lui rallierait des milliers de sympathisants et c'est en triomphateur qu'il ferait dans Londres son entrée.

À quelques pas, dans une longue robe blanche dont la fluidité suggérait des formes parfaites, Katherine Gordon lui souriait. Ses cheveux dénoués tombaient jusqu'à sa taille. Comme bijoux elle ne portait qu'un mince cercle d'or autour du front. Sur une estrade, les musiciens attendaient l'entrée du roi pour jouer. Il faisait bon et, par groupes, les courtisans, masqués pour la plupart, causaient et riaient dans un flamboiement de couleurs.

Ignorant les autres invités, Perkin Warbeck se dirigea vers sa fiancée. « Tristan retrouve Iseult la Blonde, murmura-t-il. Quel plus grand bonheur peut-il espérer ? » Son visage sensuel était éclairé par l'éclat d'un flambeau et la jeune fille sentit le rouge lui monter aux joues. Depuis le matin, elle tremblait en pensant à ce bal qui les mettrait face à face, paume contre paume dans les lentes circonvolutions des danses. Son promis était le chevalier dont elle avait rêvé sans fin en lisant les romans autorisés par sa mère : pauvre, mais de naissance noble, obligé de se cacher pour échapper à ses ennemis avant de les éliminer un par un par des actes de bravoure inouïs et de se mettre à genoux devant la dame de ses pensées, digne désormais de son amour. Elle n'avait guère prêté attention aux méchantes rumeurs courant sur lui. Ces médisances faisaient partie de sa légende. Enfin victorieux, Perkin les ferait taire à jamais.

En tenue de Robin des Bois, masqué, le roi fit son entrée. Chacun fit semblant de ne pas le reconnaître. La règle était inviolable. Un simple déguisement rendait à chacun sa liberté. Hommes et femmes pouvaient parler sans contrainte et les plus grands seigneurs danser en toute familiarité avec des femmes de modeste condition. Seuls les bouffons et les nains osaient parfois des allusions vraies ou fausses, brouillant les cartes, se moquant de tous, jetant des remarques crues ou perfides.

En Demoiselle Marianne, Margaret Drummond était ravissante. Sa position de nouvelle maîtresse royale faisait d'elle le point de mire du bal. On chuchotait que le souverain allait incessamment l'installer au château de Stirling et que sur son père lord Drummond, son cousin, lord Argyll, comme sur toute sa famille allait tomber une pluie de libéralités.

Déjà hommes et femmes se faisaient face pour une première danse au son des luths, flûtes, violes et hautbois. En fin de bal seulement arriveraient les cornemuses pour des danses populaires sans retenue où chacun retrouverait un peu de son enfance.

Warbeck et le roi se trouvaient côte à côte, chacun faisant face à la dame de son cœur. Les méandres de la danse mettaient la paume du jeune homme sur celles des femmes les plus nobles, les plus riches, celles qui dès le berceau avaient été promises aux rejetons des grandes familles écossaises, les

107

Sinclair, Mac Intosh, Ogilvy, Cunningham, Montgomery, Hepburn, Douglas, Home. Mais n'était-il pas lui-même duc d'York, prince de sang royal ?

Il faisait chaud. Sous son pourpoint de velours, Perkin déjà transpirait et la chaleur accusait la rondeur de ses traits, la sensualité de ses lèvres. Avec application, il suivait les figures compliquées. Pourquoi ne les lui avait-on pas apprises à la cour de son père ? Il n'avait aucun souvenir des bals, pas plus qu'il n'en avait des tournois auxquels sans nul doute il avait assisté. Ce trou béant dans sa mémoire l'irritait. Quelques années plus tôt, il avait béni sa chance d'avoir été choisi pour endosser l'identité du petit Richard d'York, mais aujourd'hui il était Richard d'York.

Katherine l'effleurait, le quittait, revenait vers lui avec grâce. Il n'aimait pas ces approches énervantes et de toutes ses forces voulait la posséder. Elle avait un sourire un peu équivoque comme si elle le guettait pour mieux s'emparer de lui. « Ma louve », chuchota-t-il à son oreille. Les femmes sentaient le musc et la vanille. Perkin voyait la hardiesse soudaine, brève et brutale, du regard des hommes à laquelle elles répondaient par une pose, un mouvement de la tête. Reprenant les thèmes de leurs voix soyeuses, des chanteurs avaient rejoint les musiciens. Dans la lumière vacillante des torchères, les pierres précieuses semblaient se fondre et les tapisseries onduler sous leurs reflets jaune d'or.

Tandis que les frôlements des hommes s'enhardissaient, les rires se faisaient plus forts. Sur l'estrade se composait un tableau vivant. Margaret Drummond et quelques jeunes filles avaient troqué leur costume pour celui de fées et chantaient des mélodies écossaises où il était question d'enchantements, d'elfes, de dragons, d'anneau magique et d'éternel amour.

Soudain, les portes de la salle du banquet s'ouvrirent et chacun ôta son masque. La présence du roi, pourtant connue de tous, fit pousser des cris de surprise. Ravi, James offrit son bras à sa maîtresse pour qu'elle y pose une main fine dont chaque doigt étincelait de pierres précieuses.

Alors que Katherine allait regagner la table des dames

d'honneur, Perkin se pencha à son oreille. « Rejoignez-moi après le banquet, je vous en supplie ma mie, il faut que je vous parle. »

Le dernier service s'achevait quand Warbeck quitta avec discrétion le siège qu'il occupait à la table du roi. Les chanteurs se reposaient, on n'entendait que le son léger des violes. Sur la table en désordre s'étalaient des hanaps à moitié remplis, des plats où la graisse se figeait, les restes encore tièdes des tartes et des compotes, des coquilles de noix, des flans que la chaleur avait affaissés, des miettes de pain et de brioches, des pelures de fruit. Contre les solives du plafond, des tourterelles affolées battaient de l'aile, cherchant une issue et, les yeux brillants, la bouche entrouverte, des singes familiers les observaient, prêts à bondir si l'une d'entre elles venait à tomber.

Katherine sentit son cœur battre plus vite. Avant le repas, elle avait accepté de rejoindre son promis dans la salle des pages, probablement vide tant que durerait la fête. Il lui fallait échapper à la vigilance de sa mère et elle était résolue à y parvenir. Assise à une autre table, lady Gordon décortiquait des amandes tout en riant aux propos d'un homme âgé qui égayaient l'ensemble des convives.

Le feu aux joues, Katherine se dirigea vers une des portes que deux gardes armés de hallebardes lui ouvrirent aussitôt. Dans le corridor, le froid la saisit. Quelques candélabres jetaient sur les murs de pierre une lueur triste. Dans la pénombre, les motifs des grandes tapisseries semblaient effrayants. Catherine n'y vit que lions la gueule ouverte, biches blessées à mort, chevaliers expirant. L'escalier qui menait à la salle des pages était plus froid encore. Les lanternes ressemblaient à des yeux fantomatiques qui la suivaient du regard.

— Vous êtes venue, ma mie !

Les bras de Perkin l'enlacèrent, sa bouche cherchait son cou, ses tempes. Ils étaient seuls. Dans la cheminée au man-

109

teau peint de violet, d'or et de vert, le feu brûlait encore. Cartes, dés s'étalaient sur les tables, instruments de musique s'alignaient contre le mur.

— Je veux votre promesse, chuchota Perkin.

— Jamais je n'aurai d'autre époux que vous, milord.

La jeune fille tremblait. Perkin ôta son surcot et le posa sur ses épaules.

— Dites : « Moi, Katherine, vous veux prendre à cet instant pour époux devant Notre-Seigneur Jésus qui est mon témoin. » Ainsi nous serons liés l'un à l'autre pour le reste de notre vie.

Une excitation fiévreuse empêchait le jeune homme de jouir du moment comme il l'avait espéré. Prince, il l'était bien puisque dans un instant il serait l'époux et le maître d'une cousine du roi d'Ecosse.

La violence de l'étreinte de Perkin effaroucha Katherine, mais comme s'il comprenait ses réticences, il redevint doux, caressa son visage du bout des doigts, s'attarda sur les lèvres, et ces effleurements, la tendresse de la voix mirent la jeune fille entièrement sous la coupe de son fiancé. Pourquoi ne pas lui donner sa parole, en effet, puisqu'elle désirait avec ardeur être sa femme ? Maintenant Perkin baisait la peau douce du cou, se dirigeait vers les seins menus que le désir faisait poindre. La jeune fille ferma les yeux.

« Moi, Katherine, vous veux prendre... »

La voix ressemblait à un souffle. Soudain elle sentit les lèvres de Perkin sur les siennes, la douceur de sa langue dans sa bouche.

— Allons dans ma chambre, prononça-t-il entre deux baisers. Je veux ma femme tout à moi.

La douleur brutale fit pousser à Katherine un léger cri. Pourquoi son corps protestait-il alors qu'elle aimait Perkin de tout son cœur ? Maintenant, il était au plus profond d'elle et toute souffrance avait disparu, mais elle se sentait seule et avait envie de pleurer. Le jeune homme poussa un soupir et

110

la quitta pour poser la tête sur sa poitrine. D'abord hésitante, Katherine caressa les cheveux blonds. Pourquoi l'âme de la femme était-elle si rebelle ? Elle aurait voulu serrer son prince dans ses bras comme dans les romans et ne pouvait que passer les doigts dans ses cheveux fins comme de la soie sans pouvoir prononcer un seul mot.

— As-tu été contente ? demanda soudain Perkin.

Katherine semblait morte entre ses bras. Elle ne savait que répondre. Elle souhaitait se rajuster et retourner dans la salle du banquet avant que sa mère ne s'inquiète de son absence.

— Dis-moi que tu m'aimes, insista Perkin d'une voix dure.

Elle sursauta. Ses pensées allaient vers un lac paisible dans la propriété de son père. Toujours elle avait aimé lire assise sur ses berges.

— Bien sûr, chuchota-t-elle sans ouvrir les yeux.

Un fort vent soufflait dans la cheminée où nul feu ne brûlait. Au loin, on entendait des bruits de pas, des voix étouffées par la lourde tenture accrochée à la porte.

À nouveau Perkin relevait sa robe. Elle voulut la rabattre mais curieusement se sentit sans forces, livrée à cet homme qui était son mari. Sans le vouloir vraiment, elle noua les bras autour de son cou. Une force plus grande que sa volonté la poussait vers lui. De temps en temps, elle entendait de la musique et ce son léger, harmonieux, semblait accompagner les mouvements du corps de Perkin. Ses joues étaient brûlantes, son ventre se durcissait, ses reins se creusaient, elle avait l'impression de n'être plus rien que cet instant arrêté dans son propre désir.

12

— Dieu m'a repris une fille voici un an pour m'en donner une autre, ma mère. Que Sa volonté soit faite, prononça Bessie étendue sur son lit.

Margaret Beaufort se pencha sur le berceau où reposait la petite Mary. L'enfant ressemblait à un ange.

— Arthur doit venir admirer ce joli bébé, déclara-t-elle. Je vais insister auprès d'Henry pour qu'on l'escorte de Ludlow à Sheen. Il pourrait y séjourner quelques semaines au début de l'été avec nous deux, son frère et ses sœurs.

Le visage de Bessie s'illumina. À Ludlow, Arthur étudiait avec ardeur, devenait bon chevalier et excellent chrétien, mais il leur manquait à tous.

— Reposez-vous maintenant, mon enfant. Il est l'heure de chanter les vêpres et John Fisher m'attend à la chapelle.

Docteur en théologie, ce prêtre austère était devenu le confident de Margaret. Fils de mercier, ascète et habité par sa foi, il avait su conquérir l'esprit et la confiance de l'orgueilleuse reine mère. Chaque jour, ils se retrouvaient pour parler théologie, philosophie, commenter les œuvres des grands écrivains grecs et romains. À cinquante-quatre ans, une nouvelle jeunesse avait été donnée à la mère du roi, enfin elle avait trouvé son *alter ego,* un frère par l'esprit.

112

Restée seule avec ses dames, Bessie contempla son nourrisson. Ses joues rondes et roses, son appétit témoignaient de sa vigueur. Mary vivrait. Elizabeth était menue, fragile, pleurait beaucoup, semblait toujours souffrir. Un matin, la nourrice l'avait trouvée morte dans son berceau. Jamais Bessie n'oublierait le petit visage déjà bleu, les paupières dissimulant à peine les yeux fixes, la bouche pincée, les menottes d'un blanc de neige. Henry et elle l'avaient pleurée, et elle avait ardemment prié pour avoir vite un autre bébé.

La tête posée sur l'oreiller de toile bordé de fines dentelles, Bessie ferma les yeux. Elle avait quatre beaux enfants, un époux fidèle et aimant, une sainte belle-mère et, cependant, un sentiment constant d'insécurité l'accablait. En Ecosse, bien que ridiculisé aux yeux de presque tous, Perkin Warbeck représentait toujours une menace. Les souverains espagnols n'avaient point caché qu'avant de conclure le mariage d'Arthur et de l'infante Catherine, le faux Richard d'York devait être éliminé. Il était hors de question que leur dernière fille se rende dans un pays qu'une guerre civile pouvait déchirer à tout moment. Et Henry VII devait rejoindre la Sainte Ligue contre la France, décision que le roi ne parvenait pas à prendre. La France l'avait protégé, armé lorsqu'il n'était qu'un proscrit, comment pourrait-il marcher contre elle à la tête d'une armée ? Son récent débarquement à Calais n'avait été qu'une manœuvre d'intimidation qui avait réussi.

Les femmes avaient laissé les fenêtres de la chambre grandes ouvertes. Un air parfumé montait du parc de Richmond. Si sa belle-mère tenait parole, Arthur les rejoindrait en juin. Déjà elle s'imaginait entourée de tous les siens à Sheen, son château préféré. Margaret, sa fille aînée, était ronde, coléreuse, gourmande, généreuse. À sept ans, elle ne lisait que passablement, écrivait quelques mots mais, comme son frère Henry, maîtrisait le français, langue que leur grand-mère parlait avec eux. Dominatrice, elle ne parvenait cependant point à se faire obéir d'Henry qui à cinq ans, déjà duc d'York, chevalier de l'ordre de la Jarretière et du Bain, montrait un

113

caractère impétueux. Amusant, fort beau, actif, le garçonnet faisait preuve d'une vanité que Margaret Beaufort sanctionnait sans pitié. Bessie elle-même avait du mal à sévir, le charme de son second fils la désarmait.

Chaque semaine, le roi menait Margaret et Henry dans le pré où ses archers leur apprenaient à tirer à l'arc. Les deux enfants montraient pour cette activité physique un grand enthousiasme. À sa fille aînée, quand ses occupations le lui permettaient, la reine enseignait le luth et le clavicorde, apprenait à apprécier la musique, à rester sage quand chantaient les chœurs ou jouaient les musiciens. Jusqu'alors, elle avait farouchement refusé que l'on parle à Margaret du projet de mariage avec James Stuart que son père formait pour elle. Cette alliance ferait s'aligner l'Ecosse aux côtés du roi d'Angleterre et Perkin Warbeck perdrait ainsi son dernier défenseur. Mais à vingt-trois ans, James devait attendre au moins six ans, Bessie ayant refusé de se séparer de sa fille avant qu'elle n'atteigne l'âge de la puberté.

Sentant une présence, Bessie ouvrit les yeux.

— Vous sommeilliez, ma mie ?

— Je pensais au projet de mariage que nous faisons pour Margaret, milord, et m'interrogeais sur son futur bonheur.

La jeune femme vit le sourire gentiment ironique de son mari.

— Avant de vous inquiéter pour notre fillette, tourmentez-vous pour moi, ma mie. L'évêque Fox d'Edimbourg vient de m'écrire que, tout en étant favorable à des négociations matrimoniales, le roi d'Ecosse est toujours décidé à nous attaquer aux côtés de ce charlatan de Perkin. Qui peut assurer qu'ils ne passeront pas la frontière dans les mois à venir ? J'ai fait renforcer les garnisons des châteaux de Berwick, de Bamborough et de Dustanborough. Mais cette mesure sera insuffisante en cas d'invasion. Il me faut sans tarder lever une armée.

Bessie eut un regard pour sa petite fille endormie à côté d'elle. Quand pourrait-elle assurer à ses enfants qu'ils étaient en sécurité dans leur pays, que nul ne leur voulait du mal ?

— Je plains, Milord, ceux qui font confiance à ce félon et tout spécialement lady Katherine qui a été abusée. Je plains aussi les Ecossais que le roi s'apprête à lancer dans une bataille injuste où beaucoup trouveront la mort, je plains nos bons Anglais qui, une fois encore, devront quitter leurs familles et prendre les armes, je plains toutes les mères qui perdront leurs fils pour une cause insensée.

— Gardez, ma mie, quelque compassion pour nos laboureurs, nos commerçants, nos clercs qui vont devoir payer de lourdes taxes pour financer cette guerre. Je vais réunir le Parlement après l'été et lui demander de voter des impôts exceptionnels.

Des rires d'enfant jouant à la balle s'entendaient dans le jardin.

— Je devine la voix d'Henry ! nota le roi avec un sourire. Nous avons bien fait de le faire venir d'Eltham ainsi que Charles Brandon pour la naissance de Mary. Henry et Charles font les meilleurs amis du monde. Je devais à la mémoire de son père de considérer son fils comme le mien.

Le sourire de Bessie se figea. Elle ne pouvait entendre évoquer Bosworth sans être envahie de tristesse. Que restait-il de la jeune fille qu'elle était alors ? La vie avait fait d'elle une épouse, une reine, une mère de famille tout entière consacrée à son devoir. Aurait-elle eu encore un once de fantaisie que sa belle-mère aussitôt l'aurait réprimée. Sa mère ne lui donnait guère de nouvelles. L'ancienne reine vieillissait à Bermondsey où son caractère autoritaire devenait atrabilaire. Incapables de supporter plus longtemps son arrogance et ses sautes d'humeur, plusieurs de ses dames d'honneur l'avaient quittée. La vie avait brisé cet être énergique, sensuel, orgueilleux, conquérant. « Seuls, pensa Bessie, l'obéissance à l'époux, l'humilité chrétienne, la foi en Dieu, l'amour maternel font le bonheur des femmes. Folles sont celles qui refusent leur condition pour chercher, comme la malheureuse Marguerite d'Anjou, rivalité avec les hommes. »

Après avoir béni sa belle-fille et la petite Mary, Margaret Beaufort rassembla pour la prière du soir ses petits-enfants ainsi que Charles Brandon. À genoux dans l'oratoire, les enfants joignirent les mains et fermèrent les yeux. La crainte de mal agir les contraignait à rester immobiles en dépit d'une pétulance qui les tenait tout le jour agités. Mais le regard scrutateur de John Fisher, celui plein d'autorité de Margaret Beaufort ne permettaient aucune dissipation. Les prières se succédaient. Tout d'abord pour les vivants, le roi, la reine, leur petite sœur Mary, leur grand-mère Elizabeth d'York, le marquis de Dorset leur oncle, les sœurs de leur mère, Thomas Stanley comte de Derby l'époux de leur grand-mère, leurs gouvernantes, serviteurs et servantes. Puis vinrent les oraisons pour les morts, leur grand-père Edward IV, leurs oncles, les cousins défunts, William Brandon mort héroïquement, William Stanley afin que Dieu lui pardonne son péché et le prenne en son paradis. Les mots s'égrenaient sans fin, monotones, et les enfants avaient des fourmis dans les mains, dans les pieds. Charles Brandon faisait un effort pour mémoriser des noms qui ne lui étaient point aussi familiers qu'à ses amis. De son père, il n'avait nul souvenir et ne gardait de sa mère que la mémoire d'un visage navré. Le roi ayant décidé de l'envoyer dans le Lancashire chez un cousin du comte de Derby pour qu'il achève son éducation et fasse de lui un homme de guerre, un vrai chevalier, il passait avec Henry et Margaret ses dernières semaines et ne serait pas de retour à la Cour avant cinq années. Le garçonnet dissimulait au mieux son appréhension.

Les prières achevées, Margaret fit asseoir les enfants pour leur demander de réfléchir sur les récents évènements qui concernaient leur pays. Le roi venait de financer une expédition maritime menée par Jean et Sébastien Cabot, un père et son fils. Partis de Bristol en mars avec dix-huit marins, on attendait leur retour pour l'été. Au Portugal, Vasco de Gama préparait de lourds vaisseaux pour rejoindre par l'ouest les côtes de Malabar. Bouche bée, Henry et Charles ne perdaient pas un mot de la narration de John Fisher. Ils savaient que l'amiral Colomb avait pour le compte des Rois Catholiques atteint les Indes par l'ouest, qu'il avait tenté de coloniser une île nommée Hispaniola, tentative soldée par un échec, tous les Espagnols, pourtant protégés par les murs d'un fort, s'étant fait massacrer. Fisher évoquait les peuplades sauvages qui avaient été baptisées par la grâce de Dieu mais restaient réticentes quant à l'autorité que l'amiral Colomb comptait exercer sans restriction. Ne fallait-il pas montrer de la douceur envers ces sauvages afin de leur donner une opinion favorable du message évangélique ?

À cinq ans, Henry était déjà assez perspicace pour s'enthousiasmer sur ces évènements extraordinaires. Son précepteur lui avait montré des images représentant des Indiens, des bêtes étranges, des arbres inconnus en Angleterre.

— Les marins de mon père, interrogea-t-il d'une voix vibrante, vont-il aller plus loin que l'amiral Colomb ? Rapporteront-ils des Indiens à Eltham ?

— Ils sont entre les mains de Dieu, mon enfant, mais les Cabot sont de fameux marins et ils feront honneur à la couronne d'Angleterre.

— On dit que des monstres sont prêts à dévorer les bateaux si l'on arrive aux terres interdites.

Margaret Beaufort eut un sourire un peu méprisant. Charles Brandon était un enfant vigoureux mais, à douze ans, ne montrait guère plus de connaissances que le petit prince Henry.

Ces histoires de marins partis à la recherche de l'or n'intéressaient guère Margaret qui aurait préféré une relation du mariage de Philippe le Beau prince des Flandres avec l'infante Juana. Elle aimait les intrigues amoureuses, les unions où l'époux était jeune et beau, épris de sa promise. Par des servantes, elle avait appris que le roi son père pensait la marier au roi d'Ecosse, un vieux de près de vingt-quatre ans, et ce projet lui faisait peur. Allait-on se débarrasser d'elle en l'expédiant dans le Nord auprès d'un homme assez méchant pour protéger Perkin Warbeck, le menteur qui prétendait être son oncle ? « Vous pouvez refusez une main qui ne vous convient pas, assurait la Galloise qui s'occupait de ses robes. Jésus l'a permis. » Jamais elle n'oserait s'opposer à son père. Si un jour elle en avait le courage, elle interrogerait sa mère. Douce et aimante, celle-ci ne l'avait que rarement punie. Mais la reine était sans cesse en voyage, allant d'un château à l'autre, et elle ne la voyait guère.

— Écoutez-vous, Margaret ?

La fillette sursauta. Sa grand-mère la regardait droit dans les yeux.

— Vous ne vous intéressez qu'à vos jeux et à vos toilettes, mon enfant, et je le regrette. Une princesse doit participer dès l'enfance aux peines comme aux espoirs de son pays.

Sans complaisance, la reine douairière observa sa petite-fille. Elle était trop ronde pour sa courte taille et futile, étourdie, ne montrait de réel talent que pour le tir à l'arc, le dessin et la musique. Sa gaîté communicative, son indomptable énergie parvenaient cependant à lui arracher des sourires.

— Nous ferons une ultime prière, décida-t-elle, pour le repentir des méchants et la récompense de ceux qui servent de bonnes et justes causes.

— Alors, grand-mère, prions pour que Warbeck soit pris par le diable et rôtisse en enfer pour l'éternité.

Margaret fronça les sourcils. Henry montrait bien jeune un caractère vindicatif. Elle en dirait un mot à son précepteur afin qu'il inculque à cet enfant les rudiments de la charité chrétienne.

Côte à côte sur leurs prie-Dieu, Margaret Beaufort et John Fisher achevaient d'entendre l'office des matines. Dehors un veilleur annonçait minuit. Il faisait froid dans la chapelle du château de Westhorpe mais ni la reine mère ni son confesseur ne semblaient sentir l'humidité qui suintait le long des murs de pierre. Sur le sol, leurs robes de laine brune se frôlaient et, dans la faible lueur des cierges, la femme vieillissante et le jeune prêtre offraient une étrange ressemblance : même

118

teint diaphane, mêmes traits accusés mais fins, même fragilité du corps et même énergie du regard.

Après ses prières, Margaret resta abîmée dans ses pensées un long moment. Fisher, son confident, son ami, ne lui demandait jamais d'aumône, mais elle n'ignorait pas combien il était attaché au collège de Cambridge, son *Alma Mater,* et avait décidé de verser à cette université des fonds importants afin que des jeunes gens sans fortune puissent y étudier et peut-être choisir la voie sacerdotale. Quant à Fisher, elle avait déjà évoqué avec le roi la perspective de lui donner un évêché. Cette grande âme, cet homme de rectitude, devait être le berger d'un large troupeau. À l'exception de son fils, aucun être sur terre n'avait davantage sa confiance. Un jour, elle fonderait un nouveau collège à Cambridge que Fisher et elle-même établiraient sur des bases solides afin qu'il dispense un enseignement de haute qualité, se montre impitoyable envers les libertés que se permettaient des esprits se disant modernes et éclairés. L'élection d'un Borgia à la papauté avait jeté un grand trouble chez beaucoup de chrétiens. Père de quatre enfants, entretenant de notoriété publique une maîtresse, il devait son trône à l'influence de l'Espagne et de la République de Venise ainsi qu'à celle du roi de France qui ne voulait pas entendre parler d'un pape napolitain capable de le contrecarrer dans la conquête de ce royaume. Margaret n'ignorait rien de ce que l'on reprochait aux Borgia mais une fois élu, un pape devait être respecté. Dieu seul jugeait.

La lumière pâle de la lune pénétrait par les étroites fenêtres de la chapelle jetant sur le sol, les bancs, les candélabres, des formes mouvantes et fugitives. Nul bruit ne venait du dehors.

Enfin John Fisher releva la tête.

— J'ai prié, milady, pour la princesse Mary. Elle sera belle. Que Dieu la garde du péché !

— Par la grâce de Dieu, milord, et pour que justice soit enfin faite, nous vous reconnaissons à cette heure comme le souverain légitime de l'Angleterre, proclama lord Mc Leod.

Perkin Warbeck se redressa et tenta de prendre une pose appropriée à la circonstance. Depuis un mois qu'il avait débarqué avec sa femme Katherine et une poignée de fidèles en Cornouailles, à l'extrême pointe méridionale anglaise, des partisans venaient les rejoindre, non pas en foule comme il l'avait espéré, mais en nombre assez respectable pour envisager une bataille et détrôner Henry Tudor.

— L'équité triomphe aujourd'hui, affirma-t-il d'une voix forte. Dès demain, nous marcherons sur Exeter afin d'assiéger et de prendre cette ville qui nous ouvrira le Somerset, puis la route de Londres.

En dépit de l'assurance de sa voix, Perkin n'était guère à l'aise. La vue des destriers, des armes et armures, l'ambiance du camp qui se constituait l'alarmaient. Depuis longtemps il savait qu'un jour ou l'autre il devrait quitter l'atmosphère protectrice et feutrée des cours pour revendiquer ses droits les armes à la main. Le moment était arrivé, mais il n'avait pas la moindre envie de devenir chef de guerre. Mise à l'abri dans un couvent, Katherine lui manquait. Sa présence confiante, énergique aurait pu lui redonner courage. Loin de ses protecteurs, loin de son épouse, il ressentait durement son inexpérience et sa vulnérabilité.

La marche sur Exeter le laissa perplexe. Les habitants des bourgs que sa troupe contournait venaient sans hostilité les regarder passer. On leur donnait parfois de la bière, du pain. Mais pas un homme vaillant ne posait ses outils de travail pour les rejoindre. Ce qu'il percevait dans les regards était de la curiosité, point de l'admiration ou du dévouement. Douce, encore verdoyante, la campagne déroulait sous les yeux des insurgés ses vallons, prés et bois. Au coucher du soleil, des bergers regroupaient leurs moutons aidés par des corniauds au poil rude. Quelques troupeaux de vaches se rassemblaient autour de jeunes filles venues avec leur tabouret pour la traite. Warbeck eut peur à nouveau. Si la ville d'Exeter possédait des canons, comment pourraient-ils l'attaquer, armés seulement d'arcs, de lances, de haches et d'arbalètes ? Et comment mener ses hommes au combat alors que la vue du sang lui levait le cœur ?

Avant qu'il n'embarque pour la Cornouailles, le roi James lui avait remis une épée dont la poignée en forme de croix était incrustée d'onyx translucide. Il avait mis un genou à terre pour la recevoir et baisé la main du roi. Mais saurait-il la brandir, l'abattre d'une main et faire tournoyer sa hache de guerre de l'autre ? Richard d'York en aurait-il été capable ? Face au danger, le doute de s'abuser lui-même le saisissait. Il revoyait des images de son enfance, le visage de ses parents, celui de sa mère, surtout, qui vivait toujours à Tournai. S'il avait été recueilli à l'âge de dix ans, il aurait sans nul doute des souvenirs, la Tour de Londres, la mort de son frère Edward, sa fuite. Ces rois, ces princes, ces prélats qui prétendaient l'avoir reconnu cherchaient-ils à le tromper ? À sa tante Margaret d'York, il n'avait pu livrer de son enfance que les souvenirs de la Cour livrés par sir Edward Brampton durant leur voyage au Portugal. À Cork étaient venus vers lui des notables de la ville le saluant bien bas. D'abord il s'était égayé de leurs compliments. Lui, Richard d'York ? Puis devant leur insistance, il s'était interrogé. Se pourrait-il qu'il ait perdu tout souvenir de son enfance ? Mais quand lui était parvenu un courrier du roi de France le nommant « son cher cousin », Perkin n'avait plus tergiversé. Il ne pouvait avoir raison seul contre tous et était bien le prince Richard.

Un campement avait été établi pour la nuit. Seul dans sa tente, le jeune homme posa sa tête entre ses mains, cherchant désespérément des images qui toujours lui échappaient. Alors, la panique s'empara de lui. Il avait envie de fuir mais s'il abandonnait son armée, les siens le rattraperaient, le jugeraient, l'exécuteraient peut-être. Il était condamné à se battre pour une couronne dont il ne saurait que faire.

Se dressant contre un ciel gris, les remparts d'Exeter n'étaient plus qu'à un mile.

— La ville est solidement défendue par sir Edward Courtenay, comte de Devonshire, milord, annonça le stratège écossais que James avait placé auprès de Perkin pour le conseiller.

— Nous devons attaquer, n'est-ce pas ?

L'homme eut un demi-sourire.

— Vous décidez, milord.

— Mieux vaut se lancer à l'assaut de la citadelle, prononça Perkin Warbeck d'une voix atone. Si nous contournons la ville, l'armée du comte de Devonshire nous prendra à revers.

— Concentrons alors nos forces sur les portes nord et est qui, d'après les renseignements que je possède, sont les plus vulnérables. Mais nous risquons de lourdes pertes.

Perkin Walbeck ne répondit pas. À l'instant même, il aurait voulu enfourcher son cheval et galoper jusqu'au couvent où se cachait Katherine pour la serrer dans ses bras.

Au premier tonnerre des canons installés en haut des remparts, la déroute fut générale. Des dizaines de corps déchiquetés jonchaient le sol, des blessés imploraient de l'aide. L'œil plongeant dans toutes les directions, Edward Courtenay, assisté de lord Edgecombe, surveillait les attaquants et ceux qui s'enfuyaient afin de faire tirer les archers et donner les serpentines au moment propice. Très haut flottait encore la bannière des York autour de laquelle se rassemblaient les soldats qui se refusaient à fuir. La porte était toute proche, une centaine de pieds encore et l'armée de Warbeck serait hors de portée des tirs. Quelques coups de bélier et ils pourraient se ruer dans la ville.

Resté à l'arrière, sur un monticule, Perkin ne pouvait détacher son regard du combat. C'était cela la guerre ? Un chaos où l'on ne distinguait rien, un bruit assourdissant, de la poussière, des hurlements, des chevaux affolés qui hennissaient. Le reste, la ville, la campagne, s'effaçait, comme gommé par le brouillard qui montait de l'Exe.

— Milord, nous avons perdu beaucoup d'hommes mais sommes prêts à poursuivre l'attaque. Avec l'aide de Dieu, nous pourrons investir Exeter.

— Replions-nous, ordonna Perkin Walbeck.

Il était étonné d'avoir pu parler avec tant de calme et d'autorité. Mais il n'en pouvait plus d'entendre des cris, de voir des hommes tomber, fauchés par des boulets ou transpercés par des flèches, de sentir l'odeur des entrailles.

Le lieutenant partit au galop encadré de deux trompettes qui allaient sonner la retraite. Perkin grelottait. Il descendit de cheval et vomit.

— Nous les tenons ! se réjouit Henry Tudor.

Venant d'Exeter, ce qui restait de l'armée de Warbeck marchait désormais sur Taunton. C'était ce que le roi avait espéré. À la tête de quinze mille hommes, il attendait l'imposteur qui, après les pertes subies, ne pouvait plus compter que sur deux mille soldats. La trappe se refermait sur lui et il suffirait de quelques hommes décidés pour s'en emparer et le ramener à Londres les pieds liés à ses étriers. Courtenay et Edgecombe, qui avaient défendu Exeter avec courage et compétence, bouclaient maintenant l'accès des ports de Cornouailles. Restaient les côtes du Devon et du Dorset déjà étroitement surveillées. Le roi avait du mal à croire que ce cauchemar vieux de quatre ans allait se terminer. Envers les souverains qui avaient soutenu le triste Perkin Walbeck, Henry Tudor s'était abstenu du moindre reproche. La vérité qui allait se faire jour les humilierait assez pour satisfaire sa vengeance.

Aux lords Daubenay, Surrey et Chamberlain, Henry désigna la carte du Somerset où il avait lui-même encerclé à l'encre noire la position de Warbeck.

— Déployez vos hommes cette nuit autour de ce point, milords. À l'aube, ce jeune imposteur s'éveillera avec une désagréable surprise.

— Votre Grâce a-t-elle décidée du sort de lady Katherine ?

— Qu'on aille la quérir dans son couvent sans la menacer ni l'effrayer en aucune façon. Comme beaucoup d'autres, cette jeune femme a été abusée. Mais je veux qu'elle sache une fois pour toutes à qui elle a accordé sa foi.

Le roi jeta sur la carte la règle d'ivoire qu'il tenait à la main. Il fallait en finir au plus vite avec ce personnage qui lui avait empoisonné la vie. Lorsqu'il avait quitté Londres, Bessie avait imploré sa clémence. Le garçon était un naïf, un faible, au fond de son cœur elle lui avait pardonné. Il y avait eu assez de sang versé, pourquoi ne pas le condamner à la prison ? Les morts étaient sanctifiés, les captifs oubliés. Il avait promis. Épanouie dans sa maternité, la reine était devenue une proche amie, une affectueuse conseillère. Fuyant les argumentations, elle savait rendre harmonieux les rares moments qu'ils passaient seul à seule. Henry n'ignorait pas que la violence ayant meurtri sa jeunesse la marquait encore comme la solitude et l'insécurité qui avaient accompagné la sienne laissaient en lui des traces profondes. Leurs enfants auraient une vie meilleure. Ils les voulaient soumis à Dieu, honnêtes, économes, justes. À onze ans, Arthur semblait justifier tous les espoirs mis en lui par ses parents. Si Camelot devait revivre, ce serait par lui et en lui. Bien que sa délicatesse, sa sensibilité ne le prêtent pas aux exercices physiques trop violents, il était

124

un étudiant brillant, maîtrisant le français, l'espagnol et le latin, un être pieux et bon qui, en dépit de son âge tendre, n'ignorait rien des responsabilités qui seraient les siennes. Le caractère d'Henry, son deuxième fils, le préoccupait davantage. Tourné sur lui-même, rageur mais d'une irrésistible gaîté, tyrannique et généreux, il régnait en maître absolu sur la nursery et Margaret, pourtant son aînée de deux ans, le prenait pour modèle. Quant à Mary, sa poupée blonde de dix-huit mois, elle se laissait cajoler, gâter et, en dépit de son âge tendre, connaissait déjà les pouvoirs de son charme. Pour Arthur, Margaret, Henry et Mary, le roi guerroyait alors qu'il haïssait la violence, économisait, travaillait parfois jusque tard dans la nuit, entouré de conseillers honnêtes, la plupart issus de la bourgeoisie. Sobre, il ne consentait à se vêtir de fourrures et de draps d'or que pour donner au peuple la fierté de son roi lors de ses apparitions publiques, grandes fêtes ou messes solennelles.

Logé dans une mauvaise auberge de Taunton, Perkin Warbeck ne parvenait pas à trouver le calme nécessaire au sommeil. L'angoisse lui serrait la gorge. Le lendemain, les quinze mille hommes du roi marcheraient sur sa maigre armée, et du peuple il ne pouvait espérer aucun secours. Nul ne croyait qu'il était le duc d'York, il ne s'abusait plus. Cette morne réalité l'anéantissait. Katherine supporterait-elle de se savoir mariée à un homme du peuple ? Qui pouvait l'aider, le réconforter ? Perkin pensa à sa mère. Il devait implorer son pardon pour l'avoir reniée, faire sa paix avec elle. Alors peut-être pourrait-il regagner les Flandres, rentrer dans l'ombre avec à son côté une Katherine qui lui conserverait son amour.

Le jeune homme essuya ses paumes moites à l'aide d'un mouchoir et saisit une plume, une feuille de papier. Il allait tout lui expliquer, décrypter pour elle le monde clos qu'était devenue sa mémoire.

Ma chère et vénérée mère,

Les seules nouvelles que vous avez reçues de votre fils depuis quatre années vous ont certainement causé un grand chagrin. En me prétendant le fils du feu roi d'Angleterre Edward IV et de sa reine Elizabeth d'York, je désavouais mes parents et de ce péché je souffre cruellement aujourd'hui. L'orgueil et l'ambition m'ont aveuglé, je n'ai point d'autres excuses. Ce nom, ces titres m'ont ébloui au point d'en perdre la vue et je me prétendais si souvent être le prince que je croyais l'être en effet. Voici quelques mois, le roi d'Ecosse m'a donné sa cousine en mariage. J'aime lady Katherine et demande avec ferveur à Notre-Seigneur de ne point l'éloigner de moi pour me punir de mes péchés.

L'armée du roi d'Angleterre marche en ce moment vers mon camp pour me capturer et j'ignore à cette heure si demain me verra encore en vie. À moins que la population du Somerset, révoltée par le sort qui m'attend, ne vole à mon secours. Depuis une année, n'ayant pour seul défenseur que le roi d'Ecosse, je vis dans la plus grande anxiété et plus d'une fois j'ai songé à vous, ma mère, comme à un ultime refuge. Je vous imagine auprès des tisons de l'âtre de notre cheminée, je revois votre rouet, la table et les bancs où nous prenions nos repas en famille. Je me représente les larmes que vous avez versées en apprenant que je ne reviendrais point à Tournai comme je vous l'avais promis en m'embarquant pour le Portugal. J'étais jeune, passionné, ambitieux, sans guide pour me protéger des hasards fâcheux. Mais qui aurait pu prédire que moi, fils de marin, serais honoré comme un roi ?

Bénissez-moi. Vos prières me sauveront car Dieu écoute les mères. Si le roi me fait pendre, faites dire des messes pour le repos de mon âme et prenez soin de ma femme, aimez-la comme votre fille. Si je suis mis en prison, je m'évaderai pour vous rejoindre toutes deux.

Votre fils respectueux et aimant.

Ses mains tremblaient tant que Perkin mit un long moment à rouler la feuille qu'il entoura d'un ruban. Son sceau aux armes des York était sur la table. Sans hésiter, il s'en empara.

La nuit n'en finissait pas. Après un moment de prostration où il était resté sur son lit tout habillé, la fébrilité s'était à nouveau emparée de lui. Le moindre bruit le faisait tressaillir et sans cesse il allait de la porte à la fenêtre pour s'assurer que nul ne l'épiait. Devant l'auberge, deux de ses soldats montaient la garde, prêts à éveiller ce qui restait de l'armée entassée sous des tentes de fortune dressées dans le pré communal. À son déclin la lune répandait une clarté diffuse qui rendait hostile jusqu'au vieux poirier planté dans la cour. Perkin recula. Entre les branches, il croyait voir des yeux l'observer, farouches, meurtriers.

— Milord, le duc de Buckingham, votre cousin, marche vers nous à la tête d'une escorte. Sans doute veut-il parlementer au nom du roi.

À son écuyer, Perkin n'accorda pas un regard. Les mots martelaient son esprit. Si Buckingham se dirigeait vers Taunton, c'était pour l'arrêter. Que pouvait-il faire ? Lancer ses hommes à la rencontre de cette délégation ennemie et la massacrer ? Mais le jeune duc et les siens morts, d'autres viendraient les venger en vagues successives.

— Faites seller mon meilleur cheval et réunissez mes proches, jeta-t-il d'une voix aiguë.

— Nous battrons-nous, milord ?

— Faites ce que je viens de vous ordonner.

L'écuyer considéra Warbeck un court instant. Le teint blafard, les yeux brillants, le mouvement involontaire qui tirait ses lèvres révélaient un grand trouble. Se gardant d'insister, il s'inclina. Qu'il se batte ou attende sa capture, celui que l'on nommait le duc d'York était un homme fini. Il allait exécuter son ordre puis s'habiller en paysan avant de prendre discrètement la route de Southampton. De là, il chercherait à s'embarquer pour l'Ecosse.

L'aube pointait. En entrouvrant la fenêtre, Perkin huma les odeurs du jardin potager. Maintenant il discernait des formes familières, la maisonnette du maréchal-ferrant avec son enseigne suspendue par deux chaînes, l'établi du charron. Là où il avait cru discerner des spectres menaçants, il n'y avait que les caractéristiques banales d'une auberge de campagne.

En hâte, Warbeck tira d'un coffre une veste de velours, une courte cape, un chapeau de cuir souple. Ses amis les plus fidèles rassemblés, il quitterait sa chambre et détalerait vers un couvent ou une abbaye susceptible de lui donner asile. Sur une carte, il avait repéré Beaulieu, une retraite assez éloignée pour que le roi ne l'y retrouve pas de sitôt. Il avait besoin d'un peu de temps pour acheter des complicités puis embarquer vers les Flandres.

Vêtu, Walbeck se sentit la bouche si desséchée qu'il but à la cruche une longue gorgée d'un vin acide. Alors que se levait le soleil, il entendit des hennissements, des appels. Le moment était venu. Sans pensées, comme sans volonté, Perkin jeta la cape sur ses épaules, attacha à sa ceinture une bourse gonflée de pièces d'or, ouvrit la porte de sa chambre et dévala l'escalier.

— Où nous menez-vous, milord ?

La voix de John Mackenzie le fit sursauter.

— Dans un lieu sûr où nous préparerons une nouvelle attaque.

— Que direz-vous à nos soldats ?

Perkin fronça les sourcils.

— J'ai donné mes ordres. Allons maintenant, il n'y a pas une minute à perdre.

Depuis deux semaines, Henry VII faisait parlementer son cousin Buckingham avec le supérieur de l'abbaye de Beaulieu encerclée par ses troupes. Une reddition était déjà acquise, affirmait le moine, Warbeck n'attendait que la certitude de la grâce royale pour lui et son épouse. Si Henry lui laissait la vie et n'emprisonnait point lady Katherine, il se soumettrait.

Le début du mois d'octobre vit de fortes averses qui plongèrent dans la grisaille le paysage champêtre du Hampshire.

Sur l'herbe jaune et détrempée se découpait l'empreinte des vaches qui s'y étaient couchées. Réfugiés dans les buissons, les oiseaux ne chantaient plus. Immobiles comme des objets de bois sculpté, seuls quelques hérons demeuraient le long des mares ou des ruisseaux. Un léger brouillard flottait à l'aube et au crépuscule, donnant aux bouquets de hêtres et de pins qui entouraient les murs du couvent des contours dentelés, aériens. Le 5 octobre, le supérieur du couvent remit à Perkin Warbeck une promesse signée par le roi. S'il se rendait sans violence, la vie sauve lui serait accordée ainsi que la liberté de lady Katherine, son épouse. Longtemps Warbeck garda le carré de papier entre les mains. Bien que reçu avec affabilité par le père abbé de Beaulieu, le jeune homme avait vite compris qu'il était prisonnier. Qui parmi les siens l'avait trahi ? Moins de trois jours après qu'il se fut cru en sécurité, deux cents soldats du roi encerclaient sa retraite empêchant toute velléité d'évasion.

Avec lassitude le jeune homme se leva. En quelques semaines, privé de ses beaux vêtements, bijoux et parfums, démoralisé, désespéré, son allure, les traits de son visage redevenaient ceux d'un jeune Flamand issu du peuple. Près de la fenêtre de sa chambre, il relut une fois encore la missive. Que voulait dire le roi par « vie sauve » ? Une prison digne de lui ou le reste de ses jours à croupir dans un cachot ? Et pour Katherine, le mot « liberté » voulait-il signifier qu'elle pourrait le rejoindre ou qu'on allait la renvoyer en Ecosse sous bonne garde ? Autour de lui, tout était devenu hostile, le feu qui brûlait dans la cheminée prenait d'inquiétantes lueurs, chaque objet de la modeste chambre semblait là pour le heurter, le blesser. Incapable de fixer sa pensée, Perkin, la lettre à la main, allait et venait.

Le bruit que fit la porte en s'ouvrant le tira de sa stupeur. Le père abbé se tenait devant lui.

— Nous avons à parler, mon fils.

Durant plus d'une heure, Perkin Warbeck lutta contre l'inéluctable. Dieu ne lui donnait-il pas asile dans ce couvent ? Nul, pas même le roi d'Angleterre, n'avait le droit de se saisir de lui. S'il le fallait, il ferait appel au pape. Avec patience, le prieur écoutait le débit haché, parfois incohérent du jeune homme. Le danger que représentait sa présence en Angleterre avait fait prendre au père supérieur la décision de ne plus tenir compte de l'inviolabilité de son abbaye. Aussi longtemps que Perkin serait hors d'atteinte de la justice séculière, des révoltes se feraient en son nom au cours desquelles de bons chrétiens trouveraient la mort. Devant Dieu, il ne pouvait endosser cette responsabilité.

— Remettez-vous entre les mains du roi et de la Sainte Providence, mon fils, prononça-t-il d'une voix douce. Ici, je n'ai pas le pouvoir de garantir votre sécurité. Seul, notre roi le peut. Ayez confiance. Vous avez été aveuglé par l'orgueil qui vient de Satan. Dieu vous a pardonné. Il est temps de songer à votre pénitence.

Un moment les deux hommes restèrent dans un silence rompu seulement par le pétillement des flammes.

— Vous ne m'aimez guère, n'est-ce pas, mon père ?

L'abbé soupira. Cet homme qui avait voulu s'emparer du trône d'Angleterre n'était au moment du châtiment qu'un enfant perdu.

— Vous êtes votre seul ennemi, mon fils. Je prierai chaque jour pour vous.

Quelques gouttes de pluie tombaient du ciel gris, annonciatrices d'une grosse averse. Hébété, Perkin regardait son interlocuteur. Où étaient à cette heure les grands seigneurs, les rois qui lui avaient juré amitié et protection ? Sans doute le père abbé le considérait-il comme un être fourbe, un imposteur ayant pris par ruse l'identité d'un malheureux prince. Que savait-il de lui ? La conscience d'être abandonné de tous l'accabla davantage encore et il détourna la tête pour que le prêtre ne vît pas ses larmes.

— Je vous accompagnerai, mon fils, et vous remettrai en personne entre les mains de l'émissaire du roi.

— Puis-je rester encore un peu à l'abbaye ? souffla Warbeck.

— Ce serait inutile, mon enfant. Mieux vaut vous rendre aujourd'hui même.

— Alors, je vais me tuer.

L'abbé hocha la tête.

— N'ajoutez pas le suicide à vos autres péchés. Levez-vous et suivez-moi à la chapelle. Nous prierons ensemble puis irons retrouver les hommes du roi.

Lorsqu'il s'empara du bras de Warbeck, celui-ci n'offrit aucune résistance.

Debout, les mains liées, Warbeck avait fait au roi une confession complète que sans un mot Henry, entouré de son Conseil, avait écoutée, étonné par la médiocrité de cet homme qui durant quatre années l'avait défié.

— Vous serez prisonnier à Chanterhouse qui dépend de notre château de Sheen. Selon ma promesse, vous serez chrétiennement traité. Dieu, je le souhaite, vous accordera une vie assez longue pour la repentance de vos fautes.

Perkin avait la bouche sèche, le vertige. Rêvait-il, allait-il s'éveiller dans ses magnifiques appartements en Ecosse, à Paris, en Flandres, en Irlande ?

— Et lady Katherine, mon épouse ? articula-t-il avec difficulté.

— Vous allez la voir dans un instant et lui répéterez mot pour mot la confession que vous venez de faire. Ensuite, elle sera libre de ses promesses envers vous car Dieu ne reconnaît pas un mariage obtenu par mensonge et félonie. La reine a accepté de la prendre comme dame d'honneur à son service. Le rang et les qualités de lady Katherine la désignent pour cette position.

Pétrifiée, la jeune femme avait écouté celui que jusqu'alors elle nommait son mari. Plus que le chagrin, c'étaient la honte et le dégoût qui la submergeaient. Un instant, son regard croisa celui de Perkin Warbeck, ce fils de batelier qui l'avait dupée, elle, une Gordon, la cousine de James Stuart.

Elle se tourna vers le roi et se mit à genoux.

— Sire, dit-elle d'une voix claire et assez haute pour que Perkin l'entendît, je suis désormais une femme seule et me mets sous votre protection.

14

Fin octobre-novembre 1501

Depuis trois semaines, le long cortège bariolé avançait cahin-caha sur la route boueuse qui reliait Plymouth à Londres. Enrhumés, désorientés, crottés, les Espagnols qui accompagnaient l'infante Catherine en Angleterre avaient perdu leur superbe. Tout les déconcertait : le ciel gris, la tristesse d'une campagne où les maisonnettes semblaient se terrer, les bois suintant d'humidité, la nourriture cuite dans de la graisse de porc ou de mouton, le vin acide qui rongeait l'estomac. Aux étapes, la plupart du temps à l'évêché ou chez quelque seigneur, l'escorte tentait de retrouver un peu de bien-être et chacun s'efforçait de divertir les autres par de plaisants commentaires sur ce qu'il avait observé au cours de la journée. Seules l'infante et doña Elvira Manuel gardaient leur réserve, Catherine par timidité, sa duègne par orgueil.

À seize ans, Catherine d'Aragon voyait son existence basculer. Elle avait quitté ses parents, ses sœurs pour ne jamais probablement les revoir afin de vivre dans une famille étrangère dont elle ne savait que peu de choses, ne parlait pas la langue, et de partager la vie d'un époux connu à travers un unique portrait représentant un jeune homme svelte au sourire un peu triste.

À peine l'infante prêtait-elle attention au paysage désolé par les pluies d'automne. Ce matin, on lui avait annoncé que

133

le roi Henry VII et son fils Arthur rejoindraient leur cortège à Dogmersfield, avant son entrée dans la capitale. Cette nouvelle avait bouleversé la jeune fille un peu plus encore et, avec difficulté, elle refoulait ses larmes. Sans cesse elle revoyait les visages de ses parents, sévères mais bienveillants, toujours à l'écoute de leurs enfants. Elle avait tant besoin d'eux aujourd'hui ! Pourquoi avaient-ils écarté de son escorte presque toutes les jeunes personnes qui lui étaient chères en Espagne pour ne retenir que de respectables gentilshommes, des dames mûres ? Le soir, lorsqu'on lui retirait les lourds et rigides vêtements espagnols qui composaient sa garde-robe, plus encore elle ressentait sa fragilité et sa solitude. Aimerait-elle Arthur, saurait-elle se faire aimer de lui ? On le disait intelligent, sensible, pieux. De tout son cœur, elle voulait devenir son amie, gagner sa confiance. Sans fin, sa mère, sa duègne, ses professeurs lui avaient martelé qu'étant infante d'Espagne, elle devait servir de modèle aux autres femmes : être digne, affable, charitable, soumise à son époux, ferme et juste envers ses inférieurs. Dans son nouveau pays, nul, sinon ses beaux-parents et son époux, n'aurait plus tard le pas sur elle. À travers sa personne, ce serait toute l'Espagne qu'on respecterait ou raillerait.

Les mules pataugeaient dans la boue qui giclait sous les roues des chariots, tachant les harnais de soie, les selles de velours ou de cuir repoussé. À travers ses longs cils, l'infante observait sa duègne. Impassible, les yeux mi-clos, doña Elvira Manuel devait offrir sa soumission à la Vierge de Guadalupe pour les épreuves qu'elle subissait. Une fois mariée, l'infante tenterait de l'éloigner afin de ne plus sentir son regard scrutateur sans cesse posé sur elle. La veille, pour avoir souri à un jeune Anglais, elle l'avait menacée des tourments éternels de l'enfer.

Le cortège traversait un bois de pins dont l'odeur forte intensifia la nostalgie de l'infante. En Castille, les conifères, épicéas, ifs, thuyas, embaumaient sur la terre sèche et le long des berges des rios. Des épineux, des fleurs à fragrance forte jaillissaient entre les rocs. Au lieu de longer de gras labours où se dispersaient des volées de corneilles, les chemins traversaient des vergers d'oliviers, longeaient des murs de pierre, passaient des ruisseaux à gué. L'air sentait le myrte, la sauge, le thym sauvage. Alangui par le soleil, le vent était caressant, sensuel, à Grenade surtout que Catherine avait tant aimée.

— Étant considéré que Sa Majesté le roi et don Arthur nous auront rejointes demain, prononça soudain doña Elvira, nous devrons adopter un comportement approprié à cette circonstance.

Catherine ne put s'empêcher de se redresser sur le siège du lourd carrosse qui cahotait dans les ornières.

— Me vêtirai-je à l'anglaise ou à l'espagnole ? interrogea-t-elle, les yeux brillants. Sa Majesté la reine, ma mère, m'a conseillé de me conformer aux habitudes de mon nouveau pays.

— Vous rêvez, doña Catalina ! s'exclama la duègne. Demain vous serez dans votre chambre et y resterez. Depuis quand une infante d'Espagne parade-t-elle devant son fiancé avant la cérémonie du mariage ?

Arthur faisait de son mieux pour cacher son trouble à son père. Savoir sa fiancée à peu de distance l'agitait de sentiments contradictoires. Dans quelques heures, ils seraient face à face et l'angoisse de ne savoir que dire à cette jeune fille inconnue le rongeait. Bien que sachant assez d'espagnol pour se faire comprendre, il craignait de ne pouvoir en prononcer un seul mot. Dans deux semaines, ils seraient mari et femme et partageraient le même lit. La pensée même de son corps dévêtu à côté d'une inconnue l'embarrassait. Attendrait-elle des prouesses de lui, des exploits amoureux ? La sévérité de ses précepteurs, son goût des études ne lui avaient pas laissé le temps de lire les romans sentimentaux que les femmes appréciaient. Il ignorait quelle sorte de langage elles aimaient qu'on leur tienne, les caresses qu'elles espéraient. À quinze ans, jamais il n'avait serré une femme dans ses bras.

— Faudra-t-il que je donne un baiser à doña Catalina ? interrogea-t-il.

Henry observa son fils avec amusement. Torturé par la timidité, Arthur trouverait le comportement approprié en temps voulu.

— Un galant homme, mon fils, ne montre jamais assez l'intérêt qu'il porte à une dame. Puisque vous êtes fiancés devant Dieu, vous pourrez l'embrasser sur les joues.

Un moment le prince de Galles chevaucha en silence. Et si lady Catherine lui faisait triste figure, saurait-il alors vaincre sa réticence ?

— Ne te tourmente pas, mon fils, le rassura le roi avec tendresse. On dit l'infante gracieuse et jolie, tu es toi-même un beau chevalier. L'amitié puis l'amour viendront sans effort. Ta mère et moi-même savons que vous serez heureux.

Le jeune prince tenta de sourire mais son malaise persistait.

— Ton épouse mérite le douaire que nous lui consentons, reprit le roi, une partie du pays de Galles, le duché de Cornouailles et le comté de Chester. Voici un beau cadeau de noces.

— Elle vous devra avant tout, mon père, un royaume paisible et prospère. De mon côté, je ferai de mon mieux pour qu'elle s'adapte au domaine de Ludlow et y soit heureuse.

Henry inclina la tête. Que la paix règne sur l'Angleterre avait été une condition sine qua non posée par les Rois Catholiques avant d'y envoyer leur fille. Pour les rassurer, autant que par souci de justice, il avait dû faire exécuter Perkin Warbeck qui, pour la seconde fois, avait tenté de s'enfuir de prison, ainsi que le comte de Warwick, le malheureux fils du duc de Clarence à qui Warbeck avait fait miroiter monts et merveilles à la Tour de Londres. Bessie avait pleuré son jeune cousin mais qu'y pouvait-on ? Le garder en vie aurait en effet mis leur couronne en grand danger.

136

— Doña Catalina est souffrante et garde le lit, Messeigneurs.

Le cerbère en jupons s'exprimait avec détermination dans un jargon mêlé de latin, d'espagnol et d'anglais.

— Nous venons lui souhaiter la bienvenue en Angleterre, Milady. Faites prévenir la princesse que le roi d'Angleterre et le prince de Galles sont à sa porte, demanda le roi avec un léger sourire.

Doña Elvira était sens dessus dessous. Qu'un homme voie sa future épouse à visage découvert était de la plus haute inconvenance et elle se refusait d'être la complice de ce grave manquement au protocole.

— Que Sa Majesté me pardonne, prononça-t-elle d'un ton désespéré, mais je ne peux l'autoriser à pénétrer dans la chambre de doña Catalina.

L'amusement du roi avait fait place à de l'irritation.

— Nous entrerons cependant.

D'un ton sans réplique, il demanda à l'un de ses *yeomen* d'ouvrir la porte.

Doña Elvira était livide.

— Sire, je vous en supplie... !

En pénétrant dans la vaste pièce, Arthur discerna tout d'abord des meubles sombres, armoire, coffres, tables et chaises puis un lit dont les courtines étaient ouvertes.

— Milady, déclara Henry d'une voix charmeuse, nous venons vous souhaiter la bienvenue, vous assurer de notre respect et de notre affection.

Une jeune fille se tenait assise sur son lit. Arthur distinguait maintenant de longs cheveux auburn tombant sur un corsage de velours ajusté tout surpiqué de fils d'or. La princesse ne proférait mot. À son expression, le roi comprit qu'elle ne connaissait point l'anglais et n'avait pas saisi son compliment. Il essaya le français puis le latin. Enfin le visage de doña Catalina s'éclaira et elle se leva, plongeant dans une profonde révérence.

137

— Approchez, Arthur, invita le roi.

Le cœur battant à se rompre, le jeune homme fit quelques pas.

— Je suis votre serviteur, bredouilla-t-il en espagnol.

Avec des gestes paternels, Henry releva la jeune fille, l'embrassa sur les joues puis la tenant par la main, la mena vers son fils.

Interdits, les deux jeunes gens se contemplaient. Catherine découvrait un prince blond, fin, au teint pâle, grand, presque maigre, au sourire enfantin, Arthur une fiancée de taille moyenne, potelée sans être grasse, au visage candide et charmant.

— Donnez-vous la main, demanda Henry.

Arthur tendit une main mal assurée sur laquelle Catherine vint poser la sienne.

Un instant, le roi les observa. Il se souvenait si clairement de sa première rencontre avec Bessie. Son charme, mais aussi sa personnalité l'avaient aussitôt attiré. D'emblée, ils s'étaient accordés et Dieu avait largement béni leur union.

Avec délicatesse, Arthur posa un baiser sur la joue de l'infante. Il la sentit trembler et cette émotion le rassura. Ainsi étaient-ils deux à se tourmenter !

— Je vous promets d'être un bon mari, murmura-t-il.

N'obéissant qu'à une impulsion de jeune fille, l'infante se haussa sur la pointe des pieds et, à son tour, effleura de ses lèvres la joue de son fiancé.

— Vous vous êtes conduite comme une fille de rien !

La voix acariâtre de sa duègne ne parvint pas à démonter l'infante. Une partie de ses appréhensions s'étaient envolées. Le lendemain, le roi la ferait chercher par lord Buckingham pour la mener à la reine Bessie et à Margaret Beaufort, la reine mère. Arthur l'attendrait avec son frère Henry âgé de dix ans et ses deux sœurs, l'une de douze ans, l'autre de trois. Sa famille.

— Quelle indécence ! insista la duègne.

Catherine esquissa un sourire. Elle avait craint un beau-père dur, froid et venait de découvrir un homme sensible, bienveillant. Et, déjà, le prince de Galles l'attirait. On disait la reine pleine de vie, d'amour maternel. Elle en ferait sa conseillère, sa protectrice, sa seconde mère.

Par miracle, le jour de l'entrée solennelle de l'infante d'Espagne à Londres, le soleil resplendissait. Depuis l'aube, la foule s'était massée sur le passage du cortège. Le soir, il y aurait du vin, de la bière, du pain pour tous et l'on danserait dans les rues.

D'abord les trompettes jetèrent leurs sons joyeux puis cinq coups de canon grondèrent et on entendit le roulement des tambours. En tête du cortège avançaient les chambellans du roi et ceux de l'infante sur des hongres jais harnachés aux couleurs de la Castille. Suivaient sur des palefrois le duc de Buckingham, âgé de dix-neuf ans, les gentilshommes de sa Chambre, tous vêtus de soie, de velours, de satin, incrustés de pierres précieuses qui levaient leurs chapeaux sous les applaudissements des femmes. Derrière le jeune duc avançaient les pages du roi en vert et blanc, ceux de l'infante en rouge et jaune. Enfin, les Londoniens virent surgir les gentilshommes espagnols affublés d'atours bigarrés, les dames montées sur des mules, les uns comme les autres d'une dignité hautaine qui déclenchait rires et réflexions moqueuses. À côté de chaque mule cheminait une haquenée portant une dame anglaise, mais comme les selles espagnoles orientaient les cavalières vers la droite et les selles anglaises vers la gauche, les femmes se trouvaient dos à dos comme si elles se boudaient et les remarques fusaient dans l'hilarité générale. Sur une mule baie, harnachée de velours bleu sombre, de pompons d'or et de perles, avançait l'infante. Sa fraîcheur, sa dignité, sa douceur conquirent aussitôt les cœurs. Applaudissements, cris de joie fusèrent sur son passage. « Vive lady Catherine ! Longue vie à lady Catherine ! » Émue, heureuse, la jeune fille souriait. Elle allait aimer ce pays, sa nouvelle famille, elle serait heureuse plus tard sur le trône d'Angleterre, entourée de nombreux enfants. Loin de la sacrifier comme elle l'avait parfois pensé, ses parents avaient œuvré pour son bonheur.

Bessie serra l'infante dans ses bras. Ainsi c'était cette jeune fille au regard de biche qui allait la remplacer dans le cœur de son fils ! Mais elle en était bien aise. La vie devait suivre son cours et les enfants être heureux loin des parents.

Au bord de la Tamise, le château de Baynard, l'antique maison des York où la reine accueillait Catherine, était en fête et chacun s'y pressait pour apercevoir l'infante. Jusqu'au départ des Espagnols, la maison de la future princesse de Galles ne serait que provisoirement constituée. L'accompagneraient à Ludlow ses dames de compagnie, demoiselles d'honneur et servantes, la plupart anglaises, Catherine n'étant autorisée à garder que son confesseur, un chapelain, deux compagnes de son âge, sa duègne et une poignée de serviteurs.

Quand l'infante fut reposée, rafraîchie, le jeune Henry et ses sœurs pénétrèrent dans le salon d'honneur afin de la saluer. Habillée de velours cerise, Mary, toute en boucles blondes, était délicieuse et Catherine ne put résister au désir de la prendre sur ses genoux. Grave, conscient du rôle qu'il avait à jouer, Henry, qui avait fait partie du cortège, s'inclina avec civilité tandis que Margaret une fillette rondelette aux joues vermeilles esquissait une révérence que sa gouvernante lady Guilford avait dû batailler pour obtenir puis, reculant de deux pas, la fillette observa avec curiosité la robe à paniers rigides de Catherine, sa coiffe tout en hauteur retenant une mantille qui la vieillissait.

Les rayons d'un soleil sur son déclin pénétraient dans le salon aux boiseries de noyer. La reine se souvenait de la splendeur de cette maison au temps où son oncle Clarence y vivait avec Isabelle son épouse, la fille aînée du comte de Warwick. La futilité, l'inconstance de son oncle avaient contribué à la chute de la famille d'York. Jamais son père ne s'était tout à fait relevé de sa condamnation et de l'horrible mort que son frère avait choisi de subir noyé dans une barrique de vin[1].

Catherine posa à terre Mary qui courut vers sa gouvernante. L'atmosphère du palais Baynard déroutait l'infante. Dans son pays, les pièces des châteaux étaient plus solennelles, leurs meubles plus sévères, l'étiquette plus rigide. Au milieu de ses enfants, entourée de quelques dames d'honneur à la mine souriante, la reine ressemblait à une simple châtelaine. À l'inverse de la reine de Castille, elle ne gouvernait point, n'avait pas de ministres à consulter, de documents à déchiffrer, de pétitions à écouter. Jamais Isabelle ne restait inactive. Catherine revoyait son pas pressé, ses gestes efficaces. Affectueuse mais dominatrice, elle avait toujours considéré que ses ordres ne se discutaient pas et aucun de ses enfants n'osait protester, sauf parfois Juana, la plus téméraire. Mariée à Philippe le Beau, mère d'une fille Eléonore et d'un fils Charles, elle était heureuse, semblait-il, en Flandres. Isabelle se souciait cependant. Juana était trop entière, trop passionnée. Les souveraines ne pouvaient se comporter en femmes amoureuses, jalouses, possessives. Un jour ou l'autre, sa fille aînée souffrirait et elle serait incapable de la réconforter. Isabelle et Ferdinand avaient vieilli d'un coup, le jour de la mort de leur seul fils Juan, quelques mois après son mariage avec Marguerite, la sœur de Philippe le Beau. Catherine avait vu se courber leurs silhouettes altières, se voiler parfois leurs regards. Il arrivait à Isabelle de rester inactive un court moment, les yeux mi-clos, égrenant les perles d'or de son chapelet. Puis elle se reprenait, saisissait une plume, convoquait un conseiller, décidait d'un déplacement. Lorsque le chagrin la submergeait, c'était à Grenade qu'elle se réfugiait.

— L'archevêque de Londres vous a fait préparer un appartement dans son palais, mon enfant, prononça Bessie en

---

1. Voir *La Rose d'Anjou, op. cit.*

mêlant un peu d'espagnol et de latin. Vous y résiderez jusqu'à votre mariage.

Catherine sursauta. Elle était par la pensée avec sa mère en Castille. Par la fenêtre du château de Alcala de Henares, on voyait les champs plantés d'oliviers et d'amandiers bordés de murets où s'entremêlaient des racines de cyprès. La lumière de midi donnait le vertige, le chant des insectes étourdissait. Dans les cours, les jardins, aucun enfant ne jouait, on entendait les mulets secouer leurs brides, quelques hennissements.

En relevant les yeux, Catherine vit les nuages poussés par le vent qui frôlaient la cime des arbres, la Tamise grise et agitée où tanguaient des barques.

— Merci, Milady, prononça-t-elle en anglais.

Déjà, avec l'aide d'un professeur, elle avait appris quelques mots. Jour après jour, elle s'éloignait d'un pays natal que jamais elle ne reverrait.

15

Janvier-février 1502

La cérémonie de mariage fut célébrée à la cathédrale Saint-Paul. Vêtue à l'espagnole, la tête recouverte d'une mantille toute rebrodée de perles et de paillettes d'or, l'infante avait été menée par le roi à l'autel où l'attendait le prince de Galles habillé de satin blanc. Un banquet, des joutes, des tableaux vivants, des concerts lui succédèrent, toute une semaine de liesse et de festivités close par un bal au cours duquel le jeune prince Henry et la princesse Margaret avaient dansé avec ardeur. Ruisselant de sueur, Henry s'était débarrassé de son pourpoint pour mieux tournoyer, sauter, virevolter en bras de chemise, à la plus grande joie de ses parents et de la Cour.

Le voyage du jeune couple et de son escorte, conduite par Richard Pole, pour Ludlow avait été décidé. Un long trajet passant par Oxford où était prévu un fastueux accueil. Aussitôt le cortège en route, Bessie et Henry VII s'occuperaient des fiançailles de Margaret avec le roi James IV d'Ecosse. La proclamation officielle se ferait avant la fin de l'année.

La veille du départ, Margaret Beaufort offrit un grand dîner dans sa résidence de Coldharbour, repas d'adieu pour nombre d'Espagnols de la suite de Catherine qui s'embarqueraient quelques jours plus tard vers leur pays. Soucieuse, la reine douairière devinait une distance entre les jeunes époux. Le comportement d'Arthur et de Catherine restait guindé.

Même détachée depuis bien longtemps des sentiments amoureux, elle se souvenait des premiers jours de son mariage avec Edmond Tudor, de son émoi, d'élans vers lui qu'elle devait réprimer pour ne pas embarrasser ses parents, de son vif désir de demeurer seule avec son époux. Rien de ces impulsions naturelles ne semblait exister entre ses petits-enfants. Arthur restait digne, solennel comme il l'avait toujours été, Catherine paraissait un peu triste, nerveuse. De tout son cœur, elle aurait souhaité interroger la jeune femme sur la raison de cette réserve, mais la barrière de la langue comme sa propre pudeur l'en empêchaient.

— Je vais coucher dans ma chambre, murmura Arthur, nous sommes épuisés l'un comme l'autre et avons besoin de repos. Nous partirons demain au lever du soleil.

Catherine inclina la tête.

— Comme vous le souhaitez, Monseigneur.

Elle était heureuse de se retrouver seule, de ne plus avoir à son côté, dans le lit conjugal, un mari beau et désirable qui ne parvenait pas à faire d'elle sa femme. Après de nombreuses hésitations, elle s'était décidée à en parler à doña Elvira. À peine celle-ci avait-elle haussé les sourcils. « Don Arthur est timide. Laissez-le s'habituer à son nouvel état. Et, surtout, ne lui faites aucun reproche, il faut respecter l'orgueil des hommes ou les voir s'éloigner à jamais. Si vous êtes préoccupée, priez, priez beaucoup. » Catherine n'avait pas insisté.

Une partie de cette dernière nuit passée à Londres, Catherine resta les yeux ouverts, seule au fond du lit trop grand dont elle avait tiré les courtines. Quelle genre de vie l'attendait à Ludlow ? Sa suite espagnole ne cessait de se plaindre. Leur faudrait-il subir sans fin les bourrasques de vent, l'humidité, un ciel si bas que rarement on voyait briller le soleil ? Et les Anglais absorbaient une nourriture fade, tellement imbibée de saindoux que leurs estomacs se retournaient. Leur bière dilatait le ventre. La jeune femme devait écouter les jérémiades, apaiser les uns, raisonner les autres. Les hommes

144

trouvaient les Anglais trop familiers, les femmes les jugeaient bien hardis. En dépit de sa tristesse, Catherine s'était amusée du vieux don Pedro Henrique qui avait voulu se battre en duel contre le duc de Buckingham après que celui-ci l'eut bousculé dans un couloir. Il avait fallu que le roi, son beau-père, intervienne en personne pour le calmer.

La pluie frappait les carreaux de la chambre. Son bruit monotone évoquait celui des innombrables fontaines de Grenade dont l'eau cascadait de terrasse en terrasse, exhalant l'odeur des jasmins, des lauriers et des fleurs d'oranger. Si souvent sa sœur Juana et elle avaient parlé de l'avenir, s'interrogeant sur le mari que leurs parents choisiraient pour elles. Il fallait qu'il soit charmeur, passionné, empressé à plaire. L'une et l'autre, certes, avaient été données à de beaux princes, l'un aimant trop les femmes, l'autre pas assez. « Je le ferai m'aimer », pensa Catherine. Arthur était pudique, délicat. Il lui fallait du temps et à elle aussi. Dieu avait ses propres desseins. À Ludlow, ils seraient chez eux, plus souvent en tête à tête et apprendraient à mieux se connaître. L'hiver dans ce pays sauvage serait leur allié. À seize ans, la princesse rêvait de longues chevauchées, de chasses au vol, de bals et de concerts. Oui, elle régnerait sur Ludlow et sur le cœur d'Arthur.

— J'ai reçu de bonnes nouvelles de notre jeune couple, se réjouit le roi. Arthur et Catherine sont arrivés sains et saufs, ils se portent à merveille.

Bessie posa son ouvrage de broderie. Elle s'était souciée durant ce long voyage. Arthur avait pris la route pâle, la mine fermée, et elle craignait qu'il ne soit souffrant. Si souvent la reine regrettait que son aîné, ce fils tant chéri, soit élevé loin d'elle. Avec lui, plus qu'avec Henry, son cadet, elle se sentait des liens profonds. Dans les longues lettres qu'il lui écrivait, son fils ne parvenait pas à dévoiler le fond de ses pensées. De son père, il tenait une pudeur, une réserve qui murait ses émotions. Catherine saurait-elle gagner sa confiance ? Sa bru lui semblait timide, discrète. Deux enfants prudes et désemparés, entourés d'Espagnols qui accordaient à la vertu un sens quasi divin. Elle aurait dû insister pour les garder auprès d'elle. Entourés d'affection, ils se seraient épanouis.

Henry allait et venait dans la chambre. Bessie entendait le bruit de ses pas, le frôlement du long manteau doublé de fourrure sur les dalles.

— D'autres nouvelles, Milord ?

Le roi marcha vers sa femme, s'empara de sa main.

— J'ai bien peur que vous ayez à souffrir, ma mie, et en suis fâché.

Bessie ne répondit pas. Le malheur venait toujours trop vite.

— Nous venons de capturer James Tyrell et son fils à Calais. J'ai fait aussi saisir lord Courtenay. Avec vos cousins de la Pole, ils complotaient tous contre moi.

Jamais Bessie n'avait aimé Tyrell qui, après avoir servi son père Edward durant seize années, était devenu un ami proche du roi Richard. Peu loquace, le regard dur, il lui faisait peur.

— On a dit, murmura-t-elle enfin, qu'il avait été impliqué dans la mort de mes frères mais je ne veux y croire.

— Qui sait ? murmura Henry.

Bessie reprit son ouvrage. La passé n'en finissait pas de resurgir. En apprenant l'arrestation de James Tyrell, sa mère allait revivre d'affreux moments quand, dans sa retraite campagnarde, elle semblait enfin apaisée. Bridget vivait à ses côtés, elle désirait rentrer au couvent et, avant de prononcer ses vœux, tenait à profiter de la compagnie de sa mère. Cecily venait de perdre son mari, Lord Welles, et se retirait souvent dans le calme de l'abbaye de Bermondsey. Anne était devenue l'épouse du comte de Surrey, Katherine celle du comte de Devon. Les cinq sœurs étaient restées proches les unes des autres, s'écrivaient régulièrement, prenaient soin d'Elizabeth qui venait de fêter ses soixante-cinq ans. Le temps était passé, prenant sa moisson d'êtres chers. Jasper Tudor était mort cinq années plus tôt et la perte de cet homme exceptionnel restait encore cruelle pour Henry comme pour Margaret Beaufort. De son mieux, Bessie tentait de ne point penser aux défunts pour se consacrer aux vivants. Avec impatience, elle attendait les lettres d'Arthur, se consacrait à l'avenir de Margaret, excitée et inquiète par ses fiançailles avec le roi d'Ecosse. Puis viendrait le tour d'Henry et de Mary. Déjà on murmurait des noms. Elle préférait n'y point songer.

Au milieu d'une campagne sauvage, le château de Ludlow dressait ses murs gris et austères. Le redoux avait fait fondre la neige. Par peur de l'humidité, qui à l'aube et au crépuscule levait des nappes de brouillard montant jusqu'aux chemins de ronde, les Espagnols restaient terrés dans leurs appartements. Dans les chambres, la chapelle, les salles de réception, la moiteur imprégnait les tapis, tapisseries, coussins et chacun grelottait sans pouvoir s'échapper, les routes et chemins étant rendus impraticables par le dégel.

Après avoir exploré la citadelle, Catherine s'était repliée dans ses appartements avec sa cour espagnole. Deux fois par jour, Arthur venait la rejoindre. Les progrès en anglais de la jeune femme lui permettaient désormais de mieux communiquer avec son époux. Arthur évoquait ses études, confiait à sa femme sa méfiance des idées nouvelles qui sévissaient à travers l'Europe et dont Oxford et Cambridge étaient d'actifs foyers. Reçu dans toutes les cours, le Hollandais Erasme prônait la libre pensée, la tolérance, le droit de critiquer ce qui semblait blâmable en se basant sur le message évangélique. Arthur avait lu en latin les *Adages* et, bien que séduit par l'intelligence de leur auteur, refusait que l'on puisse remettre en question l'ordre établi. Catherine l'approuvait. La Sainte Providence mettait chaque homme à sa place avec ses droits et ses devoirs. Et que signifiait le mot liberté ? Nul ne pouvait se prétendre affranchi de toute contrainte puisqu'il était le serviteur de Dieu.

147

Parfois elle osait prendre la main de son mari, y poser ses lèvres. Il souriait, l'embrassait légèrement au coin de la bouche. Pas une fois à Ludlow, il n'était venu la rejoindre la nuit, mais il se montrait doux, caressant, attentif. Catherine était frappée par sa pâleur, son extrême maigreur. Interrogé par elle, le médecin du prince de Galles l'avait rassurée : Arthur avait toujours été ainsi mais, en dépit d'une croissance rapide, sa santé était bonne. La jeune femme n'avait pas osé pousser plus avant ses questions.

Tant bien que mal, elle avait reconstitué au pays de Galles la vie quotidienne qu'elle avait eue en Castille : messe, repas, ouvrages, prières, promenades lorsque le temps le permettait. Ses rêves de longues chevauchées, de chasses avec Arthur l'avaient déjà quittée. Jamais on ne dansait au château mais, le prince adorant la musique, chaque soir on y donnait un concert. Les chants des ménestrels parlant de tendres sentiments faisaient monter les larmes aux yeux de la jeune femme. Qui pouvait l'orienter, la rassurer ? Son confesseur n'avait pas la moindre idée de l'amour conjugal et doña Elvira lui donnait tous les torts sans explications. Quant à ses deux amies, Francesca de Silva et Maria de Salinas, elles étaient encore jeunes filles et elle ne voulait point les scandaliser. Mais la gaîté de Maria, son sens de l'observation, son affection lui faisaient du bien. Avait-elle compris ? Souvent le soir, elle venait la rejoindre dans sa chambre, se glissait dans son lit pour s'amuser avec elle des bouderies et colères de doña Elvira ou bien elle s'asseyait dans un fauteuil et jouait de la guitare, des airs andalous qui les bouleversaient. Catherine faisait servir une collation, des pâtisseries espagnoles, du lait de brebis, du vin sucré de Malaga. Francesca se joignait parfois à elles et, allongées sur des coussins, toutes trois se racontaient des légendes castillanes, de vieux contes mauresques.

— Surtout ne quittez pas vos appartements, doña Catalina ! Deux paysans et leurs enfants sont morts de la suette au village.

Doña Elvira paraissait si effrayée que la princesse n'osa sourire de la mantille mal accrochée laissant apercevoir une touffe de cheveux gris.

— Cette maladie est fort contagieuse, poursuivit la duègne. Allons implorer la protection du Seigneur.

— Ne faut-il pas tout d'abord prévenir le prince Arthur ? s'inquiéta Catherine.

— Don Arthur n'ignore rien, il a donné l'ordre à ses serviteurs de ne plus quitter Ludlow. C'est lui qui m'a chargée de vous mettre en garde. Les charrettes de ravitaillement seront arrêtées à la herse. Nous étions isolées, nous voici séquestrées.

Au château, neuf personnes déjà avaient trépassé. La nuit, les moines d'un couvent voisin venaient prendre les corps pour les incinérer et le vent portait l'odeur âcre du brasier qui soulevait le cœur.

Attirés par la mort, corbeaux et corneilles tournoyaient au-dessus des créneaux avec des croassements lugubres. Le temps restait doux et pluvieux, faisant sortir les rats établis dans les douves dont le niveau était monté jusqu'à hauteur de la prairie. La brume désormais était pesante, immobile, étouffante. Le village paraissait mort.

Au château, les dames s'étaient mises à coudre des linceuls que hâtivement elles décoraient d'une croix noire. Claquemurés dans leurs appartements, les Espagnols faisaient brûler dans des cassolettes des écorces d'orange, des clous de girofle et de l'eucalyptus. Ils priaient ou jouaient aux cartes.

Un matin, comme à l'accoutumée, Arthur vint visiter sa femme mais sa pâleur était devenue lividité. Il ne sentait pas bien, allait regagner son lit. Catherine insista pour le raccompagner et, pour la première fois, comme un enfant perdu, il prit son bras et se serra contre elle.

Après la messe, un valet vint la prévenir que le prince de Galles était au plus mal. Quand elle voulut courir aux appartements de son époux, la jeune femme s'effondra, ses jambes ne la portaient plus.

16

Fin 1502

Choisi pour la funèbre ambassade, le confesseur du roi n'avait pas achevé de parler que déjà Henry Tudor avait posé la tête entre ses mains et pleurait. Interdit, le religieux ne savait que faire ni que dire. Enfin il hasarda : « Puisque nous recevons le bonheur des mains de Dieu, il faut aussi accepter le malheur. » Le roi l'avait-il entendu ?

— Laissez-moi, mon père, demanda Henry après un court moment.

L'annonce d'une grossesse de Catherine était attendue de Ludlow et c'était un message de mort qui arrivait. Le décès de son aîné infligeait à Henry la plus cruelle des blessures. Sur ce fils, il avait tout investi, sûr qu'avec lui le royaume serait bien gouverné, que nul ne contesterait plus la lignée des Tudor.

L'oreille collée à la porte, le confesseur entendit les pas nerveux du roi, perçut le bruit d'une chaise qu'on renversait. Il courut chez la reine, elle seule pourrait lui prodiguer quelque réconfort.

Longtemps Henry et Bessie pleurèrent dans les bras l'un de l'autre. Puis la reine s'agenouilla aux pieds de son mari, posa la tête sur les plis de son manteau. Il fallait accepter la

151

volonté de Dieu aussi cruelle fût-elle, prier aussi pour Catherine qui était gravement malade. La mâchoire serrée, Henry écoutait sans répondre.

— Nous aurons un autre fils, assura Bessie la voix tremblante. Nous sommes encore jeunes vous et moi. Il faut regarder vers l'avenir.

Avant de s'immerger dans son propre désespoir, elle devait être forte, redonner courage à Henry.

La voix douce de sa femme, ses caresses apaisèrent quelque peu le chagrin du roi. Avec des gestes machinaux, il caressait les beaux cheveux blonds, respirait l'odeur de lavande qui lui était si familière.

— Sans vous, ma mie, aurais-je la force de survivre à Arthur ?

— Nous avons encore trois beaux enfants, Milord, et, je vous l'assure, Dieu nous en donnera d'autres. Pensez à eux. Margaret était si proche de son frère ! Elle va être désespérée.

— Henry sera donc prince de Galles, murmura le roi.

— Notre cadet est intelligent, ambitieux, plein de vitalité, faites-lui confiance.

Bessie n'en pouvait plus. Comment la suette, cette terrible maladie, était-elle arrivée à Ludlow ? Son délicat enfant n'avait pu y survivre, Catherine y parviendrait-elle ? On la disait très malade, prête à recevoir les derniers sacrements. Pour ne point compromettre une incertaine guérison, nul n'avait voulu révéler à l'infante la mort d'Arthur.

Chancelante, accrochée au bras d'une suivante, Bessie quitta la chambre du roi qui, à genoux devant un crucifix d'argent, maintenant priait. Elle avait envie qu'une sœur, une amie la prenne dans ses bras, la berce comme une enfant.

— Allongez-vous, Milady, conseilla la dame d'honneur, je vous ferai porter une décoction de passiflore et vais chercher votre confesseur.

Dans la chambre silencieuse, la poitrine oppressée, la reine tomba à genoux. « Arthur, mon enfant ! » murmura-t-elle. Le début de sa grossesse revint à la mémoire de la jeune femme, elle se souvint de la joie inexprimable partagée par Henry et sa mère, de sa propre conviction qu'une nouvelle vie s'ouvrait, simple et heureuse devant elle. Si souvent le roi et elle avaient reconstruit en rêve le légendaire royaume d'Arthur, le héros gallois de la légende sacrée de la Table Ronde. Leur aîné reconstruirait cette Angleterre juste, noble, bénie par Dieu. Et Arthur s'était étroitement adapté à leurs espérances. Il promettait d'être un grand roi.

Bessie resta prostrée à même le sol. Le crépuscule d'hiver, d'un gris bleuté, commençait à tomber. Au bord des citernes, des corbeaux croassaient. Le feu presque éteint jetait quelques lueurs phosphorescentes.

À plusieurs reprises, le prélat gratta à la lourde porte que doublait une tenture de damas pourpre. Personne ne donnant réponse, il l'entrouvrit et, dans la pénombre, ne vit que les contours des meubles, la tache sombre des fenêtres dont les rideaux n'avaient point été tirés, l'oratoire de la reine que dominait un retable flamand.

— Votre Grâce ? s'inquiéta-t-il.

Une plainte légère attira son attention vers un coin obscur où la reine s'était repliée sur elle-même, la tête sur les genoux.

— Seigneur Dieu ! murmura-t-il. Il faut faire venir le roi aussitôt.

À son tour, Henry prit Bessie dans ses bras, essuya ses larmes du bout des doigts.

— Nous dormirons ensemble ce soir, chuchota-t-il à son oreille. Vous et moi avons besoin l'un de l'autre et Dieu dans sa miséricorde nous a gardés unis. Oui, ma mie, nous aurons un autre enfant, un fils, si la Sainte Providence en décide ainsi. Notre vie n'est point achevée. Depuis mon enfance, je me suis battu pour survivre, puis pour m'imposer, vaincre, redonner la couronne d'Angleterre aux Lancastre, les unir aux York et pour me montrer un roi équitable. Ni vous ni

153

moi ne craignons les épreuves. Vous êtes une reine à ma mesure, l'épouse dont toujours j'avais rêvé.

À Ludlow où les cloches sonnaient le glas depuis l'aube, des torrents d'eau s'abattaient sur la campagne, gonflant les rivières, faisant déborder les douves et les citernes du château. Un ciel lourd rasait la tour, les créneaux des chemins de ronde, plongeait les cours intérieures dans une sinistre pénombre. Deux jours plus tôt, le corps embaumé d'Arthur avait été placé dans un cercueil de chêne autour duquel priaient nuit et jour ses chapelains et les gentilshommes de sa Chambre. Trop souffrante pour quitter son lit, Catherine n'accompagnerait pas à la cathédrale de Worcester, sa dernière demeure, la dépouille de son mari. Les médecins n'osaient encore parler de guérison.

Dès l'arrivée du comte de Surrey, fils du duc de Norfolk mort pour Richard d'York à Bosworth, des comtes de Shrewsbury et de Kent présents au nom du roi, le cortège funéraire prendrait la route de l'église paroissiale où serait dits plusieurs requiem avant de se diriger vers la cathédrale de Worcester.

Dans une ambiance lugubre, la longue procession se mit en route. En tête marchaient deux grands d'Espagne représentant la princesse de Galles puis le porte-étendard d'Arthur, sir Griffith ap Rice précédant le cercueil recouvert d'un drap noir où était cousue une croix blanche. Evêques, abbés, prêtres suivaient ainsi que quatre-vingts pauvres vêtus de noir tenant des torches dont la lueur tremblante perçait la pénombre. Le vent doux, venu des collines, ne parvenait pas à chasser les nuages. La pluie ruisselait sur les ormes et les frênes qui bordaient le chemin creux menant à la petite église paroissiale. Une morne lumière tombait sur les manteaux de velours, les chapeaux noirs, le dais porté par quatre gentilshommes, les chapes des prêtres dégoulinantes.

Devant la porte de bois cloutée de la modeste église attendait le cheval d'Arthur harnaché de noir portant le bouclier, le heaume, l'épée de son maître pointée vers le bas. En voyant le superbe animal trempé de pluie, immobile, la tête basse, personne dans le cortège ne put retenir ses larmes. L'adieu au prince blond et doux était définitif.

Durant toute la messe des morts célébrée à Westminster, agenouillés côte à côte, le roi et la reine gardèrent la tête baissée. Derrière eux, habillés de noir, désolés, se tenaient Margaret, Henry et la petite Mary. Comme la joie qui avait accompagné quelques semaines plus tôt les fiançailles de Margaret semblait loin ! Rien ne subsistait du bonheur des danses, des banquets, des tournois, du chatoiement des étoffes, des chants sublimes, de la douceur des poèmes dédiés à l'amour. Londres était en deuil. Seul demeurait un espoir ténu que tous entretenaient de leurs vœux : Catherine pourrait-elle être grosse d'un fils ? Alors la mort du prince de quinze ans serait moins absurde, moins désespérante.

Margaret sanglotait. Plus proche d'Arthur par l'âge, c'était elle qui l'avait le mieux connu et à cette sœur tant aimée, le prince de Galles avait légué l'ensemble de ses objets personnels. Au chagrin du deuil de son frère s'ajoutait dans le cœur de la fillette l'angoisse de son prochain mariage. Elle allait devoir quitter sa famille, son pays pour rejoindre un roi inconnu de quinze ans son aîné, s'installer dans de froids palais où régnaient d'interminables hivers, s'adapter à des coutumes différentes, une façon de parler l'anglais qui n'était pas la sienne.

Les chantres psalmodiaient les prières des morts tandis que s'élevaient vers les voûtes des volutes d'encens. Le jeune Henry, duc d'York, ne parvenait pas à prier. Si sa belle-sœur n'attendait point d'enfant, il allait devenir prince de Galles, serait l'héritier du trône d'Angleterre et cette pensée lui gonflait le cœur d'émotion comme de joie.

Morton monta en chaire et Margaret Beaufort croisa sur sa jupe de laine noire ses mains diaphanes. La souffrance de son fils, alliée à son propre chagrin, la raidissait dans une douleur qu'elle s'efforçait en vain de cacher. La puissance de Dieu écrasait la nature humaine et il fallait l'accepter. Durant des nuits entières, elle avait débattu avec John Fisher de l'incompréhensibilité que pouvait avoir pour les hommes la volonté divine. « Dieu nous tente, avait proposé son ami, pour savoir si vous l'aimez d'un cœur pur et de toute votre âme dans la félicité comme dans l'épreuve. » « Mais la maladie, avait-elle hasardé, est-elle d'ordre purement humain ou créée par Dieu ? » « La souffrance, la maladie et la mort prouvent que le salut du genre humain dépend de la grâce de Dieu. Seule la foi les peut faire accepter. Les écritures exigent des hommes la soumission et condamnent la rébellion, la soumission n'étant donnée qu'aux plus fervents dont vous êtes, Milady. La foi apporte le salut, non par elle-même, mais en raison de la soumission qu'elle implique. »

« Mon Dieu, pensa Margaret Beaufort, disposez de moi comme il vous plaira mais épargnez à mon fils de nouvelles souffrances. Chacune de ses larmes creuse sur mes joues un ineffaçable sillon. »

Au calme, dans le palais de Richmond, le roi et la reine retrouvaient un peu de paix. Mai fleurissait les arbres fruitiers, verdissait les buissons, semait des fleurs multicolores dans les prés, le long des talus, sur les pelouses du vaste parc où paissaient des moutons. Chaque jour, Henry consacrait quelques heures à la chasse en compagnie de ses deux aînés tandis que Bessie s'activait avec ses dames à la préparation du trousseau de Margaret qui, dans une année, prendrait la route de l'Ecosse. Des nouvelles rassurantes arrivaient de Ludlow. Catherine se rétablissait. Elle implorait un prompt retour auprès de sa belle-famille avant de pouvoir regagner l'Espagne. Mais le roi était fermement opposé à cette dernière intention. Pour l'Angleterre, l'alliance avec l'Espagne restait capitale et l'argent de la dot de l'infante était indispensable au Trésor. À Catherine, on attribuerait la résidence de Durham House dans le Strand, une modeste rente lui permettant de vivre selon les règles de sobriété qu'une jeune veuve devait observer. Traitée en membre de la famille Tudor, elle s'acclimaterait vite à l'Angleterre et s'attacherait sans doute à Henry dont la précoce virilité conquérait déjà les cœurs. Les Rois Catholiques appuyaient cette issue. En mauvais termes avec le roi de France, Charles VIII, qui leur disputait le royaume de Naples, ils avaient besoin de l'alliance anglaise et le mariage de Catherine avec le nouveau prince de Galles était le meilleur moyen de la leur assurer. Interrogée par sa duègne, la jeune princesse avait avoué être vierge. Trop timide, sans grand appétit sexuel, Arthur avait limité leurs étreintes à des baisers et des caresses. Puis ils étaient tombés tous deux malades. L'interdit d'un mariage par empêchement de premier degré collatéral tombait donc *ipso facto* et Rome donnerait une dispense sans se faire trop prier. De tout son cœur, Bessie souhaitait cette heureuse conclusion. Dès le premier regard, la jeune fille lui avait plu. Fière sans être hautaine, pieuse, douce mais résolue, elle possédait toutes les qualités pour être reine.

Jour après jour, chemises, jupons, draps et bonnets destinés au trousseau de Margaret s'ornaient de délicates broderies, de fines dentelles. Après avoir longtemps bataillé pour repousser le mariage, Bessie avait dû s'incliner devant les arguments de son mari. Attendre les dix-sept ans de Margaret pouvait irrémédiablement compromettre une indispensable paix avec James Stuart, laisser libre cours aux innombrables raids et escarmouches qui ensanglantaient les frontières du Nord et coûtaient la vie à beaucoup de petites gens.

Sur son départ et ses épousailles, Margaret n'aimait pas s'épancher et poursuivait sa vie avec l'entrain, la légèreté qui étaient siens. De taille moyenne, potelée, les traits ronds et sensuels, elle n'avait guère de penchant pour l'étude, préférant la chasse, la danse, la musique et la lecture de romans d'amour. La maturité de son futur époux, Bessie l'espérait, la rendrait plus réfléchie. Mais avant le mariage, la reine était restée inflexible sur sa décision, le roi d'Ecosse devait se débarrasser de sa maîtresse, Margaret Drummond.

Le rouge aux joues, en nage, le prince de Galles fit irruption dans les appartements de sa mère. À onze ans, il en paraissait quinze. De haute taille, musclé par les exercices physiques dont il raffolait, les traits réguliers, les yeux pétillants de gaîté, il ressemblait tant à son grand-père, Edward IV, que Bessie en avait parfois le cœur serré. Devenu roi, le petit-fils saurait-il éviter les débordements de l'aïeul ? Elle se souvenait de son père déjà vieilli à trente-cinq ans, lourd, acharné à séduire les femmes, gros mangeur, impénitent buveur. Si sa mère, Elizabeth Woodville, avait fermé les yeux sur ces débauches, qu'en serait-il de Catherine ?

— Mère, annonça Henry d'une voix joyeuse, les navires expédiés aux Terres Neuves par le roi mon père sont de retour à Bristol. On dit qu'ils ont à leur bord des sauvages à la peau colorée de blanc et de rouge. Faisons-les venir ici, voulez-vous ?

Déjà il se penchait vers la reine, déposait un baiser sur son front.

— Nous sommes en grand deuil, mon enfant.

— Alors nous les vêtirons de noir ainsi que le seigneur Joao Fernandez qui les a ramenés.

Les yeux écarquillés, Mary écoutait son frère. À sept ans, d'une grande beauté, coquette, capricieuse, elle était l'enfant chérie de sa mère.

— Laissez-nous voir ces sauvages, mère, implora-t-elle de sa voix flûtée. Ils danseront pour nous.

Bessie posa le bonnet qu'elle ourlait d'une mousseuse dentelle de Bruges. La vie continuait sans Arthur, sa femme déjà était promise à Henry qui portait son titre de prince de Galles. Les bois reverdissaient, les prés fleurissaient, des enfants venaient au monde, un peut-être dans son propre foyer car depuis un mois elle n'était plus réglée. Le roi Henry avait suggéré qu'on nommât le bébé Arthur si c'était un garçon, mais avec horreur elle avait repoussé cette proposition. Arthur n'était plus. Sa fine silhouette, ses traits si purs déjà devenaient flous. Elfe, prince de légende, il avait rejoint le lointain pays des sources vives où jamais l'on n'avait soif ni faim, où l'on ne souffrait pas. Délivré des vents contraires, il reposait au milieu d'une île, dans la perfection de l'éternité.

17

« Vaincre ses peurs donne la véritable liberté. » Catherine pensait souvent à cette phrase qu'aimait prononcer son frère Juan. Si fort aimé, ce frère élégant et tendre s'en était allé, comme Arthur qui l'avait laissée seule dans un pays inconnu, un château où elle ne parvenait pas à se sentir chez elle. Et les cent livres octroyées par Henry VII chaque mois ne suffisaient pas à assurer son train de vie, pourtant dénué de tout faste. Depuis des mois, ses servantes espagnoles, sa duègne doña Elvira et son époux n'avaient pas été payés et ses chapelains vivaient d'aumônes. Seules les invitations à Richmond ou à Greenwich lui procuraient quelque divertissement. La reine se montrait bonne envers elle, le roi plein de respect. Le jeune Henry la taquinait, ses sœurs Margaret et Mary étaient devenues des amies, l'une presque de son âge, l'autre encore enfant, mais si câline qu'elle l'avait adoptée en son cœur. De sa mère Isabelle, Catherine recevait de rares mais longues missives l'exhortant à la patience et à une totale soumission à la Sainte Providence qui veillait sur elle. Là où la jeune femme aurait souhaité des nouvelles de ceux qu'elle avait laissés derrière elle, une relation de la vie quotidienne dans les palais qui avaient abrité son enfance, elle découvrait des informations politiques. Les musulmans de Grenade devaient se convertir, écrivait la Reine Catholique, afin de se fondre au reste de la population. Maintenir une poche d'infidèles représentait à terme des risques d'insurrection et de prétentions inacceptables. Ceux qui refuseraient de se faire baptiser devraient traverser la mer pour rejoindre leurs pays d'origine. Sur elle-même, la reine restait discrète, mais Catherine savait par l'ambassadeur d'Espagne qu'elle n'était pas en bonne santé et refusait de se soigner. Depuis la mort du petit Miguel, le fils de son aînée, reine du Portugal, décédée en couches[1], la souveraine était en proie à un désarroi qu'elle ne parvenait pas à surmonter : ainsi, la rebelle Juana était devenue son héritière et il était connu que Philippe le Beau, son ambitieux époux, ne s'entendait guère avec Ferdinand. Que deviendrait la Castille après sa mort ?

Le marasme de sa famille avivait le chagrin de Catherine. Elle-même se retrouvait veuve sans avoir été femme, isolée, démunie. Mais elle était venue en Angleterre pour être reine et n'était pas prête à renoncer.

Les rues de Londres retenaient les chaleurs de juillet et, dès la nuit tombée, les servantes ouvraient grandes les fenêtres restées closes durant le jour. Cloîtrés, inactifs, démoralisés, les Espagnols tentaient pour survivre au château de Durham de s'accrocher aux habitudes de leur passé. À l'aube, le chapelain de Catherine disait la messe, puis une dame d'honneur lisait un passage des Evangiles tandis que la princesse prenait un bol de lait chaud accompagné d'un beignet soufflé au miel. Venait ensuite la toilette de Catherine durant laquelle les mêmes personnes venaient chaque jour la visiter pour égrener les mêmes compliments. Habillée, coiffée, Catherine retrouvait son économe qui lui débitait d'une voix sinistre les comptes de la veille. L'argent manquait. Catherine avait dû accepter que l'on congédie des cuisiniers, des filles de service, à la colère de doña Elvira qui devait elle-même verser l'eau dans la vasque de marbre pour faire sa toilette du matin.

L'économe parti, on déjeunait de poisson, de poulet, de

---

1. Voir *Un amour fou*, Plon, 1991.

mouton, de légumes, d'olives et de pâtisseries aux amandes. Avec nostalgie, les Castillans se souvenaient de l'abondance des mets en Espagne, de la perfection du service, de la richesse des ustensiles, du mobilier, des tissus, des œuvres d'art. Après le repas, chacun regagnait sa chambre pour la sieste avant les vêpres, suivies d'une promenade dans le jardin, puis du repas du soir. À Durham, le dénuement rendait tout sobre, austère, sinistre.

Une série d'orages vint rafraîchir la touffeur d'août. Un voile de soie semblait recouvrir les eaux de la Tamise où évoluaient cygnes et canards. C'était à la tombée de la nuit que Catherine souffrait le plus du mal du pays. Quand se levait la lune, assise sur des coussins à côté de la princesse, sa confidente Maria de Salinas prenait une guitare. La lueur des flambeaux posés sur le sol caressait le visage des deux jeunes filles, leurs traits encore enfantins. L'une comme l'autre ôtaient le peigne de leur chevelure pour la libérer comme un symbole d'éphémère indépendance. Derrière les fenêtres, le ciel d'été était constellé d'étoiles. En imagination, la princesse et son amie voyaient des cyprès, des pins, des oliviers, entendaient la brise dans les ramures des yeuses, le roucoulement tendre des tourterelles, le murmure de l'eau ruisselant dans les vasques bleues des fontaines au milieu des patios qui embaumaient le jasmin étoilé. Quand leur nostalgie devenait trop forte, Catherine demandait à sa compagne de poser sa guitare. « Allons nous coucher, ordonnait-elle. Jamais nous ne reverrons la Castille. »

Enceinte de six mois, Bessie avait décidé de demeurer à Richmond jusqu'au nouvel an. Elle rejoindrait ensuite les appartements royaux de la Tour de Londres pour attendre, entourée de ses dames d'honneur et de sa belle-mère, la naissance de son septième enfant. En dépit du bel automne, de la présence fréquente de sa famille, la reine ne parvenait pas à dominer sa fatigue. Était-elle due à cette grossesse tardive, à son deuil ? Le moindre effort lui coûtait, mais Margaret Beaufort sans cesse l'incitait à marcher dans le parc, aller à la chapelle, recevoir des clercs arrivés d'Oxford ou de Cambridge pour la remercier des embellissements dus à sa générosité, évoquer devant elle les recherches que les plus grandes intelligences d'Europe y menaient. Bessie aimait s'entretenir avec son aînée, Margaret. Dans quelques mois, elles auraient à se séparer et la reine s'inquiétait de laisser partir une aussi jeune fille vers un destin inconnu. On disait que son futur gendre, le roi James, adorait sa maîtresse Margaret Drummond dont il avait un enfant et que nulle épouse, fût-elle la fille du roi d'Angleterre, ne pourrait l'en éloigner. À plusieurs reprises, Henry VII avait menacé le souverain écossais de garder sa fille si celui-ci manquait à l'honneur en gardant une maîtresse. En retour, James faisait de vagues promesses qui alarmaient la reine. Comment depuis Londres consoler sa fille si elle souffrait, l'assister quand elle attendrait un enfant, atténuer sa détresse si elle venait à perdre son nourrisson ? Elle-même avait enterré deux enfants, Elizabeth et Edmond, en bas âge et savait la détresse des mères devant les petits cercueils. La solitude des reines lui apparaissait inhumaine. À quinze, seize ans, leurs filles les quittaient pour ne jamais revenir.

Par une matinée fraîche de novembre, Margaret Beaufort, escortée de John Fisher, fit irruption dans les appartements de la reine. À sa mine préoccupée, Bessie comprit que sa belle-mère était porteuse d'une importante nouvelle. Louis XII, le roi de France, avait peut-être été chassé du Milanais par Ferdinand d'Aragon, à moins que la reine, Anne de Bretagne, enceinte de sept mois, tout comme elle, ait fait une nouvelle fausse couche. Depuis quelques semaines, la cour d'Angleterre était agitée des racontars les plus divers concernant les souverains français. On se gaussait des démêlés de Louis XII avec le redoutable Gonzales de Cordoue qui s'était déjà emparé des deux Calabres sans résistance. Seule Tarente résistait encore.

— Renvoyez vos dames, chuchota Margaret à l'oreille de sa belle-fille. Ce que j'ai à vous apprendre doit rester entre nous.

Un serviteur poussa trois fauteuils près de la cheminée puis se retira. Il bruinait. Les bois, les longues pelouses vallonnées devenaient à travers les fenêtres un monde clos, féerique où se mouvaient lentement des silhouettes de biches.

Margaret Beaufort attendit quelques instants tandis que Bessie et John Fisher gardaient le silence.

— Henry a reçu des nouvelles d'Ecosse, prononça enfin la reine mère. Lady Margaret Drummond et ses deux sœurs sont mortes empoisonnées.

Bessie sentit le regard de Fisher posé sur elle. Mais comment réagir à cette nouvelle ? S'affliger ou se réjouir était également impossible.

— Que s'est-il passé ? interrogea-t-elle simplement.

— Les trois sœurs ont partagé le même repas du soir. Au matin, elles étaient mortes. Voilà ce que nous savons. Quant au nom de celui qui a ordonné de mettre le poison, nous l'ignorons.

— Pourrait-il être anglais ?

La reine était bouleversée. Jamais elle n'avait imaginé cette issue tragique au problème qui les tracassait tant le roi et elle.

— Nous l'ignorons, répéta la reine mère, et il sera difficile de le découvrir. L'intérêt de l'Ecosse comme le nôtre étant que cette jeune femme disparaisse, toutes les suppositions sont possibles.

— Je veux voir le roi, dit Bessie.

De ce pas, elle allait interroger son mari. À elle, il ne cachait rien et si cet assassinat avait eu lieu sur son ordre, il ne se déroberait point.

— Henry va nous rejoindre d'un moment à l'autre, assura Margaret. Il est en ce moment avec son Conseil. Avec la mort de John Morton, il a perdu un irremplaçable ami.

La reine mère extirpa d'une de ses poches un chapelet

d'ivoire qu'elle se mit à égrener. La cloche de l'église sonna none.

Soudain la porte s'ouvrit et, derrière deux de ses *yeomen* vêtus de rouge, le roi fit son entrée. L'éclairage lugubre accentuait son vieillissement. Ses cheveux devenaient rares, ses dents se gâtaient, ses traits s'émaciaient. Le bel homme qu'il avait été faisait place à un être vieilli avant l'âge, amer, fatigué.

— Nous ne sommes pour rien dans ce meurtre, se défendit-il, aussitôt assis entre sa mère et sa femme. Certes, il nous arrange mais nous ne l'avons pas prémédité. Me croyez-vous ?

Bessie opina de la tête.

— Cachons ce drame à notre fille Margaret, voulez-vous ?

— Tôt ou tard, elle l'apprendra, ma mie.

— Je me charge de lui en parler, intervint la reine mère. Laissez-moi seulement trouver le moment favorable.

Quoique sa petite-fille fût rebelle à l'étude, Margaret Beaufort, devinant que derrière les joues vermeilles, les formes rondes se cachait une vraie sensibilité, une quête touchante d'amour, éprouvait pour elle une grande tendresse. Son prochain départ pour l'Écosse l'affligeait. Mais les princesses naissaient pour devenir reines et Margaret était attendue avec joie par ses futurs sujets.

Songeur, le roi contemplait les flammes. Le pouvoir était une lourde charge qui l'avait usé. Depuis la mort d'Arthur, rien ne lui avait été épargné et s'il n'y avait eu l'espoir de cette nouvelle naissance, il aurait laissé la mélancolie le gagner. Quelques mois plus tôt lui était parvenue la terrible confession de James Tyrell, l'âme damnée de Richard III, qui sur le point d'être exécuté pour trahison avait voulu libérer sa conscience. Elle ne faisait que confirmer la rumeur qui courait depuis la disparition des petits princes. Edward et Richard, les deux frères de la reine, avait-il avoué, avaient été étouffés dans leur lit puis ensevelis au pied d'un escalier. Il ignorait lequel. Puis ils avaient été déplacés dans un lieu qu'il ne connaissait pas. Le meurtre avait eu lieu sur l'ordre de

165

Richard III tandis que Brackenbury, responsable de la sécurité de la Tour, s'était absenté pour la nuit. C'était un assassinat politique, il avait obéi à des ordres précis, mais, à la veille de mourir, il voulait s'en confesser.

Le roi avait jeté le rapport au feu. Le passé devait être enterré, l'honneur des York sauf. Ses enfants étaient les petits-neveux du roi Richard. Ils ne pouvaient être stigmatisés par ses fautes.

— Dites à Margaret que la mort des sœurs Drummond est accidentelle, mère, prononça-t-il en gardant les yeux sur les flammes. Notre fillette n'a que treize ans, elle ne peut ni ne doit comprendre certaines choses, de peur de concevoir une répulsion pour le saint état de mariage. Dieu gardera le roi d'Ecosse de tout nouveau péché et elle sera heureuse.

18

Il tombait sur Londres une pluie mêlée de neige. À la Tour Blanche où se trouvaient les appartements royaux, la chambre de la parturiente soigneusement calfeutrée baignait dans une odeur douçâtre de sang, d'essence de sauge et de myrte. Dans la nuit, la reine avait eu une hémorragie avant de perdre les eaux et, depuis quelques heures, elle était en travail. Emmitouflées dans leurs capes de bure, des servantes allaient des cuisines à la chambre portant des bassines d'eau chaude, des huiles aromatiques, des serviettes d'épais coton.

Les yeux clos, Bessie tentait de surmonter ses souffrances pour songer à l'enfant à naître. Au plus profond d'elle-même, la reine souhaitait qu'il fût une fille. Dans la naissance d'un garçon, le peuple verrait une sorte de substitut de son fils aîné mais nul ne remplacerait son premier-né.

Derrière les rideaux soigneusement tirés, la jeune femme entendait vaguement la pluie cingler les carreaux. Pourquoi avoir choisi la Tour de Londres pour accoucher ? Cette forteresse portait malheur. Mais une force irrésistible l'avait décidée, celle de donner le jour à son enfant, là où avaient été tués ses deux frères pour que le premier spasme de la vie se fonde avec l'ultime de la mort.

Une contraction plus douloureuse fit pousser à Bessie un léger cri. En ouvrant les yeux, elle vit deux dames d'honneur penchées sur elle et le visage grave mais bienveillant de sa belle-mère. Depuis la mort de la reine douairière, Elizabeth d'York, Bessie s'était rapprochée plus étroitement encore de Margaret Beaufort. De cette femme âgée, ardente, autoritaire émanait une paix qu'elle n'avait pas connue dans sa jeunesse. Plus qu'une mère, elle était devenue sa meilleure amie.

— L'enfant est sur le point d'apparaître, chuchota Margaret en caressant le front de sa belle-fille. Soyez courageuse.

— Le docteur Hallywurth est-il là ? s'inquiéta Bessie qui, malgré la réprobation de beaucoup de ses proches, avait exigé la présence d'un médecin pour la délivrance.

— Il arrive, mon enfant. Vous avez été en travail plus tôt que prévu et il était absent de chez lui. On l'amène en barque à la Tour.

Aussitôt sur place, le docteur congédia les dames d'honneur et plusieurs servantes jugées inutiles, ne gardant que Margaret Beaufort, deux chambrières, la sage-femme et une matrone. Avec des mots précis, il ordonna qu'on attisât davantage le feu, apportât un bassin de métal pour y laver l'enfant, des bandelettes et des linges propres. La pâleur de la parturiente l'inquiétait. Elle avait perdu beaucoup de sang et, à trente-sept ans, un accouchement présentait des risques accrus.

Enfin on entendit un faible vagissement et le docteur Hallywurth présenta le bébé à sa mère.

— Une fille, milady, Une jolie petite princesse.

Bessie contempla son enfant avec amour. Elle était si menue, vivrait-elle ? Des larmes lui montèrent aux yeux. Elle était lasse à mourir.

Lavée, emmaillotée étroitement, bras allongés, langes serrés de bandelettes croisées, le nourrisson reposait dans le berceau de bois peint en rouge sombre tout doublé de drap d'or, d'hermine et de velours cramoisi que déjà la nourrice, deux berceuses et la gouvernante entouraient. Un instant, Bessie avait câliné ce minuscule enfançon. Jusqu'à quel âge la verrait-elle grandir ? Maintenant qu'elle avait donné à Henry un nouvel enfant, ses forces l'abandonnaient. Elle ferma à nouveau les yeux, les rouvrit quand elle sentit des lèvres se poser sur son front.

— Milord, balbutia-t-elle, nous avons une fille. Je souhaite que vous la nommiez Katherine comme ma sœur qui sera sa marraine.

Le roi recula d'un pas. Le front de Bessie était brûlant, pourquoi cette fièvre ?

— L'hémorragie, la faiblesse, sire, expliqua le docteur Hallywurth. Il faut que Sa Majesté la reine se repose. Je vais lui faire boire une décoction de feuilles de lavande, d'eucalyptus et de bouleau macérée dans de l'huile d'amande. Ce soir, tout ira mieux.

Dans son désir d'être rassuré, Henry écoutait chaque mot comme une promesse de guérison. Mais le teint livide de sa femme raviva aussitôt son anxiété.

— Laissons-la dormir, exigea Margaret Beaufort, et allons prier pour elle et pour la petite Katherine.

Dans un demi-sommeil, Bessie se sentait emportée comme une brindille dans un courant tranquille. Elle ne souffrait pas, mais à peine pouvait-elle bouger. On avait pris son bébé, seule demeurait avec elle une chambrière qui somnolait. Depuis si longtemps elle n'avait éprouvé pareille faiblesse... lors d'une maladie d'enfant attrapée l'année de ses dix ans. Elle sentait encore ses joues brûlantes de fièvre, revoyait les visages de ses parents penchés sur elle, l'air anxieux. Pour la rassurer, son père avait chanté une vieille ballade du Yorkshire :

> *From City then to Court I went*
> *To reap the pleasures of content*
> *And had the joys that love could bring*
> *And knew the secretes of a king.*

La pluie avait cessé de tomber. Une bonne chaleur se dégageait de la cheminée, Bessie se sentait mieux. Son médecin avait raison, elle devait dormir, oublier la mort d'Arthur, le prochain départ de Margaret, la détresse de l'infante Catherine, sa belle-fille, qu'en Angleterre comme en Espagne on souhaitait marier à Henry, le beau, le pétulant, le narcissique Henry qui n'aimerait probablement jamais que lui-même.

L'ombre s'étendait à travers la vaste chambre ; faisait-il déjà nuit ? Bessie eut vaguement mal au ventre, envie de vomir mais la servante dormait. À quoi bon la réveiller ? Au matin, le docteur reviendrait, elle ne devait pas avoir peur. Mais une angoisse sourde s'empara d'elle. Et si elle mourait, que deviendraient Margaret expédiée sans mère en Ecosse, Henry le nouveau prince de Galles dont le caractère était si opposé à celui de son père qu'à peine ils se parlaient, sa délicieuse Mary, abandonnée à des servantes incapables de dompter sa coquetterie, de s'opposer à ses caprices ? Et Katherine le bébé ? Non, il ne fallait pas qu'elle s'en aille.

Le lendemain, la fièvre était un peu tombée et le docteur avait cru pouvoir répondre de la vie de sa patiente. Un pâle soleil avait remplacé la pluie de la veille et Bessie avait demandé que l'on ouvrît les rideaux pour voir courir les nuages au-dessus de la porte de Coldharbour et de la tour Wakefield. Au vol des mouettes qui se laissaient porter par les courants du vent, elle devinait la Tamise. Deux jours plus tard, elle allait fêter son anniversaire et serait au seuil de la vieillesse. Aimée par son mari et ses enfants, adorée par son peuple, il lui semblait cependant qu'un vide demeurait en elle que rien n'avait pu combler. Avait-elle, comme chacun le lui répétait, assumé avec grâce son destin ? Certes, elle avait secouru les nécessiteux, aidé les artistes, donné de nombreuses bourses à de brillants jeunes gens, doté des filles nobles et pauvres, elle avait aussi arrangé avec goût son nouveau château de Richmond, modernisé ses autres demeures, géré avec prudence l'argent octroyé par le roi. Mais il lui semblait aujourd'hui que c'était une autre femme qui avait réalisé tout cela, laissant la vraie Bessie dans l'ombre. Comme son père et sa mère, elle était née passionnée et, pourtant, avait vécu un amour sage. Active, déterminée, elle avait dû assister la tête haute et le sourire aux lèvres à des cérémonies sans fin, écouter des discours à périr d'ennui, présider des banquets où l'abondance des mets fermait aussitôt l'estomac. Jamais elle n'avait eu à choisir ni son mari, ni ses maternités, ni les obligations de sa vie de reine. Le temps était passé, étouffant la Bessie, réfugiée avec sa mère et ses sœurs à Westminster, que la haine de son oncle Richard aidait à survivre, la Bessie séduite par ce même oncle, éperdue, affolée, celle de Sheriff Hutton courant la campagne, parlant aux paysans, dansant avec son cousin Edward Warwick si tendrement aimé. Et elle l'avait abandonné, ne s'était point jetée aux pieds d'Henry pour lui demander d'épargner ce simplet qui, parce qu'il était le fils de George, duc de Clarence, son oncle, avait passé plus de dix années en prison. Les de la Pole aussi, ses autres cousins, étaient presque totalement exterminés. Ainsi son second fils régnerait. Tout était regret et cendres.

Soucieux, le docteur Hallywurth posa son menton sur une main. Après s'être amélioré, l'état de la reine n'était plus aussi bon qu'il l'avait espéré. Le ventre était dur, tendu, douloureux. Se pouvait-il qu'il restât dans l'utérus des débris de la délivrance provoquant la fièvre du lait ? À moins que la sage-femme ait tenté avant son arrivée quelque attouchement sans s'être auparavant lavé les mains ? Il allait exiger que les femmes baignent les organes génitaux de la reine dans de l'eau douce additionnée de cendres de bois puis les enduisent d'une décoction de girofle et de menthe.

— Je ne vous quitterai pas, milady, assura-t-il. Si la fièvre devait monter, nous ferions une saignée pour vous soulager.

Bessie entendait à peine. La souffrance irradiait du bas-ventre vers les reins, les cuisses. Elle avait la bouche sèche, une diarrhée persistante qui l'épuisait. Trois fois par jour, Henry restait un long moment à son chevet. Elle voyait bien qu'il dominait son inquiétude pour parler de leurs enfants. Margaret avait abattu un daim à l'arc, Henry écrivait pour sa mère un poème qu'il lui remettrait bientôt, Mary ne quittait plus Charles Brandon qu'elle nommait son chevalier servant. « La petite Katherine va bien », précisa-t-il. En disant ces mots, la voix du roi s'était altérée et Bessie avait deviné que, tout comme elle, son bébé luttait pour survivre.

Brûlée par la fièvre, ravagée par la douleur, l'univers de la reine se rétrécissait à son lit, au rectangle de la fenêtre où apparaissaient la cime dénudée d'un arbre, un bout de mur de pierres grises, le vol parfois d'un couple de corbeaux. Sans cesse une servante passait un linge imbibé d'eau de rose sur son front. Prosternée sur un prie-Dieu, sa belle-mère suppliait le Christ, la Vierge et les saints du ciel de préserver la vie de sa belle-fille, celle de la petite Katherine. L'enfant dépérissait. Comme elle vomissait le lait qu'elle prenait, Margaret Beaufort avait aussitôt ordonné que l'on changeât de nourrice, mais le bébé ne gardait pas davantage ce nouveau lait et, après avoir beaucoup pleuré, restait désormais silencieux, ses paupières bleuies closes. On l'avait baptisée sans faste à la chapelle Saint-Pierre qui s'élevait dans l'enceinte de la Tour. Entre les créneaux, le vent sifflait, charriant de lourds nuages noirs. Bessie avait entendu le son joyeux des cloches et tenté de prier, mais les paroles lui avaient échappé.

Comme le roi allait venir, une servante avait tressé les cheveux de la reine. Cette coiffure donnait à son visage fin un air fragile d'enfance. Puis elle lui avait changé sa chemise, attaché une broche à son corsage, humecté son cou, ses épaules d'une eau parfumée aux écorces d'orange qui atténuait l'odeur nauséabonde qu'exhalait son corps rongé de fièvre.

Bessie entendit les bruits de pas dans le corridor, le cliquetis de la serrure de sa porte qu'un *yeoman* refermait précautionneusement.

— Vous sentez-vous mieux, ma mie ?

Bessie tenta de sourire au roi.

— Je vous trouve meilleure mine, ce soir, assura-t-il.

Henry était atterré. Les cernes bruns, le teint hâve, exsangue, indiquaient une détérioration alarmante. D'un geste tendre, il prit une des mains brûlantes de sa femme et y posa un baiser. « Je vais être bientôt seul, pensa-t-il. Serai-je assez fort pour porter sans elle le fardeau du pouvoir ? »

Bessie avait laissé retomber sa tête sur l'oreiller et gémissait doucement.

— Soyez fort, mon fils.

Derrière le roi, Margaret Beaufort retenait ses larmes.

— Le docteur Hallywurth va tenter de lui faire absorber un peu d'alcool, murmura-t-elle. Les herbes pas plus que les saignées ne produisent le moindre effet. J'ai vu mourir trop de femmes de la fièvre du lait pour me leurrer, mais il faut garder espoir. Dieu peut tout.

— Faites venir le père Fisher, mère, afin qu'il administre à la reine les derniers sacrements.

Au pied du lit de sa femme, Henry tomba à genoux. La chemise de Bessie était mouillée de sueur, les nattes collaient à son visage décharné.

Les yeux mi-clos, la jeune femme observait son mari, sa belle-mère. Pourquoi étaient-ils venus ? Elle ne les avait pas fait appeler. Que se passait-il ? Elle avait envie de se lever, de quitter la Tour, de marcher au bord de la Tamise pour cueillir des fleurs sauvages comme à Sheriff Hutton, sentir le vent dans ses cheveux, sur ses lèvres, tremper ses mains dans l'eau courante pour se rafraîchir. Un vol de corneilles passait derrière la fenêtre. Elle allait les suivre et elles la conduiraient où elle devait se rendre, en plein soleil, là où les roses blanches et rouges embaumaient.

Depuis le matin, les cloches de la cathédrale Saint-Paul sonnaient le glas. Habillée de soie, de velours et de drap d'or, la reine reposait sur son lit les mains jointes, un chapelet d'ambre entre les mains. En grand deuil, les yeux ruisselants de larmes, ses enfants, Margaret, Henry et Mary, étaient agenouillés près de la dépouille mortelle. L'angoisse autant que le chagrin étouffait Margaret. À la veille de ses noces, âgée seulement de treize ans, elle avait tant besoin d'une mère ! Comment surmonterait-elle son chagrin, ses inquiétudes ? La

173

tête entre ses mains, le jeune Henry pensait à l'inépuisable tendresse de sa mère, à ses attentions envers lui. Son père ne le connaissait point, ne le comprenait pas. Pas un mot ne sortait de sa bouche qui ne fût un reproche ou un conseil. Comment allait-il les supporter sans l'affection de la reine ?

Le roi aspergea le cadavre d'eau bénite. Dans un moment, on allait embaumer le corps de celle qui avait été sa femme durant dix-sept années, puis le mettre en bière et le porter à la chapelle de la Tour où il resterait durant douze jours. Drapé de velours noir, le cercueil serait placé ensuite sur un chariot tiré par sept chevaux harnachés de noir et portant les armes de la défunte. À côté de chacun marcherait un gentilhomme tenant les bannières de la Vierge, de la Visitation, de la Nativité et de l'Assomption, symbolisant la mort en couches d'Elizabeth d'York reine d'Angleterre. Par Fenchurch Street, le cortège, composé de trente-sept dames vêtues de blanc représentant l'âge de la reine, d'enfants portant des torches et de notables, se dirigerait vers la toute nouvelle chapelle que le roi avait ajoutée à l'abbaye de Westminster. Chaque habitant se tiendrait sur le pas de sa porte une chandelle à la main et donnerait réponse aux psalmodies des prêtres. Puis ce serait l'arrivée à Westminster, l'étendard portant la devise de la reine « Humble et révérente » déployé au-dessus du cercueil. Après une nuit de veille, une grand-messe serait chantée et le cercueil conduit au caveau par les quatre sœurs de la défunte. Alors le roi serait seul.

Quelques jours après l'inhumation de Bessie, la petite Katherine cessa de vivre et fut enterrée aux côtés de sa mère.

19

Printemps-été 1503

Une dernière fois, Margaret contempla le château de Richmond où, jusqu'à la mort, quatre mois et demi plus tôt, de sa mère, elle avait passé tant de moments heureux. Au premier étage, les deux fenêtres de sa chambre étaient ouvertes et le soleil de juin jouait sur les vitres. Sur la terrasse, son frère et sa sœur lui faisaient des signes d'adieu, Henry agitait son béret de velours émeraude, Mary un mouchoir de dentelle. Spontanément Catherine avait pris la main de sa plus jeune belle-sœur. Droite, le regard triste, l'infante devait revivre son propre départ d'Espagne dix-huit mois plus tôt, ressentir encore son profond désarroi, allié, toutefois, à la fierté d'épouser l'héritier du trône d'Angleterre.

Une voiture capitonnée de vert et de blanc attendait Margaret et sa grand-mère. À regret, la jeune fille s'y installa. Elle aurait voulu une fois encore monter jusqu'aux appartements de sa mère, s'y enfermer, se confier à elle dans le secret de son cœur. Avec la mort de Bessie, les préparatifs de ses noces avaient perdu toute jovialité. Ensemble, mère et fille avaient préparé le trousseau, longuement la reine avait énuméré à Margaret ses devoirs tant envers son époux qu'envers un pays qui allait devenir le sien. Avec des mots pudiques, elle avait dévoilé les mystères de la nuit de noces, les premiers effrois suivis d'un véritable bonheur, l'avait mise en garde contre les euphories et chausse-trapes du pouvoir. En acceptant la couronne, une reine devenait la servante du roi et de son peuple.

L'orgueilleuse Margaret se rebiffait, pourquoi lui décrire un destin aussi ennuyeux ? Elle avait treize ans, aimait la danse, la musique, la chasse et voulait avoir sa cour, organiser tournois, banquets, concerts, se faire idolâtrer par son mari. Un sourire aux lèvres, Bessie écoutait. Ne fallait-il pas laisser rêver sa fillette ? La vie aurait tôt fait de lui imposer ses cruelles réalités. Souvent elles restaient silencieuses, leurs mains étroitement enlacées sachant que bientôt elles seraient séparées à jamais.

— Ne pleurez pas, mon enfant, l'admonesta Margaret Beaufort, une future reine doit savoir contenir ses émotions. Voulez-vous que les Écossais qui vous observeront vous supposent désespérée de devenir leur reine ?

Le lourd carrosse remonta l'allée, passa la grille. Afin de contenir ses larmes, Margaret serrait les dents et tentait de se concentrer sur la beauté de la campagne anglaise en juin, la joliesse des cottages en pierre coiffés de chaume, leurs jardinets où s'entremêlaient des buissons de roses, des lupins, de hautes reines-marguerites. Au loin, une église entourée de son cimetière dressait son clocher vers les nuages ronds et blancs. Oies, poules et canards déambulaient. Le regard fixe, Margaret essayait de songer à l'avenir, mais sans cesse revenaient à son esprit des images du passé.

Quelques jours plus tard, à l'arrivée au château de Collyweston, la tristesse de Margaret commença à s'émousser. Sa grand-mère une fois encore avait réussi à offrir à ses hôtes la perfection. Depuis plusieurs mois, l'intendant recevait ordre sur ordre de sa maîtresse afin que tout soit prêt pour les accueillir. On avait disposé de nouveaux meubles dans les chambres, remis des vitres aux fenêtres, ajouté des fours dans les cuisines, agrandi le potager, lâché daims, renards, sangliers et faisans dans le vaste parc pour le plaisir de la chasse. L'étang avait été dragué, planté d'herbes aquatiques au milieu desquelles évoluaient des cygnes. Les arbres du verger étaient taillés, les allées forestières éclaircies. Un pavillon pour que la suite du roi puisse y souper avait été édifié. Tout émerveillait la vue : l'ordonnance du parc, l'élégance architecturale de la nouvelle façade, la roseraie où les fleurs, grâce à l'ingéniosité des jardiniers, formaient tantôt des pyramides, tantôt des arches, tantôt des charmilles. Habillés de neuf, bien coiffés, les innombrables domestiques attendaient le cortège sur la terrasse tandis qu'un chœur d'enfants entamait un hymne de bienvenue.

— Vous êtes reine, ma fille, descendez la première.

Margaret suivit sa petite-fille que le soleil éblouissait. Un autre carrosse déposa le roi escorté des ducs de Norfolk et de Buckingham. Une bouffée de bonheur envahit la jeune fille. Ce cadre de rêve, ces gentilshommes et dames vêtus de leurs plus beaux atours étaient tous là pour la fêter. Elle se sentait adulée, toute-puissante.

En flots ininterrompus, chevaux et voitures contournaient le rond-point planté de buis qui longeait l'escalier de pierre menant à la première terrasse. Au bras de son père, Margaret pénétra dans le hall au son joyeux des trompettes. L'air sentait le foin fraîchement coupé, la rose et la menthe poivrée.

La jeune fille regarda autour d'elle. Des tapisseries aux couleurs gaies décoraient les murs, les poutres étaient peintes de guirlandes de fleurs. Elle aurait voulu que James vienne la rejoindre dans cette belle demeure, qu'il se fasse son chevalier servant, qu'ils puissent prendre le temps de se connaître et de s'aimer. Plus elle s'éloignait de Londres, plus ses pensées se tournaient vers l'avenir. Plusieurs fois par jour, elle contemplait le portrait de celui qui, déjà, était devenu son mari par procuration. Sans réelle beauté, une séduction pourtant émanait de lui dans le pétillement du regard, la sensualité de la bouche, le port de tête aristocratique. Serait-il tendre, généreux, amusant ? De seize années son aîné, il la conseillerait, guiderait chacun de ses pas, serait son mentor et son esclave. Nourrie de romans de chevalerie, Margaret n'avait point d'autres références que celles d'époux en dévotion devant leurs femmes, d'amants éperdus et respectueux, de protecteurs courageux et infatigables.

Soigneusement on lui avait caché le meurtre de Margaret Drummond et de ses sœurs, les nombreuses frasques amoureuses de son futur mari, la multitude de ses bâtards. Les lettres que la jeune fille recevait de James étaient enjouées, chastes et banales, elle les lisait et les relisait avec ardeur, sûre qu'elle allait inspirer au roi d'Ecosse un immense amour, l'entraîner dans le monde naïf et tendre réservé aux cœurs ardents.

Durant une semaine, les fêtes se succédèrent sans interruption à Collyweston. Mais, en dépit de la tendresse qu'il portait à sa fille, le roi ne parvenait pas à partager sa joie. Sans Bessie, tout lui devenait accablant. En dépit de son âge, scrupuleuse, méthodique, sa mère, Margaret Beaufort, assumait désormais les charges d'une mère et d'une reine, mais le sourire de Bessie, sa douceur, alliée à une grande force, lui manquaient à l'extrême. Et le caractère de son fils le préoccupait. Têtu, dissipé, voluptueux et prodigue, le tempérament du jeune Henry laissait présager un règne désordonné. Depuis des années, quitte à se faire traiter de ladre, il avait renfloué les caisses de l'État, amassé de quoi gouverner le pays sans lever d'impôts supplémentaires. Toute dépense inutile était bannie de la Cour et, en dépit des incessantes sollicitations des grands seigneurs, il leur octroyait peu. Le commerce prospérait, les paysans économisaient, les bourgeois s'enrichissaient. Là était le véritable trésor de l'Angleterre. Que son fils Henry, lorsqu'il prendrait la couronne, puisse le dissiper pour satisfaire sa vanité lui était intolérable. Dans l'entourage du souverain, certains risquaient des allusions à un remariage mais, pour le moment, Henry Tudor était incapable d'envisager une nouvelle union.

La veille du départ de Margaret de Collyweston, la reine mère offrit une chasse, au cours de laquelle sa petite-fille tua deux chevreuils, un bal, un concert et un banquet. Dans sa robe légère brodée d'un semis de fleurs argentées portée sous un long surcot de drap d'or, coiffée d'un chapeau en forme de croissant de lune semé de perles, Margaret était délicieuse. Au chagrin de devoir dire adieu pour toujours à sa petite-fille s'ajoutait dans le cœur de la vieille dame la crainte d'un mariage difficile. Margaret était trop jeune pour dompter les débordements d'un homme de presque trente ans. Après leur lune de miel, quelle maîtresse lui imposerait-il ? Une femme discrète, une conquérante ? Sa petite-fille saurait-elle se défendre ? Sans la force, le bon droit ne signifiait rien. Depuis toujours les femmes savaient cela.

Ce matin, la future reine d'Ecosse allait laisser derrière elle les derniers membres de sa famille, ultimes témoins d'une enfance choyée et heureuse. Le temps était radieux, un soleil déjà chaud jouait sur les boiseries blondes de la chambre de la reine mère, les plafonds relevés d'or et de pourpre, les portraits d'Owen et d'Edward Tudor, celui du roi vêtu de velours noir et cramoisi, portant autour du cou une chaîne d'or et une perle en forme de poire à son chapeau carré aux bords relevés.

— J'ai un cadeau pour toi, mon enfant.

Pour fêter les noces de sa petite-fille, lady Margaret avait troqué sa robe de nonne contre un vêtement de fin lainage blanc souligné d'or, mais elle avait gardé le voile enserrant étroitement son visage. D'un tiroir, la reine mère extirpa un écrin de cuir violine que Margaret ouvrit. Le fabuleux collier que la vieille dame avait reçu de son premier époux, Edward Tudor, le jour de leurs noces y étincelait.

— Depuis longtemps je voulais t'offrir ce bijou, le moment est venu, chuchota lady Margaret.

Sur les joues rondes de la jeune princesse, les larmes coulaient mais un radieux sourire éclaira son visage enfantin. Elle songeait au dernier présent de sa mère, une robe en velours cerise parée d'astrakan, une fourrure rare et coûteuse. Le collier de son aïeule l'accompagnerait somptueusement.

— Bénissez-moi, Milady, demanda-t-elle.

Un moment le roi escorta à cheval le carrosse de sa fille

Arrivée à un carrefour, elle en descendit et il la serra dans ses bras, la recommandant une fois encore au comte et à la comtesse de Surrey qui l'accompagneraient jusqu'à Edimbourgh. Puis, sans se retourner, il partit au galop vers Collyweston. Dès le lendemain, il reprendrait la route de Londres.

Une foule d'événements accapara Margaret, la distrayant de ses chagrins. À York, Henry Percy comte de Northumberland lui avait fait sompteux accueil et s'était proposé de l'escorter jusqu'à la frontière écossaise avec cinq cents hommes vêtus aux couleurs des Tudor. À chaque entrée dans un village, les cloches de l'église sonnaient à toute volée, le curé venait faire sa harangue, les enfants chantaient. Sur une haquenée sellée de velours blanc où était brodée la rose rouge des Lancastre, la jeune fille inclinait la tête, l'esprit infatué d'être accueillie en souveraine. Chaque nuit, on ouvrait des coffres, sortait des chemises, des bonnets, des pantoufles et chaque matin, les dames d'atours préparaient une robe nouvelle, une coiffe, des chemises, bas et souliers. Forte désormais de deux mille personnes, l'escorte se déplaçait avec une extrême lenteur sous la chaleur de juillet. Sur les chemins de terre, les voitures, chevaux, charrettes contenant les bagages levaient une poussière âcre. L'horizon semblait assoupi sous une légère brume.

Dans les forteresses où l'on passait la nuit, l'air demeurait frais. Margaret regardait voler des oiseaux dans les cours plantées de conifères, des tourterelles, des corneilles mais aussi des petits oiseaux au plumage multicolore, mésanges, rouges-gorges, chardonnerets. Le soir, elle s'attardait à sa fenêtre. Les jours passaient. Bientôt elle serait en Ecosse où James l'attendait. Autour d'elle des abeilles bourdonnaient, de grosses mouches vrombissaient, des crapauds tapis le long des douves poussaient leurs notes monotones.

Un espoir, une joie insaisissable remplissaient le cœur de Margaret. James saurait rester à son côté par ces belles nuits d'été, il rêverait avec elle. Elle se couchait éperdue, un vague désir au creux du ventre, tâchant de se souvenir des mots exacts prononcés par sa mère : James la posséderait et elle devrait se soumettre entièrement à ses désirs. Que signifiait « posséder » ? Qu'elle deviendrait sa chose, son bien ? Dans son esprit passaient des images furtives de baisers, de caresses, de couples dénudés dans le même lit. L'angoisse, la confusion s'emparaient d'elle. Comment se comporter, quelles paroles prononcer ? Elle dormait mal. De toutes ses forces, elle aurait voulu avoir auprès d'elle sa grand-mère ou sa vieille gouvernante pour la rassurer.

À la frontière, l'archevêque de Glasgow attendait la jeune princesse avec une foule de nobles écossais en veste de velours ou de damas brodé. Le moment était venu pour l'escorte anglaise de faire demi-tour. Debout sous une gloriette où feuillages et fleurs s'entrelaçaient, Margaret vit ses compatriotes la saluer en criant d'une même voix : « Longue vie à la reine ! » Puis Northumberland fit à plusieurs reprises cabrer son cheval, salua encore et tous ensemble les gentilshommes firent demi-tour laissant deux cents serviteurs, servantes, dames d'honneur et pages anglais aux côtés de la future reine d'Ecosse.

— Milady, le roi vient à votre rencontre, chuchota à l'oreille de Margaret la comtesse Morton, une noble dame écossaise.

— Quand Sa Majesté nous rejoindra-t-elle ? s'enquit la jeune princesse toute rouge d'excitation.

— Demain, Milady. Elle sera accompagnée de soixante compagnons de chasse.

La jeune fille ne put fermer l'œil. Comme le soleil montait à l'horizon, on lui passa une chemise de fine toile, un garde-corps, une robe d'un vert tendre moulant sa poitrine ronde, sa taille, ses hanches un peu fortes, puis un surcot sans manches de damas d'un vert un peu plus soutenu garni de passementerie en fils d'or, enfin on noua autour de sa taille une ceinture brodée.

181

— Je suis votre serviteur, Milady.

Vêtu de velours cramoisi et portant une lyre, un homme svelte s'inclina très bas. Le cœur de la jeune fille battait à l'étouffer. De son mari, elle ne voyait qu'une barbe noire tombant sur la poitrine qui aussitôt lui fit horreur. Cependant, elle plongea en une profonde révérence et, tandis qu'il la relevait, elle sentit ses lèvres sur sa joue.

— Madame, chuchota-t-il en français, je viens vous offrir mon royaume.

Derrière James surgit une troupe de ménestrels qui entamèrent de vieilles chansons anglaises. Un arôme de foin, de thym sauvage flottait dans l'air, des papillons blancs et jaunes voletaient au-dessus des fleurs. Margaret n'osait regarder son mari.

Le cortège remontait vers Edimbourg et James avait promis à sa femme de revenir bientôt. Plus sereine, Margaret l'attendait. Cette barbe ne devait pas l'amener à se cabrer contre son époux, elle la lui ferait bien vite raser. Demeuraient le charme du regard, de la voix, son attitude enveloppante et respectueuse en même temps, la douceur de ses lèvres sur sa joue.

Avec curiosité, la jeune fille observait ce pays qui était désormais le sien, les maisons basses de pierre grise, les arches s'arrondissant au-dessus des rues, les tavernes annoncées par des enseignes colorées et naïves, la rudesse des vêtements paysans qui dénonçait une vie plus précaire qu'en Angleterre, l'abondance des églises et monastères.

Une nuit, alors qu'elle dormait dans un château appartenant aux Morton, Margaret fut réveillée par des cris, d'affreux hennissements. Derrière les rideaux tirés, la jeune femme perçut des lueurs mouvantes. Elle sauta sur ses pieds.

— Les écuries sont en flammes, Milady !

La dame d'honneur était à bout de souffle.

— Vite, il faut vous vêtir, fuir le château, le feu peut se propager.

Dans le plus grand affolement des servantes rassemblaient robes et bijoux, les objets personnels de la reine.

— Un manteau, hurla la jeune fille, cela suffira ! Je veux aller aux écuries sauver ma jument.

Sa mère la lui avait offerte pour ses treize ans. Cette bête superbe symbolisait son dernier anniversaire à Richmond. Elle y était attachée comme à une amie.

— Fleur, insista-t-elle en sanglotant. Il faut sauver Fleur !

La dame jeta une cape sur les épaules de la reine, en hâte lui enfila des souliers. Margaret était devenue hystérique. Sans que personne puisse tenter quoi que ce fût pour la retenir, elle s'élança dans le long corridor, dévala les escaliers, passa la lourde porte d'entrée qui était grande ouverte.

Des écuries, les flammes montaient, hautes, menaçantes. Une forte odeur de bois, de chair brûlée prenait à la gorge. Les hennissements d'agonie des chevaux déclinaient.

Retroussant sa chemise de nuit, Margaret courut jusqu'à la porte surmontée de deux têtes de chevaux sculptées dans du bois.

— Fleur ! hurla-t-elle.

Quand elle voulut entrer dans le brasier, deux bras la saisirent, l'enfermèrent.

— Il n'y a plus rien à faire, ma mie, venez avec moi.

Elle reconnut la voix du roi, son odeur de santal et d'ambre.

— Venez ! insista-t-il. Je ne veux pas vous voir pleurer.

Sans résistance, la jeune fille se laissa entraîner. Le roi venait de prendre résidence dans un pavillon situé à courte distance. Sur une table de noyer entourée de bancs, des cartes à jouer étaient étalées à côté de bouteilles d'eau-de-vie et de gobelets d'argent. Dans un coin des musiciens se rafraîchissaient. Le roi leur fit un signe et ils reprirent leurs instruments.

— Danseriez-vous avec moi, Milady ?

Dans ses larmes, Margaret parvint à sourire.

Toute la nuit, la jeune fille dansa, joua aux cartes. À ses pieds, James avait pris son luth pour chanter des ballades parlant d'envoûtements amoureux, de fées qui hantaient l'esprit des hommes. Ses yeux la caressaient, elle croyait rêver. La présence de cet homme lui remuait désormais le cœur. Margaret était éprise.

Dans le ciel, les dernières lueurs de l'incendie tiraient des lignes sanglantes. Pas un cheval n'avait pu échapper à la mort.

20

Détrempé par les pluies continuelles de fin d'automne, le parc était couvert d'un épais tapis de feuilles mortes que viendraient recouvrir encore et encore celles qui voltigeaient dans la bise. Une plume à la main, Margaret laissait errer son regard sur la course des nuages. Tout lui apparaissait sinistre. Engourdies devant l'âtre, ses dames d'honneur sommeillaient, caressées par le reflet des flammes. Elles aussi regrettaient la campagne anglaise, l'atmosphère pleine de gaîté qui précédait Noël. Après une lune de miel éblouissante passée à découvrir sans se hâter les châteaux royaux, entourée de prévenances par un mari sensuel, divertissant, inattendu, la jeune reine se retrouvait seule à Holyrood en pleine reconstruction, un château à la périphérie d'Edimbourg entouré de maisonnettes, de potagers et de vergers. Comme elle se sentait loin du charmant palais de Falkland bâti au milieu d'un parc immense. Là, avec James, elle était heureuse. Ils chassaient du matin au soir, s'endormaient dans les bras l'un de l'autre, communiaient dans l'amour de la musique, de la nature. Pas un instant, Margaret ne pressentait que cette vie enchanteresse cesserait si vite. Dès le retour du couple à Edimbourg, le roi était parti seul visiter ses ports, tout occupé par son désir de doter l'Ecosse d'une flotte puissante, sa joie d'inspecter ses canons, son projet de convoquer ses vassaux des Hautes-Terres et des îles pour s'assurer qu'ils maintiendraient la paix avec les Basses-Terres. James songeait-il encore à s'opposer à l'Angleterre ? À leur mariage, son père et son époux s'étaient pourtant juré devant Dieu une éternelle amitié.

Souvent l'envie venait à la jeune femme de faire seller des chevaux et, avec les quelques gentilshommes anglais qui l'entouraient encore, de partir à bride abattue vers l'Angleterre pour rejoindre Richmond et se jeter dans les bras de sa grand-mère, de son père, serrer son frère et sa sœur contre elle. Le mal du pays lui serrait la gorge, la détournait des multiples petits plaisirs de sa vie de reine. Sans hésiter, elle aurait rendu sa couronne pour retrouver sa chambre de jeune fille avec ses rideaux de damas bleu de ciel, son lit à courtines sur lesquelles étaient brodées des fleurs des champs, le prie-Dieu dont elle avait travaillé elle-même à la tapisserie : une croix d'or sur fond de roses rouges.

La jeune femme trempa la plume dans l'encrier. Devait-elle avouer son désarroi à son père ? Serait-il apte à la secourir ?

Milord et père bien-aimé,

Sans doute attendez-vous depuis quelque temps des nouvelles de votre fille mais elle n'en a guère à vous donner. Établie au château de Holyrood, j'apprends mes devoirs de reine, prie Dieu chaque jour pour ma famille et souhaite au plus profond de mon cœur être auprès de vous. Mais je sais ce désir irréalisable et fais de mon mieux pour satisfaire votre volonté.

Très humblement, je vous prie de prendre soin de ceux qui m'ont servie durant mon enfance et en particulier d'assurer l'avenir de Thomas qui fut le valet de pied de ma mère avant d'être le mien. Je n'oublie aucun d'entre eux et aimerais leur dire moi-même combien leur présence et leurs soins me furent agréables.

Milord Surrey ne quitte guère le roi et je ne peux compter sur son aide car Sa Majesté voyage sans cesse. Seule, je dois donc m'en remettre à Dieu pour me guider et me protéger.

Le messager qui vous remettra cette lettre sera en mesure de vous expliquer maintes choses que je ne peux écrire. Vos conseils et votre affection me sont fort nécessaires.

Que Dieu vous garde, mon très cher père.
Écrit de la main de votre fille aimante et soumise,

Margaret.

À trois heures de l'après-midi, fin novembre, la nuit tombait sur Edimbourg. Bientôt il y aurait dîner et concert auxquels James avait promis d'assister. Son époux manquait à la jeune femme. Sa barbe rasée, il s'était révélé un homme fort séduisant, trop peut-être car certaines femmes avaient l'effronterie de le regarder droit dans les yeux. Des bruits couraient, celui en particulier qu'il n'avait pas rompu avec celle qui était sa nouvelle maîtresse avant ses noces, Jane Kennedy. Elle ne voulait les croire. Un homme ne pouvait dire des mots d'amour à deux femmes en même temps, les caresser, les assurer de sa fidélité. On n'abusait pas des sentiments d'une reine, fût-elle âgée de juste quatorze ans.

Le roi et sa suite poussèrent leurs montures. Ils étaient encore à dix miles de Holyrood. Un air chargé de senteurs salines venait du large. Des champs de seigle, des joncs marins longeaient le chemin qu'éclairait faiblement un quartier de lune. James aimait le sentiment de liberté que lui donnaient les voyages. Après quelques jours passés à Holyrood ou à Linlithgrow en compagnie de sa jeune femme, il étouffait. Certes appétissante et sensuelle, Margaret n'était qu'une enfant gâtée s'imaginant posséder les êtres. Après trois mois seulement de mariage, le roi constatait qu'ils n'avaient en commun que leurs goûts pour la chasse et la musique. Toute discussion politique, littéraire ou tant soit peu sérieuse était impossible et il s'était fait une raison. Jane Kennedy lui offrait son charme, sa culture, une sensualité raffinée, une fantaisie débridée qui lui convenaient parfaitement. Avec sa poitrine lourde, ses hanches larges, Margaret lui ferait de nombreux enfants. D'elle, il n'espérait rien de plus. Une progéniture et l'alliance anglaise étaient d'appréciables cadeaux

187

qu'il lui rendrait par de l'affection, du respect, quelques belles parures, des robes et les colifichets dont elle raffolait.

Les lumières d'Edimbourg, enfin, apparurent au loin. James songea à la flotte qu'il faisait construire par des architectes français. Un jour ou l'autre, un conflit éclaterait entre la France et l'Angleterre et il aurait à choisir son camp : la « vieille alliance », si chère au cœur des Ecossais, ou les intérêts d'Henry VII, son beau-père. Quant au serment prêté lors de son mariage, il s'en accommoderait. Pour se punir d'avoir comploté contre son père des années plus tôt, choix qui avait entraîné la mort de celui-ci, il portait à même la peau autour de la taille une lourde ceinture de fer. « J'en ajouterai une autre », pensa-t-il en souriant. Une odeur d'iode, de varech et de poisson flottait dans les rues de la ville, mêlée à celle des choux et du lard. Au petit trot, le groupe gagna le château d'Holyrood. Dès le lendemain, James repartirait pour les Hautes-Terres où l'attendaient des chefs de clan. Sur le chemin du retour, il s'attarderait auprès de Jane Kennedy, son bel amour dont il venait d'avoir un fils qu'il allait légitimer.

Alors que James allait pénétrer dans le grand salon où chantaient des ménestrels, le comte d'Arran l'arrêta.

— Majesté, la nouvelle de l'élection du pape Jules II vient de nous parvenir. En dépit des propos d'amitié qu'il adresse au roi de France, on le dit fort ami des Rois Catholiques.

— Alors mon cousin Louis s'enlisera dans le bourbier napolitain.

— Et il fiancera sa fille Claude avec l'archiduc Charles pour faire sa paix avec les Espagnols.

— La reine de Castille ne le permettra pas, elle tient trop à l'alliance anglaise. D'autre part, Isabelle est malade et n'a plus guère de temps à vivre. Après sa mort, sa fille Juana sera l'héritière du trône de Castille et, puisqu'on la dit subjuguée par son mari Philippe de Habsbourg, c'est lui qui gouvernera. Leur fils Charles sera pour ma belle-sœur Mary.

James ajusta son pourpoint de velours brun brodé de fourrure noire qu'il portait sur une chemise de soie ourlée de dentelles. Margaret l'attendait et il ne voulait point la mettre de mauvaise humeur.

— Nous reparlerons de ceci demain avant mon départ, cousin. J'ai grande hâte d'écrire à ce nouveau pape pour lui suggérer une croisade contre les Infidèles. Par Dieu, embarquer pour Jérusalem me conviendrait fort bien !

Le comte d'Arran demeura un instant pensif derrière le roi. James avait par moments des pulsions qui le poussaient aux actes les plus extravagants comme si, au fond de lui-même, il ne cessait de dominer un ennui immense, celui à trente ans d'avoir à gouverner jusqu'à la fin de ses jours de rudes sujets dans un pauvre, fier et petit royaume, toujours hanté par la mémoire de son père.

Henry Tudor posa la lettre de Margaret sur sa table de travail. La puérilité de sa fille lui rendait plus cruelle encore l'absence de Bessie qui, dès le premier jour de leur union, s'était comportée en femme mais aussi en reine. Toujours à ses côtés, elle lui avait apporté soutien et réconfort. Si son écoute était silencieuse, elle avait su lui donner de perspicaces conseils lorsqu'il en sollicitait. Droite, courageuse, réaliste, jamais elle ne s'était dérobée à ses devoirs. Leurs enfants avaient été entourés de soins excessifs et, se surestimant, Margaret allait droit vers d'innombrables déceptions. Il allait lui répondre en l'incitant à l'humilité chrétienne. Une reine devait trouver son bonheur dans son royaume comme un prêtre en sa paroisse. Croyait-elle qu'il était sur son trône à attendre qu'on le cajole et le loue ? Certes, sa fille aînée lui manquait mais le destin de celle-ci n'était pas de lui servir de dame de compagnie, elle avait une mission à accomplir, mettre au monde autant de mâles que possible pour assurer la dynastie des Stuart et veiller à la bonne entente de l'Ecosse avec l'Angleterre. Lui-même s'angoissait de n'avoir plus qu'un fils dont la disparition accidentelle mettrait fin à sa lignée. Devait-il se contraindre à de nouvelles noces ? En dépit de sa répugnance, il y songeait parfois. De divers pays, on lui avait envoyé des portraits de princesses à marier. Sur aucune, il n'avait attardé son regard. À travers ces figures anonymes, c'était toujours Bessie qu'il voyait. Plutôt que pour lui-même, il formait des projets matrimoniaux pour Mary, sa cadette. Alors qu'elle avait trois ans, Ludovico Sforza, duc de Milan, avait demandé sa main pour son fils Massimiliano comte de Pavie dans l'espoir qu'Henry VII lui donnerait son appui contre Louis XII. Mais Henry tenait à rester en paix avec la France et avait repoussé cette offre. Deux ans plus tard, c'était vers Charles, le fils de Philippe de Habsbourg et de Juana de Castille, âgé de quatre mois, qu'il s'était tourné, mais quand Charles avait atteint ses deux ans, ses parents l'avaient fiancé à Claude, la fille aînée de Louis XII et d'Anne de Bretagne.

Pour le moment, Mary était libre et grandissait aux côtés de sa grand-mère à Coldharbour. Pour atténuer le chagrin du départ de sa sœur, la reine mère avait donné à sa petite-fille une compagne française, Jane Poppincourt. Les deux fillettes étaient devenues inséparables et Catherine aimait les rejoindre. La veuve d'Arthur n'ignorait rien des plans de ses parents. Avec patience, elle devait attendre que Henry atteigne sa seizième année pour l'épouser. Mais ce laps de temps la consumait. Souvent souffrante, morose, la princesse restait la plupart du temps chez elle avec sa duègne, ses compagnes et le sapajou familier que le roi lui avait offert pour ses dix-sept ans. Henry Tudor savait qu'on le traitait de ladre pour les cent livres qu'il octroyait chaque mois à Catherine mais il donnait à Mary la même somme, qui se révélait suffisante. Sans cesse il œuvrait à accroître le Trésor royal en surveillant les dépenses. Les dettes occasionnées par la longue guerre civile étaient toutes remboursées.

La guerre civile... Sans y penser, le roi quitta sa table de travail et se dirigea vers une fenêtre. La soirée était grise et douce. Sur la Tamise, des bateaux de commerce ventrus étaient amarrés à quai. Des portefaix allaient et venaient des soutes jusqu'aux proches entrepôts des armateurs, croulant sous les ballots et les caisses. Dans les mâtures, des marins vérifiaient les voiles de beaupré, de misaine, celles du grand mât et les voiles d'artimon. Au-dessus d'eux tournoyaient des mouettes qui poussaient leurs cris monotones et tristes. Le roi aimait Greenwich pour le spectacle qu'offrait la Tamise en aval. On y sentait la mer proche, cette étendue sans fin, où pouvaient s'accomplir ou mourir les rêves les plus fous. Sa mémoire le ramenait trente-deux années plus tôt quand il avait fui à quatorze ans l'Angleterre avec son oncle Jasper Tudor pour se réfugier en Bretagne. À plusieurs reprises, au cours de cette évasion, il avait cru sa dernière heure arrivée. Arrêtés, enfermés à Pennbroke, ils avaient pu, grâce à l'aide de Gallois fidèles, s'enfuir par un tunnel et gagner la grève. Edward IV avait repris le trône d'Angleterre. À nouveau destitué, le roi Henry VI était enfermé à la Tour, Marguerite d'Anjou et son fils le prince de Galles réfugiés en Écosse. Henry Tudor revoyait ses premières années passées en Bretagne, la vaste maison mise à sa disposition par le duc Francis. Là, avec son oncle Jasper et ses compagnons, il bâtissait sans relâche ses plans de reconquête. Edward mort, Richard de Gloucester avait usurpé le trône de son neveu et lancé sa police secrète à sa poursuite. Leur allié, le duc de Buckingham, ayant échoué dans sa rébellion, en hâte, prévenue par des amis, la flotte qui l'amenait en Angleterre avait viré de bord pour regagner la Bretagne. Puis était venu son serment solennel d'épouser la princesse Elizabeth d'York afin d'unir à jamais la rose rouge et la rose blanche. À cette époque, il avait pourtant une femme dans le cœur, une Bretonne de petite noblesse. D'elle, il avait eu un fils, Roland, qui portait le nom de sa mère, Vieilleville. La mère décédée, l'enfant était revenu avec lui en Angleterre. Confié à une famille amie qui l'élevait comme leur fils, il avait fait Roland chevalier après la bataille de Blakheath. De temps à autre, il apercevait ce fils dans les tournois, un homme mince et grand, aux paupières un peu lourdes, au pommettes hautes, mais qui avait les yeux bleu pâle de sa mère. Heureusement marié à une Galloise de bonne noblesse, il avait reçu un manoir, des terres, ce qu'il fallait pour vivre aisément. Jamais Henry ne l'invitait à la Cour et pas une fois son fils bâtard n'avait sollicité quoi que ce fût. Cette affaire était sans importance mais il remplissait ses devoirs et n'avait partagé son secret qu'avec sa mère afin que, s'il venait à décéder jeune, elle puisse veiller de loin sur Roland de Vieilleville et Agnès, son épouse.

Le roi soupira. Aujourd'hui, il se sentait las et seul. Une toux obstinée l'épuisait. Il n'avait guère d'entrain à la chasse et ne dansait plus. À pas lents, le roi revint vers son bureau, replia la lettre de Margaret. À quatorze ans, lui-même disait adieu à sa mère, à son pays, devenait un réfugié sans le sou, traqué, toujours incertain du lendemain avec sur les épaules la terrible responsabilité de ne pas laisser mourir la rose rouge des Lancastre. Comment sa fille pouvait-elle se plaindre ? Il écrirait à James pour la lui recommander mais ne s'attendrirait pas sur ses pleurnichements. « Qu'elle assume ses devoirs, pensa-t-il, et qu'elle les assume en Lancastre, avec bravoure. »

21

Devant le roi interdit, Antoine Leflamand, secrétaire de Philippe le Beau, venait d'achever son récit.

— Faites dire à monseigneur l'archiduc que nous l'attendons aussitôt que possible, répondit Henry VII. Nous ferons préparer pour lui et l'archiduchesse le château de Windsor. Je vais de ce pas écrire un mot de bienvenue que vous leur porterez en hâte. Une partie de ma garde vous accompagnera à Malcomb Regis pour escorter nos hôtes et leur suite jusqu'à Londres.

Le naufrage sur les côtes anglaises du vaisseau de l'archiduc et de sa femme, la nouvelle reine de Castille, en route pour l'Espagne, pouvait se révéler un heureux hasard. Depuis la mort de la reine Isabelle, quatorze mois plus tôt, nul en Europe n'ignorait les différends opposant Ferdinand d'Aragon à son gendre. Constamment remis, ce voyage au terme duquel l'archiduchesse Juana allait être couronnée débutait par un échouage. « Sombre présage », pensa le roi. Et qu'étaient devenus les autres navires flamands chargés de soldats, de chevaux, d'armes dont lui avaient parlé ses informateurs ? C'était en conquérant que Philippe le Beau s'apprêtait à débarquer en Castille, non en fils.

Depuis les négociations menées pour marier le prince Arthur à l'infante Catherine, Henry s'était éloigné de Ferdinand. Le roi d'Aragon avait besoin de lui alors que l'Angleterre en paix avec les Flandres et la France n'attendait rien de l'Espagne. Si son fils Henry n'épousait point Catherine, la situation de son pays n'en pâtirait pas. Sa belle-fille, par ailleurs, ne cessait de déplorer son manque de ressources. La bourse de son père restant close, elle avait la naïveté de croire qu'il allait puiser dans son or pour l'entretenir. Comment pouvait-elle espérer sa bienveillance quand sa duègne doña Elvira clamait alentour qu'Arthur avait été impuissant ? Bessie comme lui-même en avaient éprouvé un grand chagrin et il ne pouvait s'empêcher de rendre la jeune fille en grande partie responsable de ce prétendu échec.

Rien ne pressait. Il allait retenir Philippe et Juana un moment en Angleterre, avoir avec l'archiduc de longues conversations. Chacun estimait que la reine de Castille remettrait le pouvoir au mari qu'elle idolâtrait. Ferdinand n'aurait plus alors qu'à se retirer en Aragon. À moins qu'il ne tentât auprès de Juana quelque manœuvre désespérée pour renverser la situation.

En passant devant un miroir vénitien, le roi jeta un coup d'œil sur son reflet. Il allait se faire tailler de nouveaux habits, sortir ses bijoux de leurs écrins afin de montrer à ses hôtes que Henry VII Tudor, roi d'Angleterre, n'avait rien perdu de sa grandeur.

Le cortège flamand progressait vers Londres avec à sa tête l'archiduc, le comte de Nassau et Juan Manuel qui avait trahi Ferdinand pour rejoindre Philippe. Redoutant des apartés entre les deux sœurs Catherine et Juana, Philippe avait abandonné la reine de Castille et ses dames dans l'auberge de Malcomb Regis. Il ferait venir sa femme plus tard, quand il aurait la situation bien en main. Il voulait profiter de l'échouage imprévu de sa flotte sur la côte anglaise pour s'allier étroitement l'Angleterre avant de prendre le pouvoir en Castille et d'en écarter définitivement Ferdinand. La présence de Juana compliquerait les tractations et il ne souhaitait quitter Henry Tudor qu'avec en sa possession un accord de paix dûment signé.

Le mauvais vent qui avait fait échouer sa flotte soufflait encore en rafales, poussant de gros nuages noirs qui crevaient sur la campagne en averses glacées. Derrière les carreaux de son salon, Catherine tentait d'apercevoir un signe annonçant l'arrivée de sa sœur. Une grande émotion l'habitait. Comme par enchantement, ses malaises, angoisses, palpitations avaient cessé. Elle allait embrasser Juana, lui confier sa détresse. Dans ses bras, elle retrouverait sa force, son courage. Son beau-père ayant décrété que l'entretien d'une résidence indépendante lui coûtait trop cher, la princesse vivait désormais à la Cour. Avec consternation, elle avait quitté sa vaste demeure sur le Strand où, bien que démunie, elle avait fini par se sentir chez elle. À la Cour, elle n'avait nulle vie privée. Mais le jeune Henry, prince de Galles, s'était montré attentionné envers elle, lui avait parlé avec douceur et, jour après jour, elle s'était attachée à lui jusqu'au moment où le roi, craignant de ne plus pouvoir contrôler leurs sentiments, avait décidé de les séparer. Désormais, les deux jeunes gens vivaient sous le même toit sans plus se rencontrer.

Sans en recevoir de réponse, Catherine avait écrit à plusieurs reprises à sa sœur Juana. Ses lettres étaient-elles interceptées par son beau-père ou par Philippe le Beau ? Henry VII craignait-il qu'elle fasse à Juana un sombre portrait de lui ? Mais une infante d'Espagne ne critiquait point. Ce qu'elle désirait, c'était de la tendresse, de la sincérité. Seule Mary les lui offrait. À onze ans, la fillette était volontaire, tenace, et aucun ordre de son père ne pourrait les éloigner l'une de l'autre. Despote, primesautière, joueuse, elle régnait sur les cœurs à la Cour et les garçons commençaient à lui faire les yeux doux, Charles Brandon en particulier que le roi projetait de marier au plus vite. Promise à Charles de Gand, Mary se plaisait à évoquer ce petit fiancé âgé de six ans dont elle possédait un portrait. « Nous avons le même écart d'âge que Henry et vous, plaisantait-elle devant sa belle-sœur, mais ne sommes-nous pas assez belles pour séduire de jeunes

195

maris ? » En la contemplant, Catherine, à vingt ans, se sentait déjà mûre. Mais si Henry venait à l'aimer, elle savait qu'elle pourrait lui rendre mille fois son amour, renaître à la vie.

Le 3 février, l'archiduc et sa suite arrivèrent à Windsor. Le château avait été chauffé, décoré de tapisseries flamandes, on avait jeté sur le sol fourrures et tapis, gonflé de plumes d'oie les coussins garnissant les fauteuils à hauts dossiers, disposé dans les chambres des coupes de fruits et de confiseries. Pour une fois, Henry VII n'avait rien négligé pour contenter ses hôtes.

La surprise fut immense de constater l'absence de la reine de Castille que Philippe expliqua gauchement : souffrant toujours des effets de la tempête, Juana se reposait. Mais aussitôt rétablie, elle viendrait à Londres. En attendant son arrivée, suggéra Philippe, le roi et lui pourraient mener à terme quelques profitables entretiens.

Accourue à Windsor, Catherine fut désespérée de n'y point trouver sa sœur. La raison invoquée pour expliquer cette situation imprévue était ridicule, jamais Juana n'avait baissé les bras face au danger. « Tout comme moi, pensa-t-elle, Juana est prisonnière. » Quoique peu savante des intrigues qui avaient suivi la mort de sa mère, elle pressentait que son beau-frère, aidé par l'Angleterre, allait tenter de s'attribuer en Espagne la part du lion. Après tant d'années passées au service du peuple castillan, son père serait-il chassé ? Un moment dissipée par l'annonce de l'arrivée prochaine de sa sœur, l'angoisse à nouveau submergea la jeune femme. Autour d'elle, elle ne voyait que visages hostiles, complots. Et sa petite cour espagnole était lamentable. Sans argent, déconsidérés, les siens ne pouvaient pas lui apporter le moindre réconfort. Sa meilleure amie, Maria de Salinas, elle-même retenait avec peine ses larmes. Faute de dot, elle avait dû renoncer à un mariage qui lui tenait à cœur et Catherine, n'ayant pas un ducat devant elle, n'avait rien pu faire pour l'aider.

— L'archiduc vient souper à Richmond, annonça Mary, rouge d'excitation. On assure qu'il est le plus beau prince d'Europe, après mon frère bien entendu.

Alitée, Catherine eut un pauvre sourire.

— Je n'irai point. À quoi servirait ma présence au milieu de gens qui tiennent pour rien la couronne de ma sœur ? Les Flamands n'ont rien à faire en Castille, seule Juana doit s'entendre avec le roi notre père. En outre, mon beau-frère va tenter l'impossible, j'en suis sûre, pour empêcher mon mariage avec le prince de Galles.

— Henry vous épousera. Il est amoureux de vous en secret.

— Combien de temps devrai-je attendre ? soupira Catherine. Mon père ne répond à aucune de mes lettres. On dirait que depuis la mort de la reine de Castille, mon mariage ne représente plus guère d'intérêt et notre ambassadeur, le duc de Puebla, ne m'a jamais rassurée sur cette question.

— De Puebla est un intrigant qui ne cherche qu'à plaire à mon père, affirma Mary. Vous devriez demander à Sa Majesté le roi d'Aragon de le remplacer au plus vite par un ambassadeur qui vous soutienne.

Catherine ferma les yeux. Elle avait peur. Si son père, si le prince de Galles l'abandonnaient, que deviendrait-elle ?

— Marions ma fille Eléonore au prince de Galles, Milord, et unissons ainsi nos deux pays par des liens indestructibles.

Philippe de Hasbourg tenait à la main un gobelet d'argent rempli de vin de Bordeaux. Il s'était rapproché du feu et observait le roi d'Angleterre qui semblait perdu dans ses réflexions.

— Une longue attente, dit enfin celui-ci d'une voix douce. Lady Eléonore n'a pas encore huit ans.

— Dans quelques années, Milord, les Flandres et la Castille ne seront plus qu'un seul pays. Si Votre Majesté m'honore de son amitié, nous formerons une puissance considérable qui effrayera la France. Il est probable d'autre part qu'à la mort de mon père, je sois élu empereur.

— Nous possédons déjà l'alliance espagnole par le projet de mariage que nous formons entre l'infante Catherine et le prince de Galles.

— Avec la mort de la reine de Castille, l'infante a perdu de son importance. Je crois pouvoir répondre de l'amitié de Juana et de la confiance qu'elle m'accorde.

— Et cependant elle n'est pas avec vous, mon cousin !

Philippe le Beau eut une moue de contrariété et posa son gobelet. Henry VII le laissait parler et en prenait avantage.

— Une indisposition, Milord. Dans quelques jours, elle sera des nôtres.

— À temps pour ratifier l'accord que nous aurons passé, vous et moi ?

— Sans nul doute.

— Eh bien attendons-la. Quant au mariage, je réfléchirai. Il est vrai qu'unir mon fils cadet à la veuve de son aîné représente des difficultés canoniques.

— Qui seront toujours une épée au-dessus de votre tête, majesté.

Henry VII sourit.

— Le pape accordera une dispense. On dit Catherine *virgo intacta*. Si cette rumeur était vraie, l'infante pourrait épouser son beau-frère sans enfreindre la loi biblique.

— Certes, majesté, mais un mariage politique ne doit comporter aucune faille. Eléonore servirait mieux les intérêts du prince de Galles.

— Peut-être..., prononça le roi. Oublions cette matière pour le moment et parlons du gouvernement de la Castille. L'amitié anglaise, vous ne l'ignorez pas, ne vous fera point défaut.

L'archiduc était satisfait. Il projetait de séjourner deux mois en Angleterre et disposait de tout son temps pour achever de convaincre le roi qu'il était devenu un élément majeur sur l'échiquier politique européen. Durant les semaines à venir, il y aurait des chasses, des bals, des joutes et, dans cette joyeuse atmosphère, il se faisait fort de rendre l'accord anglo-flamand incontournable. Nanti d'une promesse de fiançailles entre sa fille aînée et le prince de Galles, il pourrait affronter le rusé Ferdinand d'Aragon qui devait en ce moment même affûter ses armes. Mais avant de chasser son beau-père de Castille, il devait neutraliser Juana. En l'abandonnant sans un mot d'excuse à Malcomb Regis, peut-être s'était-il montré un peu rude. Il lui écrirait bientôt quelques mots tendres et elle accourrait à Windsor. L'amour fou que lui vouait sa femme irritait et flattait le jeune homme sans le déranger dans ses manœuvres de séduction. Il venait justement de repérer au château de Richmond une demoiselle d'honneur de la princesse Mary qu'il allait sans tarder forcer comme une biche.

Assis sur un fauteuil aux accoudoirs peints de lions d'or et de fleurs de lys, le roi observait les danseurs tout en songeant à sa conversation avec l'archiduc. Deux années plus tôt, celui-ci avait signé un traité de paix éternelle avec Louis XII qui s'engageait à céder le Milanais au profit du petit Charles alors fiancé à Claude, sa fille aînée. Outre le nord de l'Italie, le jeune couple recevrait le duché de Bretagne, les comtés d'Asti et de Blois, le duché de Bourgogne, le vicomté d'Auxonne, l'Auxerrois, le Mâconnais et Bar-sur-Seine, une dot inacceptable pour l'Angleterre qui l'avait fait savoir, même si elle mettait en joie Anne de Bretagne qui, croyant les jours de son époux comptés, travaillait à une éventuelle séparation de la Bretagne et de la France. La situation, cependant, avait évolué favorablement au cours de l'année qui venait de s'achever. S'estimant au seuil de la mort, Louis XII avait dénoncé le traité pour promettre Claude à François de Valois-Angoulême, son héritier. Charles de Gand étant à nouveau un parti à saisir, il avait aussitôt poussé sa fille Mary. Pourquoi en effet, comme le suggérait l'archiduc, ne pas apposer un double sceau sur leur alliance en mariant Henry et Eléonore ? Les mois à venir en décideraient. Si Philippe se révélait incapable de mater son beau-père et de s'imposer en Castille, point ne serait besoin alors qu'il mette ses œufs dans le même panier et le mariage d'Henry avec Catherine reprendrait quelque valeur stratégique.

Sous les yeux du roi, Mary évoluait avec une grâce que chacun admirait. Si souvent un regard, une intonation, un geste de sa cadette lui rappelait Bessie ! Il avait l'impression que la reine était là, à ses côtés, admirant ses enfants, heureuse et fière. Les seuls soucis d'Henry venaient de son aînée, Margaret, qui après plus de deux années de mariage n'était toujours pas enceinte. La reine d'Ecosse avait ses bons et mauvais moments. James la laissait seule de longs jours pour parcourir son royaume ou se retirer dans quelque ermitage afin de s'abîmer dans d'excessives dévotions. Aux lettres de sa fille exprimant une profonde détresse, le roi ne répondait jamais. Si Margaret ne prenait pas conscience de la dignité de ses devoirs, il ne pouvait rien pour l'aider. À maintes reprises, par contre, il lui avait adressé des missives la pressant de renforcer en Ecosse l'influence de l'Angleterre, de dénoncer la moindre politique visant à rapprocher son nouveau pays de la France.

— Remportez cette robe, ordonna Catherine d'un ton sans appel, c'est en Espagnole que je veux retrouver la reine de Castille.

L'annonce de l'arrivée soudaine de Juana à Windsor avait rempli de joie la jeune femme. Sur pied dès le petit matin, elle désirait être en grande toilette pour la réception de midi. Son cœur battait à se rompre. Dix années qu'elle n'avait vu sa sœur ! Le moment était venu de confier ses souffrances, ses angoisses afin que Juana puisse les rapporter à leur père. Pour mener à bien cet entretien, elle devrait rester vigilante car, sans nul doute, le roi les ferait surveiller. Obtiendrait-elle des moments d'intimité ? Mary avait promis de l'aider.

La servante avait tiré de la garde-robe une vieille toilette qui sentait le camphre. Rendu rigide par des baleines, le bustier écrasait le ventre et la poitrine, creusait la taille, puis s'évasait en une large jupe que gonflaient des jupons raidis d'empois. Avec bonheur, Catherine caressa l'étoffe soyeuse toute rebrodée de fils d'or et d'argent. Elle revoyait les malles de cuir de Cordoue portant les armes de Castille et d'Aragon dans lesquelles ses esclaves avaient rangé son trousseau. Le départ d'Espagne approchait, elle riait et pleurait à la fois. Le temps, les visages s'immobilisaient, déjà elle n'était plus tout à fait en Castille, pas encore en Angleterre.

Se contempler devant un miroir vêtue en Espagnole redonna de la force d'âme à la jeune femme. Comment baisser la tête quand on était la fille d'Isabelle de Castille et de Ferdinand d'Aragon ? Le roi Henry pouvait l'obliger à vivre en pauvresse, jamais il ne parviendrait à lui faire oublier qui elle était. Si Jésus avait frappé aux portes pour demander son pain, ainsi pouvait-elle agir sans déchoir, mais de celui qui lui refusait son aide, elle se détournait avec dédain.

Coiffés à l'espagnole, ses cheveux auburn enduits d'une pommade au jasmin prenaient des reflets fauves. Maria de Salinas lui attacha au cou le collier de perles et de diamants offert par sa mère, ajusta la coiffe prolongée d'une mantille ancienne.

— Doña Juana vous viendra en aide, chuchota-t-elle à son oreille. Votre sœur est reine de Castille, Sa Grâce don Ferdinand ne peut rien lui refuser.

Dans le vaste salon de réception, il y avait foule. Seigneurs et dames anglais, flamands, espagnols se côtoyaient dans l'attente de l'arrivée des rois, princes et princesses. Habillées de velours pourpre, émeraude, violet pastel, noisette, les dames rivalisaient d'élégance. Plus hardies, les Flamandes laissaient entrevoir la peau laiteuse d'une naissance de gorge, la rondeur d'une épaule, la finesse de leurs chevilles, arboraient des coiffures sensuelles où les nattes laissaient échapper de longues mèches bouclées. Le ciel était bas en ce milieu de jour, on

201

avait allumé des torchères dont la lueur glissait sur les personnages et les animaux des tapisseries, leur octroyant une existence éphémère. Des chiens familiers, des nains, des naines se faufilaient entre les jambes, quelques perroquets perchés sur le dos des chaises au mince dossier alignées contre les murs poussaient des cris perçants quand un gentilhomme s'approchait, un singe installé sur son épaule.

Le premier, le prince de Galles parut. Grand, athlétique, la peau fine et rosée, blond, il avait aussitôt sympathisé avec l'archiduc qu'il défiait au tennis, au tir à l'arc. À bientôt quinze ans, Henry était un prince accompli, sachant le latin et le français, féru d'astronomie et de théologie, de poésie et d'architecture. Mais ni sa grand-mère Beaufort ni ses précepteurs n'étaient parvenus à dompter ses impulsions violentes, son instabilité, sa vanité. Rieur, toujours prêt à s'entourer de joyeuse compagnie, affable envers ses inférieurs, il jouissait d'une immense popularité, les vieux retrouvant en lui le bon roi Edward IV, les jeunes un modèle à suivre dans chacune de ses initiatives.

Puis escortée de sa gouvernante lady Guildford et de ses demoiselles d'honneur, Mary fit son entrée. Vêtue d'une robe de velours pervenche dont l'encolure était soulignée de petits saphirs, la plus jeune fille du roi promenait à gauche et à droite son regard faussement candide, cherchant peut-être Charles Brandon parmi les seigneurs présents dans l'assistance. À l'aube de la puberté, il lui faudrait attendre huit ans encore avant d'épouser son promis, Charles de Gand, que l'on disait affligé du prognathisme des Habsbourg.

Lorsque la veuve du prince Arthur pénétra dans la salle, tous les Espagnols se découvrirent. Altière mais souriante, Catherine rejoignit Mary qui lui fit une courte révérence et jeta au prince de Galles, qu'elle n'avait pas revu depuis de longs mois, un bref regard. Au plus profond de son cœur, elle avait envie de s'unir à ce jeune homme beau, plein de vie. Sa brève existence conjugale avec Arthur avait été difficile. Pétrifiés l'un comme l'autre de timidité, ils avaient partagé au lit de brèves caresses, à peine quelques mots. Arthur étant sensible, intelligent, le temps certainement aurait fini par les rapprocher. Mais Dieu ne l'avait pas permis.

Enfin, au son des trompettes surgit le roi d'Angleterre tenant par la main la reine de Castille et l'archiduc Philippe. De toutes ses forces, Catherine serra dans la sienne celle de Mary. Juana n'était plus la même. La jeune fille hardie, fantaisiste, ironique, avait fait place à une femme blafarde, au visage figé, au regard inquiet. Très belle dans sa robe flamande au décolleté carré souligné d'or dont les formes fluides suivaient le contour de son corps mince, elle avançait sans regarder quiconque, ne cherchant pas même sa sœur des yeux. À côté d'elle, Philippe le Beau souriait, charmeur, charmant, portant la Toison d'or et coiffé d'un petit chapeau rond de velours noir où une aigrette de fin duvet blanc frissonnait.

Rassemblés sur le balcon qui dominait la salle, musiciens et chanteurs entamèrent une pièce vocale et instrumentale espagnole pour honorer la reine de Castille dont le visage n'exprimait aucun sentiment. Au fond de la salle, une estrade avait été préparée avec trois trônes entourés de trois fauteuils à dos incurvé dont le siège était garni de velours cramoisi soutaché d'une passementerie de fils d'or.

À pas lents, le cortège royal traversa la salle. Au passage de Juana de Castille, les seigneurs et dames espagnoles s'agenouillèrent la tête basse, mais la jeune femme ne semblait pas les voir.

Le concert, le bal s'étaient achevés sans que Catherine puisse obtenir de sa sœur autre chose qu'un baiser officiel. Si les tables du banquet les séparaient, comment pourrait-elle lui parler ?

— Venez, chuchota Mary, la reine de Castille vous attend.

Dans un geste spontané, la petite princesse s'empara de la main de sa belle-sœur et l'entraîna dans un salon adjacent réservé aux dames qui désiraient prendre un peu de repos.

Juana était seule et Catherine vit aussitôt son expression anxieuse, presque désespérée. Longuement les deux sœurs s'embrassèrent. Catherine avait éclaté en sanglots.

— Soyons brèves, prononça la reine d'une voix saccadée. Philippe va s'apercevoir de mon absence et me fera rechercher. Peut-être aura-t-il l'audace d'envoyer sa maîtresse, cette fille qui fait partie de la suite de la princesse Mary. Il me croit aveugle mais rien de ce qu'il fait ne m'échappe.

Abasourdie, Catherine recula d'un pas. Sa sœur ne lui parlait pas, elle monologuait.

— Mary le retient, nous disposons d'un petit moment.

Soudain Juana sembla s'apercevoir de la présence de sa sœur.

— Tu as mauvaise mine. Te fait-on subir le sort que j'endure ? Te bafoue-t-on, t'humilie-t-on ?

— Je suis sans ressources, Juanita. Notre père ignore mes lettres et ne m'envoie aucun argent. Mes serviteurs sont en guenilles, mon confesseur est parti. J'ai besoin de ton aide.

Le rire sarcastique de Juana terrifia la jeune femme.

— T'aider, moi ? Mais ne vois-tu pas que je suis l'otage de mon mari ? Crois-tu qu'il me laissera les mains libres en Castille ? Il veut abattre notre père, m'enfermer dans un couvent ou dans une forteresse et régner seul sur mon pays.

— Il n'en fera rien si tu as la force de t'opposer à lui en t'appuyant sur notre père.

Le rire de sa sœur glaça Catherine.

— Je ne peux lutter contre lui.

— Pourquoi donc ?

— Parce que je le hais et l'adore. Il dispose entièrement de moi.

Le regard de la reine avait des lueurs presque sauvages.

— Il m'a trompée, abusée, battue mais il est mon époux. Puisque tu te dis vierge, tu ne peux pas comprendre.

— Parle à notre père, demande-lui de l'aide.

— Philippe l'abattra.

Le ton était devenu monocorde. Un instant, Catherine crut que Juana allait pleurer.

— Interviens pour moi, supplia-t-elle. Apprends-lui ma détresse.

Un instant Catherine se tut puis, s'emparant de la main de sa sœur :

— Et il y a autre chose. Je souhaite épouser le prince de Galles et j'ai besoin de son soutien actif.

Juana enfin sourit.

— Ne te marie pas, Catalina. Henry te fera souffrir. Il ressemble trop à Philippe.

Une larme coula sur la joue pâle de la reine de Castille.

— Nous avons vécu les plus belles années de notre vie auprès de nos parents. Mon Dieu, comme est courte la jeunesse des infantes !

La porte soudain s'ouvrit. Une dame d'honneur plongea en une profonde révérence.

— Sa Majesté attend Vos Grâces pour commencer le banquet.

— J'aurai le courage de me défendre, chuchota soudain Juana à sa sœur. Je lui rendrai coup pour coup.

Et après un court instant de silence où Catherine n'entendait que sa respiration précipitée :

— Inutile de me retenir. Je vais m'installer ailleurs dans les plus brefs délais. Ici, on pourrait tenter de m'empoisonner.

22

Plus la date de son premier accouchement approchait, plus la panique gagnait Margaret. Serein, heureux quant à lui, James prétendait que tout irait bien, qu'elle mettrait au monde un gros garçon. Qu'en savait-il ? Les hommes ignoraient tout des femmes, de leurs émotions, de leur délicatesse et de leur orgueil. Se figurait-il qu'elle ignorait sa maîtresse et leur bâtard ? Après trois années passées à la cour d'Ecosse, aucune rumeur ne lui était étrangère. Marion Boyd, Margaret Drummond, Jane Kennedy ainsi que de nombreuses femmes plus obscures avaient eu aussi des enfants de James. Accepter l'infidélité, lui susurraient ses dames, était le prix à payer pour un mari ardent. N'y trouvait-elle pas son compte au lit ?

Enfermée dans la chambre où elle accoucherait, réduite à l'inaction, fatiguée du babillage des dames d'honneur, Margaret rêvassait la plupart du temps au passé. Elle revoyait certains détails des appartements royaux, ceux de la nursery d'Eltham où elle avait passé de nombreuses années avec Henry et Mary. Des faits insignifiants prenaient un grand relief : une pièce de musique particulièrement aimée, une robe portée par sa mère, l'odeur des sous-bois à Richmond quand fleurissaient les jacinthes sauvages, un paysage de neige dans le parc du manoir de sa grand-mère.

Avec Margaret Beaufort, la reine d'Ecosse entretenait une correspondance régulière mais, sûre qu'elle en parlerait à John Fisher, elle cachait ses rancœurs, sa jalousie. N'ayant cure des sermons moralisateurs du religieux, la jeune reine préférait s'étendre sur la beauté des châteaux de Holyrood, de Lilinthgrow et surtout sur Falkland, bâti au milieu d'un parc sauvage où elle pouvait se livrer au plaisir de la chasse. Margaret décrivait les petits évènements familiaux, commentait les nouvelles politiques qui occupaient l'esprit de toutes les cours européennes. Quelques mois plus tôt, Philippe le Beau, époux de la reine Juana de Castille, était mort soudainement à Burgos alors qu'il venait d'évincer Ferdinand d'Aragon. Le lundi, il jouait à la pelote avec quelques gentilshommes flamands, le lendemain il expirait après d'affreuses douleurs d'entrailles, laissant sa veuve à la dérive et un Ferdinand, tout juste remarié à Germaine de Foix, sur le trône de Castille. L'amiral Colomb était mort lui aussi, à Valladolid. Grâce à ses découvertes, la couronne espagnole avait gagné des territoires encore presque inconnus peuplés de sauvages qui ignoraient l'Évangile et vivaient tout nus.

De temps à autre, James l'entretenait de politique étrangère. Fort ami de la France en dépit de son alliance avec l'Angleterre, il contrariait Margaret en affirmant que jamais il ne trahirait Louis XII. Autant qu'elle le pouvait, la reine tentait de l'inféoder à son père mais, tout en respectant ses promesses et engagements, son mari gardait au fond de lui une distance envers l'Angleterre qui la désolait.

Au-dessus d'Edimbourg, un ciel jaunâtre annonçait de la neige. Sixte sonnait à la chapelle quand la reine ressentit les premières douleurs et prit aussitôt le lit. Elle vomit. Une angoisse affreuse l'étreignait, celle de mourir sans avoir revu son père, son frère et sa sœur, son pays. À côté d'elle, sachant que la naissance n'aurait pas lieu avant de nombreuses heures, la sage-femme savourait une tasse de bouillon. Réunies près de la fenêtre, les dames d'honneur devisaient.

À la tombée de la nuit, les douleurs se firent violentes. Aidée de deux matrones, la sage-femme massa doucement le ventre de la parturiente. On allumait les deuxièmes chandelles quand, en dépit des coutumes, James fit irruption dans la chambre pour s'enquérir du travail. Avec respect, la sage-femme le poussa dehors. « Que Sa Majesté veuille bien patienter, déclara-t-elle d'un ton sans appel. Aussitôt la reine délivrée, elle sera prévenue. »

À l'aube, alors qu'elle n'avait plus la force de geindre, Margaret sentit que l'on tirait de ses entrailles quelque chose. La souffrance s'apaisa.

— Vous avez un prince, Milady, annonça la sage-femme. Le roi va se réjouir et tout son peuple avec lui.

Les cloches des églises d'Edimbourg sonnaient à toute volée et les habitants se réunissaient sur les places, au coin des rues pour saluer la naissance du petit James Stuart. On disait l'enfant beau et bien formé, mais la reine fort affaiblie. Certains chuchotaient que Margaret risquait fort de ne point se relever de ses couches et que, déjà, le roi se désespérait.

Les yeux clos, rongée par la fièvre depuis deux semaines, Margaret dérivait. À peine avait-elle vu son enfant. Ses pires pressentiments se révélaient exacts. À dix-sept ans, elle allait mourir après ses couches, comme sa mère.

Dehors il n'y avait nul bruit, le parc, les rues étaient ensevelies sous la neige. Les silhouettes lugubres des mélèzes plantés derrière le château s'élevaient comme des spectres vers un ciel sans couleur. Le froid avait fait descendre dans la campagne les loups des Hautes-Terres. Trois paysans attardés dans leurs champs avaient été dévorés.

Chaque jour, James se rendait au chevet de Margaret. Dieu ne pouvait le punir en lui prenant la reine ! Cette femme qu'il avait acceptée comme une union politique avait touché son cœur plus qu'il ne le pensait et la voir si jeune au seuil de la mort l'annihilait. Au cours de ses longues méditations, une exaltation mystique s'emparait de lui. Il devait s'humilier, se fustiger même, mais aussi se faire le héros de la Foi. La lourde chaîne qui mortifiait sa chair devait accompagner l'épée de Justice et de reconquête. Un jour, il mènerait sa croisade, arriverait à Jérusalem jusqu'au tombeau du Christ et obtiendrait alors son pardon. Se sacrifier pour la gloire de Dieu l'exaltait et il relevait la tête, sûr que Margaret vivrait.

L'état de la reine restant désespéré, James décida, au début du mois de mars, de partir en pèlerinage au monastère de Saint-Ninian à Whithorn, une marche de cent vingt miles qu'il accomplirait en une semaine. Ses pieds dussent-ils devenir des plaies sanguinolentes, il ne ferait point demi-tour. Il fit ses préparatifs, choisit ses compagnons de route parmi ses proches amis et demanda à quelques musiciens italiens de les accompagner pour distraire leur fatigue. Des chevaux portant vêtements et victuailles suivaient avec les domestiques.

Quand le monastère de Whithorn fut enfin en vue, la petite troupe tomba à genoux. Quelques jours plus tôt, épuisés, les Italiens avaient repris à cheval la route d'Edimbourg. Désormais rien ne venait plus distraire le roi. Durant la semaine passée sur les routes de son royaume, il avait éprouvé une paix, un bonheur inconnus. Là, il avait secouru un vieil homme qui venait de perdre son unique vache, ici il avait longuement parlé avec un savetier qui ressemelait leurs chaussures. La bonhomie, la simplicité de cœur de ses humbles sujets l'avaient enchanté et il envisageait son retour à la Cour avec chagrin. Il y retrouverait les dossiers à étudier, les perfides ragots, les incommensurables ambitions des siens. « Jérusalem », pensa-t-il. Ce seul mot l'apaisait. Son ancêtre Robert Bruce, qui était mort sur le chemin de la Terre sainte, n'avait-il pas exprimé le souhait qu'un de ses descendants terminât le voyage ? Il s'arrêterait à Venise, à Jaffa... L'esprit du roi errait d'une ville à l'autre. Des coupoles dorées, des fontaines en mosaïques bleutées envahissaient son imagination, dominées par une croix se dressant si haut qu'elle frôlait les nuages.

— Miracle, Milord, miracle !

Le messager et son cheval étaient en sueur. La veille, à l'instant même où le roi posait son front sur la terre où reposait la dépouille du saint, la fièvre de Margaret était brusquement tombée. La jeune femme avait même demandé à voir son fils. Elle était sauvée. À trois reprises, James se signa. Il allait pouvoir l'esprit en paix s'arrêter chez sa maîtresse Janet Kennedy et passer quelques nuits de plaisir auprès d'elle.

Mars jetait sur la Tamise une lumière printanière. Sur les berges encore détrempées par les pluies récentes apparaissaient quelques violettes, des bourgeons pointaient aux branches des buissons et, sur le fleuve, des voiliers, d'innombrables barges et barques évoluaient.

Un long moment le roi resta perdu dans ses pensées. Le jeune Thomas Wolsey, son aumônier, l'attendait cependant pour évoquer les risques d'une alliance franco-écossaise et il avait décidé de l'expédier à ses frontières septentrionales pour s'entretenir avec sir Thomas Dacre, le gardien des Marches, et le préparer au siège de la forteresse de Berwick. Brillant, actif, dévoué, Wolsey avait l'entière confiance du roi. Outre John Fisher, il le recommanderait à son fils avant de mourir. Quoiqu'une toux sèche le harcelât nuit et jour, le roi se sentait presque heureux. Souvent, il songeait à Juana, la malheureuse veuve de l'archiduc Philippe, revoyait le visage pâle et aristocratique, sa silhouette mince, sa démarche fière. Plus que la reine, c'était la femme qui le touchait, une femme seule, belle, infortunée. Se pourrait-il qu'il en fût épris ? Et, cependant, il ne l'avait vue que trois fois à Richmond, trois journées de réjouissances où jamais ils n'avaient eu un moment d'intimité. Puis brusquement, Juana avait quitté la Cour pour se réfugier à Exeter chez le comte d'Arundel. Qui fuyait-elle et pourquoi ?

Un beau rayon de soleil réchauffait la salle de travail du roi, jouait sur le bois poli et l'écritoire d'ébène. Distraitement

Henry s'empara de dossiers attachés par une sangle de cuir. Catherine demeurait une inconnue pour lui. Respectueuse, docile, elle suivait avec obstination sa propre voie, épouser Henry, être reine d'Angleterre. Cependant après cinq années, elle maîtrisait toujours mal la langue du pays sur lequel elle voulait régner et refusait de prendre des leçons d'anglais avec un maître. Sans cesse la princesse lui soumettait ses besoins d'argent mais, en son âme et conscience, le roi estimait que c'était à Ferdinand d'Aragon de pourvoir aux besoins de sa fille. Les deux dernières parties de la dot n'avaient pas été payées, il la logeait, la nourrissait, elle et sa coterie d'Espagnols dont la farouche fierté s'accommodait cependant de vivre aux dépens d'autrui. Quant à son mariage avec Henry, rien ne pressait. Si lui-même se déclarait prétendant à la main de la reine de Castille et, si Dieu le voulant, celle-ci la lui offrait, le prince de Galles ne pourrait épouser la sœur de sa belle-mère. Une union avec Eléonore de Habsbourg, la fille de Juana, serait tout aussi inacceptable. Il lui faudrait alors se tourner vers la France ou l'Italie pour dénicher une nouvelle princesse. À nouveau le visage au teint d'albâtre s'imposa au roi. Il y avait dans cette jeune femme la force, la sensibilité, l'intelligence qu'il avait trouvées en Bessie mais Juana, sans nul doute, était violente alors que la reine savait se maîtriser en toutes circonstances. Était-ce son impétuosité qui l'attirait ou son désespoir ? Sa force ou sa fragilité ? L'esprit d'Henry s'évadait. Ensemble ils pourraient avoir des enfants, un fils. Quoiqu'il refusât de se l'avouer, le prince de Galles le décevait. Ils avaient peu à se dire et ne se comprenaient guère. « Je vais demander à De Puebla que l'on sonde la reine de Castille à propos d'un remariage », résolut Henry. L'ambassadeur d'Espagne lui était fort attaché et interviendrait en sa faveur. Juana n'était point folle, mais maltraitée par son propre père. Quelqu'un devait la secourir au plus vite, il était prêt. À cinquante ans, il éprouvait encore un besoin d'affection, l'envie d'une épaule sur laquelle s'appuyer lorsqu'il se sentait las. Ses enfants avaient leur propre vie désormais et ne recherchaient guère sa compagnie. Sa mère elle-même s'enfermait dans une piété de plus en plus austère et se détournait peu à peu du monde profane. Seul Arthur aurait pu le soutenir, il avait adoré ce fils et Dieu le lui avait repris.

La réponse du roi Ferdinand mit six semaines à parvenir. Juana ne désirait pas se remarier avant d'avoir enseveli un époux dont elle refusait obstinément de mener le cercueil à Grenade. Si la reine, sa fille, finissait par entendre raison, ce mariage pourrait alors être envisagé et lui, Ferdinand, jouerait de l'influence qu'il avait sur elle pour le conclure. Hors de la Castille, Juana s'apaiserait sans doute, oublierait ses cauchemars, souhaitait-il.

— De Puebla, prononça Henry après avoir replié la lettre, nous continuerons à négocier ce mariage, je compte sur vous.

L'été fut précoce. De Castille, Henry ne recevait aucune nouvelle, pas un mot de la main de Juana. Peu à peu ce désir soudain de se remarier, d'aimer, d'être aimé s'émoussait. La réalité le reprenait, imposant des tractations serrées avec l'Ecosse pour éviter la guerre. Souvent le roi se rendait seul à la chapelle qui jouxtait l'abbaye de Westminster où Bessie était ensevelie. Il avait fait exécuter cette merveille d'architecture à la voûte dentelée et se plaisait à la contempler, assis en face de la sépulture de marbre.

En juillet, la Cour se transporta à Richmond. Prétextant sa mauvaise santé, Catherine avait refusé de s'y rendre. Elle voulait attendre sans témoin un courrier de son père concernant le nouvel ambassadeur qui remplacerait de Puebla déjà reparti en Espagne. Ferdinand avait choisi don Guitiere Gomez de Fuensalida et Catherine espérait une confirmation qui lui apporterait beaucoup de réconfort. Fuensalida serait un allié et, débarrassée de De Puebla, enfin son père saurait la vérité sur la misérable existence qu'elle menait depuis la mort d'Arthur. Otage de l'un, de l'autre, elle avait l'impression d'être seulement un pion que l'on poussait au hasard des différents intérêts et des nouvelles ambitions.

La réponse tant espérée du roi d'Aragon arriva à Westminster à la fin du mois de juillet. Il assurait sa fille de son affection et la nommait son ambassadrice auprès du roi d'Angleterre durant les trois mois que demandait Fuensalida pour préparer son voyage. Puis il faisait allusion à sa relation avec Juana. Il fallait un gouvernement fort à la Castille que son aînée était incapable d'assumer. Elle ne voulait point entendre parler de remariage et, dans son intérêt, il allait bientôt l'assigner à résidence pour un temps indéterminé. On lui laisserait la compagnie de sa dernière fille Catalina et de quelques dames.

Catherine interrompit sa lecture. Était-il possible qu'on emprisonnât Juana ? Car, entre les lignes, c'était bien ce qu'elle déchiffrait : débarrassé du couple de Habsbourg, le roi d'Aragon pourrait enfin régner sur l'ensemble de l'Espagne. Veuve, libre, Juana aurait pu épouser qui elle voulait et Ferdinand aurait dû restituer la Castille. « Mon père, pensa Catherine, sacrifie ma sœur à ses ambitions. »

Le roi d'Aragon concluait :

Si ton beau-père venait à disparaître, je t'appuierais pour un mariage avec le prince de Galles et m'engage à verser alors la fin de ta dot. Tu défendras les intérêts du pays où tu es née comme ceux de ton père. Henry VII a toujours voulu la paix avec la France, mais cette politique n'est pas irréversible. En tant qu'ambassadrice, tu apprendras beaucoup de choses. Ne me cèle rien. Je sais, ma chère enfant, que je peux compter sur toi.

Catherine posa la lettre sur ses genoux. Désormais, elle avait un rang à tenir à la Cour et nul ne pouvait prétendre la compter pour rien. Avant de se rendre à Richmond en tant qu'ambassadrice d'Espagne, elle allait écrire à son père afin de lui demander l'argent nécessaire pour représenter honorablement son pays. Il lui fallait au moins trois mille ducats pour rembourser ses dettes, habiller de neuf ses serviteurs, se constituer une nouvelle garde-robe, désengager les plats d'argent qu'elle avait laissés à un orfèvre en garantie d'une somme destinée à s'assurer un chiche train de vie pendant quelques mois. Elle exigerait aussi qu'on lui envoie d'Espagne un nouveau confesseur. Le sien l'avait quittée depuis un an et, ne parlant pas bien l'anglais, elle n'avait plus de conseiller spirituel. « Aussitôt, à la cour de retour à Londres, pensa Catherine, j'offrirai un banquet en l'honneur de mon intronisation et y convierai le prince de Galles. »

23

Le roi voulait encore parler et fit signe à son fils Henry de s'approcher davantage.

Du parc de Richmond venaient des roucoulements de tourterelles, l'appel monotone d'un coucou.

— Garde auprès de toi Wolsey et Fisher, dit-il dans un souffle. Ils te serviront bien et seront de bon conseil. Ta grand-mère exercera la régence jusqu'à ta majorité. Travaille avec elle aussi souvent que possible.

« Dans deux mois, j'aurai dix-huit ans, pensa Henry. Une fois roi, je choisirai seul les membres de mon Conseil. »

— Je vous entends, Milord.

Ce père qu'il veillait durant son agonie était un étranger pour lui. Son austérité, son sens aigu de l'économie, le sérieux qu'il mettait dans chacun de ses actes, chacune de ses pensées était aussi éloigné de sa propre mentalité que possible. Jeune, séduisant, il avait envie de faire rayonner le prestige de son pays, d'étinceler avec lui à travers l'Europe. Son père lui laissait les caisses pleines, la paix, une industrie et un commerce prospères, il saurait en tirer avantage.

La bouche ouverte, le moribond cherchait de l'air. Les rideaux de la chambre avaient été tirés et, dans la semi-obscurité trouée par la lueur des chandelles, la pâleur jaunâtre de son visage, sa maigreur extrême le faisaient ressembler à un spectre.

De l'autre côté du lit, deux médecins se consultaient à voix basse. Le roi était perdu, à peine pouvaient-ils lui faire absorber quelques gouttes d'huile d'acacia pour apaiser la toux, des tisanes d'aubépine destinées à soulager les membres inférieurs devenus bleuâtres.

Le roi reposait sans plus parler. Des images éparses traversaient sa mémoire : visages aperçus dans son enfance, celui du roi Henry VI, son grand-oncle, avec son bon sourire, celui de lord Herbert de Raglan qui l'avait élevé dans sa première jeunesse au pays de Galles, celui du duc de Bretagne, le visage de son oncle Jasper, toujours considéré comme un père. Les jalons d'une vie.

Il avait soif. Chaque inspiration était souffrance. Désormais, son salut devait seul occuper ses pensées. « *Miserere mei Deus quoniam in te confidit animo mea* », murmura-t-il. Bessie l'attendait, la mère de ses enfants, sa compagne pour l'éternité. Elle marchait vers lui de son pas assuré, majestueux, et elle lui souriait. À côté d'elle se tenaient Arthur, Elizabeth, Edmond, Katherine, leurs enfants morts. Autour d'eux, l'atmosphère était limpide, la lumière éblouissante. Le roi ne voulait plus ouvrir les yeux afin de rester lové dans cette clarté dorée qui présidait au commencement et à la fin, à l'aube et au crépuscule. Rien d'autre n'avait d'importance.

Une forêt de cierges brûlaient autour du corps qui, vêtu du manteau royal semé de lions et de fleurs de lys, reposait, mains jointes, sur le lit.

« Dieu a éprouvé le roi par la souffrance pour le trouver digne de Lui. Aussi sa mort est-elle pleine d'espérance. »

John Fisher et Margaret Beaufort se signèrent. Soutenue par son conseiller spirituel et ami, la reine mère, que la douleur ne marquait point encore, avait récité d'une voix neutre la prière des morts. Elle allait scrupuleusement accomplir ses devoirs de régente jusqu'à la majorité, deux mois plus tard, de son petit-fils puis, à son tour, pourrait s'endormir, se fondre dans l'étrange mystère de l'éternité.

Les herbes qui brûlaient dans la chambre mortuaire apaisaient. Rien ne laissait soupçonner la joie du printemps qui ensoleillait la campagne derrière les rideaux tirés.

Une ultime fois Margaret Beaufort regarda le corps de son enfant dans le cercueil capitonné de noir qu'on allait clore. Il était en paix, elle en était sûre. Il l'attendait. Le cliquetis du couvercle qui se refermait la fit sursauter et elle garda closes ses paupières pour ne pas voir les clous s'enfoncer, le plomb sceller le coffre.

Un drap brodé d'une grande croix blanche en satin recouvrait maintenant le cercueil. Les porteurs attendaient pour le descendre dans la cour où patientait une imposante escorte formée par la haute noblesse, les plus grands prélats. De Richmond, le convoi se dirigerait vers la cathédrale Saint-Paul à Londres.

Le long de la route, les villageois s'étaient assemblés, bonnet à la main, tandis que retentissait le glas au clocher des églises. La plaine, les haies, les buissons reverdissaient, les arbres encore nus frémissaient sous la brise et, dans l'herbe des fossés où pourrissaient encore les dernières feuilles, des pâquerettes, des primevères, de fragiles jacinthes des bois commençaient à poindre.

Couverts de housses de velours noir brodées des armes d'Angleterre, les puissants chevaux avançaient au pas. En tête du convoi, à côté de celui de prince de Galles, et tenu par la bride, marchait le cheval du roi portant son épée pointée vers le sol, son heaume et son bouclier. Dans un carrosse tapissé de noir suivaient Margaret Beaufort, les princesses Mary et Catherine.

À Saint-Paul, l'archevêque de Canterbury attendait sur le parvis à côté de l'évêque d'York et de John Fisher, évêque de Rochester, qui, à la demande de la reine, devait prononcer l'oraison funèbre.

La princesse Mary sanglotait. Les yeux secs, Henry vit les hérauts du roi défunt se dépouiller de leurs cotes d'armes aux

217

couleurs des Tudor, les attacher à la grille du chœur et les entendit proclamer en français : « Le noble roi Henry VII est mort ! » Puis avec des gestes étudiés, ils repassèrent leur cote et, tous ensemble, s'écrièrent : « Vive le noble roi Henry VIII ! » Le cœur de l'adolescent se mit à battre furieusement. Désormais, il régnait sur l'Angleterre et dès ses dix-huit ans serait couronné et oint. Alors qu'il relevait la tête, le prince aperçut Catherine. Un instant, leurs regards restèrent accrochés l'un à l'autre.

— Où sont la cour du roi Edward, la cour du roi Richard et la cour de notre roi qui aujourd'hui est trépassé ? Toutes sont des apparences, des déguisements séduisants pour un temps minuscule, une comédie qui toujours s'achève. Mais la cour du royaume des Cieux, elle, est réelle, incontestable, éternelle. Ceux qui y officient ne changent point car la mort ne peut les frapper. Là se trouvent la vraie noblesse, le vrai bonheur et la vraie gloire.

La voix de l'évêque de Rochester tonnait sous les voûtes de Saint-Paul. « Aurai-je la force de survivre deux mois ? » pensa Margaret.

La tête entre les mains, Mary sentait sur ses épaules le poids de la solitude. Ses parents morts, sa grand-mère sur le point de les suivre, sa sœur aînée à des centaines de miles au nord, elle n'avait plus que Catherine et Henry. Avec les années, la veuve d'Arthur était devenue une confidente, une amie proche, une grande sœur raisonnable et affectueuse. Sans cesse, elle lui parlait favorablement de son mariage avec Charles de Gand. Le fils de Philippe le Beau et de Juana passait pour être un garçon pieux, intelligent et calme. Avec l'âge, il ne pourrait que se parfaire, acquérir les vertus d'un époux exemplaire. Mary serait heureuse, comme Bessie, sa mère, l'avait été. Mais à treize ans, la jeune princesse considérait avec condescendance ce fiancé de neuf ans. Son amie française, Jane Popincourt, et elle se laissaient volontiers courtiser par les jeunes gentilshommes, acceptant billets doux et poèmes qui les faisaient rire aux éclats et les troublaient tout à la fois. Charles Brandon avait fait annuler son premier mariage avec Margaret Mortimer pour épouser Anne Browne dont il avait une fille. Mary ne pouvait s'empêcher de penser à celui qui avait été son compagnon d'enfance et restait le meilleur ami d'Henry. À quelque distance, il priait à côté du comte de Surrey, sans un regard pour elle.

La cérémonie funèbre s'achevait. Le cercueil allait être mené à Westminster où le roi serait inhumé dans le tombeau de marbre où Bessie reposait.

Attentif, le secrétaire de Margaret Beaufort patientait. Un mois s'était écoulé depuis la mort d'Henry VII et la santé de la reine mère ne cessait de se détériorer. Elle allait faire son testament puis se remettre tout entière entre les mains de Dieu. Sur terre, elle n'avait plus sa place. Henry, elle le voyait, ne continuerait pas l'œuvre de son père. Déjà entouré d'une foule de jeune gens dépensiers et étourdis, il avait davantage la tête à ses plaisirs qu'aux affaires du royaume. Mais n'ignorant point qu'il lui fallait une reine, il allait sous peu épouser Catherine. La jeune femme rayonnait de bonheur et, dans le fond de son cœur, Margaret Beaufort savait qu'elle aurait sur lui la meilleure des influences.

— Écrivez, s'il vous plaît, pria-t-elle de sa voix feutrée et ferme : « Moi, Margaret Beaufort, comtesse Stanley et comtesse de Richmond, désire que l'on donne à ma mort cent trente-trois livres aux pauvres, deux cents livres pour fournir des vêtements de deuil aux vieillards nécessiteux qui résident dans l'asile de Halfied fondé par moi ainsi que pour assurer leur digne subsistance jusqu'à leur mort. Je souhaite, en outre, que mes serviteurs et servantes reçoivent une pleine année de gages et soient recommandés à d'autres nobles maisons qui les prendront à leur service et les protégeront.

» Je veux que soit fondé à Cambridge le collège Saint-John dont j'ai maintes fois parlé avec le père Fisher qui mènera à bien cette tâche en mon nom. Je laisse à mon cher directeur de conscience deux coupes d'or gravées à mes armes et un coffret incrusté de perles et de saphirs. Mon secrétaire recevra mon bureau, mon écritoire, mon fauteuil et un livre manuscrit des poèmes de John Gower... »

— Merci, Milady, chuchota le vieil homme.

Margaret sourit. Elle avait maintenant une longue liste à dicter et tenait à n'oublier personne. Ses deux petites-filles et Catherine recevraient ses bijoux et effets personnels. Elle chargerait Henry de faire acheminer vers l'Ecosse ce qui reviendrait à Margaret avec une dernière lettre lui disant sa profonde affection.

L'esprit de la vieille dame revint vers le Saint John College qu'avec son argent John Fisher fonderait à Cambridge sur l'emplacement du vieil hôpital. Ses statuts seraient identiques à ceux du Christ College. Outre la discipline de son choix, chaque étudiant devrait étudier la théologie, la philosophie. Interdiction serait de posséder des chiens, chats ou faucons dans les chambres. On ne serait autorisé à jouer aux cartes ou aux dés que durant la période de Noël et seulement avec des étudiants de la même année que soi. « Toute réussite, pensa la reine mère, est le fruit de la rigueur, toute dignité celui de la connaissance de soi, toute honnêteté celui du travail, car l'oisiveté mène aux pires mensonges et vilénies. »

Derrière la fenêtre, un vallon s'arrondissait au-dessus d'un grand lac sur les berges duquel guettaient des hérons bleus. Quelques bouffées de vent agitaient les branches des charmes et des tilleuls. De cette beauté, Margaret Beaufort se détachait aussi. Elle ne vivait plus qu'entre sa chambre et la chapelle et, ce modeste trajet devenant chaque jour plus difficile, bientôt elle ne le ferait plus.

— Milady, chuchota un page à l'oreille de Catherine, le roi va vous venir voir après souper. Il vous fait dire qu'il souhaite une extrême discrétion.

La princesse rougit. Jamais elle n'avait été en tête à tête avec Henry. Quelle attitude devait-elle adopter, quelles paroles avait-elle le droit de prononcer ?

Aujourd'hui la rude présence de doña Elvira, repartie à

bout de patience en Espagne avec son mari quelques mois plus tôt, lui faisait défaut. En grand deuil, elle n'avait pas d'effets de toilette à produire et c'était pour la princesse un soulagement. Il fallait tenter de se comporter comme à l'accoutumée. Elle lirait un ouvrage de piété près de la fenêtre ouverte sur la jolie soirée de mai ou travaillerait à une broderie. Fallait-il offrir du vin d'Espagne, des fruits, des confiseries ?

— Assurez à Sa Majesté que je l'attends à sa convenance, prononça-t-elle d'une voix qu'elle s'efforçait de rendre naturelle.

Le page tendit l'oreille. Pour qui n'en avait pas l'habitude, le fort accent espagnol de la princesse rendait ses paroles difficiles à comprendre.

— Dites aussi que je serai seule avec doña Maria de Salinas.

Le page sorti, Catherine porta la main à sa poitrine. Pourquoi son cœur s'emballait-il ? Sa piété, sa stricte éducation l'empêchaient de se pencher sur ses sentiments comme sur ses désirs. Seule la perspective d'un mariage chrétien pourrait l'autoriser à penser à Henry comme à un possible amant. Dans les rares moments où Arthur et elle avaient partagé le même lit, elle avait éprouvé parfois un trouble, une tension de tout son corps qu'elle avait mis sur le compte de son extrême timidité. Henry ne la laisserait point vierge et la perspective d'un contact charnel, de baisers d'amour, de caresses hardies la bouleversait jusqu'à lui faire monter les larmes aux yeux.

La princesse voulut prier mais aucun mot ne venait à son esprit. Elle quitta son oratoire, arrangea le bouquet de fleurs disposé sur le coffre qui jouxtait son lit. Elle recevrait Henry dans son salon et broderait, Maria à ses côtés. Seuls les gestes de la vie quotidienne pouvaient l'empêcher de montrer son désarroi.

Sans parler, Henry l'observait droit dans les yeux et l'intensité de ce regard fit rougir Catherine. Aussitôt entré, le roi avait pris l'initiative de congédier Maria.

— Voilà longtemps, Milady, que je désirais cet entretien, prononça enfin Henry. Vous savoir sous le même toit que moi sans pouvoir vous approcher a été pour moi source de tourment.

— La certitude de vous savoir proche m'a toujours procuré du bonheur.

Catherine se mordit les lèvres. En avouait-elle trop ?

— Les tendres pensées sont une chose, Catherine, le contact des corps une autre. Le mien aspirait de toutes ses forces à retrouver le vôtre.

— Je ne puis vous accorder cela, balbutia-t-elle.

Eperdue, elle ne savait quoi dire d'autre. Congédier le roi était impossible, se retrouver dans ses bras impensable.

— Je n'exigerai rien qui puisse heurter votre pudeur, Milady. Marions-nous au plus tôt avec la seule présence de nos amis proches, puisque nous sommes en deuil. Mais je vous veux à mes côtés le jour de mon couronnement. Vous serez ma reine.

— Je le souhaite de tout mon cœur, Milord.

À peine tenait-elle sur ses jambes.

— Alors, donnez-moi un baiser d'accordailles.

Le beau visage d'Henry était proche du sien. Catherine ferma les yeux. Très doucement les lèvres du roi effleurèrent les siennes. Un grand frisson la parcourut. D'un mouvement spontané, elle noua ses bras autour du cou d'Henry. Depuis des années, elle ne pensait qu'à cela : aimer et être aimée.

Maintenant la bouche d'Henry forçait ses lèvres. Elle sentit sa langue rechercher la sienne tandis que ses mains caressaient sa nuque, la naissance de ses épaules. Toute velléité de refus, de fuite l'avait quittée. Elle aurait voulu que ce moment se prolongeât pour l'éternité.

— Nous nous marierons la semaine prochaine, souffla Henry, et le soir même vous serez mon amante, ma femme, ma reine.

— Je crains certains empêchements, dit Catherine, la voix nouée par l'émotion. Beaucoup à la Cour prétendent notre mariage impossible puisque je fus durant un temps l'épouse de votre frère.

Henry s'écarta d'un pas et éclata de rire.

Toujours la princesse avait aimé sa spontanéité joyeuse si éloignée du sérieux d'Arthur.

— Le pape m'a donné une dispense. Qui pourrait se montrer plus scrupuleux que lui ? Je vous ai aimée, je vous respecte depuis l'âge de dix ans et je vous ai désirée dès ma treizième année. Peut-être n'en avez-vous rien su, mais je vous ai sans cesse observée dans le chagrin, la solitude, les humiliations que vous avez dû subir. Mon père m'interdisait de vous secourir. Vous êtes dédaignée, pauvre, je vous veux honorée, riche et puissante.

La voix d'Henry s'animait. Il s'aimait en galant homme sauvant une jolie femme du malheur. En face de lui maintenant Catherine souriait, incapable de dissimuler sa joie.

— Plus que tout, Henry, prononça-t-elle d'une voix basse mais claire, je souhaite être votre femme, la mère de vos enfants.

À nouveau le roi l'avait prise dans ses bras. Son étreinte se faisait étroite, ses mains descendaient le long de ses épaules, cherchaient les seins étroitement serrés dans le corselet.

— Je vous en supplie, Milord.

Ce qui lui restait de force devait servir à sauver son honneur.

Henry s'écarta.

— Dans une semaine, répéta-t-il. L'archevêque de Canterbury nous unira. Vous serez la plus jolie des mariées et moi le plus heureux des rois.

24

Ma sœur bien-aimée,

À peine Henry uni à Catherine, les fêtes de leur mariage achevées, notre vénérée aïeule s'en est allée retrouver son fils dans le royaume des Cieux. Ces nouvelles ont dû vous parvenir par l'intermédiaire de nos messagers mais, étant votre unique sœur, je veux vous donner moi-même le récit des événements qui ont marqué récemment la vie de notre famille.

Le mariage d'Henry à la princesse Catherine n'eut point la magnificence qui l'aurait accompagné si nous n'avions été en grand deuil de notre cher père. Catherine portait une robe blanche toute plissée sur le buste et rebrodée de perles, un simple cercle d'or sur ses cheveux, Henry une culotte et un surcot de soie grise garnis de broderies d'argent, un béret de peau de daim semé de perles et entouré de duvet de cygne. La messe fut suivie d'un souper où n'étaient conviés que la famille et les proches amis. Ce fut pour notre grand-mère un adieu à tous, car dès le lendemain elle s'alitait pour ne plus se relever. J'y revis Charles Brandon avec sa jeune femme que je n'apprécie guère. À nouveau enceinte, elle semble mal portante. Charles, quant à lui, est plus beau que jamais.

Mais je n'oublie pas mes fiançailles avec l'autre Charles, celui-ci prince de Flandres et de Castille. Devenue reine, Catherine appuie notre future union de toutes ses forces, mais mon prétendu n'a que neuf ans et ces six années d'attente me paraissent bien longues. Sa tante Marguerite, veuve du prince de Savoie et régente des Pays-Bas, me comble de menus présents et m'appelle « son cher cœur ». Nous nous écrivons en français et je suis heureuse que notre bonne grand-mère se soit adressée à nous dans cette langue qui va devenir la mienne.

Quoique toujours en deuil, la Cour reprend un peu de sa gaîté car notre frère ne supporte pas les mines chagrines et l'ennui des soirées sans divertissements. Il a invité à Londres les musiciens les plus reconnus d'Europe et nous attendons des Pays-Bas Phily Van Wilder, le plus fameux des joueurs de luth, Ambroise Lupo, qui n'a pas son pareil à la viole, des trompettes et flûtistes français de talent. Henry est amoureux et Catherine rayonne. Avec impatience, la Cour attend l'annonce d'une grossesse.

Sur la politique de notre pays, Henry a des idées fort différentes de celles de notre père. Il garde Thomas Wolsey auprès de lui, mais a renvoyé sans ménagement John Fisher que notre grand-mère lui avait tant recommandé sur son lit de mort. Le roi ne veut s'entourer que de jeunes personnes aux idées neuves et brillantes. Je ne sais qu'en penser. Il circule à la Cour des opinions, il se pratique des conversations que Sa Grâce, notre feu père, n'aurait pas tolérées. Mais les écrits sur la nécessaire réforme de l'Église abondent en Europe et on ne peut les ignorer.

Le roi Louis XII de France fait maintenant la guerre au duché de Milan, ravageant, massacrant tout, clamant à ses soldats : « Quiconque aura peur, qu'il se mette derrière moi et il n'aura point mal. » Les Vénitiens auraient déjà huit mille à dix mille morts. Malgré tout, poètes et écrivains français osent chanter la gloire d'un roi que je tiens quant à moi pour cruel. En ne lui donnant pas de fils, Dieu le punit.

À Richmond, l'été est charmant et il n'est point de jour où nous n'ayons de divertissements. La période de deuil achevée, je crois que notre frère tiendra à changer en fêtes les moindres événements de nos vies. Il recherche fort ma compagnie et je fais de mon mieux pour lui plaire.

Portez-vous bien, ma chère sœur, je vous quitte pour aller chasser au vol sur les bords de la Tamise. Nous souperons ensuite dans le parc au son de la musique. Par centaines des lanternes seront accrochées aux branches des arbres. Henry veut que la voûte des chênes et des pins, les nervures des branches construisent un temple au-dessus de nos têtes, comme dans les temps anciens.

Nous ne vous oublions pas. Vous étiez la plus joyeuse des danseuses, la plus habile des chasseresses, la meilleure musicienne et restez irremplaçable. Pensez dans vos prières à votre sœur qui prie aussi chaque jour pour vous.

La lettre de Mary accentua la détresse de Margaret. La veille, l'ambassadeur d'Angleterre ne lui avait épargné aucun détail dans sa narration du glorieux couronnement de son frère et des fêtes qui l'avaient suivi.

Une fois de plus, le ciel était gris au-dessus d'Edimbourg. Margaret posa la lettre de sa sœur sur son bureau et se mordit les lèvres. Quand reverrait-elle le parc de Richmond, la Tamise, Westminster, Greenwich, le port de Londres, Eltham, les lieux de son enfance heureuse ? Après six années en Ecosse, elle se sentait toujours anglaise et, bien qu'habituée à son nouveau pays, ne parvenait pas à lui offrir son cœur. Le bonheur peut-être l'aurait faite écossaise, mais elle avait perdu deux enfants, l'un à quelques mois, l'autre dès la naissance, et était à nouveau enceinte. Le roi sans plus se dissimuler la trompait. Chaque accouchement l'avait torturée dans sa chair et lui avait presque ôté la vie, chaque départ de James emplissait son cœur de jalousie. Quand il parlait de ports, de bateaux, de citadelles, elle voyait des ribaudes qui partageaient son lit et vivait ses absences comme autant de cauchemars.

En dépit de ses efforts pour rapprocher l'Ecosse de l'Angleterre, elle n'y parvenait guère. James n'avait à la bouche que les Français, « ses plus vieux et fidèles alliés ». À elle-même, il affirmait sa grande amitié pour son beau-frère Henry, mais à son Conseil n'exprimait que des sentiments anti-anglais. Tous, lords Hepburn, Argyll, Lennox, Gray, Dunbar, étaient derrière le roi. Le parti anglais se résumait à une misérable poignée d'hommes que James tenait à distance autant que possible.

Margaret regarda autour d'elle. Jamais on ne lui avait rien

226

refusé pour arranger à son goût ses appartements, elle jouissait d'un service parfait, était entourée de dames d'honneur respectables et, cependant, un affreux sentiment de solitude l'écrasait. Un par un ses rêves de jeune fille s'étaient envolés. À Londres, elle s'était imaginée adulée par le roi d'Ecosse, mère de beaux enfants, reine influente et se retrouvait une jeune femme triste, désabusée compensant ses frustrations par la musique, la lecture de mièvres romans d'amour.

L'enfant bougeait dans son ventre et, de la main, Margaret suivit le contour d'un pied. Elle ne voulait pas encore s'attacher à ce bébé. Si elle ne mettait pas au monde un héritier mâle, James n'hésiterait pas à placer un de ses bâtards, Alexander, sur le trône d'Ecosse. Elle n'aurait plus alors aucun rôle à jouer, à peine supporterait-on sa présence. Des larmes coulèrent sur le visage rond de la jeune femme. À vingt et un ans, elle, qui avait tant aimé la vie, se sentait usée et inutile.

Avec satisfaction James IV songeait au chantier naval de Pool of Airth où se construisait le *Michael,* le plus grand navire d'Europe. Un groupe d'ingénieurs français y travaillaient et il venait d'escorter Jacques Terrel, un visiteur de marque tout juste débarqué en Ecosse, pour prodiguer ses conseils. Dans ses ports, le roi passait ses meilleurs moments. Là, il oubliait les tensions de la Cour, la tristesse de Margaret, les incessantes revendications et disputes des seigneurs, l'insubordination des hommes des Hautes-Terres au nord, les inquiétudes de ceux qui vivaient au sud, le long de la frontière anglaise. Le roi enviait les marins, ces hommes qui, laissant tout derrière eux, allaient vers l'horizon, prêts à toutes les découvertes, toutes les aventures.

— Nous renouvellerons le traité de paix avec l'Angleterre comme celui signé avec la France, assura-t-il au comte d'Arran, son cousin, qui chevauchait à côté de lui. Mais l'arrogance de mon beau-frère le roi d'Angleterre me déplaît. Je suis maître en mon pays et toujours le resterai.

227

— Le roi Henry n'affiche pas d'hostilité envers la France.

— Il ne tardera pas à dévoiler ses ambitions. Ne se proclame-t-il pas roi de France alors qu'il ne possède que Calais ? Les Tudor sont une famille insolente et têtue.

À son cousin, le roi d'Ecosse ne dissimulait rien. En dépit des remarques souvent acides de James envers Margaret, le comte savait qu'il lui était à sa façon attaché. Mais la mort de leurs deux enfants avait émoussé sa sensibilité. À la fois dépendante et présomptueuse, Margaret ne savait pas comprendre le caractère passionné, mystique, éminemment volatil de son mari. Quand il aurait fallu exciter sa fibre chevaleresque, elle boudait, pleurait, reprochait.

Un vent frais poussait de gros nuages venant de la mer. Aussi loin que l'œil pouvait porter, on apercevait des pâturages qui eux-mêmes se perdaient dans la ligne de la forêt. Lapins, faisans, biches traversaient le chemin suivi par le roi et ses compagnons. On entendait de temps à autre l'aboiement aigu d'un renard suivi de son sanglot. Devant les pas des chevaux, un vol de corneilles jaillit de la ramure d'un grand hêtre.

— Je n'aime pas ces oiseaux, dit James. On dit qu'ils portent sur leur dos l'âme d'un mort.

Un instant il garda le silence.

— Si mon fils aîné avait vécu, poursuivit-il d'une voix plus basse, j'aurais aimé qu'il épouse une princesse française.

Chevauchant ses vieux rêves d'aventures, de voyages, de passion chevaleresque, le roi s'évadait de la réalité quotidienne.

Les blés mûrissaient. Derrière les bois, sur la grève, des charrettes chargeaient du varech en prévision de l'hiver.

— L'orgueil de mon nom ne remplit pas le vide qu'il y a en moi, murmura James.

Arran ne répondit pas. Dans un instant, James parlerait de musique, de faucons, de divertissements. Une grande gaîté suivait ses moments de mélancolie et il se donnait au plaisir comme s'il voulait terrasser ses désirs insatisfaits.

228

— Je suis heureux de vous revoir, Madame, prononça James en français.

Margaret avança vers son mari. Après avoir lu la missive de sa sœur, elle avait besoin de lui, d'entendre ses mots d'amour, de recevoir ses caresses. Ces brefs moments d'intimité physique lui faisaient oublier le mal du pays, sa jalousie, son ennui, sa peur d'un monde inconnu dont elle ne voulait pas.

Le roi baisa la main potelée que sa femme lui tendait. À son regard, il comprit qu'aujourd'hui on ne lui ferait aucun reproche.

— Je vous verrai après le souper, murmura-t-il. Congédiez vos dames.

Des fenêtres du vieux château on entendait la mer. À l'est, là où se perdait la ligne du rivage, les vaguelettes étaient crêtées d'écume. Un vent frais balayait les haies dressées par les paysans pour se protéger des tempêtes, courbait les arbres.

Margaret sourit et James soudain se sentit heureux. Toujours il éprouvait des remords lorsqu'il sortait de chez l'une ou l'autre de ses maîtresses et pensait à sa jeune et vulnérable épouse qui souffrait à cause de lui. Avait-il été mis sur la terre pour répandre le malheur ?

— À bientôt, ma mie.

Il allait hâter la réunion du Conseil, afin de répondre au désir qu'il avait vu dans les yeux de sa femme.

— Je suis près de toi, chuchota le roi.

Nue sous les draps, Margaret portait le collier de rubis qu'il lui avait offert pour ses vingt ans. Son ventre rond était doux, il y posa un baiser.

— Celui-là vivra, murmura-t-il.

Du bout des doigts, la jeune femme suivait les contours du corps de son mari. À trente-sept ans, il restait mince, athlétique, désirable. Un moment, Margaret s'attarda sur la ligne rouge qu'avait tracée la chaîne pénitentielle sur la peau blanche. Jamais elle n'évoquait cette preuve du sentiment de culpabilité qui avait rongé James depuis la mort de son père,

229

au terme de la révolte qu'il avait menée. Bien que désireuse d'entrer dans son univers, elle n'y parvenait pas.

Les yeux clos, le roi se laissait caresser. Il aimait les femmes pour leur douceur, leur aspiration au bonheur, la facilité avec laquelle elles pouvaient prononcer des mots d'amour. Il revoyait les corps ronds dorés par la lumière des bougies, entendait les chuchotements, les rires étouffés. Puis la lumière s'éteignait, les rires se taisaient et il oubliait tout.

Sur le mur, l'ombre de James projetée par les bougies s'étirait comme celle d'un animal sauvage. Margaret aimait le posséder et, au plus fort de la passion charnelle, avait l'illusion d'être l'unique femme qui comptait pour lui. Elle voyait son visage blanc, ses lèvres rouges, ses yeux au regard trouble. Son souffle caressait son cou, ses seins gonflés par la grossesse, son ventre rond. De ses deux mains, elle appuya la tête de James contre elle. Elle voulait lui procurer le plus grand des plaisirs et le blesser tout à la fois, le combler et le punir.

James dormait et Margaret veillait. Bientôt elle s'endormirait et lorsqu'elle ouvrirait les yeux, il serait parti. Pour une heure, une journée, une semaine ?

Les pensées de la jeune femme revinrent vers sa famille. Son frère l'avait-il oubliée ? Pourquoi répondait-il si rarement à ses lettres ? Maintenant qu'il était roi, seul comptait son propre contentement. Voulait-il éblouir sa reine, sa Cour, son peuple tout entier, désirait-il séduire l'Europe parce que, enfant, ses parents lui préféraient Arthur ? Jamais il ne pourrait effacer tout à fait cette blessure affective. On le disait de plus en plus beau, athlétique, se vêtant avec la splendeur des derniers empereurs de Byzance, Mary dans son sillage, sa ravissante petite sœur qui elle aussi l'avait éclipsée, Mary et ses mines de chatte, sa connaissance innée de la séduction.

Engourdie, à nouveau misérable, Margaret gardait les yeux fixes sur les poutres du plafond peintes en rouge sang. La cloche de la chapelle sonna prime. Machinalement, Margaret se signa. D'autres cloches alentour répondirent. À côté d'elle, James dormait. Elle voyait dans la pénombre ses traits aquilins, devinait la distance qui les séparait. « Je voudrais rentrer à la maison, pensa Margaret. Je voudrais rentrer chez moi. »

25

Automne 1511

— Je reconquerrai les terres françaises qui appartenaient à mes ancêtres.

Le sourire aux lèvres, Thomas Wolsey, aumônier du roi et membre de son Conseil privé, écoutait. En dépit d'un bref chagrin causé par la mort de son fils premier-né, il était normal qu'après deux ans de règne passés à se divertir, imaginer des fêtes plus éblouissantes les unes que les autres, Henry VIII cherchât à se donner un rôle politique. Jusqu'alors, Wolsey avait pu maintenir la paix tout en sachant qu'elle ne pourrait s'éterniser. Riche, combatif, le roi rêvait de gloire. Pourquoi se contenter de faire semblant de guerroyer dans les lices des tournois ? Voler dans les plumes de l'arrogant Louis XII et de sa fière duchesse de Bretagne ne déplaisait pas, par ailleurs, à Wolsey. Alliée à Ferdinand d'Aragon en Espagne, à la régente Marguerite des Pays-Bas et à l'empereur, l'Angleterre était en bonne position. La France comptait pour seule amie l'Ecosse où James n'attendait qu'une occasion pour se parjurer envers l'Angleterre. Comme les deux précédents, le troisième enfant du roi d'Ecosse était mort peu après sa naissance et, à nouveau, la reine Margaret était enceinte. Ignorée la plupart du temps, elle continuait cependant à faire ce qu'elle pouvait en faveur de son pays natal, mais le sentiment anti-anglais restait prépondérant à la

232

Cour, comme avait pu le constater Wolsey lors d'un bref séjour à Edimbourg.

— Une guerre doit se préparer, Milord. Sa Majesté Ferdinand d'Aragon vous a offert à maintes reprises son soutien pour reprendre la Guyenne. D'autre part, les guerres d'Italie ont appauvri la France.

Il faisait froid, un grand feu brûlait dans la cheminée ainsi que des braseros devant les fenêtres. Henry allait et venait dans son cabinet de travail. Le jeune roi était superbement vêtu, des bijoux de prix ornaient ses doigts, son cou, son chapeau doublé de castor.

— Sa Sainteté le pape est hostile à la France, prononça Henry de sa voix un peu haut perchée et m'assure qu'affaiblir Louis serait une excellente initiative. Vous avez lu sa lettre, Wolsey.

Depuis son enfance à Ipswich, dans le sud-est de l'Angleterre où son père tenait une auberge et élevait des moutons pour payer ses études à Oxford, Wolsey savait que rien n'arrêterait ses ambitions. La modestie de ses origines ne lui laissant aucun choix, il avait opté pour la prêtrise et était revenu dans son Alma Mater pour enseigner. Parmi ses élèves se trouvait le fils de Thomas Grey, marquis de Dorset, beau-frère du roi Henry VII. Distingué par lui, honoré de son amitié, il avait fait ses premiers pas en recevant les bénéfices de la paroisse de Limington dans le Somerset. Rapidement, il avait appris comment forger les clefs ouvrant les portes du pouvoir : bonhomie sans obséquiosité, travail acharné, dévouement et loyauté envers ses protecteurs, infinie patience et habileté à présenter des rapports courts et intelligibles. Après l'avoir remarqué, Henry VII l'avait pris comme aumônier pour en faire son messager et son intermédiaire. Unique conseiller de son père gardé par le jeune roi, Wolsey avait découvert la nonchalance de son nouveau maître et vite, s'était rendu indispensable.

— Je tiens James pour un traître potentiel, lança Henry VIII. Margaret n'a aucune influence sur son époux.

Elle me déçoit. Je ne lui enverrai pas les bijoux de notre grand-mère.

Wolsey tournait entre ses mains la croix d'argent qu'il portait autour du cou. Depuis que les Anglais avaient capturé deux vaisseaux écossais dans la Manche sous prétexte de piraterie et massacré Andrew Barton, le meilleur capitaine de James IV, l'atmosphère avec l'Ecosse était fort tendue, en effet. Aux protestations véhémentes de son beau-frère, Henry VIII s'était contenté d'écrire que « les rois n'étaient pas concernés par les affaires de pirates ».

— La reine est tenue à l'écart par un parti anti-anglais très actif, exprima l'aumônier. Mais si nous entrons en guerre contre la France, il faudra que Sa Grâce, votre sœur, retienne son époux à tout prix. Une attaque des Ecossais nous mettrait en situation périlleuse.

— Où en êtes-vous dans les préparatifs de notre intervention militaire contre les Français, Wolsey ?

Le roi qui regardait un groupe de daims par la fenêtre se retourna. Il était prêt à prendre la tête de ses armées, point à s'astreindre à un travail minutieux d'organisation.

— Les archers s'entraînent, la marine est prête. Nous aurons dix-huit unités dont les tout nouveaux vaisseaux, la *Mary Rose,* le *Peter Pomegranate* et le *Henry, Grâce à Dieu.* L'amiral Howard les connaît bien et sera prêt à appareiller dès que vous lui en donnerez l'ordre. Nous pourrions attaquer l'Aquitaine en même temps que le roi Ferdinand, lui par terre, nous par mer.

Le roi eut un sourire un peu ironique qui semblait dire : « Voyez, Wolsey, comme une guerre est facile à mener. »

— Brandon m'attend pour tirer quelques flèches, annonça-t-il. Jamais il ne m'a battu.

« Parce qu'il ne le veut pas », pensa Wolsey. Le roi était susceptible et détestait perdre. Alors il pouvait devenir méchant et, pour se venger, trouver un responsable à sa faillite.

— Je reviendrai donc demain, Votre Grâce. Et puisque vous me parlez d'archerie, j'aborderai alors ce sujet avec vous.

Nous fûmes dans cet art les meilleurs d'Europe, le sommes-nous toujours ? Notre pays est en paix depuis longtemps et les armements se sont perfectionnés sans nous. Nous devrons nous procurer des canons, bombardes, couleuvrines et des arbalètes modernes.

Le roi haussa les épaules. En le retenant davantage, son conseiller l'agaçait.

Charles Brandon attendait le roi sur le champ de tir. Le ciel était d'un gris jaune et les arbres qui bordaient l'enclos déployaient leurs branches décharnées. Quoique le froid fût vif, le jeune homme ne portait qu'un pourpoint de cuir sur sa fine chemise de toile. Plus grand que le roi, le fils du porte-étendard d'Henry VII massacré à Bosworth avait des traits plus virils, une forte pilosité qui teintait sa peau de noir à la mâchoire et au menton. Homme à femmes, il s'était marié sans amour sous la pression du feu roi puis avait fait annuler ce mariage « conseillé » pour épouser la jeune fille qu'il aimait. Elle lui avait donné une fille et était morte en mettant la seconde au monde. Veuf, il allait d'une conquête à l'autre en toute liberté, n'évitant que la princesse Mary qui le provoquait sans cesse par des mines, des taquineries, des coquetteries. Ce terrain-là était bien trop dangereux pour qu'il songeât à s'y aventurer. Proche ami du roi, jouissant de sa générosité, ambitieux, il n'allait pas tout compromettre pour satisfaire une passagère vanité. Mary était cependant la plus jolie femme de la Cour et promettait avec l'âge d'être une beauté. La savoir bientôt livrée au trop jeune Charles de Gand le désobligeait. Mais telle était la loi des princes, il n'avait pas le pouvoir de la changer.

Tout en faisant les cent pas, Charles Brandon songea au roi. Depuis deux ans, il avait étonné ses compagnons et la Cour par l'esprit inventif qu'il mettait à organiser divertissements et fêtes. Il n'y avait plus un jour sans mascarades, bals, joutes nautiques, concerts, combats de chiens, d'ours, de lutteurs professionnels auxquels parfois le roi se mêlait.

Tout autant que son mari, la jeune reine, amoureuse, avide d'oublier des années d'humiliation, de pauvreté et de chagrin, se divertissait. Et, cependant, au début de cette même année, elle avait perdu son premier enfant, un fils dont la naissance avait été célébrée par des réjouissances extraordinaires, des prodigalités de pacha. Un instant, le roi avait pleuré l'enfant. Puis les fêtes avaient repris avec ses mêmes joyeux compagnons, lui-même, le duc de Buckingham, Edward et Henry Guildford, les fils de la gouvernante de Mary, le comte d'Essex et William Parr. L'argent coulait à flots, mais Brandon voyait bien que Wolsey veillait.

Au loin Brandon aperçut le roi entouré de quelques pages, de valets d'armes portant son arc et son carquois. La joyeuseté de sa démarche révélait qu'il était de bonne humeur et le jeune homme se détendit. Henry était imprévisible, il fallait à tout instant être prêt à partager son allégresse ou subir ses colères sans broncher. Puisque aujourd'hui Henry était enjoué, il ne le laisserait gagner que de quelques points.

— Nous irons à la guerre contre les Français, mon ami, déclara aussitôt le roi, le regard pétillant. Toi et moi y ferons merveille.

Cette perspective n'était point pour déplaire à Charles Brandon. Après toutes ces années de paix, les chevaliers ne rêvaient plus que de repasser leurs armures de combat, harnacher leurs chevaux, fourbir leurs épées et leurs lances. Caqueter avec les dames, danser, chasser, élever faucons et chiens ne suffisait pas à leur accomplissement.

— Une bonne guerre n'indisposera guère vos amis, Milord. Quand nous armerons-nous ?

Ses prières dites, la reine quitta son oratoire et demanda à l'une de ses dames d'honneur de lui préparer la correspondance qu'elle devait signer. Catherine avait organisé d'une façon rigoureuse chaque moment de sa journée, à l'exception des soirées, abandonnées à l'imagination fertile du roi : lever de bonne heure, messe, repas, réception des religieux ou clercs qui imploraient son aide pour des étudiants pauvres, des orphelins, des veuves et enfants dans la misère. Puis elle retournait à son prie-Dieu, méditait un passage de l'Évangile, écoutait ses dames lui exposer leurs difficultés, la situation de leurs proches, tentant de trouver pour chacune le bon conseil, une parole d'affection. Après le repas de la mi-journée, elle se mettait à son ouvrage, broderie ou tapisserie, jusqu'à six heures où Henry venait ponctuellement la visiter et réciter avec elle les prières du soir avant le souper qui se prenait dans la joie, entouré de dames et de seigneurs. Les rudes années du proche passé avaient appris à la reine l'art de bien administrer sa maison, mais le gaspillage de la Cour la heurtait sans qu'elle osât en parler à Henry qui aimait dépenser sans compter. Bonhomme, familier même dans la vie quotidienne, rien n'était assez fastueux pour le roi lors des fêtes et réceptions. La vaisselle d'or et d'argent sortait alors des armoires, de la cave au grenier le palais voyait surgir des décors éphémères et féeriques. Musiciens et chanteurs se comptaient par dizaines. Les nains et naines étaient vêtus de drap d'or et portaient des pierres précieuses à leurs chapeaux. Hiver comme été, les vases offraient la splendeur de fleurs rares, les parfums les plus coûteux se consumaient dans des cassolettes de vermeil. Longuement, patiemment économisé par le feu roi Henry VII, l'argent coulait à flots et bien que son confesseur la pressât d'amener son époux à une attitude plus raisonnable, elle gardait le silence. Henry aimait Catherine surtout pour sa lignée, les alliances qu'elle lui procurait, dont celle du puissant duché des Flandres. De son côté, la reine désirait limiter aux intérêts de l'Espagne le pouvoir qu'elle avait sur Henry.

D'une main assurée Catherine signa les feuillets que lui tendait son secrétaire. Le beau temps d'hiver lui permettrait de faire ensuite quelques pas dans le parc. Enceinte à nouveau, elle faisait de son mieux pour que son enfant soit en bonne santé et priait avec plus d'ardeur encore. La mort du petit Henry à sept semaines la laissait encore meurtrie : l'enfant était beau cependant, tétait avec énergie et rien ne laissait prévoir qu'un matin la nourrice le trouverait violacé, fiévreux, à l'agonie. La reine s'obligea à chasser cette pensée. Dieu l'avait éprouvée, mais elle aimait le roi de tout son cœur et lui donnerait d'autres fils.

Noël approchait, que la Cour passerait à Eltham. Ces douze nuits célébrées dans la joie et l'opulence avaient lieu d'habitude à Greenwich mais cette année Henry avait tenu à revenir dans le palais de son enfance heureuse. Les fêtes y resteraient privées et l'absence de la foule admise librement auprès du roi à cette époque de l'année soulageait beaucoup la reine qui craignait les bousculades. Déguisements, parades costumées, danses étaient prévus et, au début du mois de janvier pour clore les douze nuits lors de la fête de l'Épiphanie, des Italiens étaient attendus pour donner un spectacle inconnu en Angleterre où, travestis, masqués, les participants ne se contenteraient pas de se livrer à des combats factices mais raconteraient et chanteraient des histoires. Avec impatience, Catherine attendait leur performance en dépit de la réserve mise par son confesseur Fray Diego, à ces exhibitions dont le diable, affirmait-il, n'était pas éloigné. En quelques années, le passionné, l'intransigeant Espagnol s'était fait tant d'ennemis à la Cour que Catherine devait lutter pour le conserver auprès d'elle. Son regard, sa voix indiquaient une âme violente qui la fascinait, la dominait. Fray Diego restait son lien avec sa terre natale, soulevait en elle de profondes émotions. Il l'avait consolée après la première infidélité de Henry révélée par une de ses dames d'honneur. Depuis quelques mois, usant d'une grande discrétion, le roi était devenu l'amant de lady Elizabeth Fitz Walter, la sœur du duc de Buckingham. Fray Diego avait poussé la reine à demander une explication à son époux. La scène avec Henry avait été terrible et, pour la première fois, Catherine avait réalisé que l'amour total et fidèle tant espéré resterait un rêve.

Au bras de Maria de Salinas, la jeune femme descendit dans le parc de Richmond. Il avait gelé la nuit précédente, la terre était dure et sèche. Catherine songea au ciel d'Espagne lumineux, aux senteurs toujours présentes dans son pays natal, qu'elles viennent des vergers, de la montagne ou des jardins, aux chants des Castillans, à la fois gais et mélancoliques, mimés par des mouvements de tête, des battements de mains.

— Ne pensez pas à l'Espagne, doña Catalina, prononça d'une voix gaie Maria Salinas.

— Vous lisez donc dans mon cœur ?

Les mots espagnols mettaient un sourire à leurs bouches. Un peu plus étroitement la reine et son amie se serrèrent l'une contre l'autre. Au loin, les prairies disparaissaient sous une mince couche de givre sur laquelle jouait un soleil qui se coulait entre les nuages. Des pies sautillaient sur le chemin.

— Ni vous ni moi n'y retournerons, dit Maria. Nos vies sont dans ce pays dont vous êtes la reine et où j'espère fonder moi-même une famille.

Catherine soupira. Un jour ou l'autre, Maria se marierait et s'éloignerait. Elle perdrait alors sa seule confidente.

— Je vous souhaite de trouver un homme qui vous aime.

— Ma mère, doña Catalina, affirmait qu'une femme était plus heureuse avec un homme pour lequel elle n'éprouvait aucun sentiment amoureux.

La reine parut déconcertée et garda le silence. Elle avait six années de plus que le roi, en était à sa deuxième grossesse. Son teint n'avait plus l'éclat de la jeunesse, sa taille s'alourdissait, ses seins avaient perdu leur fermeté. Comment retenir un époux bouillant de vie, beau, courtisé par les femmes ? Elle avait choisi la soumission absolue, sûre qu'il ne pourrait tout à fait se détacher de la fille du roi d'Espagne, de la reine d'Angleterre. Mais vivait-elle la félicité conjugale qu'elle s'était promise ? Si peu souvent elle était seule avec Henry. Il lui arrivait d'être lasse et le roi fuyait ceux qui montraient leur fatigue.

Catherine releva haut la tête, assura sa démarche.

— Nous avons l'amour du Christ, prononça-t-elle d'une voix assurée, celui-là ne nous sera jamais ôté.

Maria de Salinas pensa à son enfance dans le château familial d'Estrémadure où elle avait été élevée avec rigueur, écrasée par le poids d'une religion où tout était terreur, larmes et châtiments.

Les berceaux de la roseraie étaient nus, la fontaine s'était tue. Seules les rangées de buis taillés formaient leurs arabesques compliquées sur la terre noire.

— Nous nous dirigeons vers la guerre, dit la reine, et je suis bien aise de voir alliées l'Angleterre et l'Espagne. Le roi mon père sera loyal.

Distraitement, Maria cueillit un rameau de noisetier auquel s'accrochaient encore quelques feuilles brunâtres. Loyal, le roi d'Aragon ? Elle en doutait. Beaucoup parmi les Grands d'Espagne avaient été outrés par le traitement infligé à sa fille Juana, la légitime reine de Castille qui devenait folle, enfermée à double tour dans la citadelle de Tordesillas.

À petits pas, la reine revint vers le palais. Ce soir, elle voulait se faire belle et choisirait une robe qui mettrait en valeur son teint et ses yeux. Henry venait de lui offrir un petit singe que, par jeu, elle habillerait des mêmes couleurs. Elle ne participait plus aux tableaux vivants, ne dansait pas mais restait jusqu'à la fin des fêtes, souriante, courtoise, même quand la fatigue la terrassait. Que son époux l'aime plus ou moins, qu'il ait ou non une maîtresse, elle avait décidé de garder la même attitude bienveillante, presque maternelle. Elle avait pris sur la vie quotidienne du roi un grand ascendant, choisissait la forme et la couleur de ses vêtements, s'occupait elle-même de faire blanchir son linge par ses propres servantes. Elle brodait ses cols de chemise, ses mouchoirs, ses taies d'oreiller, sélectionnait ses eaux de senteur, les crèmes au blanc de baleine dont il s'enduisait les mains, les bijoux qu'il portait. Aucune maîtresse ne lui ôterait ce rôle-là.

Devant le feu, ses naines, vêtues de velours émeraude, étaient accroupies, tendant leurs mains aux flammes en grimaçant et se chahutant. La vue de ces êtres difformes arracha un sourire à la reine. Bouffonnes et sournoises, elles n'étaient attachées qu'à sa personne et couchaient au pied de son lit, n'acceptant de se retirer que lorsque le roi venait remplir son devoir conjugal.

Dans la vaste pièce, l'ombre coulait des murs, s'épandait sur le sol recouvert de tapis, verdissait l'or des peintures. La senteur des buis qui longeaient les allées du jardin passait à travers les interstices des fenêtres. Ôtant sa coiffe, la reine libéra ses cheveux dont le velours mordoré couvrit son dos jusqu'à la taille. Jeune marié, Henry adorait y passer les mains, les laisser ruisseler entre ses doigts. Il venait dans ses appartements à tout moment, congédiait les dames d'honneur, la serrait dans ses bras. Désormais, il se glissait dans son lit deux ou trois fois par semaine et, sans préambule, la possédait.

26

Novembre 1512

— Qu'ils entrent à l'instant ! tonna Henry VIII.

Depuis la lecture du rapport remis quelques jours plus tôt par Wolsey, le roi ne décolérait pas. À la cour, la vie s'était figée dans l'attente d'une entrevue que chacun tentait de commenter sans pouvoir cependant rien assurer.

Il pleuvait sans discontinuer. La boue qui engluait routes et chemins rendait difficiles les chasses comme les autres activités extérieures et cette immobilité forcée ajoutait à la mauvaise humeur du roi.

Autour de lui, dans la grande salle du Conseil, se tenaient Thomas Wolsey, le Conseil privé au grand complet, et deux ambassadeurs espagnols chargés de défendre leur maître, le roi Ferdinand d'Aragon.

La porte s'ouvrit à deux battants. Escorté de trois de ses lieutenants, tête nue, l'air altier, le marquis de Dorset fit son entrée. Chacun retenait son souffle. Impassible, ses petits yeux flamboyant de colère, Henry les regarda s'approcher.

— Je suis bien aise de vous revoir, mon oncle, prononça-t-il enfin d'une voix glaciale.

Dorset salua. La présence des deux Espagnols l'irritait au plus haut point.

— Je suis à vos ordres, Milord.

— Vraiment ? Il semblerait plutôt que vous vous appliquiez à me déplaire.

— Votre Grâce a-t-elle réuni cette assemblée pour me juger ?

— Pour vous entendre, rectifia Henry d'un ton narquois.

— Je vous exposerai donc, Milord, sans artifices la situation que mon armée, mes lieutenants ici présents et moi-même avons vécue là-bas.

— Selon les ordres de notre souverain et avec l'aide du roi Ferdinand d'Aragon, vous êtes parti conquérir la Guyenne, prononça Wolsey d'un ton neutre en observant Dorset. Vous voici de retour, Milord, accusé de trahison envers votre pays.

— Nous fûmes plutôt trahis par Sa Majesté le roi d'Aragon, corrigea Dorset.

Les deux ambassadeurs espagnols se raidirent. D'un geste, le roi leur fit comprendre de ne point intervenir.

— Comment aurait-il pu vous trahir alors que vous et votre armée n'avez cessé de vous dérober ? En juin, vous avez mis pied à terre à Saint-Sébastien avec dix mille hommes afin de soumettre la Guyenne. Quand avez-vous cherché à atteindre cet objectif ? demanda Henry VIII.

— Aussitôt débarqués, Milord, mais le roi d'Aragon nous avait promis des chevaux dont nous n'avons point trouvé trace. Il m'a fallu acquérir à grands frais deux cents mules et mulets de piètre qualité, les habitants de ce pays étant rusés et âpres au gain.

— Avez-vous envoyé des émissaires auprès du roi Ferdinand ? interrogea Wolsey de sa voix douce.

— Si fait. Sa Grâce nous a répondu qu'elle n'avait point appréhendé ce détail du traité et que nous devions au plus tôt la rejoindre en pays de Navarre, pays qu'elle désirait conquérir avec notre aide. J'ai suggéré au roi de nous emparer tout d'abord de Bayonne où nous pourrions laisser des armes et du ravitaillement. Le roi a réfuté mon plan. Peu lui importait, à mon avis, la conquête de la Guyenne, son objectif était la Navarre, rien de plus.

— Vous n'avez pas le droit de flétrir l'honneur de mon roi ! s'indigna un des ambassadeurs.

Dorset se tourna vers l'Espagnol.

— Si je mets en doute la loyauté de votre souverain, c'est que cette défection nous causa un tort immense, monsieur. Que vouliez-vous que nous fassions, seuls, sans provisions ni fourrage, bloqués entre Bayonne et Fontarabie ?

— Vous pouviez rejoindre Sa Majesté en Navarre, insinua le second ambassadeur.

— Où étaient les intérêts anglais dans cette conquête de la Navarre revenant tout entière à la couronne d'Aragon ? Mon roi est le gendre du roi Ferdinand, point son homme de main.

La pluie fouettait les carreaux et, dans l'immense cheminée, le vent semblait se lamenter. Sur la vaste table plongée dans une demi-pénombre, on ne voyait scintiller que les gobelets de vermeil, les hautes aiguières en or et en cristal taillé, les drageoirs incrustés de pierres précieuses.

Henry gardait le silence. Sa colère était un peu retombée et il aurait prêté une oreille plus attentive à son oncle si, le matin même, la reine ne lui avait fait part de la grande déception de son père obligé de faire seul la paix avec les Français après la défection de l'Angleterre. La voix indignée de Catherine vibrait : « Lorsqu'on signe un traité d'alliance, l'honneur des souverains est engagé. À cause de la fuite de Dorset, le vôtre a souffert », avait-elle proclamé, les larmes aux yeux.

— Tout autant que vous, mon oncle, je suis fort attaché à l'estime que j'ai de moi-même et n'ai point à recevoir vos leçons, intervint le roi. Vous avez manqué à votre parole.

— Prenez ma tête, Sire, clama Dorset, hors de lui, mais ne parlez pas de félonie quand ce sont les Anglais qui ont été trahis. Mes dix mille soldats sont restés à l'abandon dans un pays hostile, nous étions à court de nourriture convenable, buvions, faute de bière, un vin détestable qui nous rendait malades. Des pluies diluviennes inondaient nos campements et nous donnaient les fièvres. Chaque jour, des hommes désertaient. Nous les rattrapions pour les pendre sous les murmures des autres soldats. Et de Londres je ne recevais aucun ordre m'autorisant à élaborer de nouveaux plans.

— Vous les aviez déjà, susurra Wolsey. Ils étaient de vous emparer de la Guyenne. L'amiral Edward Howard a remporté une série de victoires dans la Manche avant d'y laisser sa vie, l'ignorez-vous ? Il a brûlé le port du Conquet et péri lors d'une bataille navale d'une grande audace au cours de laquelle notre nouveau vaisseau le *Régent* harponna la *Cordelière*, un bâtiment de sept cents tonnes, deux cents canons et cent vingt hommes d'équipage. L'un et l'autre coulèrent par le fond après l'explosion d'une poudrière. Voilà un homme dont l'Angleterre peut être fière.

Dorset eut envie de sauter à la gorge de l'aumônier. Ce fils de cabaretier osait l'insulter publiquement sans que personne ne réagisse ! Il lui réglerait son compte plus tard. Pour le moment, il avait à demander justice. Il se tourna vers le roi.

— Notre plus grand espoir était de nous battre, Milord, mais un allié était indispensable dans les projets que nous avions formés. Hors, d'allié nous n'en avions point. Et si je n'avais pris sur moi la décision d'un prompt retour en Angleterre, je n'aurais pu davantage contrôler mes troupes.

— Il fallait rejoindre le roi Ferdinand en Navarre, insista Wolsey.

— Je n'en avais pas reçu les ordres, Milord, et n'en prenais pas du roi d'Aragon.

Henry soupira. Il avait éprouvé une grande excitation à préparer cette campagne qui ne lui procurait aujourd'hui que déconvenues. Tout était à repenser avant un nouveau débarquement en France que, cette fois-ci, il dirigerait lui-même.

D'un air pensif, il observa la pluie qui ruisselait sur les carreaux. Venant de la Tamise, on entendait le cri des mouettes. En dépit du mauvais temps, le roi avait envie de quitter cette salle sinistre et de sortir chasser pour fuir des querelles qui maintenant l'impatientaient.

— Quel châtiment désirez-vous que j'inflige à mon oncle le marquis de Dorset ?

Tourné vers les ambassadeurs espagnols, Henry attendait une réponse en jouant avec ses bagues. Il y eut un moment de silence. Les deux hommes étaient pris de court. Leur roi ne souhaitant pas s'aliéner son gendre, une réponse modérée était de circonstance.

— Par le chagrin qu'il éprouve d'avoir déçu Votre Grâce, le marquis de Dorset est déjà châtié, prononça Luiz Caroz, ambassadeur en titre. Notre roi n'a pas le cœur vindicatif. Il a conquis la Navarre avec l'aide de Dieu, quel meilleur et plus loyal allié pouvait-il souhaiter ?

Le roi se leva. Dorset serait envoyé pour quelques semaines sur ses terres et devrait oublier à jamais la gloire des armées. Déjà Henry se voyait en tête de ses troupes comme son grand-père Edward IV et son arrière-grand-père Richard d'York qui s'était battu à mort contre la reine Marguerite d'Anjou. Ses combats ne seraient pas moins glorieux que les leurs et il pourrait rendre à l'Angleterre les provinces françaises que le maladroit Henry VI avait abandonnées.

— Wolsey, vous verrez les affaires courantes avec le Conseil.

Le roi se leva. Sa stature massive se découpait sur les couleurs vives d'une tapisserie représentant le jugement de Salomon.

En se dirigeant vers ses appartements escorté de *yeomen* et de pages, Henry songea que, grâce à Dieu, les remarques désobligeantes de son beau-frère, le roi d'Écosse, lui avaient été épargnées depuis quelques semaines. Il avait écrit à Margaret pour la consoler après la perte de son cinquième enfant, né dix mois après le petit James qui lui se portait bien. Sa sœur aînée avait perdu quatre enfants et lui trois. Une malédiction pesait-elle sur leur famille ? Il allait faire seller des chevaux et s'élancer dans la campagne avec une poignée d'amis et quelques faucons. Bien que gardant entière sa foi en Ferdinand d'Aragon, le roi n'avait pas envie d'entendre prononcer davantage son nom. S'il allait rendre visite à sa femme, elle ne lui parlerait que de l'honneur bafoué de son père et il risquait de perdre son sang-froid. Catherine pourrait-elle un jour se mettre dans la tête qu'elle était devenue une princesse anglaise ?

Entouré d'Henry, duc de Buckingham, et de Charles Brandon, récemment honoré du titre de comte de Lisle, suivi par Edward, Henry Guilford et William Compton, gentils-hommes de sa Chambre, le roi galopait à travers les labours. La pluie drue trempait les chapeaux de cuir, ruisselait sur les manteaux, la croupe des chevaux. Autour d'eux, le paysage offrait des arbres déjà dénudés, des murets de pierres verdies par l'humidité. Sur la selle de velours clouté de son cheval, Henry respirait à pleins poumons. Au grand air, dans le vent, actif, il revivait. S'il n'avait eu Wolsey auprès de lui, le métier de roi aurait pesé trop lourd sur ses épaules. Son conseiller avait réponse à tout, ses suggestions venaient toujours dans le sens de ses propres souhaits et il avait à cœur de donner une réalité immédiate à ses rêves. Fêtes, défilés, divertissements, concerts, tout ce que Wolsey organisait atteignait la perfection. Bientôt il le ferait évêque, cardinal peut-être.

Le groupe des cavaliers longeait maintenant la Tamise, un large ruban gris battu par la pluie qui serpentait le long de berges où poussaient des roseaux flétris par le froid, des arbustes emmêlés comme une dentelle de bois où se réfugiaient de petits oiseaux. Des mouettes traversaient le ciel, poussées par le vent. À l'horizon, le ciel et la terre se rejoignaient en une ligne floue couleur de boue.

— Arrêtons-nous dans une auberge boire du vin chaud, Milord, il n'est point possible de chasser aujourd'hui et la nuit va tomber, suggéra le duc de Buckingham.

Henry acquiesça. Fort rarement il avait bu ou mangé hors de ses châteaux. Mais aujourd'hui il se sentait différent, un roi fort et puissant qui allait se lancer à la reconquête de son royaume français.

Dans une salle enfumée au plafond bas, entassés autour de tables de bois, de nombreux clients étaient en état d'ébriété. Des hommes aux figures ravinées coupaient de larges tran-

247

ches de pain de seigle, des femmes aux pommettes rouges, au teint livide, leurs bonnets sales cachant mal des cheveux comme de l'étoupe, buvaient dans les tasses de fer de leurs voisins. Leurs rires étaient aigres, provocants.

— Une table, ordonna Edward Guilford, des gobelets propres et du vin aux épices !

L'aubergiste s'inclina jusqu'à terre. Il n'avait pas reconnu le roi mais voyait de grands et riches seigneurs vêtus de fourrures, de velours et de peaux de daim aussi fines que la soie.

Avec le vin aux raisins secs, amandes, cannelle et clous de girofle, on servit aux chasseurs des œufs frits au bacon, de petites tourtes à la viande de mouton. Henry dévorait, buvait chope après chope, riait aux éclats.

— Par Dieu, nous aurions dû amener quelques jolies filles avec nous, s'écria-t-il. Car ce que j'aperçois ici ferait fuir un taureau en rut.

Soudain, il vit le regard oblique que lui lançait son cousin et n'insista pas. Le duc de Buckingham n'avait guère apprécié qu'il prenne sa sœur pour maîtresse. L'affaire était finie, enterrée, oubliée, mais le goût des aventures clandestines lui était resté. Séduire, être séduit, n'était-ce pas le plus grand plaisir des hommes ? Et bien que très amoureuse, la reine gardait une réserve, des pudeurs qui le frustraient. Jouissant de contacts simples, monotones, elle n'imaginait point qu'un homme puisse être avide de plus savantes caresses.

— Je connais à Londres une maison fort accueillante et propre, chuchota Brandon à l'oreille du roi. Les filles y sont belles et savent contenter tous les désirs.

Les yeux d'Henry brillaient. À vingt et un ans, étroitement surveillé par sa grand-mère puis par sa femme, jamais il ne s'était rendu dans un bordel.

— Charles, prononça-t-il en français d'une voix enjouée, je te ferai duc.

— Les États pontificaux, Venise, l'Espagne, l'empire des Habsbourg, l'Angleterre, s'écria James IV, voilà une Sainte

Ligue qui me semble très malicieuse. Les Français ont pourtant évacué Bologne, Bergame, Crémone, Asti, Pavie et Milan, à l'exception de sa citadelle, et se sont repliés en France. Déjà on les regrette là-bas car Massimiliano Sforza se venge d'une intolérable façon. On dit par ailleurs le pape fort malade.

Mal remise de ses dernières couches, désespérée d'avoir une fois encore perdu son enfant, Margaret ne supportait plus de voir son mari acerbe, vindicatif face à l'Angleterre.

— Le roi Louis n'a demandé l'aide de personne, se contenta-t-elle de remarquer. Le bruit court qu'il songe déjà à réexpédier des troupes dans le Milanais. Où le voyez-vous en difficulté ?

— L'Ecosse a toujours considéré la France comme son plus vieil allié. L'amitié a ses devoirs, Milady.

Au-dessus de Holyrood, le ciel d'hiver était sinistre.

— Notre Saint Père Jules II est membre de la Sainte Ligue, ne l'oubliez pas.

— Que Dieu me pardonne, Milady, mais Sa Sainteté est aveuglée par les rancunes et, loin d'apaiser les esprits, se plaît à attiser les haines.

— Ne l'imitez pas, Milord et utilisez plutôt vos diplomates pour éviter la guerre.

— Votre frère la désire cependant et, au moindre prétexte, traversera la Manche. Aucun diplomate ne peut arrêter un homme de mauvaise foi.

— L'ambassadeur de mon frère attend depuis quatre jours un entretien.

— West ? Je lui dirai ce que je pense. L'Ecosse imitera l'Angleterre. Si celle-ci veut la guerre, guerre il y aura ; si elle consent à la paix, nous resterons chez nous.

La reine n'insista pas. Les longs monologues de son époux, ses déclarations martiales l'ennuyaient, mais elle devait servir à tout prix son frère et garder James fidèle au traité de paix perpétuelle signé lors de leur mariage.

Dans la chambre d'accouchée de son épouse, James faisait les cent pas. Son beau-frère avait eu l'audace de lui demander son plus beau vaisseau, le *Michael,* pour faire la guerre aux Français. Ne pouvant être à la fois les alliés de la France et de l'Angleterre, le *statu quo* était impossible pour les Ecossais. Seul Jules II aurait pu l'aider à reprendre son sang-froid mais, en dépit de maintes lettres écrites de sa main, le Saint-Père gardait ses humeurs belliqueuses contre le roi Louis auquel il avait repris le titre de « Très Chrétien ».

James songea à cette idée un peu folle qui le hantait depuis quelques semaines : soutenir le prétendant yorkiste Edmond de la Pole, duc de Suffolk, qui croupissait à la Tour de Londres pour avoir voulu renverser les Tudor et se débarrasser d'Henry. Fils d'une sœur d'Edward VII et de Richard III, le jeune homme pourrait trouver des partisans décidés en Angleterre qui viendraient épauler ses soldats écossais. Tout à sa guerre en France, Henry VIII n'aurait pas les moyens de lever une grande armée et une victoire était possible. Mais de peur que Margaret ne l'apprenne, il n'avait fait part de ce plan à personne.

Les yeux fixes, James regardait les champs ondulés, les bois, les toits des maisons serrées autour de la tour grise et carrée de leur église. une masse de nuages auréolée de lumière filait vers l'est. Sur un étang qui s'arrondissait près du mur du château, des canards semblaient danser, battant des ailes et poussant leurs cris nasillards, quatre cygnes majestueux les contournaient. Soudain, le cercle lumineux entourant les nuages disparut, le vent forcit, la pluie allait tomber.

— Faites venir notre enfant, demanda-t-il à Margaret sans se retourner.

Il avait besoin d'un moment de gaîté et de tendresse, d'oublier cette force qui le poussait irrémédiablement vers la guerre.

Margaret fit appeler la nourrice. À bientôt neuf mois, son fils commençait à se tenir droit sur ses jambes. Il avait les cheveux blond roux de son père, ses yeux doux. Quelle prin-

250

cesse son père lui destinait-il ? Sur quel berceau le destin déjà pesait-il ?

La tête posée sur l'oreiller, les yeux clos, la jeune femme tenta d'oublier la présence de son époux. Croirait-il, si elle croisait son regard, qu'elle le désirait ? L'enfant qu'elle venait de perdre était né prématuré, huit mois après la naissance de James. Le roi l'avait rejointe dans son lit de parturiente et, avant même la cérémonie des relevailles, elle s'était retrouvée enceinte. Était-ce la vie dont elle avait rêvé à treize ans en prenant le chemin de l'Ecosse ? Grisée par les fêtes données en son honneur, étourdie de discours, de compliments, elle s'était un instant crue une princesse de contes de fées partie à la rencontre du prince charmant. James ne lui avait pas déplu et la vie en Ecosse était agréable, mais quelque chose en elle s'était brisé à tout jamais. La petite fille qu'elle avait été ne se doutait pas qu'on la destinait, comme la reine des abeilles, à concevoir et accoucher sans cesse, chaque fois au risque de sa vie, sans mère ni sœur pour la réconforter. Elle qui autrefois avait tant aimé les enfants ne savait plus s'il restait pour eux la moindre goutte de tendresse dans son cœur.

27

Printemps 1513

Sur les joues de Catherine, quelques larmes coulaient.

— Loin de vous il n'est aucun bonheur pour moi, Milord. Prenez soin de votre sécurité.

Les vents étant favorables, la flotte anglaise allait incessamment lever l'ancre pour Calais.

Rayonnant, Henry baisa longuement la main de sa femme. Nommée par lui régente durant son absence, elle saurait conduire les affaires du royaume.

— Ne vous exposez pas, insista Catherine. Chacun connaît votre bravoure et vous n'avez pas à la prouver inconsidérément.

Le roi se mit à rire.

— Ne vous tourmentez pas, ma mie, bientôt vous serez aussi reine de France et je vous ferai couronner à Notre-Dame de Paris. Pensez plutôt à notre enfant à venir.

Catherine eut un sourire triste. Le garderait-elle ?

Avant d'embarquer, entouré des siens, le roi se retourna encore une fois, ôta son chapeau, fit un grand salut. La reine agita la main.

Dans les soutes des navires s'entassaient armures venant d'Italie ou d'Espagne, arbalètes, arcs et flèches, canons dont les douze plus grosses pièces avaient été baptisées « les Douze

252

Apôtres », ravitaillement, foudres de bière et barriques d'eau-de-vie.

Massée sur le quai, la foule regardait s'éloigner les vaisseaux dans la brise de l'après-midi. Certains enviaient les combattants qui allaient se couvrir de gloire, d'autres hochaient la tête. La guerre tuait nombre de chrétiens et mieux valait une injuste paix à une juste violence. Des prêtres avaient récemment prêché dans ce sens durant leur messe du dimanche. Maints paroissiens les approuvaient.

À regret Catherine s'installa dans son carrosse. Durant les mois à venir, la Cour allait être bien morose et, sans les facéties du roi pour la distraire, sa grossesse serait plus difficile encore. Henry avait promis de lui expédier un message par semaine. Tiendrait-il parole ?

Quand le carrosse passa le lendemain devant la Tour de Londres, la reine détourna la tête. Ayant eu vent de l'intérêt que James IV lui portait et ne pouvant prendre le risque d'un soulèvement pendant son absence, le roi avait fait exécuter quelques jours plus tôt Edmond de la Pole, duc de Suffolk, un des ultimes prétendants yorkistes.

Un vent portant poussait les navires vers la côte française qu'ils atteindraient, la Providence aidant, le lendemain. Devenus ceux du roi, les plans de Wolsey étaient d'installer durablement à Calais, possession anglaise, un point d'appui qui commanderait les territoires environnants. Quatorze mille hommes y attendraient l'ordre d'assiéger la petite ville de Thérouanne, premier objectif de la campagne. Cent quinze clercs de la chapelle royale, trois cents membres de la maison du roi, deux évêques, un duc, une vingtaine de représentants des meilleures familles anglaises, des jongleurs, ménestrels, musiciens, bouffons, singes, chiens, une garde-robe impressionnante, des caisses de bijoux, le propre lit d'Henry VIII qui serait démonté et remonté au cours des étapes de la campagne faisaient partie de l'expédition. Pour sa première guerre, le roi ne désirait en aucune façon renoncer à son confort quotidien.

Après quelques jours de repos à Calais, le gros de l'armée se mit en route pour Thérouanne. Il pleuvait et les paysans avaient dû surseoir à la moisson. Encombrée de chariots, de domestiques traînant les pieds, ralenti encore par les lourds canons, le cortège progressait avec une extrême lenteur. Mais le soir, dans la tente royale hâtivement dressée, se retrouvèrent comme par magie chanteurs, musiciens, jongleurs et acrobates. On dressa des tables, cuisina des quartiers de mouton, des volailles, des poissons, des tourtes et desserts de toutes sortes. Le vin coula à flots. Au milieu de ses proches amis qui le fêtaient, Henry se prenait pour un héros.

— Nous allons être attaqués, Milord, annonça Brandon en surgissant dans la tente royale où le roi reposait dans son lit sculpté de têtes de séraphins, de feuillages et d'oiseaux. Il faut regrouper sans attendre les archers, disposer les troupes en ordre de bataille.

— Faites donc venir Wolsey, ordonna Henry encore ensommeillé.

— Milord, le détachement français est tout proche, insista Charles Brandon, le moment n'est point à discourir mais à se battre.

À peine les Anglais avaient-ils sonné l'ordre de rassemblement que la cavalerie française s'abattait sur le camp, une poignée d'hommes déterminés venus d'Amiens où s'était installé le roi Louis XII.

— Nous avons perdu Saint Jean l'Évangéliste, un de nos Douze Apôtres, annonça Wolsey mais de morts il n'y en a qu'une vingtaine. Nous nous exposons, Milord, à subir maintes fois ce genre de coup de main. Les Français savent qu'ils n'ont pas sur nous l'avantage militaire et vont tenter de nous démoraliser. Assiégeons au plus vite Thérouanne. La population ne résistera guère. Cette victoire nous est nécessaire.

Plus que la perte d'un de ses canons, Henry rageait d'avoir été surpris par l'ennemi. Mais l'arrivée imminente de l'empereur Maximilien de Habsbourg et de ses troupes lui permettrait de prendre une éclatante revanche. Quant au support de son autre allié, le roi d'Aragon, il n'y comptait plus guère. Ferdinand n'avait cessé de se jouer de lui. Il s'était laissé abuser par les paroles rassurantes de la reine qui adulait son père et, en dépit des réticences de Wolsey, lui avait gardé ingénument sa confiance.

D'Angleterre, parvenaient d'inquiétantes nouvelles. Chargé de surveiller les frontières écossaises, le comte de Surrey avait expédié deux dépêches à Calais. Henry lui faisait confiance. Si James osait traverser la Tweed, il s'en mordrait les doigts. Le croyait-il assez naïf pour n'avoir pas prévu sa traîtrise ?

Devant Thérouanne, le roi enfin se sentit en campagne. Installé dans sa tente, servi dans des plats d'or et d'argent, dormant dans son lit, Henry avait retrouvé son entrain. Assiégé depuis plusieurs semaines, le gros bourg ne tarderait pas à se rendre. La promesse faite à Catherine se réaliserait : tous deux seraient couronnés à Notre-Dame de Paris.

Accablant assiégés comme assiégeurs, la chaleur s'abattit sur la Picardie et la plaine des Flandres. Taons et moustiques harcelaient soldats et chevaux. En dépit de l'insécurité, les moissonneurs s'étaient remis au travail. Les remparts de Thérouanne étaient longés de fossés remplis d'une eau verdâtre, refuge d'une multitude de grenouilles et crapauds dont les appels grinçants gâchaient le sommeil. Deux portes fermaient le bourg. De derrière ne venait nul bruit mais les Anglais se savaient épiés. De temps à autre, par dérision, les archers lançaient vers les murailles une volée de flèches dont la plupart retombaient dans les douves, interrompant durant un court instant l'aigre cacophonie des batraciens.

Maximilien de Habsbourg rejoignit les Anglais le 12 août, accompagné d'une troupe de beaucoup inférieure à ses promesses. À Amiens, le roi de France devait ressasser sa perte du Milanais et compensait, disait-on, sa déception par des accès de mysticisme. « Que mon beau cousin prie, clamait Henry avec jovialité, ses patenôtres ne lui donneront pas pour autant la victoire. »

— Nous nous devons de ravitailler les habitants de Thérouanne, insista Bayard. Votre Majesté ne peut laisser à l'abandon des sujets qui résistent avec tant d'héroïsme. J'ai sous la main un détachement de cavaliers qui est prêt à tenter une incursion. Si nous sommes déterminés et agissons promptement, nous éviterons une confrontation avec les Anglais.

Le roi Louis soupira.

— L'adversité, mon ami, me frappe rudement et je suis inquiet pour mon royaume. Après les Suisses, voilà que je dois affronter les Anglais et les Allemands.

Installé à l'évêché d'Amiens, le roi ne parvenait pas à retrouver son allant et était prêt à traiter au plus vite avec l'ennemi. Déjà l'empereur Maximilien avait fait entendre par l'intermédiaire d'un émissaire qu'il pourrait rompre son alliance avec Henry VIII sous certaines conditions. Pensait-il à récupérer la Bourgogne pour sa fille Marguerite d'Autriche, l'infatigable régente des Pays-Bas et des Flandres qui ne désespérait pas de recouvrer l'héritage de sa mère Marie de Bourgogne ? Cette exigence étant inacceptable pour la France, il lui faudrait alors songer à mener jusqu'au bout une guerre dont il était impossible de prédire l'issue.

La grande salle de la demeure mise à la disposition du roi avait une voûte en ogive, des murs de pierre nus, un confort sommaire. Avec nostalgie, Louis songeait à ses châteaux de Tours et d'Amboise, leur joliesse, les mille raffinements dont il avait acquis le goût en Italie. La reine Anne l'y attendait. D'elle, il recevait dépêche après dépêche, toutes exprimant une humeur belliqueuse. Elle avait écrit à James IV, précisait-elle, pour lui demander de se faire son chevalier, de les défendre, elle, son époux et la France, pays qui nourrissait pour l'Ecosse les sentiments les plus fidèles, les plus ardents. Louis craignait et admirait sa femme. Après six grossesses dont elle n'avait gardé que deux filles, elle restait vaillante, combative, l'œil à toutes les affaires du royaume.

— Lancez les vôtres, sire Bayard, et approvisionnez ces malheureux assiégés. Que vous faut-il ?

— Une escouade de cavalerie lourde que je ferai venir du camp de Blangy pour couvrir notre retraite, une centaine de chevaliers légèrement harnachés et moi-même à leur tête. Nous prendrons des sacs de farine, de la viande salée et de la poudre puis foncerons vers Thérouanne avant l'aube. Le chef de la garnison laissera sortir quelques hommes qui recevront nos provisions et munitions. Avec l'aide de la Providence, les Anglais n'auront pas le temps de réagir.

— Qu'Elle vous entende, murmura le roi.

De minces rayons de soleil dardaient à travers les fenêtres de la vieille demeure ouvertes sur l'ouest, se posaient sur les coffres fermés par des serrures forgées en forme de lys, une paire de fauteuils recouverts de coussins cramoisi frangés d'or. Des mouches vrombissaient.

Les cavaliers français étaient tout proches des murailles. Un croissant de lune permettait d'entrevoir la porte nord qui venait de s'entrouvrir. Quelques chiens· aboyaient, un coq chanta.

— Faisons vite, chuchota le seigneur de Bayard.

Quelque chose l'inquiétait. Au loin, rien ne bougeait dans le camp anglais. N'avaient-ils pas placé des sentinelles ? La facilité avec laquelle se déroulait leur expédition laissait présager un piège.

À côté de lui, le duc de Longueville et le comte de Dunois aidaient les soldats à décharger les sacs.

— Replions-nous ! ordonna-t-il soudain.

Au même moment, le bruit d'une canonnade affola les chevaux. De la colline, à quelques centaines de pieds derrière eux, dissimulés dans une chênaie, les Anglais attaquaient.

Tandis que les soldats de la garnison de Thérouanne rentraient les sacs en grande hâte, les cavaliers lancèrent leurs montures au grand galop.

— À Guinegatte ! hurla Bayard.

C'était le village le plus proche, un refuge à peu près sûr, grâce à sa modeste garnison.

L'étalon de son porte-étendard restait tout à côté du sien.

— Nous sommes poursuivis, monseigneur !

À sa droite, à sa gauche, les Français fuyaient aussi vite que possible. Lorsque retentirent à nouveau les canons, une dizaine de chevaux roulèrent dans la poussière.

— Par Dieu ! jura le duc de Longueville.

Deux Anglais penchés sur sa monture tentaient d'en saisir les rênes. Avant qu'il ait eu le temps d'empoigner son épée, il était fait prisonnier.

À nouveau, les fuyards perçurent le tonnerre des canons. Combien d'entre eux étaient tombés ? Couchés sur l'encolure de leurs bêtes, les cavaliers français n'y pensaient point. Il fallait gagner Guinegatte ventre à terre, s'y claquemurer avant de compter les absents, mesurer l'étendue de la défaite.

— Deux cents morts, six étendards saisis, un duc, un marquis, un vice-amiral et Bayard lui-même prisonniers du roi d'Angleterre ! Voilà un beau désastre, monsieur.

Dunois garda le silence. Ce qui n'était au départ qu'une audacieuse opération de sauvetage avait tourné à la déroute.

— J'appellerai ce combat « bataille des Eperons », mon ami, poursuivit Louis XII d'une voix acide, car il semble que ce soit cette partie de leur équipement dont nos chevaliers ont le plus usé.

— Nous étions en nombre très inférieur sire. Pour nous, il n'y avait d'autre salut que dans la fuite.

— Qui nous a trahis ?

Dunois inspira profondément. Leurs plans, de toute évidence, avaient été communiqués aux Anglais.

— Nos camps regorgent d'espions, Majesté.

— Et vous ne cherchez point à les découvrir ?

— Nous en prenons de temps à autre, mais le roi d'Angleterre possède beaucoup d'or.

« Et moi, pauvre, je suis bafoué », pensa Louis XII avec rage.

— Qu'on envoie des émissaires au roi Henry pour négocier la libération des prisonniers, ordonna-t-il d'une voix sèche. Qu'on traite en même temps la reddition honorable de Thérouanne.

— Nous nous replions, sire ?

— Nous nous adaptons, Dunois. Bientôt mon gentil cousin Henry ne s'amusera plus à faire la guerre. La reine, son épouse, doit accoucher prochainement et James Stuart menace ses frontières nord. Pour se battre contre les Ecossais, il lui faudra réembarquer des troupes. Croyez-moi, Henry ne s'attardera pas chez nous.

— Je vous offre Thérouanne, mon frère, faites-en ce que bon vous plaira.

En face de l'empereur Maximilien, le roi d'Angleterre exultait. Le début de la campagne de France s'était passé sans qu'aucune résistance majeure n'entravât sa progression vers les Flandres. Dans quelques jours, il serait à Lille et mettrait le siège devant Tournai, une ville riche entourée de puissants remparts.

— Thérouanne nous a insolemment résisté, nous la raserons.

L'empereur fit un geste du tranchant de la main qui

accompagnait ses paroles. Henry, il ne l'ignorait pas, aimait ce qui en imposait. Peu à peu, Maximilien le gagnait à son unique dessein : récupérer les terres bourguignonnes reprises par Louis XI.

— Nous démantèlerons donc Thérouanne, acquiesça le roi, et enverrons un messager à mon beau-frère James pour l'avertir de nos victoires. J'aime assez verser quelques pincées de sel sur ses plaies afin d'éprouver sa ténacité.

Lille accueillit les deux princes dans la joie. Festins, danses, tournois avaient été organisés pour le plus grand contentement des vainqueurs et Henry s'était engagé à rompre quelques lances dans la lice. D'Angleterre, il venait de recevoir des nouvelles qui l'enfiévraient. James amassait des troupes à ses frontières et Surrey mobilisait en masse dans le Northumberland, le Cumberland et le Yorkshire. Si son bouillant beau-frère perdait la tête et franchissait la Tweed, il mettrait l'Ecosse en grand péril. Dans une lettre reçue durant le siège de Thérouanne, sa sœur Margaret lui avait avoué son impuissance à contrôler son époux. À nouveau enceinte, elle faisait de son mieux pour le détourner de ses funestes projets mais, en le nommant « son cher chevalier », la reine de France avait enflammé son esprit. Désespérée, mère d'un seul enfant, fragile héritier de la couronne écossaise, elle l'assurait de son entière fidélité. « Si par malheur, avait commenté Wolsey après avoir pris connaissance de la missive, le roi James venait à trépasser, lady Margaret serait une régente malléable et une fidèle alliée. Voilà qui ne serait pas pour vous déplaire, Milord. »

La beauté de la ville de Lille, son opulence ravirent Henry. De Malines, Marguerite, régente des Flandres et des Pays-Bas, lui avait envoyé un message très gracieux dans lequel elle l'appelait « son bien-aimé frère » et faisait des vœux pour pouvoir l'accueillir à Bruxelles au cours de son invincible progression vers la victoire. Plus que jamais, le mariage de la princesse Mary et de son neveu Charles de Gand, désormais âgé de treize ans, était souhaitable. Elle ferait de son mieux pour hâter cette alliance. En deuil de sa seconde femme, Bianca Sforza, l'empereur Maximilien avait quitté Lille pour régler sa succession. Demeuré seul, Henry se sentait l'homme le plus puissant d'Europe et ouvrait ses coffres un peu plus grands encore. Il voulait éblouir les Lillois et Marguerite d'Autriche. Malade, Louis XII avait regagné Amboise où l'attendait Anne de Bretagne, guère mieux portante. Que la reine de France soit parvenue à galvaniser James contre l'Angleterre suffoquait Henry. Une telle traîtrise ne pouvait naître que dans un cœur pernicieux car cette manœuvre de divertissement serait catastrophique pour l'Ecosse. Toujours il s'était méfié de James IV, un exalté, un être trop sensible, changeant, impossible à comprendre. Il trompait sa femme puis se jetait à genoux pour prier et se mortifier quand lui-même dans pareilles circonstances remerciait le ciel de lui avoir procuré si délicieux moments. À Lille, les tentations étaient nombreuses et, la chasteté n'étant pas son fort, Henry ne se privait pas d'attirer dans son lit les belles complaisantes. Sa tendresse pour Catherine ne s'en trouvait pas affectée. Souvent il pensait à elle, qui, avec la détermination de sa mère Isabelle, préparait la guerre contre l'Ecosse. De sa main, elle avait cousu étendards et bannières et dans le Berkshire, où elle s'était rendue en dépit d'une grossesse avancée, avait exhorté les soldats à défendre leur patrie menacée. L'armée, disait-on, l'avait acclamée. Où qu'elle se rendît, la reine était reçue avec respect et amour.

Alors que le roi d'Angleterre se rendait de l'église Saint-Maurice au palais Rihour où il logeait, un page lui tendit un pli.

Mon bon cousin,

Le roi Louis va avoir un mauvais réveil ce présent jour en apprenant que mes Suisses sont prêts à pénétrer en Bourgogne et à mettre le siège devant Dijon. J'en ai réuni trente mille qui mettrons en pièces sans difficulté les six mille Français commandés par La Trémoille. Mes Suisses sont de rudes montagnards hardis et infatigables. À Dijon, je compte de nombreux sympathisants qui regrettent le gouvernement des ducs de Bourgogne et aimeraient bien rentrer dans le sein des Flandres. Le siège de Tournai ne saurait par conséquent être davantage différé car, harcelé au nord et à l'est, Louis sera contraint d'accepter nos conditions pour que le sol national français ne soit pas envahi de toutes parts sans qu'il puisse rien tenter pour le défendre. Après avoir perdu l'Italie, abandonné la Picardie et la Bourgogne, le règne de celui qu'on nomme le père du peuple se terminera piteusement. Piètre père, ma foi, qui n'aura pas su préserver les biens de ses enfants.

Henry tendit la missive à Charles Brandon qui chevauchait à ses côtés.

— Voilà un fidèle allié, se réjouit-il. Bientôt toi et moi serons ses hôtes à Malines. On dit sa fille la princesse Marguerite encore belle. Comme je ne peux m'en approcher, elle pourrait être à toi.

— Un simple comte, Milord, ne saurait attirer l'attention d'une princesse.

Déjà cependant, l'ami du roi se voyait courtiser une des femmes les plus recherchées d'Europe. Rien ne lui résistait. Le sacrifice de son père à la bataille de Bosworth avait hissé l'orphelin qu'il était au rang d'intime de la famille royale. Il avait été élevé avec les enfants d'Henry VII et son fils le considérait comme un frère. Jusqu'où pourrait-il monter ? Nommé comte, enrichi par son mariage, veuf, de belle figure, sportif et intelligent, il pouvait prétendre à une troisième alliance flatteuse.

— Mon meilleur ami a droit au plus prestigieux des titres,

répondit Henry. Je songe à te donner le duché de Suffolk qu'a laissé vacant mon cousin de la Pole en posant sa tête sur le billot. La noblesse n'a de raison d'exister que par son dévouement envers le roi et par sa vaillance. Tu réunis ces deux qualités.

28

Août-septembre 1513

L'aube pointait. Le ciel était gris, de gros nuages roulaient, poussés par le vent. Hantée par son affreux cauchemar, Margaret courut vers les appartements du roi.

Le visage fermé, préoccupé par les nouvelles qui lui parvenaient de France, James écrivait. La vue de sa femme, vêtue à la hâte, pas coiffée, le teint blafard, faisant irruption dans son cabinet de travail acheva de le mettre de mauvaise humeur.

— Milord !

À bout de souffle, Margaret ne put en dire davantage et tomba aux pieds de son époux. De son cauchemar, elle gardait une vision de chute, de sang, d'agonie et de mort.

— Je sais ce que vous allez me demander, Milady, prononça le roi en la relevant, mais ne peux considérer vos émotions dans la décision que je dois prendre. Vous êtes anglaise de naissance, ma famille est écossaise depuis la nuit des temps. Nous ne pouvons nous comprendre sur ce point.

— Pour l'amour de moi, je vous implore de surseoir à cette guerre.

Des larmes coulaient sur les joues de la jeune femme. Revenu deux nuits consécutives, ce cauchemar était une prémonition. Si James partait en guerre, il n'en reviendrait point. Veuve, mère d'un garçonnet de deux ans, enceinte, sans conseillers, sans parents sur lesquels elle puisse compter, livrée aux intrigues des clans qui se serviraient d'elle pour s'emparer du pouvoir, que serait sa vie en Ecosse ?

James attira Margaret, la serra contre lui. En dépit de sa grossesse, du désordre de ses vêtements, elle avait l'air d'une petite fille désespérée.

— Les rois font la guerre, ma mie, puis s'en reviennent chez eux fêtés par leurs reines. Pourquoi en serait-il autrement pour moi ?

— Les rois meurent à la guerre ! On les enterre et leurs fils prennent la couronne. Mais leurs veuves, James, voient leur vie anéantie. J'ai vingt-cinq ans. Quel destin me préparez-vous ?

— Celui d'une reine qui pourra garder la tête haute face à ses sujets. Vous me voyez mort ! Eh bien, sachez que je préfère trépasser que de perdre mon honneur et celui de l'Ecosse.

— Quel honneur voyez-vous, Milord, dans cette décision d'attaquer votre beau-frère en vous parjurant et vous excommuniant ?

À la soudaine pâleur de son mari, Margaret vit qu'elle avait frappé juste. Se couper de l'Église devait faire intensément souffrir James. Quelle obstination située au-delà des exigences de sa conscience le poussait à voler au secours du roi de France ?

Avec douceur, James écarta de lui sa femme. Margaret croyait-elle qu'il n'hésitait point avant de faire son choix ? Mais un enthousiasme plus grand que ses scrupules le poussait irrésistiblement en avant. Il devait aller au bout de ses idéaux, échapper au conformisme, à tout ce qui brimait, ligotait, étouffait. Cette même force l'avait amené à se dresser contre son père, à accumuler les conquêtes amoureuses. Profondément attaché à son pays par son titre de roi, il souffrait cependant de savoir son avenir limité à cette dignité et ce devoir.

— Laissez-moi avec ma conscience, Milady. Mon âme appartient à Dieu.

Un éclair déchira les nuages. Margaret ferma les yeux. Quelles paroles trouver pour la sauver, elle et ses enfants ?

— Si vous ne croyez pas en la justice divine, Milord, songez à celle des hommes. Quelle équité voyez-vous à m'abandonner ? Je vous ai été loyale, j'ai porté vos enfants au risque de ma vie, vous ai donné un fils et suis enceinte. Vous devez répondre de votre famille, James, c'est le devoir d'un chevalier.

— Mon devoir, madame, est d'assumer le destin que Dieu m'a attribué, comme vous devez être prête à assumer le vôtre. Là où je parle en roi, vous raisonnez en femme. Les reines ne sont pas des bourgeoises qui comptabilisent leurs bonheurs, elles sont au service de leur Dieu, de leur roi, de leur pays. Vous m'accablez de vos réprimandes quand vous devriez broder ma bannière et prier pour moi.

En silence Margaret pleurait. La guerre, elle le comprenait, était décidée.

— Je ne vous importunerai plus, Milord. Sachez seulement que par deux fois je vous ai vu mort en rêve sur le champ de bataille. Ce triste présage m'anéantit et j'espérais que mon désarroi vous toucherait. Allez vous battre contre les Anglais, puisque tel est votre souhait. Je vous attendrai. Si vous revenez mon cœur exultera de joie, si vous êtes mortellement atteint, je vous pleurerai et prierai pour le salut de votre âme.

Lorsque la reine se retira, James ne leva pas même la tête. La souffrance était intrinsèque au rachat, l'expiation nécessaire à la félicité des élus. Cette guerre achevée, peut-être aurait-il le courage d'armer ses navires, de cingler vers Jérusalem, l'Orient éternel.

La Tweed franchie, l'armée écossaise longea la rivière vers le sud pour atteindre le château de Norham. Fort de douze mille hommes, comptant dix-sept pièces d'artillerie dont sept gros canons nommés « les Sept Sœurs », tirés par quatre cents bœufs, l'interminable cortège se regroupa le 28 août autour de la forteresse, prête à l'assiéger aussi longtemps qu'il le faudrait. Cinquante années auparavant, la régente Mary de Gueldre avait tenté sans succès de s'en emparer. James IV lui-même avait dû lever le siège à deux reprises devant ses murs et n'avait cessé de ruminer une revanche.

Formidable, la forteresse se découpait contre un ciel sans nuages au milieu d'une campagne vallonnée où paissaient vaches et moutons. Des ruisselets se faufilaient entre les herbes drues et coupantes, attirant des nuages de moucherons qui semblaient danser dans la lumière déjà douce de fin d'été.

James ressentait une grande paix. La Guerre sainte contre les infidèles dont il avait toujours rêvé, il la faisait dans une certaine mesure aujourd'hui. Le pape pouvait l'excommunier, il s'en moquait. Aveuglé au point d'avoir ôté le nom de Roi très Chrétien à Louis XII pour l'octroyer à Henry, il n'était qu'un suppôt de la Sainte Ligue. L'armée écossaise suivait son chef avec enthousiasme, ses canonniers étaient bien payés et il avait promis que s'ils décédaient, les enfants ou parents ne paieraient pas de taxe sur leur héritage. On l'avait acclamé. Avec familiarité au bivouac du soir, le roi passait parmi ses hommes, ceux des Basses-Terres restant entre eux, ceux des Hautes-Terres se regroupant par clans, leurs enseignes guerrières plantées dans le sol à la limite du territoire de chacun. Tous attendaient avec impatience le combat décisif. Mais Thomas Howard, comte de Surrey, ne se montrait pas.

— Norham est perdu, Milord. La garnison s'est rendue aux Ecossais.

Le comte de Surrey ne semblait guère ému.

— Elle espérait de nous un secours qui n'est pas venu, poursuivit le messager.

— Je sais, prononça le comte. Norham est un morceau de viande que je jette à ces chiens d'Ecossais pour mieux les attirer là où je les attends.

Responsable en l'absence du roi de la sécurité de l'Angleterre, Thomas Howard comte de Surrey savait qu'il ne pouvait commettre aucune faute. Face à lui, il avait un adversaire résolu et brave menant une troupe aguerrie. L'armement du roi d'Ecosse était perfectionné, son artillerie redoutable. Mais il aurait le désavantage de se battre en terrain étranger.

Le messager sorti, Surrey revint à la carte qu'il avait dépliée sur son pupitre de campagne. De Norham, les Ecossais allaient probablement descendre sur Wooler à l'extrémité des monts Cheviot qu'ils ne pouvaient prétendre franchir avec leurs canons et les bœufs puis marcheraient sur la citadelle d'Alnwich. Sans tarder, il devait faire monter son armée vers le nord afin de bloquer les Ecossais dans le passage entre la mer et les montagnes. À Newcastle, il espérait une jonction avec les troupes commandées par Lord Dacre. Ils seraient prêts alors à se battre. Une question d'une semaine, de dix jours tout au plus.

Le temps tournait à l'orage. Soucieux, Surrey voyait s'accumuler les nuages. Pour se rafraîchir, ses soldats vidaient force futailles de bière. Déjà les tilleuls se doraient, les feuilles des hêtres se piquaient de rouille. Autour des moutons à laine épaisse, les chiens tiraient la langue ou sommeillaient, couchés aux pieds des bergers. Des buissons montait une odeur forte de plantes sauvages. En détrempant le sol, les orages rendraient la bataille plus dure encore, ralentiraient les manœuvres. Il faudrait tenir compte de cet élément nouveau en élaborant l'ultime stratégie.

— Faites forcer l'allure aux troupes, commanda le roi d'Ecosse. Avant que les Anglais nous barrent le chemin, nous devons nous trouver en position favorable.

Ses éclaireurs avaient repéré au sud les collines de Flodden Hill où ils pourraient avantageusement s'établir. La bataille était imminente, James le savait, le désirait. Il avait dix jours devant lui avant de devoir payer leur solde à ses hommes, chercher des victuailles, du fourrage pour les bœufs. Surrey faisait marcher ses soldats à allure forcée, ils auraient besoin de repos. Ce serait le moment de les attaquer. Quelques jours plus tôt, il avait appris que le jeune Thomas Howard, fils de Surrey, avait rejoint son père à la tête de mille hommes expédiés de France. Cette nouvelle l'avait réjoui. Ainsi Henry dégarnissait le front de Picardie pour protéger ses propres frontières. Longtemps mûries, ses réflexions se révélaient justes. Il fallait introduire le ver dans le fruit, frapper sur son territoire celui qui attaquait le pays d'autrui. Sachant sa frontière menacée, le roi d'Angleterre ne pouvait s'attarder en France et, l'hiver venant, Louis XII aurait le temps de mener des négociations. Déjà Ferdinand d'Aragon avait signé un traité de paix, Maximilien ne tarderait pas à le suivre afin de tirer avantage de sa brève position de force en Bourgogne. Isolée, l'Angleterre plierait et Henry renoncerait à l'utopie de se voir couronner roi de France.

— Encore quelques miles, dit James à Lord Hamilton comte d'Arran, et j'ordonnerai le bivouac.

Le cousin du roi ne cessait de regarder le ciel menaçant. Les soldats détestaient la boue, les insectes, craignaient les fièvres causées par la chaleur et l'humidité.

— Surrey ne nous coupera pas la route avant vingt-quatre heures, si les choses tournaient mal, nous pourrions toujours nous replier sur l'Ecosse, nota le comte d'Arran.

Il commençait à pleuvoir. On n'apercevait plus la ligne des crêtes, l'ombre se faisait plus épaisse, plus lourde.

— Voici un cours d'eau, soupira James. Allez donner l'ordre d'arrêter la marche. Nous repartirons demain à l'aube.

La violence du temps lui semblait en harmonie avec son excitation. Plus que tout, il aurait voulu pouvoir être seul pour s'agenouiller, lever les bras vers le ciel, crier sa joie.

Il plut à verse toute la nuit. Au matin, un fin brouillard noyait la plaine. À contrecœur, les soldats écossais reprirent la route après avoir fait frire du lard sur les feux de camp et bu force rasades de bière. Les bœufs peinaient à tirer les chariots des canons, les chevaux renâclaient. Entouré des siens, le roi se taisait. De la nuit, James n'avait fermé l'œil. L'imminence de la bataille mettait ses nerfs à vif et il avait fait quel-

269

ques pas, tête nue sous l'orage, jouissant des éclairs, des puissants coups de tonnerre, humant l'odeur forte de la nature. Dût-il périr sous peu, il ne regrettait rien. Ceux qui étaient à plaindre étaient les morts vivants, les lâches, les frileux. Avec son lot de résignations, la vieillesse ne le tentait pas.

Ancrés au sommet de Flodden Hill, les Ecossais aperçurent une partie de l'armée anglaise en marche vers le nord pour les contourner. Cette manœuvre les alarma aussitôt. En cherchant à leur couper la retraite avant de se battre, Surrey ne leur laissait aucune échappatoire.

À cheval, James IV fit le tour de ses unités. Installés sur un point haut, les Ecossais avaient l'avantage de pouvoir surveiller les manœuvres de l'ennemi avant qu'il ne se mette en position de combat et d'adapter leur tactique en conséquence. Le temps restait à l'orage avec de brusques averses. Les pluies ruisselaient le long des pentes, inondaient la plaine. Au loin apparaissaient les monts Cheviot dont la crête était effacée par la brume. Les soldats s'impatientaient. Si ces maudits Anglais continuaient à tournicoter autour d'eux, pourquoi ne pas les couper en quartiers ? Des bagarres éclataient entres hommes des Hautes et Basses-Terres, entre clans. Encore quelques jours et il y aurait des désertions.

— Milord, il faut prendre une décision, et vite, le pressa le comte de Lennox. Ou nous attaquons, ou nous nous replions sur l'Ecosse tant que nous en avons encore la possibilité.

Longtemps le roi avait contemplé le vol de deux gerfauts. Il devait avancer droit devant lui jusqu'à atteindre l'impossible.

— Nous mettrons nos hommes en route demain à l'aube et camperons sur Branxton Hill avant que les Anglais n'y arrivent.

Dans une aube grise, l'armée écossaise s'ébranla, suivie des chariots portant les canons, une marche de plusieurs heures en dépit de la courte distance. Sous les rafales, les arbres commençaient à perdre leurs feuilles qui tourbillonnaient à chaque passage du vent. À plusieurs reprises, les bœufs, incapables d'avancer dans les ornières détrempées, s'embourbèrent. Il fallut réquisitionner des soldats pour les aider, des gars des Hautes-Terres solides comme des rocs. Les chevaux qui marchaient au pas enfonçaient leurs sabots dans la boue. Les champs étaient déserts. À l'horizon, les collines prenaient des formes incohérentes comme un éboulis de rocs où se faufilait la brume.

En fin de matinée, les soldats écossais étaient parvenus à prendre possession de la colline de Branxton. À travers les lambeaux d'un brouillard qui persistait encore, on voyait des étendards, des boucliers, le fer plat et pointu des hallebardes.

Hâtivement regroupées, les cinq phalanges de l'armée écossaise s'emparèrent de leurs piques longues de vingt-deux pieds. Épaule contre épaule, les hommes en dévalant la colline formeraient un mur impénétrable tant aux fantassins qu'à la cavalerie anglaise. Utilisée par les Suisses, cette technique de combat avait réussi à mettre en déroute l'armée de Charles le Téméraire devant Nancy et, après avoir étudié longuement les différentes armes de guerre, James IV avait arrêté son choix sur celle-là. En silence, les cavaliers endossaient leurs armures, aidés par les valets tandis que d'autres caparaçonnaient leurs chevaux. Sous la pluie le métal étincelait mais les bannières, drapeaux, enseignes et étendards détrempés avaient perdu toute allure guerrière.

En bas de la colline, les Anglais eux aussi se préparaient au combat. Leur camp bouillonnait d'activité. Entre les soldats, les archers d'élite, les arbalétriers, les canonniers, circulaient hommes de main, pages, valets de toutes sortes allant d'un groupe à l'autre.

— J'ai remis aux capitaines nos plans de bataille, Milord, prononça Lennox à côté du roi. Nous pourrons donner l'ordre à la troupe de se mettre en rangs quand bon vous plaira.

Entouré des siens, James achevait de s'armer. Il n'avait ni colère ni inquiétude, seulement une vague tristesse, celle de ne point se battre devant les murs de Jérusalem. Un instant, il pensa à la reine, à ses sombres présages. Ne rejetait-elle pas sur lui ses angoisses, ses réticences ? Jamais elle n'avait réellement adopté l'Ecosse comme son pays et, manipulée par ses émissaires comme par l'ambassadeur d'Angleterre, restait aux ordres de son frère. Il lui avait cependant confié la garde de James, leur unique enfant. Qu'elle puisse seule gouverner l'Ecosse ne l'avait pas effleuré. S'il mourait, un Conseil se formerait aussitôt, composé de ses amis qui prendraient en main le destin du pays jusqu'à la majorité de son fils. Mais un enfant avait besoin de sa mère, jamais il n'avait oublié la sienne.

Par trois fois, en l'honneur du mystère de la Sainte Trinité, le roi se signa. Il était prêt. Un valet achevait d'ajuster ses étriers, son porte-étendard se tenait à côté de lui. De l'enseigne guerrière détrempée par la pluie, on ne voyait qu'une des deux licornes, un peu de l'écusson.

L'armée était en ordre de bataille et, avec satisfaction, James vit le formidable mur des cinq phalanges. Installés à la hâte, les canons pointaient vers un but approximatif mais leur puissance de tir causerait des ravages dans les rangs anglais. Un peu à l'écart, le corps d'élite des archers s'apprêtait à suivre les piqueurs pour achever la tâche. De chaque côté des phalanges, les cavaliers composés de seigneurs et d'archers montés attendaient qu'elles soient engagées dans le combat pour charger. Dans le sol détrempé, les pieds des soldats, les sabots des chevaux s'enfonçaient. Soudain, les trompettes retentirent, les tambours commencèrent à rouler. L'ordre de bataille était donné. Lourdement les terribles masses quadrangulaires s'ébranlèrent le long de la pente menant à la vallée.

— Attaquons-les sur les flancs, ordonna Surrey, et tentons d'infiltrer leurs phalanges. Au corps-à-corps, les piques seront impuissantes.

Déjà les premiers Anglais s'élançaient à l'assaut des collines. Pour neutraliser l'artillerie écossaise, il fallait se dégager de la plaine aussi vite que possible.

Dans des hurlements terribles, les Ecossais dévalaient vers eux, masse mouvante semblable à un animal fantastique hérissé de piques. Au milieu des cris, de la sonnerie des trompettes, des boulets passaient qui fauchaient des rangs entiers d'Anglais aussitôt reformés. Déjà les premiers archers de Surrey avaient lancé un déluge de flèches sur les phalanges, mais les soldats étaient si proches les uns des autres que les projectiles ricochaient sur les casques. Aussitôt qu'un soldat tombait, le rang se resserrait et la masse mouvante continuait sa progression.

— Lancez la cavalerie et les hallebardiers ! ordonna Surrey.

Lui-même était prêt au combat. Entouré de son porte-étendard et de ses deux fils, il mènerait la seconde vague.

Dans un ordre parfait, les cavaliers s'élancèrent en deux groupes prêts à attaquer les phalanges sur leurs flancs tandis que les fantassins, armés de leurs hampes munies d'un fer tranchant à l'extrémité et de deux ailes latérales, l'une en forme de croissant, l'autre de pique, prenaient le centre du combat. Le maniement de ces armes redoutables était si parfaitement acquis qu'aucune épée, aucune hache écossaise ne pouvait les intimider.

Avec stupeur, Lennox vit que le choc ennemi désorganisait déjà ses soldats incapables dans la boue de tenir leur position. Le centre pliait et les cavaliers anglais avaient massacré un nombre considérable des leurs sur chacun des flancs.

— La cavalerie, hurla-t-il, en avant pour l'Ecosse et pour le roi !

Les lourds chargeurs s'élancèrent mais la pente freinait leur allure. Des gerbes de boue jaillissaient sous leurs sabots qui maculaient armures et cottes de soie multicolores. Les phalanges ne gardaient plus leur alignement et, se précipitant dans les vides, les hallebardiers anglais massacraient les piqueurs écossais. Le choc des cavaliers acheva la confusion. Encerclés, les fantassins ne disposaient d'aucune marge de manœuvre et se jetaient en avant les uns contre les autres.

La nuit allait tomber. Forcée en son centre, massacrée sur ses ailes, l'armée écossaise avait subi d'effroyables pertes.

— Donnez les Highlanders, ordonna Lennox.

Ce corps d'élite composé d'hommes brutaux indifférents à la mort, était leur dernière chance. Contrairement aux espérances de James, le terrain, la pluie avaient rendu inefficaces les phalanges pourtant réputées invincibles.

Au son des cornemuses, clan après clan, les rudes hommes des montagnes et des îles s'élancèrent, épée et hache à la main.

Sur l'ordre de Surrey, les ailes anglaises, archers et hallebardiers, les enveloppaient. Tombant de plus en plus dru, la pluie brouillait la vue, empêchait tout déplacement rapide. Les soldats devaient s'enraciner dans le sol, tenir.

— Allons ! décida James.

Au son des trompettes, lui-même, Alexander son fils bâtard, ses généraux, les chefs des grandes familles écossaises se lancèrent dans le combat. James ne craignait rien, il était l'Ange Justicier qui descendait son épée à la main pour infliger aux hommes la punition divine.

Le combat était devenu un corps-à-corps, mais la victoire appartenait aux Anglais, tant étaient nombreux les Ecossais jonchant le sol, morts, agonisants ou blessés. Refoulés ou écrasés par les boulets, les cavaliers n'étaient plus qu'un nombre infime à se battre encore. Nul ne voyait plus l'étendard du roi.

Quand Surrey, ses fils et ses capitaines firent le tour du champ de bataille, la nuit tombait. Une profusion de cadavres occupaient les pentes de la colline, la plaine. On voyait des têtes sans corps, des jambes, des bras, des chevaux râlant dans des mares de sang. Surrey se détourna.

— Le cadavre du roi, Milord.

Du bout de sa hallebarde, un soldat désignait un corps étendu près de la bannière royale écossaise. Surrey s'approcha. Était-ce vraiment James IV ? Déjà on l'avait dépouillé de tous ses vêtements. Il gisait nu, maculé de boue.

— Un homme courageux, murmura Thomas Howard, roi d'un peuple téméraire.

Devant lui gisaient pêle-mêle la fleur de la noblesse écossaise et Alexander, le fils bâtard du roi, âgé de quinze ans.

Surrey se découvrit, mit un genou à terre. À travers une déchirure des nuages, un croissant de lune brillait.

29

— Inutile d'user de détours, interrompit Margaret d'une voix dure, je sais que vous venez m'annoncer la mort du roi.

Livide, chapeau bas, Lord Robert Borthwick, un des quelques rescapés de la bataille de Flodden, se tenait devant la reine.

— Combien des nôtres ont-ils été massacrés ?

— Huit à neuf mille, Milady.

La jeune femme ferma les yeux.

— Que leurs âmes reposent en paix, murmura-t-elle. Et les Anglais ?

Déjà elle avait pleuré James et le chagrin ne la submergeait plus. Mais l'impression de solitude était terrible, écrasante.

— Pas plus de mille cinq cents, Milady.

Borthwick hésita.

— Les nôtres ont ramassé la cotte du roi sur le champ de bataille.

— Qu'on me la remette, murmura Margaret. Et maintenant, Milord, je vous prie de vous retirer.

Avant de prier pour le repos de l'âme de James, elle voulait écrire à son frère. Son époux étant mort sur le sol anglais, elle n'ignorait pas que le cadavre serait remis à Henry qui pouvait en disposer à sa guise.

Resté jusqu'alors fort et entier, son patriotisme envers l'Angleterre se trouvait soudain ébranlé. Imaginer les étendards, les superbes canons de James évacués comme trophées de guerre de Flodden vers la forteresse de Berwick lui serrait le cœur. Et aucun cadavre écossais ne serait ramené dans sa terre natale. Entassés pêle-mêle, ceux des Hautes et Basses-Terres hanteraient pour longtemps la mémoire de familles incapables de se recueillir sur une tombe.

Devant sa table de travail, la jeune femme se laissa choir. Machinalement, elle s'empara d'une plume, d'une feuille de papier.

Milord et bien cher frère,

Votre neveu et moi sommes aujourd'hui entre vos mains. Le royaume d'Ecosse est orphelin comme l'enfant que je porte. Je ne veux rien justifier ni excuser quiconque mais le malheur qui fond sur moi ne peut vous laisser indifférent. À genoux, je vous supplie de ne point profiter de la défaite de mon pays pour l'envahir et le mettre à mal. L'élite écossaise n'est plus, votre victoire est totale. Ne nous infligez pas d'autres humiliations. Le roi, mon défunt époux, doit avoir une sépulture chrétienne dans son pays. C'est à mon frère que je demande son corps, ne me le refusez pas.

À partir d'aujourd'hui et jusqu'à la majorité de mon fils James, je me considère régente d'Ecosse. Je vais réunir un Conseil et tenter de redonner espoir à nos sujets. Nous voulons la paix et je suis prête à signer un traité qui nous satisfasse l'un comme l'autre. Nos vues étant en grande majorité semblables, vous n'aurez rien à craindre de moi.

En posant cette plume, je prendrai le deuil jusqu'à la naissance de mon enfant. Priez pour votre sœur qui vous aime.

Vivement Margaret plia la feuille en quatre, fit couler de la cire, y apposa son sceau. Henry recevrait cette lettre en France, grisé par ses victoires. Aurait-il une pensée compatissante pour elle ?

— Edimbourg n'est plus un lieu sûr, Milady. Il faut vous replier avec votre fils sur Stirling.

277

Il y avait de la fermeté mais aussi une grande douceur dans le regard d'Archibald Douglas, comte d'Angus. Depuis des années, elle l'estimait car il aimait l'Angleterre et ne manquait pas une occasion de le prouver. À Flodden, Angus avait perdu son père et son oncle et deux cents hommes du Clan. Fort âgé, son grand-père ne tarderait pas à mourir de chagrin. Archibald était son héritier et avait déjà un rôle important à jouer en Ecosse. La jeunesse de la reine, la vulnérabilité qu'il décelait en elle touchaient le jeune homme. Seule, ayant perdu nombre d'enfants, elle allait son chemin avec courage. Il était prêt à se rapprocher d'elle, à devenir un ami, un confident possible.

— Nous allons protéger Edimbourg aussi bien que possible, Milady, mais à Stirling seront réunis les canons qui nous restent, la forteresse est plus sûre.

— Le roi d'Angleterre ne nous attaquera point, prononça Margaret d'une voix tremblante.

— Vous ne devez prendre aucun risque, Milady, et le prince doit être couronné roi aussitôt que possible. La cérémonie aura lieu à Stirling dès que vous y serez installée.

La voix chaude d'Angus berçait Margaret. On allait la protéger, la guider. Elle n'avait qu'à suivre le chemin que le jeune homme lui montrait.

Toute l'assistance pleurait lorsque les prêtres entamèrent le rituel du couronnement. Au-dessus de la tête du prince âgé de dix-sept mois, revêtu du manteau du sacre au col d'hermine, l'évêque d'Edimbourg tenait la lourde couronne tandis que le comte d'Arran présentait le sceptre et le vieil Angus l'épée de justice. À peine avait-il la force de tenir l'arme.

Formé de Beaton, des deux Douglas survivants, des lords Huntly et Home, anciens collaborateurs du roi, le Conseil avait été réuni à la hâte pour assister Margaret. Tous installés à Stirling, ils avaient commencé à régler les problèmes les plus urgents : la protection des innombrables veuves et orphelins, un renforcement de la sécurité, la défense d'Edimbourg. Les frontières sud ne pouvant être gardées, Lord Dacre ne cessait de lancer ses soldats en territoire écossais pour de dévastatrices incursions. Avec anxiété, la reine attendait une réponse anglaise à sa proposition de paix. De sa belle-sœur Catherine, elle avait reçu fin septembre une lettre affectueuse. La reine affirmait être prête à faire tout ce qui était en son pouvoir pour l'assister.

Enveloppé dans une feuille de plomb, le corps de James IV avait été amené à Richmond et reposait dans la crypte de l'abbaye. Aucune décision concernant les obsèques ne pouvait être prise en ce moment, avouait Catherine. Il fallait attendre le retour du roi. À quelques semaines de son accouchement, la reine d'Angleterre éprouvait une immense fatigue mais affirmait qu'elle gouvernerait le pays jusqu'à la naissance de son enfant.

Quand les conseillers de Margaret prirent connaissance de la lettre expédiée à Londres, ils furent consternés. Leur reine n'avait pas à implorer la pitié de l'ennemi et devait se détacher de son frère. Incapable de rompre avec Henry, Margaret s'y était refusée. Archibald Angus l'avait publiquement soutenue et la jeune femme éprouvait le vague désir de se réfugier dans les bras de cet homme pour tenter de tout oublier.

La cérémonie du sacre s'achevait, mais bien qu'un banquet fût prévu, nul ne songeait à se réjouir. Déjà deux factions divisaient les membres du gouvernement, la première désireuse de voir un prince écossais à sa tête, la seconde accordant sa confiance à la veuve de James IV. Il était évident qu'une crise ne tarderait pas à éclater.

Le jeune Archibald Douglas avait offert son bras à la reine pour la reconduire dans ses appartements. Épuisée, découragée, Margaret tenait à peine debout. De toutes ses forces, cependant, elle voulait mener à terme sa grossesse, mettre au monde l'enfant posthume de James que tous les Ecossais attendaient avec émotion.

— Vous n'êtes point seule, Milady, murmura le jeune homme alors que des gardes ouvraient les portes. Ma vie est à votre service et à celui du jeune roi. Faites-le étroitement garder car notre pays est en ce moment un chaudron où bouillonnent de dangereuses potions.

— Pour diriger l'Ecosse jusqu'à la majorité de James V, nous avons besoin d'un chef de guerre, Milords, d'un homme du sang de nos rois. Lord Dacre nous humilie et, ne pouvant lui opposer aucune résistance, nous abandonnons nos paysans du Sud au feu et au fer anglais. La reine doit rester la tutrice de son fils mais ne doit prendre aucune décision politique ou militaire. Née anglaise, elle entretient avec le roi Henry VIII des relations d'affection fraternelle.

Le comte d'Arran se tut et observa ses pairs. Avec attention chacun l'avait écouté. Lord Fleming s'était levé.

— Penseriez-vous à rappeler John Stuart, milord ?

— Précisément, John Stuart, duc d'Albany, le cousin de notre défunt roi, son plus proche parent par le sang.

— Mais né et élevé en France, Milord. On prétend qu'il n'entend pas l'écossais.

— Il doit être régent, martela Arran.

Chacun gardait le silence. Depuis un certain temps, le nom du duc d'Albany circulait sur les lèvres de certains membres du Conseil et, sachant qu'on allait évoquer durant cette cession la possibilité de son retour, les Douglas s'étaient abstenus de faire acte de présence.

— Écrivez donc au roi de France, déclara Fleming. Lui seul peut donner au duc d'Albany l'autorisation de rejoindre le pays de ses ancêtres d'où son père a été exilé.

— Louis XII est notre allié, notre ami. Les Ecossais ont versé leur sang pour sa cause. A-t-il la moindre chose à nous refuser ?

De colère, Henry VIII posa si violemment sur la table son gobelet d'argent que son pourpoint de soie bleue se trouva maculé de vin.

— Que le diable les emporte tous ! s'écria-t-il. Albany ne mettra pas les pieds en Ecosse. Moi seul suis le tuteur de mon neveu.

À son retour de France fin octobre, le roi avait trouvé une épouse anéantie par la perte de son enfant. Né à Richmond, le petit prince n'avait survécu que deux heures. Mais le roi était si fort satisfait de sa campagne française qu'il n'en avait point été trop ému. Les époux par ailleurs s'étaient retrouvés avec émotion et Henry avait félicité Catherine pour sa régence avisée, son courage, sa détermination. L'Ecosse était à terre et il comptait bien en tirer profit. Pour montrer à ces orgueilleux le pouvoir absolu qu'il avait désormais sur eux, il allait exiger une régence de Margaret et renoncer aux obsèques royales qu'il avait prévues pour James IV. Le corps resterait dans sa feuille de plomb, sans cercueil, dans la crypte de l'abbaye de Richmond.

— J'écrirai au roi de France, tonna-t-il. Il est sous mon talon et ne peut rien contre moi.

Retrouver ses palais, ses courtisans, les jolies femmes de la Cour lui avait procuré un bonheur qu'il ne voulait pas gâter. La reine le comblait de prévenances et elle aurait bien vite l'espérance d'un nouvel enfant. Après quatre grossesses désastreuses, la chance enfin serait de leur côté, Henry en était sûr.

Auparavant, il allait travailler avec Wolsey sur les plans de la nouvelle campagne de France prévue pour le printemps suivant. Avec son indéfectible allié, Maximilien de Habsbourg, et de concert avec la Sainte Ligue dont faisait encore partie Ferdinand d'Aragon, il attaquerait Louis XII par le nord, l'est et le sud-ouest. Malade, inquiet pour la santé de la reine, le souverain français serait jeté à terre et il n'aurait qu'à se baisser pour ramasser sa couronne.

— De quels alliés sûrs ma sœur dispose-t-elle en Ecosse ? demanda-t-il à Wolsey.

Le ministre était bien aise, lui aussi, d'avoir regagné l'Angleterre. Maximilien et sa famille flamande prenaient sur le roi une influence de plus en plus forte qu'il jugeait néfaste.

À Londres, Henry retomberait vite sous sa dépendance et il tenterait alors d'adoucir ses humeurs guerrières. La campagne de France avait coûté fort cher pour un résultat médiocre : deux villes prises, Guinegatte et Tournai, une escarmouche gagnée. La conquête du royaume de France dont rêvait le roi restait pour le moment une utopie. Durant l'hiver, il allait tenter de rééquilibrer les alliances et retarderait autant que possible le mariage de la princesse Mary avec Charles de Gand.

— Des Douglas, Milord, et des familles qui leur sont inféodées.

— Qu'elle s'appuie sur eux.

Wolsey savait que, dans le but de faire peser sur la jeune femme le poids de son pouvoir absolu, le roi n'avait pas encore écrit à sa sœur. Peut-être serait-il temps de lui envoyer les bijoux légués par Margaret Beaufort que son frère n'avait jamais jugé bon de lui faire parvenir.

— Nous pourrions avoir un geste d'amitié envers la malheureuse reine d'Ecosse, Milord. Les bijoux par exemple...

— Ne m'en parlez point ! interrompit Henry. En ce qui concerne le traitement que je juge approprié de donner à ma sœur, je n'ai de conseils à recevoir de quiconque.

Wolsey n'insista pas. En cédant sur des détails, il flattait la vanité du roi qui lui laissait ensuite les mains libres.

Occupée à disposer dans un vase les branches d'un bouquet de houx, Mary n'avait pas entendu Charles Brandon approcher. À quelques pas, feignant d'arranger les plis d'une tapisserie représentant une chasse au faucon, ses demoiselles d'honneur et sa gouvernante, lady Guildford, tendaient l'oreille. À la Cour, nul n'ignorait l'attirance des deux jeunes gens l'un pour l'autre mais si Mary se livrait parfois à des mines provocantes, Brandon avait trop de sagesse pour paraître les remarquer.

— Voici longtemps que je ne vous ai vue, Milady !

À peine la jeune fille lui lança-t-elle un coup d'œil. La

relation de la cour en règle faite par Brandon à Marguerite d'Autriche, régente des Flandres et des Pays-Bas lui avait été narrée dans le détail et, bien que deux mois se fussent écoulés depuis son retour en Angleterre, elle n'était pas encore prête à lui pardonner.

— Il faut que votre démarche soit d'une grande importance car je n'ai point le souvenir de vous avoir fait mander.

— Elle l'est, en effet.

Depuis qu'il avait été fait duc de Suffolk, Charles arborait une mine nonchalante qui adoucissait la virilité du corps et des traits. Ses ambitions se trouvaient réalisées. Ne lui manquait qu'une épouse de haute noblesse mais Marguerite de Habsbourg l'avait rejeté et il n'osait avouer à Mary qu'il en avait été mortifié. Depuis l'enfance, les deux jeunes gens se côtoyaient et s'appréciaient. À la mort de son père, Mary avait pris Charles comme confident et il l'avait touchée par ses attentions. Le « chevalier servant » de sa petite enfance s'était transformé en ami solide, intelligent, affectueux et, peu à peu, Mary s'était mise à penser que la vie les unirait pour toujours. Ne pourrait-il faire partie de sa suite en Flandres, demeurer auprès d'elle comme ambassadeur d'Angleterre ? Mais quelques semaines plus tôt, on lui avait décrit un Charles Brandon épris de Marguerite de Habsbourg, ne la quittant plus, imaginant mille compliments, mille bassesses pour lui plaire. Elle en avait eu le cœur soulevé. Comment avait-elle pu apprécier ce bouffon, le traiter en frère ?

Un instant, le jeune homme contempla la beauté de Mary dans la lumière du matin. Un pâle soleil glissait sur la chevelure d'un blond doré, ciselait les traits délicats, la finesse du cou émergeant de la robe de deuil en velours noir.

— Quelle peut être cette importante raison, milord ?

La voix avait perdu son accent froid pour devenir presque moqueuse.

— Nous ouvrirons le bal de Noël, vous et moi, vêtus en enchanteur et en fée.

— Je réfléchirai.

— Ordre du roi, Milady !

Mary se retourna.

— Vous vous soumettez en tout à mon frère sans tenir aucun compte de mes désirs.

Le duc de Suffolk esquissa un sourire. Enfin la jeune femme venait là où il désirait l'attirer.

— En quoi vous aurais-je déplu ?

— En ne me plaisant pas. Je vous imaginais au-dessus des autres hommes et vous en possédez toutes les indignités.

Charles Brandon retenait difficilement sa gaîté. La princesse lui faisait une scène de jalousie. Avec désagrément il songeait au mariage de Mary avec Charles de Gand. À Tournai, il avait rencontré le prince et l'avait trouvé chétif, renfermé, maussade. Bien que son regard révélât une grande intelligence, la mâchoire des Habsbourg ne l'avantageait pas et il ne pouvait imaginer la radieuse Mary partageant le lit de ce triste adolescent n'ayant probablement pas la moindre idée d'un corps de femme, encore moins de la façon de le caresser.

— C'est que vous me connaissez bien mal, Milady, car depuis l'enfance je me suis fait votre chevalier servant.

— Un chevalier ne ment pas à sa dame et vous ne m'avez soufflé mot de lady Marguerite.

Promptement la jeune fille se détourna mais, avant qu'elle ait pu faire un pas pour s'éloigner, Suffolk lui avait saisi le poignet et la forçait à lui faire face.

— J'ai mes amours, Milady, et vous les vôtres, mais ce qui nous lie l'un à l'autre est un sentiment d'une plus grande importance. La position que vous occupez m'interdit de vous regarder en amant[1] mais je suis votre ami le plus fidèle et, oserai-je le dire, le plus tendre.

Un moment Mary regarda Charles Brandon droit dans les yeux. Son destin ne lui appartenait pas, il était inutile de rêver mais le contact de ces doigts sur son poignet la troublait.

---

1. Au XVIᵉ siècle, le mot amant signifie homme qui fait sa cour à une femme

— Promettez, murmura-t-elle, que vous accourrez aussitôt si je suis malheureuse et ai besoin d'être consolée.

Charles prit la main de la jeune fille, la porta à sa bouche.

— Vous êtes ma princesse, la reine de mon cœur, pourquoi ne pas devenir ma fée ?

Les yeux de Mary brillaient.

— On me marie en mai, Charles, et j'ai peur.

30

Hiver-printemps 1514

Un froid mordant dévastait l'Europe. À Paris, on avait vu des loups rôder dans les faubourgs et à Londres la Tamise charriait des plaques de glace. Catherine avait puisé dans sa cassette pour secourir les innombrables miséreux qui erraient sur les chemins et Henry autorisait que l'on ramassât du bois dans les forêts royales.

La joie des fêtes de Noël avait été un peu forcée, chacun ne pouvant s'empêcher de penser à la mort tragique du roi d'Ecosse dont la dépouille reposait dans la crypte de l'abbaye de Richmond, et à sa malheureuse veuve enceinte de cinq mois qui se débattait pour obtenir la régence bien que la tradition écossaise exigeât que ce soit le plus proche parent mâle du roi défunt qui assumât le pouvoir jusqu'à la majorité du futur souverain.

Empêché par le froid de chasser, tirer à l'arc ou jouer au tennis, Henry VIII travaillait davantage avec Wolsey. Le nouveau pape, Léon X, souhaitait une réconciliation entre les princes chrétiens mais seul Ferdinand d'Aragon avait négocié une paix avec Louis XII qui pleurait sa femme, Anne de Bretagne, tout juste décédée. Maximilien de Habsbourg venait d'assurer l'Angleterre de son fidèle soutien. La campagne de printemps était donc maintenue, sans Ferdinand, et Henry n'avait pas de mots assez durs pour son beau-père. Désormais, avait-il déclaré à la reine, il était inutile qu'elle parle en sa faveur. L'Espagne était un pays déloyal avec lequel il ne voulait plus rien avoir à faire.

Las de travailler avec l'infatigable Wolsey, le roi aimait se délasser aux côtés de sa femme et de sa sœur. Mary préparait en vue de ses noces un somptueux trousseau pour lequel Henry ouvrait grande sa bourse. Trois mois encore, et il devrait la faire conduire en Flandres où l'attendait avec impatience l'archiduchesse Marguerite, tante de Charles de Gand. Amateur de riches tissus, de fourrures, de dentelles, le roi aimait choisir chaque parure avec Mary. Depuis longtemps le frère et la sœur ne s'étaient sentis aussi proches. Parfois ils évoquaient leur enfance, le château d'Eltham, la mort de leur mère. À peine Mary se souvenait-elle de son visage, mais elle n'avait pas oublié le parfum de ses vêtements, de sa chevelure, le son de sa voix. Elle était passée de l'enfance à l'adolescence et préparait son mariage sans l'affection d'une mère, d'une sœur. Catherine et Henry étaient sa famille. Que deviendrait-elle sans eux ? Henry en venait aux confidences. Il désirait tant un fils ! La naissance d'un prince de Galles faisait la fierté du roi et de toute la nation. Il était symbole de prospérité, de continuité. Quel chagrin il éprouverait si Mary donnait aux Flamands un prince avant qu'il en offre un à l'Angleterre ! La tristesse perçue chez ce frère d'habitude si jovial désolait Mary mais elle aimait Catherine de tout son cœur, avait souffert à la mort prématurée de ses enfants et admirait sa vaillance. La reine ne se plaignait pas, gardait un air digne et serein, attentive à son mari, prête à se vêtir avec recherche s'il voulait un bal, à banqueter quand l'envie de réunir ses amis le prenait, à se taire s'il préférait la paix. Mary encourageait sa belle-sœur à s'affirmer davantage. N'avait-elle pas magistralement gouverné l'Angleterre en l'absence du roi ? Mais Catherine avait choisi la soumission. Henry commandait, elle obéissait.

En février, alors que le froid relâchait un peu son étreinte,

Henry attrapa la varicelle et dut s'aliter quelques jours. Il fallut surseoir aux préparatifs du mariage flamand. La neige fondait, détrempant la campagne. Il faisait presque doux, l'eau de la Tamise avait des miroitements clairs sous le soleil et les oiseaux recommençaient à pépier. Convalescent, le roi se promenait dans les jardins de Richmond avec Mary et Charles Brandon, comme s'il éprouvait une joie perverse à les mettre en présence l'un de l'autre. Mais sa sœur demeurait sereine. Impénétrable lorsqu'il s'agissait de lui, Brandon ne s'échauffait qu'en évoquant la guerre contre la France. « Nous nous rapprocherons des Suisses, expliquait le roi, et si la traîtrise de Ferdinand d'Aragon nous force à abandonner la conquête de l'Aquitaine, nul n'empêchera celle de l'ancien duché de Bourgogne. Vous régnerez sur un immense empire, lady Mary. »

Mais plus le temps la rapprochait de ses noces, plus la jeune fille perdait sa joie. Tout ce qui avait compté jusqu'alors pour elle allait bientôt lui être arraché. À la veille de son départ, elle supplierait Henry d'envoyer le duc de Suffolk en Flandres pour servir à côté d'elle les intérêts de l'Angleterre.

— J'ai de mauvaises nouvelles, Milord.

Wolsey était pâle, le ton de sa voix altéré.

— D'Ecosse ?

— De France, Milord.

Henry inspira profondément. Quelle mauvaiseté le vieux Louis XII avait-il encore trouvé le moyen de concocter. Épouser l'archiduchesse Marguerite ?

— Le roi de France a signé un accord de paix avec l'empereur Maximilien.

— C'est impossible !

Le poing d'Henry s'abattit sur la table.

— Le traité a été signé la semaine dernière, Milord. La Sainte Ligue a cessé d'exister.

— J'irai donc guerroyer seul !

Le ton rageur du roi ne surprit pas Wolsey. Mais avant de pousser des arguments susceptibles de l'apaiser, il devait vider le sac de ses désastreuses nouvelles.

— Et l'empereur, Milord, songe désormais à marier Charles de Gand à la princesse Renée de France, tandis que sa sœur aînée, Claude, épouserait le dauphin François de Valois-Angoulême.

Livide, Henry demeurait appuyé d'une main sur la table comme s'il craignait de s'affaisser.

— Mary est donc répudiée.

— Rien n'est encore officiel, Milord.

La voix d'Henry tonna :

— Vous imaginez-vous, Wolsey, que ma sœur puisse attendre le bon vouloir de l'empereur Maximilien et du roi Ferdinand ! C'est moi qui refuse qu'elle épouse le petit-fils de deux traîtres et, aujourd'hui même, les fiançailles sont rompues. Vous allez à l'instant écrire une lettre à l'empereur à laquelle j'ajouterai quelques mots exprimant sans artifices ce que je pense de lui.

Drue et monotone, la pluie tombait sur le palais de Westminster. Un timide printemps verdissait les bourgeons aux branches des charmes et des saules. La Tamise était grise.

Wolsey soupira :

— J'écrirai, Milord, mais la situation n'étant plus contrôlable, nous devons en tirer parti à notre avantage, telles sont les lois de la politique.

Sous ses paupières mi-closes, Thomas Wolsey observait Henry VIII. Il le connaissait bien. Après la colère viendrait le désir d'affirmer sa puissance, de plier les circonstances à son profit afin de ne pas perdre la face.

— Pourquoi Votre Grâce ne songerait-elle pas à faire la paix, elle aussi ?

— Avec Louis ? Jamais !

— Une telle décision irait pourtant dans le sens des souhaits du pape dont l'appui nous sera indispensable s'il venait à François d'Angoulême l'envie de reprendre la guerre en Italie quand il sera roi.

289

— Je ne peux y consentir, Wolsey, et vous le savez. Je veux un couronnement à Notre-Dame de Paris.

— Remettez-le à plus tard, Milord, et pensez aux intérêts immédiats de l'Angleterre. Le Trésor a été mis à mal par la guerre et quelques mois de répit seraient les bienvenus. Les Anglais aiment la gloire quand ils n'ont pas à la subventionner par des impôts, au grand préjudice de leur commerce. Je peux à tout moment, Milord, mettre en votre présence le duc de Longueville qui est notre prisonnier depuis Guinegatte. Le duc est un proche ami du roi Louis XII et serait l'homme idéal pour négocier des accords secrets.

Henry réfléchissait. Une paix séparée pouvait, en effet, déstabiliser des ennemis qui ne s'y attendaient point.

— Nous verrons, mon ami.

Le roi allait se retirer quand Wolsey jusqu'alors absorbé par la contemplation d'un détail sur une des tapisseries se retourna.

— Le mariage de la princesse Mary avec le roi de France mettrait un frein considérable aux agissements de l'empereur en Italie. Laisser la péninsule au roi Ferdinand et à Maximilien de Habsbourg compromettrait gravement l'équilibre européen. En revanche, si l'Angleterre et la France s'unissaient, nous deviendrions des arbitres entre ces deux puissances. Et Louis peut payer fort cher une alliance qui d'un côté l'arrangerait, de l'autre lui offrirait la plus délicieuse des reines.

Alors qu'elle gisait sur son lit d'accouchée, la reine d'Ecosse pressentait qu'on tramait de lui refuser la régence, mais elle ne pouvait rien tenter avant son rétablissement. Dans son berceau, le prince Alexander dormait paisiblement. Privé de père, sa mère menacée d'exclusion, quel était son avenir ? Bien que fiévreuse, exsangue, épuisée, elle se battrait pour exercer un pouvoir politique, élever seule ses enfants, les préparer comme elle l'entendait aux responsabilités qui seraient les leurs. Pour l'aider, elle n'avait que l'Angleterre et ses quelques partisans écossais. Elle devait se mettre résolument à leur tête, museler l'opposition, s'opposer par tous les moyens au retour d'Albany. La fièvre agitait la reine. Elle se voyait traquée avec ses enfants, claquemurée dans le château de Stirling, les canons du défunt roi pointés vers ses ennemis.

— Détendez-vous, Milady.

Une dame d'honneur passait sur son front du vinaigre aromatique. Elle la repoussa. Qui pouvait prétendre l'intimider ? Exilé, pauvre, abandonné de tous, son père avait pourtant subjugué ses ennemis, arraché le trône d'Angleterre aux York et laissé à son fils un royaume riche et prospère. Plus qu'une Stuart, elle était une Tudor, et ceux qui la croyaient à terre la connaissaient bien mal.

Pour la seconder, la reine, à maintes reprises, avait songé à Archibald Douglas comte d'Angus. La bienveillance qu'il affichait à son égard, son charme, sa fidélité à l'alliance anglaise la touchaient. Riche, puissante, sa famille comptait de nombreux amis et vassaux.

Le beau visage du comte d'Angus investit l'esprit de la reine. À nouveau elle éprouvait le désir, le bonheur d'être femme. Margaret ferma les yeux. Elle devait surmonter cet épuisement qui la clouait au lit des semaines durant après ses accouchements, appeler Archibald à son secours.

Le vieux comte d'Angus ne pouvait se mouvoir qu'avec peine. Mai étant doux, ensoleillé, on avait installé un fauteuil garni de coussins en duvet d'oie devant une des fenêtres de son château de Tantallon, forteresse familiale dont aucun siège n'avait pu avoir raison. Face à la mer, les hauts murs crénelés, les tours reliées entre elles par des chemins de ronde dressaient leur masse formidable que venaient battre les vents de tempête. Orienté à la fois vers la mer et l'aber de Forth, le château occupait une position clef sur la route d'Edimbourg.

Un long moment le vieil homme contempla ce paysage familier qui n'avait cessé de l'inspirer. Aujourd'hui, il n'ambitionnait que de mourir dans son château près de son petit-fils, tenter d'accepter le massacre de ses deux fils à Flodden. Religieux, le troisième ne donnerait pas de descendance aux Angus, seul lui demeurait Archibald, héritier de toutes ses espérances.

— Sir Archibald vient d'arriver de Stirling, Milord.

Le vieillard hocha la tête. Depuis le matin, il l'attendait avec impatience.

Devant son aïeul, le jeune Douglas s'inclina. Il avait passé son enfance à Tantallon et ce paysage enchanté ravivait en lui de précieux souvenirs. Les mêmes bancs et inconfortables fauteuils de chêne s'alignaient le long des murs où pendaient des tapisseries rongées par l'humidité. Une table monumentale portait des flambeaux de bronze, des coffrets où étaient alignés gobelets et couteaux, des boîtes à épices en argent frappé aux armes des Douglas, une aiguière datant des Romains. Enfant, Archibald entrait sur la pointe des pieds dans cette salle réservée à ses grands-parents, ses parents et leurs amis. Il y faisait toujours froid, moins cependant que dans les escaliers, les interminables couloirs. Derrière les remparts, on entendait le bruit des vagues qui se fracassaient sur les rochers, le cri mélancolique des engoulevents.

— Approchez, Archibald.

Le jeune homme, qui n'avait pas vu son grand-père depuis plusieurs mois, fut surpris par son teint gris, ses yeux injectés de sang.

Tentant de sourire, il tira un fauteuil dont pas un coussin ne venait atténuer le rude inconfort.

— Que se prépare-t-il à Edimbourg et à Stirling ?

— Beaucoup de choses, Milord. La coalition qui s'est formée contre l'alliance anglaise est en contact étroit avec Albany qui pourrait débarquer en Ecosse dès la fin de l'année avec huit mille soldats français. Son retour signifierait l'alignement de notre pays derrière la France alors que nos intérêts, notre culture nous lient à l'Angleterre.

— Et le pape ?

— Le Saint-Père soutient Albany, tout en prêchant une politique de paix.

Songeur, le vieux comte observa un instant une barque de pêcheur qui louvoyait pour rentrer au port.

— Les nôtres ?

— Ils s'organisent. La reine, qui se remet tout juste de ses couches, a découvert avec colère qu'on lui avait ôté durant son confinement l'essentiel de son autorité. Elle est fort vulnérable et désemparée, mais jusqu'à présent, sauf retirer la garde des Sceaux à Patrick Paniteer qui s'est déclaré ouvertement contre elle, elle n'a rien tenté.

— Les Stuart ne veulent partager le pouvoir avec personne, accusa le vieil Angus. Dans ce refus de leurs lois, notre famille a versé sa part de sang. Assassinats, confiscation de nos terres, rien ne nous a été épargné. Mais les Douglas ne se laisseront jamais dompter. Vous, mon fils, serez celui qui rendra à notre famille la sphère d'influence qui lui est due.

— La reine m'accorde sa confiance, Milord. Elle s'appuie sur moi et nos amis pour rentrer en possession des droits et prérogatives des régentes, confia Archibald.

— Les femmes sont faibles et changeantes, mon enfant, prononça avec lenteur le vieux comte. Il nous faut plus que son amitié.

Archibald se figea. Que signifiaient les paroles de son grand-père ? Qu'il devait devenir l'amant de la reine ? Celui-ci n'ignorait pas qu'il était sur le point de se marier à lady Jane Stuart de Traquair dont il était fort amoureux. Après avoir perdu une première épouse en couches, il aspirait au bonheur.

— Que puis-je lui offrir, interrogea-t-il, hormis mon respect et mon épée ?

— Épousez-la. Chacun la dit éprise de vous. Ne l'avez-vous point remarqué ?

Stupéfait, le jeune homme fixait à travers la fenêtre aux traverses de pierre la ligne verdâtre des flots parsemés de traînées mousseuses. Avait-il bien compris son aïeul ?

— Je suis à la veille de mon mariage, Milord...

— Renoncez à cette union et faites de Margaret Tudor votre femme devant Dieu. Voici des siècles que les Douglas attendent de rabattre l'orgueil des Stuart. Avant de trépasser, je vous demande, au nom de votre père et de votre oncle morts dans l'honneur, d'épouser la reine douairière. Beau-père du roi, père de ses futurs demi-frères et sœurs, nul ne pourra vous dicter une conduite.

— J'aime lady Jane, Milord, et lui ai donné ma parole.

— Je suis étonné, Archibald, de vous entendre parler d'amour comme un jouvenceau sans cervelle quand les inté-rêts majeurs de notre famille sont en cause. Étant votre aïeul et pour quelque temps encore le chef des Douglas, je vous donne un ordre auquel il vous faut obéir. Courtisez la régente, mettez-la dans votre lit et épousez-la. Les Tudor ont un tempérament chaud comme la braise, vous êtes beau, elle ne vous refusera rien.

Le jeune homme baissa la tête. Déjà il entrevoyait pour lui comme pour ses amis les bénéfices d'une telle union. Outre le pouvoir, ils partageraient des évêchés, de multiples charges lucratives. Et, une fois la paix revenue avec l'Angleterre, les coups de main dévastateurs cesseraient aux frontières, les marchands referaient commerce, les paysans ne craindraient plus de voir leurs récoltes saccagées, ou d'être recrutés de force dans l'armée par leurs seigneurs. En vérité, ses propres intérêts ne se dissociaient guère de ceux de son pays.

— Je vais réfléchir, Milord. Songez que je n'ai que dix-neuf ans.

Le vieil homme se redressa dans son fauteuil. Avec une énergie surprenante, sa main noueuse s'abattit sur un des accoudoirs sculptés des chardons de l'Ecosse.

— Le clan des Douglas est un, Archibald. Il est à votre service comme vous devez être au sien. Aussi longtemps que Dieu m'accordera vie, je reste le chef de ma famille et vous me devez obéissance comme, moi mort, les nôtres se soumet-tront à vos ordres.

Le jeune homme se leva. Quoique le soleil fût doux, la mer forcissait. Striée de nappes verdâtres, elle se crêtait d'écume. Il allait rester quelques jours à Tantallon pour reconsidérer sa vie, tenter de se détacher du passé pour se tourner vers l'avenir. Le vieux château de ses ancêtres l'y aiderait.

— Si la reine veut de moi, Milord, je serai son époux devant Dieu.

Le vieux comte hocha la tête. Il avait l'air las soudain.

— Les intérêts ne peuvent se séparer des sentiments, Archibald. Faites-moi porter du brandy.

31

Lady Jane,

Vous êtes mon amie et de plus vous êtes française. Le roi venant de m'apprendre que je vais bientôt devenir votre reine, je puis donc doublement m'épancher auprès de vous. Après la rupture de mes fiançailles avec Charles de Gand, je pensais, j'espérais pouvoir choisir un époux à ma guise. Mais je dois obéir aux intérêts de mon pays et embarquerai pour Calais au mois d'octobre pour rejoindre un homme de trente-trois ans mon aîné que chacun s'accorde à qualifier de goutteux, décrépit et sénile. À dix-huit ans, on va m'enterrer dans le château des Tournelles au milieu d'une cour de gens d'un autre âge et me contraindre à adopter leurs mœurs désuètes. Non point que la France me répugne, je sais votre pays fort beau, les arts appréciés, la politesse, l'art de la conversation, la galanterie poussés à l'extrême, mais je crains qu'à côté d'un vieillard ces bonheurs-là ne soient pas pour moi.

La reine Catherine espère que j'aurai vite un fils pour asseoir mon pouvoir en donnant à Louis le descendant mâle qui lui fait défaut. Mais, outre que de procréer avec le roi me cause du dégoût, Louis est-il encore capable d'être père ?

Le merveilleux trousseau destiné à mes noces avec Charles de Gand va donc être expédié avec moi en France. Il me reste deux mois pour me préparer.

Votre présence à Paris me sera absolument nécessaire. J'amènerai ma gouvernante lady Guildford, une mère pour moi, et plusieurs demoiselles d'honneur dont Mary, la fille aînée de Thomas Boleyn. À ma demande, le roi a accepté de me faire escorter par mon oncle, le marquis de Dorset et le duc de Suffolk. La vue de ce dernier me fera le cœur gros. Avec les années, je me suis beaucoup attachée a Charles Brandon qui, avec vous, lady Jane, fut un compagnon d'enfance. Vous souvenez-vous comment nous rivalisions pour être sa partenaire de jeu ? Lorsqu'il vous prenait dans ses bras pour vous lancer en l'air comme une plume, j'enrageais de dépit.

Je prie Dieu de me donner force et courage. Mon futur époux me laissera veuve probablement et je tente d'arracher au roi la promesse d'épouser alors qui me plaira.

Amoureuse à la folie de Lord Angus, ma sœur Margaret, reine douairière d'Ecosse, vient de l'épouser, indifférente au ressentiment de maintes grandes et puissantes familles écossaises. Il a dix-neuf ans, elle vingt-cinq. L'opposition travaille avec acharnement à confier la régence au duc d'Albany qui assistera à mon mariage à Paris. S'il débarque en Ecosse, il prendra aussitôt possession des deux fils de la reine douairière afin qu'ils soient élevés par l'Ecosse et pour l'Ecosse. Je doute que mon frère tente quoi que ce soit pour soutenir Margaret car il désire une paix durable avec notre voisin du Nord, comme il veut se comporter avec la France en loyal ami. En se jetant dans le parti anglais quand l'Angleterre elle-même ne veut plus en entendre parler, Margaret a agi tout de travers.

À bientôt donc, lady Jane. Nous serons réunies à Londres dans quelques jours, à la grâce de Dieu, avant de vivre ensemble à Paris non loin d'un homme qui vous est cher, le duc de Longueville. Que la Sainte Providence vous protège.

Votre affectionnée amie, Mary Tudor.

Avec satisfaction, la princesse replia la lettre qui partirait le jour même pour Richmond où la jeune Française se remettait d'une rougeole. Si, dans sa lettre adressée à Jane Popincourt, elle s'était étendue sur ses inquiétudes, elle n'avait point évoqué les quelques moments où la perspective de devenir reine de France lui souriait. Louis XII avait déjà expédié deux missives fort empressées accompagnées de somptueux joyaux dont un diamant incomparable nommé le Miroir de Naples qu'Henry avait admiré avec convoitise. Sans déplaisir, elle reprenait des lectures en français et contemplait des peintures représentant les châteaux de Tours, Blois, Ambroise, du Fau, ceux de Saint-Germain, de Vincennes, Étampes, l'hôtel des Tournelles. En France, la nature semblait plus domestiquée qu'en Angleterre : vergers, potagers, roseraies, jardins de plaisance avaient un air de noblesse, offraient des raffinements encore peu répandus dans les châteaux anglais. Et les romans, poèmes voués à l'amour pullulaient. Le procureur du Châtelet à Paris, Martial d'Auvergne, n'avait-il pas composé *Les Arrêts des cours d'amour* ? Chez les austères magistrats londoniens, une telle fantaisie était peu imaginable. Si le roi son futur époux était par trop décati, elle pourrait toujours prêter l'oreille aux quelques jeunes gens de sa cour et s'amuser en leur compagnie. On disait l'héritier du trône de France, François de Valois-Angoulême, occupé tout entier à plaire aux dames. Elle s'en ferait un allié pour échapper aux vieux compagnons du roi et à leurs épouses flétries.

Sur un banc orienté plein sud, entre deux tonnelles, la reine d'Angleterre brodait en compagnie de quatre de ses dames d'honneur. Le jardin était doré par l'automne dont la lumière douce jouait sur les massifs de colchiques roses, de gants-de-la-Vierge et de glaïeuls dont les couleurs éclatantes se découpaient sur les haies de buis. L'enfant qu'elle attendait commençait à bouger, mais Catherine ne parvenait pas à dompter son anxiété. Quatre grossesses, quatre enfants morts. Souvent, elle percevait le regard du roi sur son ventre, un regard triste, sans espérance, et elle était dans l'impossibilité de le rassurer.

— La princesse Mary me semble considérer favorablement son prochain mariage, prononça à côté d'elle son amie Maria de Salinas.

— Mary est encore une enfant et semble davantage songer aux plaisirs qu'aux responsabilités qu'entraîne le métier de reine. Elle en découvrira tôt les servitudes.

Doña Maria piqua son aiguille dans la pièce de satin où se dessinait une tête de Vierge. L'éclat des fils d'or brillait sous les soies bleues et blanches que l'Espagnole avait roulées en pelotons serrés.

— Une reine doit tenter d'oublier son pays de naissance pour adopter celui de son époux, doña Catalina, c'est là une difficile épreuve.

Depuis longtemps la confidente de la reine était décidée à parler franc. Les incessantes interventions de Catherine auprès du roi en faveur de l'Espagne exaspéraient désormais celui-ci et, loin de servir son pays, elle lui faisait tort. Les atermoiements et trahisons de Ferdinand d'Aragon mettaient pour un temps la reine Catherine dans une position de faiblesse. Doña Maria avait touché un mot à ce sujet à l'ambassadeur d'Espagne mais celui-ci s'était fâché. Le mariage de l'infante avec Henry avait été conclu dans le but d'unir l'Espagne à l'Angleterre, rappelait-il, et la reine devait remplir scrupuleusement ses obligations.

— Comment oublier la Castille ! s'écria Catherine. Songez à l'œuvre de mes parents, à l'héritage que j'ai reçu d'eux !

Maria ôta son doigtier d'ivoire et planta l'aiguille dans la soierie.

— Vous êtes anglaise aujourd'hui, Milady. Moi-même le deviens un peu plus chaque jour et, avec l'aide de Dieu, je fonderai un foyer ici.

— Le roi ne m'écoute plus guère, Maria. Et si je m'efforce envers et contre tout de le ramener sur le sujet espagnol, c'est parce qu'en mon âme je veux voir l'amitié perdurer entre nos deux pays.

Maria soupira. Le sens aigu du devoir que possédait Catherine, le sérieux qu'elle montrait en toutes choses lui nuisaient auprès d'un mari jeune, frivole, joyeux compagnon.

— Vous vous devez d'abord à votre époux. Milady, là est la loi de Dieu pour les femmes. Or, Sa Grâce se tourne politiquement vers la France.

— Sous l'influence de Thomas Wolsey, l'interrompit Catherine sèchement.

Elle n'aimait pas cet homme qui gouvernait le roi et l'Angleterre. Certes, il était brillant, dévoué, infatigable travailleur mais à travers ces qualités qui plaisaient tant à Henry, elle voyait de la cupidité, une ambition sans limites. Né dans le peuple, il se voulait désormais au-dessus de tous.

— Le roi, Milady, accepte ses conseils. La politique du Lord Aumônier est par ailleurs excellente et chacun se loue en Angleterre des bons effets qu'elle engendre. Vous ne pouvez et ne devez vous mettre en travers de son chemin.

Pour atténuer la force de ses paroles, doña Maria prit la main de la reine et la serra dans la sienne. Durant la courte guerre contre la France, Catherine s'était montrée politiquement habile et elle souffrait d'être à nouveau rejetée dans l'obscurité. Elle devait toutefois l'accepter.

— Prions le Seigneur pour que votre enfant soit un fils, doña Catalina, reprit-elle d'un ton doux, votre influence alors sera immense.

Les yeux de la reine se remplirent de larmes.

— Rentrons, murmura-t-elle.

Les dames d'honneur serrèrent leurs ouvrages dans des sacs de velours, attendant un signe de leur maîtresse pour se mettre en marche. Un instant, celle-ci resta immobile, muette devant les parterres sur lesquels le crépuscule semblait jeter un nuage doré. L'obscurité gagnait la voûte des ormes. Un vol de grives passa au-dessus des femmes. Un chagrin qu'elle ne pouvait dompter nouait la gorge de Catherine. Jamais elle n'en parlait à quiconque mais, bien au delà de la perte de toute influence politique, au-delà même de la vie ou de la mort de son enfant à naître, s'imposait à elle la cruelle réalité que le roi se lassait d'elle et que, désormais, il irait de maîtresse en maîtresse. Ses seules réponses possibles, le silence et la dignité, la rongeaient.

En septembre chacun se consacra à la princesse Mary. Sa suite était formée, conduite par le duc de Suffolk, le marquis de Dorset et le duc de Longueville qui venait de représenter son roi lors du mariage par procuration. Vêtue d'un manteau de satin gris tourterelle porté sur une robe à damier doré et pourpre, couverte de brillants, Mary avait ébloui. Ambassadeurs, dignitaires s'étaient pressés au banquet au terme duquel le roi et le duc de Buckingham avaient dansé avec un extraordinaire entrain, laissant à bout de souffle les autres invités. Puis la jeune mariée s'était couchée et le duc de Longueville avait glissé sa jambe nue sous les draps. Le mariage était symboliquement consommé et Mary devenait reine de France. Depuis lors, la jeune fille semblait avoir oublié ses humeurs chagrines et chacun à la Cour se moquait des remarques acerbes des Flamands comme de celles des Espagnols dont les ambassadeurs n'avaient point paru au cours des réjouissances.

La date du départ pour Calais approchait, les caisses contenant robes, parures, coiffes, bijoux, vaisselle et le trousseau étaient chargées à bord de fourgons qui, sous bonne garde, allaient rejoindre Douvres. À ce déménagement considérable se joignaient sept tapisseries de grand prix offertes par Henry à sa sœur, les rideaux de son futur lit tissés de roses blanches et rouges et de fleurs de lys, ses selles en cuir ou velours, des miroirs vénitiens, sa collection de livres, ses instruments de musique et ses deux chiens familiers.

— Sa Grâce la reine de France ! clama un chambellan.

La veille du départ du cortège pour Douvres, Henry et Wolsey attendaient Mary dans les appartements royaux pour d'ultimes recommandations. La princesse était charmante mais peu instruite du gouvernement d'une cour aussi brillante, hypocrite et cruelle que celle des Valois. François d'Angoulême voyait avec une certaine inquiétude le remariage de

301

Louis XII, son cousin, qui, s'il était fécond, le repousserait dans l'ordre de la succession. L'homme était séduisant, Mary bien jeune. Elle devait être prévenue contre lui et sa redoutable mère.

Dans un tourbillon de satin vert d'eau rebrodé d'or, la princesse fit son entrée. Sur les cheveux blonds qui tombaient librement sur son dos, Mary portait un petit chapeau en forme de croissant de lune fait de perles irisées et de diamants. « Elle aussi va me quitter », pensa Henry. Des trois enfants Tudor, il resterait le seul en Angleterre et, peu à peu, les liens qui avaient été si forts entre eux se dénoueraient. Margaret ne lui semblait plus aussi proche. Son mariage avec le petit-fils du comte d'Angus l'avait profondément irrité. Infatigable compagne de jeux, et inépuisable partenaire de danse, sa sœur aînée n'était plus la jeune fille qu'il avait tant chérie. La femme têtue et maladroite qu'elle était devenue le déconsidérait. Croyant servir l'Angleterre en s'unissant aux Douglas, elle donnait à ses ennemis des armes pour l'abattre. Qu'Albany débarque en Ecosse avec l'appui des Français et Margaret serait dans une fâcheuse position. Quant à Mary, la vie facile, légère, licencieuse des Français séduirait ce qu'il y avait de plus superficiel en elle. Pour peu que Louis XII vive quelques années encore, elle laisserait la cour de France gâter sa franchise, son naturel, son humour, toutes qualités proprement anglaises. Même en signant la paix avec ce peuple, en offrant sa propre sœur à leur roi, il ne parviendrait jamais à l'aimer vraiment.

Mary fit une profonde révérence à son frère, une plus courte à Wolsey. Maintenant elle avait hâte de s'embarquer, de découvrir enfin le mari qu'on lui imposait, d'aller résolument vers son avenir. Charles Brandon lui avait juré la veille de s'attarder en France auprès d'elle aussi longtemps que possible.

Avec patience la princesse entendit les recommandations de Thomas Wolsey l'incitant à la prudence, à l'humilité chrétienne mais aussi à la fermeté quand seraient en jeu les intérêts anglais. Son époux étant caduc, elle pourrait prendre aisément de l'influence sur lui, participer à la vie politique, tenir en laisse les ambitions de François d'Angoulême, ne lui laisser surtout prendre aucun ascendant sur elle.

L'évêque d'York un instant se tut, satisfait de constater que la princesse l'avait écouté avec docilité.

— Enfin, prononça-t-il d'une voix plus familière, vous devez vous conformer aux commandements de notre sainte mère l'Église qui ordonnent aux épouses de se plier aux volontés de leurs époux afin que ceux-ci jouissent de toutes les satisfactions charnelles auxquelles ils ont droit. La reine de France, un modèle pour tous ses sujets, se doit de donner l'exemple de la docilité et du bonheur conjugal. De son ardente participation aux désirs du roi dépendra la prompte arrivée d'un dauphin que chaque Français, hormis François d'Angoulême et sa mère, souhaite avec ardeur.

Du coin de l'œil, Wolsey observait la princesse qui loin de rougir esquissait un vague et ironique sourire. « Les jeunes personnes n'ont plus de pudeur, pensa-t-il. Dès la puberté, elles savent tout sur l'œuvre de chair et en plaisantent entre elles. »

À nouveau Mary esquissa une courte révérence.

— Est-ce tout, Lord aumônier ? Car j'ai moi aussi une prétention à exposer au roi mon frère, vous-même étant mon témoin.

Wolsey et Henry se consultèrent du regard. Que désirait encore l'enfant gâtée qu'était Mary ?

— Je vous écoute, dit le roi avec bienveillance.

— Par soumission envers votre volonté qui commande mon devoir et mon plaisir, j'ai accepté, Milord, de prendre comme époux un homme pour lequel je n'ai point de goût. Lord Wolsey sera obéi et je ferai en sorte d'être une reine de France selon vos désirs. Mais je veux votre parole que si le roi Louis XII venait à mourir avant moi, je puisse me remarier à ma guise.

— Le roi n'a point à être mis en face de conditions, observa Wolsey d'un ton sévère.

À l'expression déterminée de la princesse, le conseiller savait qu'elle ne plierait point.

Henry observa sa sœur. À la jolie fillette, à la ravissante jeune fille, il n'avait jamais rien su refuser. Et de quel poids pèserait le moment venu une promesse plus fraternelle que royale ? Il fallait dans l'immédiat la satisfaire, la laisser partir en France l'esprit content. Le roi Louis XII, desséché, édenté, presque chauve, était, en effet, un partenaire de lit peu ragoûtant et il devait insuffler à sa jeune sœur un peu d'entrain.

— Wolsey, prononça-t-il d'une voix joyeuse, je suis et serai toujours un sentimental. La princesse Mary m'est fort chère et je souhaite qu'elle soit heureuse avec les différents époux qu'il plaira à Dieu de lui donner. Si par malheur le roi de France venait à décéder et que ma sœur souhaitât un remariage, je la consulterai sur mes projets et tiendrai compte de ses préférences.

Puis, se tournant vers Mary :

— Êtes-vous satisfaite, Milady ?

Mary inclina la tête. Elle ne pouvait que faire confiance à Henry et à son ministre mais, au plus profond d'elle-même, ne les croyait qu'à moitié.

Le roi prit la main de sa sœur, la porta à sa bouche.

— Vous voilà heureuse, ma chère sœur, et vous le serez bientôt plus encore en goûtant les délices de la cour de France. Ne m'oubliez pas tout à fait cependant car je vais me languir de vous. Nulle ici ne vous remplacera.

Mary avait hâte à présent de regagner ses appartements. À aucun prix elle ne devait s'attendrir ni regarder en arrière.

— Votre suite est prête à partir, Milady, prononça soudain Thomas Wolsey mais Jane Popincourt n'en fera pas partie. Étant la maîtresse du duc de Longueville, sa présence en France auprès de la duchesse serait fort déplacée.

Interdite, Mary s'immobilisa.

— Il était convenu, Milord, qu'elle m'accompagne et je ne désire pas renoncer à sa présence. Lady Popincourt est comme une sœur pour moi.

— Oubliez-la, Mary, renchérit le roi. Ceci n'est pas un

conseil, mais un ordre très affectueux. Lady Mary Boleyn la remplacera, elle est jeune sans aucun doute, mais gaie et pleine de bonne volonté. Vous vous attacherez à elle comme à sa sœur Anne qui vous rejoindra à Paris.

32

La longue file des carrosses, chevaux, chariots, mules et baudets chargés de ballots avançait cahin-caha sur le chemin de Douvres par un après-midi de septembre baigné de soleil. Dans les villages, le long des pâturages ou labours, éblouis par la splendeur du harnachement des chevaux, l'élégance des dames et des chevaliers, les paysans écarquillaient les yeux. On s'esclaffait sur une aigrette plantée sur la crinière d'une haquenée, montrait du doigt les rubans de soie ou de satin nattés avec le crin des queues.

Sur un puissant cheval à la robe noire et luisante recouverte d'une selle en cuir rebrodé d'or, le roi en imposait à tous. Souriant, affable, il adressait çà et là un salut courtois à une jolie fille, un mot affable à un paysan venu un peu plus près du cortège. Tous s'en retournaient à leurs travaux satisfaits d'un aussi beau roi, d'une reine qui, en dépit de ses grossesses malheureuses, arborait encore un ventre rond.

Mais c'était la princesse Mary qui attirait le plus de curiosité. On ne savait si elle devait être plainte ou enviée. À quelques pas derrière son frère et sa belle-sœur, elle chevauchait entre le duc de Suffolk et son oncle Dorset, rêveuse, lointaine.

À proximité de la mer, le ciel se couvrit. Le vent se leva et, avec inquiétude, la suite de la princesse envisagea la traversée vers Calais. À cette époque de l'année, les tempêtes étaient fréquentes dans la Manche. Nourrie depuis l'enfance de récits de naufrages, l'imagination de chacun cédait à l'appréhension. Combien de temps durerait la traversée en cas de vents contraires ? Devraient-ils tous être secoués, malades, trempés jusqu'aux os ?

— Ne craignez rien, Milady, assura Dorset à la princesse, nous aurons les meilleurs marins de tout le pays.

La forte brise s'était transformée en rafales chargées de lourdes odeurs de goémon. Chacun se taisait maintenant, tentait de rassembler ses voiles, de tenir capes et chapeaux. S'il n'était point possible d'embarquer, il faudrait attendre un temps favorable, entassés dans le château de Douvres où rien n'était prévu pour accueillir dignement une foule aussi nombreuse. Cette sombre perspective figeait les sourires. Désormais le cortège passait, indifférent à ceux qui l'acclamaient.

Au soir, il fallut se rendre à l'évidence. La mer était verte, houleuse, de grosses vagues battaient la grève. Dans le port, les quatorze bateaux à l'ancre tanguaient dangereusement, environnés de goélands qui fondaient dans l'écume tandis qu'en hâte les barques de pêcheurs regagnaient l'abri.

Durant trois jours, toute navigation fut jugée impossible. Le vent sifflait sur les falaises, jetant des paquets d'eau jusqu'au pied des remparts. Enfermée dans la vieille citadelle, gelée, la Cour tentait de passer le temps en dansant, écoutant de la musique, jouant aux quilles, aux cartes, aux dés. Mary faisait connaissance de ses nouvelles demoiselles d'honneur. Une fin d'après-midi, n'en pouvant plus d'être cloîtrée, la jeune princesse escalada l'étroit escalier de pierre menant au chemin de ronde. Sur les dalles humides, les gardes faisaient leur tour. Au loin des chiens hurlaient. En silence Charles Brandon marchait derrière elle. Le vent soufflait en bourrasques, plaquait la cape de feutre doublée de loutre sur le corps souple. Mary s'immobilisa et observa la mer. Le ciel s'obscurcissait, les nuages étaient bas, moutonneux et le vent piquant faisait mousser la crête des vagues. Sur les bateaux chahutés par le ressac, les marins avaient allumé les feux de mouillage. Pas un pêcheur ne s'était hasardé à prendre la mer.

— Il semble que le ciel ne veuille pas me savoir en France, remarqua la princesse.

Le jeune homme dut s'approcher pour l'entendre. Leurs épaules se touchaient.

— Savez-vous, demanda soudain Mary en se retournant, que j'ai exigé du roi la liberté de choisir un époux à mon goût si je devenais veuve ?

Le fouet du vent et des embruns rosissait le teint clair de la princesse, faisait briller ses yeux.

Suffolk retint la question qui lui brûlait les lèvres. La princesse était inquiète, vulnérable, il ne devait point en profiter pour lui arracher des mots qu'elle regretterait aussitôt.

Son compagnon gardant le silence, Mary se mordit les lèvres. Elle aurait voulu qu'il tombe à ses genoux. Il était impossible de s'entêter à jeter la perche à un homme qui ne la voyait même pas. Soudain, elle tressaillit. La main de Charles était sur son épaule.

— Me consulterez-vous, Milady, avant de choisir un époux ?

— Pourquoi le ferais-je ?

— Pour éviter d'être à nouveau malheureuse comme vous l'êtes présentement.

— Je suis fort contente, Milord. En France, on se divertit agréablement et je ne serai pas la dernière, croyez-moi, à mener bonne vie.

Brandon retira sa main. Le jeu ambigu que jouait Mary désorientait l'homme d'action qu'il était.

— Puisque vous n'avez aucun besoin de moi, je vous laisserai à Paris sans remords, Milady.

Abasourdie, désespérée, Mary se retourna.

— Je veux que vous restiez, Charles.

Entendre son prénom dans la bouche de la reine de France troubla Brandon. Le visage de Mary était tout proche.

— Pour vous divertir ?

— C'est cela.

Les lèvres de la jeune fille frôlèrent les siennes. Brandon se détourna.

— Rentrons, Milady, à quoi bon s'exposer au vent et au froid.

L'aube était sinistre. Déjà les chevaux, les coffres, les vivres étaient embarqués au fond des cales et les marins s'affairaient dans les vergues. Par groupes, les membres de la suite princière patientaient sur le quai où des barques les attendaient pour les mener à bord des vaisseaux. Le roi, la reine, la princesse Mary n'avaient point encore paru.

Contre le ciel gris se dressaient les remparts du château devant lesquels s'activaient soldats, gardes du corps, portefaix. Sur des étalages ambulants, des femmes du bourg proposaient des poissons frits, des beignets, du vin chaud aux épices. Des enfants couraient çà et là, ne pouvant se rassasier du spectacle. Les chiens de compagnie ne cessaient d'aboyer et, grelottant, les singes se pelotonnaient sur une épaule de leurs maîtres.

Enfin le roi parut, tenant sa sœur par la main. Les pans du manteau de la jeune fille battaient au vent et, pour maintenir sa coiffe de velours piquée d'une grosse émeraude, elle l'avait nouée sous le menton au moyen de larges rubans. Catherine était restée dans ses appartements. Luttant contre le vent, Henry et sa sœur marchèrent jusqu'à l'embarcadère. Les marins attendaient aux avirons des barques qui sautaient sur les vagues. Chacun à présent était pressé de prendre la mer.

Longuement le roi serra Mary dans ses bras. Son départ lui coûtait.

— Soyez heureuse, dit-il d'un ton qu'il s'efforça de rendre enjoué.

Mary se dégagea des bras du roi, le regarda droit dans les yeux.

309

— Serez-vous serez fidèle à votre promesse, Milord ?

Henry éclata de rire. Depuis son enfance, sa sœur était par caractère fort attachée à ce qu'elle avait en tête et familière avec tous les moyens possibles pour obtenir ce qu'elle désirait.

— Je n'ai pris, ma sœur, que l'engagement de vous consulter avant de vous remarier. Mais pourquoi enterrer un époux avant même de le connaître ? Soyez patiente, Milady. En se jetant à la tête d'Angus, votre sœur Margaret a commis une impardonnable étourderie et je ne vous laisserai pas l'imiter.

— J'ai votre promesse, s'entêta Mary.

À nouveau le roi sourit.

— N'oubliez pas ma très chère sœur la devise que vous venez de choisir. N'est-ce pas : « La volonté de Dieu me suffit » ? Alors remettons-nous-en à la seule Providence pour ce qui est de votre avenir.

— Nous attendons votre bon plaisir, Milady, déclara le duc de Norfolk à la princesse.

Les courtisans se pressaient sur l'embarcadère. Le ciel était plombé. D'un moment à l'autre, on attendait la pluie.

Lady Guildford s'approcha de la jeune fille, s'empara affectueusement de son bras. Gouvernante de la princesse depuis sa naissance, elle l'aimait comme son enfant et devinait quel pouvait être son désarroi à l'instant de quitter sa terre natale.

— Venez, Milady, le Lord amiral vous attend.

Une fois encore Mary regarda son frère droit dans les yeux.

Le vent ne cessait de forcir et l'amiral avait demandé aux dames de rejoindre leurs cabines, d'étroits réduits humides où elles s'entassaient à sept ou huit, le cœur soulevé. Très vite, poussés par la tempête, les navires se séparèrent les uns des autres au hasard des coups de vent et des courants.

Le roulis prenait de l'ampleur et, à la grande préoccupation des marins, des paquets d'eau commençaient à déferler sur le pont. À l'exception de l'artimon, de la trinquette et du petit cacatois, les voiles furent abattues pour filer vent arrière sous une forte pluie qui trempait jusqu'aux os. Au ras des vagues, les oiseaux de mer suivaient le sillage de la poupe avant de profiter des courants ascendants pour s'éloigner en poussant des cris aigus.

Cramponnée à lady Guildford, Mary ferma les yeux. Elle avait imaginé mille malheurs possibles, mais pas celui de périr en mer. Une terrible détresse lui serrait la gorge. Ses jours heureux étaient achevés et, les pensant éternels, elle n'en avait pas goûté suffisamment la saveur.

— Prions, dit lady Guildford.

S'agrippant à la couchette, les deux femmes tombèrent à genoux. Il faisait presque nuit et le capitaine avait interdit que l'on allumât les bougies. Derrière le hublot, la mer était grise, écumeuse. De temps à autre, un choc ébranlait la coque et, dans la cabine voisine, quelques dames poussaient des cris stridents.

Il pleuvait maintenant à torrents et le vent pour un court moment était tout à fait tombé. Était-il possible qu'ils n'aient pris la mer que huit heures plus tôt ?

— Donnez-moi du brandy, maman Guildford, geignit la princesse.

La gouvernante fouilla un sac en tapisserie posé à côté d'elle, en extirpa un flacon de vermeil et de cristal. La princesse but une longue gorgée. Elle voulait tout oublier, se replier à l'intérieur d'elle-même, bien à l'abri. Si Brandon avait été à bord du même navire, elle l'aurait fait venir. Dans ses bras, elle aurait pu paisiblement mourir.

— Le mariage vous a-t-il rendue heureuse, maman Guildford ? demanda-t-elle d'une voix douce.

Le visage posé entre les mains, la gouvernante semblait ne pas avoir entendu.

— Pas vraiment, mon enfant, répondit-elle enfin. L'état de mariage distribue au hasard bonheur ou malheur aux filles, qu'elles soient riches ou pauvres, nobles ou vilaines.

Sur le pont la cloche sonnait pour rassembler les hommes et leur donner par roulement un peu de repos. À son tintement régulier semblait répondre le claquement des grands haubans de chanvre, ceux de misaine et d'artimon.

— Une épouse malheureuse ne peut-elle éprouver de l'amour pour un autre homme ?

— Non, Milady. Une femme mariée appartient à son époux corps et âme et doit maintenir l'harmonie et la paix dans son foyer.

— Pas les reines.

— Tout particulièrement les reines qui vivent toujours observées. En France, vous serez courtisée. Prenez bien garde à vous car si vous faites souffrir un déshonneur au roi, le châtiment sera terrible.

— Je n'aimerai point Louis.

— Pourquoi pas ? Mon époux était un beau jouvenceau lorsque le prêtre nous unit, mais il était aussi violent, rancunier, jaloux. Ces défauts, croyez-moi, sont plus insupportables que la vieillesse.

Au second jour, le vent faiblit mais la mer restait forte. Gentilshommes et dames ne quittaient plus les couchettes, si malades qu'aucun n'avait plus la moindre notion du temps.

— Nous sommes en vue du port de Boulogne, Milady, se réjouit le capitaine.

Son chapeau à la main, il se tenait sur le seuil de la cabine où en hâte Mary s'ajustait.

— Combien de navires reste-t-il ? interrogea-t-elle.

— Quatre, Milady, trois nous précèdent. Les autres bâtiments doivent avoir dérivés vers les côtes flamandes et leurs passagers nous rejoindront bientôt, soit à Calais soit à Abbeville.

La jeune fille n'en pouvait plus. Elle n'avait dormi que quelques heures. Elle ne souhaitait rien, sinon se réfugier au château de Calais, oublier l'atroce roulis et le fracas des vagues.

Trois des vaisseaux de la petite flottille venaient de pénétrer dans le port de Boulogne quand le vent tourna soudain, repoussant le navire amiral vers le large. Quoique l'ordre de virer ait été donné, la laborieuse manœuvre ne pouvait s'accomplir dans le temps nécessaire pour louvoyer avec succès et, poussé par le vent comme les courants, le lourd bateau approchait dangereusement de la plage.

— Jetez les ancres ! ordonna l'amiral.

Il s'était emparé lui-même de la barre et, sous une pluie battante, s'efforçait de manœuvrer le vaisseau tandis que les sondeurs annonçaient une profondeur de plus en plus alarmante.

Durant un temps qui parut interminable à tous, les ancres glissèrent sans prise sur le fond puis l'une parvint à s'accrocher et le navire lentement s'immobilisa.

Sur le pont chacun s'affairait, nul ne s'inquiétait de la princesse grelottante entourée de ses dames réunies à l'arrière de la dunette.

Tout proche de la côte, le bateau avait échappé de justesse à l'échouage grâce à la marée haute mais les passagers n'avaient d'autre choix que de rejoindre la plage à bord de chaloupes.

— Les hommes se mettront à l'eau avant que les vagues ne déferlent, décida sir Ganeys, chef de la maison de la future reine, et prendront chacun une dame dans leurs bras pour les déposer sans dommage sur la plage. Je demande à lady Mary l'honneur d'être celui qui la portera.

Une à une, la princesse en tête, les dames s'installèrent tant bien que mal dans les chaloupes, heureuses d'échapper au naufrage et au roulis qui les avait si cruellement maltraitées. À nombre égal, le capitaine fit descendre des gentilshommes et quatre marins qui s'emparèrent des avirons. En

313

dépit des capes fournies, chacun grelottait. Echevelées, livides, les dames avaient triste mine.

De l'eau jusqu'à la taille, sir Ganeys tendit les bras et,
relevant ses jupes, Mary se laissa porter au rivage. Cette
piteuse arrivée dans son royaume était-il un mauvais présage ?
Et qu'était-il advenu du navire portant son trousseau, ses
rideaux de lit brodés, son étendard, ses fourrures ?

Sur la plage, tout sourire, patientait un groupe de gentilshommes français dont l'élégance raffinée contrastait avec le
pitoyable accoutrement des Anglais. Mary reconnut le duc
de Longueville et, aussitôt, se hâta vers lui. Longuement le
duc baisa sa main.

— Nous avons fait préparer un bon feu et une collation
dans une demeure à deux pas d'ici. Ainsi, Milady, vous vous
présenterez à votre peuple en meilleur équipage.

— Où sont les autres vaisseaux ? interrogea anxieusement
Mary.

— On a signalé plusieurs bateaux anglais au nord, sur les
côtes flamandes, deux ou trois au sud, à Montreuil. N'ayez
crainte, Milady, d'ici quelques jours, vous aurez rassemblé
votre escorte autour de vous.

Longueville ne mentionna pas le naufrage d'un des bâtiments au cours duquel tout l'équipage avait péri. Il était inutile d'attrister une jeune femme qui venait de beaucoup
souffrir.

Le feu crépitait dans l'âtre d'une confortable maison de
pierre coiffée d'ardoises. En hâte, on avait disposé sur la table
de chêne du vin chaud, des pâtisseries, un jambon, des pâtés,
des miches de pain qui embaumaient.

— Je regrette l'absence de lady Popincourt, mentionna
seulement le duc d'un ton léger.

Sa maîtresse lui avait écrit pour lui expliquer la raison de
sa disgrâce et, au fond de son cœur, il en avait été soulagé.
Bien qu'aimant la jeune fille avec sincérité, il n'avait nulle
envie de la voir à côté de son épouse, d'humeur fort jalouse
et querelleuse.

Restauré, réchauffé, chacun reprit courage. On avait fourni

aux gentilshommes anglais pantalons, chemises, doublets et jaquettes secs de taille approximative et, en découvrant sa suite, Mary ne put s'empêcher d'éclater de rire. Une fois derrière elle, cette aventure se révélait divertissante et de voir le duc de Norfolk, âgé de cinquante-cinq ans, vêtu de jonquille et de bleu céleste comme un jouvenceau était un fort plaisant spectacle.

Sur la route du château de Montreuil où on l'attendait, la princesse fut accueillie par le cardinal d'Amboise et le duc de Vendôme. Le visage avenant, la civilité et la gaîté des Français faisant déjà excellent effet sur Mary, elle reprit peu à peu sa bonne humeur. Les mets qu'on lui servait étaient délicieux, le vin délectable. Les dames françaises rivalisaient de séduction, les gentilshommes avaient des regards hardis montrant sans équivoque l'effet que produisait sur eux sa beauté.

À Montreuil, les servantes purent rassembler les coffres contenant robes et parures, sortir les écrins et, avec satisfaction, Mary contempla les somptueux atours offerts par son frère. On disait que le roi de France viendrait la rejoindre à Abbeville le surlendemain. Longueville s'était étendu sur la personne du Dauphin, François d'Angoulême, qui allait aussi l'y accueillir. Le Dauphin, affirmait-il, était fort bel homme, galant avec les dames, et ne manquerait pas de lui faire sa cour, même s'il ne voyait pas d'un bon œil le remariage du roi. Mais il n'y avait point de jolie femme à qui il pût faire triste figure.

Mary n'osait interroger son ami sur le roi. Était-il aussi caduc qu'on le disait ? Comment se présenterait-il à elle ? En litière ? Plus les heures passaient, plus l'image qu'elle se faisait de son futur époux s'assombrissait. Le portrait de Louis XII en sa possession mentait assurément et elle allait découvrir un vieillard chenu, tenant avec peine sur ses jambes. Elle se résignerait. La France lui offrirait des compensations dont elle était bien décidée à jouir.

— Milady, annonça le duc de Longueville alors que le cortège faisait route vers Abbeville par un temps gris et pluvieux, monsieur le Dauphin galope à votre rencontre. Il est suivi par le roi et deux cents gentilshommes de sa suite qui, par hasard, chassent au faucon sur le chemin que nous suivons.

33

De loin, la princesse vit apparaître un pur-sang bai que montait un jeune homme superbement vêtu. Instinctivement, elle rectifia le tomber de sa robe, l'emplacement de sa coiffe faite de fils d'or tressés retenant un court voile. La pluie l'avait empêchée de chevaucher sa haquenée et elle s'était réfugiée dans un carrosse ouvert à tous les vents aux côtés de lady Guildford et de Mary Boleyn.

— Monseigneur le Dauphin, sans doute, chuchota la gouvernante.

Un bref instant, Mary avait espéré que le cavalier plein de prestance qui s'approchait serait le roi. Elle poussa un soupir de résignation.

Déjà François avait sauté à terre et avançait vers le carrosse. Grand, mince, carré d'épaules, il avait belle mine et, en dépit de son nez aquilin, était fort attirant.

Tête nue sous la pluie battante, le jeune homme fit un profond salut. La beauté de la jeune Anglaise l'émerveillait. Ainsi on allait livrer cette ravissante pucelle au podagre qu'était devenu son beau-père ! Jamais union n'avait été plus mal assortie et François ne pouvait s'empêcher de sourire en pensant à la première épouse du roi Louis, Jeanne de France, une sainte personne difforme, bossue, naine qu'il avait répudiée pour s'unir à Anne de Bretagne, sa défunte belle-mère.

Sans hésiter, Mary sortit de son carrosse et, après les paroles de bienvenue de François d'Angoulême, inclina la tête.

— Je suis charmée d'être en France, Milord.

Le léger accent, le sourire achevèrent de conquérir le Dauphin. Cette petite reine serait adorable à courtiser et si son beau-père Louis n'avait plus la force de lui prouver son admiration, bien volontiers il le remplacerait.

— Je vais monter ma haquenée, maman Guildford, décida la jeune princesse, afin que Monseigneur le Dauphin n'ait point à se mettre à ma portière.

— Mais cette pluie, mon enfant..

— Si le roi la supporte pour venir bientôt me saluer, ne pourrais-je l'endurer moi-même, l'interrompit Mary.

L'œil brillant, François vit la future reine se hisser avec grâce sur le cheval qu'un palefrenier venait d'approcher du carrosse. Toute de cuir repoussé, la selle était soutachée de soie dessinant des roses et des fleurs de lys en arabesques.

À peine Mary se fut-elle emparée des rênes, qu'on entendit le bruit d'une galopade.

— Le roi, Madame, annonça le Dauphin.

Tout d'abord la princesse ne vit que des écuyers, des archers montés, des fauconniers portant leurs oiseaux encapuchonnés sur l'avant-bras, des piqueurs vêtus de la livrée royale. Puis, entouré d'un groupe de gentilshommes, elle aperçut un superbe cheval gris pommelé harnaché de noir et d'or portant un cavalier dont elle distinguait mal les traits sous le chapeau à large bord.

Son cœur battait à se rompre. Dans un instant, elle saurait à quel homme son destin se trouvait irrévocablement lié.

Se détachant de ses compagnons, le roi approcha. Maintenant Mary distinguait son visage : une peau burinée, un nez proéminent, des yeux pers, une mâchoire carrée. Sans doute avait-il pu avoir quelque charme dans le passé mais aujourd'hui les années, la maladie marquaient ses traits qui étaient ceux d'un vieil homme, point aussi dégoûtant et décati cependant qu'on le lui avait suggéré.

À la manière anglaise, la jeune femme posa un baiser dans sa propre paume et le souffla vers le roi qui, interdit, ébloui, la regardait faire. Soudain, avec un large sourire, il lui rendit ce baiser lointain puis, venant tout près, sans démonter, se pencha vers elle et mit ses lèvres sur les siennes.

— Vous faites de moi le plus heureux des hommes, Madame, chuchota-t-il.

Mary réprima le mouvement instinctif qui l'incitait à s'éloigner. Elle était déjà l'épouse de cet homme, liée à lui par Dieu. Il fallait penser à son royaume, ce pays que l'on disait plein de merveilles.

À côté du roi, entre les cardinaux de Bayeux et d'Auch, François d'Angoulême souriait avec une légère ironie.

— Abbeville vous attend, Madame, pour vous faire grand honneur, déclara le roi sans quitter Mary des yeux. Après la chasse, je vous rejoindrai là-bas pour nos épousailles. Mon cousin et gendre François prendra la tête de votre escorte et sera votre chevalier servant.

Puis piquant de ses éperons les flancs de son cheval espagnol, il le fit se cabrer trois fois, à l'émerveillement de Mary et de ses dames d'honneur. Ce roi que l'on disait décrépit avait encore un bel allant et le mariage ne resterait point inconsommé.

L'un après l'autre, les gentilshommes de l'escorte se présentèrent à la reine. Mary s'attarda un instant avec le duc d'Albany que les Ecossais, contre la volonté de sa sœur Margaret, attendaient avec la plus vive impatience.

Abbeville avait pavoisé. Partout pendaient aux fenêtres étendards, oriflammes, tapisseries, bannières et pièces de tissu aux flamboyantes couleurs. Précédés par la garde suisse, une centaine de gentilshommes français chevauchaient, puis suivaient les princes et lords anglais vêtus de brocarts, portant d'étincelants bijoux et de lourdes chaînes d'or, les ambassadeurs du pape, de Venise et de Florence. Sur sa haquenée, Mary cheminait sous un dais de satin blanc soutenu par quatre pages. En hâte ses dames avaient tressé les cheveux blonds et les avaient mêlés de perles avant de poser penché sur l'oreille gauche un béret de velours cramoisi. François se

319

tenait tout près d'elle. Recouverts de draps de prix, les carrosses anglais avançaient entourés d'une cinquantaine de palefrois montés par les demoiselles d'honneur. Enfin, à quelque distance, en rangs parfaits, vêtus de vert et de blanc marchaient, le regard fixé droit devant eux, les archers d'élite anglais qui soulevèrent l'admiration de la foule.

Debout devant les portes ouvertes à double battant de l'église Saint-Vulfran, patientait le clergé. La lumière d'une houle de cierges balayait les tapisseries, les tableaux, les sculptures, allumait les vitraux. Au fond, le chœur semblait flamber autour de l'or du tabernacle.

Aussitôt que Mary mit pied à terre, les orgues grondèrent, l'encens s'envola vers les voûtes. Déconcertée, perdue, Mary se dirigea avec le Dauphin vers les sièges capitonnés de velours bleu de France devant le maître-autel. Tout allait trop vite. Ce soir, après le bal offert par François et son épouse Claude, la fille aînée du roi, elle passerait sa dernière nuit de jeune fille. Nulle part elle n'avait aperçu Charles Brandon.

Au petit matin, les dames et gentilshommes formant le cortège qui accompagnerait Mary à l'autel commencèrent à se rassembler dans ses appartements. La pluie avait cessé et un pâle soleil tentait de traverser les nuages.

— Mon enfant, hâtez-vous, par pitié, pressa lady Guildford. Vos dames patientent depuis un moment pour vous parer de votre robe nuptiale.

La princesse n'avait nulle envie de se hâter. Les beaux jardins de l'hôtel Gruthuse où le roi et elle résidaient dans des ailes opposées offrait le spectacle de parterres aux dessins géométriques que longeaient des allées caillouteuses. Au milieu, un pavillon abritait une fontaine sur laquelle se penchaient deux tourterelles de marbre gris. Au fond, des marches descendaient vers une terrasse qui dominait la plaine. Elle aurait voulu pouvoir s'y promener, réfléchir à son avenir, se préparer à ce mariage tant redouté. Mais le tourbillon allait la reprendre.

Comme à regret, elle se laissa vêtir, parfumer, coiffer. Posé devant elle, le miroir vénitien renvoyait l'image d'une jeune fille blonde aux cheveux épars, signe de virginité, ceinte d'une mince couronne d'émeraudes et de diamants, vêtue de brocart d'or ourlé d'hermine. Cent fois en Angleterre, elle s'était vue parée d'atours aussi beaux pour se rendre au bal, à un banquet, à une parade où l'attendaient le roi, la reine, ses amies, Charles Brandon. Aujourd'hui, les festivités préparées en son honneur ne parvenaient pas à camoufler la cruauté de sa situation. Le soir même, elle serait dans le lit du roi, à la merci de cet homme de trente-trois ans son aîné.

— Ne faites pas cette triste mine, mon enfant, chuchota à son oreille lady Guildford, votre malheur n'est pas si grand. Devenir reine de France vaut bien quelques sacrifices. Il est de fort beaux jeunes gens qui le soir des noces déplaisent à leurs épouses et de fort laids qui se les attachent pour la vie. Certes, le roi est rassis, mais il connaît les femmes et les aime. À cet âge, on cherche davantage le bonheur de sa compagne que le sien propre. Songez-y avant de larmoyer.

Autour de la mariée, les dames et demoiselles d'honneur s'activaient. Mary s'était liée à Mary Boleyn, la nièce du duc de Norfolk et découvrait avec intérêt Anne, sa jeune sœur, déjà formée aux habitudes françaises après un long séjour à la cour de Marguerite d'Autriche, régente des Flandres. La veille, la Dauphine, Claude de France, s'était longuement entretenue avec Anne et avait semblé prendre grand plaisir à sa compagnie. Quoique ne correspondant en rien aux canons de la beauté exigeant des femmes blondeur et teint de rose, elle avait une séduction propre due à l'expression passionnée de ses yeux noirs, la finesse de ses traits, la gracilité de son cou. On oubliait son teint mat, ses cheveux noirs, son corps androgyne pour s'attacher à la vivacité de sa conversation, son esprit mordant. Jolie, enjouée, mais un peu sotte, sa sœur Mary était en comparaison moins plaisante.

La robe de velours blanc brodée d'or et parée d'hermine mettait en valeur les formes rondes de Mary, sa taille fine. Avec précaution lady Guildford attacha autour du cou de la mariée le collier de diamants que le roi venait de lui faire porter, accrocha aux oreilles les pierres en forme de poire.

La cérémonie de mariage aurait lieu dans la grande salle du château et pour s'y rendre, l'épousée et son escorte devraient traverser les jardins. Une fois le consentement reçu par les cardinaux de Bayeux et d'Auch, chacun prendrait sa place au banquet, lui-même suivi d'un bal qui se prolongerait jusqu'après minuit. En suite, ce serait le coucher des époux, la bénédiction du lit dont le premier gentilhomme du roi fermerait les courtines.

Dans l'antichambre de la princesse se pressaient les membres du cortège devant l'accompagner à la salle des noces que le roi avait fait tendre de draps d'or. Des parfums brûlaient, des fleurs s'épanouissaient dans des coupes de vermeil, de riches tapis turcs jonchaient le sol. À pas mesurés, Mary avança vers le roi qui lui souriait. Vêtu de chausses collantes de soie dorée, d'une soubreveste ample et plissée descendant à la naissance des cuisses et serrée aux hanches par une chaîne d'or cloutée de diamants, il portait à la main sa toque à plume et rayonnait de joie. Enterrée quelques mois plus tôt, la reine Anne de Bretagne était bel et bien oubliée aujourd'hui, en dépit des déclarations récentes du roi clamant qu'il ne lui survivrait pas.

Un parfum de violette, le favori du roi, s'échappait des cassolettes et les tourterelles qui avaient été lâchées traversaient les rayons obliques du soleil dans le froissement léger de leurs ailes. Un souffle d'admiration traversait la foule des courtisans entassés de part et d'autre de la grande salle. Fière, grave, la princesse passait la tête haute, scintillant de l'éclat de ses bijoux, de sa beauté, de sa jeunesse.

Deux fauteuils attendaient sous un dais portant les armes de France et d'Angleterre, entourés des sièges des prélats dont les chapes d'or luisaient dans le scintillement des bougies, le feu des torches accrochées aux murs.

Enfin Mary fut au côté de Louis qui lui tendit la main. Elle tourna la tête pour lui sourire et, à quelque distance, debout contre une mince colonne, elle aperçut le duc de Suffolk, impassible, le regard lointain.

Que Dieu bénisse ce lit, prononça l'évêque d'Auch, et qu'il accorde aux époux une nombreuse descendance.

Déjà couchée, Mary avait la gorge nouée. Lady Guildford avait coiffé ses longs cheveux et après le bain enduit son corps d'une pommade parfumée au benjoin. Passée par la première dame d'honneur, la chemise de lin transparente, tout ourlée de dentelles au point d'Angleterre, était comme un nuage entourant la figure d'ange de la jeune mariée.

En chemise, le roi se glissa au lit. Bientôt on tirerait les courtines et chacun se retirerait sur la pointe des pieds.

— N'ayez point peur, ma mie, dit le roi avec douceur.

Mary voyait les cheveux rares et raides qui laissaient apparaître par plaques la peau grise du crâne. La main de Louis était froide, elle recula.

— Ne vous effarouchez pas, répéta le souverain.

Il devait faire un effort pour ne pas profiter trop hâtivement de son épouse, l'apprivoiser afin qu'ils partagent en toute joie les privilèges du mariage. À son âge, il connaissait assez bien les femmes pour savoir qu'elles étaient friandes de mots gentils, de douces caresses.

— Ôtons nos chemises, voulez-vous, ma mie, nous serons ainsi plus aptes à nous rapprocher l'un de l'autre le moment venu.

Et comme Mary ne bougeait pas :

— Je vais vous servir de dame d'honneur, ma mie. Laissez-moi vous assister.

Les mains expertes du roi soulevèrent le long vêtement de nuit, le passèrent au-dessus de la tête de la reine.

« Lui mort, j'épouserai qui je voudrai, pensa Mary en fermant les yeux, qui je voudrai, qui je voudrai. » Pour accélérer cet affreux moment, elle devait feindre, jouer à l'amoureuse et le lendemain, elle profiterait entièrement de son statut de reine, se laisserait courtiser par le Dauphin qui lui faisait les yeux doux, jouerait de ses charmes avec Charles Brandon. Ce serait sa manière de survivre, être la reine des fêtes, admirée, courtisée, s'étourdir de toilettes, de bijoux, régner sur les cœurs.

Louis caressait les épaules, le cou de sa femme qui n'opposait aucune résistance. Enhardi, il effleura les seins parfaits, le ventre puis la toison dorée. Il avait possédé beaucoup de femmes, mais jamais d'aussi belles et innocentes. Devant ce corps de nymphe, sa faiblesse, les innombrables maux qui le rongeaient se dissipaient comme par magie. Il se sentait jeune à nouveau, aussi ardent qu'à vingt ans.

Après l'avoir possédée à sa guise, le roi dormait. Mary ne voulait pas même tourner la tête vers lui. Elle était femme désormais. Ses émotions n'avaient guère d'importance finalement, elle finirait bien par les dompter.

L'aube se levait. Dans les fentes des courtines, la jeune femme vit un peu de lumière qui allumait les arabesques brodées sur la soie, le couvre-pied de satin et la tenture du ciel de lit. Sur le bleu fané se distinguaient des fleurs de lys brodées au fil d'or. Mary se leva et, sur la pointe des pieds, alla à la fenêtre. Brillant de rosée, le jardin était encore plus beau que la veille et dans la vasque, des oiseaux s'ébrouaient. En face, derrière le mur de pierre, un grand orme offrait l'or de son feuillage baigné d'une lumière douce. Cette aurore radieuse était la sienne. Maintenant qu'elle en avait payé le prix, le bonheur lui était dû et elle ne le laisserait pas lui échapper.

Dans sa cuirasse superbement ornée, le Dauphin François ressemblait bien au César Imperator auquel ne cessait de le comparer sa mère, Louise de Savoie. Prêt à entrer en lice, il portait les couleurs de son épouse. Petite et boulotte, Claude de France, âgée de quatorze ans, qui se tenait dans la tribune royale à côté de la reine vêtue à la française d'une robe de

cour évasée laissant apparaître la robe de dessous en dama·
broché d'or. Très serrée, la taille soulignait la gracilité de la
jeune femme et, sous le corsage décolleté orné d'une multitude de perles, on entrevoyait une peau laiteuse et douce.
Assis à la gauche de Mary, le roi, qui semblait rajeuni de dix
ans, jetait à son épouse des regards épris. Derrière s'alignaient
gentilshommes et dames.

Avant le départ d'Abbeville pour Paris, trois tournois
étaient offerts au cours desquels s'affronteraient les meilleurs
jouteurs d'Europe. Dans la lice elle-même, valets d'armes à
pied ou à cheval, portant les couleurs de leurs seigneurs, para-
daient, s'apostrophaient, se défiant en prélude au véritable
combat qui allait suivre. Le Dauphin François d'Angoulême
et le duc de Suffolk, tous deux jouteurs renommés, allaient
se mesurer et, par moitié anglais, par moitié français, les spectateurs déjà s'enflammaient.

— Allez retrouver Milord de Suffolk, chuchota la reine à
Mary Boleyn, et remettez-lui ceci de ma part.

Furtivement elle tendit un léger mouchoir de soie qu'elle
venait de tirer de sa manche. Charles le glisserait sous sa
cuirasse, il lui porterait bonheur.

Avec un claquement sec, les heaumes dont les larges ouver-
tures étaient protégées par un treillis métallique se refermè-
rent. La brise faisait frissonner les plumes blanches décorant
le casque de François tandis que, en honneur aux Tudor, le
duc de Suffolk arborait sur le sien un fantastique dragon
gallois martelé dans l'acier.

Au pas lent de leur destrier, les adversaires firent leur
entrée le long des palissades montant à hauteur des selles.
Une formidable ovation les accueillit. Un long moment,
François et Charles se défièrent. Par la fente du heaume,
Mary voyait le regard attentif, volontaire de son ami. Il n'y
avait pas de meilleur jouteur que lui en Angleterre et de toutes ses forces elle espérait sa victoire.

Poussant son cheval au petit galop, le duc alla se placer à

l'autre extrémité de la lice. Le signal allait être donné, l'assistance retenait son souffle.

À la première passe, la lance de Suffolk atteignit le haut de l'écu de François qui à peine vacilla. Mieux valait atteindre son adversaire à la jointure du cou et de l'épaule, là où les courroies sanglaient le heaume à la cuirasse. Le second choc fut simultané et les deux jouteurs furent violemment projetés en arrière. Un moment on crut que Suffolk allait perdre l'équilibre et être désarçonné, mais il parvint à reprendre son aplomb et, au grand galop, regagna son point de départ.

Le cœur serré, Mary l'observait avec intensité. Pourquoi ne s'était-elle jamais clairement avoué que Charles Brandon lui plaisait infiniment, qu'elle le désirait et peut-être l'aimait ? Femme aujourd'hui, elle s'imaginait dans son lit et cette seule perspective lui donnait du plaisir.

Dans un nuage de poussière, les adversaires fonçaient à nouveau l'un sur l'autre et, en plein soleil, le dragon du duc étincelait. Le contact des deux lances sur les armures fut d'une extrême violence. Atteint à l'épaule, François pivota sur lui-même, chercha en vain à reprendre son équilibre et s'effondra sur le sol. Debout, les Anglais ovationnaient Suffolk qui, après avoir relevé son heaume, se dirigea vers la reine.

— Vous avez la victoire, Milord Suffolk, prononça Mary.

Sa voix tremblait.

— J'ai vaincu pour l'amour de ma dame.

— Votre dame doit être bien heureuse d'avoir pour compagnon un chevalier tel que vous.

— Je ne sais, Milady.

— Soyez-en sûr.

François d'Angoulême approchait à pied des tribunes. Son sourire prouvait combien il avait éprouvé de satisfaction de courir une lance[1] contre un adversaire à sa hauteur.

— Nous nous retrouverons, Suffolk, car je souffre cruelle-

---

1. Terme de tournoi signifiant s'affronter à un adversaire.

ment de ne point être vainqueur devant la plus belle des dames.

Mary décocha au Dauphin un sourire charmeur. Brandon l'aimait-il ? Elle avait cru en déceler l'aveu dans son regard.

— Qui vous dit que vous ne l'êtes point ? demanda-t-elle, d'une voix où François décela aussitôt une pointe de provocation.

— Par Dieu, Madame, vous me donnez là un défi autrement difficile à relever que celui jeté par monsieur de Suffolk. Mais je ne m'en effraye point.

— Vous êtes donc bien hardi, mon gendre, se moqua la reine.

Louis tendit une main sur laquelle elle posa la sienne. Le moment du départ était venu. Un bal masqué était préparé au château, au cours duquel elle aurait l'occasion d'échanger quelques mots avec Charles Brandon. Avait-il porté son mouchoir ?

34

— J'ai à vous parler, mon fils, dit Louise de Savoie d'un air sévère.

François, qui allait partir chasser dans le bois de Vincennes, comprit qu'il ne pouvait se dérober.

L'appartement que la comtesse d'Angoulême occupait dans son hôtel de Valois était tendu de velours bleu galonné d'or et décoré de tentures retraçant des scènes campagnardes. Au goût du jour, le mobilier comptait de belles armoires sculptées, des coffres ouvragés, des fauteuils à hauts dossiers, un pupitre. Outre les chambres et les salons, le logis comptait deux garde-robes, une chapelle, une salle pour les pages et une vaste cuisine en sous-sol. On avait allumé de grandes flambées dans les cheminées décorées de colonnettes, médaillons et losanges ornés de fleurs en rechampi.

Assise dans un fauteuil, ses épagneuls couchés à ses pieds, la comtesse d'Angoulême demeura un moment silencieuse alors que François, résigné, s'était approché de la cheminée.

— J'ai entendu tenir des propos qui m'inquiètent fort, mon fils. Ne vous ayant jamais dissimulé quoi que ce fût et n'étant point avare de compliments à votre égard, je me sens le droit de vous avouer franchement mes pensées.

François leva les sourcils. Sans doute sa mère allait-elle le sermonner sur sa conduite envers Claude, son épouse. Il était vrai qu'il la retrouvait davantage par devoir que par amour, mais il la traitait toujours avec affection et respect. Enceinte, Claude ne cherchait point par ailleurs à participer à ses escapades et se résignait volontiers à une vie retirée dans la compagnie de ses dames.

— Je vous écoute, ma mère.

Il avait hâte d'entendre ses remontrances pour aller retrouver ses amis et sa délicieuse belle-mère qui, après son couronnement à Saint-Denis, venait de s'installer avec le roi à l'hôtel des Tournelles. En galant homme, il avait accompagné la reine dans sa découverte de Paris et se demandait s'il n'était pas en train de tomber amoureux de cette femme qui savait si bien manier la coquetterie et la réserve, l'enjouement et la bouderie, la glace et le feu.

— Chacun à la Cour observe que vous mignotez notre jeune reine. Mon propos n'est point de vous en blâmer car Mary est belle et engageante. Mais cet attrait doit impérativement se limiter au domaine du fleuretage. Si vous couchiez avec Mary et que son ventre s'arrondisse, vous perdriez le trône de France.

Les joues du Dauphin s'étaient empourprées. En dépit du respect qu'il avait pour sa mère, il ne pouvait tolérer de la voir s'immiscer dans sa vie amoureuse.

— Je ne suis point oison, ma mère, et si la reine me trouvait à son goût, je sais fort bien comment contrarier les lois de la nature.

Louise de Savoie-Angoulême inspira profondément. Depuis la naissance de François, elle s'était battue pour le placer en héritier du trône, tremblant à chaque grossesse d'Anne de Bretagne, soulagée au décès des enfançons mâles. Le remariage de Louis XII avec une jeune femme l'avait certes contrariée mais malade, goutteux, sujet aux hémorragies, il était peu probable que celui-ci puisse encore engendrer. Si la jeune reine par contre prenait un amant, le danger se manifestait à nouveau, immense et peut-être fatal à son César. Que celui-ci fût, par faiblesse, à l'origine de sa propre destitution lui était intolérable.

— Vous êtes ardent, mon fils, la reine fort jeune et visiblement portée sur les choses de l'amour. Son propre intérêt est de se trouver grosse. Ainsi assurera-t-elle sa position sur le trône et, à la mort de Louis, deviendra régente. Certes vous n'êtes point oison mais homme. Une femme décidée à se faire engrosser parvient souvent à ses fins.

Le Dauphin réfléchissait. S'il devenait l'amant chéri de la reine, il serait en effet dans une position difficile, mais renoncer à la jeune femme n'était point aisé. Qu'il s'éloigne de quelques pas et le duc de Suffolk pousserait aussitôt ses pions. À maintes reprises, il avait surpris entre la reine et l'Anglais des regards significatifs pour le fin connaisseur des sentiments amoureux qu'il était.

— Je vous entends, ma mère, prononça-t-il enfin. Mais si je m'écartais, un autre me remplacerait aussitôt car Mary est fort appétissante et les prédateurs rôdent en grand nombre autour d'elle. Qu'elle soit grosse de moi ou d'un autre n'apporte aucun adoucissement au désastre que vous prévoyez.

— Certes, approuva Louise de Savoie. J'ai pensé à cela aussi.

Dehors le brouillard ne se dissipait pas, estompant les lointains, effaçant le ciel, les feuilles qui tombaient. Avec des piaillements frileux, des moineaux cherchaient abri dans le vieux prunier poussant le long d'un des murs de l'hôtel.

— La reine ne doit pas avoir d'amant et vous allez m'aider, poursuivit-elle.

Stupéfait, le Dauphin se tourna tout à fait vers sa mère. Une fois encore Louise s'émerveilla de la prestance, de la beauté virile de son fils. Nul, et surtout pas cette petite Anglaise, ne l'empêcherait de devenir le roi de France.

— Penseriez-vous à me faire servir de chaperon à la reine ?

— Si fait, et je joindrai votre épouse Claude à cette entreprise. Mieux que vous, une femme peut surveiller une autre dans ses moments d'intimité. Le roi approuvera sans nul doute que l'on assure le prompt retour chez eux de la plupart des Anglais qui forment la suite de sa jeune épouse, y compris le duc de Suffolk. Autant de coupables potentiels ou de complices seront ainsi écartés que nous remplacerons par des personnes dévouées. La reine ne gardera auprès d'elle que quelques jeunes filles encore peu au fait des roueries et malfaisances que les femmes savent si vite et si bien apprendre.

— La reine sera désespérée !

— Le désespoir n'habite que le cœur des faibles et la reine ne l'est point. Elle aime la musique, la danse, les beaux atours. Offrons-lui tout cela en abondance. Elle s'étourdira à ces plaisirs et en oubliera ses suivantes anglaises, un amoureux un peu trop arrogant, eu égard à la modestie de sa naissance.

— Que direz-vous au roi, ma mère ?

— Que son épouse est française par mariage et doit se mêler aux Français. Je saurai bien lui faire entendre que, pour une femme, l'agrément de fréquenter les hommes de son pays natal peut l'empêcher d'apprécier ceux de son pays d'adoption. Il est fort amoureux et désireux de plaire mais point sot et ne peut que se méfier de ces jeunes lords insolents qui ont librement leurs entrées chez la reine. Les savoir de retour en Angleterre ne l'affligera nullement, soyez-en sûr.

François soupira. Une fois de plus sa mère avait raison mais le sacrifice qu'elle exigeait de lui était cruel. Mary s'y entendait à merveille pour attiser les désirs et les siens le consumaient depuis plusieurs semaines. Mais il fallait tenir compte des réalités, laisser pour le moment la conquête de la reine à l'état de rêve. Et, Suffolk en Angleterre, la seule concurrence jugée par lui insupportable serait éliminée. Vaincu par le duc dans la lice, il ne le serait point dans les joutes amoureuses.

— L'hiver est bien précoce, soupira Louise d'Angoulême, et j'ai hâte de regagner mes terres de Romorantin. Le roi semble vouloir passer les fêtes de Noël à Paris. Tenez-lui donc compagnie. Claude sera enchantée de faire plus ample connaissance avec sa belle-mère et vous serez libre de vous entretenir avec notre bon roi.

François donna un baiser à sa mère. Ils partageaient tant d'heureux souvenirs ! Elle avait su faire de sa jeunesse passée au château d'Amboise une période de fantaisie, de gaîté, d'insouciance. Encore éloigné du trône par la fertilité d'Anne de Bretagne, aucun précepteur ne l'avait assommé de dictées en latin et de sermons moralisants. Il courait à cheval, rimaillait, disputait avec sa sœur Marguerite d'interminables parties d'échecs, tirait à l'arc, s'entraînait à l'épée, jouait à la paume. Le temps passait. Claude de France, d'abord fiancée à Charles de Gand, lui avait été finalement donnée et ce mariage lui avait fait accomplir un pas décisif vers le trône. « J'allie, avait décidé Louis, les souris aux rats de mon grenier. » Tant elle haïssait Louise, Anne de Bretagne s'était fâchée, avait supplié mais Louis XII n'avait point fléchi.

— Ne vous inquiétez en rien, ma mère, prononça François d'une voix gaie, nul coucou ne pond dans le nid d'un aigle car son rejeton se prenant pour le roi des oiseaux pourrait fort bien plus tard le dépecer. Vos ambitions, Madame, sont les miennes et bientôt, si Dieu le veut, vous me verrez couronné à Reims, et mon fils légitime après moi.

À travers la fenêtre de son carrosse, Mary découvrait avec curiosité les rues de sa capitale. À côté d'elle, d'une voix caressante, François d'Angoulême lui nommait les palais, églises, monuments et fontaines. Une foule hétéroclite grouillait dans les rues : colporteurs, marchands de gâteaux, de poisson, de verdures et de vin chaud, réparateurs de couteaux, sabotiers, verriers, porteurs d'eau, revendeurs de rubans, de vieilles dentelles et de passementerie, fleuristes, marchands d'étoupe, de chandelles, de cire, chacun poussant ses cris pour attirer les chalands. Un vieillard faisait danser deux chiens galeux autour desquels s'étaient rassemblés quelques galopins. Les mains enfoncées dans les manches de leurs robes de bure, des moines passaient, des médecins drapés dans leur manteau violet gansés de rouge se hâtaient. Chevaux et ânes bâtés se frayaient un chemin parmi les femmes se rendant à la fontaine, leur cruche à la hanche. Mary aimait la gaîté de la ville, s'étonnait des couleurs vives, du culot des bonimenteurs, de la verve des ouvriers, du franc-parler des femmes.

Pour garder une certaine autonomie, la reine ne faisait escorter son carrosse que par six cavaliers et quatre valets de pied. Beaucoup de nobles dames possédaient un tel équipage et on ne faisait guère attention à elle.

Devant les épaisses murailles qui entouraient l'enclos du Temple, le carrosse croisa une charrette branlante qui menait un condamné à la place de Grève. Debout, les mains liées, le jeune homme apostrophait les passants, lançait des blasphèmes. Mary se signa.

— Savez-vous, demanda-t-elle à brûle-pourpoint, comment on vous ferait périr en Angleterre si vous deveniez l'amant de la reine ?

Le Dauphin ne put s'empêcher de rire. Mary était décidemment inattendue, piquante, irrésistible. Mais il ne lui céderait pas.

— Serais-je pendu, noyé, coupé en morceaux ?

— Tout cela à la fois, monsieur mon beau-fils. La félonie de trahir son roi se paye par émasculation, éviscération puis pendaison et enfin noyade. Le cadavre étant ensuite coupé en quartiers.

— Par la Vierge Marie ! Les Anglais sont un peuple bien cruel et il ne fait pas bon chez vous jouer le rôle d'amant.

— Certaines femmes ne valent-elles pas tous les risques ?

— Mille fois non, Madame. Bien fou ou bien menteur celui qui l'affirmerait.

Mary resta pensive. Elle n'avait pas vu depuis quelque temps Brandon et s'ennuyait de lui. François l'amusait, Charles l'émouvait, Louis la dégoûtait. Par chance son époux était cloué au lit depuis trois jours par un accès de goutte et ne pouvait la rejoindre la nuit. Souvent, elle regrettait de ne pas avoir su admettre qu'elle était amoureuse de Suffolk avant d'être promise à Louis XII. Imploré, supplié par elle, son frère aurait peut-être cédé. Mais aujourd'hui, reine de France, elle ne pouvait s'abaisser à solliciter l'amour d'un homme qui visiblement se gardait d'elle.

Le carrosse remontait la rue de la Verrerie longée de maisonnettes, de jardins, de vignes, de maisons religieuses.

— Voici l'église et le couvent de Sainte-Catherine du Val-des-Écoliers, indiqua le Dauphin, construite pour la victoire de Bouvines et consacrée aux lettres sacrées. Sa Majesté votre époux est son protecteur le plus fervent.

— Vous le serez aussi, n'est-ce pas ? prononça soudain Mary d'une voix indifférente.

François ne sut que répondre. La reine n'avait-elle plus la moindre illusion sur une possible maternité ? Depuis le départ de Suffolk invité en Saintonge, elle faisait triste figure et il ne pouvait s'empêcher d'en éprouver du dépit.

— On dit le roi fort assidu auprès de vous, Madame, et bien qu'affaibli, mon beau-père a la réputation d'être un galant homme.

Du coin de l'œil, François guettait la réaction de la reine. Soudain alors qu'il s'attendait à quelque bouderie, elle se tourna vers lui avec un sourire taquin.

— Seriez-vous jaloux, monsieur mon gendre ?

— Un mari a tous les droits, Madame.

— Souhaitez-vous qu'ils soient vôtres, François ?

La reine avait appuyé le prénom d'une intonation câline. Elle savait que le Dauphin la convoitait et jouer avec ses désirs était un des plaisirs qu'elle s'accordait. À la Cour, chacun la disait frivole. Certes, elle se donnait sans restriction aux joies de la musique, de la danse, de la comédie avec quelques galants gentilshommes mais ces plaisirs ne compensaient guère la tristesse de sa vie conjugale.

— Il n'y a point d'homme dans ce royaume, Madame, soupira François qui n'aspire à vous plaire. Mais on vous sait une épouse fidèle et les plus amoureux doivent se résigner.

Arrêté par un baudet récalcitrant qui obstruait la rue, le carrosse s'immobilisa. La nuit tombait, un froid humide traversait le carrosse.

— Se résigner, Monsieur, signifie se donner au malheur. Regagnons à présent l'hôtel des Tournelles où m'attend le roi. Je lui ai promis de lui faire la lecture et je ne faillirai pas plus à cette parole qu'aux autres.

Un long moment, la reine demeura comme pétrifiée sur le fauteuil installé près de la couche royale. Le roi avait attendu le moment où elle s'apprêtait à le quitter pour lui asséner la pire des nouvelles : la plupart de ses suivantes, des gentilshommes anglais, des servantes et pages étaient congédiés. Louis avait réservé pour la fin l'estocade la plus cruelle : étaient priés également de regagner Londres le duc de Suffolk, dès son retour de Saintonge, et lady Guildford.

— Rien ne peut me blesser davantage que cette décision, se révolta-t-elle enfin, la voix vibrante, et à genoux s'il le faut, je suis prête à vous supplier, mon cher seigneur, de bien vouloir la révoquer.

— C'est une sage résolution, ma mie, prise pour votre plus grand bien. Ces gens fort nombreux et inutiles qui vous entourent coûtent au Trésor un prix exorbitant et vous isolent des bons Français, vos sujets.

— Il n'en est rien, Sire, car lorsque je traverse Paris, chacun m'applaudit et me complimente.

— Les Français sont sensibles aux femmes jeunes et belles mais une reine a des devoirs qui ne se limitent point à des parades. Croyez-moi, on vous aimera mieux sans vos Anglais.

— Renvoyez alors quelques personnes de ma suite, mais pas le duc de Suffolk ni maman Guildford qui m'aime, me conseille, me soutient depuis ma tendre enfance. Sans elle, je serai la plus malheureuse des femmes.

— La présence d'un époux aimant ne vous suffirait-elle pas ? Je peux, moi aussi, vous conseiller et vous soutenir. Quant au duc de Suffolk, je le sais trop lié au roi votre frère pour que celui-ci souffre d'en être plus longtemps séparé.

Afin de ne point pleurer, Mary serrait les dents.

— Laissez-les à Paris, Sire, pour l'amour de moi.

335

— L'amour, ma mie, doit être sans condition et je sais le vôtre assez vrai pour ne point le faire dépendre de la présence d'une gouvernante et d'un ambassadeur. Je consens à vous laisser quelques demoiselles d'honneur. Ma fille Claude apprécie la jeune Anne Boleyn. Elle restera.

L'impatience, l'émotion, l'affolement mettaient la reine dans un était de tension insupportable. Le roi lui parlait d'Anne Boleyn alors qu'elle ne pensait qu'à Charles Brandon et à lady Guildford !

— Je suppose que toute insistance serait vaine, Sire !

— En effet, ma mie. Ne me faites pas cette triste mine et approchez-vous de moi.

Comme une marionnette de bois mue par d'invisibles fils, la jeune femme quitta son fauteuil. D'une main tâtonnante, le roi cherchait quelque chose sous son oreiller.

— Prenez ceci, ma mie.

Mary vit un écrin de cuir grenat. Elle dut faire effort pour s'en saisir.

Sur du velours bleu sombre, une parure de diamants étincelait.

« Ce sont mes larmes », pensa la jeune femme. Elle baisa le roi au front sans prononcer un mot.

Mon frère bien-aimé,

Me voici bientôt seule en France et j'implore votre secours. Le roi mon époux renvoie tous les miens, à l'exception de quelques filles d'honneur sur les choix desquelles il ne m'a pas même consultée. Maman Guildford, le duc de Suffolk font partie des bannis. Privée de leur réconfort et de leurs conseils, je me sens presque désespérée.

Je n'ignore pas, mon frère, que vous-même traversez des moments de chagrin et qu'avec la reine Catherine vous pleurez la perte de votre quatrième enfant. De tout mon cœur, je prie pour vous. Ne m'oubliez pas vous-même et, je vous en supplie, recevez lady Guildford qui, ne m'ayant pour ainsi dire jamais quittée, pourra vous confirmer que je n'ai démérité ni en tant que reine ni en tant qu'épouse. Mon secrétaire John Polsgrave qui, hélas, ne reviendra plus auprès de moi, vous remettra cette lettre. Récompensez-le.

Votre sœur qui vous aime, Mary, reine de France.

— Vous cachetterez vous-même ce pli, ordonna-t-elle à son secrétaire. Et maintenant reprenez votre plume car je vais vous dicter une lettre destinée à Lord Wolsey.

Sans l'assistance de l'archevêque d'York, la jeune femme savait qu'elle n'arriverait à rien. Lui seul pouvait décider son frère à intervenir auprès de Louis XII. Pour ajouter à sa peine, la fin du mois de novembre couvrait la ville d'un ciel bas infiniment gris. En face de l'hôtel des Tournelles, la façade de l'hôtel Saint-Paul, abandonné depuis le règne du roi précédent, était sinistre. Mary l'avait rapidement visité et restait impressionnée par l'ampleur et la beauté des salles, la chambre Lambrissée, la chambre Verte, celle des Grandes Aulmoires, de Mathebrune et bien d'autres gardaient leurs peintures ornées de sujets mythologiques ou de paysages champêtres que les vitraux peints baignaient d'une lumière tamisée. Chambres et cabinets étaient tous rehaussés d'armoiries, de devises en or et en couleurs avec des fleurs de lys, des rosettes, des étoiles. Surmontées de blasons ou d'animaux sculptés dans la pierre, les manteaux des cheminées montaient jusqu'aux voûtes. Mais, depuis longtemps, l'essentiel du mobilier, lits, coffres, bahuts, fauteuils à bras, bibliothèques, avait été transporté aux Tournelles où les pièces de moindre taille, mieux chauffées, rendaient la vie infiniment plus agréable. Un jardin enchanteur séparait les deux bâtiments, haies couvertes de treille, tonnelles de verdure, arbres fruitiers méticuleusement taillés encadraient des préaux, parterres de fleurs, de légumes, d'herbes aromatiques, des volières où s'ébattaient des oiseaux chanteurs. Mais l'hôtel Saint-Paul où, cachée du peuple qui la haïssait, la reine Isabeau de Bavière avait achevé ses jours avec la seule compagnie du duc de Bedford représentant le roi d'Angleterre Henry V, alors maître de Paris, tombait en ruine. Le Dauphin n'avait pas caché à Mary qu'il

337

désirait reconstruire des rues, des maisons, des hôtels à la place du morne quartier royal hanté de spectres.

Milord Aumonier...

Dans son salon, la reine faisait les cent pas tandis que, penché sur son écritoire, le secrétaire prenait sa dictée.

Les seules personnes qui me soient vraiment nécessaires dans mon royaume de France me sont, par la volonté du roi mon époux, ôtées. La solitude dans laquelle je serai plongée sera intolérable et la violence faite contre moi est insupportable. Au roi mon frère, j'ai écrit un billet qui expose ma triste situation. Mais la confiance et l'amitié que je vous porte me poussent à solliciter votre intervention afin que lady Guildford et le duc de Suffolk puissent rester auprès de moi. S'ils devaient regagner Londres, je vous prie de les recevoir l'un et l'autre et de les écouter. Ils vous diront combien triste est mon état et vous livreront certaines circonstances que je ne peux écrire.

Votre amie aussi longtemps que je vivrai.

La reine rejoignit son secrétaire, prit la plume et nerveusement signa. Elle se battrait. Henry et Wolsey interviendraient sans doute en sa faveur et Louis réaliserait qu'il ne pouvait impunément la maltraiter.

D'ultimes joutes devaient opposer Suffolk, le marquis de Dorset et les seigneurs français dont le Dauphin François. Puis, si son frère et Wolsey n'écrivaient pas promptement, ce serait le départ. Mary se refusait à y penser.

35

Après avoir pris connaissance du mariage de la reine mère avec Archibald Douglas, chef de la faction pro-anglaise, les membres du Conseil s'étaient réunis précipitamment à Edimbourg. Jusqu'à l'arrivée du duc d'Albany, la reine mère présentait un danger potentiel. Qu'elle persuade son frère Henry de venir imposer par la force son autorité, et une autre guerre deviendrait inévitable. Après le désastre de Flodden, les Ecossais souhaitaient la paix et le respect des traditions. Quand un roi mourait laissant un fils mineur, son parent mâle le plus proche assurait la régence et ce parent était Jean d'Albany, cousin germain de James IV. Aucune reine mère, fût-elle la sœur du roi d'Angleterre, ne pouvait contourner cette coutume ancestrale. Si librement elle acceptait de renoncer au pouvoir, ses fils pourraient demeurer sous sa garde, sinon ils lui seraient pris de force.

— Le mariage de la reine mère est intolérable ! Les Douglas qui n'ont cessé d'intriguer pour parvenir au pouvoir se sont servis d'elle. Déjà ils s'abattent sur les richesses du royaume comme des vautours en poussant un des leurs à l'archevêché de Saint-Andrew, le plus lucratif du royaume. Je demande au Conseil d'écarter officiellement de la régence la reine mère Margaret. Je suggère également qu'à l'arrivée parmi nous du duc d'Albany, notre jeune roi James V lui soit confié afin qu'il puisse recevoir une éducation appropriée. Enfin la reine mère qui s'est claquemurée avec son époux et ses deux fils dans la forteresse de Stirling doit être ramenée de force à Edimbourg où est sa place.

Lord Hamilton, comte d'Arran se tut et promena son regard sur les membres du Grand Conseil qui tous l'avaient écouté attentivement.

— La reine mère restant sourde à nos demandes, comment nous emparer d'elle et de sa famille sans violence ? interrogea Lord Hepburn, comte de Bothwell.

Avec détresse Margaret vit s'éloigner son mari entouré de ses amis. Tous les prétextes lui étaient bons pour quitter Stirling, l'abandonner dans cette forteresse avec ses deux enfants et une compagnie sinistre. À vingt-quatre ans, elle se retrouvait seule, accablée, privée de liberté, occupait ses journées à des activités indéfiniment répétées : messe, ouvrages, lectures, promenades. Plusieurs fois, elle avait écrit à son frère, l'appelant à l'aide, mais n'en avait reçu nulle réponse. Après l'avoir expédiée en Ecosse, il se désintéressait d'elle et de sa famille.

Depuis deux jours la neige tombait sur le vieux château accroissant le sentiment d'oppression de la jeune femme. On voulait l'étouffer, la réduire à néant mais elle se défendrait bec et ongles. Veuve du roi James IV, mère de James V, la régence lui revenait de droit et certainement pas à Jean d'Albany né en France d'un père banni et d'une mère française.

Derrière les fenêtres de la reine, au loin, une lumière pâle jouait sur les collines recouvertes de neige. De fins flocons tombaient toujours, pareils à des débris de nuages, insaisissables. Quand reviendrait Archibald ? Lui dirait-il enfin qu'il avait de l'amour pour elle ? À vingt ans, il était devenu le beau-père du jeune roi d'Ecosse, elle lui avait offert son royaume, que pouvait-il souhaiter de plus ? Depuis leur mariage, Margaret rêvait d'avoir tout à elle son nouvel époux, disponible, aimant. Elle le voulait différent de James IV toujours affairé, l'esprit ailleurs. Plus que de la douleur, la mort de ce dernier lui avait procuré un attendrissement passager. Elle s'était souvenue de son goût pour la danse, de ses éclats de rire, des plaisanteries qu'il aimait faire, des rares moments d'amour où ils s'étaient sentis à l'unisson, de sa joie à la naissance de chacun de leurs enfants. Le reste, sa piété, son mysticisme, son goût pour la solitude, la mer, le sacrifice lui étaient restés opaques. Avant même la bataille de Flodden, Archibald Douglas avait attiré son attention. Grand, beau, attentionné, il se distinguait de la foule des courtisans par sa superbe indifférence aux honneurs, aux privilèges et aux faveurs. Son nom lui suffisait. Il avait aussi une façon de la regarder qui la flattait. Devant ce très jeune homme, elle, la sœur du roi d'Angleterre, se sentait désirable.

Margaret se détourna. Au loin, les silhouettes des cavaliers avaient disparu, effacées par la neige. Une fois encore, elle allait écrire à son frère, le harceler. S'il ne pouvait intervenir militairement, pourquoi ne pas intimider les Ecossais par des menaces ? Qu'Henry fronce les sourcils et ses ennemis seraient prêts à traiter avec elle. Régente, elle consentirait à choisir quelques conseillers parmi ses adversaires, on ne pouvait rien lui demander de plus.

Milord et bien-aimé frère,

Étant dans une situation où j'ai le plus grand besoin de votre affection et de votre appui, le silence que vous gardez envers moi me désole. Chaque jour qui passe m'enferme un peu plus dans ce château où je vis dans l'anxiété pour ma propre sécurité comme pour celle de mon époux et de mes enfants. Lord Dacre, qui garde les frontières nord de l'Angleterre, m'assure qu'il ne peut monter aucune expédition militaire sans risquer de soulever contre moi le peuple écossais. Par l'amour qu'ils nous portent, à moi et au jeune roi, mes sujets sont mes ultimes défenseurs. Mais le Parlement me hait et veut ma perte. Personne ici ne désirant la guerre, des menaces pourraient être suffisantes pour desserrer la corde qui m'étrangle. En tout respect des lois et avec votre accord, mon époux et moi avons nommé Gavin Douglas, notre oncle, à l'évêché de Saint-Andrew. Et le voici aujourd'hui assiégé dans son château par John Hepburn, l'ancien prieur de cet évêché dont la candidature est soutenue par le Parlement. Tout ce qui vient de moi comme de ma nouvelle famille est honni et il m'est difficile de supporter ces outrages. Je n'oublie pas d'où je viens et qui je suis.

Pour vous ouvrir le fond de mon cœur, mon bien-aimé frère, plutôt que d'être ici à peine tolérée, je préférerais rejoindre l'Angleterre, me réfugier avec mes enfants auprès de vous et de la reine. Je ne peux m'empêcher de repenser aux bonheurs qui ont accompagné mon enfance et ces souvenirs ajoutent à ma mélancolie. À Stirling, tout est figé, pétrifié. Ce sont des spectres qui m'accompagnent, le souvenir de mes enfants morts, du roi mon époux, de tous ceux tombés avec lui à Flodden. À ces tourments et chagrins s'ajoute l'angoisse de manquer d'argent. J'ai vendu des plats d'or et d'argent mais ce sacrifice n'est point suffisant pour subvenir aux besoins de ma garnison. Si vous ne me secourez pas, imaginez le déshonneur qui fondra sur moi quand je ne pourrai plus payer mes soldats et mes serviteurs.

Cher frère, mon destin et celui de mes enfants sont entre vos mains, je prie Jésus de vous tenir maintenant et toujours sous Sa sainte garde.

Elle allait confier sa lettre à un messager habile à se faufiler entre les mailles du filet tendu par ses assiégeurs. Lord Dacre à la frontière était son seul intermédiaire possible. Elle lui faisait toute confiance.

Le front contre une des traverses de pierre divisant les carreaux, la jeune femme songea à sa sœur Mary qui en France devait goûter tous les plaisirs. Certes, on disait que son époux n'était point frais, mais les fêtes, la douceur du climat, l'élégance des dames devaient lui offrir de multiples compensations.

Le vent hurlait dans la haute cheminée, soufflant des cendres sur le tapis de peau d'ours. Margaret vouait à son mari une véhémente passion et, outre ses déboires politiques, son défaut d'ardeur amoureuse l'accablait.

— Nous n'avons guère d'amis parmi les lords, Milady. Si le roi d'Angleterre ne se décide pas à vous venir en aide et si le duc d'Albany débarque en Ecosse, mon clan seul ne pourra assurer l'heureuse issue de vos desseins.

Au début du mois de décembre, Archibald avait regagné Stirling. Un froid mordant balayait la campagne, racornissait les dernières fougères. Regroupés en bosquets, des arbres fantômes hauts et gris se dressaient derrière les murets de pierre.

— Mon frère vient de me faire parvenir un bref message. Il a écrit à la reine de France pour lui demander de retenir Albany. En outre, Sa Majesté nous conseille de nous réfugier le plus au sud possible afin que nous puissions passer la frontière si nous nous trouvions menacés.

Archibald Douglas haussa les épaules.

— C'est au Nord, à Dundee, à Perth, qu'il vous faudrait trouver refuge avec vos enfants, Madame. Vous êtes mon épouse avant d'être la sœur du roi d'Angleterre. C'est à moi, pas à lui, d'opter pour le plus sûr asile.

— Les Douglas seuls, venez-vous de me dire ne peuvent suffire à m'assurer le pouvoir.

— Ils se battront et mourront pour vous, coupa Archibald.

Après cinq heures de chevauchée par un temps glacial, le comte d'Angus se sentait d'une humeur acerbe. Il avait aperçu son ancienne promise, Jane Stuart de Traquair, et l'avait quittée avec un violent ressentiment contre le destin. Son grand-père, l'artisan de son union avec Margaret, était mort mais il ne parvenait pas à honorer en paix sa mémoire. Certes, il était aujourd'hui le beau-père du jeune roi d'Ecosse mais sans pouvoir, haï par ses pairs, obligé de vivre l'essentiel de son temps dans une sinistre forteresse à côté d'une épouse exigeante qu'il n'aimait pas.

Margaret se mordit les lèvres. Elle avait jeté dans son mariage son prestige de reine mère, sa dignité de reine douairière et n'était pas prête à tout perdre.

— Ne nous laissons pas effrayer par nos ennemis, se contenta-t-elle de prononcer. Leur rébellion cessera d'elle-même avec le temps. Si le roi Louis parvient à retenir en France Lord Albany, toute cette fureur, tous ces cris, ces reproches tomberont comme des fruits véreux et nous trouverons sans peine un compromis avec le Parlement.

— Vous oubliez Lord Arran le cousin du feu roi, jeta Archibald.

Le deuxième gobelet de vin chaud qu'il venait d'avaler commençait à le réchauffer mais l'amertume demeurait. À la dérobée, il observa son épouse. À vingt ans, il se trouvait lié pour la vie à une femme déjà mûre, replète, capricieuse, autoritaire, d'une sensualité qui finissait par l'agacer. Elle n'avait point de torts envers lui cependant, cherchait par tous les moyens à lui plaire, mais elle ne lui plaisait pas.

Le vent forcissait, hurlant autour des tourelles, le long des hauts murs de pierres moussues. Pour communiquer entre eux dans la tempête, les gardes sonnaient de la trompe et leur appel lugubre résonnait dans la cour centrale. De grise, la lumière devenait verdâtre, à peine la rivière se distinguait-elle des berges, des haies, des labours. Du bourg montait de la fumée, seule manifestation de la présence d'êtres vivants. Il n'y avait plus ni terre, ni ciel, ni village, seulement le bruit du vent et la lumière glauque qui effaçait tout.

— Le comte d'Arran ne prétendra à la régence que si Albany se désiste haut et clair.

— Jamais Albany ne renoncera. C'est un Stuart obstiné, comme les autres, lança Angus.

Margaret fit un effort pour ne pas envenimer la conversation. Son mari se doutait-il de ses angoisses, de sa solitude, comprenait-il son besoin d'être aimée ? Arrivée onze années plus tôt, pleine d'illusions, vaniteuse, sûre d'elle et des sentiments qu'elle pouvait inspirer, elle avait perdu ses chimères une par une. Après moins d'un an de mariage, James l'avait trompée puis constamment enceinte, elle avait à chaque accouchement frôlé la mort sans avoir pu serrer avant longtemps un bébé dans ses bras.

— Mes deux fils sont des Stuart, prononça-t-elle avec calme. À aucun moment de leur vie, ils n'auront à regretter

344

leur lignage et, si Dieu nous accorde des enfants, je les élève-
rai dans la fierté d'être des Douglas. Vous parliez de vous
battre pour imposer vos justes droits ? Je me battrai aussi.
Albany est le cousin de feu mon époux, l'oncle du roi. Je lui
parlerai et il entendra raison.

— Puisse Dieu vous entendre ! souhaita Angus.

La neige, le froid empêchaient pour le moment d'abandonner Stirling. Mais aux beaux jours, il convaincrait sa
femme de se retirer à Perth, une citadelle appartenant aux
Douglas. Le jeune roi et son frère aux mains de leur puissante
famille, il se sentirait plus tranquille. Et au moins serait-il
chez lui, entouré de cousins et d'amis qui lui permettraient
d'échapper aussi souvent que possible à la pesante présence
de Margaret.

La reine Catherine quitta son prie-Dieu disposé devant un
triptyque en or émaillé et, encore dans ses méditations, dut
faire effort pour demander à ses dames de se rassembler afin
de répéter le défilé solennel qui ouvrirait les fêtes accompa-
gnant les douze nuits de Noël. Henry avait souhaité qu'elles
soient toutes vêtues de rouge et d'argent, le front ceint de
couronnes faites d'étoiles en diamants. Comme d'habitude,
elle lui obéirait.

Serviteurs et servantes s'activaient de l'aube à la nuit pour
décorer le palais de Richmond. L'année suivante, le roi espérait que serait achevé le gros de la rénovation de Greenwich et
qu'il pourrait réoccuper les appartements royaux. L'architecte
avait prévu une nursery que par superstition Catherine avait
voulu faire supprimer. Mais Henry VIII s'était entêté. Ils
auraient des enfants vivants, un fils pour le moins. Il ne voulait pas en douter. En dépit de son air toujours gracieux, la
reine sentait que son mari s'éloignait d'elle. Physiquement,
sentimentalement, il avait besoin désormais d'aimer ailleurs.
Politiquement, il recherchait de moins en moins ses conseils
et faisait de Thomas Wolsey l'*alter ego* qu'elle avait été au
début de leur mariage. Était-ce à cause de son aversion pour

son beau-père, Ferdinand d'Aragon ? La rupture entre les deux hommes qu'elle aimait le plus lui causait un cruel chagrin mais son amie Maria de Salinas avait raison. Elle ne pouvait plus intervenir en faveur de son père sans risquer de se voir déprécier et ne voulait ajouter aucun motif supplémentaire de tension avec Henry. Auprès de sa jeune épouse, Germaine de Foix, Ferdinand d'Aragon vieillissait dans la sérénité. L'aîné de ses petits-fils Charles de Gand hériterait d'un empire immense car Juana, la reine en titre, enfermée à Tordesillas, n'était plus en état de le revendiquer. Seule, abandonnée, désespérée, elle sombrait peu à peu dans la folie. Souvent Catherine pensait à sa sœur. Comment les jeunes infantes qu'elles avaient été auraient-elles pu prévoir leur destin ? Pour l'une une forteresse, pour l'autre un mariage sans enfant qui se refermait sur elle comme un piège.

Se contraignant à sourire, Catherine admira les parures présentées par les couturières. Galonnées, chamarrées, rebrodées, les robes affichaient le luxe insolent qu'appréciait le roi. Aucune dépense ne l'effrayait et Wolsey, loin de le modérer, affichait le même goût du faste. Jugeant celui de York Place trop modeste, l'archevêque d'York avait décidé d'édifier son propre palais à Hampton Court. On parlait de projets extravagants : chambres tendues de velours cramoisi brodé à ses initiales, tapisserie sur toile d'or et d'argent représentant des sujets bibliques, voûtes lambrissées semées d'étoiles peintes, rampes d'escalier en pierre sculptées de dragons, de licornes et autres animaux de légende. Wolsey voulant faire de son maître le plus grand souverain d'Europe, l'arbitre de la paix universelle, il lui fallait s'imposer, faire oublier par ses extravagances la modestie de sa propre naissance. L'aumônier du roi détenait déjà l'essentiel des pouvoirs et on murmurait qu'Henry lui confierait sous peu le Grand Sceau d'Angleterre.

D'abord réticente face à Wolsey, la reine avait fini par baisser sa garde. Pour amadouer le roi, obtenir quoi que ce fût de lui, mieux valait passer par son aumônier qui, par ailleurs, était toujours prêt à rendre service. Margaret, Mary

346

lui écrivaient souvent, le flattaient, le cajolaient. Mais tout en le supportant, Catherine ne s'était jamais abaissée devant lui. Ses qualités à elle étaient l'obstination, la fierté, la patience. Elle n'adressait aucun reproche à Henry, ne mettait aucune condition à son dévouement. Elle l'appelait « mon doux seigneur » ou « mon précieux cœur ». Parfois il disait encore « ma rose d'Espagne », « ma tendre amie », mais Catherine savait qu'il prononçait ces mots-là le plus souvent par habitude.

Maria de Salinas, sa dame de compagnie, sa meilleure amie, allait s'unir avec un lord anglais. D'ancienne noblesse fort respectée, Lord Willoughby d'Eresby l'avait demandée au roi qui la lui avait accordée. Le mariage se ferait durant l'année à venir et les jeunes époux gagneraient le château des Willoughby. Peu à peu Catherine voyait se disperser ceux de la première heure qui avaient constitué son escorte d'infante, douze années plus tôt.

En essayant leurs robes, ses dames riaient aux éclats, plaisantant avec les bijoutiers qui venaient d'apporter les couronnes, des merveilles de finesse avec leurs petits diamants montés pour former des étoiles. Le prix en était sans doute exorbitant, mais on ajouterait cette dépense à toutes les autres sans en discuter le montant.

La reine soudain se retourna. Elle avait reconnu le pas d'Henry dans l'antichambre. Toujours, son cœur était capable de s'émouvoir.

Le roi était de belle humeur. Il venait de chasser avec ses vingt-quatre chiens dont neuf grands lévriers portant des colliers cloutés d'émeraudes et de diamants.

— J'ai mis à mort trois sangliers et cinq cerfs, ma mie. Embrassez-moi.

Rougi par le froid, Henry était enveloppé d'une pelisse et coiffé d'un chapeau de feutre doublé de martre.

— Qu'on m'amène du vin chaud, des tartes, des confitures et des gaufres, ordonna-t-il. Je veux collationner avec ces belles dames qui vont resplendir ce soir comme des astres.

Il s'approcha de la cheminée, tendit ses mains aux flammes.

— Avant la chasse, j'ai reçu des nouvelles de France. Le roi Louis se porte mal et on affirme qu'il rejoindra sous peu notre Créateur.

— Je prierai pour Mary.

— N'oubliez pas de demander à Dieu de m'inspirer pour son second mariage. Je pense à Maximilien d'Autriche, à son fils Charles de Gand, l'ancien promis, ou à un prince de la maison de Lorraine. Ces alliances nous seraient fort profitables.

— Vous avez donné votre parole à votre sœur, Milord. Veuve, elle espérera pouvoir choisir elle-même son époux.

Le rire sonore du roi inquiéta Catherine. Pensait-il que Mary lui appartenait et qu'il pouvait à sa guise violer son serment ?

— La politique, Madame, est une suite de promesses non tenues. Mais ne vous alarmez pas. J'aime Mary, veux son bonheur et pour l'assister dans sa peine, je vais lui envoyer Suffolk.

« Que connaît-il au bonheur des femmes, pensa Catherine, si ce n'est à travers leur obéissance ? Mépris et amour font fort bon ménage dans son cœur. »

— Je crois la reine de France fort attachée à Suffolk, Milord, et si vous voulez marier votre sœur à un prince, je choisirais, si j'étais vous, un autre consolateur.

36

Le roi Louis XII agonisait. Naguère si brillante et insouciante, la Cour était devenue lugubre et, comme pour accentuer cette atmosphère de désolation, le temps était gris, froid, décourageant. Réfugiée dans ses appartements, consolée par le Dauphin qui passait souvent la voir, Mary tentait de conserver autour d'elle un peu de gaîté. Mais les jeux de cartes, de dés, les saynètes mimées, la musique même ne parvenaient pas tout à fait à chasser la mélancolie de la jeune femme. Se méfiant des dames d'honneur françaises choisies par Louise de Savoie, la reine désormais ne recherchait plus que la compagnie des quelques Anglaises agréées par son époux. En dépit de ses lettres et supplications, ni lady Guildford, ni Charles Brandon n'avaient pu rester en France. Louis avait tenté de l'amadouer par des bijoux, des parures, mais ni les mots doux, ni les somptueux cadeaux n'avaient le pouvoir d'effacer sa solitude, la détresse d'être séparée de ceux qu'elle aimait.

Les pirouettes des nains, les grimaces des singes firent un instant sourire la reine. À côté d'elle, François lutinait la jolie Mary Boleyn dont la jeune sœur Anne jouait, l'air absorbé, aux échecs avec madame d'Aumond, superintendante de la maison de la reine. Non loin, la brillante Marguerite d'Angoulême, sœur du Dauphin, laissait courir ses doigts sur les cordes d'un luth. En dépit des sourires affichés, chacun tendait l'oreille, guettait le pas d'un messager porteur d'un rapport sur la santé du roi. Quoique que peu de jours auparavant, l'astrologue de Louise d'Angoulême eût prédit sa mort imminente, Louis, enterré plus d'une fois au cours des nombreuses maladies qui l'avaient frappé durant son existence, tenait bon. Chaque jour Mary passait quelques instants à son chevet. La veille, il l'avait reconnue encore et tendu ses lèvres pour un baiser. Mais on disait que le matin même il n'avait point remis sa fille Claude qui passait pourtant le plus clair de son temps auprès de lui.

La porte s'ouvrit. Un page portant la livrée royale s'avança.

— Un pli pour vous, Majesté.

La reine inspira profondément. Elle devait agir avec la noblesse, la retenue, la grâce qu'avait eues sa mère en toute circonstance.

Sans anxiété apparente, François d'Angoulême observa Mary briser le sceau. Si le roi était mort, ne serait-ce pas vers lui que chacun se tournerait ?

Je suis en France, Milady, et demain, jour de Noël, vous rejoindrai à l'hôtel des Tournelles. Sa Grâce le roi d'Angleterre m'a envoyé auprès de vous afin de vous assister dans les moments difficiles que vous traversez. Je serai à vos côtés aussi longtemps que ma présence vous sera nécessaire.

Charles Brandon, comte de Lisle, duc de Suffolk.

Les yeux de la reine se mirent à briller.

— De bonnes nouvelles, Madame ? s'enquit François.

— Les meilleures qui puissent être en ces tristes moments, Milord.

La grand-messe achevée, la Cour reflua vers les salons pour s'informer de la santé du roi. Dans un moment de conscience, Louis avait fait venir le Dauphin à son chevet et s'était entretenu avec lui. Puis il avait gardé dans sa chambre son confesseur, Guillaume Paroi, et ses intimes, Dunois et La Trémoille, qui l'avaient autrefois combattu en Bretagne. Rongé de fièvre et de dysenterie, il était au plus mal mais sa nature robuste luttait encore. Les médecins ne se prononçaient plus. Le roi pouvait vivre une heure, un jour, une semaine, un mois peut-être. On arrivait à lui faire absorber un peu de bouillon, du lait de poule, des tisanes de menthe ou de camomille.

La grande salle de l'hôtel des Tournelles était décorée de branches de pin odorantes, de houx et de fleurs séchées. Pour l'émerveillement de la princesse Renée, âgée de quatre ans, la plus jeune fille du roi, une crèche avait été dressée près de la cheminée. Bergers en robe de lin blanc, mages fastueusement vêtus se tenaient près de l'enfançon enveloppé de langes. On avait disposé deux moutons en cuir recouverts de vraie laine, un âne de bois au museau peint en blanc, des anges dorés portant à la main des trompettes d'argent.

En l'absence du roi, le réveillon avait été morne mais, pour observer la tradition, Mary avait tenu à y paraître couronnée. Déjà on se détournait de la reine pour fêter la Dauphine Claude de France. N'ayant régné que deux mois et ne portant apparemment pas d'enfant, il n'était plus guère utile de la courtiser.

Une grand table était préparée pour le dîner de onze heures du matin et les valets s'activaient à remplir les gobelets de vermeil du vin sucré de Grèce servi traditionnellement. Avec grâce, la reine s'installa. Suffolk serait là avant la nuit. Elle avait du mal à conserver la mine triste qu'imposait l'agonie de son vieil époux.

À côté d'elle, le Dauphin se contraignait aussi à paraître grave. Le roi lui avait fait ses adieux, bientôt ce serait lui qui régnerait sur la France.

On servit d'abord de petits pâtés en croûte glacés au miel puis des jambons salés, des langues de bœuf fumées accompagnées de salades cuites, des fricassées d'ortolans, du hachis de veau mêlé de jaunes d'œufs. Vint le second service présentant

351

les viandes, mouton, veau et porc frais, potages relevés de safran et de verjus. Lors du troisième, au milieu de flambeaux portés par les pages, les oies rôties entourées de pommes caramélisées, de fèves, de pois cuits en gousse, furent exhibées. Enfin on posa sur la table des filets de poissons, des fritures d'écrevisses accompagnées de vinaigrette aux câpres, d'olives, de suc d'oseille. Silencieuse, la reine mangeait du bout des lèvres. Panetiers, échansons, écuyers tranchants, officier du gobelet tournaient autour de la table, coupant en petits morceaux la viande des convives, versant le vin, les sauces. Les dames saisissaient délicatement les mets avec trois doigts, les hommes plus grossièrement avec la main, essuyant la sauce qui venait de dégouliner sur leurs manches à l'aide d'une serviette changée constamment par les pages de la chambre. Jamais on n'avait vu un si triste Noël et, assise à côté de sa gouvernante, la tête basse, la petite Renée semblait au bord des larmes.

Plus elle pensait à Suffolk, à ses yeux noirs, à ses lèvres sensuelles, plus le trouble gagnait Mary. Elle était éprise, elle le désirait, il serait à elle.

Pour tromper son attente, la jeune femme décida après souper de faire quelques pas dans le jardin. Les carreaux bleutés des fontaines luisaient sous la pluie, les volières étaient vides. La nuit venait. L'air morne, trois dames suivirent leur reine qui ne pensait guère à Louis.

— J'ai pris logis à l'hôtel de Longueville, Milady, et viens me mettre à votre service.

Son chapeau détrempé de pluie à la main, Charles Brandon s'inclina.

La voix de son ami d'enfance et les souvenirs heureux qu'elle évoquait firent monter des larmes au yeux de la jeune reine.

— J'ai fort besoin de vous, en effet. Le roi se meurt et, veuve, il me faudra faire face à une situation difficile.

— L'enfermement ?

352

— Cela entre autres, Milord. Cloîtrée six semaines sans pouvoir communiquer avec quiconque. Mais d'autres épreuves m'attendent qui ne seront pas moins pénibles.

Brandon voyait Mary mincie, pâle, triste et avait envie de la serrer dans ses bras.

— Monseigneur le Dauphin est votre ami, dit-on.

— Faux ami, interrompit la jeune femme. Il me servira si je le sers ou accepte de partager son lit.

Le duc de Suffolk se tut. En quittant Londres, il avait promis à Henry de ne point profiter du désarroi de la reine pour en faire sa maîtresse. Le roi avait des projets pour elle que tout attachement trop violent contrarierait. Le duc avait donné une parole qui ne serait pas facile à tenir. Depuis des années, il était séduit par le charme, la sensibilité de Mary, aimant jusqu'à sa vanité, sa poursuite naïve du bonheur. Mais jamais il n'avait pensé pouvoir la posséder. Au fond de la salle, rassemblées autour d'un ouvrage de tapisserie, les dames d'honneur de Mary l'épiaient.

— Nous aurons à parler, dit-elle à Charles Brandon d'une voix aussi basse que possible. Demain je me rendrai à Vincennes et ne prendrai avec moi que mes dames anglaises. Vous pourrez m'y rejoindre discrètement. Mon confesseur et Lord Worcester vous y accueilleront.

Avant de se retirer, Suffolk salua profondément la reine puis les dames d'honneur. Officiellement il était venu en France pour participer aux tournois qui accompagnaient chaque année les fêtes de l'Épiphanie et devait s'en retourner en Angleterre les réjouissances achevées. Mais Henry VIII l'avait autorisé à rester secrètement à Paris pour y attendre la mort de Louis XII et être son informateur privilégié. Non seulement il devait donner toute son attention à la situation de la reine, mais rencontrer le duc d'Albany pour le convaincre de renoncer à exercer la régence en Ecosse. Margaret ne pourrait plus, avait noté le roi, l'accuser d'être resté sourd à ses appels désespérés.

Dans le brouillard, le donjon de Vincennes avait un aspect lugubre. Selon les ordres de la reine, son appartement avait été chauffé, décoré de feuillages, de tapisseries et de tableaux italiens ramenés autrefois du Milanais ou du royaume de Naples par son époux. Arrivée le matin avec ses dames, lady Elizabeth Grey, sa cousine, lady Wilton, Anne Jermyngham, Mary Fiennes, lady Bouchier et les sœurs Boleyn, Mary avait entendu la messe et pris le premier repas du matin. La perspective du court entretien en tête à tête qu'elle allait avoir avec Charles l'avait privée de sommeil.

Le silence qui régnait dans le château, la lumière ténue finirent cependant par apaiser la jeune femme. Le feu pétillait, les branches de sapin embaumaient. Venue à Vincennes pour y prier en paix, nul aux Tournelles n'avait songé à la retenir. On savait que la jeune femme passait juste le temps nécessaire auprès de son époux et avait pris l'habitude d'agir à sa guise. Une poignée de ses dames d'honneur, son confesseur l'escortaient ainsi qu'un vénérable gentilhomme, Lord Worcester. Tous seraient de retour à Paris avant la nuit et, sachant son fils retenu aux Tournelles, Louise d'Angoulême n'avait pas cru bon de s'inquiéter.

— Laissez-moi, demanda Mary à ses dames d'honneur. Lord Worcester vous fera appeler lorsque nous reprendrons la route.

De ses grands yeux noirs, trop intelligents, Anne Boleyn l'observait. Mary savait qu'elle devinait tout.

Derrière les fenêtres, on distinguait à peine le mur d'enceinte et au-delà les arbres de la forêt qui se refermaient autour de la forteresse. Pour ne pas éveiller les soupçons, Mary s'était vêtue simplement d'une robe de camelot gris-bleu ornée de bandes de velours et d'une cape du même tissu noir dissimulait son décolleté carré. Sur la tête, elle portait un gros béret ourlé de renard gris qui mettait en valeur le bleu doux de ses yeux.

Un long moment la jeune femme resta immobile, le regard perdu dans les flammes. Pour décider Charles, elle ne disposerait que de peu de temps. Louis pouvait trépasser d'un moment à l'autre et à peine aurait-il rendu l'âme, qu'elle serait enfermée à Cluny. Là, sous la surveillance attentive des Françaises, elle n'aurait aucune chance de communiquer avec quiconque, sauf avec le nouveau roi. Désireux de commencer son règne en bons termes avec Henry VIII, pourquoi François la protégerait-il ? Sitôt informé de ses projets, son frère la séparerait à jamais de Suffolk pour la jeter, en dépit de sa promesse, dans les bras d'un prince inconnu.

— Madame, votre visiteur est là.

Le confesseur de la reine se tenait sur le pas de la porte.

— Sa Grâce doit remonter en carrosse dès none sonnée, poursuivit-il, je la supplie de ne point l'oublier.

Suffolk restait sur ses gardes. Ami intime du roi, jouissant de toute sa confiance, il ne pouvait le décevoir en s'aventurant à l'aveuglette dans le sillage de la délicieuse Mary.

— Asseyez-vous près de moi, Milord, invita la jeune reine d'une voix douce. Me craindriez-vous ?

À côté de Charles, elle reprenait de l'assurance. Qui pouvait lui résister ? Les obstacles les séparant encore seraient surmontés les uns après les autres.

— Le temps m'étant compté, je serai brève.

Face à elle, à côté de l'âtre, Charles l'écoutait avec attention mais la jeune femme percevait ses réticences.

— Je ne vous ai point demandé de venir pour parler politique. Le roi se meurt, le Dauphin montera sur le trône de France et je serai élevée au rang de reine douairière. À vingt ans, cet honneur ne me suffit guère.

— Sa Majesté vous accueillera avec joie à Londres.

— Pour me remarier à un prince étranger !

— Le roi a promis de vous consulter sur ce choix, Milady.

— Il n'aura point à le faire car je sais déjà qui je désire pour époux.

À son corps défendant, Suffolk éprouva une brève appréhension.

Penchée légèrement vers son ami, Mary posa soudain une main sur la sienne.

— Avez-vous déjà aimé, Charles ?

Stupéfait par la familiarité du ton, le duc ne proféra mot.

La jeune femme retira sa main et se cala au dossier du fauteuil. Que pouvait-elle tenter pour émouvoir cet athlète impassible ? Se jeter à ses genoux ?

— Si vous avez éprouvé de l'amour pour une femme dans votre vie, vous devriez me comprendre. La pudeur m'empêche de prononcer certains mots mais nous nous connaissons depuis toujours et j'ose espérer que vous lisez mes pensées.

Charles avait le souffle court. Oui, il devinait maintenant qui occupait l'esprit et le cœur de la reine de France. Cette certitude soudaine l'épouvanta et l'enflamma. D'un bond, il se leva, tomba aux pieds de Mary.

— Si vous m'aimez, Milady, je suis un homme perdu mais, dussé-je en mourir, ce sera dans la joie.

Mary pleurait. Il se leva, l'arracha de son fauteuil, la serra contre lui.

— Nous nous marierons dès que ma réclusion prendra fin. Sûrs alors que je ne porte pas l'enfant de Louis, les Français me laisseront aller.

— Êtes-vous certaine de ne point être grosse ?

Le rire sarcastique de Mary fusa, mais elle ne répondit point.

Déjà l'excitation du duc de Suffolk retombait un peu. Un mariage ne pouvait se faire qu'avec l'accord de Henry. Le donnerait-il ?

— Il faut consulter Sa Majesté votre frère.

— Non, chuchota la reine, car je veux être votre femme avant de regagner l'Angleterre. Ainsi Henry ne me donnera pas d'autre époux que vous. Ai-je votre promesse ?

Avec angoisse, Suffolk songea à celle qu'il avait faite au roi avant son départ pour la France.

— Je vous aimerai jusqu'à la fin de mes jours, Mary, mais

356

je ne suis point prince et ne peux disposer de vous sans vous mettre en grand danger. Le roi pourrait casser notre mariage, me faire exécuter et vous enfermer dans un couvent.

— Auriez-vous peur ?

Le défi faisait briller les yeux de Mary. Sous le béret bordé de renard, Brandon trouvait la jeune femme infiniment désirable. Elle était bien une Tudor, un être charmant, égoïste et dominateur.

— Si je n'obéissais qu'à mes désirs, poursuivit la reine d'une voix douce, nous serions amants tout de suite et, Dieu le voulant, je deviendrais grosse. Notre enfant régnerait sur la France et me ferait reine mère, une enviable situation. Mais sachez que tout en vous désirant ardemment, je veux être la mère d'une lignée portant le nom de Brandon, non de Valois.

— Je serai ce qui vous semblera bon de faire de moi, murmura Brandon, car je vous aime avec ardeur.

— Nous vivrons ensemble comme des époux, déclara Mary d'une voix sourde. Mais il faut attendre. Nous nous écrirons durant ma réclusion et, aussitôt libre, nous nous marierons.

Se haussant sur la pointe des pieds, la jeune reine posa ses deux mains sur les joues de Brandon et doucement les caressa.

— Tu garderas ton amour pour moi, n'est-ce pas ? interrogea-t-elle en français.

La vulnérabilité qu'il perçut dans la voix de la reine acheva de désarticuler les défenses de Suffolk. Il l'attira plus près de lui, caressa les cheveux blonds répandus sur la cape de velours, chercha les lèvres, sentit frémir le corps de Mary.

Le brouillard se dissipait, on pouvait même à travers les étroites fenêtres apercevoir un pan de ciel bleu. Charles Brandon savait que Mary Tudor dirigeait désormais leurs deux destins.

37

Prévenu du décès du roi Louis XII, François et Louise de Savoie étaient arrivés en toute hâte à l'hôtel des Tournelles. Au chevet de la dépouille mortelle se trouvaient déjà la reine Mary voilée, vêtue de blanc et les proches amis du souverain.

Une tornade ravageait Paris, cassant des arbres centenaires, arrachant des ardoises aux toits, abattant des cheminées.

Aussitôt François présent dans la chambre mortuaire, Jacques de Chabannes, seigneur de La Palice, grand maître de la maison du roi, leva son bâton noir de commandant et, d'un pas majestueux, marcha vers le jeune homme.

— Messeigneurs, clama-t-il, je vous proclame que le roi notre maître, Louis le Douzième a passé de ce monde à l'autre. Notre maître est trépassé. Et puisque nous n'avons plus de maître, en signe de vérité, je brise mon bâton et le jette à terre.

Personne ne dit « Vive le roi ! » car, si Mary était enceinte, le futur roi serait son enfant, pourvu qu'il soit mâle. Mais François restait serein. De la bouche même de Mary, il savait que l'union n'avait point porté de fruits. Dans six semaines, il serait couronné.

À plusieurs reprises, le Dauphin chercha le regard de la reine qui, les yeux baissés, semblait plus absorbée dans ses pensées que brisée par la douleur.

De l'autre côté du lit funéraire, Claude, son épouse, la fille du roi défunt, était à genoux, en larmes, à côté de sa petite sœur Renée. « Perte irréparable pour elles, légère pour moi, accueillie avec soulagement par ma mère et Mary, pensa le Dauphin. Nos sentiments n'obéissent-ils qu'à l'intérêt ? »

On attendait dans la journée Jean Perréal qui déjà avait moulé le masque mortuaire d'Anne de Bretagne et les chirurgiens chargés d'embaumer le corps avant de le revêtir des habits royaux, de glisser dans sa main gauche le sceptre de Justice et de poser sur son front la couronne de France. Puis la dépouille serait conduite à Notre-Dame avant d'être inhumée à la basilique de Saint-Denis aux côtés de ses ancêtres et d'Anne de Bretagne.

Mary espérait que François allait hâter les obsèques afin d'en finir au plus vite avec son enfermement rituel. Elle-même était prête à se rendre à Cluny, à subir cette ultime épreuve avant de retrouver l'homme qu'elle aimait. Après son mariage secret, elle écrirait à son frère. Pourquoi Henry ne pardonnerait-il pas ? Elle connaissait les mots susceptibles de l'attendrir et en userait à propos.

À travers ses paupières mi-closes, la jeune femme voyait le visage blême du roi. Dans la mort, il retrouvait la rudesse de ses traits, nez aquilin, bouche lippue, mâchoire carrée. Les pommettes hautes n'étaient point trop Valois et pouvaient donner crédit aux rumeurs qui avaient couru sur la bâtardise du roi. Son père Louis d'Orléans n'était-il pas d'âge caduc quand il avait été engendré ? Sa mère, Marie de Clèves, semblait alors éprise du premier intendant de ses écuries, un homme viril d'origine plébéienne qui ne la quittait pas d'une semelle.

« Que Dieu l'accueille en son paradis », pensa la reine. Elle n'avait point aimé ce vieil époux trop gourmand d'elle et ne feindrait pas le désespoir. Mais elle avait apprécié son bref statut de reine de France, les parures, les bals, les mille raffinements de sa vie quotidienne, l'abondance des miroirs, des bouquets de fleurs, les épais tapis de Turquie ou de Perse, les vins les plus rares, la drôlerie et la hardiesse des fous du roi, les galanteries des Français, moins timides en face des dames que les Anglais.

La tempête peu à peu s'apaisait, les hurlements du vent se taisaient. Les hautes flammes qui brûlaient dans l'âtre prenaient une vie si intense que tout le reste devenait silence, oubli. Le regard de Mary se posa sur les mains du roi déjà livides. C'étaient ces mains-là qui l'avaient caressée sans parvenir à lui donner du plaisir, non qu'elles fussent malhabiles mais, de toutes ses forces, son corps s'y était refusé. À défaut de virginité, Charles aurait ses premières voluptés de femme.

Alors qu'elle relevait la tête, les yeux de la reine rencontrèrent à travers le fin voile ceux de François. Il était indéniable qu'une tendre complicité les liait et elle était prête à user de son pouvoir sur lui pour qu'il protège Suffolk. S'il approuvait leur mariage, la démarche auprès d'Henry serait plus aisée à accomplir. Ensuite, elle serait libre.

L'hôtel des abbés de Cluny se dressait avec élégance au milieu d'un vaste jardin aux parterres réguliers alternant des massifs de fleurs et de plantes médicinales. Des arbustes à feuilles persistantes bordaient les allées. Au fond, autour d'un calvaire de pierres blondes, des ifs, des buis, des romarins faisaient comme une enceinte végétale qu'on franchissait sous une arche soutenant des rosiers grimpants. À la belle saison, le père abbé faisait sortir des orangers en caisse que l'on disposait le long de la façade sud de l'hôtel.

Toute de blanc vêtue, les cheveux dissimulés par une pièce d'étoffe cachant le front et contournant le menton, la reine douairière pénétra dans ses appartements. Comme le voulait la coutume, les fenêtres étaient hermétiquement closes, les rideaux tirés. À pas lents, Mary fit le tour de son domaine : une chambre, une salle commune pour elle et ses dames, toutes françaises, une garde-robe, un oratoire. Les bougies jetaient une lumière approximative sur les tableaux représentant des scènes religieuses, les meubles austères en bois sombre, les inconfortables sièges. Mary dut se raidir pour que nulle autour d'elle ne perçoive sa détresse. Aucune de ses suivantes ne lui était sympathique et elle les voyait plus en délatrices qu'en amies. En vérité, elle était seule.

— Votre confesseur vous attend, Madame.

On lui avait ôté le prêtre anglais qui l'avait accompagnée depuis Londres pour mettre auprès d'elle un vieil et sévère abbé. Louise de Savoie, sans aucun doute, avait fait ce choix, Claude était trop bonne pour utiliser ce genre de brimade et Marguerite, la sœur de François, trop intelligente.

— Je le verrai plus tard, jeta-t-elle.

Pour tenir, elle devait maîtriser son temps, ne point laisser autrui la traiter en objet. On lui avait laissé prendre les livres qu'elle désirait, des ouvrages de broderie, de tapisserie, ses instruments de musique, luth et clavicorde. Et nul ne pouvait la priver de ses pensées, toutes tournées vers Charles Brandon et l'avenir. Il avait juré de l'attendre à Paris et elle savait qu'il tiendrait parole.

Un repas fut servi auquel Mary toucha à peine. Elle allait congédier ses dames et écrire à son frère afin de le préparer à la stupéfaction qu'il éprouverait en apprenant *a posteriori* son mariage. Et elle mettrait Thomas Wolsey dans la confidence car elle savait l'archevêque d'York bienveillant à son égard.

Une fois sortie la dernière dame d'honneur, Mary s'installa devant une table, prit une feuille de papier, de l'encre et une plume. Le pari qu'elle prenait de ne point clairement annoncer son projet était difficile mais elle ne pouvait agir autrement, il lui était impossible d'attendre d'être de retour à Londres pour le mener à bien. La rapide élévation de Suffolk, la faveur dont il jouissait auprès du roi lui avaient fait des ennemis, Norfolk en particulier. Tout mariage d'une princesse devant être soumis à l'approbation du Conseil, le duc s'élèverait sûrement contre ce qu'il clamerait être une mésalliance et Henry en souffrirait d'autant plus que la tentation de conclure une union entre elle et Maximilien de Habsbourg restait grande chez lui. Mais l'empereur avait cinquante-six ans et Mary préférait mourir plutôt que de se trouver à nouveau dans le lit d'un vieillard.

Mon frère bien-aimé,

C'est de l'hôtel de Cluny fort misérablement enfermée pour plusieurs semaines que je vous écris. J'espère Votre Grâce en bonne santé. La mienne n'est pas mauvaise en dépit des grandes douleurs que j'ai supportées ces jours derniers. Puisse Dieu accueillir l'âme de mon défunt époux. Avec ferveur, je prie pour lui.

Sans aucune relation avec l'extérieur, je suis à la merci du roi français et crains ses ruses car il est assurément fort matois. Étant sa première sujette, il peut disposer de moi de gré ou de force et me pousser à un mariage nuisible aux intérêts de l'Angleterre. Quoique fort résolue à lui résister, je suis ici sans défense et peux tomber dans un piège. Or mon avenir doit être entre mes seules mains selon la promesse solennelle que vous m'avez faite à Douvres lorsque je m'embarquai pour la France. Ayant alors obéi sans protester à vos ordres, je suis libre désormais de choisir celui qui sera mon époux et ne veux point que le roi de France s'en mêle.

Ma confiance en Dieu et en vous étant sans limites, j'essaie de ne point m'alarmer mais le silence, la solitude où je suis réduite m'impatientent. Je ne suis point grosse et espère promptement ma liberté.

Votre sœur obéissante et affectionnée, Mary, reine de France.

Assez satisfaite la jeune femme cacheta la lettre. Elle était certaine qu'Henry interviendrait auprès de François pour écourter sa claustration. Alors, elle rejoindrait Charles Brandon, ils s'épouseraient et nul ne pourrait plus les séparer.

Dans la morne ambiance des jours qui suivirent, Mary trouvait ses seules satisfactions dans la décision qu'elle avait prise. Sans doute bravait-elle son frère mais ayant été reine de France, elle avait perdu de sa docilité. Si Henry s'accordait toutes sortes de libertés, si Margaret avait trouvé bon d'épouser l'homme qui lui plaisait, pourquoi n'agirait-elle pas de même ? Elle allait avoir vingt ans en mars, son mariage, son veuvage avaient fait d'elle une adulte.

— Madame, le Dauphin François d'Angoulême demande à être reçu.

Mary ne put s'empêcher de sourire. Après dix jours de claustration sans voir le jour, elle se sentait misérable et rien ne pouvait mieux la consoler que la seule visite qui lui soit autorisée, celle du futur roi.

Lorsque François entra dans le salon des Dames, il sembla à la jeune femme qu'une bouffée d'air frais pénétrait enfin dans ce lieu morbide. En habit de deuil, le Dauphin trouvait cependant moyen de paraître à la dernière mode avec son chapeau souligné de plumes d'autruche, la dentelle de sa chemise qui ressortait du pourpoint pour former un col qu'agrafait une énorme perle. Face à lui, vêtue en religieuse, sans fard ni bijoux, Mary était décidée à ne rien lui montrer de son désarroi.

Devant l'âtre, les servantes offrirent du vin chaud, des pâtisseries, des bonbons. Assise sur un fauteuil face à lui, la jeune femme observait avec intensité le Dauphin. François était-il venu en ami ou en ennemi ? Il fallait se montrer patiente, le laisser parler le premier.

— Le plus simple des atours, complimenta François de sa voix charmeuse, ne peut en rien amoindrir votre beauté, Madame, et je vous vois plus fraîche et désirable encore en nonne que parée de tous les bijoux de la couronne de France.

Mary inclina la tête. Entendre à nouveau louer ses attraits la comblait d'aise.

— Sur un mot de vous, Madame, poursuivit le Dauphin du même ton badin, je me serais fait votre esclave. Vous le savez, bien sûr.

— Les femmes ignorent toujours quelle est la part de vérité dans les promesses que leur font les hommes.

Les yeux du Dauphin souriaient, moqueurs, mais chaleureux. Si elle n'avait point donné son amour à Suffolk, Mary savait fort bien qu'elle aurait pu lui céder. Deux mois de mariage avaient fait d'elle une femme, mais une femme frustrée. L'amour physique devait être autre chose que le contact de deux corps, quelques spasmes. Charles comme François devaient savoir donner du plaisir.

Le Dauphin gardait sur les lèvres le tendre sourire qui faisait chavirer le cœur des femmes.

— Menterie pour menterie, plaisanta-t-il. À ce jeu des fausses promesses, les femmes excellent aussi.

— Je ne vous ai jamais rien promis, Messire.

D'instinct, les deux jeunes gens retrouvaient le léger badinage qui les avait tant occupés à la Cour. Séducteur et séductrice, ils s'étaient toisés, évalués, appréciés.

— Mais vous n'êtes point éloignée encore de la France et de ma personne. Le temps peut changer vos résolutions.

— Vous êtes marié, monsieur mon beau-fils, et bientôt père. Penseriez-vous à moi comme maîtresse ? C'est alors que vous me mésestimeriez. Les Tudor ne sont point des concubines.

— Sans doute, mais je vous connais assez bien, madame ma belle-mère, pour deviner que Mary Tudor peut braver des lois élaborées seulement pour les femmes dociles. Pourriez-vous attester par serment qu'au cas où un homme aurait le bonheur de toucher votre cœur vous ne seriez prête à le prendre en faisant fi de votre famille ?

Stupéfaite, la jeune femme observa son gendre avec attention. Était-il possible qu'il ait connaissance de ses projets ?

— Vous êtes encore plus belle quand vous êtes dépitée, Madame. Croyez-vous que je ne connaisse point la présence du duc de Suffolk à Paris ? Un homme d'aussi prestigieuse apparence ne peut passer inaperçu. Souvenez-vous qu'il a remporté sur moi certaine joute et que j'ai ma revanche à prendre.

Loin d'aiguillonner la reine, le sourire narquois que François n'avait pas perdu l'inquiéta mortellement. Un mot à Henry et Charles serait aussitôt rappelé à Londres.

— Que voulez-vous dire, Monseigneur ?

Le feu jetait sur les tapis de laine pourpre des lueurs ondoyantes que semblaient renvoyer celles des bougies et des candélabres. La pièce tout entière était devenue floue, incertaine, menaçante.

— Ne jouez pas à la femme outragée, Madame, car assurément je suis votre ami.

François parlait avec une conviction triomphante, mais Mary le connaissait assez bien pour savoir qu'il n'offrait rien sans arrière-pensée.

— J'ai un marché à conclure avec vous. En ma conscience, je crois qu'il vous profitera autant qu'à moi. Si vous reconnaissez devant une assemblée que vous n'êtes point grosse, je serai couronné roi à Reims avant la fin du mois. En échange, je protégerai votre union avec le duc de Suffolk et, si vous y consentez, écrirai moi-même au roi votre frère. Vous et moi tenons à ce mariage, vous, parce que le duc est l'homme le plus séduisant du monde et que vous refusez qu'on vous mette dans le lit de l'empereur Maximilien, moi, car je n'aime point trop l'idée d'une alliance matrimoniale entre l'Empire et l'Angleterre. Nous nous entendons, n'est-ce pas ?

François prit la main de Mary et la porta à ses lèvres. Du fond de son cœur, il la souhaitait heureuse.

— Venez, chuchota-t-il.

Le jeune homme entraîna sa belle-mère vers la fenêtre, entrouvrit les rideaux.

Au-dessus des murs de l'abbaye, le ciel était d'un bleu d'azur. Éblouie, clignant des yeux, Mary s'accrocha au pourpoint de François qui la serra contre lui.

— Faites-le, chuchota-il.

— Quoi, Monseigneur ?

— Vivez, car la vie est fort bonne pour une dame de votre beauté qui, de plus, a du cœur. Ne gaspillez pas un seul jour de l'existence que Dieu vous a accordée.

Un moment, il serra davantage Mary contre lui puis relâcha son étreinte.

— Je ne puis plus supporter d'attendre, avoua la jeune femme.

Le Dauphin vit des larmes dans ses yeux et sur l'un et l'autre posa un baiser.

— Le Conseil vous entendra ce soir, Madame. Demain vous serez libre.

Logée à l'hôtel de Valois, Mary était restée toute la journée étourdie par le vent, la lumière. Le froid piquant donnait à l'air une transparence de cristal qui ciselait les ramures des arbres, les haies de buis, les statues antiques encadrant une fontaine. Afin de se reprendre, de réfléchir, la jeune femme n'avait convoqué Suffolk que pour le lendemain. Entourée de quelques dames anglaises, elle voulait goûter un peu de paix avant le combat qu'elle allait livrer. De François, elle avait exigé la plus grande discrétion. Elle désirait épouser Charles en présence de quelques témoins et puis écrire à son frère et à Wolsey. L'aide du nouveau roi de France ne lui serait nécessaire qu'en cas de grave conflit. Déjà obnubilé par son sacre, le jeune homme avait consenti à toutes ses requêtes. La simple cérémonie de renoncement s'était passée fort dignement. Devant Louise et Marguerite d'Angoulême, le comte de Fleuranges, Jacques de Chabannes et La Trémoille, Dunois et mesdames d'Aumont et de Nevers, Mary avait fait au Dauphin une profonde révérence et déclaré d'une voix solennelle : « Sire je ne connais point d'autre roi que vous. » Il y avait eu un moment de silence puis Louise s'était avancée vers son fils et, le visage resplendissant de bonheur, s'était inclinée à son tour suivie par tous. François était roi.

Le lendemain, Mary se leva tôt. Charles était attendu dans la matinée et elle voulait entendre la messe avant de se parer pour le recevoir. La stricte robe de nonne avait été abandonnée à Cluny et de ses coffres la jeune femme avait sorti une robe de velours blanc damassé bordée d'hermine au col et

366

aux poignets. De chaque côté de son visage, elle se ferait faire des nattes entremêlées de fils d'or, laissant la masse de ses cheveux couler dans son dos jusqu'à la taille. Sans hésiter la jeune femme ôta de son doigt son anneau de mariage, le jeta dans un coffret. Le petit claquement que fit le couvercle en se rabattant lui fit penser à celui d'une porte qui se refermait sur son passé.

Brandon se trouvait face à Mary, acculé.

— Une union secrète serait pure folie, répéta-t-il. Henry l'annulerait, me condamnerait à mort et vous ferait jeter en prison.

Raidie par la déception, Mary était décidée à ne pas renoncer. Comment Charles pouvait-il hésiter ?

— J'ai sa promesse d'épouser qui me plaît.

Charles réprima un mouvement d'agacement. Elle reprochait au roi ce qu'elle était en train d'exercer envers lui. Non point que l'idée d'épouser Mary lui déplût, bien au contraire, mais il voulait que cette union se fasse avec éclat en Angleterre, non à la hâte et en secret dans une chapelle parisienne. Le roi de France, d'autre part, excitait sa méfiance. Mary lui avait juré qu'il approuvait leur union. Pour quelle raison ? Afin d'humilier Henry ? Trop semblables, les deux souverains se jaugeaient aimablement mais, un jour ou l'autre, ils se haïraient.

— Écrivons à Sa Majesté, prononça-t-il avec douceur, et sollicitons son autorisation. Nous aurons sa réponse dans moins de dix jours.

Le visage blême de la jeune reine pétrifia le duc. Il aurait préféré faire face à vingt ennemis bien armés qu'à cette frêle jeune femme au regard de feu.

Mary pleurait, de grosses larmes de désespoir ruisselaient sur ses joues.

— Vous ne m'aimez point !

Incapable d'argumenter face à une femme qui sanglotait, il avança vers elle, la prit dans ses bras. Le corps tout entier

de la jeune reine tremblait. Elle était légère, fragile contre lui.
Il posa ses lèvres sur ses cheveux, la berça doucement.

— Il n'est point de femme que je désire plus que vous.

Elle secoua la tête.

— Vous ne m'aimez pas.

Son désarroi consternait Charles Brandon. Il ne pouvait
plus parler à cette femme en pleurs, seulement la caresser,
l'embrasser.

Soudain, elle leva son visage vers le sien.

— Si vous ne m'épousez pas maintenant, je rentrerai dans
un couvent. Vous ne me verrez plus de votre vie.

Ne sachant ni que faire ni que dire, Charles Brandon garda
le silence.

— Embrassez-moi, hoqueta la jeune femme.

Il prit ses lèvres et les goûta intensément. Lui le géant,
l'invincible duc de Suffolk était tout entier dans le creux de
la main de la jolie Mary Tudor.

— Marions-nous donc, murmura-t-il.

Elle noua les bras autour de son cou, il la souleva comme
une plume et la déposa sur le lit aux courtines retenues par
des roses en bois doré. Les yeux clos, elle n'opposait aucune
résistance.

Étendu sur elle, il la contemplait, caressant ses seins sous
l'épaisse robe de velours qu'il avait délacée. Mary était douce
et fraîche comme une fleur de printemps.

Par la fenêtre, le soleil passait en rayons dorés qui éclairaient le cou, les épaules de la jeune femme, son visage sur
lequel séchaient les larmes.

38

Milord Suffolk,

Avec chagrin et préoccupation, je réponds à votre lettre du 5 février m'annonçant que vous vous êtes secrètement marié avec la reine Mary et avez consommé votre mariage charnellement. Le roi est dans une colère que je ne puis encore tenter d'apaiser. Il est atteint dans son honneur, dans la confiance qu'il avait mise en vous, dans l'estime qu'il portait à sa sœur. La lettre de Sa Grâce la reine douairière de France l'a désespéré, la vôtre l'a enragé. La promesse faite au château d'Eltham avant de vous embarquer pour la France a été rompue de la plus vile façon et Sa Grâce aurait moins souffert d'apprendre votre mort que d'avoir à subir cette trahison.

Nul ne peut être plus désolé que moi par la décision que vous avez prise au mépris de votre parole comme de votre honneur. Mais tout péché peut obtenir miséricorde et je vous conseille de continuer à écrire au roi avec soumission comme j'implore le roi François et la reine Claude d'envoyer une aimable missive, expliquant qu'ils ont de tout cœur approuvé votre union. Une lettre du duc de Longueville, une autre de notre ambassadeur à Paris seraient également profitables à vos intérêts.

Vous n'ignorez pas, Milord, que je suis un homme pragmatique. Le mariage de la princesse Mary avec le roi de France, son trousseau, ses bijoux, les plats d'or et d'argent qu'elle a emportés avec elle ont coûté fort cher au Trésor. Si vous proposez au roi de rembourser la première partie de la dot et de restituer la vaisselle ainsi que les bijoux, Sa Majesté sera en de meilleure dispositions à votre égard et je pourrais alors intervenir avec circonspection.

Quant aux négociations concernant la ville de Tournai que Sa Grâce vous avait chargé de mener avec le roi de France, oubliez-les. Vous avez assez de préoccupations avec vos propres affaires et, considérant la rancune de notre souverain à votre égard, toute tractation venant de vous lui serait odieuse.

Mon amitié, Milord, vous est acquise. Je ferai en votre faveur et celle de la reine Mary tout ce qui est en mon pouvoir...

Plus le duc de Suffolk avançait dans la lecture de la lettre expédiée par Thomas Wolsey, plus l'anxiété lui serrait à la gorge. Henry le haïssait et lui interdisait de regagner l'Angleterre. Il allait devoir presser ses amis d'intervenir en sa faveur, supplier le roi de France de défendre sa cause alors que le mariage n'avait point eu lieu sous son autorité directe. Mary lui avait affirmé que François y consentait mais s'il jugeait bon de les abandonner, elle ne tenait pas la moindre preuve de cet assentiment.

Le jardin de l'hôtel de Valois était recouvert de frimas. Sur le sol, les feuilles racornies brillaient, un geai sautillait près des buissons de roses qui accrochaient leurs maigres branches autour des piliers ouvrant la perspective du jardin de fleurs.

Suffolk pensa aux conseils de l'archevêque d'York. Rembourser le roi du premier tiers de la dot de Mary serait un poids financier considérable. Il ne disposait d'aucune fortune familiale et assurait son train de vie grâce aux revenus de son duché. Mais il était prêt à s'y engager, dût-il passer une partie de l'année à la campagne pour ménager ses dépenses. Quant à la vaisselle d'or, aux bijoux, Mary consentirait sûrement à les rendre à son frère. Elle aussi se tourmentait. Longtemps elle avait cru qu'une simple lettre exprimant sa tendresse lui regagnerait le cœur d'Henry. Son silence l'avait stupéfaite. À la cour de France, elle assumait son rôle de reine douairière, indifférente aux rumeurs qui couraient sur elle. Chacun savait qu'elle vivait désormais avec le duc de Suffolk, certains affirmaient qu'ils étaient mariés, d'autres le niaient. Le roi et la reine ne soufflaient mot.

Suffolk se détourna de la fenêtre et se dirigea vers son écritoire. Il fallait répondre sans attendre à Wolsey, entretenir les bons sentiments qu'il montrait à son égard, se remettre entre ses mains. Lui seul avait le pouvoir de convaincre son souverain qu'il fallait pardonner. À Paris, il étouffait. Sans rôle officiel, contraint de demeurer dans l'ombre, son énergie tombait. Il avait besoin d'espace, d'action et, aussi fort fût-il, son amour pour sa femme ne lui suffisait pas.

Charles prit une plume taillée, la trempa dans l'encre. Un autre souci les préoccupait l'un et l'autre. Quelques jours plus tôt, Mary lui avait fait part de son soupçon d'être grosse. Cette catastrophe s'ajoutait aux autres pour les perdre. Sans mariage officiel, Henry déclarerait l'enfant bâtard. Mary serait déshonorée.

Milord d'York...

La plume courrait sur le papier, il semblait à Suffolk que dans cette simple lettre il jouait sa vie.

Je ne sais comment vous exprimer ma reconnaissance. Vous considérant comme mon plus fidèle ami à Londres, je ne vous cacherai rien de ma situation ni de celle de la reine, ma femme. Notre mariage peut certes vous sembler une grande sottise mais s'il fut hâtivement conclu, c'est que la reine craignait de ne plus pouvoir disposer d'elle-même dans un proche avenir et s'inquiétait jusqu'à l'angoisse d'être séparée de moi à jamais. La voyant sangloter dans un désespoir proche de la folie, l'irréparable, suivi par un prompt mariage, s'est accompli. Depuis, nous avons passé ensemble toutes nos nuits et je crains que ma femme, la reine douairière de France, soit enceinte, ce qui ajouterait un malheur à tous ceux que nous subissons.

Mon inquiétude et mon chagrin, Milord, sont immenses, et plutôt que de voir la haine du roi peser sur moi, je préférerais mourir. Votre aide reste notre ultime espoir. L'un comme l'autre vous supplions de nous la conserver.

Selon vos conseils, Milady la reine douairière va demander au roi, à la reine de France et à la reine mère d'intervenir en notre faveur auprès de Sa Grâce le roi Henry.

371

D'autre part, afin de rendre indestructible notre union au cas où un enfant serait déjà conçu, nous devons nous remarier, cette fois en présence du roi et de la reine de France ainsi que des gentilshommes de la Cour. S'unir durant le carême n'est point ici un obstacle et nous trouverons aisément une dispense.

Ne manquez pas une occasion, je vous prie, d'intervenir en notre faveur auprès de Sa Grâce le roi Henry, un simple mot peut faire beaucoup et je vous en serai reconnaissant à jamais.

— Donnons à mon frère tout ce qu'il désire, décida Mary d'une voix froide, les bijoux, la vaisselle et une partie de ma dot. L'argent se trouvera, je ne me fais point de souci. Et, pour apaiser sa rancune, je possède mieux que des larmes ou des supplications : le Miroir de Naples.

— Ce bijou appartient à la couronne de France !

— Louis me l'a donné et j'ai largement mérité d'en disposer à ma guise.

La colère de son frère avait attisé la sienne. À dix-huit ans, il l'avait jetée dans le lit d'un vieillard lubrique qui chaque nuit s'acharnait sur elle. Reine de France ! Le mot était brillant en effet, il ressemblait à un diamant, mais la réalité était autre. Reine, elle ne l'avait jamais vraiment été. Louise de Savoie y veillait, Louis, par faiblesse, l'appuyait. Et son frère la tourmentait encore ! Quoique l'aimant de tout son cœur, elle ne regrettait pas d'avoir eu le courage de se marier avant qu'il ne disposât d'elle à nouveau. Ses biens ne lui importaient guère. En Angleterre, ses parents, sa grand-mère lui avaient laissé largement de quoi vivre selon son rang. Depuis des mois, Henry guignait le miroir de Naples, un diamant gros comme une noix sous lequel était sertie une perle en forme de poire d'une taille étonnante. Si ce fabuleux bijou pouvait apaiser son courroux, elle était prête à le lui donner. Dès le lendemain, un homme de confiance partirait pour Londres, le collier sous son pourpoint.

Au fond du vaste lit, les yeux au plafond, Suffolk réfléchissait. Il solliciterait au plus tôt une audience auprès du roi de

France pour obtenir un mariage public auquel celui-ci et la reine Claude assisteraient. Aujourd'hui, il approcherait l'archevêque de Paris afin d'obtenir une dispense l'autorisant à épouser Mary durant le carême. Même si sa vie durant il ne pouvait remettre les pieds en Angleterre, au moins ses enfants seraient-ils légitimes. À côté de lui, Mary dormait. Ils avaient tant fait l'amour que la fatigue l'écrasait aussi. Tout contre lui, elle était douce, chaude, sensuelle jusque dans son sommeil. Et, cependant, il ne pouvait s'empêcher d'éprouver du désespoir à l'idée d'avoir perdu l'amitié du roi, son ami d'enfance à qui il devait tout.

— Parlons franc, voulez-vous ! La reine Mary et vous, Milord, désirez un mariage à la Cour. Une reine douairière ne pouvant prendre époux sans le consentement du prince régnant, mon autorisation vous est nécessaire. Je suis prêt à vous la donner si l'Angleterre me montre de l'amitié.

En tenue du matin, François portait cependant un collier d'or ouvragé, une ceinture de velours incrustée d'émeraudes, un béret de daim gris clair qui faisait ressortir le noir de sa chevelure coupée à hauteur des épaules. Afin de paraître plus viril, le jeune roi se faisait pousser la barbe et un duvet châtain ondulait autour de sa mâchoire. À l'annulaire droit, il portait en bague son emblème, une salamandre d'or aux yeux de rubis.

— Mon pays, Sire, n'a-t-il pas prouvé son amitié à la France en lui donnant la plus belle de ses princesses ?

— Qui désire aujourd'hui vous épouser, Milord. Ceci est de l'histoire ancienne. Je veux qu'on me rende Tournai.

Suffolk eut un sursaut. Dans l'ultime missive reçue de Wolsey, celui-ci lui conseillait de ne pas se mêler de diplomatie aussi longtemps que son crédit auprès du roi d'Angleterre semblerait irrémédiablement perdu. En dépit de deux lettres successives expédiées au lord aumônier, aucune réponse n'était parvenue à Paris. Pour Suffolk, ce silence ressemblait à un coup de hache.

— N'étant point habilité, Sire, à mener ce genre de négociation, je ne peux rien vous promettre mais Lord Wolsey sera prêt, j'en suis certain, à aborder ce sujet avec vous.

— Je détiens une autre carte dans ma manche, Milord, déclara François avec malice : le duc d'Albany. S'il s'embarque pour l'Ecosse, votre belle-sœur Margaret, veuve de James IV, sera en position difficile. Vous gardez Tournai, je libère Albany.

— Alors, Sire, écrivez au roi d'Angleterre en ma faveur, assistez à mon mariage. Je pourrai rentrer la tête haute en Angleterre et, avec l'aide de Dieu et l'amitié de mon prince, retrouver la place comme l'influence qui furent miennes. Alors je serai prêt à vous prouver ma reconnaissance.

Dans la pièce où Suffolk avait vu si souvent le roi Louis XII, François allait et venait. Une réelle affection le liait à Mary et, après les épreuves qu'elle avait subies, il la voulait heureuse. Pourquoi d'autre part la maintenir en France alors qu'il s'apprêtait lui-même à quitter Paris pour rejoindre Amboise et de là se préparer à la reconquête du duché de Milan dont Maximilien d'Autriche s'était emparé ? Pour travailler à la restitution de Tournai, le duc de Suffolk lui serait en effet plus utile en Angleterre. Quant à Albany, il lui avait déjà donné l'autorisation d'embarquer pour l'Ecosse. La rage qu'Henry en éprouverait lui rendrait nécessaire un allié de poids au sein de son Conseil.

— J'ai écrit voici quelques jours à votre roi, Milord, afin de le gagner à votre cause. Sa Majesté la reine ainsi que Madame, ma mère, ont de leur côté commis de petites épîtres fort élogieuses à votre égard pressant votre roi au pardon que chaque chrétien doit porter dans le cœur. Je sais que vous ne serez point oublieux et apprécierai votre amitié ainsi que celle de la reine Mary. Vous m'avez, cher duc, battu au tournoi et enlevé une femme pour laquelle j'avais un penchant. Je pourrais être votre ennemi et ne le suis point car j'aime trop les joutes et les femmes pour ne point accepter de défaite. Et maintenant allons chasser le sanglier dans la forêt de Vincennes. Je n'ignore pas que la reine Mary souffre des dents.

Quel malheur pour elle que son beau-frère James Stuart ait trépassé. Ne disait-on pas qu'il payait ses patients pour la joie de pouvoir leur arracher une molaire ?

Le 31 mars, le mariage du duc de Suffolk et de la reine douairière Mary de France fut célébré sans pompe excessive. La veille, on avait trompetté dans Paris que « le duc de Suffolk, homme de bonne condition, ambassadeur du roi Henry VIII en France, épousera demain la veuve du feu roi Louis le douzième ». Nul ne s'était présenté à l'archevêché pour révéler un empêchement. La veille également, après la réception d'une longue missive de Thomas Wolsey, Charles et Mary avaient signé un document stipulant qu'ils paieraient au roi d'Angleterre la somme de quatre mille livres par an jusqu'à remboursement de ce qui avait été réglé de la dot de la reine, restitueraient la vaisselle d'or et d'argent, comme les bijoux donnés par le roi Henry VIII. Mary pouvait conserver une partie de ceux qui lui avaient été offerts en cadeau par son défunt époux. Quant au miroir de Naples, Wolsey signalait qu'il était parvenu à Londres et avait été fort bien reçu par le roi. Lors d'une récente conversation, il avait accepté de mentionner le nom de sa sœur, tu depuis le mois de février. Les choses étaient donc en bonne voie, affirmait l'archevêque d'York, et les lettres du roi, de la reine de France qu'il attendait incessamment soutiendraient l'évolution favorable des dispositions royales. Mais qu'ils tardent encore un peu en France, conseillait-il. En avril, il se faisait fort de les faire accueillir promptement par le roi auquel le retour de sa sœur préférée et de son meilleur ami apporterait « grande satisfaction ».

Dans la salle de réception de l'hôtel des Tournelles avait été préparé un banquet pour les princes et gentilshommes de la Cour. Mais en dépit de l'entrain du roi et de la bienveillance de la reine, personne ne semblait d'humeur joyeuse. Chacun en son for intérieur jugeait la reine douairière bien oublieuse et ingrate, plus anglaise que française. Sa hâte à

375

épouser, à peine veuve, le duc de Suffolk scandalisait et le bonheur que le couple affichait contrariait. On jugeait François trop bon, Claude bien faible, et lorsque des comédiens italiens investirent la salle, chacun fut fort heureux d'interrompre de mornes conversations.

— Les Français me jugent, assura Mary.

Suffolk serra contre lui la femme qu'il venait d'épouser pour la seconde fois. Le lendemain, ils partiraient pour Calais où ils se remettraient entre les mains de leur souverain. Mary laissait à Paris les ambassadeurs Wingfield et West et aussi la jeune Anne Boleyn que Claude avait prise en amitié et voulait garder à sa cour. Éprouvant la même hâte qu'eux à partir, les Anglais qui formaient la suite de la reine douairière étaient déjà prêts à prendre la route. Le petit cortège s'arrêterait à Amiens, Saint-Pol, Saint-Omer. Durant son voyage de future reine vers Paris, Mary n'avait pu découvrir la campagne française. Entourée de centaines de cavaliers, accueillie avec pompe dans chaque bourg, chaque ville, elle avait dû assister à des messes solennelles, écouter de longs discours, participer à d'interminables banquets. La perspective de son union avec Louis la désolait, l'excès de nourriture lui brouillait l'estomac, la différence des mœurs, des vêtements la déroutait. Cinq mois plus tard, elle n'était plus la même. Partie en larmes d'Angleterre, elle y revenait heureuse. Henry, elle n'en doutait pas, lui pardonnerait.

Le long de la route se succédaient champs et pâturages. De grosses fermes entourées de bergeries, d'étables, de granges s'abritaient derrière leurs portes charretières ouvertes durant le jour, de modestes villages se blottissaient autour de leur église. Partout les paysans s'affairaient, des femmes partaient au lavoir ou au marché. Des carrioles attelées à des haridelles, mules ou ânes croisaient le cortège princier. Mary entendait les exclamations, les rires des paysannes. À midi, on s'arrêtait pour dîner, s'attablant dans une auberge ou mangeant au bord de la route sur de grandes nappes dépliées par les domestiques. Achetées la veille au marché, les provisions avaient été cuites lors de l'étape de la nuit : lapereaux, chapons, viandes rouges et blanches, anguilles ou carpes étaient disposés sur la table improvisée, accompagnés de raves cuites, des premières asperges, d'artichauts, de radis noirs, de pommes, de noix et de noisettes. Le père Denton, l'aumônier de Mary, disait les prières. On chassait à coups de serviette les chiens errants, les singes qui accompagnaient les voyageurs.

Saluant les dîneurs au passage, des hommes et des femmes vêtus de serge allaient bêcher leurs vignes, surveiller les champs où venait d'être planté le blé de printemps. Bientôt viendraient le temps de planter l'arbre de Mai puis les rogations avec leurs processions, enfin la Pentecôte, porte de l'été.

Le soleil déjà doux éclairait la lisière des bois, les renoncules qui pointaient comme des flèches minuscules. Les premières anémones sauvages fleurissaient, des jonquilles par centaines escaladaient les pentes ensoleillées. Mary humait le vent, laissant le soleil jouer sur son visage. Sa propre destinée lui était rendue. Elle avait été ballottée d'une rive à l'autre de la mer, mais déjà tout s'effaçait. Charles l'aimait et le lui prouvait, elle goûtait son corps d'athlète, sa douceur et sa violence, ses impérieux désirs. Près de cet homme à la fois fort et serein, elle se sentait en sécurité. Ni bel esprit, ni vaniteux, il ignorait les raffinements des damoiseaux français, les extravagances des hommes à la mode qui l'avaient cependant amusée. Charles était un homme de guerre, de tournois, de plein air, il l'avait transformée, mûrie.

Le cortège atteignit Calais par un jour venteux et humide. Des senteurs de varech venaient de la plage. De gros nuages filaient vers l'Angleterre.

— Nous voici à nouveau prisonniers, prononça Suffolk, mais pas pour longtemps. Aussitôt que le roi nous signifiera son pardon, nous traverserons la mer.

Le château était entouré d'une foule vociférante.

— Rentrons par la cour arrière, ordonna Suffolk.

Mary entendit des cris : « Honte aux féaux du roi de France ! Honte aux ennemis de l'Angleterre ! » et, couvrant celle des autres, une voix hurla : « Suffolk au billot ! »

— Montez derrière moi en croupe, demanda le duc à sa femme. Nous galoperons en tête des nôtres.

Le bonheur ressenti durant le voyage s'était évanoui.

— Pourquoi cette haine ? interrogea Mary.

— Elle m'est avant tout adressée, Madame. Chacun en Angleterre doit me voir rongé d'ambition et prêt à tout pour m'emparer du pouvoir, jusqu'à épouser la sœur du roi.

39

Sous les acclamations des Ecossais massés sur le port pour l'accueillir, Albany, très ému, prit contact avec la terre de ses ancêtres. Au premier rang, Lord Home et le comte d'Arran affichaient des visages à la bienveillance un peu forcée. Quoique l'un comme l'autre vissent l'arrivée du régent comme une menace à leurs prérogatives, ils étaient néanmoins prêts à l'appuyer pour se débarrasser du clan des Douglas et de Margaret Tudor. En complotant avec l'Angleterre pour une invasion de l'Ecosse, Margaret avait perdu tout leur respect.

Né, élevé en France où son père avait été exilé par James III, entendant mal l'anglais parlé par les Ecossais, Albany avait l'impression de pénétrer dans un monde austère, rude mais chaleureux. Des herbages verdoyants entourés de haies, de murets ou de branches entrecroisées s'étendaient autour d'Edimbourg, des champs que seuls interrompaient les murailles de pierres grises protégeant la ville. Étroites, actives, bordées de commerces qui semblaient prospères, toutes les rues donnaient l'impression de progresser vers le vieux château planté sur son rocher. Des maisons basses aux portes cloutées entourées de niches où trônaient des statues de saints surgissaient des familles qui l'observaient sans dire mot. Albany ne retrouvait ni la joliesse des villages de Loire, ni les sourires charmeurs des filles, mais dans les attitudes simples, les vêtements rustiques se décelait une vraie noblesse.

Afin de minimiser un éventuel conflit sur sa prise de pouvoir et la remise de ses enfants, Albany avait songé au moyen de se faire une alliée de Margaret. Il avait assez de cœur pour imaginer combien elle devait souffrir dans sa dignité de reine et sa tendresse de mère. Mais en épousant Angus dont la famille avait toujours été hostile aux Stuart, elle avait commis une grave erreur et devait aujourd'hui en payer le prix.

— Je me rendrai à Edimbourg, déclara Margaret. Nul ne pourra m'accuser de lâcheté. Je désire par ailleurs rencontrer Lord Albany, sonder ses intentions.

— Elles sont de vous éloigner de la régence, ma chère épouse.

Archibald Douglas supportait de plus en plus mal les embarras que lui causait son mariage. La fuite à Stirling puis à Perth à la fin de l'hiver, l'échange fébrile de lettres avec Henry VIII par l'intermédiaire de Dacre, protecteur des frontières nord de l'Angleterre, le dessein de se réfugier à Londres avec ses deux fils suivi de la préparation d'une éventuelle attaque armée des Anglais pour donner les pleins pouvoirs de régence à Margaret, la nervosité de sa femme alliée à des appétits sexuels incessants, tout cela commençait à lui être odieux. Mais son épouse étant enceinte, le moment se prêtait mal à une séparation. Leur enfant venu au monde, il vaquerait à ses vrais intérêts : ceux des Douglas. Sa famille l'avait poussé dans les bras de la veuve de James IV pour obtenir de substantiels avantages. À ses yeux, l'alliance anglaise en était un, mais l'instabilité émotionnelle de Margaret rendait tout incertain. Un accord provisoire avec Albany était, certes, nécessaire. Le régent ne demeurerait sûrement pas en Ecosse, un pays qui lui était étranger, et regagnerait la France après avoir nommé un Conseil chargé de le représenter. Les Douglas devaient en être, s'imposer auprès du jeune roi. Que Margaret puisse penser confier son éducation à Henry VIII était une félonie. James était écossais, il régnerait sur l'Ecosse et devait demeurer dans son pays.

La venue tardive du printemps bonifiait l'aspect désolé de la campagne. Entourés de bergers et de chiens féroces comme des loups, d'innombrables moutons pâturaient le long des ruisseaux cascadant sur de gros galets. Sur la Tay, non loin du château, évoluaient des barques de pêcheurs, la barge qui passait les voyageurs d'une rive à l'autre avec leurs mulets ou chevaux, des fermiers s'en revenant du marché. Sans la situation dramatique qui l'oppressait, l'inquiétude que lui causait la froideur de son mari, Margaret aurait aimé ce paysage au charme sans complaisance.

— Ne vous vient-il pas à l'idée que je puisse parvenir à le séduire ? rétorqua la reine.

Angus fit un effort pour ne pas éclater de rire. Comment Albany, marié à la délicieuse princesse de la Tour d'Auvergne, heureux, pourrait-il se laisser entortiller par une femme enceinte, alourdie par le nombre de ses précédentes maternités, au visage rond comme une lune ? Les Tudor possédaient tous l'impudence de se croire irrésistibles.

— On ne gagne pas une bataille politique, Madame, par des sourires et des fleuretages. Si vous voulez exiger vos droits, faites-le en homme.

D'une pirouette, la reine se tourna vers la fenêtre pour que son mari ne vît point les larmes lui monter aux yeux. Jamais Archibald ne perdait l'occasion de la rabaisser. Loin de lui, elle se languissait, à ses côtés elle pleurait et maudissait sa faiblesse. Un jour ou l'autre, elle espérait avoir le courage de lui rappeler qui elle était.

— Chacun agit à sa manière, Milord. Seule l'issue a de l'importance pour moi puisqu'il s'agit de mes fils.

— Allons à Holyrood, Madame, convint Archibald, mais vous n'y serez pas sous la protection des Douglas comme ici ou à Stirling.

— Je veux que le sire d'Albany voie de ses yeux que je ne suis point femme folle et peux élever mes propres enfants.

Une moue d'agrément apparut sur le beau visage d'Archi-

381

bald Douglas, comte d'Angus. Regagner Edimbourg pour un moment ne lui déplaisait pas. Des affaires, des amis l'y attendaient, et surtout lady Jane de Traquair dont il était toujours épris. Ne voulant point d'autre époux que lui, elle vivait seule avec ses parents. Pour l'amour de lui, elle avait accepté d'être sa maîtresse sans promesse de mariage, l'engagement de les unir pris autrefois par leurs familles étant un lien aussi fort à ses yeux que la bénédiction d'un prêtre. En retour, Archibald lui avait juré une fidélité absolue.

— Votre oncle Gavin m'offre meilleure assistance que vous qui êtes mon époux, reprocha Margaret en se retournant. Il a juré de ne jamais rejoindre les rangs du régent et se fait fort de convaincre Lord Home de se ranger à ses côtés. Quoi que vous en pensiez, Milord, je ne suis point seule et beaucoup me font confiance pour gouverner ce pays, y compris dans votre propre famille.

Angus ne voulait point discourir. Son oncle ne considérait que ses propres ambitions. Lui seul vivait avec Margaret, ses reproches, son amertume, ses larmes, ses désirs que, par fidélité pour Jane, il ne voulait plus satisfaire.

Albany prit la main de la reine et, sous les applaudissements de tous, y posa ses lèvres. Margaret rayonnait de bonheur. Elle n'aurait aucun mal à persuader ce galant homme de son amitié et, avec un peu de savoir-faire, beaucoup de grâce, quelques larmes, elle saurait le convaincre de lui laisser ses enfants.

Pour plaire au régent, la jeune femme avait fait préparer un banquet, convoqué des musiciens français à Holyrood où elle résidait. Le château était fleuri, serviteurs et servantes vêtus de neuf en dépit du cruel manque d'argent dont elle souffrait. Dans le jardin, les fontaines cascadaient, les buis avaient été taillés, les allées ratissées, les bosquets décorés de rubans et de flacons de verre irisé remplis d'essences parfumées. Albany ne pourrait rester insensible à ces prévenances et elle gardait espoir. Le Conseil, par ailleurs, ne lui était pas entièrement hostile. Certains lords, craignant qu'Albany, afin de séquestrer le pouvoir, ne se débarrasse du jeune roi comme Richard III l'avait fait en Angleterre, commençaient à lui être moins défavorables. Dans les jours à venir, elle rencontrerait certains d'entre eux, tenterait de les gagner à sa cause. C'était mal la connaître que de croire qu'elle se résignerait.

Avec grâce, elle entraîna le duc d'Albany dans les jardins. Avait-il des nouvelles de sa sœur Mary ? Elle venait d'apprendre qu'Henry avait fini par lui pardonner son mariage avec Suffolk et s'en réjouissait. À petits pas, le régent parcourait les allées, se penchait vers une rose, admirait la volière où s'ébattaient des oiseaux rares. Il ne voulait point se faire une ennemie de la reine mère, mais agirait cependant avec fermeté, comme la France le souhaitait.

Margaret sentait son anxiété s'apaiser. Le clan Douglas l'avait peut-être alarmée démesurément. Si elle parvenait à amadouer Albany, elle en ferait part aussitôt à son frère. Guidée, soutenue par Henry, elle pouvait regagner la confiance de son peuple.

Margaret reçut la nouvelle comme un soufflet. Lord Drummond, le grand-oncle de son époux, son oncle Gavin Douglas et Alexander Home, qui s'était détaché du régent pour se faire son champion, venaient d'être arrêtés et jetés en prison. Quelques heures plus tôt, elle croyait encore en l'amitié d'Albany.

Au plus vite, elle devait regagner Stirling avec ses enfants et Archibald s'il y consentait. Distant, ironique, son époux semblait prendre secrètement plaisir à ses déboires. Et, sous le prétexte qu'elle était enceinte, il ne la rejoignait plus dans son lit. L'évolution imprévue d'une situation qu'elle croyait maîtriser irritait au plus haut point la jeune femme. Sous quelle mauvaise étoile était-elle née ? Chacun la courtisait pour mieux la trahir. Albany se déclarait son ennemi ? Il le regretterait. Elle allait écrire à Lord Dacre pour lui demander de la venger en pillant et incendiant les villages écossais frontaliers. La seule réponse claire était de rendre coup pour coup et elle ne se priverait pas de la donner.

— Milady, on annonce l'arrivée de Lord Albany à la tête d'un groupe de parlementaires.

— Je ne veux pas qu'ils franchissent la porte du château, jeta la jeune femme. Faites-les attendre.

Réfugiée depuis deux semaines à Stirling, Margaret n'était guère surprise par cette démarche. Couronné régent d'Ecosse quelques jours plus tôt, le premier acte d'autorité d'Albany ne pouvait s'exercer que contre elle. Durant ses nuits sans sommeil, elle avait élaboré ses plans : l'essentiel était de gagner du temps. La réponse de son frère à la lettre écrite dix jours plus tôt ne pouvait tarder. Une fois encore, elle implorait son aide. Même sans intervention militaire, il fallait intimider Albany, le menacer de dures représailles au cas où il oserait la priver de ses fils. Saignée à blanc par la bataille de Flodden, l'Ecosse ne pouvait faire face à un nouveau conflit et il n'y avait pas un Ecossais qui n'aspirât à la paix.

— Faites venir mes enfants, demanda-t-elle à une dame d'honneur. Qu'on dise à leurs gouvernantes de les habiller avec faste.

Tendrement, elle pensa à ses deux petits garçons, à Alexander, le plus jeune, surtout, pour lequel elle éprouvait un immense attachement. Était-ce parce qu'il était un enfant posthume ou parce qu'il n'appartenait qu'à elle seule ? Contrainte, elle pourrait à la rigueur abandonner le jeune roi aux précepteurs choisis conjointement par Albany, le Parlement et elle-même, mais nul ne la séparerait de son cadet.

Avec soin la reine mère se fit coiffer, parer. Comme il faisait chaud, elle choisit une robe de tussor cerise qui ne serrait point trop sa taille alourdie par une septième grossesse. Les manches longues en crevé laissaient apercevoir une soie grège que l'on retrouvait sur le corsage brodé de fils d'argent. Coiffée d'un chaperon souligné de riches passementeries d'or et d'argent, les lèvres rougies, le teint blanchi, parfumée d'une légère essence de jasmin, elle était prête.

— Allons ! dit-elle aux gouvernantes qui l'attendaient avec James et Alexander.

Suivi de quelques dames d'honneur, de deux pages, le petit groupe descendit l'escalier de pierre, gagna le vestibule. Peu habitée, la grande bâtisse ne comptait ni coûteuses tapisseries, ni tapis d'Orient. On jetait encore sur le sol à l'ancienne mode des herbes fraîches, des fleurs coupées et les murs ne s'ornaient que de trophées de chasse, des armes rouillées des Stuart.

Le soleil éblouit Margaret. La cour était remplie de serviteurs et de servantes, de pages, tous avides d'assister à l'entrevue décisive entre la reine mère et le régent. De l'autre côté de la herse et du pont-levis, Albany et les siens patientaient à cheval.

Un court moment, Margaret et le régent se défièrent du regard. Puis, sans hésiter, la jeune femme prit la main du petit roi et, suivie d'une nourrice portant Alexander dans ses bras, avança jusqu'à la herse.

— Que désirez-vous, Milord ? interrogea-t-elle d'une voix claire et forte.

Il n'y avait pas trace de panique en elle.

De chaque côté des lourds barreaux de fer s'élevèrent des acclamations pour saluer le petit roi. Étonné, apeuré, James levait le regard vers sa mère. Un peu plus fort, elle serra sa menotte dans la sienne.

— Nous venons vous présenter nos hommages, Madame, dit Albany d'un ton calme, et ramener avec nous à Edimbourg le roi et son frère selon l'arrêt du Parlement.

D'un coup de talon, il poussa sa monture en avant.

— La herse ! ordonna Margaret.

Dans un bruit assourdissant, la massive grille s'abattit devant le régent et sa suite. Quelques chevaux se cabrèrent.

— Messeigneurs, je tiens ce château de par la volonté du roi mon défunt époux qui m'a confié également le soin d'éduquer mes enfants. Je respecte le Parlement, mais demande une semaine de réflexion avant de prendre une décision.

Derrière elle, la jeune femme sentit une présence. Archibald l'avait rejointe.

— Seriez-vous devenue insensée, Milady ? Faites ouvrir cette herse à l'instant ! tonna Angus.

— Jamais !

Indécis, Albany et ses quatre compagnons restaient immobiles. Enfin le duc salua, fit faire volte-face à sa monture et, sans un mot, la poussa au galop vers Edimbourg.

La jeune femme inspira profondément. Elle avait gagné.

James pleurait en silence.

Ma sœur,

Vous savoir à nouveau recluse à Stirling me cause grand déplaisir. Je n'ai point partagé vos espoirs sur la bienveillance d'Albany. Le roi de France l'appuie et l'encourage à prendre pleine possession du pouvoir en Ecosse. Ayant signé un traité d'alliance avec François, je ne puis vous porter un soutien actif. Reste l'insurrection. Il faut par tous les moyens confier vos intérêts à Lord Home, qui, aussitôt libéré de prison, s'est mis en relation avec Dacre. Ce seigneur est puissant et peut rallier en notre faveur beaucoup de vos sujets qui se méfient d'un régent français. Dacre va intensifier ses coups de main sur nos frontières nord et infiltrer d'agents la population pour exciter son hostilité contre le gouvernement actuel. Gardez courage et confiance, ma sœur très chère, entrez en relation avec Lord Home, il vous informera des progrès de la rébellion. Avec lui, tenez tête à Albany.

Que Dieu vous garde et vous protège ainsi que mes neveux, qu'il veille aussi sur la reine Catherine qui est à nouveau enceinte.

« Trop tard », murmura Margaret. Six jours avaient passé depuis qu'elle avait renvoyé Albany. Pourquoi Henry avait-il tant tardé à lui répondre ? Avec les relais de cavaliers qu'il avait implantés sur les principales routes d'Angleterre, un message parti de Londres pouvait arriver à Edimbourg en deux jours. Son frère n'avait aucune idée des tourments qu'elle endurait. Il dansait, jouait au tennis, s'entraînait au tir à l'arc, composait des poèmes, courtisait les femmes, travaillait de temps à autre avec Thomas Wolsey, jouissait de la présence de Mary revenue à la Cour avec son époux le duc de Suffolk. Après une longue bouderie, il avait pardonné au jeune couple, trop heureux de retrouver sa jolie petite sœur qui lançait les modes et n'avait pas sa pareille dans l'art de charmer.

Margaret ferma les yeux. Elle ne devait point laisser la jalousie l'envahir, mais le sort ne s'était pas montré juste envers elle et maintenant, elle allait devoir se séparer de ses deux fils. Quand les reverrait-elle ? Des larmes coulaient sur le visage de la jeune femme. Elle était découragée à mourir. Le matin même, loin de la réconforter, Archibald l'avait accusée d'être la seule responsable de ses maux et, avec peine, elle s'était retenue de lui rétorquer que sa plus grande erreur avait été de l'épouser. Mais elle s'était sentie si seule après la mort du roi, elle avait tant besoin de tendresse ! James ne l'avait guère épargnée. Les maîtresses s'étaient succédé dans son lit, les unes pour quelques jours, les autres pour longtemps. Elle avait dû se résigner à les supporter. Dieu avait été témoin de sa détresse.

La lassitude l'empêcha de se mouvoir et un long moment, l'inutile lettre entre les mains, Margaret contempla la masse sombre de la forêt qui s'étendait au loin. Un domestique apporta des bougies, la nuit n'allait pas tarder à tomber. Le lendemain, la jeune femme ne l'ignorait pas, Albany à la tête de sept mille soldats se représenterait devant une herse qu'elle ne pourrait plus faire abattre. Elle avait perdu. Il n'y aurait pas de soulèvement en sa faveur en Ecosse.

Les champs de blé, de chanvre et d'orge allaient bientôt être investis par les moissonneurs, mais elle ne serait plus à Stirling pour les voir. Ses enfants à Edimbourg, Margaret ne désirait plus y demeurer. De tout son cœur, elle souhaitait être aussi près d'eux que possible. Dût-elle s'humilier pour la

387

première fois de sa vie, elle tenterait d'atteindre avec Albany un *modus vivendi*. Mais pardonnerait-il aux Douglas ? « Peu importe, pensa Margaret, leurs intérêts désormais ne sont plus les miens. »

40

En livrant vos enfants au régent, vous avez, ma sœur, agi avec une inconcevable lâcheté. À cause de vous, les plans que j'avais élaborés resteront sans suite. Tout était prêt cependant pour vous ramener, vous et vos fils, auprès de moi en Angleterre. Lord Home avait réuni assez d'hommes pour vous escorter jusqu'à la frontière où Dacre vous attendait. On me dit que vous pactisez avec Albany. J'ai du mal à croire que ma propre sœur puisse ainsi se déshonorer. N'avez-vous point compris qu'Albany fait en Ecosse la seule politique du roi de France ?

Vos coups de tête, ma sœur, sont désastreux et nuisent gravement à l'intérêt d'un pays que vous êtes censée représenter et défendre. Vous vous instruirez à vos dépens, j'espère qu'il ne sera pas trop tard alors.

Henry.

Mon frère,

Les reproches que vous m'adressez sont tous injustifiés, en particulier celui de pactiser avec Albany. Mon choix est le plus sage qui puisse se faire présentement et je ne le regrette à aucun moment car il me permet de voir mes enfants selon mon bon plaisir. En outre, j'ai reçu une missive fort douce du roi de France qui se félicite d'une politique écossaise orientée vers la paix. Me voici à six semaines de ma délivrance et j'aspire à la sérénité de mon château de Linlithgrow. Milord Angus n'est point auprès de moi mais le régent lui a promis son pardon ainsi qu'au reste de sa famille. La situation n'est certes pas ce que je souhaite du fond du cœur, Milord, mais elle est acceptable.

Votre sœur dévouée.

Vous devez revenir en Angleterre, ma sœur. Je ne puis tolérer de vous savoir la complice et le jouet d'Albany. Faites tout ce que Lord Home vous conseillera. Suivez-le là où il vous demandera de vous rendre. Une fois que vous serez en Angleterre, nous entreprendrons par la force le reconquête de votre royaume. Ceci est un ordre.

Votre frère qui vous aime.

Margaret froissa la lettre dans la paume de sa main et la jeta au feu. L'avenir qu'elle espérait serein jusqu'à ses couches était brutalement remis en question. La ténacité, la patience dont elle avait fait preuve au prix d'efforts immenses se révélaient vaines. Une rage froide s'empara de la jeune femme. Lui faudrait-il sa vie durant obéir aux uns et aux autres, père, mari, frère ? Elle avait l'impression de sombrer dans une eau verdâtre où la guettaient des monstres. Ceux qui prétendaient l'aimer mentaient, tous étaient contre elle.

Pourquoi hurlait-elle ? Ses dames d'honneur l'entouraient, la forçaient à s'allonger. Elle sentit qu'on lui passait un mouchoir imbibé de vinaigre sur les tempes. « Une crise de femme grosse », assura une voix toute proche. La sueur ruisselait sur son front. Elle ferma les yeux. Tout irait mieux, elle retrouverait son chemin à tâtons. Depuis l'âge de quatorze ans, elle en avait pris l'habitude.

— Mon plan est fait, annonça Lord Thomas Dacre, et mon roi, comme l'archevêque d'York, l'ont approuvé. Mais il faut agir vite et avec résolution. La reine en sécurité en Angleterre, vous et les vôtres aurez les mains libres pour renvoyer Albany.

Lord Alexander eut un sourire sarcastique. D'abord partisan du régent, il avait vite tourné casaque quand celui-ci lui avait fait comprendre d'un ton méprisant qu'il n'avait besoin de personne pour gouverner.

— La France est le pays d'Albany, Milord, il n'a rien à faire en Ecosse.

Cent fois Dacre avait entendu ces doléances et il n'y prêtait plus attention. Le rôle qu'il avait à remplir n'était pas de savoir quel clan écossais s'emparerait du pouvoir, mais de protéger la fuite de la reine mère.

— Sans doute, grommela-t-il.

Home perçut l'indifférence de l'Anglais et, une fois encore, en fut irrité. Il serait son allié contre Albany mais celui-ci rejeté à la mer, les Anglais tomberaient de haut s'ils pensaient dicter leur politique aux Ecossais.

— J'attends de vous, Milord, reprit Dacre, que vous entreteniez l'insécurité dans les zones frontalières. Attisez des révoltes contre le régent, soulevez des mécontentements, vous avez toutes les autorisations de mon roi. Le but est de détourner l'attention d'Albany. Nous sommes dans la deuxième moitié d'août. Au premier jour du mois de septembre, la reine doit avoir pris résidence dans un château proche de la frontière, à Blacater ou Tantallon près de notre citadelle de Berwick.

— La reine mère ne jouit pas de sa liberté de mouvement, remarqua Home. Depuis qu'elle réside à Holyrood, elle est surveillée attentivement.

— Albany ne peut refuser à la reine d'aller faire ses couches à Linlithgrow où elle a laissé ses biens et ses gens. Là, point de soldats, une surveillance fort restreinte. La reine est à trois semaines de sa délivrance, qui pourrait la suspecter de vouloir fuir ?

— En aura-t-elle la force ?

Dacre sourit. Home connaissait mal les Tudor.

Un serviteur entra, portant des rafraîchissements. L'été finissant devenait orageux et le château de Harbottle où Dacre avait établi son quartier général sommeillait. Jusqu'à

391

l'horizon, l'air était nébuleux, chargé des senteurs des blés qui venaient d'être fauchés. Des faisceaux de dix ou douze gerbes s'alignaient dans les champs. Armés de leurs longues fourches, des hommes les jetaient sur des charrettes où elles étaient soigneusement amoncelées. Jupes retroussées, les femmes achevaient de lier les dernière bottes, aidées par des enfants pieds nus, en longues chemises.

Avec le temps, Thomas Dacre s'était attaché à ces rudes paysages du nord de l'Angleterre et du sud de l'Ecosse. Désormais, les incessants pillages qu'il ordonnait lui donnaient mauvaise conscience et il avait hâte de voir Margaret réinstallée sur le trône d'Ecosse aux côté de son fils.

— Vous partirez demain pour Edimbourg et prendrez contact avec la reine, reprit-il après avoir bu une longue gorgée de bière. Rendez-vous ensuite discrètement à Linlithgrow. Quand lady Margaret y aura pris résidence, expliquez-lui nos plans. Elle aura quelques jours pour se préparer et choisir les cinq ou six personnes, pas davantage, qui la suivront. Ce sera ensuite à vous de régler avec minutie les moindres détails. Nous ne pouvons pas échouer. Vous le comprenez, n'est-ce pas ?

Home opina de la tête. Il avait horreur de recevoir des ordres d'un Anglais mais afin de voir le triomphe de ses ambitions, son orgueil devait s'accommoder de quelques avanies.

Pour la troisième fois, Margaret relut la courte missive envoyée par Home. Obtenir du régent de se rendre à Linlithgrow sous le prétexte d'y faire ses couches ne lui semblait pas difficile, mais galoper vers l'Angleterre à la faveur de la nuit l'effrayait. Presque à son terme, elle risquait d'accoucher sur le bord de la route. « Je ne partirai pas sans mon mari, pensa-t-elle. Son devoir est de m'assister. »

Les pensées se bousculaient dans la tête de la jeune femme. Ainsi les dés étaient jetés et, sans qu'elle l'ait vraiment voulu, elle allait regagner son pays natal en laissant ses deux enfants derrière elle. Comment imaginer leur frayeur, leur détresse quand ils apprendraient la fuite de leur mère ? Mais Dieu veillerait sur eux. Au milieu de son désarroi s'imposaient les joyeuses images des retrouvailles familiales. Reconnaîtrait-elle son frère et sa sœur Mary perdus de vue depuis tant d'années ? On disait Henry magnifique, grand, athlétique, doté d'une énergie qui épuisait ses amis. Aimait-il encore la reine Catherine comme autrefois ? Margaret savait qu'adolescent il était déjà épris de cette jeune fille au teint pâle dont les cheveux châtains avaient des reflets cuivrés. Mais ceux qui l'avaient vue récemment la disaient épaisse, les traits bouffis. Mary niait ces médisances. Malgré ses multiples épreuves, Catherine avait certainement gardé intacts son charme, la douceur intelligente de son regard, la bienveillance de son sourire.

Sans manifester la moindre impatience, Margaret commença à faire remplir les coffres de voyage pour un départ à Linlithgrow. Par les deux servantes et la dame d'honneur choisies pour la suivre en raison de leur absolu dévouement, elle faisait remplir d'objets et de vêtements indispensables de gros sacs de cuir qu'on accrocherait à la selle d'un fort cheval de trait. Albany n'avait montré aucune méfiance. La bienveillance qu'il lui manifestait troublait Margaret. Parfois il évoquait son retour prochain en France où l'attendaient sa femme et sa famille. De tout son cœur, il souhaitait la prospérité du pays de ses pères mais sa place était en France. Il désignerait alors un corégent dans lequel il aurait entière confiance. Son regard interrogeait la jeune femme. Jamais il ne s'était déclaré en sa faveur, mais elle devinait qu'il ne lui était plus entièrement hostile. En la choisissant, il s'allierait les quelques familles qui lui manifestaient encore leur opposition. « Un corégent qui ne soit point trop inféodé à l'Angleterre », avait-il un jour précisé en lui souriant. Mais, en son âme et conscience, Margaret savait que rien ne la couperait des intérêts de son pays natal. Née anglaise, elle mourrait anglaise. Mieux valait fuir en définitive, regagner Londres, tenter d'oublier.

À Linlithgrow, ses appartements avaient été préparés pour l'accouchement. Certains détails prouvaient l'attention personnelle du régent : un drageoir de vermeil, des chemises de toile fine brodées de dentelles au point d'Angleterre, des brassées de roses et, surtout, un portrait des deux petits princes vêtus à l'écossaise se tenant par la main.

« Agir comme à l'accoutumée », se répétait Margaret. Elle put assister à la messe, prendre du repos, se faire lire son courrier, parler avec ses dames, broder, sans que la moindre tension parût sur son visage. Et, cependant, tous ses nerfs étaient tendus, à peine voyait-elle ce qui se passait autour d'elle, à peine entendait-elle ce qu'on lui disait. La fuite était fixée au lendemain dans la nuit. Home et quarante hommes d'escorte l'attendraient à trois miles de Linlithgrow pour la conduire à Tantallon, la forteresse des Angus qui se dressait au bord de la mer, à peu de distance de la frontière. Archibald était attendu d'un moment à l'autre. Exhorté par Lord Home, tancé par le roi d'Angleterre, il avait consenti du bout des lèvres à accompagner son épouse dans sa fuite, mais Margaret pressentait que seule la proche naissance de leur enfant l'avait décidé à lier son sort au sien.

Autour de Linlithgrow, les arbres commençaient à se dépouiller de leurs feuilles. Le soleil déjà bas faisait des taches de lumière sur les parterres du parc, dans les allées que ratissaient les jardiniers. Au loin, les prés semés de colchiques bleus jaunissaient et de fines nappes de brouillard irisé s'étendaient dans l'ombre des arbres et des haies.

La journée du lendemain parut sans fin à Margaret. Vers quatre heures de l'après-midi, comme convenu, se prétextant souffrante, elle demanda à se coucher et congédia ses dames d'honneur, ne gardant près d'elle que celle choisie pour l'escorter. À sept heures, la nuit était tombée. Vêtue au fond de son lit, épiant le moindre bruit, la jeune femme attendait. Enfin vers huit heures on gratta à sa porte et la dame d'honneur lui fit le signe convenu. Tout était prêt.

— Courage, Milady.

La dame l'enveloppa dans une cape de laine doublée de petit-gris, rabattit le capuchon sur son visage.

— Nous passerons par les cuisines en sous-sol, Milady. Les chevaux attendent à la poterne sud.

La jeune femme se laissa conduire. Tout était calme dans le château. Une lune à demi pleine éclairait faiblement la campagne. Derrière la porte, Archibald la guettait avec deux juments portant des selles de femmes. Les servantes étaient déjà sur leurs montures.

— La garde ? chuchota Margaret.

— Les veilleurs ont été payés pour surveiller la poterne nord mais la relève doit arriver dans un moment. Il faut nous hâter.

Péniblement la jeune femme se mit en selle.

— Pouvez-vous galoper ?

Le ton du comte d'Angus gardait une pointe d'ironie. Margaret serra les dents.

— En douteriez-vous, Milord ?

Elle cravacha sa monture qui partit comme un trait.

— Fort bien, se réjouit Home, nous n'avons pas pris de retard.

Son escorte était montée, prête à partir.

— Si nous pressons l'allure, nous serons à Tantallon avant l'aube.

Les chevaux filaient le long de champs, de prés, de forêts, sautaient des murets de pierre pour couper au plus court. «Aussitôt la disparition de Margaret découverte, pensa Home, un messager partira à bride abattue vers Holyrood alerter le régent qui lancera aussitôt des hommes à nos trousses. »

Précédée par Lord Alexander, suivie par son détachement, Margaret galopait aux côté de son mari. Pour une fois, Archibald n'avait point envie de froisser son épouse. Par sa dignité, son courage, son endurance, elle soulevait même son admiration. Enceinte de huit mois et une semaine, laissant deux

395

enfants derrière elle, un royaume qui avait été le sien durant près de douze années, elle n'affichait que de l'audace et de l'opiniâtreté. Il avait entendu parler de la forte personnalité de Margaret Beaufort, sa grand-mère, de l'indomptable bravoure de cette femme dont le roi Henry VII avait hérité. Les Tudor étaient décidément une race singulière.

Le groupe des fugitifs mit les chevaux au pas afin de les faire souffler. La route longeait la côte et de longues bouffées de vent chargées d'odeurs d'algues et de saumure soufflaient sur une terre aride couverte de bruyères et d'herbes coupantes. Enveloppée dans sa pelisse, le corps tendu et douloureux, Margaret contemplait l'eau noire à peine argentée par touches selon la course des nuages. Il n'y avait aucune pensée en elle, sinon celle de tenir jusqu'à Tantallon, cette forteresse glacée dressée face à la mer. Lors d'un voyage avec James, elle y avait passé quelques nuits, le château l'avait effrayée.

Le pas lent des chevaux l'apaisa, elle était si lasse. Sans lui prêter attention, Archibald devisait avec Home. Parce qu'elle ne se plaignait pas, la croyait-il de fer ?

La nuit était avancée quand l'ordre fut donné de remettre les chevaux au galop.

— Nous serons à Tantallon dans une heure environ, Milady, assura Home.

Margaret inclina la tête. Fût-ce dans une méchante auberge, elle voulait un lit, une chaude courtepointe.

— Ne vous souciez pas pour moi, Milord. Je suis aussi bien que possible.

En dépit des feux allumés dans les cheminées monumentales, l'air humide pénétrait jusqu'aux os et au fond du vaste lit pourtant bassiné, Margaret ne parvenait pas à se réchauffer. Son dos la faisait souffrir. Archibald n'avait pas eu la charité chrétienne de dormir à côté d'elle. Le vent qui soufflait dans le conduit de la cheminée faisait danser les flammes qui projetaient sur les murs de pierre des ombres inquiétantes. Pourquoi le Christ en croix pendu en face de son lit aux courtines mal jointes la regardait-il fixement ? Elle avait été une fille obéissante, une épouse fidèle, une mère meurtrie mais toujours aimante. Voulait-on la châtier d'avoir épouser l'homme qu'elle aimait ? Alors la punition était donnée, car Archibald ne l'aimait pas et ne cessait de la faire souffrir. Afin de ne pas voir ce regard sévère porté sur elle, la jeune femme tenta en rampant sur le lit de clore les courtines. Oserait-elle ordonner le lendemain qu'on retirât le crucifix ? Il lui fallait s'endurcir, s'adapter à Tantallon où elle pourrait faire ses couches, s'habituer au fracas des vagues sur le rivage, au cris des mouettes, à la lumière vacillante des phares qui signalaient les écueils.

— Il nous faut repartir, Milady, annonça Home. Lord Albany a dépêché toute une armée pour nous rattraper. Elle se dirige vers Tantallon.

Après avoir assisté à la messe du matin dans la chapelle glaciale, Margaret avait pu prendre du lait chaud, un peu de volaille avant de se retirer au coin de la cheminée, un livre qu'elle ne pouvait lire sur les genoux, sa compagne silencieuse à côté d'elle, l'une comme l'autre épuisées, désorientées. Sur son lit, la jeune femme avait fait déposer son coffret à bijoux, les flacons contenant ses eaux de beauté, en cristal et vermeil, serrés dans un coffret de cuir frappé aux armes entrelacées d'Angleterre et d'Ecosse, un sac contenant de fines chemises, des mouchoirs de dentelle, des bas de soie, ses coiffes incrustées de perles ou rebrodées de fils d'or. Tous marquaient son passé, cadeaux de James, souvenirs des moments triomphants ou familiaux. Pour rien au monde, elle ne s'en séparerait.

— À l'instant, Milord ?

— Oui, Milady. Les chevaux sont déjà sellés.

Margaret se mordit la lèvre inférieure. Sous aucun prétexte elle ne devait montrer son extrême fatigue.

— Donnez-moi le temps de passer ma tenue de cheval et de rassembler mes effets personnels, demanda-t-elle.

— Vos servantes le feront, Milady. Le temps presse.

397

— Où allons-nous ?

— Au château de Blackadder qui m'appartient. Là nous pourrons soutenir un siège si l'armée lancée à nos trousses par le régent n'est point trop considérable. Nous attendons d'Edimbourg des informations qui nous rejoindront là-bas.

La mer était houleuse et de grosses vagues se brisaient sur les rochers. En surplomb, la route sinuait, balayée par une fine écume arrachée par la brise. Au-delà d'un mince rideau de joncs ou de broussailles qui les protégeait des vents marins, des troupeaux de moutons pâturaient dans les champs. À l'approche des cavaliers, lapins, furets, corneilles fuyaient. Des images isolées passaient dans la mémoire de Margaret tandis que l'allure calme de son cheval la berçait. Elle revoyait clairement le visage de son frère Arthur mort depuis douze ans. Fils et fille aînés de parents jeunes et encore heureux, une entente profonde les liait. La nursery d'Eltham avait été leur royaume. Puis le souvenir de James s'imposa. Pendant une année, elle s'était efforcée de l'aimer. À l'amour avait succédé l'affection, avant une bonne entente un peu distante, la conviction de partager les mêmes responsabilités et souffrances. Une amitié dans le plaisir, le devoir, le malheur.

Le cortège traversait des hameaux aux maisons basses alignées le long d'une seule rue mal pavée, couvertes d'un chaume verdi par l'humidité. Partant ou revenant de leurs tâches quotidiennes, les habitants regardaient avec étonnement ces cavaliers portant des bérets de peau ou de velours, les quatre dames enveloppées de capes dont on apercevait la doublure de fourrure à la lisière du capuchon. Les chevaux étaient superbes, sellés de cuir et de velours brodé, harnachés d'argent, de cuivre rutilant. Margaret croisait leurs regards, observait un instant les fenêtres des masures serties de plomb, leurs portes cintrées. Une taverne se signalait parfois aux passants par une enseigne naïvement peinte que le vent faisait grincer.

— Avant la nuit, nous serons à Blackadder, là vous serez en sécurité, annonça Archibald.

— Vous comptez pour rien les soldats du régent, mon ami, répliqua la jeune femme.

Tout son corps la faisait souffrir, elle était épuisée, elle grelottait.

— Albany détient le roi, pourquoi s'acharnerait-il sur vous ?

— Parce que j'ai trompé son amitié, Milord, parce qu'il n'a plus confiance en moi et craint que je prenne la tête de troupes anglaises pour le renverser.

— C'est bien ce que nous ferons, jeta Angus.

La jeune femme ne répondit pas. Pour son mari, tout était simple, on avait des amis et des ennemis, on assistait les premiers, on combattait les seconds. Mais savait-elle si elle aimait ou haïssait Albany ?

Le château de Blackadder offrait plus de confort que Tantallon. Margaret exigea un bain, un lit à double matelas, une courtepointe de duvet d'oie. Ses servantes la masseraient, brosseraient ses longs cheveux presque roux, enduiraient son corps d'huiles parfumées.

— Milady, prononça d'une voix consternée la dame d'honneur, dans notre hâte à quitter Tantallon, nous y avons laissé vos objets personnels, bijoux et effets.

Les mots pénétraient avec difficulté dans l'esprit de la reine. Ainsi elle ne possédait plus rien. Partie d'Angleterre en princesse de conte de fées, elle allait y revenir en pauvresse.

— Soixante-dix mille hommes ! s'exclama Home. Par Dieu, je ne peux le croire.

— Qui ont pour ordre de s'emparer de Blackadder et de le raser.

Plus que la colère, le désarroi s'était emparé de Home. Que pouvaient-ils faire contre une telle armée ? Il avait trois

399

cents soldats, pas un de plus, pour défendre son château. Et dans l'état où était la reine mère, il était impossible d'envisager un long siège.

— Partons donc pour l'Angleterre, jeta-t-il, et au plus vite.

Réveillée en pleine nuit, Margaret dut d'habiller, remonter à cheval.

— Au galop vers la frontière et la forteresse de Berwick ! ordonna Home.

Dans la lueur blafarde de l'aube, la vieille citadelle de Berwick dressait sa puissante silhouette. Souvent prise, perdue, reprise, elle avait abrité le roi Henry VI, sa femme Marguerite d'Anjou, leur fils, des fuyards, des félons, de grands capitaines.

— Nous voici en Angleterre, Milady !

Margaret ne répondit pas à son mari. La douleur lombaire qui la tourmentait depuis le début de leur fuite gagnait le ventre, les cuisses. Allait-elle accoucher ?

— Je dois m'allonger, Milord, souffla-t-elle. Faites ouvrir les portes de la citadelle, je vous en prie.

— Sans autorisation, personne ne passera.

Sir Anthony Ughtred, le gouverneur de Berwick, restait intraitable.

— Il s'agit de la reine mère, Margaret Tudor, vociféra Home, hors de lui, la sœur de votre roi.

— Je n'ai reçu aucun ordre de Sa Majesté. Lorsqu'on arrive à Berwick depuis l'Ecosse, le règlement demande un sauf-conduit. Sécurité exige, Milord.

— Je vous ordonne de nous laisser passer, tempêta Home.

— Les Ecossais n'ont pas d'ordres à donner ici.

La voix de Lord Ughtred restait désespérément calme. Home se détourna.

— Puisque cet imbécile refuse l'asile de Berwick à la reine

400

mère d'Ecosse, princesse anglaise, allons au prieuré de Coldstream qui est à trois miles d'ici.

Livide, Margaret serrait les dents. Elle allait accoucher sur un talus, dans la froideur humide d'un petit matin d'automne. Son épuisement, la douleur qui écrasait son corps ne laissaient aucune place à la joie tant attendue d'être de retour chez elle, en Angleterre.

Au prieuré, les moines offrirent du vin chaud, du lait de brebis, des galettes de sarrasin, du miel, des fruits secs. Devant l'âtre du réfectoire, Margaret se restaura, implora qu'on lui préparât un appartement au plus vite. Enfin Archibald montrait une certaine pitié, s'occupait de son bien-être, avait offert sa cape pour couvrir ses jambes.

— Une chambre vous attend, Milady.

Le père abbé avait un bon sourire. Margaret tenta de lui répondre avec grâce, mais une douleur plus vive l'en empêcha.

— Lord Dacre n'est pas loin, clama Home, alors que la reine mère soutenue par ses servantes empruntait l'escalier de pierre menant aux dortoirs des moines, enfin !

Margaret redescendit quelques marches. La présence de Dacre, gardien des frontières, signifiait la fin de ses errances. Nommé par le roi, il en représentait l'autorité souveraine.

— Selon l'ordre de Lord Dacre, nous repartons pour son château de Harbottle. Il est en route pour nous y escorter.

— Je ne peux, souffla Margaret, mes jambes ne me portent plus.

— Il le faut, Milady, chuchota une de ses servantes, vous ne pouvez faire vos couches dans ce prieuré. Chez Lord Dacre, vous jouirez de tous les privilèges qui vous sont dus, des soins de sages-femmes expérimentées. Lady Dacre vous trouvera la meilleure des nourrices et vous sera de bonne compagnie.

— Allons, se résigna Margaret.

On la hissa à nouveau sur un cheval qui prit le pas. À pied, Angus tenait les rênes.

— Ce cauchemar va prendre fin, assura-t-il d'un ton affectueux, Vous mettrez notre enfant au monde dans un lieu agréable où vous serez choyée.

Le teint livide, les traits crispés de sa femme l'impressionnaient.

À deux pas du château, Dacre attendait avec une escorte de gentilshommes et de dames élégamment vêtus.

Poussant son cheval vers celui de la reine mère, tout sourire, il ôta son chapeau.

— Vous me faites, Milady, très grand honneur en prenant possession de ma demeure.

— Menez-moi vite à mon appartement, l'interrompit Margaret, je suis en train d'accoucher.

41

Juin 1516

— Ne me dites pas, Milord, que ces horreurs vous ont diverti !

— Mais si, ma chère sœur, et je regrette que vous n'ayez point voulu partager ce plaisir avec moi. Après une lutte opiniâtre, l'ours a occis les deux mâtins, mais l'animal était si mal en point que nous avons dû le faire abattre.

Jamais Mary n'avait pu s'habituer aux combats d'animaux, ours contre chiens, chiens lancés les uns sur les autres, sangliers affrontant des taureaux furieux. Mais Henry et ses amis en raffolaient. Par ailleurs, son frère avait besoin de divertissement car la tension montait dans le Milanais. Ayant renoncé à une action directe avec la France, Wolsey, devenu cardinal et chancelier, faisait porter l'effort anglais sur l'Italie, tantôt appuyé, tantôt lâché par Charles V, désormais roi d'Espagne après la mort de son grand-père Ferdinand d'Aragon. Comptée pour inexistante, Juana la reine en titre, la mère de Charles, était toujours enfermée à Tordesillas. Mary se souvenait vaguement de la figure pâle, de la démarche fière de cette femme qui s'était attiré à la cour anglaise beaucoup de sympathie.

Dans le parc d'Eltham, les arbres fleurissaient, les journées se faisaient longues, le soleil doux. Réunis pour quelques semaines dans le château de leur enfance, les Tudor retrouvaient les élans de gaîté, la confiance heureuse d'autrefois. Et dans la nursery poussaient trois enfançons, Mary, fille de Henry et de Catherine âgée de trois mois, Margaret, celle de Margaret d'Ecosse qui avait sept mois et demi et Henry, fils de Mary duchesse de Suffolk, qui venait d'atteindre ses deux mois. Quoiqu'elle fut fille, la survie d'un enfant avait comblé Henry VIII et apporté à sa mère un inexprimable bonheur. Le teint de Catherine avait rosi, à nouveau elle acceptait de danser, de paraître aux fêtes, semblait plus amoureuse encore de son époux. Mary, qui portait à sa belle-sœur une grande affection, ne cessait de l'encourager à sortir de sa réserve. Infante, elle avait aimé jouer de la guitare et du luth, monter à cheval, dessiner des fleurs et des oiseaux. Pourquoi ne pas s'y remettre ? Catherine souriait. Avec ses responsabilités de reine, ses devoirs religieux, les vêtements qu'elle confectionnait pour les pauvres et surtout son bébé, elle était suffisamment occupée. Mary pouvait comprendre Catherine. Elle-même était si heureuse entre son époux et leur enfant que, la plupart du temps, elle vivait loin de leur résidence londonienne de Bath, préférant la solitude du château de Donnington dans le Berkshire qui avait été récemment mis à leur disposition par le roi. Si Charles devait être souvent présent à la Cour aux côtés d'Henry, Mary était libre de ses allées et venues et ne se rendait qu'occasionnellement à Londres. À Donnington elle vivait simplement, partageant son temps entre son fils, la musique, des promenades à cheval, de nombreuses visites au prieuré de Butley dont elle était la bienfaitrice et l'administration de l'immense domaine qui avait appartenu au précédent duc de Suffolk avant qu'il soit condamné à mort. Son mariage avec le roi de France, ses moments d'amitié quelque peu équivoques avec François, sa vie à Paris lui semblaient faire partie d'un monde où légèreté, luxe, bagatelles se mêlaient aux larmes, à la solitude, à l'anxiété.

Mary observait son frère qui, assis sur un muret, réfléchissait. Henry commençait à prendre de l'embonpoint, son teint clair se couperosait aux pommettes et aux ailes du nez quand il restait au soleil ou buvait plus que de raison. Ses changements d'humeur étaient fréquents. Incapable de se passer du cardinal Wolsey, il souffrait cependant de partager le pouvoir et ses moments de frustration s'exprimaient par des éclats de colère, une ironie parfois méchante.

Le soleil était à son déclin. Mary posa une chemise qu'elle était en train de broder pour son mari. Ce soir encore, il y aurait bal en l'honneur de Margaret, précédé d'une comédie masquée jouée par une troupe italienne. La reine mère d'Écosse commençait à reprendre goût à la vie. À peine arrivée à Londres, insensible à son désarroi, le comte d'Angus son époux l'avait quittée. Trois mois plus tard, à peine remise de son terrible accouchement, Margaret avait appris la mort à Edimbourg de son fils chéri, Alexander, âgé de vingt mois.

— Tout est prêt pour les tournois, se réjouit Henry en posant son gobelet en or, ils seront les plus fastueux donnés depuis des années.

— La naissance d'un bel enfant mérite qu'on se réjouisse, Milord !

Le roi ne répondit pas. En dépit de l'amour qu'il portait à sa fille, il ne parvenait pas tout à fait à lui pardonner son sexe. Et le temps passait. Bientôt Catherine ne serait plus en âge de concevoir.

Dans l'allée menant au château, des musiciens avançaient vers Henry et sa sœur. À tout moment, le roi voulait être étonné, charmé. Sans cesse ses conseillers, ses amis s'ingéniaient à le distraire.

— La reine et Margaret nous rejoindront dans un instant, assura Mary. L'une comme l'autre goûtent fort ces concerts de fin du jour.

— On dit que le roi de France aménage des jardins à l'italienne avec de nombreuses fontaines, bassins et jeux d'eau, nota le roi.

— La reine Anne protégeait déjà les maîtres jardiniers, Milord, et Claude, sa fille, a hérité de son goût pour la nature. Les Français apprécient les grottes artificielles où ils disposent des vasques de faïence, des treillis à l'italienne, des piliers sculptés. La sobriété de nos jardins leur paraîtrait bien modeste.

Henry éclata de rire. L'Angleterre n'avait rien à envier à la France et, un jour ou l'autre, il le prouverait à François d'une évidente façon.

— Vous avez été reine de ce pays, ma sœur, et je ne vous chercherai pas querelle à ce sujet. Dites-moi plutôt si mon idée de paraître ce soir au bal déguisé en ambassadeur turc vous séduit.

Les musiciens jouaient un air léger qui se fondait dans la douceur du soir. Une légère brise soufflait, arrachant aux arbres fruitiers des pétales roses et blancs qui dansaient dans l'air déjà doré. Au loin, une muraille d'arbres d'un vert tendre coupait la perspective. Henry avait tenu à conserver intacte la forêt où enfant il s'était essayé à la chasse au daim et au renard. De longues allées la traversaient où il aimait chevaucher au pas, à l'aube ou à la tombée du jour. Avant la forêt se déroulaient de grandes prairies coupées de temps à autre par un bosquet de saules, de hêtres ou de légers cornouillers. Au moindre souffle de vent, l'herbe se moirait dans de longues ondulations où jouait la lumière. Çà et là des boutons-d'or, des pâquerettes poussaient, mêlés au sainfoin et au trèfle. L'été, des moutons noirs ou blancs, choisis pour la richesse de leur laine, y pâturaient. Qu'avait à envier ce paysage aux préciosités françaises ? pensa Mary. Rien à Eltham n'avait changé, elle revoyait la silhouette sèche de son père en haut de l'escalier menant dans le hall d'honneur, le sourire bienveillant que sa mère offrait à tous, grands seigneurs ou humbles paysans. Dès que leur esprit s'était ouvert au monde extérieur, ils avaient tous été fiers d'être des Tudor : par leur père, la dernière branche survivante de l'antique famille des Lancastre, héritiers par leur mère de celle des York. Les yeux mi-clos, Mary savourait la musique. Elle ne fuyait pas les honneurs mais n'en avait plus besoin comme autrefois pour se sentir heureuse.

Suivie par quatre dames, Margaret remonta à petits pas l'allée menant au jardin. En dépit de la douceur de la soirée, de la beauté de la nature, elle se sentait maussade, oppressée. Plus les jours passaient, plus la date de son retour en Ecosse se faisait floue et la perspective de ne plus revoir son fils, James, la désespérait. L'euphorie d'avoir retrouvé son pays natal s'émoussait. À Londres comme dans les châteaux royaux, même à Scotland Yard où elle résidait, elle n'était qu'une invitée, une parente pauvre, et son orgueil se cabrait. De son mari, elle n'avait d'autres nouvelles que celles données par l'ambassadeur. Home comme Archibald étaient rentrés dans les bonnes grâces d'Albany. Ses ultimes défenseurs l'avaient trahie.

Au loin la jeune femme aperçut son frère et sa sœur qui jouissaient de la musique entourés de leurs amis. Avec eux, elle n'avait plus grand-chose en commun. Comprenaient-ils les épreuves qu'elle avait endurées ? Le pouvoir était en train de faire d'Henry un monstre : coléreux, narcissique, cruel, il ne manquait pas une occasion de lui rappeler ses échecs. Mais si l'Angleterre ne lui souriait plus, si l'Ecosse ne la voulait pas, à quelle nation appartenait-elle ?

Majestueux, des paons traversaient l'allée avant de se percher pour la nuit. Au-dessus de la tête de la jeune femme et de ses suivantes, les ramures des arbres formaient une voûte où les couleurs, les sonorités étaient comme filtrées, alanguies dans la douceur du crépuscule. Aucun homme cependant ne la tenait par la taille, ne lui soufflait des mots d'amour. La nuit, souvent son corps réclamait une présence, des caresses mais, mariée à un homme absent, elle était inaccessible à tout autre. De loin Mary lui adressa un petit signe. Un rayon de soleil jouait dans ses cheveux blonds, sur la peau nue que dévoilait un profond décolleté, la soie vert d'eau de sa robe à la coupe parfaite, les émeraudes qui ceignaient son cou. Était-elle jalouse de sa sœur ? Il arrivait à Margaret de se le demander.

Sans se hâter, Catherine se préparait pour la soirée. Après ses nombreuses grossesses, elle ne pouvait prétendre porter les robes à la mode fort serrées à la taille et largement ouvertes sur la poitrine. Une fois pour toutes, elle avait choisi une forme de vêtements souple, suivant le corps sans le souligner, suggérant la taille par une mince ceinture qui, les jours de fête, pouvait être de pierres précieuses, dissimulait ses bras trop ronds sous d'amples manches resserrées aux poignets. À la cour, on la trouvait terne. Elle le savait et s'en moquait. Le rôle d'une reine n'était point d'éblouir par des parures extravagantes mais de donner à son peuple l'image d'une vraie chrétienne, d'une irréprochable épouse. Tandis qu'une servante brossait ses cheveux, la reine pensa à sa famille. Mary rayonnait de bonheur. À aucun moment elle n'avait approuvé la décision prise par Henry de soutirer aux Suffolk des rentes exorbitantes qui la contraignaient à vivre le plus clair de l'année à la campagne. Capable de générosité, le roi, comme son père, pouvait se montrer âpre au gain. Pour sa propre maison, Catherine demandait peu. Elle devait payer ses servantes, gratifier ses dames de cadeaux et avantages, mais l'argent qui restait allait tout entier à des œuvres de charité. Devant Dieu, elle avait fait le vœu de créer un hospice pour les enfants abandonnés s'il lui accordait un enfant viable. À la naissance de Mary, elle s'en était acquittée. Beaucoup de satisfactions d'orgueil lui étaient devenues étrangères, jusqu'aux infidélités du roi qui la blessaient moins cruellement. Elizabeth Blount gardait sa place de maîtresse attitrée, mais sans ostentation, et lorsqu'elle la croisait, la reine rendait son salut à la jeune femme.

Par la fenêtre ouverte, Catherine aperçut Margaret qui rejoignait la compagnie du roi. Le sort de sa belle-sœur l'attristait et, en dépit de ses accès de mauvaise humeur ou de mélancolie, elle faisait de son mieux pour lui être agréable. Mais bien peu d'attentions parvenaient à l'égayer, pas même la présence de son bébé qu'Henry surnommait gentiment « Margret » et qui, à huit mois, était déjà une séductrice. Margaret ressassait les mêmes souvenirs, les mêmes rancœurs.

Un jour, il lui faudrait bien regagner l'Ecosse où était sa place. Henry ne désirait pas la garder éternellement en Angleterre. Une fois les intérêts anglais bien implantés en Ecosse, il y renverrait sa sœur. Comme elle, Margaret devait se remettre entre les mains de Dieu.

Le banquet travesti avait été somptueusement préparé et une fois encore, Wolsey avait ouvert avec largesse les coffres de l'État. Arrivé le dernier, déguisé en Turc, Henry avait soulevé un grand enthousiasme. Au turban surmonté d'une aigrette, il avait attaché le miroir de Naples dont François Ier depuis des mois exigeait en vain la restitution. Sur la tunique de soie pourpre tombant sur des culottes bouffantes bleues, une cascade de perles et de diamants étincelait. Bientôt on danserait au son d'une musique italienne dont les airs nouveaux pleins de légèreté et d'allant enthousiasmaient la jeunesse.

Les vins d'Espagne, de Grèce, de France avaient égayé les convives. On n'attendait qu'un signal du roi pour s'élancer dans le vaste espace parqueté réservé à la danse. Autour de la table, les couples se formaient déjà du regard. À l'image des mœurs italiennes et françaises, les usages anglais se relâchaient. Les femmes osaient désormais provoquer ouvertement un homme et si la virginité restait une condition *sine qua non* à tout bon mariage, le fleuretage était poussé parfois fort loin par les jeunes filles. Tout changeait. Les danses avaient perdu leur solennité, la musique sa vocation religieuse, les journées n'obéissaient plus aux implacables règles de dévotion, de devoirs sociaux et religieux. D'Italie, certains jeunes gens avaient rapporté des fourchettes d'or ou d'argent à deux dents et leur usage, encore rare, faisait sensation. Pour la plupart économes et disciplinés dans le temps passé, les aristocrates anglais prenaient maintenant goût au luxe, acceptaient pour en imposer d'extravagantes dépenses, particulièrement dans les tournois où les harnachements et les armures étaient devenus si coûteux que le pape lui-même avait dû exiger plus de modération.

Déjà les nains et naines dansaient en se saluant bien bas, deux singes dressés vêtus de soie violine esquissaient quelques pas en se tenant par la main, à la plus grande joie de l'assistance. Les fruits, fraises, cerises, grenades et oranges d'Espagne, étaient offerts dans des jattes de vermeil. Çà et là les chansons d'après boire commençaient à fuser, entonnées en chœur.

Le roi frappait la table de la paume, riait aux éclats. Il avait vingt-cinq ans et se sentait invincible. Dans des coupes en porcelaine de Chine, des copeaux de bois odorant, des plantes séchées parfumées rendaient l'atmosphère plus sensuelle encore. La nuit était tombée, on allumait flambeaux et bougies dont les lueurs vacillantes couraient sur les visages débarrassés de leurs masques. Dehors, effrayés par le bruit, les paons poussaient leurs cris discordants tandis que, semblables à des paillettes un instant allumées, des lucioles traversaient les ténèbres.

La reine se leva. L'éducation stricte qu'elle avait reçue lui interdisait toute licence. Si elle ne désirait pas en être la spectatrice, elle ne voulait pas brider la bonne humeur des convives. Sa fille l'attendait. Elle allait prendre son bébé dans ses bras, le serrer contre elle avec passion, entonner les vieilles ballades espagnoles que lui avaient chantées ses nourrices, les complaintes arabes qui parlaient de Grenade et des jardins perdus de l'Alhambra.

42

L'épidémie de suette se développait chaque jour un peu plus. Tous ceux qui le pouvaient fuyaient Londres où l'on comptait déjà plus de deux cents morts. De Greenwich à Woodstock, de Woodstock à Eltham, d'Eltham à Richmond, la Cour dénombrait ses disparus enlevés en quelques heures. Toute réjouissance était bannie du cercle intime du roi. Henry, qui craignait plus que tout la maladie et la déchéance physique, se méfiait de chacun, fuyait tout rassemblement. À Eltham, les enfants de Margaret et de Catherine restaient à l'abri.

Depuis six mois, le duc et la duchesse de Suffolk n'avaient pas quitté leurs terres. À nouveau enceinte, criblée de dettes, Mary avait dû offrir quelques-uns de ses bijoux au roi pour le faire patienter. Il les avait acceptés avec empressement.

Bientôt Londres chercha les responsables des malheurs qui la frappaient, Français, Italiens, Allemands furent considérés comme suspects. Qui pouvait assurer qu'ils n'avaient pas propagé la suette par malice et méchanceté ? Par ailleurs, ces étrangers volaient le travail des Anglais, leurs biens, leurs femmes. Le 1er mai, la ville vit ses premières échauffourées, des règlements de comptes arbitraires et violents. Réunis en hordes, des apprentis déchaînés se lancèrent à l'assaut des maisons occupés par des étrangers, jetèrent des pierres sur les

411

ambassades d'Espagne et du Portugal, exigeant à grands cris l'expulsion des ennemis de l'Angleterre qui oppressaient les pauvres et leur ôtaient le pain de la bouche.

Incessamment le roi allait convoquer Wolsey à Richmond ainsi que le comte de Surrey pour les expédier dans sa capitale, investis de son autorité. L'ordre devait être rétabli à tout prix. Que les étrangers jugent l'Angleterre comme un pays hostile et ils iraient porter ailleurs leurs richesses. Ce que le peuple ne pouvait comprendre, il fallait le lui imposer à coups de massue, ou en l'envoyant au gibet. De l'autre côté de la Manche, François devait suivre avec attention ses difficultés. Devenue considérable après ses victoires en Italie, la puissance du roi de France inquiétait Henry VIII. Désormais rangé aux côtés du souverain français, le pape Léon X lui offrait outre sa protection pontificale l'amitié des Médicis, sa famille. Avec les Suisses, François avait signé une paix perpétuelle et renouvelé la vieille alliance avec l'Ecosse. Des accords se signaient avec le duc de Gueldre, le duc de Savoie, Charles de Gand, roi des Espagnes. Maximilien avait fait le voyage de Paris où il avait été somptueusement reçu et, détail humiliant pour l'orgueil de Henry, avait eu l'audace, en accord avec son petit-fils, d'annuler la compensation consentie aux Anglais par François après la courte guerre française. Et dans quelques jours, Paris en liesse fêterait le couronnement de la reine Claude qui, en bonne souveraine, donnait chaque année au roi un prince ou une princesse. L'orgueil de François, sa chance, la vanité qu'il tirait de son physique, de son élégance ainsi que ses bonnes fortunes auprès des femmes, à la chasse, dans les tournois exaspéraient Henry. Un jour ou l'autre, par séduction ou violence, il aurait raison de cet homme. Wolsey le tempérait. Avant de guerroyer, pourquoi ne pas tenter de se faire l'ami de son ennemi afin de bien le sonder, de déceler ses faiblesses ? Son conseiller lui convenait et il l'avait comblé d'honneurs et de richesses. Certains ne murmuraient-ils pas qu'il menait plus grand train que lui ? À Hampton Court, Wolsey amoncelait les œuvres d'art, les objets les plus raffinés venus du monde entier et recevait comme le Grand Turc en personne. Que lui importait ! Il travaillait douze heures par jour pour l'Angleterre et il n'y avait point de problèmes auxquels il ne trouvât de solution. Par ailleurs, le faste des serviteurs ne prouvait-il pas la puissance du maître ? Pour assister Henry, Wolsey savait dénicher des hommes hors du commun comme Thomas Ruthhall, évêque de Durham, et Thomas More qui venait de publier son *Utopie*, un livre que chacun comparait avantageusement à l'*Éloge de la folie* d'Erasme et entreprenait une histoire de Richard III, ce grand-oncle dont jamais sa mère n'avait prononcé le nom. Ces universitaires de talent lui étaient nécessaires pour faire aboutir ses ambitions. Bien que le roi n'en parlât pas souvent, Wolsey savait parfaitement celle qu'il caressait avec le plus de détermination : prendre à la mort de Maximilien le titre et la couronne d'empereur des Romains. Alors sa position dans la chrétienté serait prédominante, au grand dam de François roi de France.

Que le roi l'envoie à Londres en son nom était pour le cardinal chose bien naturelle. Peu à peu, il avait obtenu par patience, ruse et intelligence de gouverner seul le pays pour le plus grand bien de celui-ci car à la chose publique, le roi préférait ses divertissements. Mais il ne sous-estimait pas pour autant son souverain. Paresseux, frivole, Henry n'était point sot. Fort orgueilleux, il pouvait manifester brutalement son autorité. Wolsey connaissait son maître assez bien pour prévoir ses accès de colère, s'y préparer et y opposer des arguments apaisants. Il fallait de la patience. Tout autant que les affaires de l'État, ses propres ambitions étaient pour lui capitales : se faire nommer légat du pape et plus tard, pourquoi pas, songer au trône pontifical. À Rome, il aurait enfin les mains libres pour tenter de convaincre l'Europe de ce qui était essentiel pour lui : la fraternité chrétienne et la paix. Aucune guerre, affirmait-il souvent, ne justifiait des milliers d'hommes massacrés, des villages brûlés, des femmes violées, des enfants orphelins, les haines implacables refoulées dans les cœurs. La guerre coûtait cher, ajoutait-il, alors que l'argent du Trésor déjà s'en allait de tous les côtés. À plusieurs reprises, il avait mentionné à Henry la nécessité de réformer de fond en comble le système fiscal, de réduire les dépenses. Pourquoi dans la maison du roi, celles de la reine et de la princesse Mary, tant d'inutiles empochaient-ils des pensions ? Maintes fois le cardinal avait exigé l'état détaillé des dépenses de la Cour sans jamais les recevoir. De la somme fabuleuse amassée par Henry VII, il ne restait quasiment rien.

Alors que son carrosse pénétrait dans Londres, Wolsey pensa au bonheur qu'il éprouvait à communiquer par l'esprit avec de grands penseurs comme Erasme de Rotterdam ou Thomas More. Depuis longtemps les sentiments d'amour ou d'amitié lui étaient suspects, seules l'intelligence et l'ambition unissaient les êtres, et il se sentait plus proche de ces deux hommes que de tous les amis du roi.

Le cardinal était décidé à frapper vite et fort. Les rues étaient encombrées de protestataires, de commis, de gueux enfiévrés qui vociféraient, et les gardes du cardinal durent s'employer à lui frayer un passage par la force jusqu'à York Place. À peine Wolsey observait-il les insurgés. Le soir même il ferait procéder à nombre d'arrestations. En attaquant les étrangers, ces imbéciles s'en prenaient à la prospérité de l'Angleterre dont le commerce était une des principales richesses. En France, en Flandre, en Allemagne on achetait la laine, l'étain, le plomb, le charbon anglais. L'économie de son pays n'intéressait guère Henry qui lui préférait l'armée, la diplomatie, les plaisirs mais lui, Wolsey, la connaissait sur le bout des doigts. Comment un Tudor pourrait-il imaginer la vie des petits commerçants ruraux qu'avaient été ses parents ? Le cardinal avait grandi parmi les humbles. À la fois tavernier, éleveur, boucher, son père, Robert, avait économisé sou par sou pour envoyer son fils à Oxford. Wolsey se souvenait de la maison à colombages couverte de chaume construite à la périphérie du village pour attirer les voyageurs. Derrière s'étendaient un verger, un potager, un poulailler, quelques acres de champs où paissaient des moutons, la nourriture offerte aux clients de l'auberge. C'était sa mère, Joan, qui régnait sur ce petit monde. Longtemps ils avaient espéré que leur aîné Thomas leur succéderait mais, conseillés par le curé qui avait noté l'exceptionnelle intelligence de leur fils, ils avaient finalement accepté de l'envoyer au collège. À Magdelen, il avait étudié durant vingt années, si démuni qu'il ne pouvait renouveler sa garde-robe que pièce par pièce chaque année. D'étudiant il était devenu professeur puis, trop ambitieux pour passer à Oxford le reste de sa vie, avait décidé d'embrasser la sacerdoce. En 1485, il avait aperçu le roi Richard III à l'université. La vue des courtisans l'avait pétrifié, les vêtements, le cérémonial, la profusion des plats d'or et d'argent dans lesquels ils se faisaient servir leur repas, les musiciens, tout ce raffinement, ce luxe, lui avait révélé un monde inconnu. C'était là qu'il devait vivre.

Des hurlements de terreur arrachèrent Wolsey à ses pensées. Dans Lombard Street, à deux pas du cimetière Saint-Paul, une bande de jeunes apprentis mettait à mal un changeur italien que nul de songeait à défendre. Arraché de son bureau, roué de coups, l'homme était déjà à terre.

— Qu'on arrête ces malfrats, et fasse soigner leur victime, ordonna Wolsey.

À coups de pique, ses gardes dispersèrent la foule. Inanimé, l'Italien gisait dans le caniveau. « La bêtise est immorale, pensa le ministre, et devrait être pourchassée et punie comme le vice. »

En quarante-huit heures, les révoltés furent arrêtés en masse, les meneurs aussitôt exécutés, les autres emprisonnés en attente de jugement. Le roi ayant exigé une justice expéditive, la plupart reçurent une sentence de mort et ne durent leur salut qu'à la reine qui, à genoux, implora leur pardon. N'avaient-ils pas tous moins de quinze ans ? Ils s'amenderaient, assura Catherine, mèneraient une vie exemplaire. Déjà Henry songeait au prochain retour de Margaret en Ecosse et, ne voulant pas s'encombrer l'esprit du sort de ces misérables, accepta de se montrer clément. « Votre Grâce a eu raison, approuva Wolsey. Il y a plus de vertu dans le pardon que dans la vengeance. »

Durant quatre jours, le roi chevaucha aux côtés de sa sœur vers le nord. À la fois déchirée et soulagée, Margaret tentait de songer à son avenir, au fils qu'elle allait revoir. Installée dans un carrosse à côté de ses nourrices, « Margret » qui venait d'avoir vingt mois regardait avec curiosité défiler les fermes, les villages où jouaient des enfants, s'exclamait devant les troupeaux de vaches, de porcs, le dandinement des oies, les caquètements des poules. De sa mère, elle tenait de beaux cheveux blond-roux, une bouche aux lèvres pleines, de son père Angus de grands yeux à l'expression câline, un nez droit et fin. Mais Margaret prêtait peu d'attention à sa fille. L'essentiel de ses pensées allait à James qui avait fêté ses cinq ans loin d'elle. On le disait déjà bon cavalier, hardi mais aussi attentif, curieux d'esprit. En vingt mois, il avait dû beaucoup changer. La reconnaîtrait-il ?

Sans cesse Henry lui serinait la conduite qu'elle devait tenir de retour en Ecosse, continuer à s'affirmer anglaise, soutenir les intérêts de l'Angleterre, son pays, travailler à la gloire de son frère. Mais à peine écoutait-elle son chapelet de recommandations. À Edimbourg, elle chercherait avant tout à survivre. Pour cela, quoi qu'en pensât Henry, il fallait qu'elle s'entende avec Albany, fasse momentanément le dos rond. Ensuite, elle pourrait songer à reprendre quelque rôle politique. Depuis plusieurs jours, des courriers venus d'Ecosse lui avaient appris que le duc d'Albany prévoyait de regagner la France. Pour le représenter, il laisserait derrière lui un vieil ami français, le comte de La Bastie, que Margaret connaissait bien et estimait.

À York, Henry évoqua Angus et la mésentente profonde qui désormais séparait les époux.

— Rien ne nous réconciliera.

La dureté du ton irrita le roi.

— Vous avez voulu cet homme, prononça-t-il d'une voix sèche, gardez-le maintenant. Depuis l'exécution d'Alexander Home, il est le seul qui puisse vous servir.

— Lord Home avait trahi le duc d'Albany à plusieurs reprises et méritait la mort, Angus ne cesse de me bafouer et mérite sa disgrâce.

Avec violence le roi frappa de la main la table sur laquelle ils soupaient.

— Croyez-vous que les souverains décident de prendre et de répudier leurs conjoints ? La reine ne me donne pas de fils et je ne songe point pour autant à la remplacer. Imitez-moi, faites taire vos ridicules sentiments et si vous n'êtes point heureuse, ne le montrez pas. Lord Angus est le père de Margret que j'aime tendrement, il peut se montrer pour James un excellent éducateur et il est bien plus fin politique que vous.

Les larmes montèrent aux yeux de Margaret.

— J'essaierai, Milord, souffla-t-elle.

Henry lui souriait doucereusement. En cet instant, elle le détesta.

En passant la frontière, escortée de son époux qui l'attendait à Berwick, Margaret fut frappée par la misère des campagnes qu'elle traversait. Dacre avaient brûlé des villages entiers, anéanti des troupeaux. Le long de la route, elle voyait des paysans en guenilles, des enfants pieds nus, le visage sale, les cheveux hirsutes.

— Les Anglais ont fait du bon travail, constata Angus. Albany avait par trop tendance à se croire indépendant et libre de ses alliances. Vous ne me contredirez pas là-dessus, n'est-ce pas ma chère épouse ?

Sur le devant de sa selle, il avait installé sa fille Margret qui semblait fort contente. L'enfant avait tout de suite fêté cet inconnu qui lui faisait si bonne figure et lui avait offert un collier de perles de verre aux tons irisés. Cette attirance immédiate et réciproque avait exaspéré plus encore Margaret.

— Je suis anglaise, prononça-t-elle d'une voix dure, et vous, Milord, écossais. Or, je m'afflige du sort de ces malheureux qui vous laisse indifférent. Nous n'avons vraiment rien à nous dire.

— Il faudra cependant nous parler, Milady, car après le départ d'Albany, je serai à vos côtés. De La Bastie ne sera guère en sécurité, ce qui reste des Home le hait. Parce qu'il aura besoin de nous, les circonstances nous deviendront propices.

Trop d'émotions contradictoires occupaient Margaret pour qu'elle veuille argumenter avec son mari. Revoir ce pays où elle avait régné à côté de James lui procurait une joie mêlée d'anxiété. Aurait-elle la force de maintenir le cap qu'elle s'était fixé, songer à ses propres intérêts avant de défendre ceux de son frère et se séparer définitivement d'Archibald ? Son séjour en Angleterre lui avait clairement montré que sa place n'était plus au sein de sa famille, mais en Ecosse. Qu'elle l'acceptât ou non, ce pays était désormais le sien, leur sort était lié, avec les turbulences, ambitions, haines, complots qui lui étaient intrinsèques.

À Edimbourg, Albany attendait avec aménité la reine douairière. Son départ pour la France était décidé et cette perspective l'aidait à faire quelques efforts. Il ne haïssait pas Margaret mais savait que par faiblesse, faux scrupules, soif de pouvoir et d'argent, elle se montrerait une fort précaire alliée. De La Bastie n'ignorait rien de son caractère pas plus qu'il ne sous-estimait les ambitions d'Archibald Douglas comte d'Angus et de son clan, provisoirement leurs alliés, le désir ardent du clan Home de venger leur chef, Alexander, décapité pour haute trahison, les manœuvres du comte d'Arran pour rester au premier rang des héritiers du petit roi James au cas où celui-ci viendrait à mourir. Avec soulagement, Albany quittait l'Ecosse et son nœud de serpents pour retrouver les douceurs du pays de Loire. Cependant, il avait appris à aimer ce pays.

— Bienvenue à Edimbourg, ma belle cousine. Embrassons-nous, voulez-vous ?

Albany était tout sourire. Pour asseoir l'autorité de son ami de La Bastie, il avait besoin de Margaret et d'une trêve avec l'Angleterre. Qu'elle adressât un signe de sympathie aux Home et la guerre civile éclaterait avant même que son vaisseau ait touché les rives de la France.

Jusqu'à la tombée du jour, la reine mère et le régent parlèrent de l'Ecosse et de la meilleure façon de la gouverner avant la majorité du roi. Une sorte de confiance semblait enfin s'établir entre eux. Albany savait qu'il fallait prendre Margaret par le cœur et en jouait. Margaret n'ignorait point que les conseils du régent ne tenaient aucun compte de la politique écossaise d'Henry. Mais Albany la regardait comme un homme contemple une jolie femme, il ne la contrariait en rien, lui promettait une rente honorable, la jouissance du château de Stirling et, surtout, la liberté de voir le petit James aussi souvent qu'elle le souhaiterait.

Après les sermons et les accès de mauvaise humeur d'Henry, la fatigue du voyage, l'irritation des retrouvailles avec son époux, Margaret se sentait enfin appréciée et comprise. Elle agirait comme Albany le suggérait en étant fidèle à de La Bastie et en acceptant, de temps à autre, la présence d'Angus en signe de réconciliation. La jeune femme promit aussi de refuser tout contact avec le clan des Home.

Alors qu'Albany l'embrassait à nouveau pour prendre congé d'elle, il lui sembla qu'un court instant il l'avait serrée contre lui avec tendresse. Même ténu, cet indice qu'elle pouvait encore séduire la remplit d'aise.

— Nous nous écrirons régulièrement, Milady, promit Albany. Notre confiance étant réciproque, je me permettrai de vous conseiller et vous-même pourrez me faire part de tous vos états d'âme. Ensemble et avec l'aide précieuse de La Bastie, nous allons rendre à ce pays que nous aimons paix et prospérité.

« Mon frère ne les veut guère », pensa Margaret. Mais elle

se garda bien de le dire. À cet instant son cœur était tout entier écossais.

Début juillet, une chaleur inhabituelle fondit sur le sud de l'Ecosse et, très vite, les premiers cas de peste se manifestèrent à Edimbourg. Par mesure de précaution, de La Bastie ordonna d'assécher les douves des châteaux, de balayer les rues chaque jour, de brûler les vêtements des morts. Mais loin de s'enrayer, la maladie se propageait, atteignant les proches villages. En proie à de terribles maux de tête, au délire, les malades suaient abondamment et beaucoup trépassaient en moins de deux jours sans qu'on puisse rien faire pour les secourir. Des relents de déjections, de crachats, d'agonie rôdaient dans les rues étroites. Il semblait que l'air avait épaissi, que la lumière, brûlée par la chaleur, avait moins d'éclat. Des milliers de chenilles avaient envahi les hêtres, les platanes, les pins et dévoraient feuilles et aiguilles, les pollens du foin tout juste coupé irritaient la gorge et la nuit, bien que le ciel fût sans nuages, à peine pouvait-on distinguer les étoiles.

— Le roi a été amené de toute urgence au château de Craigmiller, Milady. Le laisser un jour de plus à Edimbourg aurait été une folie.
— Vous auriez dû m'avertir de vos intentions.
De La Bastie soupira. Jamais en acceptant le poste de lieutenant général, il n'avait pensé se trouver face à de telles difficultés. Après les menaces réitérées des Home, il fallait maintenant qu'il se batte contre la peste.
— Quittez aussi la ville, Milady, voilà mon conseil.
Margaret se raidit. En dépit d'une certaine sympathie pour le Français, elle détestait recevoir des ordres. Pour qui se prenait-il ?
— Je désire m'installer à Craigmiller avec mon fils.
Malgré des ordres stricts, les détritus pourrissaient dans les

rues. Las, accablé par la chaleur et les soucis, de La Bastie n'avait nulle envie d'argumenter avec la reine.

— Le duc d'Albany, Milady, vous a sans doute communiqué la décision du Parlement. Il n'est hélas pas possible pour vous de vivre sous le même toit que le roi.

— Et pourquoi donc ?

De La Bastie hésita. Mais sans doute fallait-il dire la vérité. La reine devait savoir que les erreurs faites par elle, comme sa fuite en Angleterre, entraînaient des conséquences.

— Le Parlement craint, Milady, que vous n'emmeniez le roi en Angleterre.

43

Septembre-octobre 1517

— Réveillez-vous, Milady, insista une dame d'honneur.
Un messager du comte d'Arran porteur d'un pli qu'il affirme
être de la plus haute importance vient d'arriver.

Margaret se dressa sur son lit. À cause de la chaleur, elle
avait mal dormi, se sentait assoiffée, nauséeuse. Soudain, la
pensée que son fils puisse être malade la fit sauter sur ses
pieds. Mais si tel était le cas, pourquoi serait-ce Arran et non
de La Bastie, en charge de l'enfant, qui lui aurait écrit ?

Fébrilement elle décacheta la lettre. Arran annonçait l'assassinat de La Bastie par les Home. George Home, cousin
d'Alexander, avait décapité le cadavre et accroché la tête par
les cheveux à sa selle avant de la planter sur un piquet fiché
sur la place du marché de leur fief de Dune. « Je viendrai voir
Votre Grâce, aujourd'hui, ajoutait-il, nous avons à parler. »

Margaret se laissa vêtir tandis que les pensées se boucu-
laient dans sa tête. De La Bastie mort, Arran allait s'emparer
de la régence. À tout prix, elle devait savoir quelles implica-
tions ce changement entraînerait pour elle. Arran et Albany
ne s'entendant que médiocrement, les promesses faites par le
régent pouvaient fort bien ne plus être tenues.

422

Arran se présenta quelques heures plus tard. Margaret l'attendait dans le jardin de Holyrood où l'air du matin apportait un peu de fraîcheur. Bien que l'épidémie de peste soit enfin maîtrisée, James n'était pas encore revenu à Edimbourg et elle pouvait disposer du château. Angus occupant Stirling avec sa catin, elle n'aurait que Lilinthgrow où se réfugier par la suite. La reine fut surprise par la tristesse qu'exprimait le visage d'Arran. Il devait être bien aise pourtant d'avoir le pouvoir à portée de main.

— Tous les Home sont mis hors-la-loi, annonça-t-il, et il faut que Lord Dacre intercepte ceux qui tenteraient de gagner l'Angleterre. Votre frère le roi Henry, Milady, devra répondre au roi de France de toute complaisance à leur égard.

Le ton déplut à Margaret.

— Je n'ai pas l'autorité, Milord, de donner des ordres au roi d'Angleterre.

— Vous pouvez écrire à Dacre et lui signifier l'importance que nous attachons à sa collaboration.

— Je ne dispose d'aucun pouvoir, Milord, coupa-t-elle sèchement.

Arran cherchait des mots apaisants. Certes, la reine était insupportable de vanité et de bêtise, mais il avait besoin d'elle.

— L'intérêt de l'Ecosse nous est à tous deux essentiel, Milady, et de mon côté, soyez-en sûre, je ferai tout mon possible pour que cet assassinat ne laisse pas de traces trop profondes. Pour apaiser les esprits et ne point mettre en péril la sécurité de Sa Majesté le roi, il faut que Lord Angus reconnaisse mes droits à la régence durant l'absence de Lord Albany. Le comte d'Angus étant votre époux, je vous supplie d'aller le trouver et de le persuader d'approuver ma souveraineté.

Margaret ne répondit pas aussitôt. Elle songeait au clan des Home entièrement dévoué à sa cause lorsqu'elle avait fui en Angleterre et qui aujourd'hui se trouvait proscrit. À son tour, elle devait les abandonner. Les intérêts de son enfant l'exigeaient. Et elle préférerait se couper la main plutôt que de voir Archibald à la tête de l'Écosse.

— J'irai voir Lord Angus, prononça-t-elle sans conviction, mais je doute d'avoir sur lui la moindre influence.

— Si Lord Angus, Milady, veut participer à la vie politique de ce pays lorsque votre fils sera roi, il ne peut rester sourd à votre voix.

Le ciel était couvert, il faisait chaud et humide. La nature était silencieuse, aucun oiseau ne chantait, les insectes s'étaient tus.

— L'orage arrive, nota Arran.

Il avait l'impression d'avoir décidé la reine à se rendre à Stirling. Avec cette femme, il fallait avancer pas après pas sans jamais pour autant être sûr que soudain elle ne fît volte face.

Pour se rendre au château de Stirling, Margaret avait invoqué le désir de voir sa fille. Sa haine envers son époux ne l'avait pas empêchée de se faire belle et elle n'était pas mécontente de mener à bien la mission confiée par le comte d'Arran. Depuis des semaines, Archibald n'avait répondu à aucun de ses courriers et elle ne se priverait pas de lui dire en face ce qu'elle avait sur le cœur. Tout le monde à Édimbourg se gaussait de ses déboires. À peine veuve, elle avait épousé un tout jeune homme qui s'était empressé de la tromper et aujourd'hui menait grand train à ses dépens. Un jour ou l'autre, Angus paierait pour ces humiliations. Certes, elle l'avait aimé d'un amour passionné mais, hormis une fille, rien ne demeurait de sa folie d'antan.

Une série d'orages avaient rafraîchi l'atmosphère. Margaret avait décidé de faire seller sa haquenée favorite. Des gardes et quelques dames seulement l'escorteraient, elle n'avait nullement envie de parader dans les rues et sur les chemins. Combien de fois avait-elle parcouru la route d'Holyrood à Stirling, de Stirling à Linlithgrow ? James à ses côtés, elle avait aimé traverser l'Écosse, prier dans les églises, les monastères de son nouveau pays, en découvrir les beautés. Mais aujourd'hui elle avait perdu tout allant. Empâtée, les jambes vite douloureuses, elle ne chassait plus, ne tirait plus à l'arc, se contentait de marcher à petits pas dans les jardins au bras d'une dame d'honneur. Et, cependant, elle n'avait pas trente ans.

Dès son retour à Holyrood, elle écrirait à Albany pour lui rendre compte de son entrevue et pour l'assurer de sa fidèle amitié. L'homme l'attirait, elle désirait lui plaire. Se pouvait-il qu'il tienne sa promesse et intervienne auprès du pape pour plaider une annulation de son mariage ? Alors Angus pourrait partir au diable, elle s'en moquerait bien.

Le chemin qui menait à Stirling contournait des vallons, traversait de paisibles champs. Margaret repensa aux villages détruits près de la frontière anglaise, aux cadavres de bœufs et de moutons qui flottaient dans les rivières, aux regards apeurés des enfants. Elle écrirait aussi à Lord Dacre pour le supplier de ne point venger les Home en ravageant à nouveau la campagne écossaise. N'obéissant qu'à Henry, tiendrait-il compte de sa supplique ? L'ombre dominatrice de son frère ne cessait de la couvrir.

Tout d'abord, Archibald se montra courtois mais la première réflexion acide de sa femme le crispa aussitôt. Depuis leur mariage, il souffrait de ses paroles tranchantes, d'idées toutes faites dont rien ne pouvait la faire démordre. Avec elle, aucune discussion n'était possible.

— Pourquoi êtes-vous venue ? l'interrogea-t-il, sans plus de détours.

— Je suis ici chez moi, jeta sèchement Margaret, et n'ai point à vous rendre de comptes. N'oubliez pas que vous et votre putain occupez mon château, mangez dans mes plats et vous faites servir par mes serviteurs. Femme sans protection, je ne peux, hélas, vous jeter dehors tous les deux mais sachez, Milord, que je supplie le diable de vous emporter en enfer.

Comme d'une guigne, le jeune homme se moquait des menaces de Margaret.

— Parlons franc, poursuivit-il, pourquoi êtes-vous ici ? Notre fille se porte bien et vous n'étiez pas dans les dernières semaines si anxieuse de la revoir. Vous auriez pu vous épargner la peine de venir à Stirling.

Avec rage, Margaret observait le joli salon de réception de Stirling, demeure qui faisait partie de son douaire. Angus, ou sa putain, l'avait pourvu de nouveaux meubles sculptés aux goûts italien et français si fort à la mode. Deux perroquets verts perchés sur des branches en ébène et argent l'observaient d'un œil rond et fixe.

— Je viens chez moi quand je le veux, s'entêta Margaret.

Des serviteurs entraient, portant des plateaux sur lesquels étaient disposés des rafraîchissements, des fruits, des sucreries. Angus désigna un siège à sa femme, s'installa en face d'elle. Un chat persan d'un noir bleuté sauta sur les genoux de son maître.

— Je viens en ambassadrice du comte d'Arran, dévoila enfin Margaret d'une voix froide. Il veut que les Douglas lui jurent fidélité.

Le jeune homme éclata de rire. Margaret pensait-elle le surprendre ? Et Arran était bien naïf de croire en une influence quelconque de la reine sur son clan. Il ne l'avait épousée que dans l'intérêt des siens.

— Nous vivons en ce moment une situation difficile : un roi mineur, un régent absent, un vice-régent assassiné par vos propres amis. Le comte d'Arran est, certes, le plus proche par le sang du défunt roi, mais je suis votre époux, le beau-père du roi, le père de sa demi-sœur, l'héritier d'une grande famille. L'Ecosse est dotée d'un Parlement, ce sera à lui de décider lequel d'Arran ou de moi est le plus apte à prendre les rênes du pouvoir, à moins qu'il ne décide de nous y associer l'un et l'autre.

— Selon les instructions laissées par Albany avant son départ pour la France, le comte d'Arran prendrait la vice-présidence au cas où de La Bastie ne pourrait plus l'assumer.

— Albany est loin, Milady. Il existe une alternative...

Un des perroquets jeta un cri strident. Des bouffées d'air chargées de l'odeur des blés et des seigles tout juste moissonnés pénétraient dans la vaste pièce. À travers la fenêtre, Margaret voyait le paysage familier qu'Angus lui avait volé. Au-dessus des sucreries disposées sur une table incrustée de nacre, des guêpes bourdonnaient. Elle avait bu deux verres de vin de Grèce qui l'étourdissaient un peu.

— Que voulez-vous dire ?

— Que vous et moi, ma mie, pourrions oublier nos rancunes pour renouer une bonne amitié. Unis, nous reprendrions un pouvoir auquel je m'engage à vous associer étroitement.

— Je n'ai pas besoin de vous pour gouverner, objecta Margaret.

Le jeune homme leva les sourcils. Se pouvait-il que Margaret complote derrière son dos ? Ses petites trahisons ne feraient pas long feu. Une lettre expédiée par lui à Henry VIII entraînerait un implacable rappel à l'ordre. Il l'écrirait le soir même. Quant au courrier qu'elle recevait de France, Dacre désormais l'intercepterait.

— Je ne gouvernerai pas avec vous, rectifia la jeune femme d'une voix qu'elle chercha à rendre pleine d'assurance, car je vous hais. Jamais homme n'a menti plus que vous à une femme. Il n'y a en vous ni amour ni amitié ni même respect pour moi. Vous exhibez une catin et vivez avec elle à la plus grande honte de la chrétienté. Je sais qu'elle est grosse. Ainsi le roi d'Ecosse aura pour demi-frère ou sœur un bâtard de la pire espèce.

— Il ne sera pas le premier, Madame. Je me souviens que le roi James...

— Taisez-vous ! vociféra Margaret.

Archibald la frappait dans ce qu'elle avait de plus sensible. Dès l'âge de quinze ans, elle avait dû supporter les maîtresses de son époux, accepter ses bâtards. Mais elle avait partagé avec lui de vrais moments de bonheur. Inconstant certes, le roi s'était cependant montré respectueux et tendre envers elle,

427

l'avait consolée après la mort de chacun de leurs nouveau-nés, avait prié pour son rétablissement. Des nuits entières, James restait à côté d'elle, sa main dans la sienne, évoquant les beaux jours qu'ils avaient devant eux, les enfants qui survivraient et qu'ils élèveraient avec amour.

Elle s'apprêta à sortir. Folle, elle avait été de vouloir manipuler Angus. Les armes qu'il possédait étaient plus meurtrières que les siennes.

— Ne voulez-vous donc point voir notre fille ? interrogea Archibald d'une voix mielleuse.

Sans hésiter, Lord Dacre fit sauter le cachet de la lettre envoyée par le duc d'Albany à Margaret. Croyant plus sûr de se perdre dans le courrier qui chaque jour passait d'Angleterre en Ecosse, le régent avait privilégié cette voie, la route maritime directe étant toujours aléatoire en automne. Or pas un pli officiel ne parvenait en Ecosse sans, par ordre du roi Henry VIII, passer par les mains de Dacre.

Milady...

Dacre fit un pas vers la cheminée pour se réchauffer. Depuis le mois d'octobre, il pleuvait sans interruption et il n'y avait point de pièce dans son château qui ne suintât d'humidité. Après des années de loyaux services sur les frontière nord de son pays, il espérait être bientôt rappelé à Londres pour enfin pouvoir jouir des agréments de la vie.

Inutile de vous dissimuler que j'ai retrouvé avec bonheur le fil de mon existence dans le pays qui m'a vu naître. À plusieurs reprises, j'ai rencontré le roi qui est à Amboise avec la reine sur le point d'accoucher. La Cour y est plus animée, jeune et brillante qu'au temps du feu roi Louis XII et on y discute plus d'amour que de théologie. Mais le roi reste fort attentif envers l'Ecosse et veille à ce que l'Angleterre laisse en paix notre pays. Comme moi, le massacre de monsieur de La Bastie l'a frappé en plein cœur et il demande réparation au roi Henry VIII, protecteur du clan des Home. L'un après l'autre, croyez-le, les assassins du vice-régent seront arrêtés et exécutés. Les aimables pensées de votre précédente missive m'ont procuré un vif contentement. En agissant en reine et en bonne Ecossaise, vous vous ouvrirez le cœur de tous vos sujets et, approché par moi sur la possibilité de vous confier la vice-régence aux côtés du comte d'Arran, le roi François n'a point protesté.

Soyez patiente, Milady, vous comptez des amis dévoués. Quant à l'annulation de votre union, un long pli écrit de ma main est parti pour Rome. Le point délicat reste la légitimité de votre fille qui, en principe, serait déclarée bâtarde si votre mariage avec Lord Angus était déclaré invalide. Mais tout problème a sa solution et je m'emploie à vous contenter.

Je reste, Milady, votre aimant et fidèle cousin.

John Stuart, duc d'Albany.

Le dos aux flammes, Dacre resta songeur. Ainsi Margaret trahissait sa parole et s'acoquinait avec Albany. Le roi allait être surpris en lisant ce pli et, probablement, fort en colère. Quant à lui, il ne ménagerait pas ses mots dans la missive qu'il s'apprêtait à écrire à la reine. Avait-elle oublié la somme d'efforts réunis par Home et lui-même pour son évasion d'Ecosse deux années plus tôt ? Où étaient ses belles paroles, ses serments de fidélité, sa haine du régent ? Croyait-elle pouvoir séduire les uns et les autres avec sa voix feutrée et ses sourires aguichants ? La reine n'avait pas plus d'esprit qu'une fillette et il fallait la tancer comme telle. Il n'allait point s'en priver. Auparavant, il fallait transmettre sans attendre ce pli au roi. Bientôt, il serait à Londres entre ses mains.

Pour la première fois depuis deux semaines, la pluie avait cessé et Margaret avait pu savourer une promenade dans la forêt au pas lent de sa jument. L'air frais avait la transparence dorée du soleil déclinant. Dominant leurs ombres, les arbres se paraient encore de feuilles brunes ou rouges. Une certaine

429

confiance en l'avenir regagnait la reine. En tendant la main à Albany, elle avait agi avec sagesse. Elle avait besoin d'un ami et il ne l'abandonnerait pas, aussi longtemps qu'elle mettrait les intérêts de l'Ecosse au-dessus de ceux de l'Angleterre. Ce choix n'était point facile. Certes, elle craignait son frère, lorsque son ton durcissait, son regard se chargeait de colère, et elle ne se sentait pas la force de lui résister. Mais elle était seule et les mêmes angoisses hantaient sans cesse son esprit : qu'on lui retirât son fils, qu'on l'enfermât comme la malheureuse Juana de Castille dans une forteresse. Sa haine d'Archibald se changeait en frayeur. Que complotait-il, quelles étaient ses réelles ambitions ?

La nuit tombait lorsque, avec sa petite escorte, Margaret regagna le château. Les nuages filaient vers l'est et les étoiles une à une paraissaient dans le ciel.

Dans l'antichambre de ses appartements, son secrétaire l'attendait en faisant les cent pas.

— Deux messages sont arrivés d'Angleterre, Milady.

Le visage de la reine s'éclaira. Des nouvelles de Mary ? de Catherine ? Tous les jours elle priait pour que Dieu accorde un fils à sa belle-sœur.

La vue des cachets figea son sourire. L'un portait le sceau de Lord Dacre, le second les armes d'Angleterre. La gorge serrée, elle brisa le cachet de Dacre.

Milady,

Il est venu à ma connaissance que vous entreteniez avec Lord Albany une correspondance amicale. Sans doute cet homme a-t-il abusé de votre confiance et des espoirs que vous formulez pour l'avenir de l'Ecosse. Il est de mon devoir de vous éclairer sur deux matières. La première concerne le désir de pouvoir de Lord Albany. Il est si grand qu'il a pu fort bien faire empoisonner votre second fils Alexander, duc de Ross, afin de devenir l'héritier immédiat du jeune roi. Nul, hormis vous-même, Milady, n'ignore cette rumeur et je crois le moment venu de vous la livrer.

La seconde touche à votre honneur de princesse anglaise.

Toute politique tendant à considérer l'Angleterre comme pays ennemi fait de celui qui la mène un traître aux yeux de Sa Majesté notre roi. Sa Grâce serait fort surprise et désespérée de tenir pour tel sa propre sœur. Albany vous charme pour mieux vous perdre, Milady. Vos vrais amis sont ceux qui depuis toujours vous ont porté assistance et appui. Ne l'oubliez pas, je vous en conjure.

Des larmes coulaient sur les joues de Margaret lorsqu'elle brisa le second cachet.

Ma sœur,

J'apprends à l'instant vos intrigues auprès de mon ennemi Lord Albany. J'avais en vous une totale confiance, convaincu que jamais une Tudor ne chercherait à trahir son pays natal. Je me suis trompé. Votre alliance avec Albany est une félonie. Nous avons longuement, vous et moi, évoqué les affaires de l'Ecosse, pays féal de l'Angleterre. Vous n'ignorez donc point que je me considère comme le légitime tuteur de votre fils, le roi James V. Depuis longtemps vous auriez dû amener cet enfant à ma cour pour qu'il y reçoive une éducation appropriée à ses futurs devoirs. Albany, m'avez-vous assuré, vous en empêchait. Et aujourd'hui vous vous dites l'alliée de cet homme ! Reprenez-vous, Milady, car chaque acte porte en lui ses conséquences et il se pourrait fort bien que je me détourne à jamais de vous.

Quant à votre extravagante idée de divorce, oubliez-la aussitôt. Lord Angus, mon beau-frère, est aussi un ami, un fidèle allié de l'Angleterre, et je souhaite, j'ordonne que vous vous réconciliiez. Le divorce, par ailleurs, est un défi au sacrement institué par Jésus-Christ lui-même et vous ne pourriez continuer dans cette voie sans vous couper de l'Église. Votre mariage a été béni puisque vous avez eu une fille de Lord Angus, une belle enfant à laquelle vous ne dispensez guère les soins attendus d'une mère.

Vous seule êtes à blâmer de votre isolement, ma sœur, car loin de récompenser vos amis, vous les accablez pour vous jeter dans les bras de vos ennemis. Les paroles que je vous adresse sont celles d'un frère qui veut votre bien. Ne l'oubliez jamais.

431

Un moment Margaret garda la lettre à la main. La nuit était tombée et la lumière des bougies caressait la table de chêne noircie par les ans comme par la fumée de l'âtre. « Même si je partais au bout du monde, pensa la jeune femme, je ne serai pas libre aussi longtemps que mon frère sera en vie. »

44

Après les incertitudes qui avaient suivi la naissance de son quatrième enfant, Mary était tout à fait rassurée. Eléonore tétait avec ardeur sa nourrice galloise et grossissait à vue d'œil. L'été était passé et les travaux avançaient au château de Westhorpe. Bientôt elle pourrait s'y installer avec ses enfants et son mari quand il pourrait quitter la Cour où le retenaient ses fonctions auprès du roi. Dicté par des raisons financières tout autant que personnelles, le choix qu'avait fait la jeune femme de vivre à la campagne impliquait de longues séparations conjugales. Mais entre ses propres séjours à Londres et les visites de Charles à Suffolk Place, le château où ils demeuraient pour un temps encore, l'un comme l'autre étaient parvenus à s'accommoder de la situation.

Parmi les nombreux amis qui l'espéraient à Londres, Catherine était celle qu'elle retrouvait avec le plus de plaisir. Jane Popincourt, mariée à un seigneur berrichon et mère de cinq enfants, vivait à Bourges. Elles s'écrivaient de temps à autre, mais celle qu'elle avait considérée longtemps comme une sœur au même titre que Margaret était désormais éloignée à jamais de sa vie. Sans rivale, elle avait régné sur les bals, les banquets, les fêtes costumées, les parades, acceptant dans la joie les compliments les plus exagérés. Si sa vie d'alors avait été une fête permanente, aujourd'hui elle était celle d'une femme assumant ses responsabilités. Le malheur l'avait frappée quand Henry, son premier enfant, était mort avant d'avoir fêté sa deuxième année, mais bien vite un autre fils, lui aussi nommé Henry, l'avait consolée. Puis étaient nés à un an d'intervalle Frances et Eléonore, deux ravissantes fillettes que leur père adorait.

Les malles étaient prêtes à être chargées dans les fourgons qui suivraient le cortège menant Mary de Suffolk à Londres pour la célébration des fiançailles de la fille d'Henry VIII avec le fils de François Ier. Outre ses plus beaux bijoux, qui restaient sous la garde de son intendant, l'ancienne reine de France avait rassemblé ses robes de cour aux broderies somptueuses, ses manteaux doublés de fourrure, ses chemises ourlées des plus fines dentelles. Une fois encore, Henry l'espérait éblouissante et elle ne voulait pas le décevoir. Des mois durant, son frère avait lutté pour imposer à Catherine les fiançailles de leur fille, Mary, âgée d'un peu plus de deux ans, au Dauphin de France, François, qui venait d'avoir neuf mois. Depuis la naissance de son unique enfant, la reine souhaitait une alliance espagnole. Charles V étant encore célibataire, ses vœux les plus fervents allaient vers ce neveu qu'elle ne connaissait pas. Mais il avait dix-huit ans. Les douze années d'attente ne seraient possibles que si le roi s'engageait solennellement. Aujourd'hui Henry, harcelé par Wolsey, optait à nouveau pour une alliance avec la France. À six semaines de nouvelles couches, Catherine cachait son extrême déception pour n'avouer qu'une grande lassitude. Chaque jour, elle passait de longs moments dans son oratoire pour implorer de Dieu un fils et avait accompli plusieurs pèlerinages. Un an plus tôt, elle avait à nouveau fait une fausse couche. Huit grossesses pour une fillette vivante. À trente ans, elle n'en pouvait plus.

434

Sur la pointe des pieds, Mary se rendit auprès de ses enfants endormis. Une lumière douce, tamisée par des battants de bois ajourés baignait la nursery. Henry, Frances, Eléonore avaient tous trois ses yeux bleus mais de leur père, Charles, tenaient une bouche, un menton volontaires et les fillettes des cheveux châtains. La jeune femme posa un léger baiser sur leurs fronts. Deux semaines plus tard, elle serait de retour dans le Suffolk, prête à passer l'automne avec eux avant de se rendre une fois encore à Londres pour célébrer les fêtes de Noël.

Dans le parc, des biches et des cerfs pâturaient, le lac miroitait dans la lumière du petit matin en rides scintillantes. À Londres, Mary retrouverait son mari et elle en éprouvait par avance un grand bonheur.

— Signez, mon ami, pressa Henry.

Après avoir tracé fermement son paraphe au bas du traité de Londres établissant une paix générale entre la France et l'Angleterre, le roi tendit la plume à l'ambassadeur de France. La cérémonie religieuse à la cathédrale Saint-Paul venait de s'achever. Dans un instant, en long cortège, Français et Anglais se rendraient à York Place où le cardinal Wolsey les attendait pour un banquet solennel dont chacun attendait des merveilles.

Signé par les deux parties, le document fut lu à haute voix :

— « Afin de sceller la paix et l'amitié entre les deux peuples, les Anglais rendront à la France Tournai et recevront en échange une compensation monétaire de trois cent vingt-trois mille couronnes, soit le montant de la dot versée à Louis XII lors de son mariage avec Mary. En échange, celle-ci recevra du roi François par rente annuelle son douaire de veuve. Par ailleurs le duc d'Albany restera en France aussi longtemps que le roi d'Angleterre le souhaitera. La fille unique du roi Henry VIII, lady Mary Tudor, épousera à l'âge convenable François, Dauphin de France », conclut le héraut.

435

Les trompettes sonnèrent joyeusement tandis que s'ouvrait à double battant la grande porte de la cathédrale. Le long des maisons, la foule s'était massée pour admirer le roi et la reine dans leurs plus beaux atours, le duc et la duchesse de Suffolk, le cardinal Wolsey, l'amiral Bonnivet qui épouserait par procuration la petite princesse au nom du Dauphin, les ambassadeurs espagnols et vénitiens, le légat du pape, un nombre impressionnant d'archevêques et d'évêques. Un beau soleil d'automne faisait rutiler les dorures, étinceler les joyaux, flamboyer dagues et épées. Avançant flanc contre flanc, les haquenées blanches portant les dames de la Cour étaient toutes caparaçonnées de velours vert brodé d'or, harnachées d'argent. Derrière les dames avançaient les gentilshommes de la Cour sur des palefrois noirs. Les manteaux aux couleurs de pierres précieuses s'étalaient sur les croupes et retombaient en plis parfaits sur les jambes des bêtes dont le poil dru, huilé et longuement brossé, reluisait.

Avec grâce, Mary saluait les Londoniens. Les plus vieux se souvenaient du charme de la reine Bessie dont sa fille avait hérité. Son mariage avec un Anglais issu de la petite noblesse élevé au rang de duc contentait le peuple et touchait les femmes. Enfant, Charles Brandon était presque des leurs et aujourd'hui il se trouvait l'égal des rois.

Le mariage français de leur petite princesse était le bienvenu pour tous. Le pays avait besoin de paix pour commercer, produire du plomb, de l'étain, du charbon, des céréales, la laine de ses incomparables moutons, construire des routes, des maisons, des bateaux, abattre ses bœufs, ses chênes, saigner ses porcs, ses lapins, poules et oies, faire fermenter de bons barils de bière, couper le bois de ses immenses forêts. L'Angleterre était prospère mais nul n'ignorait que les guerres généraient la pauvreté, la désertion des campagnes. Quoique beaucoup fussent irrités par le goût immodéré du cardinal pour le luxe, on lui reconnaissait une bonne influence sur le roi.

En habits de fête devant l'hôtel de ville, les corporations brandissaient leurs bannières. Au loin, la cathédrale Saint-

436

Paul semblait protéger les innombrables flèches des églises paroissiales qui l'entouraient. Par les rues étroites bordées de maisons de bois, d'un inextricable réseau d'échoppes, de dédales, de culs-de-sac où abondaient les tavernes, le cortège progressait avec lenteur vers la résidence de York Place.

À Charing Cross commençait la campagne avec ses potagers, ses vergers, ses enclos à cochons. En passant devant le palais de Scotland Yard, Mary songea à sa sœur. Les nouvelles qu'elle en recevait étaient affligeantes. Margaret manquait cruellement d'argent et, en dépit de ses multiples interventions auprès d'Henry, celui-ci était resté intraitable : sa sœur ne méritait ni son affection ni sa clémence. Elle était orgueilleuse, entêtée, indigne de confiance. Pour lui faire comprendre qui commandait, il avait ordonné à Dacre de reprendre ses coups de main meurtriers sur le sud de l'Ecosse. Affamés, misérables, désespérés, les paysans, les villageois arrivaient en grand nombre à Edimbourg et la vue de ces pauvres hères en haillons devait procurer à Margaret un vif sentiment de culpabilité.

Mary n'ignorait pas que le cardinal Wolsey envoyait en cachette du roi quelques subsides à la reine mère. Elle-même avait vendu un plat d'or pour secourir sa sœur. Mais nul ne la voulait plus en Angleterre où sa présence poserait d'innombrables problèmes. L'essentiel de ce qui lui parvenait de sa famille était des mots de compassion ou des réprimandes. Avec tristesse, Mary songea au mariage raté de Margaret avec le trop jeune Angus, incapable de discerner les qualités d'une femme, certes orgueilleuse, mais courageuse, tendre, avide d'amour. Par l'intermédiaire du duc d'Albany, le pape avait reçu la demande d'annulation de son union. Bien qu'Henry en fût scandalisé, elle comprenait sa sœur. Pourquoi se résigner au malheur ? Elle-même partageait avec son époux un bonheur parfait. Pas un instant elle ne regrettait le formidable défi lancé à son frère qui aurait pu coûter la tête de Charles et sa propre liberté. « Divorce, avait-elle écrit à sa sœur, Henry finira par te pardonner. »

À York Place, devant les hallebardiers, les archers, les piqueurs attendait la garde d'honneur du cardinal, composée de cent hommes vêtus de cramoisi et de violine, ceinturés d'or, portant béret mauve à aigrette rouge. Encadrant la monumentale porte d'entrée, des pages en velours blanc sonnaient de la trompette tandis que des jeunes filles vêtues de bleu céleste jetaient sur les invités des pétales de rose.

— Par Dieu, jura le comte Giustiniani, ambassadeur de Venise, nous voici dans l'antre de Crésus !

Dans la salle du banquet étincelaient des hautes vasques d'or et d'argent alignées le long des murs où étaient arrangées en bouquet les fleurs les plus précieuses, des oiseaux exotiques empaillés, des papillons multicolores piqués sur de fines tiges de bambou. À côté de chaque vasque un page balançait une cassolette où brûlaient des essences d'iris, de jasmin et de lavande. Réunis dans une tribune dominant la pièce, des musiciens enchaînaient des mélodies anglaises et françaises, des sérénades espagnoles.

— Ou bien à Alexandrie, entre Cléopâtre et César, suggéra le nonce apostolique.

Le déploiement de luxe était tel que le roi lui-même en fut abasourdi. Mais Wolsey donnait aux Français la preuve impressionnante de la prospérité anglaise et les yeux émerveillés des convives les plus blasés lui procurèrent une grande satisfaction d'orgueil. Si le ministre exhibait tant de biens, que devait-il en être du maître !

Autour de la table, Mary revoyait maints visages connus à Paris et avait l'illusion de se retrouver des années plus tôt aux Tournelles. La mode avait changé en France. Avec curiosité, elle découvrait que la chemise des hommes plissée ou dentelée sortait désormais par l'ouverture de leur pourpoint, que les chausses se faisaient fort suggestives. Quant aux dames, elles exhibaient elles aussi des chemises de toile délicate à col ouvragé, des chaperons en forme de mince croissant, des gants de chevreau d'une finesse extrême qu'elles ne portaient qu'à la main gauche. La mode semblait être aux chaînes d'or car Mary en voyait partout, dans les coiffures, aux cous, sur les poitrines des hommes comme sur celles des femmes, aux entournures des robes, d'autres pendaient aux ceintures où étaient accrochées de charmantes bagatelles : petits miroirs, délicats éventails incrustés de nacre, boîtes à parfum décorées de perles ou de pierres précieuses. Chacun lui faisait fête et elle savourait ces moments légers et délicieux si éloignés de ceux qu'elle vivait dans le Suffolk.

Servis dans des plateaux d'or, de vermeil ou d'argent, accompagnés de sonneries de trompette, les plats succédaient aux plats. De la nappe, des serviettes, se dégageait une délicate senteur qui se mêlait au parfum des centaines de roses décorant le centre de la table. Chaque plat avait été arrangé avec le plus grand art, en forme de bêtes, d'oiseaux, de soldats se battant à l'épée, d'archers prêts à tirer, d'échiquier avec son roi, sa reine, ses cavaliers et tours. Enfin la pâtisserie fut une apothéose. Une miniature de la cathédrale Saint-Paul était sculptée dans de la nougatine, le pont de Londres dans de la pâte d'amandes, celle de Notre-Dame de Paris construite en sucre filé.

Lorsque les serviteurs arrivèrent portant les fruits confits, les confitures, les pralines, le cardinal se leva, retira son chapeau et plongeant son gobelet d'or dans une vaste coupe de vermeil contenant du vin épicé, il le leva très haut : « Je bois au roi, mon souverain et au roi votre maître. » Puis se tournant vers le duc de Montmorency, Wolsey le pria de porter un toast à son tour. L'un après l'autre, les gentilshommes l'imitèrent.

Des jeunes femmes masquées aux délicieuses tournures surgirent alors et prirent chacune par la main un seigneur français pour l'entraîner sur le parquet réservé à la danse, faisant signe aux autres dames de les imiter. Afin de préparer les tables pour les jeux de cartes ou de dés, on rassemblait les reliefs du repas dans des corbeilles, pliait les nappes et présentait aux convives des cure-dents sur de petits plateaux d'ébène cerclés d'or. À la lumières des torches, l'or et l'argent, l'émail des bassins remplis d'eau de rose destinés à se laver les mains resplendissaient.

Assis côte à côte sur des fauteuils garnis de velours bleu nuit disposés devant l'autel, Henry et Catherine souriaient à la petite Mary qui, du fond de l'église, donnant la main à sa gouvernante, trottinait vers ses parents. Un peu intimidée, mais cependant décidée, la fillette vêtue de velours noir et or, une couronne sertie d'émeraudes et de rubis au front, était délicieuse. Petite de taille pour ses deux ans, elle ressemblait plus à une poupée qu'à une enfant.

— Je consens à ce mariage, prononça Henry d'une voix ferme lorsque Mary fut debout devant le cardinal qui lui souriait.

— J'y consens aussi, murmura Catherine du bout des lèvres.

Un prêtre tendit à Wolsey l'anneau d'or serti d'un diamant de grande valeur que François Ier offrait à sa future belle-fille au nom du Dauphin.

— Monsieur l'amiral, prononça le cardinal après avoir béni la bague, veuillez passer au doigt de la princesse Mary le signe de son engagement solennel envers le Dauphin François.

Avec un étonnement heureux, la petite fille observait la pierre scintillante. Mais, après que sa gouvernante l'eut réprimandée sèchement pour l'avoir portée à sa bouche, elle éclata en sanglots.

45

Chacun à la Cour savait le roi à nouveau amoureux. Après la désastreuse mort du dernier bébé porté par Catherine, un an plus tôt, il avait sombré dans une mélancolie dont l'avait tiré pour un moment la venue au monde du fils de Bessie Blont, sa maîtresse, un superbe garçon baptisé aussitôt Henry, comme son père, et nommé Fitzroy. Le roi était fou de cet enfant illégitime, le premier mâle survivant qu'il eût engendré, et le couvrait d'honneurs. Lady Blont, par contre, tombait lentement en disgrâce et quand Mary Boleyn avait attiré le regard de son souverain, la rupture s'était faite définitive.

Mariée en hâte à William Carey, gentilhomme de la maison du roi, la fille aînée de Thomas Boleyn nièce du duc de Norfolk avait un joli visage, une tournure charmante. D'un caractère enjoué, elle n'avait point d'ennemis à la Cour et puisqu'il fallait une maîtresse au roi, désormais éloigné du lit de la reine, autant que ce fût elle. Mary apportait à Henry des joies simples qui distrayaient son esprit des déconvenues de l'année passée, la mort de l'empereur Maximilien et l'élection de son fils Charles au titre d'empereur à son propre détriment. La déception de ne pas avoir reçu une seule voix avait été si grande que Wolsey lui-même n'en parlait jamais. Mais cette cruelle humiliation avait créé chez le roi un sursaut favorable. Désormais, il s'intéressait davantage à la politique et avait même attiré à son Conseil des hommes aussi sérieux que sir William Kingston ou Richard Weston, personnages austères qu'il aurait fuis quelque temps plus tôt.

Au printemps, la Cour partit pour Richmond. Le roi voulait à nouveau des bals, mascarades, tournois, jeux de tennis, de boules, de bague et quintaine susceptibles d'amuser sa maîtresse. Par orgueil et pour prouver aussi au roi qu'il n'y avait en elle nulle mesquinerie, la reine ne s'était point séparée de Mary Boleyn. Par ailleurs discrète, souriante, la jeune femme fuyait les conflits et la servait avec dévouement. Sa famille paternelle, les Howard, l'avait poussée dans les bras du roi. Quelle ait un fils et leur fortune serait faite. De toutes ces ambitions et intrigues, Catherine voulait se tenir à l'écart.

Dans le parc de Richmond, assise sur un banc auprès de son frère George, Mary Carey attendait le roi. Bien qu'elle fût sa maîtresse depuis deux mois, Henry l'intimidait toujours et elle ne se sentait à l'aise que dans l'intimité. Les regards narquois des courtisans, les paroles hypocrites des dames l'embarrassaient. Par nature, Mary était modeste et, contrairement à George ou à sa sœur cadette Anne, encore auprès de la reine Claude de France, tous deux spirituels, élégants, adorant la société des gens en vue, elle préférait la vie à la campagne à celle de la Cour. Rien ne la rendait plus heureuse que de passer quelques jours dans le château familial de sa famille à Hever dans le Kent. Mais elle était amoureuse du roi. Lorsqu'il n'était plus en représentation, elle découvrait un homme avide d'être aimé, touchant dans son désarroi de n'avoir pas engendré un fils légitime. Son jeune mari, William Carey, s'était résigné à leur mariage de convention. Tout comme son père et son frère, lui aussi ambitionnait honneurs, titres et terres. De tous côtés, on la pressait de plaire, de rester aussi longtemps que possible dans le lit du roi. Sur l'amour qu'Henry pouvait lui porter, la jeune femme ne se faisait guère d'illusions. Narcissique, dominateur, ses qualités se dévoilaient avec parcimonie. Mais Mary les devinait et les appréciait. Dès le début de sa liaison, son frère George s'était posé en messager privilégié entre les deux amants. Beau, frivole, ambigu, ambitieux, Mary adorait son esprit mordant, son exubérante gaîté. Le roi, lui aussi, s'y attachait, sollicitait ses services pour le choix d'une chemise, d'une paire de pantoufles de Venise, de pendeloques en perles d'Amérique, d'un parfum de musc ou de civette pour imprégner ses mouchoirs. La compagnie de George le divertissait de celle du cardinal qui veillait aux préparatifs de la grande rencontre prévue en France entre son roi et François Ier à la fin du printemps. D'abord raisonnable, le projet sortait peu à peu des limites du bon sens. On parlait de tentes en drap d'or, d'une ville éphémère construite dans la campagne française, de fêtes éblouissantes, d'extravagants banquets. Toutefois était organisée auparavant une rencontre avec l'empereur Charles afin de mettre des bornes à l'amitié française avant même de l'avoir scellée.

Autour du château de Holyrood, la ville s'éveillait. Margaret entendit chanter des coqs, bêler les moutons qu'on sortait des bergeries, aboyer des chiens de garde. Les veilleurs de nuit annonçaient l'heure pour la dernière fois avant de prendre leur repos, la garde allait les relayer puis sonnerait la première messe à laquelle elle ne manquerait pas d'assister. Cahin-caha, le pays reprenait une certaine prospérité et l'amitié d'Albany pour la France avait largement ouvert au commerce écossais les ports normands et bretons. Des garnisons françaises s'étaient installées à Dunbar et Dumbarton. Un sentiment de sécurité regagnait les Ecossais.

— Il fait encore bien froid, Milady, couvrez-vous.

La première femme de chambre tendit une cape fourrée dans laquelle Margaret s'enveloppa, une dame d'honneur lui donna son missel, une autre le chapelet d'or et d'ivoire. Soudain, les femmes qui s'apprêtaient à prendre le corridor menant à la chapelle perçurent des martèlements de pas, des clameurs stridentes. Toutes s'immobilisèrent.

— Tentez de savoir ce qui se passe, demanda Margaret à une de ses dames d'honneur.

L'attente parut interminable. Sur les remparts, les soldats s'étaient regroupés. On entendait des cris, des appels. La cour grouillait d'hommes armés. On sortait des chevaux déjà harnachés.

— Milady, annonça la dame d'honneur d'une voix essoufflée, monseigneur le régent vient d'arriver à Holyrood. Il veut s'entretenir avec vous à l'instant.

— Laissez-nous, pria Arran.

À contrecœur, les dames s'éloignèrent. Lorsque la dernière eut franchi la porte, le comte se tourna vers la reine et la dévisagea froidement.

— Les Douglas et leurs amis, Milady, ont attaqué sauvagement les membres de ma famille. Une tuerie. Étiez-vous au courant de leurs intentions ?

Le ton n'avait rien d'amical.

— Mon époux et moi, Milord, vivons séparés depuis des mois.

— Lord Angus n'était-il pas à Holyrood, voici deux jours ?

— Pour m'apprendre qu'il quittait Stirling afin de se rendre dans le sud-ouest du pays. M'accuseriez-vous, Milord, de vous trahir ? Pourquoi, pour qui le ferais-je ? J'attends l'annulation de mon mariage afin d'être libre d'éduquer le roi loin de l'influence désastreuse des Douglas, je suis considérée comme déloyale par Sa Majesté le roi d'Angleterre parce que je souhaite la paix en Ecosse. Du duc d'Albany, je ne reçois aucun message me suggérant une conduite à tenir.

La voix de la reine enflait, se durcissait. Après les innombrables tourments qu'elle avait subis pour avoir été fidèle à l'Ecosse, on osait l'accuser de trahison !

— Presque cent hommes ont trouvé la mort, prononça

444

Arran d'une voix glaciale. Les cadavres jonchent les rues. J'ai perdu plus de quarante des miens, dont mon frère Patrick.

— Mettez les Douglas hors la loi, siffla Margaret, exterminez-les jusqu'au dernier ! Cette famille porte en elle l'arrogance et la cruauté. Et maintenant, Monseigneur, laissez-moi me rendre à la messe avec mes dames d'honneur. Un prêtre nous attend dans la chapelle.

— Allez donc, Milady, mais je souhaite que vous vous installiez aujourd'hui même au château de Stirling sans plus vous approcher d'Edimbourg.

Pendant l'office, la tête entre les mains, la jeune femme ne put prier. Où était Archibald ? À Edimbourg ou loin de la ville en sécurité ? Margret était restée à Stirling avec ses gouvernantes. Ce jour même elle la retrouverait. Souhaitait-elle vraiment la mort de son mari ? Elle se remémorait le beau visage aux traits réguliers, la douceur de son expression au temps où ils étaient heureux ensemble. Revoir en pensée cet homme la désespérait. Sous la cape de velours fourrée de martre, elle grelottait. Son incertitude, ses ressentiments, sa révolte la tenaient pétrifiée sur son prie-Dieu. Elle avait peur de sa propre lâcheté. « Je ne dois pas reculer, pensa-t-elle. Si je ne peux obtenir la paix qu'au prix de la mort d'Archibald, il me faut l'accepter. »

Longtemps François Iᵉʳ et Mary Tudor duchesse de Suffolk restèrent l'un en face de l'autre. L'émotion que l'un et l'autre éprouvaient à se revoir était si grande qu'à peine ils osaient s'embrasser.

— Madame, murmura enfin François, vous êtes plus belle encore que dans mes souvenirs.

— Et vous plus galant qu'autrefois si cela est possible, Milord.

Elle tendit une joue que François effleura de ses lèvres.

— Pourquoi m'avez-vous repoussé ? chuchota-t-il.

— Parce que je craignais d'être malheureuse, Monsieur. Je n'aime point partager.

François et Mary rirent en même temps et se prirent la main.

— Menez-moi à ma cousine la reine Claude, pria la jeune femme.

Bâtis à quelque distance d'intervalle, l'un à côté de la citadelle anglaise de Guînes, l'autre près de la petite ville française d'Ardres, les deux camps rivalisaient de splendeur. Depuis trois mois, six mille ouvriers anglais travaillaient la brique, le bois, le verre, tandis que les artistes achevaient fresques, trompe-l'œil, faux marbre, faux bois précieux et doraient les poutrelles soutenant les toits des fragiles édifices. Déjà appelé Camp du Drap d'Or, les extravagantes installations recevaient deux rois, trois reines, des princes et princesses, ducs et duchesses, une multitude de courtisans ébahis qui s'entassaient dans les logements disponibles en ville.

François serrait contre lui le bras de la jeune femme. Sans les mises en garde de sa mère, il aurait certes pu devenir son amant.

— Est-il vrai, ma mie, que le vaisseau du roi votre frère a hissé des voiles en drap d'or pour se rendre à Calais ?

Mary sourit. Ces excentricités exprimaient la rivalité de deux vanités, de deux orgueils démesurés. Pour elle était passé le temps des folies où l'argent jeté à pleines brassées donnait l'illusion du bonheur.

— En effet, mais le vent n'en soufflait ni plus ni moins fort.

Devant les yeux éblouis de la jeune femme s'étendait dans la zone française une ville de toile de drap d'or frisé en dehors, surmontée aux extrémités de statues d'animaux en argent portant des couronnes ou élevant des oriflammes. Des faîtières d'argent, travaillé comme le fer forgé en savantes arabesques entrecoupées de fleurs et de fruits peints à la feuille d'or que le soleil à son zénith faisait resplendir, dominaient les tentes.

Tout autour de François et de Mary allaient et venaient gentilshommes, dames magnifiquement vêtues, chiens de compagnie au cou desquels les maîtres avaient attaché des

446

colliers de pierres précieuses, chevaux harnachés de drap d'or tirés par des palefreniers, nains, bouffons, astrologues portant des capes où étaient brodées les constellations, servantes couronnées de fleurs.

En drap d'or doublé de velours bleu rebrodé de fleurs de lys, la tente du roi et de la reine était surmontée d'une statue de saint Michel foulant aux pieds le Dragon.

— Vous êtes ici chez vous, prononça le roi.

Et à nouveau il posa un baiser sur la joue de cette femme délicieuse et habile, tant désirée autrefois.

En découvrant Claude, Mary fut abasourdie. Point jolie six années auparavant, la reine s'était encore ratatinée et l'extrême embonpoint causé par ses grossesses successives lui ôtait toute féminité. Le teint brouillé, les cheveux rares, elle avait cependant gardé son regard tendre, le charme de son sourire.

— Vous, ma cousine, quel bonheur ! s'écria Claude.

De sa démarche claudicante, elle alla vers Mary et la serra dans ses bras.

— Il n'y a pas de jour où je ne prie pour le repos de l'âme de mon père et pour votre bonheur.

Avec le temps, la répulsion que le roi de France son époux lui avait inspirée s'atténuait et Mary ne gardait en mémoire que sa générosité, ses prévenances. Mais sa réclusion sinistre à Cluny, la peur panique qu'elle avait éprouvée d'être mariée de force à un autre prince âgé, sa volonté farouche de se faire épouser au plus vite par Brandon restaient des souvenirs beaucoup plus marquants.

La prestance de François debout à côté de Claude faisait paraître le couple fort étrange. Mary savait les innombrables bonnes fortunes du roi mais, comme Catherine, Claude ne montrait pas ses sentiments.

— Je vous vois bien belle, ma cousine, prononça la reine de sa voix douce et lente.

— Parbleu, s'écria François, elle a un bon amant pour mari et je suis fort jaloux. Le duc de Suffolk et moi-même nous rencontrerons bientôt dans la lice. Je lui demanderai

447

alors raison de m'avoir subtilisé la plus jolie femme de France et d'Angleterre.

Henry était comblé et sa gratitude envers Wolsey, le grand organisateur du Camp du Drap d'Or, sans limites. Le cardinal avait veillé à tout : édification des quartiers anglais, transport des vivres, acheminement des cinq mille invités, des trois mille chevaux, organisation des logis, des fêtes, des banquets, des tournois, rien n'avait échappé à sa vigilance. Et, dans le même temps, il mettait au point minute par minute les entretiens politiques avec leurs aléatoires promesses, leurs engagements provisoires. Consolider l'alliance française était aux yeux de Wolsey une nécessité pour l'équilibre des pouvoirs en Europe, principalement face à la puissance considérable de Charles V auquel, dès leur entrevue terminée, Henry avait promis un rapport circonstancié. Le rendez-vous était déjà pris à Calais. Répugnant plus que jamais à la guerre, le cardinal estimait que la folie du Camp du Drap d'Or coûterait moins cher au Trésor anglais que l'achat d'armements, l'entretien des troupes pour des campagnes dont on ne pouvait prévoir l'issue, de sièges susceptibles de s'éterniser. Henry rayonnait. Les Anglais jouissaient d'un immense prestige et les ardeurs belliqueuses des uns et des autres se consumeraient en joutes et tournois.

À la stupeur de François Ier, le roi Henry arborait le Miroir de Naples sur son chapeau et sa bonne humeur disparut. Ce bijou volé par Mary appartenait à la couronne de France. À deux pas derrière son fils, Louise de Savoie suprêmement élégante en velours noir et Claude, portant une robe de lamé d'or et d'argent accusant sa courte taille, sentirent aussitôt se tendre l'atmosphère tandis que Catherine, vêtue à l'espagnole, ses cheveux tombant sur une seule épaule, s'étonnait du regard presque hostile du roi de France. Ne s'était-on pas retrouvé pour parler de bonne entente et de paix ? Au fond de son cœur, la reine n'aimait point les Français. À la première escarmouche, les fiançailles de Mary et du Dauphin seraient rompues et sa fille tant chérie pourrait alors être promise à son neveu, le roi Charles V. Elle ne désespérait pas de réussir.

— Quel véritable ami vous faites, mon cher cousin, de vous parer de ce qui est si cher à mon cœur ! prononça François d'une voix empreinte d'une ironie glaciale.

Au regard sournois d'Henry, le roi de France vit qu'il avait fait mouche.

— Il faut accepter ce que Dieu nous donne et ce que Dieu nous retire. Ne devons-nous pas donner au peuple l'exemple de la résignation chrétienne ?

Les deux souverains se défièrent un moment du regard. Un jour ou l'autre, il était évident que leur amitié de façade se transformerait en franche hostilité.

— Embrassons-nous donc, tonna soudain Henry. Buvons à la prospérité de nos deux pays et à la paix, qui est le plus beau des joyaux à vos yeux comme aux miens.

Le banquet d'adieu s'achevait, plus fastueux s'il était possible que les précédents. Le traité de paix était signé, les convives épuisés. Toute la nuit, ils avaient mangé, bu, écouté de la musique, admiré des funambules, des jongleurs, des acrobates, des chiens, des singes savants. Au-dessus de l'or des tentes, le ciel rosissait. Les fontaines remplies de vin ne coulaient plus. Les paons juchés sur des statues parées de colliers de perles jetaient leurs cris discordants.

— Que de richesses autour de nous, murmura Henry.

François pencha la tête vers lui.

— Il faut de bonnes épées pour les défendre, mon cousin.

46

Laissant un instant sa plume dans l'encrier, Henry VIII remplit son gobelet de vin de Grèce. Depuis deux heures, il peinait à la rédaction d'un livret qui répondrait point par point au scandaleux ouvrage *Prélude sur la captivité babylonienne* publié par un certain Martin Luther qui attaquait le népotisme de l'Église catholique et son inacceptable simonie. La lecture de ce pamphlet l'avait mis hors de lui.

Après un hiver fort pluvieux, le printemps était enfin de retour mais, contrairement aux précédentes années, le roi n'avait point le cœur au plaisir. Outre ce traité de théologie qu'il composait, lui qui haïssait l'écriture, la possible trahison de son cousin le duc de Buckingham l'obsédait. Violent, arrogant, provocateur, le fils de celui qui avait été exécuté par Richard III pour avoir mené une rébellion en faveur des Tudor n'avait plus le moindre respect pour la personne royale. À plusieurs reprises, Wolsey, qui n'aimait guère le duc, avait relaté au roi ses propos inquiétants. Après en avoir souri, Henry était désormais convaincu des ambitions cachées de Buckingham. Faite au duc des années auparavant par un astrologue, la prédiction qu'il serait roi ne lui avait-elle pas tourné la tête ? les circonstances présentes semblaient donner crédit à cette prophétie : Catherine ne lui avait pas donné de fils et la tension grandissante avec la France avait abouti à la rupture des fiançailles de sa fille avec le Dauphin François. Catherine avait triomphé en négociant à nouveau une union entre Mary et l'empereur Charles, son cousin germain. Mais, régnant sur les Pays-Bas, les Flandres, l'Empire romain germanique, l'Espagne et les Terres océanes, Charles ne pouvait prétendre au trône d'Angleterre.

— Faites venir lady Carey, demanda Henry à un page.

Bien qu'elle l'ennuyât un peu, sa jeune maîtresse savait le détendre. Quant à Catherine, il ne la visitait qu'avec de grands remords. Goutte à goutte s'infiltrait dans sa conscience l'horrible doute d'une punition divine. S'il était privé de fils, était-ce parce qu'il avait épousé la veuve de son frère ? Dans la Bible, il avait lu et relu le passage du Lévitique interdisant à une veuve d'épouser son beau-frère sous peine de voir cette union sans descendance. Le texte sacré ne pouvait mentir et lui, Henry Tudor, roi d'Angleterre, se devait d'engendrer un fils légitime. En dépit de son inimitié pour la reine, Wolsey restait réticent à une annulation en cour de Rome. Après tant d'années de vie commune, huit enfants, la procédure serait longue et laborieuse. Et le roi songeait-il qu'en rendant son mariage caduc, il ferait de la princesse Mary une bâtarde ? Henry ruminait ses espoirs, ses doutes, ses rancœurs. Depuis l'automne, il n'avait participé à aucun tournoi, chassait peu, dansait sans son légendaire entrain. Une seule idée l'obsédait : ne pas laisser vacant derrière lui le trône conquis héroïquement par son père.

— Vous m'avez faite appeler, Milord ?

— Si fait, ma belle amie. J'ai grand besoin de votre gaîté.

Avec un joli sourire, la jeune femme rejoignit le fauteuil du roi, s'agenouilla, prit une de ses mains, y posa sa joue.

— L'Église catholique ne saurait être inquiétée par un personnage comme Luther, Milord, observa Mary Carey.

— Elle s'en inquiète si bien, ma mie, que l'évêque Fisher a prononcé un long sermon dimanche dernier et fait jeter au feu l'ouvrage de ce moine hérétique, déjà excommunié. Mon

451

neveu Charles va sous peu le mettre au ban de son empire et je m'emploie moi-même à démonter la mauvaiseté et l'hypocrisie de ses théories. Mais à Cambridge, nos étudiants s'échauffent à la lecture de ses livres et certains de mes sujets se jugeant spoliés par l'Église leur emboîtent le pas.

Mary Carey n'ignorait rien de cela. George lui-même, qui maintenait des liens d'amitié dans tous les milieux, n'était pas insensible aux théories de Luther. L'Église était trop riche, trop puissante. Elle exerçait une vive pression morale dans les affaires temporelles alors que certains de ses représentants tournaient effrontément le dos aux exigences évangéliques d'humilité et de chasteté. En outre, la lucrative vente des indulgences était inacceptable. Mary écoutait son frère mais refusait de se prononcer. Elle n'avait pour ambition que de plaire à Henry. « Grand merci, s'était moqué George, Dieu m'a donné une sœur plus batailleuse que toi. Pourquoi Anne ne songe-t-elle pas à regagner l'Angleterre ? » « Nos parents y pensent », avait rétorqué Mary.

Les Boleyn avaient en vue un mariage fort avantageux pour leur cadette. Mais les tractations avec la famille anglo-irlandaise des Butler n'en étaient qu'à leur début. Mary ne savait pas si elle désirait vraiment le retour d'Anne. Celle-ci, élevée en France, parlait sans doute mieux le français que l'anglais. Rompue aux joutes de l'esprit, savante en l'art d'aguicher les hommes, elle n'aurait plus grand-chose à partager avec elle. Sa sœur étant pucelle, on lui avait caché sa liaison avec le roi, mais Mary ne doutait point qu'elle fût au courant. D'une cour à l'autre, les nouvelles et commérages circulaient à la vitesse de l'éclair.

Tandis que distraitement Henry caressait les cheveux de sa maîtresse, la pensée du duc de Buckingham envahit à nouveau son esprit. Il devait se montrer impitoyable envers ceux qui mettaient son autorité en danger. Mais jusqu'alors son cousin n'avait rien tenté qui pût justifier une arrestation. Les menaces qu'il proférait à divers moments et endroits étaient-elles réelles ? Plus que cette possibilité de nuisance, Henry détestait le luxe dont son cousin faisait ample étalage. Chez

Wolsey, son serviteur, il le tolérait, pas chez un si proche parent. Et les terres de Buckingham étaient immenses, s'étendant sur les marches galloises, le Buckinghamshire et le Leicestershire. Son château de Penshurst en particulier défiait les résidences royales par sa magnificence.

— Allons nous coucher, ma mie, décida Henry.

En faisant l'amour, au moins oublierait-il provisoirement ses soucis.

« Si tu es gentille pour le roi, insinuait sans cesse George à sa sœur, il me donnera des terres et un titre de comte. » C'était le visage de son frère, son regard cajoleur, son sourire insolent que la jeune femme voyait tandis que son amant délaçait le corselet maintenant haute la poitrine comme le voulait la mode. George était équivoque. Sa séduction un peu féminine cherchait à s'emparer de tous les cœurs.

Le roi soufflait, il était rouge, son haleine sentait le vin. Mais elle y était attachée, peut-être parce qu'il était roi, le maître absolu de l'Angleterre, et le sien.

Arrêté, jugé en grande hâte, Buckingham avait été décapité à Tower Green. Jusqu'au moment où s'était abattue la hache du bourreau, chacun avait gardé espoir d'une grâce royale. N'était-il pas le propre cousin germain d'Henry, l'enfant d'un père exécuté pour s'être battu contre Richard III ? Un homme allié par le sang à toute l'aristocratie anglaise, l'omni-présent compagnon du roi, son adversaire au tennis, dans les joutes, le complice de tous ses plaisirs ! Mais son orgueil l'avait perdu. Tout Buckingham qu'il fût, il n'avait pas compris non seulement qu'un roi ne pouvait supporter de rival potentiel, mais encore qu'il avait exaspéré Henry en le tenant pour incapable d'engendrer un fils viable et en le rail-lant alentour.

Le duc était mort avec un grand courage. Pas une fois il ne s'était abaissé à regarder son cousin pour susciter sa pitié et il avait refusé qu'on lui bandât les yeux.

À peine la tête de Buckingham eut-elle roulé du billot que

la Cour reprit ses plaisirs habituels à Westminster, attendant la migration d'été dans un château que le roi ne semblait pas avoir encore choisi. Dans le parc de la résidence royale, le printemps était glorieux. Par milliers s'épanouissaient les jonquilles, primevères et jacinthes dont les premières fleurs déroulaient un tapis mauve qui escaladait les coteaux. Les buissons ressemblaient à une dentelle de feuilles et des chatons moussaient dans la lumière du matin.

À l'aube, la reine Catherine était debout pour le premier office. Puis elle allait assister au réveil de sa fille et restait chez elle en attendant la visite du roi. Jamais il ne manquait de venir lui souhaiter le bonjour mais, depuis plusieurs mois, il ne s'attardait plus en sa compagnie.

Peu à peu, Catherine s'était faite à l'idée d'un mariage basé sur l'affection et la confiance d'où toute relation physique était exclue. Elle ne les souhaitait plus. Incapable désormais d'engendrer, elle aurait accompli son devoir d'épouse sans le moindre élan. Tous ses espoirs reposaient sur sa fille dont la position d'enfant unique occasionnait un terrible dilemme. Fiancée à Charles V, elle ne pouvait régner sur l'Angleterre. Fallait-il renoncer à ce mariage qui la remplissait cependant de joie et trouver un prince espagnol qui n'ait pas la charge d'un pays à gouverner ? Mary était son soleil. À cinq ans, elle dansait avec grâce, savait lire et tracer ses lettres, montrait une grande piété. Son premier mot avait été « Jésus » et sa mère y avait vu la preuve que Dieu avait pour elle de grands desseins. Dans quelques mois, commencerait son éducation de future reine et Catherine était bien décidée à y veiller personnellement. Puis, à dix ans d'âge, comme tous les héritiers des rois d'Angleterre, elle devrait s'installer au château de Ludlow, à la frontière du pays de Galles, un endroit dont Catherine gardait un amer souvenir. Mais elle n'avait pas la possibilité de bouleverser les traditions et devait s'incliner. Elle ne reverrait alors son enfant chérie que pour sa fête et les célébrations de Noël.

Le soleil ne pénétrait guère dans le vaste salon tendu de tapisseries représentant des scènes religieuses où sans dire mot les dames d'honneur avaient pris place autour de leur maîtresse. Parmi elles, Mary Boleyn gardait contenance. Souvent la reine avait été tentée de lui adresser la parole, mais un sursaut d'orgueil l'en avait empêchée. Toutes ensemble, les femmes travaillaient à une grande nappe d'autel, destinée à la cathédrale Saint-Paul, représentant la gloire céleste de la Vierge Marie qui, auréolée de cheveux d'or, occupait le centre de la pièce de satin. De chaque côté, des anges l'entouraient, sonnant de la trompette devant un lointain de nuages et de ciel.

— Le roi de France lèverait des troupes en Suisse pour défendre le duc d'Albret en Navarre, déclara la fille de la comtesse Derby pour rompre le silence.

— La Navarre est espagnole, coupa Catherine, et sera réunifiée par mon neveu.

— Le cardinal Wolsey ne veut-il pas la paix ?

— Il n'a point d'influence à ce que je sache sur la politique française. Le roi François et l'empereur Charles trouveront peut-être moyen de négocier, hasarda encore Charlotte Derby.

La reine haussa les épaules

— Le roi de France ferait mieux de soulager la souffrance de ses sujets plutôt que de chercher querelle au roi d'Espagne. La famine règne dans Paris.

Avec nostalgie, Mary Boleyn songea à cette ville qu'elle avait aimée. De sa sœur Anne, elle recevait de brefs messages évoquant la vie à Blois, Chambord, Amboise. On ne parlait que de la puissance des Bourbons et de l'hostilité à leur égard de la mère du roi, Louise de Savoie, des modes qui s'imposaient, des grands esprits qui régnaient sur la Cour dont Marguerite, la propre sœur de François, de la poésie de monsieur Marot et des amourettes du roi qui faisait de l'adultère une chose banale et fort plaisante. À la lecture de ces lettres, Mary se sentait un peu triste. À la cour d'Angleterre, la gaîté devenait factice. Le roi était ombrageux, la reine de plus en plus dévote, le cardinal inquiet de sentir son pouvoir absolu sur le roi s'émousser. Henry VIII rêvait de s'allier à Charles V contre François Ier et Wolsey devait faire preuve de trésors de diplomatie pour le détourner de ses intentions. Ces premières failles dans une relation jusqu'alors sans nuages jetaient sur l'atmosphère de la Cour une certaine inquiétude et gâchaient ses plaisirs. Et, pour comble de disgrâce, le roi se désespérait de la bêtise de sa sœur Margaret qui en Ecosse appelait de ses vœux le retour du duc d'Albany dans le seul but d'anéantir Archibald son époux, le père de sa fille.

En tirant le fil de soie, la reine songeait à Maria de Salinas, heureusement mariée à Lord Willoughby d'Eresby, mère d'un garçon nommé Henry et d'une fillette qu'elle avait prénommée Katherine. Sa présence lui manquait et aucune confidente ne l'avait remplacée. Sa seule vraie amie désormais était sa belle-sœur, Mary, mais elle ne venait que peu souvent à Londres et ne pouvait guère la conseiller dans ses relations avec le roi.

La gorge serrée, Catherine tirait l'aiguille. Elle était lasse de corps et de cœur. La plupart de ceux qu'elle avait tendrement aimés étaient morts, son père, sa mère, son frère, ses beaux parents. Disparu aussi l'amour que le roi avait éprouvé pour elle durant quinze années. Mais comment le lui reprocher ? Elle avait échoué à lui donner un héritier et aujourd'hui était définitivement stérile. Née infante de Castille, devenue princesse de Galles, puis reine d'Angleterre, elle ne pouvait que se taire, accepter les maîtresses, la froideur de son époux, la distance que les courtisans prenaient vis-à-vis d'elle, l'hostilité du cardinal Wolsey. Seules, la religion et sa fille la consolaient.

Novembre 1521

— Quel bonheur de vous revoir, mon cousin !

Le rose aux joues, la voix joyeuse, Margaret embrassa Albany qui, après un périple fort aventureux où il avait de justesse échappé à ses poursuivants anglais, venait de débarquer en Ecosse.

Depuis son précédent départ, la situation n'avait cessé de se dégrader et avec la tuerie qui s'était produite entre les clans Douglas et Hamilton, l'Ecosse était au bord de la guerre civile. Ballottée à droite et à gauche, soucieuse de plaire à qui détenait le pouvoir afin de ne pas être séparée de son fils, Margaret n'avait plus le moindre prestige. En pensant lui confier la régence, Albany s'était trompé. La jeune femme manquait par trop de finesse et de fermeté.

Le régent fut frappé par le changement physique de la reine. Le teint se couperosait, des cernes ombraient ses yeux. Déjà quelques plis apparaissaient aux coins de sa bouche, ses formes rondes avaient perdu leur appétissante fermeté. Sa robe de velours prune, son chaperon en pointe couvrant les oreilles étaient démodés. À Paris, à Blois, à Amboise, on l'aurait considérée comme un spectre du passé.

— Dieu merci, répéta Margaret, vous voilà de retour !

Depuis plusieurs semaines, elle vivait dans la terreur qu'Archibald s'emparât du roi et savait le comte d'Arran trop affaibli en hommes pour s'opposer à lui. Ravalant son orgueil, elle avait demandé pardon à son frère de s'être détournée de ses conseils. Il avait consenti à lui répondre quelques lignes assez sèches, l'exhortant à cesser de se conduire en enfant.

— J'arrive à temps, Madame, pour vous secourir.

Albany avait hâte de se retrouver avec le comte d'Arran et quelques gentilshommes du Conseil pour faire le point de la situation. Désormais chacun semblait se méfier de l'autre et la reine était manifestement en plein désarroi. Du roi François Iᵉʳ, il avait reçu des consignes précises : tenir bon face à l'Angleterre en cas de nouveaux coups de main de Dacre, rendre coup pour coup en territoire anglais et, s'il le fallait, songer à la guerre. Mais l'Ecosse se trouvait affaiblie, sérieusement désarmée, le Trésor était vide. Et une nouvelle génération ne pouvait encore remplacer les morts de Flodden. « Sire, avait-il répliqué, si vous voulez une guerre avec l'Angleterre, il me faut des canons, des arquebuses, des armures, des hommes surtout. Votre Majesté est-elle prête à nous les envoyer ? » François s'était contenté d'un geste vague accompagné d'un engageant sourire.

— Je vous confie le roi, Milord, insista Margaret. Sa sécurité dépendra de vous.

Elle tendit sa main à baiser et se détourna. Albany vit s'éloigner sa lourde silhouette suivie par de ternes dames d'honneur.

— Il faut agir sur-le-champ.

Incapable de contenir son impatience, Arran faisait les cent pas.

— La reine mère, poursuivit-il d'une voix accusatrice, est responsable des meurtres qui ont ensanglanté Edimbourg. En épousant un Douglas, elle tendait à cette famille une épée pour éliminer ses ennemis.

— Nous frapperons tous les Douglas, mon cousin, et châtierons sévèrement le comte d'Angus. Je suis revenu en Ecosse pour y rétablir la paix. Cela me coûte, croyez-le bien.

Arran s'immobilisa. Enfin Albany avouait qu'il n'avait aucun plaisir à se trouver en Ecosse. Pourquoi faire confiance à un homme qui était plus français qu'écossais ? Mais il devait agir avec prudence, travailler tout d'abord à l'élimination du clan Douglas avant de s'emparer seul du pouvoir. Du vivant du défunt roi, il avait participé à tous les Conseils, était son plus proche ami. Mieux que quiconque, il connaissait le fonctionnement du royaume et avait à cœur ses intérêts. S'il fallait, pour s'allier le clan proanglais, mettre la reine de son côté, il l'utiliserait sans hésiter. Versatile, obéissant à ses émotions, d'un orgueil ne reposant sur aucune force, il ne la craignait nullement.

— L'Ecosse, Milord, prononça-t-il en se campant droit devant Albany, attend cette paix. Mais elle veut aussi obtenir justice et ne plus laisser l'Anglais passer impunément ses frontières. Vous dites avoir l'amitié du roi de France ? Que François nous la prouve en nous assistant. Alors que l'Angleterre ne cesse d'abuser de sa force envers nous, lui se tient coi.

— Le roi de France est en guerre contre l'empereur, Milord. Le fossé entre ces deux souverains s'est creusé d'une façon vertigineuse. Mézières a été attaqué par les impériaux et le comte de Nassau a massacré tout un village français de la plus horrible manière. On parlait lors de mon départ de trêve, mais je crains que ceci ne soit qu'un piège tendu par Charles V pour reconstituer ses forces. En outre, le venin luthérien commence à se répandre en France. Notre Sainte Église est attaquée de toutes parts.

Albany avait parlé d'un trait. Que croyaient les Écossais ? Que le roi de France ne songeait qu'à leur petite patrie ? Lors de leurs adieux, celui-ci s'était cependant engagé à envoyer quatre cent mille écus. Mais il ne voulait point donner à Arran un espoir qui peut-être resterait lettre morte, les caisses du Trésor français étaient vides.

Avec émotion, Albany retrouvait le rude et charmant paysage écossais. Les arbres étaient dépouillés de leurs feuilles et le vent poussait dans la campagne des rafales de pluie. C'était à cette époque qu'il préférait le pays de ses ancêtres, avec ses brumes faisant l'horizon incertain, les pierres grises des maisons dans la lumière grise, le silence du début d'hiver coupé par les cloches sonnant les offices du jour, le bêlement des derniers moutons que l'on rentrait. Il humait l'odeur des épineux, genévriers, romarins, houx sous l'averse, celle des pommes qui pourrissaient sur l'herbe.

— Occupons-nous des Douglas, soupira-t-il. Demain, le Conseil se réunira.

— Au nom de tous les membres du Conseil, je réclame la mort pour Lord Archibald Douglas ! requit Argyll.

Albany se raidit. Il lui faudrait maintenant annoncer la nouvelle à lady Margaret. La passion qui l'avait poussée vers cet homme dès la mort du roi, au détriment de tous ses intérêts, était-elle vraiment éteinte ? Et voir rouler sur l'échafaud la tête du père de son enfant n'était pas chose facile à accepter. Mais son devoir était de lui annoncer le verdict en personne.

Margaret resta pétrifiée.

— Quand l'exécution aura-t-elle lieu ? balbutia-t-elle enfin.

— Après-demain, Milady.

La reine dut prendre appui sur le dossier d'un fauteuil pour se soutenir. Avec une insupportable netteté, elle voyait le visage de son mari, ses yeux qui la contemplaient avec reproche. Parce qu'il ne l'avait jamais aimée, elle le détestait, mais pour autant ne voulait pas sa mort. Elle avait eu avec lui des moments de bonheur, elle avait adoré son corps, la façon dont il faisait l'amour, ils avaient une fille qui idolâtrait son père et pourrait un jour la haïr pour avoir accepté son exécution.

— Pas la mort, jeta-t-elle d'une voix blanche, l'exil.

— Nul ne supportera qu'il se rende en Angleterre, Milady.

— Qu'on l'envoie en France où il sera sous bonne surveillance mais traité selon son rang.

Albany inclina la tête. Il était soulagé. Mener Angus au supplice aurait compromis un équilibre déjà fort précaire entre les grandes familles écossaises et ouvert la porte à des vengeances sans fin.

— Je reverrai le Conseil ce soir, Milady, et suggérerai de commuer la peine de mort en sentence d'exil.

— Vous ordonnerez, Milord.

La voix de Margaret tremblait. Elle avait vu trop de morts, trop de sang versé, il fallait pour une fois qu'elle ait le courage de tenir bon, d'interrompre le cercle sans fin des châtiments, des crimes politiques qui laissaient pure la conscience des meurtriers.

— Je vous en supplie, ajouta-t-elle.

Albany vit des larmes dans les yeux de la reine. Il avait pitié de cette femme que la vie n'avait guère épargnée.

— Donnez-moi la main, murmura-t-il, et ne pleurez pas car je ne peux supporter de vous causer du chagrin.

À Londres, le 10 septembre de l'année de grâce 1521

Ma sœur,

La condamnation à l'exil en France de Lord Archibald est une abomination. Jamais il n'aurait été exécuté et, dans votre naïveté, votre faiblesse, vous avez appuyé son châtiment, jetant la honte sur les Tudor. Comment vous laissez-vous ainsi manœuvrer par Albany ? Comment abandonnez-vous un époux, le père de votre fille, qui toujours a servi fidèlement votre cause ? Quelle est cette disposition funeste que vous montrez à bannir vos amis et fêter vos ennemis ? Vous vous plaisez par trop à me fâcher et je ne serai pas toujours disposé à pardonner.

Je vais m'employer à faire venir Lord Archibald, mon beau-frère, à Londres et de là, croyez-le, il travaillera avec moi pour le bien de son pays.

Henricus Rex

47

— Milady, je vous présente ma sœur Anne qui arrive tout juste de France pour se mettre à votre service.

La reine découvrit une jeune fille brune au teint mat, aux grands yeux noirs, vêtue élégamment à la française, qui plongeait dans une profonde révérence.

— Soyez la bienvenue, lady Anne, prononça Catherine. Ma société est pieuse et paisible. J'espère qu'après les raffinements de la cour de France, vous vous y plairez.

L'aspect altier de cette svelte jeune fille, son soupçon d'arrogance déplaisaient un peu à la reine qui conserva néanmoins son bon sourire. Anne aurait tout à apprendre des coutumes anglaises. Depuis l'âge de treize ans, elle avait vécu en Flandres puis en France.

— Vous pouvez vous retirer, mon enfant, ajouta Catherine. Rejoignez-nous demain à sept heures pour la messe. Nous prenons ensuite un repas simple et cousons des chemises pour les pauvres jusqu'à la visite de Sa Majesté le roi.

— Est-ce ici la cour d'une reine ou un couvent de nonnes ? interrogea Anne dès que Catherine se fut éloignée.

Mary ne put s'empêcher de pouffer. Sa sœur découvrirait bientôt l'entourage plus joyeux du roi. Sa liaison avec

Henry VIII s'étiolait. Elle n'avait pas la stature pour rester longtemps une maîtresse royale. Pour durer, il fallait avoir le cœur dur, aimer le combat, cacher le moindre signe de fatigue, n'afficher aucun bonheur que le roi ne puisse partager, jouer sans cesse la comédie. Tout cela la rebutait. Mais aussi longtemps que le roi la désirerait, elle lui obéirait, par tendresse, par crainte aussi de sa famille qui ne cessait de l'épier.

Avec curiosité, Anne Boleyn découvrait Londres, ses mœurs, ses modes. Ses souvenirs la ramenaient à Paris, dans les châteaux de la Loire où l'art de vivre atteignait un raffinement que, en dépit de leurs richesses, de leurs fastes, peu de gens à la cour d'Henry pouvaient soupçonner. Il ne s'agissait nullement de vêtements, de bijoux ni de chevaux mais de traits d'esprit, de prévenances, d'une finesse dans les goûts, les comportements qui tous exprimaient la joie de vivre, accompagnaient la douceur du moment. Préoccupés par leurs terres, leur commerce, leurs droits et privilèges, les Anglais ne parvenaient point à franchir la barrière séparant le profitable de l'inutile, la sagesse de la folie. Mais au sein de sa propre famille, Anne avait trouvé en son frère un allié. Il pouvait argumenter de tout, accepter les équivoques, le non-conformisme. En France, elle avait lu les ouvrages de Luther et admirait l'esprit de révolte, froid, méthodique de ce moine contestataire. Sur bien des points en harmonie avec ses opinions, elle s'enflammait, s'insurgeait contre l'immobilisme, le traditionalisme des catholiques. George ne la contredisait pas, ne la traitait point de folle. Elle le subjuguait.

Le projet de mariage qui avait justifié son retour en Angleterre traînait en longueur. Fort riche, son prétendant vivait à demi en Irlande et elle ne pouvait envisager sans appréhension de s'enterrer une partie de l'année dans ce pays situé aux confins du monde civilisé. Avec conscience, Anne assurait son service auprès de la reine. Cette femme lui faisait pitié. Trahie par son mari, seule chaque nuit dans son lit, vieille à trente-sept ans, dénuée de coquetterie, ignorant l'art de plaire, elle se protégeait du désespoir derrière les fortifications du devoir et de la religion, sûre que la gloire de sa naissance, celle de sa position de reine la préservaient de tout comme une icône sacrée. Douce, maîtresse d'elle-même, elle donnait l'illusion que rien ne lui faisait du mal. Anne ne pouvait la comprendre. Le bonheur et l'estime des autres, elle en était convaincue, se gagnaient par la force.

Edimbourg, octobre 1522

Le moment du départ était arrivé. À la suite des événements survenus en Ecosse au mois de mai, le roi François Ier avait manifesté sa réprobation au duc d'Albany qui avait décidé aussitôt de rentrer en France pour justifier sa politique. Les quatre cent mille couronnes françaises étaient enfin arrivées à Edimbourg en mai, trop tard pour le Conseil qui s'orientait vers la négociation d'une paix avec l'Angleterre que Margaret, Arran et Dacre soutenaient, pour une fois, unanimement.

— Le roi de France comprendra notre point de vue, assura Albany à la reine mère. François Ier ne peut pousser l'Ecosse à entrer en conflit avec l'Angleterre alors que lui-même doit défendre son trône face aux ambitions des Bourbons soutenus par une faction de familles nobles.

— Il n'y aura pas de guerre, affirma Margaret.

Le départ du duc d'Albany la terrifiait. Elle allait se trouver à nouveau exposée aux intrigues des uns et des autres et devrait seule s'en accommoder. Dieu merci, Angus était toujours en France et ne pouvait lui nuire. Lui était-il reconnaissant d'avoir pu sauver sa tête ? Jamais il n'avait écrit la moindre missive et il ne prenait des nouvelles de sa fille que par l'intermédiaire de sa gouvernante.

Albany cassa une noix et, les coudes sur la table, observa la reine qui, en face de lui grignotait des massepains, buvait force petits verres de vin de Chypre. Loin de lui procurer de la gaîté, l'alcool accentuait encore la tristesse de son regard. Sous la pâleur oblique de la lune, les tourelles du château ressemblaient à des fantômes de sentinelles dressées face à l'immensité de la nuit. En silence des serviteurs apportaient des bassins d'eau tiède où flottaient des pétales de roses, des serviettes de fin coton, douces comme de la soie, qu'ils portaient sur l'épaule. Des bourrasques gémissaient dans la haute cheminée.

— Je vous laisse, Milady, un pays calme, dit doucement Albany. Durant mon absence, les lords Arran, Argyll, Lennox et Hepburn ont accepté sans restriction la présence dans leur Conseil de mon ami et représentant monsieur de Gonzales. Vous devez trouver entente avec eux car aucun ne cherche à vous nuire et tous ont un profond respect pour le roi votre fils.

— Je sais, murmura Margaret.

Soudain la jeune femme posa son verre et enfin sembla s'animer.

— N'oubliez pas, Milord, d'accélérer la procédure de mon divorce, insista-t-elle. Je n'ai que vous pour ami dans cette affaire qui me tient fort à cœur.

Albany retint son sourire. L'amitié que la reine lui témoignait reposait principalement sur son désir de le voir agir en sa faveur. Le fond de son cœur restait anglais. Tôt ou tard, elle regagnerait le camp des Angus et le roi d'Angleterre tenterait à nouveau d'imposer par la force la régence de sa sœur. Tout recommencerait.

— Tranquillisez-vous, Milady, je ne vous abandonnerai point. Pensez à votre fils qui est roi d'Ecosse. Il a besoin de vous comme modèle. Soyez forte et sereine. Vous avez désormais l'âge de savoir par vous-même où se trouve votre devoir.

— Auriez-vous des reproches à m'adresser, Milord ?

— Certes pas, Milady. Vous êtes reine et avez votre conscience.

Margaret repoussa l'assiette d'argent posée devant elle. Comment Albany pouvait-il la juger ? Elle avait toujours fait ses choix en état de détresse, pour éviter le pire, pour tenter de ne point déplaire ou pour quêter des opinions favorables sur elle. Tantôt elle était trop anglaise, tantôt pas assez, trop cassante ou trop faible, trop rigide ou trop tolérante. On l'avait poussée à fuir vers l'Angleterre et, après quelques mois, son frère l'avait renvoyée en Ecosse. Qui pourrait avoir idée de ses humiliations, de ses désarrois ?

— En effet, Milord, et j'aimerais n'avoir qu'elle pour guider mes pas.

À peine le duc d'Albany embarqué pour la France, Arran vint assurer Margaret de sa fidélité. Si elle agissait avec mesure, selon les suggestions faites par ceux qu'Albany avait choisis et dont le Parlement avait ratifié les pouvoirs, l'Ecosse connaîtrait enfin des jours paisibles et le jeune roi pourrait continuer son instruction dans la sérénité. Une trêve était signée avec l'Angleterre qui devait être respectée, la France restant le vieil allié, l'indéfectible ami de l'Ecosse. Les partis proanglais et profrançais cohabiteraient et œuvreraient ensemble pour le plus grand bien du pays. Margaret avait écouté sans mot dire la longue harangue. Arran n'oubliait qu'un élément dans son pompeux discours, les exigences d'Henry VIII qui se déclarait toujours tuteur de son neveu et s'apprêtait à envoyer en Ecosse une centaine de gardes du corps anglais pour assurer sa sécurité. Sans relâche, il œuvrait pour faire venir Angus à Londres. En échange d'avantages substantiels, le roi François Ier envisageait de le lui expédier. Une fois son mari aux côtés de son frère, la pression sur elle se ferait insupportable. Son seul espoir résidait dans une prompte annulation de son mariage mais, en cette matière, le pape ne se hâtait guère.

— Aurais-je enfin accès aux décisions politiques concernant mon pays ?

— Le duc d'Albany, Milady, répondit Arran, a demandé que Votre Majesté assiste aux Conseils et participe aux débats.

— Mais quels seront mes pouvoirs, Arran ? insista la jeune femme. Le duc d'Albany m'a promis une corégence.

Le comte demeura silencieux. Les ordres du régent n'allaient point dans ce sens.

466

— Si Votre Grâce a besoin de mon aide, je tiens à lui dire combien je lui suis dévoué.

De retour d'une longue promenade le long du rivage, Margaret dévisageait l'intendant de ses écuries, un garçon roux d'environ vingt ans, mince, au teint pâle, au sourire angélique, et le charme qui se dégageait de ce jeune homme la toucha. Durant sa promenade, elle n'avait cessé de penser à l'hypocrisie d'Albany et d'Arran. Le soupçon qu'ils puissent toujours se jouer d'elle lui serrait le cœur.

— Venez me voir bientôt, demanda-t-elle en laissant les rênes de sa jument à un palefrenier. Les soirées d'hiver sont bien longues et il me plaît de réunir autour de moi une agréable compagnie.

La reine grelottait. De violents maux de tête brouillaient sa vue, lui donnaient des nausées. Ses médecins parlèrent de refroidissement, de fièvres et ordonnèrent une purge et le repos au lit. Mais la nuit, Margaret délira. Elle étouffait, voulait se lever, ouvrir la fenêtre, respirer. On dut l'attacher dans son lit. Quand l'aube se leva, la reine ne se débattait plus. Sa respiration haletante levait par saccades sa poitrine, enfonçant davantage le visage blême dans l'oreiller de plumes.

Par prudence, on interdit toute visite du jeune roi ou des membres du Conseil. Enfin, une semaine avant Noël, des boutons apparurent sur le visage et les mains. Sans peine, le premier médecin diagnostiqua la variole. Encore jeune, robuste, la reine avait une chance de guérir. Les yeux bouffis, à peine la reine discernait-elle le décor de sa chambre à coucher : armoires sculptées, coffres ouvragés, chaises, table, tapisseries et tableaux italiens représentant la vie de la Vierge Marie. Des boutons avaient envahi son front, sa bouche, ses oreilles. La fièvre était tombée, mais elle ne pouvait ingurgiter qu'un peu de lait et de bouillon. Chaque jour, on la plongeait dans un bain d'eau tiède puis on badigeonnait ses croûtes à l'huile d'amande douce.

— Vous guérirez, Milady.

La reine sursauta. Qui avait parlé ? Tournant la tête, elle aperçut un visage qui lui sembla vaguement familier.

— Je suis Henry Stewart, Milady, l'intendant de vos écuries. Ne craignant point cette maladie que j'ai eue dans mon enfance, je peux veiller sur vous.

La bouche boursouflée de la reine refusait de sourire.

« Je suis veuve et mère de roi, pensa Margaret, et nul, hormis cet intendant, ne se soucie de moi. »

— Allez parler à Lord Arran, articula-t-elle péniblement, et demandez-lui de ma part si Sa Majesté le roi d'Angleterre m'a fait parvenir un message.

La sachant malade, son frère avait dû enfin écrire une lettre affectueuse. Parce qu'elle avait failli à la parole donnée à leur père en épousant le roi d'Ecosse de rester fidèle à l'Angleterre, Dieu la punissait. Mais se pouvait-il que la Providence ait eu pitié d'elle en mettant ce jeune gentilhomme sur son chemin ?

La convalescence de la reine fut longue. À la fin du mois de janvier, soutenue par deux dames d'honneur, elle put faire sa première sortie. La neige couvrait le parc de Stirling où elle s'était installée après que son mari fut parti en exil.

— Menez-moi aux écuries, demanda-t-elle. Je veux voir mes chevaux. Et que l'on convoque mon intendant, Henry Stewart, j'ai à lui parler.

La nouvelle tomba comme la foudre sur la reine. L'Angleterre se déclarait ouvertement en guerre contre l'Ecosse et, à la tête de ses armées, Lord Surrey avait dévasté Eccles, Ednam, Stichelle, Kelso et se préparait à ravager les campagnes frontalières. Pour affamer la population, Surrey avait juré de ne laisser debout ni village, ni ferme, ni grange, ni étable, ni fenil. Attrapés au hasard, des paysans avaient eu les oreilles ou un pouce coupés et, arrivés à Edimbourg, les premiers réfugiés demandaient vengeance. Pris de court, le Conseil s'était tourné vers le parti français, seul capable d'obtenir une aide en armes et soldats du roi François Ier. Mais rien ne pourrait se matérialiser avant le printemps. Entretemps, il fallait résister. Monsieur de Gonzales s'était retranché dans la forteresse de Dunbar, et conjurait le duc d'Albany de regagner l'Ecosse au plus vite. On avait mis le jeune roi sous la protection de Lord Arran.

Encore affaiblie par la maladie, Margaret ne savait que faire. Une fois de plus, le Conseil la mettait devant le fait accompli.

La neige fondue qui tombait depuis plusieurs jours accentuait sa détresse. Sans la fidélité d'Henry Stewart, tout lui serait devenu odieux. Mais l'admiration du jeune homme la stimulait. Non seulement il était beau mais aussi loyal et enflammé. Étant la reine mère, elle devait avoir une place privilégiée dans le gouvernement, insistait-il. On abusait d'elle, il fallait lutter. Un jour, il avait osé lui prendre la main et la serrer dans la sienne. Elle ne la lui avait pas retirée.

Margaret avait tenté en vain de voir son fils. Supplié par elle, Arran avait avoué du bout des lèvres que James était en sécurité dans un endroit secret afin que Surrey ne puisse s'emparer de lui. « Votre Majesté n'ignore pas, avait-il jeté froidement, que le roi d'Angleterre désire depuis toujours se rendre maître de notre prince. »

La lettre de Dacre lui causa une violente émotion. La conjurant de saisir l'occasion, il l'implorait de tenter un coup d'État avec l'aide du parti proanglais et de quelques lords prêts à trahir Arran, de prendre en main la régence et le pouvoir absolu, de récupérer son fils. Elle le pouvait, elle le devait. C'était pour elle que le roi Henry avait lancé ses soldats à travers la frontière écossaise. Tout atermoiement risquerait de compromettre un succès qui, il le lui promettait, serait complet. Elle comptait plus de partisans qu'elle ne le croyait, il fallait agir avec promptitude, force et résolution.

48

Été 1524

L'automne précédent, Albany avait regagné l'Ecosse. Ayant eu connaissance de l'échange de correspondance entre Margaret et son frère, et considérant la reine mère comme parjure, il lui avait interdit d'approcher son fils et ne s'adressait plus à elle qu'avec une extrême froideur. Durant son absence, l'action politique de celle-ci avait été pourtant fort limitée : à peine avait-elle sondé quelques chefs de clans, qui tous lui avaient manifesté une opposition résolue. Les alliés promis par Dacre ne s'étaient pas manifestés. C'était sur son époux Archibald Douglas, comte d'Angus, et non sur elle, que s'appuyait le parti anglais.

L'hiver avait passé, un hiver de totale réclusion à Stirling où, sans la tendresse de Henry Stewart, elle serait devenue folle. Elle permettait au jeune homme de venir la visiter à son plaisir. Ensemble, ils lisaient de la poésie, faisaient de la musique, jouaient aux cartes. La cour qu'il lui faisait était de plus en plus pressante et un matin de février, alors que la pluie fouettait les carreaux du château, elle était devenue sa maîtresse.

Au printemps, Albany s'était embarqué pour la France, un adieu définitif à l'Ecosse, affirmait-il, car il n'avait plus la force d'assumer les incessants séismes qui secouaient le pays.

470

Veuf désormais, sans enfants, il aspirait au repos, à une vieillesse sereine.

Son ultime visite à Stirling avait été digne, presque respectueuse finalement. Il avait souhaité à Margaret d'être heureuse et promis de mener promptement à bien l'annulation de son mariage afin qu'elle puisse épouser celui vers qui son cœur la poussait. En vieux adversaires, ils s'étaient embrassés.

— J'ai donné consigne au comte d'Arran, avait-il ajouté alors qu'il s'apprêtait à partir, de vous laisser voir votre fils. Pourquoi Sa Majesté ne passerait-elle pas l'été avec vous à Linlithgrow ?

Elle avait pleuré de joie.

À Linlithgrow, entre son fils James et Henry, le temps se faisait léger, savoureux. Avec bonheur Margaret découvrait le jeune roi. Âgé de douze ans, c'était un enfant studieux, amateur de poésie, de musique et de philosophie, mais aussi un cavalier passionné de vénerie et de joutes. La réserve qu'il avait tout d'abord exprimée vis-à-vis de sa mère se dissipait peu à peu, mais il la gardait à l'égard de Henry Stewart auquel il n'adressait la parole qu'avec réticence. Son père mort, son beau-père exilé, il n'était pas prêt à accepter un nouvel homme auprès de Margaret. Discret, attentif, Henry s'appliquait à éviter tout heurt et s'effaçait en présence de la mère et de son fils. Cette femme mûre, malheureuse, de haute naissance le fascinait. Être admis dans son intimité, la posséder physiquement lui procurait d'immenses satisfactions d'orgueil. Issu de la petite noblesse provinciale, il avait pu faire des études et se créer des relations. Intendant des écuries de la reine à vingt ans, il pensait avoir devant lui un avenir enviable, mais point de devenir le beau-frère du roi d'Angleterre. Cette perspective enflammait ses sentiments et, l'ardeur de sa jeunesse aidant, la reine semblait comblée.

> *Où êtes-vous allées mes belles amourettes*
> *Changerez-vous donc de lieu tous les jours ?*

471

Je me languis de vous, mes belles amourettes
À qui dirai-je mon tourment et ma peine ?

— Ne sont-ce pas là de charmants vers, mère ? interrogea James en français. À mes yeux, mon cousin le roi de France possède un talent de poète.

Le jeune garçon gardait ouvert le livre sur ses genoux et observait sa mère. Margaret retrouvait le regard intelligent de son premier époux, son sourire à la fois ironique et doux. De son enfance solitaire, il ne semblait pas avoir trop souffert, mais son besoin d'affection, de caresses était refoulé au plus profond de lui-même. Il refusait tout épanchement. Entouré de prêtres et de sévères précepteurs, le futur roi d'Ecosse ne comptait aucun ami de son âge. Son unique compagnon était un scottish terrier qui trottait autour des massifs, guettant un papillon, une grenouille.

La joie que Margaret lisait depuis peu sur le visage de son fils la réconfortait. Elle cessait de penser à la trop grande jeunesse de son amant, à l'incertitude de ses relations futures avec son enfant que le moindre changement politique pouvait affecter, pour ne rêver qu'à l'été, aux concerts sous le noyer qui ombrageait une des cours intérieures, aux comédies masquées, aux repas sur l'herbe, aux longues promenades à cheval ou à pied. À côté d'Henry Stewart, elle n'avait point à faire d'effort pour affirmer sa grandeur, supporter une famille pesante, des aïeux atrabilaires, entrer dans des luttes ancestrales. Son admiration pour elle était continue, inconditionnelle.

Octobre 1524

Depuis un certain temps, Anne Boleyn observait Henry Percy à la dérobée. Après la rupture de ses fiançailles irlandaises, les sentiments de joie et de liberté qui habitaient la jeune fille l'aidaient à prendre pied dans la cour d'Angleterre, fort différente de celle des Valois. En France, les hommes étaient plus subtils, moins brutaux dans leurs discours amoureux pourtant plus osés. Ils aimaient la compagnie des femmes. Par ses toilettes, le raffinement de sa tenue à table, l'enjouement de sa conversation, Anne s'était tout de suite imposée comme le point de mire du cercle des dames d'honneur de la reine et une multitude de jeunes gens la courtisaient. Mais c'était Henry Percy, fils du comte de Northumberland, qui seul retenait son attention.

Le mois d'octobre voyait reprendre les longues journées de chasse. Intrépide cavalière, Anne galopait aux côtés d'Henry Percy. L'ivresse de la vitesse, le souffle du vent sur leurs visages accentuaient la griserie de leur passion partagée. Jour après jour, Anne resserrait les liens qui mettaient le jeune homme sous sa dépendance. Ce jeu, donner pour mieux reprendre, suggérer des bonheurs enivrants, entretenir l'espoir la comblait et elle s'y savait fort habile. Entrer dans une des familles les plus anciennes et puissantes du royaume était un objectif qui justifiait ses efforts. Devenue comtesse de Northumberland, elle jouirait d'une immense fortune et d'une position à la Cour presque égale à celle des princesses. Et Henry lui plaisait : les traits délicats, grand, mince, habile aux exercices physiques, il jouissait en outre d'un joli talent de poète et savait user de mots qui la touchaient. Chaque jour, ils parvenaient à s'isoler quelques instants, les baisers étaient devenus d'audacieuses caresses et Anne voulait hâter la promesse de mariage. Une fois celui-ci engagé solennellement, elle pourrait se donner à lui comme une épouse à son mari. Tout recul serait alors impossible car condamné par l'Église. À son père, Henry n'avait encore soufflé mot de leur projet. Orgueilleux, autoritaire, coléreux, il pouvait d'un seul mot briser le rêve de son fils et rabattre les ambitions d'Anne Boleyn. Bien que nièce du duc de Norfolk et fille de Thomas Boleyn, ancien ambassadeur d'Angleterre en France, la famille paternelle de la jeune fille ne valait pas celle des Northumberland et sa fortune était médiocre. Sa beauté elle-même était contestable. Mince, brune, le teint mat, elle ne possédait aucun des attraits qui faisaient la réputation des jeunes Anglaises et si certains gentilshommes la trouvaient fort attirante, d'autre la comparaient à une gitane.

Henry Percy était dans le feu d'une conversation avec Francis Weston et Anne brûlait d'envie de les rejoindre. Mais la reine avait exigé que ses dames et demoiselles d'honneur restent autour d'elle. À deux pas, la jeune fille observait sa sœur Mary, enceinte de cinq mois. L'enfant était-il du roi ou de son époux William Carey ? Nul ne le savait. Henry VIII ne semblait pas ému par cette grossesse et ne montrait envers sa maîtresse aucune attention particulière. L'aimait-il seulement ? Sa sœur aînée restait douce, soumise, toutes qualités qui faisaient fuir rapidement les amants. L'amour était un jeu sauvage, sans règles, un jeu de chasseur et de proie où celui qui exprimait sa tendresse se mettait en position de faiblesse. À force d'observer les intrigues à la cour de France, Anne avait compris que le plus amoureux partait perdant à ce jeu-là. Il fallait exciter, dominer, séduire mais ne se donner qu'avec parcimonie jusqu'au moment où la proie était solidement prise au piège.

Anne quitta Henry du regard pour observer la reine. Même au milieu de ses dames d'honneur, Catherine gardait un visage fermé, une expression triste. Déformée par ses multiples grossesses, sa beauté s'en était allée. Ses cheveux auburn commençaient à grisonner, son teint à se flétrir, sa bouche sensuelle était entourée de plis amers. « Une perdante, pensa Anne, une femme vaincue. » Pourquoi ne redressait-elle pas la tête, elle, la fille du roi d'Aragon et de la reine de Castille, la tante du plus puissant roi du monde ? Pourquoi acceptait-elle de choisir les chemises de son mari, ses bas de soie, de gourmander les couturières pour un galon, un bouton mal cousu ? Pourquoi ne jetait-elle pas dehors Mary qui dans la journée brodait tranquillement à ses côtés et le soir partageait la couche du roi ? « Elle accepte l'inacceptable, pensa Anne, et mérite son sort. »

— Posons nos ouvrages, miladies, demanda Catherine de sa voix douce, et allons assister aux vêpres que l'on vient de sonner.

Un instant, Anne parvint à rejoindre Henry Percy.

— Comme de coutume, je vous attendrai au petit bois d'Hercule avant souper, chuchota-t-elle.

Le jeune homme n'osait ni sourire ni même porter attention à la jeune fille. Chacun dans son entourage pouvait être un indicateur et il ne désirait point provoquer des commérages pouvant atteindre les oreilles de son père.

— Monsieur le cardinal m'attend, balbutia-t-il.

— Choisissez entre lui et moi, répliqua à voix haute la jeune fille, Dieu sait combien je respecte la liberté de chacun.

Le crépuscule estompait le dessin compliqué des buis, les silhouettes des statues, les ramures des arbres et l'entrelacs des charmilles. L'odeur fade de la vase montait de la Tamise toute proche, le cri des mouettes se joignait aux bêlements des moutons que les chiens rassemblaient avant la tombée de la nuit.

Anne avait jeté une cape sur ses épaules dont elle avait rabattu le capuchon pour dissimuler son visage. Elle ne détestait pas savoir qu'Henry l'attendait dans l'inquiétude et un vif sentiment de culpabilité sans avoir la volonté de s'esquiver. L'odeur forte des buis, celle des dernières roses excitaient les sens de la jeune fille. Elle aimait la sensualité de la nature. Sa force et sa violence faisaient pendant aux raffinements extrêmes de la vie de la Cour, à ses subtilités, ses délicieuses fourberies et ses savantes comédies.

— Crois-tu le temps venu de parler de nos projets à mon père ? demanda Henry.

Avec peine il s'était arraché aux bras d'Anne.

— Auparavant il nous faut échanger des promesses solennelles. Nul n'aura alors le pouvoir de nous désunir.

La voix feutrée d'Anne au débit un peu lent fascinait Henry. De toutes ses forces, il avait envie de pénétrer dans le monde de son amoureuse, de découvrir ses secrets, ses ambitions, les méandres de ses pensées. Bien qu'il eût vingt ans et Anne dix-huit, face à elle, il se sentait un enfant.

— Le puis-je ? Mon père m'a promis à Mary Talbot et son père le comte de Shrewbury prépare déjà les noces.

— Alors, n'en parlons plus !

Déjà Anne se détournait. La violence du ton désespéra le jeune homme. Il la rattrapa, l'enlaça, chercha ses lèvres.

— Je me moque des Shrewbury et n'ai jamais aimé leur fille, souffla-t-il. Mon père ne souhaite cette union que pour unir nos terres.

Anne restait distante, refusait de lui rendre ses baisers.

— Devant Dieu qui m'écoute, je n'épouserai que toi, affirma Henry.

— Bientôt ?

— Selon ton désir.

— Alors bien vite, car tout se sait à la Cour et si le roi comme le cardinal ont vent de nos projets, ils les anéantiront aussitôt.

L'angoisse serrait la gorge de Percy. Tout allait trop vite. Il devait solennellement s'engager et sans perdre l'honneur ne pourrait plus reculer.

Novembre 1524

— Les troupes de monseigneur le comte d'Angus continuent leur progression dans notre pays, Milady. D'ici peu, ils encercleront Holyrood.

Livide, Margaret contemplait le messager. Ainsi Archibald avait osé ! En armes, il venait s'emparer du pouvoir et de son fils ! Croyait-il qu'elle allait le laisser faire ? Elle pensa à son père, le roi Henry VII, qui avait été prêt à mourir pour rendre leur couronne aux Lancastre, à sa mère Bessie, à ses oncles étouffés enfants à la Tour de Londres. Sa famille était issue d'une héroïque lignée qu'aucun Angus ne saurait impressionner.

— Préparez la défense du château, ordonna-t-elle à son intendant. Qu'on rassemble les soldats, leur distribue des arcs, flèches et arquebuses. Dites aux canonniers de se tenir prêts.

— Feriez-vous feu contre votre époux, Milady ?

Le visage du vieil officier était décomposé. La situation en Écosse était-elle devenue dramatique au point de diviser les familles, d'opposer dans une lutte à mort femme et mari ?

— Le comte d'Angus est un traître, aucune attache ne me lie plus à lui !

Son amant avait raison de lui conseiller sans relâche l'usage de la force. La politique n'était qu'hypocrisie et volonté de domination. Le fort écrasait le faible et aujourd'hui elle se tiendrait droite face à celui qui n'avait cessé de la meurtrir.

Déjà sonnait le branle-bas de combat. Sur le chemin de ronde, canonniers et archers se rassemblaient tandis que la troupe se réunissait dans la cour intérieure pour en défendre les portes. L'armée d'Angus était assez proche pour que, du haut du château, Margaret puisse discerner les chevaux, les étendards flottant dans la forte brise qui soufflait de la mer. L'homme qu'elle avait tant désiré, si fort aimé était là, à un mile d'elle. Il ne lui inspirait plus que de la haine.

— Je vous en supplie, Milady, réfléchissez.

Le chapelain de Margaret l'avait rejointe. Le vent faisait claquer l'ourlet de sa soutane, soulevait les cheveux gris coupés au ras des épaules.

— Songez, Milady, au scandale que provoquerait en Écosse le geste de faire donner les canons contre Lord Angus qui est votre époux devant Dieu, dit-il d'une voix ferme. Qu'il meure et vous serez condamnée au veuvage jusqu'à la fin de vos jours afin de préserver votre honneur comme votre salut éternel.

— Je ne fais que me défendre, mon père.

Terrifié, le prêtre observait le visage dur de la reine. Qui l'avait changée à ce point ? Henry Stewart sur lequel couraient les pires calomnies ?

— Faites votre paix avec Lord Angus, insista-t-il. Dieu chérit les pacifiques.

Margaret ne l'écoutait plus. Elle avait trop souffert pour

ne pas vouloir cautériser à tout jamais ses blessures, guérir, revivre. Son intention n'était point de tuer Angus puisque, d'un mois à l'autre, elle allait recevoir de Rome l'annulation de son mariage, elle voulait lui faire comprendre que le pouvoir qu'il avait eu sur elle avait pris fin à tout jamais.

Henry Stewart l'avait rejointe. D'instinct le jeune homme avait compris qu'il devait garder le silence, laisser Margaret seule face à son passé.

La brise chargée de sel marin craquelait les lèvres, mettait les larmes aux yeux. Sans hésiter, Margaret leva une main.

— Faites donner les canons, ordonna-t-elle, et placez les archers. Je ne considère plus Lord Angus comme mon époux, il est mon sujet. Dans un instant, il comprendra qui doit détenir le pouvoir en Ecosse.

49

1525

Pour Anne Boleyn, la blessure d'orgueil avait été insupportable. Trahi par Wolsey, Henry Percy, son amant, s'était vu convoqué par son père. Après l'avoir vertement sermonné, il l'avait forcé *manu militari* à rejoindre le Northumberland où dix jours plus tard le jeune homme était marié à Mary Talbot. Corrélativement, après avoir traîné sa fille par les cheveux jusqu'à sa chambre à coucher, Thomas Boleyn l'avait frappée avec son fouet de meute jusqu'à la faire rouler à terre et si sa mère n'était intervenue, éplorée, la jeune fille aurait été défigurée. Un conseil de famille où le duc de Norfolk était présent s'était aussitôt réuni : Anne, qui avait perdu son honneur, serait exilée dans la propriété familiale du Kent jusqu'à ce que les siens consentent à lui pardonner.

Entourée d'une maigre escorte, la rage au cœur, Anne avait pris la route. Seuls la soutenaient sa haine de Wolsey, la ferme résolution de se venger un jour du prélat qui avait assassiné sa passion et son mépris pour Henry Percy, qui non seulement n'avait point tenté de défendre leur amour, mais ne lui avait pas adressé la moindre missive.

La fin du printemps, l'été s'étaient écoulé. Dans le Kent, Anne avait reçu la visite de sa sœur accompagnée de ses deux enfants. Le roi se détachait de sa maîtresse et cherchait ouvertement une autre proie.

George avait passé lui aussi quelques jours à Hever, porteur des multiples potins et médisances de la Cour. La disgrâce de la reine s'affirmait et l'on chuchotait que le roi, anxieux de procréer un héritier mâle, songeait à faire annuler son mariage. Nonobstant, il comblait de titres et de faveurs son bâtard, Henry Fitzroy, âgé de six ans. Déjà comte de Richmond et de Somerset, chevalier de l'ordre de la Jarretière, il venait d'être nommé Grand Amiral et était élevé dans un train royal, au grand déplaisir de la reine. La bonne humeur de George, son esprit piquant, sa science de rendre risibles les malheurs des autres avaient un peu déridé Anne. À l'exception de Wolsey, elle n'en voulait plus à personne. Elle seule avait été responsable de sa lamentable aventure. Elle avait aimé, cru l'être en retour, s'était donnée corps et âme à Percy, une erreur dont les longues semaines de solitude lui avaient fait tirer leçon. Pour s'imposer et triompher dans un monde gouverné par les hommes, il fallait les dompter, non par la séduction seule, mais par une connaissance approfondie de leurs faiblesses. Ce savoir, elle l'avait d'instinct et s'emploierait à le parfaire. En arpentant les allées du parc, en poussant son cheval au galop dans les allées de chasse, elle sentait grandir en elle une détermination qui effaçait tout chagrin, toute amertume.

Avec le retour des pluies, Anne passa le plus clair de son temps dans la bibliothèque, dévorant les ouvrages assemblés par son père. Face à des situations intolérables, d'innombrables êtres avaient décidé non de réformer leur façon de penser, mais de se battre davantage encore pour imposer leurs idées et les faire triompher. Elle prit conscience des failles du système de domination des hommes, du pouvoir de l'Église catholique qui, arrogante, prêchait l'humilité. Parce que les Northumberland avaient mortifié son orgueil, le système social du monde parut soudain contestable à la jeune fille. Tout était apparences, hypocrisie. Étaient forts ceux qui en étaient convaincus.

Dans la blancheur tamisée du petit jour, Anne refermait les livres puis allait se coucher. Parfois elle avait de terribles cauchemars. Elle se voyait emmurée dans un souterrain, luttant furieusement pour rejoindre la lumière du jour. Elle s'éveillait en larmes.

À la fin de septembre, George revint à Hever. Les fiançailles de la princesse Mary Tudor avec Charles Quint étaient rompues. L'empereur épousait sa cousine Isabelle du Portugal dont il était fort amoureux. Cette volte soudaine avait courroucé le roi et bouleversé la reine. Des années de tractations, d'intrigues, d'efforts immenses se révélaient inopérantes. À nouveau Henry se tournait vers la France dont le roi François était encore le prisonnier de Charles Quint après la cuisante défaite de Pavie.

Anne interrogea son frère sur la Cour et le roi. Puisque celui-ci n'aimait plus Mary, avait-il pris une autre maîtresse ? George citait quelques noms, des femmes sans importance, des passades d'une nuit, d'une semaine, d'un mois au plus.

— Père te veut de nouveau à Londres, précisa-t-il un soir alors qu'il venait d'annoncer son prochain départ, je te ramène avec moi. Il croit, ajouta-t-il dans un éclat de rire sonore, qu'une Boleyn peut en cacher une autre. Pour atteindre ses inavouables ambitions que cette sotte de Mary a compromises, notre chère famille a besoin de toi. Ta sœur est retournée auprès de son mari qui s'estime le plus heureux des hommes. Si Dieu bénit les sots, ces deux-là seront comblés !

En dépit du lancinant point de côté qui la harcelait depuis des mois, Mary duchesse de Suffolk était venue à Londres visiter la reine. Quelques jours plus tôt, une courte missive reçue d'elle lui avait fait comprendre le désarroi de sa belle-sœur. Jeune fille, Catherine l'avait éblouie, femme, elle l'avait impressionnée par son courage, une inaltérable confiance en Dieu et en Sa Sainte Providence, aujourd'hui, après avoir enterré un premier époux et sept enfants nouveau-nés, la reine était accablée par Henry. Avec l'aide de Wolsey et de docteurs en théologie, celui-ci cherchait à annuler leur union.

481

Qu'il y parvienne et Mary, sa fille adulée, serait *ipso facto* déclarée bâtarde et ne pourrait prétendre à aucune union princière. Bafouée, humiliée, elle-même serait reléguée en quelque lointain château.

— Je me battrai jusqu'au bout de mes forces, confia Catherine alors que les deux belles-sœurs collationnaient. Dieu nous a unis, Henry et moi, nul ne peut nous séparer.

La voix d'habitude si douce avait pris des inflexions âpres, intransigeantes.

— Mary est la fille légitime de mon époux, poursuivit-elle. Elle est princesse de sang royal et régnera sur l'Angleterre.

La duchesse de Suffolk s'empara de la main de la reine. Une étrange appréhension lui nouait la gorge, le sentiment de laisser à tout jamais derrière elle les plus belles années de sa vie. Le roi avait changé. L'homme joyeux, généreux, un peu superficiel avait fait place à un monarque cassant, férocement égoïste. Charles payait avec exactitude les sommes exigées des années plus tôt, jamais Henry ne parlait d'effacer cette injuste dette. Éprouvait-il pour quiconque la moindre compassion ?

Un bouquet de roses trémières jaunes et blanches s'épanouissait auprès de la reine dans la lumière filtrée par les lourdes vitres cerclées de plomb. Entre les fenêtres donnant sur la Tamise, un Christ d'ébène pleurait des larmes de sang.

— Gardez-vous de votre demoiselle d'honneur Anne, la fille cadette de Thomas Boleyn, murmura la duchesse. On dit que mon frère est fort attiré par elle.

— Je ne l'ignore pas.

— Alors, renvoyez-la chez ses parents, elle est dangereuse.

— Une reine ne s'abaisse pas jusqu'à éprouver de la jalousie.

— Elle est une femme comme les autres, ma sœur. Ne vous complaisez pas dans le sacrifice.

— Personne, hormis le roi mon époux, ne peut m'affliger, Mary.

Des feuilles dorées pourpres et brunes voltigeaient au dessus de la pelouse où ruisselaient des saules pleureurs. Les hirondelles avaient pris leur envol vers les pays du soleil. Encore une fois la douleur sourde, menaçante, fit blêmir Mary.

Catherine gardait le silence. Elle était prête, sur les pas de son Dieu, à accomplir son chemin de croix.

Mars 1526

Margaret avait cessé d'écouter l'argumentation d'Henry Stewart. Elle avait perdu la bataille, ses forces à nouveau l'abandonnaient. Un moment, sa haine d'Angus lui avait fait croire que tout était possible, qu'elle pourrait s'imposer, mettre de son côté le Parlement, reprendre les rênes du pouvoir et élever elle-même son fils comme elle l'entendait. Mais Archibald, une fois encore, l'avait vaincue. Ne disposant ni d'assez d'armes ni d'assez de vivres pour tenir un siège, elle avait dû rendre la citadelle aux Douglas. Soutenu par les Anglais, son mari avait pris le contrôle de James, s'était imposé au Parlement. Nul ne voulant la guerre, on avait cherché un compromis : Arran partagerait le pouvoir avec Angus jusqu'à la majorité du roi. Balayant d'un revers de main les ambitions de Margaret Tudor, les anciens ennemis mortels s'étaient réconciliés.

L'hiver s'achevait. Claquemurée à Stirling, Margaret voyait passer les jours, prenait conscience de son impuissance à modifier son destin. Son fils était loin d'elle, endoctriné par l'homme qu'elle avait librement épousé et qui était devenu son pire ennemi. Leur fille aussi vivait auprès de son père. Il l'avait entièrement dépouillée. Sous le ciel gris, la pluie ou la neige, le paysage qui la cernait était sinistre. De longs moments, Margaret restait prostrée devant une des fenêtres de sa chambre, fermant sa porte à tous. Ce qui lui restait de dignité lui commandait d'exiger bientôt une entrevue avec le comte d'Arran afin de tenter de lui arracher quelques confidences sur les desseins de son époux.

Le courant qui l'emportait était trop rapide pour les vingt ans d'Henry Stewart. À la stupeur heureuse éprouvée en apprenant l'annulation du mariage de Margaret avait vite succédé l'inquiétude. Pour faire taire les allégations contraires à son honneur, la reine voulait se remarier aussitôt. Leurs quinze années de différence d'âge, leur rang social disparate soudain l'effrayaient. Sa place serait difficile à définir, son rôle lourd à porter. En se liant pour la vie à la reine d'Ecosse, il perdait l'espoir de fonder une famille. Si devenir son amant l'avait enivré, être son mari avait une tout autre signification. Le jeune homme percevait fort bien la distance et même le mépris que les chefs des grandes familles écossaises affichaient à son égard. De bonne noblesse provinciale, il ne pouvait cependant être considéré comme un égal par les Douglas, Arran, Argyll, Lennox, Moray. Certes, la reine lui avait promis un titre, des terres, mais venant d'elle, cette élévation resterait contestée, moquée ou tout simplement ignorée. Il était trop tard néanmoins pour reculer.

Le vent poussait de gros nuages gris, il faisait un froid humide, pénétrant. En avançant vers l'autel, vêtue de pourpre, un long manteau doublé de loup-cervier sur les épaules, Margaret songeait à ses premières noces où, devant l'autel décoré de roses blanches et rouges, de chardons violines, James l'attendait. Roi d'Ecosse, il avait à peine trente ans alors et ses noces avec une princesse anglaise semblaient promettre à son pays un avenir de paix, de prospérité. Heureuse, effrayée, bouleversée, Margaret croyait de toutes ses forces au bonheur, celui d'être reine, épouse, bientôt mère. Dès sa naissance son rôle sur cette terre avait été arrêté. Dieu l'avait voulue princesse, fille de roi, elle n'avait de comptes à rendre qu'à Lui et à son époux. Aujourd'hui, une maigre poignée

484

de fidèles l'entourait. Il n'y avait pas de trompettes, nulle bannière. Un prêtre seul officiait quand tous les évêques d'Ecosse l'avaient alors accueillie sur le porche de la cathédrale d'Edimbourg. La foule était massée sur le parvis et depuis le matin, les cloches de la ville sonnaient à la volée. De ce jour triomphal, il restait un enfant qui ne grandissait pas à côté d'elle, petit roi étranger, solitaire, déjà rudement marqué par la vie.

À genoux près d'Henry Stewart, la fille d'Henry Tudor avait les mains tremblantes. Ce n'était ni l'émotion ni l'anxiété de l'avenir, seulement une sorte d'effroi devant l'acte qu'elle commettait au détriment de son honneur, de sa fierté, un acte qui bravait la haute noblesse écossaise, son frère le roi d'Angleterre, ses cousins, ses alliés, tous ceux qui n'avaient cessé de l'humilier, de la faire souffrir. Se couper d'eux était son ultime défi, sa façon à elle de leur dire combien elle les méprisait.

Il y eut dans la chapelle du château de Sterling un court rayon de soleil qu'une ombre aussitôt effaça. De la tribune, des chants à la beauté mélancolique s'élevèrent. Margaret eut furtivement la sensation qu'elle assistait à ses propres funérailles.

Cette impression n'était point navrante cependant car demeurait au moins la joie amère d'imaginer autour d'elle ceux qui avaient pesé trop lourdement sur sa vie, son frère Henry et son insupportable tyrannie, sa sœur Mary avec son doux sourire de femme trop sûre d'elle, trop aimée, Catherine, figée dans ses certitudes, sa vertu et sa foi, sans oublier l'omniprésent Wolsey, étalant sa superbe de parvenu et, bien sûr, Archibald Douglas, comte d'Angus, dont la cruauté et l'arrogance l'avaient brisée. Seule lui faisait montrer les larmes aux yeux la pensée de son petit James livré aux ambitions des uns et des autres et de Margaret devenue un pion poussé par son père et son oncle, le roi d'Angleterre. Que réservait la vie à ses deux jeunes enfants ? À cette question, elle n'avait pas de réponse.

Dynastie des Tudor

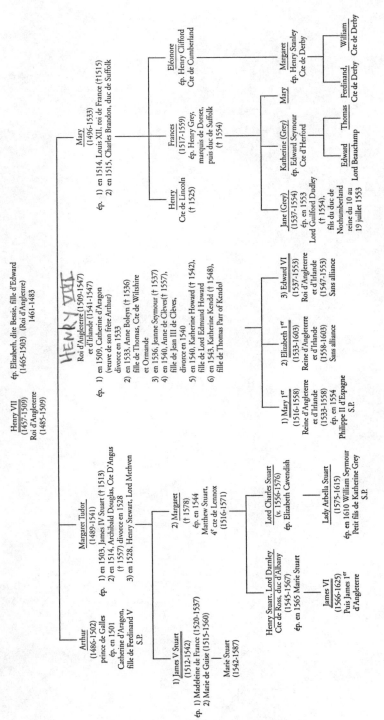

DU MÊME AUTEUR

Aux Éditions Albin Michel

LES DAMES DE BRIÈRES (t. 1).

L'ÉTANG DU DIABLE (t. 2).

LA FILLE DU FEU (t. 3).

LA BOURBONNAISE.

LE CRÉPUSCULE DES ROIS : LA ROSE D'ANJOU (t. 1).

Chez d'autres éditeurs

LE GRAND VIZIR DE LA NUIT Prix Femina 1981, Gallimard.

L'ÉPIPHANIE DES DIEUX, Prix Ulysse 1983, Gallimard.

L'INFIDÈLE, Prix RTL 1987, Gallimard.

LE JARDIN DES HENDERSON, Gallimard.

LA MARQUISE DES OMBRES, Olivier Orban.

UN AMOUR FOU, Prix des Maisons de la Presse 1991, Olivier Orban.

ROMY, Olivier Orban.

LA PISTE DES TURQUOISES, Flammarion.

LA POINTE AUX TORTUES, Flammarion.

LOLA, Plon.

L'INITIÉ, Plon.

L'ANGE NOIR, Plon.

LE RIVAGE DES ADIEUX. Pygmalion.

Composition Nord Compo
et impression Bussière Camedan Imprimeries
en octobre 2003.

N° d'édition : 21959. – N° d'impression : 034888/4.
Dépôt légal : novembre 2003.
Imprimé en France.